# いつだって読むのは目の前の一冊なのだ

池澤夏樹

作品社

# まえがき

この本の企画を立てて原稿を整理している時、ふっとタイトルが空から降ってきた――

いつだって読むのは目の前の一冊なのだ

長すぎるのは承知の上、もうこれしかないような気がした。書評というのはその一冊を選ぶのを手伝う仕事である。

ぼくはそれをもう四十年くらいやってきた。その時々の新刊書をざっと読んで見込みのあるものを選び出し、それから精読して内容を要約、見どころなどを簡潔に書き、適量の引用で文体を紹介して、作者の意図とそれが成功しているか否かを判じる。基本姿勢は勧めることだから、よくない本を取り上げてよくないと書くことはしない。

書評家としてぼくはわがままである。この本を取り上げてくださいという要請には応じない。たくさんある候補の中から自分で選ぶ。そういうやりかたで週刊文春の「私の読書日記」と毎日新聞の「今週の本棚」だけを舞台に四半世紀に亘って書評を書いてきた。それだけで手一杯だから単発の注文はお断りする。

これは週刊文春の方の十六年分を集めた本である。実はこの前に『室内旅行』と『風がページを……』という二冊の集成をまとめている。その後ずっとさぼっていて、気づいたら本にしないままのものがたくさんたまっていた。それをぜんぶ強引に束ねたからこんなに分厚い本になってしまった。いわゆる枕本《まくらぼん》。寝転がって読んで眠くなったらそのままこれを枕に昼寝することができる。枕頭の書であり枕草子だ。短いものの集成だから後架に置くという手もある。

しかし気をつけて頂きたい。書評というのはすべて誘惑の文章である。そんなにおもしろい本なのかと思って購入に走ればこれはきりがない。なにしろぼくは辣腕の書評家、口達者なセールスマンだ。うっかり乗って散財にはご用心。

（今のご時世、新刊で流通しているものは多くないかもしれないが、インターネットの古書マーケットならばまず間違いなく手に入る。）

振り返って、週刊文春の編集部には感謝の言葉もない。数名で回り持ちだから数週間に一度は順番が来る。それに合わせて候補となる本のリストを作って送る。間もなく本がどっと届く。一回に取り上げるのはせいぜい三点だが、そのために二十点くらいを用意してもらう。まるでお殿様の食卓。箸を付けるのは二皿三皿。

二〇〇四年にぼくはフランスに渡ることを決めた。この連載をどうしようと相談すると、続けて下さいという返事が来た。だからフランスの家にも以前と同じように候補の本が段ボールに一箱、航空便で届いた。五年後に帰国する際にはたくさんの本が残った。その数百冊の本たちの身の振りかたを考えて、ソルボンヌの日本語学科に寄付することにした。一定の批評性を以て選別された日本の新刊書の山である。日本文化を学ぶ若い人たちの役に立てて欲しい。

なにごとにも終わりはある。

ぼくはこの夏、若い世代に場を譲るべく「私の読書日記」から降板した。したがってこの本の続きが出ることはない。なにか人生に一画を区切ったような、一種爽快な気分である。

二〇一九年九月　　京都

いつだって読むのは目の前の一冊なのだ

目次

はじめに 001

## 2003年

001 伊良子清白、星野道夫、絵本など 016
002 海賊船の子供、複言語の時代 022

## 2004年

003 ヒトの手と歯、数学の天才、詩人たち 029
004 ハイチとアフガニスタン、今の日本語 033
005 恋と歴史と日露戦争 038
006 兵役とアルファベットと住所、映像の力 042
007 移住者、クレオール、日本史への挑発 046
008 生理レベルの快感、消費生活、網野史学 050
009 医師と銃、ルポルタージュの水準 055
010 科学者の感情、パルテノン、赤いキリスト 059
011 アボリジニの歴史観、野生の旅路、技巧の短歌 063

## 2005年

012 理科年表、四色問題、コンクリート 069
013 武装解除の技術と二重国籍 074
014 カナダの作家、イタリアの作家、狂牛病 078
015 アメリカ先住民、カタコトの響き、知識人 083

016 チェーホフの恋、画家たちの恋 087
017 家庭新聞とカレーソーセージ、等質性 091
018 戦争の伝説化、沖縄戦、渓流の風景 095
019 大西洋、烈女の大活躍、ブレスレット 100
020 戦後の雰囲気、戦後の思想、好きな建物 105
021 常識転覆、ロンドン便り、架空旅行 109


## 2006年

022 ロリータ、神話朗読、脱神話の小説 114
023 母語と敵語、性の地獄、楽天的 119
024 地球を測る、父の肖像、スローフード 123
025 映画のサイード、地中海、スナネズミ 127
026 バラ再び、こども哲学、小説の文体 132
027 ロシアの森、人体の設計、卓抜な比喩 136
028 クマムシ、昆虫の脳、キノコ図鑑 141
029 爆撃機の幽霊、かわいい猿、情報と調理 145
030 速い小説、幕末と維新、悪口 150


## 2007年

031 現代建築、漂流、フランス人 155
032 旅する思想、肩すかし、宇宙論 160

033 老いた作家、南仏、アフリカの神 164
034 椅子と椅子、それに民家 168
035 作家の自画像、器械、味覚のことば 173
036 アメリカ文明史、モスラ、海の中の旅 177
037 イラク、「すばる」、火星を走る 181
038 ナイジェリアとアメリカ、牛を飼う、豆腐 186
039 ビルマ、シベリアの記憶、声の詩集 190

## 2008年

040 樺太の旅、私小説、宗教と科学 195
041 火星の日没、岩壁を登る、アニ眼 200
042 美しい骨格、幼年期、深海生物 204
043 詩を読む、弔辞を読む、宇宙エレベーター 208
044 地学論争、ホビットはいたか、北の自然 214
045 核の廃墟、Uボート、冒険島 218
046 責任の所在、ロンドン、博学の人 222
047 ヴェトナムのカメラマン、女性軍医の日記 227
048 モノの質感、サンパウロ、老作家の怒り 231

## 2009年

049 金魚、言葉のセンス、変な博物館 236

050 万民のための南極文学入門 241
051 アップダイクと自戒、幸福と喪失、ポスト戦後 245
052 戦争とスパイと少年、ジュール・ヴェルヌ、遠い土地 249
053 ブルターニュの死者たち、綱渡り、旅するアフリカ 253
054 環境世界、トニ・モリスン、明治の函館 258
055 豚を飼う、詩の束、哈爾濱 262
056 遠距離家族、木の戦略、怪力乱神 267

## 2010年

057 数学の天才、偶然という罠 272
058 正しい医学、怪しい医学、緩やかな時間 276
059 アフガニスタンという鋳型、祖父母の怪談 281
060 大胆な歴史小説、進化と生命、ミクロの世界 285
061 砂漠の絵、粘菌の問題解決、再編集された『今昔』 290
062 凍死した兵士たち、野菜また野菜、雲の行き来 294
063 写真を語る、夫婦バトル、子供向けの詩 299
064 クマがたくさん、作家の人望、数字の読みかた 303
065 我が妬み、アフリカへの旅、空襲とスズメ 308

## 2011年

066 フランスのコミック、山田風太郎、植物図鑑 313

# 2012年

067 ホッキョクグマ三代記、動物の行動、樹皮 318
068 牧畜少年小説、箱を作った男 322
069 チェス、中国系、キューバへ行こう 326
070 メキシコの壁、ルーヴルの地下、変人たち 331
071 浸水範囲、「降れ降れ」、江戸人の自由 336
072 灯台の少女と動く灯台 340
073 ペンキを塗られた鳥、ヒトから人へ、怪談 344
074 原発、普天間、沖縄 349
075 アラブの春、炭坑、パスタの歴史 353

076 詩人のダイヤグラム、雪のダイヤグラム、宇宙 359
077 デザインの思想、地史の証拠、詩と死 364
078 津波、座談の達人、昔話の達人 368
079 今どきの歎異抄、キノコ、密室トリック 373
080 ヤンキー、うまい短篇、気持ちのよい詩 377
081 死の詩、古典あそび、津波の後 382
082 地球と人間の歴史、生物の歴史、東京駅 386
083 デカメロン、きだみのる、陰部《ほと》の紐 391
084 震災句、シェイクスピアの秘密、数字の秘密 395

## 2013年

085 北方の自伝の傑作、建築の最前線 401
086 「原発事故報告書」、地震を学ぶ、黒い羊 406
087 現代の人種論、おっさん、おっきらい 410
088 イラク戦争、ユージン・スミス、ピンチョンの冒険 415
089 永続敗戦、文士のブログ、担ぐな、ひねるな 420
090 長崎の負の遺産、半藤史学と戦争の評価 424
091 アサギマダラ、ベートーヴェン、原発のコスト 429
092 巧緻の小説、ミツバチの家探し、動く彫刻 433
093 意地悪な小説、優しい小説、コンピュータ史 438

## 2014年

094 サーフィン、星に住む生き物、オオカミ 443
095 汚れた写真、空港共和国、歪んだ言葉 447
096 老いと病と詩、柳田と折口、偽フェルメール 452
097 「いか問」、化学遺伝学の発想、新幹線 457
098 子供向けの詩の響き、文学賞、ねずみ 461
099 話の中の話の中の……、墓を開いて、アンソロジスト 466
100 馬の乱入、夢の恋人、内耳のサイズ 471
101 あり得ない美術館、悲惨な二十世紀史、イグ・ノーベル科学論 475

102 進化論の見取り図、亡命ロシア料理 480

## 2015年

103 ヒョウタン、日本列島と料理、古典と奇譚 486
104 本当のアイヌ史、原発は「漏れる」 491
105 建築のスペクトル、木造建築、アホウドリ 495
106 戦艦大和、「ふりだした雪」 500
107 日本人の由来、二重螺旋秘話、元気な元素たち 505
108 薬害エイズ、電柱のない風景、映画の検閲 509
109 アロハで田植え、我らが祖先、山上憶良の年収 514
110 スヴェトラーナ・アレクシエーヴィチ、灯台のレンズ 519
111 クリスマスだから（変な）短篇を読もう 523

## 2016年

112 贋作、見事なインタビュー、佐藤春夫 528
113 日本沈没、死都日本、亡国記 533
114 東北の叛乱、変なエッセー、変な小説 537
115 英国の桜、日本語の謎、日本語の遊び 542
116 軌道上の雲、地図とマップ 546
117 三冊の詩集 551
118 田中小実昌、ナダール、巨大数 557

119 キノコ、物理と計算、昭和なことば 561
120 贋作者の告白、読書の歴史 565


## 2017年

121 難民の現実、このモノはなに? 571
122 ウニとバッタ、飛ぶ小鳥、一遍さん 576
123 文学のトリエステ、震災の短歌と俳句、地球の中 580
124 移住先の料理、地名の来歴、ネズミの月旅行 586
125 和邇一族、イスラムの文化遺産、数学ゲーム 590
126 今様、日本人奴隷、十六世紀のイギリス 595
127 全歌集と索引、泰斗の随筆、祝詞と神道 599
128 恩寵の物語、犬の物語、愉快な病理学 604


## 2018年

129 ミステリと建築、自転車二人乗り、スパイたちの老後 609
130 バテレンと変形菌 614
131 民族、伝統、久保田万太郎 618
132 猫の野性、声のすべて、動物たちの応用物理 622
133 展覧会二つ、書評家の偉業、市場の古書店 627
134 核との共生、数学と宇宙 632
135 日本語を学ぶ、旧字体・正字体、アラブ音楽 636

## 2019年

136 宇宙に行くべきか、独楽とモノレール 641
137 おばあと化学、深い穴、2001年 646
138 丁々発止の対談、体熱の収支、御嶽《うたき》とグスク 651
139 かがく、縞模様、日本語、季語 655
140 中国のSF、南極紀行、南洋の科学者 660

人名索引 684／書名索引 697

＊各章末の数字は「週刊文春」に掲載された月号です。

装丁＝山田和寛（nipponia）

いつだって読むのは目の前の一冊なのだ

# 2003年

〇〇一

## 伊良子清白、星野道夫、絵本など

**×月×日**

今年は海外との間を往復することが多くて、六月に出た**『伊良子清白全集』**（編集平出隆　岩波書店全二巻）を横目で見ながら開く暇がなかなか作れなかった。こういう本に向き合うには精神の余裕がいる。

伊良子《いらこ》清白《せいはく》は詩人である。鳥取県の人。明治三十年代にもっぱら「文庫」という雑誌に拠って詩を発表、二百余の作の中から精選した十八篇を以て『孔雀船』を編んだのが明治三十九年のことだった。

清白には個人的な思い入れがずいぶんある。詩人であったぼくの母が、日本の詩の中でもこの人は別格と言っていたのが伊良子清白と北村初雄（『正午の果実』）だった。北村のことは今は措く。清白の『孔雀船』は梓書房の版が家にあって、ぼくは少年の頃によく見ていた。

この人の詩は音の響きが古雅で、耳に残りやすい。視覚と聴覚の両方に訴え、よく形が整っていて崩れたところがない。いわゆる青春の苦悩の押しつけがましさは皆無で、言葉によって一つの世界を構築しようという意図がはっきり見える。詩は感情以前に理性の営みであるということが伝わった。それがさっぱりとして気持ちよかった。

つまり古典主義者だったのだろう。若者が日本語の富を継承して、それが嬉しくてならず、いろいろと言葉を組み合わせては効果を測って一行また一行と詩を作ってゆく。煉瓦を積むようなものだ。「駿馬問答」という作品には馬関係の用語を博捜した参考文献が列挙してある。

その成果としてやがて詩集一巻が成る。詩とはそうやって言葉を積んで書くものだということをぼくは母を経由して清白に教えられた。意想には形を与えなければならない。

今回の全集を開いて、一瞬にして昔に立ち返った。そうだ、あの頃はこれを読んでいたのだという思いに浸潤された。清白というといつも引用されるあの聯《れん》はやはり美しい。

亡母《なきはゝ》は
處女《をとめ》と成《な》りて
白《しろ》き額月《ぬかつき》に現《あら》はれ
亡父《なきちゝ》は
童子《わらは》と成《な》りて
圓《まろ》き肩銀河《かたぎんが》を渡《わた》る

作品に接する。その魅力に惹かれて没入する。これが一人の詩人を知るための第一段階である。だがこの人の場合は後がない。清白を読むといっても、『孔雀船』に続く詩集はなかった。十八篇の母体となった二百余の方は手に入らない。その後の詩作のありやなしやもわからない。このあたり、『春と修羅』ばかりだった宮澤賢治に似ている。

評としては日夏耿之介《こうのすけ》の『明治大正詩史』の賛辞がよく引かれるし、これもよく知っている（ぼくはかつて日夏全集の編集に携わっていたのだ）。だが、その先がない。

そういう形で伊良子清白はずっと凍結されていた。ぼくだけでなく誰にとってもそうだった。詩集は見えてもその向こうに詩人が見えない。

だから今回の全集は一角しか見えなかった氷山の全容を見せるものとして、なかなか衝撃的だった。こんな人であったのかと感動するところが少なくない。現世において清白は医者であり、一家の父であり、最後まで詩人だった。

医者としては進んで僻地へ赴き、島根・大分・台湾・京都にて官立の病院に勤務、後に志摩鳥羽で開業。昭和二十一年に六十八歳で三重県「度会《わたらい》郡七保村櫃井《ひつい》原《ばら》にて、急患の往診途上、脳溢血で倒れ、逝去」。

この全集は散逸していた詩を集め、散文を集め、何よりも日記を収めて、文才に富んだ誠実な一明治人の生涯を見せる。編集の労は想像するに余りある（平出はこれと並行して清白の評伝を書いており、これも間もなく刊行されるらしい）。

年と共に創作の量が減ったのは珍しいことではない。詩はやはり青年の業である。ずっと読んでゆくと、清白の中には小唄などに近い要素があって、それが次第に表に出てきたようだ。感情からではなく状況から作られる詩は、言葉づかいの傾向と相まって、民謡風になる。これもまた成熟ということか。

にごりはてたるうつし世は、
みなあさましく見ゆれども、
いもせの中のまごゝろは、
かみ代ながらに深くして。

（「妹脊の中」）

は二十一歳の時の作で充分に詩だけれども、五十三歳で書いた

海が青けりや
冬やあたたかい
女黒けりや
雪や降らぬ

（「暖冬」）

となるともう俗謡。
しかし、清白の詩才は最初から少し俗を含んでいたのかもしれない。雑誌発表に際して彼はしばしば「すゞしろのや」という号を用いていたが、すずしろは大根、清白も大根のことだから、正に白く清らかにしてわずかに俗。
というようなことを思いつつ読みすすむ楽しみをこの全集は与えてくれる。

## ×月×日

全集と言えば、**『星野道夫著作集』**全五巻が完結した（新潮社）。

ある人物が二つの分野に秀でている場合、一方が邪魔になって他方の才能が見えないことがある。星野はまずもって写真の方で名を知られたから、彼が優れた文章家であることに人はしばしば気づかない。だが、彼の文章だけを収めたこの全集を見れば、エッセイストとしての星野の大きさがわかる。エッセーとは軽い生活読物ではなく、生きる姿勢の表明であることがわかる。

彼の場合、写真を撮ったのはそこに撮るべき被写体があったからだった。アラスカの自然を見た男はどうしても自分が見たものを写真で残したかった。この強烈な衝動が彼をネイチャー・フォトの最先端に押し出した。

同じようにアラスカと出会った彼には文章によって伝えたいテーマが生じた。アラスカの自然そのものではなく、その自然を前にして生きる人々の姿。

自然は写真になるが人の生きかたは文章でしか表現できない。だから書いたし、切実な理由がある場合、人は名文を書くようになるものだ。

もちろん、人について書く前に自然について書くということもあった。写真は光景だが、文章はドラマである。写真集に添える文を書きながら、見えているものの背後を説明する。ムースの雄同士の争いを撮って、彼らを戦わせる本能のことを語る。

だが、ドラマといえば、人の暮らしかたこそドラマだ。というよりも、アラスカという土地はどうしても人にドラマチックな生きかたを強いるようなところがある。

だから読者が彼の文章の中で出会う人々は、それぞれに語るべき人生の物語を持っている。なぜアラスカに来たか、アラスカに何を見出したか、どう生き、どう戦ってきたか。星野は自分のケースについてまず書き、次に他の人々の場合を一つまた一つと紹介していった。時にはトーテミズムなど、アラスカ本来の狩猟採集生活を支える思想を考えることもあった。

彼の文には一種の滋味がある。ドラマチックなことをしみじみと低い声で語るようなところがある。これから、写真だけでなく文章の方でも彼の真価が広く知られるようになるとよいと思う。

**×月×日**

『**どこ行っちゃったの?**』(アンドレアス・シュタインヘーフェル、ヘリベルト・シュールマイヤー絵 大川温子訳 未知谷)という絵本に感心した。

ストーリーというほどのものはなく、一つのシチュエーションが語られるだけ。主人公は誰かと一緒に暮らしていたのだが、その相手が家を出てしまった。その苦悩だけが延々と書かれる。人を失うことの悲しみが切々と伝わる。短い嘆きの言葉が連なり、楽しい思い出が輝いてすぐまた悲嘆に転ずる。

これは絵本という形式に向いた話だと思った。短篇にするともう少し重くなるし、終わりかたがずいぶんむずかしくなるだろう。詩の方がよいが、それでもさらりと書くと意味がないし、深刻に書くと暗くなる。

モヒカン刈りの少年を主人公にしたこの絵本は軽みの中に奥行きがあって、そこの呼吸がとてもよい。エンディングがよく納まっている。翻訳も秀逸。

**×月×日**

一九四〇年代に育った理科少年の回顧である『**タングステンおじさん**』(オリヴァー・サックス 斉藤隆央訳 早川書房)に少しノスタルジアをくすぐられた。

ぼくは似たような興味を持ちながら、このユダヤ系イギリス人の少年のように自分の実験室を持つような贅沢はできなかった。啓蒙書を読むのが精一杯。

サックスの場合、おじさんが電球工場を経営していて、タングステンのインゴットなど実物に触れることができるという環境で、これがタイトルの由来になっている。親戚には科学者や数学者がたくさんいる。理科的環境というべきだろう。

ぼくの方は本を読むばかりだったが、それでも『タングステンおじさん』を読みすすむうちに、ガス灯を明るくするウェルスバッハ・マントルのことはイリンの『灯火の歴史』で読んだのだったとか、ホグベンの『百万人の数学』のこと、オリガ・レペシンスカヤの生化学の本、日本人の著者の名は忘れたが『おはなし電気学』という愉快な本、などなどを思い出した。

だからサックスの本にはうなずくところが多かった。そう、そこのところがあまりにうまくできていて、自然のからくりに感心したんだよ、という思いを読みながら何度も繰り返した。今、こういう興味を養うものは子供たちの周囲にあるだろうか。数年前に必要があってエナメル線を自分で巻いて作るモーターのキットを探したのだが、どこにもなかった。

——2003/10/16

002

## 海賊船の子供、複言語の時代

**×月×日**

古典の定義として何十年たっても読み嗣《つ》がれるもの、というのは正しいだろう。新刊の際によく売れて、やがて忘れられるのが普通の本の運命だ。あるいは、新刊の時にもぜんぜん売れなくてそのまま忘れられる方が普通かもしれない。

しかしよい本は時代を超えて読者を獲得する。ただしその数は瞬発的なベストセラーのように多くはない。細く長く売れる本を在庫として維持するのは版元にとって重荷だから、今のような世相は古典には不利だ。

先日、ロンドンの古書店でリチャード・ヒューズの『ジャマイカの烈風』の若い版を買った。若いと言っても一九三二年だから初版からは三年ほどたっている。したがって値も四ポンドだったか、ごく安いものだ。ペーパーバックでならいくらでも手に入るのだから、買ったのはほんの気まぐれ。

それで日本に帰ったら、四半世紀前に晶文社が出した邦訳の新しい版が本屋に並んでいた。ずっと品切れだったのにありがたいことだとこちらも買う。久しぶりに読み返してみると、昔の印象に違《たが》わず実におもしろかった。

**『ジャマイカの烈風』**（小野寺健訳）は子供の話であるが、いわゆる児童文学とはずいぶん違う。子供の視点から見た世界をリアリズムで綿密に記述していて、ファンタジーの要素はまったくない。

話は派手だ。十九世紀の初めの頃、ジャマイカに入植したイギリス人の一家に五人の子供がいる。十歳のエミリーという女の子が主人公で、その他に男女二人ずつ。

最初は彼らの日常生活が描かれるのだが、これが相当にワイルドで、今風の言いかたをすればアウトドアばかりの毎日である。山猫の仔を捕まえてきてペットにする。罠でねずみを捕らえてその猫の前に放つ。むずかしいのは「しっぽを落さないように家とかげをつかまえる」こと、という具合だ。

この「英国人の子供たちにとっては、天国のようなもの」である暮らしはやがて猛烈なハリケーンで中断される。家そのものが吹き飛ばされ、命からがらという思いをした親たちはここでの育児をあきらめ、五人の子供をイギリスに帰すことにする。

そして子供たちを乗せた船は海賊船に襲われるのだが、しかし、この展開から『宝島』風の冒険小説にはつながらない。読む者の予想を次々に裏切りながら、作者はしょぼくれた海賊どもと野生の子供たちの共同生活を書いてゆく。

見た目には非現実的な話をリアリズムで書くという作者の意図は実に効果的で、だから子供の視野には大人と動物たちが同じサイズで映っていることを読者は驚きながらも納得する。別れた親などたちまち忘却の彼方へ消えてしまうのも無理はない。

船の上の話でありながら、どうしてこんなにたくさん動物が登場するのだろう。猿は豚や鶏はわかるが、ライオンと虎と熊というのはどうだ？　しかし話としてはちゃんとつじつまが合わせてある。

人間は自我である。子供は動物として生まれ、成長のある段階で、否応なく、自我を獲得して動物から人間になる。その過程を作者は書きたかったわけで、その比較対照のために動物たちが登場するのだ。

自我を得た時のことを大人はみな忘れているけれども、誰にとってもそれは容易なことではない。エミリーが「どうして、あたしは大きくならなくてはいけないのだろう？　どうして、あたしの人生をいつも他人の手にゆだねて、あたしの知ったことではないというように片づけるわけにはいかないのだろう？」と問いかけるのはそのためだ。

エミリーにとってそれがとりわけ困難なのは、なにしろワイルドに育って、海賊にさらわれて、しかも大の大人を手に掛けて殺してしまったからだ！「すでに、一人前の体格の人間を殺してしまったということ、そしてこれを永久に秘密として抱いていなくてはならないというのは、十歳の子供にとってはふつうの状態ではない」という作者の言葉を、読む方はそのまま受け入れるしかない。それでも育つ強い力を彼女は備えている。

作者の意図は明らかだ。派手なストーリーと、それに拮抗する綿密な描写によって、子供に託して、人間とはいかなる存在であるかを語ること。イギリス経験主義の上に立つ人間観の表明。人が育つという過程の具体的な例。

どんな目にあってもエミリーは立派な大人になるだろう。この古典的な傑作を読み終えた者はそれを確信する。最近は幼時期の不幸が大人となってからの人生に影響するというアメリカ風の説が横行しているが、この古典となった小説は人間がもっと強固であることを告げている。甘えてはいけないのだ。

## ×月×日

自我の獲得は言語の獲得と絡み合っている。

人間の赤ん坊はいかなる言語でも学ぶ能力を持っているのに、母語の習得がそれを一つに限定してしまう、と多和田葉子は言う。「たとえば日本語だけ聞いて育つと、生まれて六ヶ月ですでにRとLを区別する能力を失ってしまう」のだそうだ。

日本語の中だけで暮らしているかぎり、この二つの子音を聞き分ける必要はない。しかし、英語で暮らすことになった日本語人（母語が日本語である者）にとって、「選挙 election」と「勃起 erection」が区別できないというのは深刻な問題となりかねない。

第二の言語を得たために母語を相対的にしか見られなくなる。多和田のエッセー集『**エクソフォニー——母語の外へ出る旅**』（岩波書店）はそういう複言語生活者のヨロコビとカナシミを書いて、無類におもしろい本だった。

ここでぼくが「ヨロコビとカナシミ」を片仮名にしたのは、異化によってこの二語を際立たせるためだ。しかし、二つ以上の言語を用いて暮らす者にとっては、言語間でいやでも異化が生じてしまう。言語Aの単語をそのまま言語Bに持ち込めば、それは異物でしかない。

多和田は日本語を母語として育ち、ドイツ語を習得して、ドイツで暮らしている。日本語とドイツ語の両方で詩や小説を書く。しかしそれは彼女にとって達成ではない。ヨーロッパのような民族構成の入り組んだ地域では複言語生活者は珍しくない。だから彼女は、自分はその一人になっただけだと思っているらしい。

異化の具体的な例としてRとLの話の続き――「自分の育った発音体系の中では区別がなされない二つの単語（タンゴ）がくっついて踊り出す。ここに産婆（サンバ）が駆け付けて、新しいアイデアが産まれる。これは言語移民の特権であって、一見簡単そうに見えるが、一つの言語の内部に留まる者にはなかなか真似のできない芸だ。その芸が妬ましいので、そんなのは駄洒落に過ぎないさ、と負け惜しみを言う人もいる」。

たしかに駄洒落かもしれない。先の「選挙」と「勃起」はどちらも立つことに関わるし、エレクションと立ちションは脚韻を踏んでいる。だからどうした、と聞き返されれば返答はない。こんなことをおもしろがるのはごく少数の人々であって、たぶん世の中にはもっと大事な話題があるのだろう。

しかし、この世界には一つならず言語があるのは確かで、その交響の中で世界は運営されている。そして、複数の言語にまたがって暮らす者は、その分だけ母語の偏りから自由になり、大袈裟に言えば人間の普遍に近づける。

多和田は「何もしないでいると、日本語が歪み、ドイツ語がほつれてくる危機感を絶えず感じながら生きている」という。「その代わり、毎日両方の言語を意識的かつ情熱的に耕していると、相互刺激のおかげで、どちらの言語も、単言語時代とは比較にならない精密さと表現力を獲得していく」のはぼくにも想像できる。

その一方、政治的な理由などで移動と新言語の習得を強いられた人々のために、言語が単純化するということもある。日本のTVコマーシャルの洗練に対して、海外で見るCMには商品名連呼が多い、という説をぼくは否定しきれない（実際にはこれも地域と事情によって大きく変わるのだろうが）。ぜんたいとしては世界は複言語化している。つまり非母語を話す人々の数はひたすら増えてゆく。そこには多くの問題点と利点が生じていることだろう。だから、多和田は文学者だからあまり模範にはならないとしても、この本には先駆的な意味がある。

**×月×日**

ドイツ語圏における多和田と同じように、日本語圏に入ってきたアメリカ語人がアーサー・ビナードで、だから彼のエッセー集**『空からやってきた魚』**（草思社）でも似たような言語状況がいくつも取り上げられる。

日本語習得の際に、さっきのRとLではないが、「つ」と「す」がむずかしかった。湾岸戦争について「あれはブッシュとフセインの〈男のメンス〉の問題」と教室で言って、教師の笑いを誘ったという。

しかし、ビナードのこの本の値打ちはユーモアのあるエッセーとしての質の高さだ。日本人は（日本語を母語とする者は）たぶんアメリカの人がこんなに上手な日本語をと感心するだろうが、それ以前にエッセーとして秀逸。子供時代のアメリカの話題は特におもしろい。

それでも、言葉の感覚は話題の中心にある。9・11の事件を「米中枢同時多発テロ事件」と圧縮的に命名したセンスを、アメリカの新聞の冗漫な見出しと比べて論ずる。あるいは「初めて『登校拒否』という日本語を知ったとき、ぼくはどこか、すがすがしい気分を味わった」と言って、これに当たる英語をいくつも検証する。ぼくの考えでは、彼が挙げた英語の用語はどれもカウンセラーの視点に立つもので、「拒否」に込められた子供の宣言という側面が欠けている。

昔から漢字を使ってきたという意味で、われわれもまた複言語生活者ではあるのだが。

——2003/11/20

# 2004年

## 003
## ヒトの手と歯、数学の天才、詩人たち

### ×月×日

毎月刊行される新書の数があまりに多いので、名著を見落とすことがある。去年の八月に出ていた『**親指はなぜ太いのか**』（島泰三　中公新書）は瞠目の書だった。

類人猿の中からヒトという種が誕生した過程は、現代の生物学でも特におもしろい分野である。だから何年かに一度は覗くようにしてきたのだが、本書の中心をなす「口と手連合仮説」は知らなかった。

この仮説を適用すると、われわれの手の形、歯列、直立二足歩行、の三点が主食という一語でみごとにつながり、ヒトの由来が明らかになる。知恵の輪を解くような快感。

ある種が安定して生き延びるためには、食糧が確実に供給されなくてはならない。これを主食と呼ぼう。

特定の主食を独占するためならば動物は身体の形を変えることもいとわない。有名な例としてぼくが知っているのはガラパゴス諸島のフィンチという小鳥で、これは餌に応じて嘴《くちばし》の形を変え、いくつもの科や亜科に分けられ、さらに十三の種に分かれる。いわゆる適応放散だ。

さて、サルの研究者である本書の著者は、霊長類にあっては「口と手の形は、その主食の種類によって決められる」と考える。小鳥ならば嘴、サルならば口と手。前足が「手」になるところがサルなのだ。

この説の有力な具体例はマダガスカル島のアイアイだ。アイアイは中指が格別に細い不思議な形の手をしている。歯列にもまた切歯が大きいという特徴がある。著者はマダガスカルで三年の歳月をかけて、アイアイがラミーという木の実の仁《じん》を主食にしていることをつきとめる(ちなみに仁とは梅干しの種の中身に当たる部分)。

アイアイはラミーの実を両手でしっかりと保持し、薄い果肉の中にある仁の殻に切歯で穴を開け、中の胚乳を細い指で掻き出して食べる。胚乳は軟らかいからアイアイの臼歯は役割がなく、退化している。アイアイの手と歯はそこまでラミーの仁という主食に特化しているわけだ。

ヒトであるぼくはここで蟹の身をせせるためのあの細い特別スプーンや、エスカルゴを注文すると出てくるバネ式の保持具などを思い出した。もしも自然界のどこかに熱い焼きたてのエスカルゴが豊富にあり(願わくばエシャロットとガーリックとパセリを加えたバターソースも添えてあって)、祖先がこれを主食に選んだとすれば、われわれの左手はあの保持具に似た形に進化していたかもしれない。右手はフォークだろうか。

主食の選択が種の存続を決める。そのために手と口の形を変える。この戦略が霊長類の繁栄につながった。この仮説を著者は他の多くのサルたちについても証してゆく。ニホンザルでもチンパンジーでもゴリラでも反証は出ない。

ではヒトは如何？ ヒトの祖先はアフリカのサバンナに散った草食動物の骨を主食とした、という説を著者は提案する。大型肉食獣が肉を食べた後に残される骨は、栄養価は高いのに堅くて食べられない。ヒトの祖先はこれを石で細かく割り、臼歯で噛み砕いて主食とした（著者の実験によれば、時間をかければ食べられるものらしい）。

石をしっかりと保持するために、他の四指と向かい合う親指は太くなり、臼歯は発達して上面が平たく、エナメル質が厚くなった。石は身体の一部のようなものだから常に持ち歩かなければならない。前足はそのために特化し、四足で歩行することは諦めて二足になる。

サバンナに大量にあって他の動物には歯が立たない骨という栄養源を石を媒介にして得たことで、ヒトという種は自然界に地位を得た。

先にぼくが書いたエスカルゴの保持具は冗談だ。しかし、主食に応じて手と歯が決まり、それに沿って移動方法が決まるというのはまじめな論議である。樹上の生活だって枝伝いと幹から幹へのジャンプでは体型が変わってくる。二足歩行にはそれなりの必然性があったはずだ。

と綿密に論じながら、この本、どこか余裕がある。樹上のサルは跳ぶか飛ぶかという話でいきなり禅の「百尺竿頭須進歩《すべからくほをすすめ》」が出てくるとか、「もともと学問は専門知識に裏打ちされた知的遊戯という性格をもっているが、人類学はそれが博打《ばくち》になる危険水準に近い」と言ってしまうとか。

見たところただの新書のふりをしているけれど、相当にしたたかな本である。

## ×月×日

動物学や人類学はある程度まで議論の内容が素人にもわかる。理解したつもりで感心することができる。数学はそうはいかない。

グロタンディークという名を知らなかった。「20世紀後半の数学界に大旋風を巻き起こし、数論幾何発展の基礎を築いた人物」だそうだ。その評伝のような、あるいは彼を巡るエッセーのような『**グロタンディーク——数学を超えて**』（山下純一　日本評論社）が、肝心の彼の業績がわからないのにとてもおもしろかった。

これは素人が現代数学というものをロマンチックに考えすぎる結果かもしれない。十六歳のグロタンディークが「ヘロンの公式」を三次元に拡張したとか、「自分の興味に従って自分自身の頭だけで実行するという行為自体が重要で、他人のやったことにはほとんど関心がなかった」とか、そういうエピソードに強く惹かれる。

グロタンディークは一九二八年にベルリンで生まれ、両親がユダヤ系とかアナーキストとか謎めいた理由でドイツを追われて南フランスに移住、ここで戦時中に数学に目覚める。

一九六〇年代にはまさに天才として評価されていたが、七〇年代になると「反戦運動やエコロジー運動への傾斜をきっかけとして数学の世界からドロップアウト」してしまった。そして今は隠遁生活で消息も知れないらしい。

ともかく軍が嫌い。先端的な数学研究のための夏期学校が資金の一部を米軍に仰いでいると知って欠席したり、フィールズ賞（数学界のノーベル賞）をもらったら、賞金とメダルを南ヴェトナム解放民族戦線に寄付したり、かっこいいのだ。

とてもロマンチック、あまりにドラマチック。だからこの本は彼の歩みと業績の解説であると同時に、断片化された聖者伝説のようにも読める。振り返れば、ガロアもラマヌジャンもそうだったけれど。想像するに、ありあまる才能を運営する人生というのは、それなりに大変なことなのだろう。

×月×日

別の分野の天才、ジョゼフ・コーネル。一九〇三年生まれのアメリカの、とても素人っぽいアーティスト。昆虫の標本箱のようなガラス張りの箱を使った作品をたくさん作った、コラージュの詩人という感じの人。ニューヨークのシュルレアリストというのが一般の評価だ。ある程度の名声を得て、一九七二年に他界。

このコーネルに対するオマージュの形で詩人チャールズ・シミックが書いた散文詩の集成が**『コーネルの箱』**（柴田元幸訳　文藝春秋）。図版も多く入ったこの本を身辺に置いておくと、心の平安が得られる。箱のアートに詩が添えられるなんて、体温が低い感じで嬉しい。

コーネルの亜流にならすぐにもなれる気がする。シミック風の詩も書けそうだ。だけど、それはただなぞることでしかない。彼らがやってしまったことを繰り返して何になるのか。そう思わせるところが、彼らが天才である証なのだろう。

——2004/1/15

004

## ハイチとアフガニスタン、今の日本語

×月×日

芥川賞が若い女性たち二人に決まって、世間はずいぶん騒いだようだ。選考委員会は作品がよかったのだから選んだまでで、話題を作ろうと画策したわけではない（と委員の一人として言っておく）。

英語圏ではここしばらく若い優れた女性の作家が輩出している。大長篇『**ホワイト・ティース**』（新潮社）を発表した時、ゼイディー・スミスは二十四歳だったし、『停電の夜に』（新潮社）のジュンパ・ラヒリのデビューも早かった。それでも金原ひとみの二十歳と綿矢りさの十九歳というのは格段だが。

先に挙げた海外の作家たちのもう一つの特徴は旧植民地の血を引いているということ。ラヒリはインド系で、スミスはジャマイカからの移民の子。

似たような経歴を持つ英語の作家がもう一人いる。エドウィージ・ダンティカという名で、この人はカリブ海のハイチの出身、今はマイアミ在住。デビューの時は二十二歳だった。三年前に出た『クリック？　クラック！』（五月書房）という短篇集が、独裁下の暴力に満ちた国の姿を半ば民話風に書いておもしろかった。

そのダンティカの『アフター・ザ・ダンス』（くぼたのぞみ訳　現代企画室）という新しい翻訳が出た。カーニヴァルの時期に故郷ハイチに里帰りした記録で、見るもの聞くものに反応して言葉が踊っている。読んでいてびんびん響く。

短篇ももう一つ手に入った。ハイチの作家たちの作を集めた短篇集が刊行され、そこに彼女のものがあったのだ。

九名の名を連ねたその短篇集『**月光浴**』（立花英裕他訳　国書刊行会）がぜんたいとして見事な出来で感心した。長らく政治的に不穏だった人口九百万に満たない国がこれほどの文学を持っているとは！

ダンティカの「葬送歌手」は作者と同じようにハイチを出てニューヨークに移った若い女の話。高卒の資格を得るために通う私塾の日々をさらりと書いている。独裁政権下のハイチの厳しい状況については、秘密警察に連行され、「歯が一本も残っていない」状態で帰ってきて失踪した父の思い出が出てくるばかり。前の短篇集に比べるとだいぶ穏やかになったかなと思う。

他の作家たちのものも文体にも構成にも隙がなく、どれも実によくできている。一作ずつゆっくり賞味できる短篇集だ。

ダンティカもそうだったが、ハイチの文学はみな幻想味を帯びていて、エロティックで、しかも暴力の色が濃い。波乱の多い歴史が個人の運命をどう変えたか、その点を巡ってストーリーに深みがある。たとえば、フランケチエンヌという作家がいる。英語系のフランクとフランス語のエチエンヌを強引につないだ名。この名の由来、自分の出自を詩的な散文と残酷な韻文を連ねて語る短篇がよい。

一九三五年に、ある混血の美少女が鉄道王であるアメリカ白人の家に養女に迎えられ、やがて妊娠して戻るまでのいきさつ。田舎のボロ家と町の豪邸の間の一回かぎりの往復。

いくらでも卑俗になりうるこの話を彼はさらりと書いて、しかも強烈な印象を残す。「正当な結婚によらない私生児である私は、醜聞の元凶となった男とは決して会わない運命にあった。その物質上の巨大な財産をまったく私に残さなかったその男は、後に文学と芸術の創作活動を通じて自分を発明するという例外的な運を私に与えてくれた」。

だから、この話に彼は「私を産んだ私」という題を付けた。

ハイチを舞台にした話としてはグレアム・グリーンに『喜劇役者たち』という長篇があったけれど、やはりあれは外来者の視点でしかなかった。この短篇集はもっとずっと土や水や肌や血の匂いがきつい。

**×月×日**

アフガニスタンの作家アティーク・ラヒーミーの『**灰と土**』(関口涼子訳　インスクリプト)も匂いが強い。

百ページほどの中篇で、作者が映像作家でもあるから、半ばシナリオのような構成で一気に読める。

今のアフガニスタンの話だから主題は重いのだが。

老人が孫を連れて、息子が働く炭坑へ行く。飢えと渇きの旅路の果て、すぐ近くまで行って、最後の行程のために乗せてくれる車を待つ。たまたまそこにあった店の主が親切で、お茶などをもらって喋るうち、老人は自分の村がソ連軍の攻撃で全滅したことを話す。

孫を連れて炭坑に行くのは、生き残ったのが自分たちだけだと息子に伝えるためだ。辛い旅である。孫は砲撃の音で聴力を失って、しかもそれに気づいていない。世界の方が静かになってしまったと思っている。「戦車はみんなの声を取ってどこかに行っちゃった」。

しかし老人の嘆きは家族と家を失ったことばかりではない。彼は砲撃のさなか、共同浴場から走り出した裸の嫁の姿を見てしまった。これは性的な禁忌の重大な違反で、だから彼は「どんな罪のせいで、こうやって生き延びて、あんなことを見てしまわねばならなかったのか」と嘆く。

ハイチは性に関してずいぶん緩やかな社会だが、アフガニスタンはとても厳しい。たまたま並べて読んだおかげでその違いがよくわかった。世界は広い。

悲惨な人生を静かに語るよい小説だと思った。訳もなめらかで上手だが、二人称で呼ばれる主人公は老人に対する敬意を考えると、「きみ」ではなく「あなた」の方がよくはないか。

**×月×日**

年長者に対する敬意などを表現する力が日本語から失われつつある。

いわゆる日本語の乱れをしたり顔で慨嘆する意見は多い。しかし、なぜ学生が先生に対してタメぐちをきくのか、なぜ陳腐な接客マニュアル語が広がるのか、きちんと分析した本は少なかった。

野口恵子著『**かなり気がかりな日本語**』（集英社新書）は実例の蒐集と分析において優れた本だ。

自分がふだんから使っている言葉の分析には、一歩離れて実態を客観視するポジションが要る。この本の著者は日本語を母語としない人々に日本語を教える教師であって、この視点がよく機能している。

つまり、生徒に教えるべき「正しい」日本語と現実の日本語がどんどんずれていき、説明を求められる。そのたびに力を尽くして考えた成果がこの本。

前記の「タメぐち」や「接客マニュアル語」の他にも「やまびこ挨拶」、「ら抜き言葉」、「さ入れ言葉」、「全然＋肯定形」、「半疑問イントネーション」、「〜じゃないですか」、「〜系」、「〜的」、等々思い当たる話題は多い。

豆腐を一丁、食パンは一斤のような助数詞がすたれたのはスーパーで黙って買い物をするからだ、という理屈には誰もが納得する。

だが、その種のさまざまな変化の結果、コミュニケーションの能力が日本人から失われるのをどう考えるか。かつて十の選択肢があった状況に対して今は三つの単語しかない。単語の選択で相手との関係を表現する自信がないから、曖昧にして逃げる。暑いから冷房を入れましょうと言えばいい時に、「俺的には若干暑かったりするかも、みたいな」と五段のぼかしを入れる。

今回の芥川賞はどちらもコミュニケーションの困難を主題にしていた。『蹴りたい背中』の中の会話より『蛇にピアス』の方が今っぽくて稚拙。しかしその分だけ肉体を経由する表現が前に出ている。いったいこれをどう考えればいいのだろう。

——2004/2/19

005

# 恋と歴史と日露戦争

×月×日

アンリ・トロワイヤというフランスの作家がいる。伝記をよく書く人で、そちらはともかく小説の方は読んだことがなかった。その訳が三冊まとまって出た。

作者の名以上に訳者の名に惹かれた。小笠原豊樹。若い時から今まで、この人の訳したものをどれだけ読んだかわからない。ロシア語、英語、フランス語を訳して、美しい達意の日本語に仕上げる。ロシア文学の名作でもアメリカ西海岸のミステリでも、訳であることを忘れて読みふけった。

ロス・マクドナルドの作の中だったと思うが、三流の探偵が名刺に「第一人者中の最高峰」と刷り込んでいたとあった。いかにもその程度の奴なのだ。原文は見当もつかないが、この秀逸な訳に笑って、感心して、訳者こそ冗談ではなく第一人者中の最高峰だと思った。

他ならぬこの人が最近、トロワイヤの小説によって文学への飢餓感を解消し、翻訳までする気になったというのだから、これは読みたくなる。トロワイヤは九十歳を超えてまだ健筆であるらしい。

今回訳された三作の中から恋の三角形を主題にした『**石、紙、鋏**』（草思社）を選ぶ。

小説というのは何でも盛り込める器だから、書く方はついつい欲張る。さまざまな非文学的な要素を小説に負わせようとする（と、自省を込めて書いているのだが）。しかし、この小説は小説に必要十分な素材のみを用いて書かれていた。それでいて数時間の間、すべてを忘れて没入するくらいおもしろい。

アンドレという同性愛の男性が主人公で、この男がオレリオと呼ばれる美青年に一目惚れする。いくつか偶然が重なって、この青年がアンドレの家に同居することになる。画家であるアンドレは穏やかな性格で、強く惹かれながらもオレリオに迫りはしない。それでも二人は恋人の仲になる。アンドレはとても嬉しい。

アンドレの友人にサビーヌという若い女がいて、オレリオを寝取る。彼はいわゆる両刀遣い。アンドレは半分だけ袖にされたような具合で、それでも三人は仲よく行き来する。

やがて……

要するに人間関係だけでできた小説なのだ。あとは一九七〇年代のパリの雰囲気と風俗。これがおもしろい理由は、登場人物がみな派手でわがままで、予測のつかない行動をするからだ。アンドレ一人が、年長ということもあって、おだやかにことを納めようとするが、その彼だって荒れることはある。

オレリオなど、作者の手の中で暴れる元気な魚という感じで、最後には外へ飛び出してしまう。この欲望の躍動感がいい。

タイトルはジャンケンの意で（フランス人は知らないらしく注がある）、三竦《すく》みの関係ということ。

この作の他に『サトラップの息子』と『クレモニエール事件』の訳も同時に刊行されて、これも楽しみ。

## ×月×日

先に小説というのは何でも盛り込める器だと書いた。同じ恋の話でもそこに精一杯の素材を盛り込んだのが辻原登の『**ジャスミン**』（文藝春秋）である。

中心にあるのは恋だが、これが日本人の男と中国人の女優の大恋愛であって、土地は上海と神戸、時代は遡れば日中戦争から戦後の混乱期と文革を経て現代に近いところまで。世代を越え、いくつもの政体を経て変わるものと変わらぬものが遠近法で並ぶ。

恋は邪魔が入るから小説になる。この場合、主人公彬彦とヒロイン杏杏《シンシン》の仲を割くのは国籍であり、政治と社会であり、彼女の恋人や夫であり、距離であり、等々、枚挙にいとまがない。それを一つずつクリアする一方、事態もどんどん変わって、滔々と読み進めてようやく大尾に至る。途中、かつての障害が役に立つこともあるし、本人の意思が最も大きな障害になったりもする。

作者は何十本もの色のついた糸を巧みに操って美しい模様を見せてくれる。時にそれがもつれたように見えた時、一本をすっと引くと全体がはらりとほどける。この手妻がまこと見事で、読み手は本を置くこともできない。

そして、やはり中国という土地が魅力なのだ。上海の地名の一つずつがきらきら光るし、人々は日本人よりずっとまっすぐ歩くようであるし、ジャスミンのお茶はよく香り、事件には二つも三つも裏がある。これほど中身がぎっしり詰まった、密度感のある小説はめったにない。

**×月×日**

歴史とは今の時点から見た過去の像である。常識人の頭の中では歴史は項目ごとにパッケージになっていて、普段はだいたいそれで用が済む。しかし、そのパッケージはどこで誰から与えられたものなのか、疑うことも大事だろう。中身も時々は検証しなおした方がいい。

日露戦争からちょうど百年になる。これを再検討する『**日露戦争スタディーズ**』（小森陽一・成田龍一編著　紀伊國屋書店）が出た。二十名の論客がさまざまな面からこの戦争を考え直している。

常識的なパッケージでは、義和団事件を口実に欧米の列強が清国に軍事介入し、その結果、清国の勢力圏を離れた韓国を日本とロシアが争った。日本は戦費の調達に苦しみながら辛うじて勝った。この戦争を契機に日本は国民国家としての体裁を整えた、というあたりになるか。

『日露戦争スタディーズ』はいくつかの点でこれに疑問を呈している。まず大江志乃夫は「日露戦争開戦前、ロシアは韓国侵略の意図をまったくもたず、むしろ南満州からの全面撤退をしてでも日本との戦争を回避したかった」にもかかわらず、「日本は主観的な危機感だけから、あの大戦争を決定し、実行に移してしまった」という。つまりあの戦争は必要なかった。

どうもあれはとんでもない勘違いから始まったらしい。すべての戦争に反対という意見はスローガンとして上滑りし、主戦派を説得できない。しかし、可能なかぎり回避の努力を払えと主張することは大事だ。あの時はそれが不足だったのではないか。

この本で最も興味深いのは、戦争はいかにして始められ、いかに遂行されるか、その過程がよくわかることである。つまり、近代の戦争の基本形が学べる。

この戦争が国民国家の形成に寄与したとは、戦争を機に国民意識の高揚が図られたということである。外の敵ほど内をまとめるのに役に立つものはない。この原理は九・一一以降のアメリカにおいて、またここ数年の日本においても、百年前とまったく変わらずに応用されている。

その際のメディアの威力も変わらない。むしろぼくはこの本を読んで、日露戦争において早くも広範なメディアの動員が行われていたことに驚いた。小森陽一によれば、いわゆる軍神広瀬中佐の話は旅順港閉塞作戦の失敗を糊塗するために軍首脳部が考え出した目くらましだったという。この作戦の指揮官だった広瀬中佐はまず作戦そのものに失敗し、つぎに不用意に部下を捜しに船に戻って撤退の時期を逸し、その結果、部下三名と共に戦死した。無駄な死だった。

これが事実である。しかし軍とメディアは、広瀬は部下思いの故に死に至ったという美談の方をひたすら強調した。今回のイラク戦争で言えば、ジェシカ・リンチ事件の報道によく似ている。あるいは「自衛隊が行ったイラク」をではなく、「イラクに行った自衛隊」しか報道しない今の日本のメディアにも。

——2004/3/25

006

# 兵役とアルファベットと住所、映像の力

い。

**×月×日**

憲法第九条のおかげで戦後の日本に兵役という制度はなかった。だからぼくは兵士になったことがない。

イラクで誘拐された三人が「自己責任」だとすれば、自衛隊に就職したばかりにイラクに派遣された方はどうなるのだろう。海外派兵はない約束だったのだから、九十九パーセントまでが政策を変えた国の責任。それでも行かないという選択肢がないではなかった。

これが就職ではなく兵役だと百パーセント国の責任ということになる。徴兵という無類の強権について『**ぼくは兵役に行かない！**』（岩本順子　ボーダーインク）を読みながら考えた。

一九六一年に西ドイツのハンブルクで生まれた青年が十八歳で兵役を前にして、行かない道を選択する。一クラスで四名が兵役拒否を選んだというから珍しいことではない。行く者にしても拒否の手続きが面倒くさいからで、「兵役にいかないから弱虫だとか、そう考える友達はひとりもいなかったね。だって、みんな兵役なんてないほうがいいと思っていたんだもの」。

彼は軍というもの全体を否定するわけではない。でも指揮する側ならばともかく「自分が単なる道具と化してしまうなんて、とても耐えられない」と思う。

国防省地方代理事務所に兵役拒否の申請書を出して、審査委員会で二度ハネられ、裁判でようやく認められて、兵役代替役務に就く。重度の障害児の世話を十六ヶ月に亘って務め、新しい人生観を得る。

これは翻訳書ではない。後にこの青年の妻となった日本人女性が夫の体験を聞き出して書いたもの。

夫妻が沖縄を訪れた時に出会った編集者が、雑談の中から兵役拒否体験というテーマを拾い出して育てた成果がこの本である。

このままで行くと日本にも兵役制度が作られる日が来るかもしれない。憲法改訂の先には兵役が待っている。それは現実にはどういうことか、若い人たちはこれを読んで想像してほしい。

**×月×日**

文字についての本ならばいくらでもある。今さらアルファベットの起源でもあるまいと思うが、しかしジョン・マンの**『人類最高の発明アルファベット』**（金原瑞人、杉田七重訳　晶文社）はおもしろい。去年、ヨーロッパから帰る時に空港の書店で買って、機内で夢中で読んだ。翻訳が出たのを機にもう一度読んでみたら、やっぱりおもしろかった。鉛筆でマークしながら読むと、マークだらけになる。

世界の現状を見ても、アルファベットが文字として業界最大のヒット商品であることは歴然としている。文字を持たなかった言語はみなアルファベットを採用するし、ヴェトナム語のように漢字から鞍替えするところも多い。日本語はずいぶんアルファベットにすり寄っているし、漢字の本家の中国でも補助的に用いられる。「XO醤」という例もある。

この傾向は当初からあった。アルファベットは意味ではなく音を表すから、いくつもの言語をまたいで使うことができる。この汎用性が大事。言語が数千あるか数万あるか知らないが、そのすべてをアルファベットは記述できる。

アルファベットの表音は決して正確ではない。人の口をついて出る音をすべて記述するには二十六文字ではとうてい足りない。だからrという字一つ取っても英語と、フランス語、ドイツ語、イタリア語ではぜんぜん違う音である。日本語ローマ字表記のrはそのどれとも似ていない。文字として妥協しながら使うしかないわけで、このいい加減さが却って汎用性につながった。

本書で最もスリリングなのは最新の学説によるアルファベット成立の事情の解明だ。文字というのはもともとが記録のためのもので、その意味では保守的であたりまえ。エジプトの象形文字からアルファベットの「原種」となった文字を作ったのはエジプト人ではなかった。なぜなら「新しい文字体系は、若くて、希望と野望に満ちた新興社会においてのみ出現する」から。

エジプトの中にいた非エジプト人がそれを担った。紅海の東から来た、アジア人と総称されるいくつもの民族の中から、表音文字というアイディアが生まれて広く普及した。やがてこの文字は一神教という革命的に新しい宗教を支えるようになる。

このあたりから始まって、シナイ半島からフェニキアへ、ギリシャへ、そしてエトルリアへと話題を追って話が展開される。東洋では李氏朝鮮の世宗がハングルを作った話が「人類のなしとげた知的偉業のひとつ」として紹介される。こういうエピソードの一つずつが輝いていて知的好奇心をそそる。

**×月×日**

地名についての本も多いが、住所の本はない。そこで書かれたのが、今尾恵介の『**住所と地名の大研究**』(新潮選書)。大研究というだけあって、日本の住所システムについて厖大な実例を駆使して、そのロジックを探る。

日常的には住所はまず人の家を訪れる時に用いられる。自分で行かなくて手紙を出す時も同じ。広辞苑は住所を「住んでいるところ」と定義するが、実は住所とは住んでいるところの表記だ。広い日本で唯一無二の自分の家が簡潔かつ正確に表されなければならない。

そのために東京オリンピックの頃、伝統的な住所を合理化して今見るような住居表示制度が作られた。

しかしこれがずいぶん問題が多い。

住所には街区単位と道路単位の二つの原理がある。住居表示の実施にあたっては街区表示が（ぼくの記憶では何の議論もなく）採用されたが、これが使いにくい。東京でタクシーに乗って住所だけで目的地に着くのはむずかしい。ストリートの名と番地だけで確実に行き着けるロンドンやパリとはずいぶん違う。

また街区単位に分けると道路の両側にまたがって発達してきた地域共同体が分断されてしまう。

さらに、伝統的な小さな町の名が捨てられた。どの自治体にも「中央1丁目」が生まれ、「大田区」や「国立」のような折衷地名が作られる。地名から意味が失われて記号性が増す。生活感が薄いし、数字や東西南北ばかりで覚えにくい。小字《こあざ》を捨てたのは間違いではなかったか？

ぼくの私見を交えて要約すればそういう論旨が読めるが、しかしこの本の楽しみはまず実例の数だ。無数の実例を連ねて、住所を巡る話題を網羅する。雑然とした知識が整理される快感を味わうことができる。挿入された図もとてもよくできている。

この本にはないが、ぼくのような田舎の住民は、今まさに進行中の市町村合併で多くの地名が捨てられることを危惧している。

**×月×日**

これは読書日記だから紙に印刷されたもの以外のもの（つまり書店で買えないもの）を取り上げるべきではないのだが、今回かぎりは特例としていただきたい。

DVD『**パプアニューギニア・ニューアイルランド島から**』（「海と森と人の映像シリーズ」バハリNo.01　海工房）は南洋の島々の生活技術を撮った映像五本を収める。

文化人類学の基本姿勢に沿った資料映像のコレクションだが、刊行の意図が、商業テレビが流してきた興味本位の辺境イメージを是正することにあるのは明らかで、その効果は充分ある。

書物の徒が言うのも何だけれど、映像の力は強い。その分だけ受け取る側の姿勢が大事。バランスの取れた世界像を回復するために、このシリーズは意義がある。

——2004/5/13

007

# 移住者、クレオール、日本史への挑発

**×月×日**

日本ではあまり実感がないかもしれないが、今の世界で最も顕著な現象は人の移動である。観光旅行ではなく、不可逆的な移動。定住できなくなった人がしかたなく動く。

移民と難民がはっきり区別できるわけではない。戦乱に押し出されるか、少しはましな生活の見込みに引かれるか。どちらにせよ、彼らは圧力に応じて故郷を離れる。

運命が大きく変わるわけだから、これが文学にならないわけがない。実際、このところ英語の文学でおもしろいものの多くが移動という現象を扱っている。イギリスの文学賞として最も有名なブッカー賞など移民をテーマにしない作品の方が珍しいほどである。

**『ノーホエア・マン』**（アレクサンダル・ヘモン　岩本正恵訳　白水社）はサラエヴォからアメリカに渡った新人作家による長篇。主人公が正に移民の境遇にある男で、新しい言葉を覚え、新しい文化を身につける。不安に満ちた落ち着かない生活。

この新鮮な読後感はどこから来るのだろう。新人の傑作を才能という言葉で説明するのは簡単だが、もう少し具体的に考えてみたい。国境を越え、大洋を越える移動で人はさまざまな体験をする。だが、その体験をすべて書けば文学になるわけではない。

「だれかの人生の物語を書くときに難しいのは、おびただしい細部と小事件のなかからなにを選ぶかだ。それらはどれも同じくらい重要だったり、同じくらい無意味だったりする」と言っているのはたぶん著者その人。

いかにも重要なことだけ羅列したのでは、人生の真実を取りこぼしてしまう。「だが、世界があなたの感覚をくすぐった瞬間を単純にすべて列挙するのは不可能だ。それらの瞬間は、指のあいだやまつげのあいだからそっと漏れて消え、ひとり残されたあなたは、普遍的な経験という花火にしか、同情と批判のジェットコースターにしか興味のない聴衆に、自分の人生の物語を語らなければならない」というわけ。

ここまで小説の原理が分かっているのだから、この作品は平板なものにはなり得ない。新人賞の応募者はこういうものを読んで勉強するといい。

ぜんたいではヨーゼフ・プローネクという一人の男の半生が語られる。サラエヴォで生まれてそこそこ愉快な少年期を過ごし、ウクライナのサマースクールに参加、ユーゴの戦乱が始まった時にアメリカに渡って、シカゴ周辺で波乱の多い日々を送る。

これが話の流れだが、それを伝える小説の構成は単純ではない。シカゴで求職に苦労するある移民が、サラエヴォで知人だったヨーゼフに再会する話が第一章。

その後もさまざまな語り手がヨーゼフについて遠く近く報告する形で、多様な文体によって彼の運命と世界の動きが語られる。一章ごとが独立した短篇のようでもあるけれど、しかしそれらを貫く糸は太い。

タイトルの意味は明らかだ。ビートルズので、「どこにも所属しない男」の悲哀を訴える曲の題は、根を失った移民の心情にそのまま重なる。しかもヨーゼフは高校生のころサラエヴォでビートルズをコピーしたバンドをやって人気を博していたのだから、これは彼の人生のテーマ曲とも言える。

構成は工夫すれば作れる。しかし文章の巧緻はやはり才能。それに、移住してから身につけた英語でここまで鮮やかで品のいい文体を作ったことを考えると、格別の才能なのだろう。

**×月×日**

宮沢賢治についての本ならばもう山ほどある。その多くで彼が東北の人であったことが強調されている。東北対日本という構図で見るかぎり彼は東北代表であり、そこで彼の像は固定してしまう。

もう一歩踏み込み、彼を通じて東北の成り立ちを明らかにするという姿勢で書かれたのが西成彦《まさひこ》の『**新編森のゲリラ　宮澤賢治**』(平凡社)。

西がここで用いているのはクレオール文学という概念である。西インド諸島において、先住民とヨーロッパ人、それにアフリカ系の人々がそれぞれの言語や文化を持ち寄った結果、雑種的な言葉や文化が生まれた。その成果がクレオール文学と呼ばれるものだ。

これは特殊なケースだと人は思いがちだが、改めて考えてみればすべての文化の起源にはクレオール性がある。西が「地球上のあらゆる地域は、先住民と移住者の雑居空間なのである」と言うのは当然だろう。

では、東北でクレオール空間はいかに成立しているか。第一の先住民としては動物たちがおり、そこに狩猟採集の人々が入り込み、やがて農耕民が来て、最後に都市が築かれる。これらの過程は単なる征服＝被征服ではなく、もっと複雑な相互作用を含むものだ。

例えば「どんぐりと山猫」というよく知られた童話において、なぜやまねこはどんぐりたちの争いの仲裁を人間である一郎に頼まねばならなかったか？　なぜ稚拙な「国語」で書いた葉書を送らねばならなかったか？　政治的な役割を負わされた標準的な国語を用いるのは、先住民が弱い立場を自覚しているからである。山猫は一郎に権威を求め、一郎はその権威を利用してでたらめな審判を下す。その結果、彼らの友情は一回かぎりで終わる。

このような読みは実に新鮮で知的刺戟に満ちている。著者はイデオロギーで植民地主義を否定するのではない。「いま私たちに課されているのは、植民地主義を高みから断罪し克服することではなく、植民地主義がもたらした功罪について評価を加えながら、植民地主義と擬人法の新しい可能性を探究することなのだと思う。イーハトヴの住民たちがそうであるように、私たちもいまだ植民地状況のまっただなかにいるのである」。

話を元に戻せば、『ノーホエア・マン』はまちがいなくクレオール文学だ。人が母語と母文化を背負って移動する先々で別の言葉と文化に出会い、そこにクレオール的状況が生まれる。だからクレオールは非常に現代的で有効な批評概念となるのだ。

## ×月×日

丸谷才一はこれまでさまざまな形で日本語と日本文学を挑発してきた。日本文学史の再編成を提唱し、『忠臣蔵』を御霊信仰で解き、『源氏物語』に失われた序章を措定した。そしていつも、挑発された側からは何の反応もなかった。彼が初期の評論集に『梨のつぶて』と題したのがそのまま今に至っているかの如くだ。

新著『**ゴシップ的日本語論**』（文藝春秋）で丸谷は昭和天皇の言語能力を論じている。アメリカ人と日本人の二人の歴史家がほぼ同時に指摘したことを踏まえて、「昭和天皇は、何を語つても言葉が足りないし、使ふ用語は適切を欠き、語尾がはつきりしなくて、論旨の方向が不明なことを述べ」たと言う。

これは相当に重大な事ではないか。考えてみれば今まで日本人は昭和天皇の戦争責任問題などを、その個人的資質を脇に置いて、いわば天皇機関説に沿って論じてきた。人格に踏み込むことはなかった。

王権神授説の問題点は、王がすべて英邁であることを前提としているところだ。そうでなかった場合には国の運命は危うい。そして国というものは何よりもまず言葉で作られ、運営される。王の力は言葉に由来する。その認識が昭和天皇の教育者たちにはなかった（今の首相をかつぐ有権者の間にもないのかもしれない）。

この影響深刻であるはずの挑発もまた「梨のつぶて」に終わるのだろうか。

——2004/6/17

008

# 生理レベルの快感、消費生活、網野史学

**×月×日**

昔、スーパーリアリズムの画家の話を書こうと思ったことがあった（たしか長篇の登場人物の一人という設定だった）。彼は水彩で小さな細密な絵を描くのが得意で、腕試しに郵政省を騙そうと考える。

どうするかといえば、普通の封筒に手紙を入れ、友人の住所を書く。そして切手を貼る代わりに封筒の部分に切手の絵を描く。郵便局の職員が気づかずに消印を押せば、そしてその手紙が無事に配達されれば、彼の伎倆は証明されたことになる。

封筒の中に入れた手紙には、「きみがこれを受け取ったら、ぼくは日本一の切手画家だとみんなに言いふらして」と書いてある。

結局ぼくはこの男の話を書かなかった。こんなことを思い出したのは、平出隆の文章を集めた『**ウィリアム・ブレイクのバット**』（幻戯書房）の中に、まったく別の意味での切手画家ドナルド・エヴァンズのことが出てきたからだ。

この実在したアメリカの画家は生涯に四千枚の切手の絵を描いた。ニューヨークの建築事務所で働きながら切手の絵を描き、やがて憧れていたアムステルダムに移住して五年後、火事で死んでしまった。平出はこの画家に入れあげている。

エヴァンズが描いたのはすべて架空の国の架空の切手だった。「幼い日の切手蒐集と模型都市づくりの趣味からはじまって、彼は類ない発想と感覚でふしぎな幻想の地上をひろげていった。各国の通貨の単位や公用語を確定し、風土や歴史や支配形態を想像して、国と国との交渉史まで思い描いた」というのだから、一時の思いつきで郵政省に挑戦するのとは違う、生涯をかけての営みだったのだ。

世の中には、すぐに成果が出ないけれど、心のずっと深いところで人の意識に影響する仕事がある。ぼくには、平出のエヴァンズへの入れ込み方が、当のエヴァンズの生涯や絵と同じくらいエヴァンズ的に思われた。

彼は東京の画廊でエヴァンズの絵を見て、ニュージャージー州の生家を訪ね、画家の友人たちを訪ね、アムステルダムへ行って、最後は彼の遺灰が撒かれた海を船で渡る。

平出隆は詩人であるから、この切手画家への彼の静かな熱狂もまた詩人の所作という項目にあっさり分類されがちなのだが、しかし詩人という言葉を持ち出しただけでことが済むわけではない。

先にぼくはこの本を「平出隆の文章を集めた」と書いた。この文章、エッセーとか随筆とか小品とか、どうもそういう名を付けたくないものなのだ。とても美しくて、だがどこをどう工夫して美しくなったか、読み手にはわからない。どうも書き手の生きかた、というのが大袈裟ならば暮らしかたが関わっているようだ。

そうでなくて、どうして草ベースボールや猫や運転練習の話がこんなにエレガントに書けるだろう。緑閃光という天文現象を追いかけるにしても、ぼくはカリブ海で、つまりいかにもそれが見られそうな場所で、連日見た。見るべくして見たに近い。平出はしかし、エヴァンズゆかりのイギリスの離島で、思いもかけず沈む太陽の最期を飾る緑の光に遭っている。

一九六〇年代だったか、詩人たちが詩人らしい行動をいろいろ試みた時期があった。一本の電柱を二十個に切り、一つずつに取っ手を付けて、二十人の詩人がずらりと並んで立って一個ずつを持つ。横から見ると、一本の電柱を二十人が持っているように見える。

あるいは、数人の詩人で千葉県に行って太平洋の水を器に汲み、それを新潟まで運んで日本海に注ぐ（数年前、ぼくは沖縄本島の東シナ海側で見送った大晦日の太陽を翌元旦に太平洋側で出迎えるというプランを考えたのだが、実行には至らなかった）。

こういうふるまいにはどこか意図が見えている。人はなんとかしてこの境地を超えなければならない。詩人でも名人でも達人でもなく、暮らす人としてのよい姿。文章の上にそれを辿る快感がほとんど生理のレベルに達している。

やはり上等なエッセーに分類すべきか。

## ×月×日

ウィリアム・ギブスンといえば一九八〇年代に『ニューロマンサー』三部作でSFの風景を一変させた天才で、彼と共にサイバーパンクという言葉が生まれたのだった。その後もあれほど衝撃的ではないけれど一級の作品を書き続けている。最新作**『パターン・レコグニション』**（浅倉久志訳　角川書店）もなかなかおもしろかった。

主人公はケイスという名の若いアメリカ人女性で、ブランドやロゴに対する感覚が生理のレベルまで発達している。嫌いなロゴには強烈なアレルギー反応を起こす。新しいロゴのデザインを発表前に評価するのが仕事。職業柄、身につける衣類はすべてトレードマークを外してしまう。

一方、しばらく前からインターネットのあちこちで映画の断片らしきものが送り出されている。全容は知れないのだが、ものすごく魅力があって、カルト的なファン・サイトが作られ、さまざまな意見の投稿で沸き返る。ケイスもその常連投稿者の一人。

ある広告代理店がこの謎の映像の制作者を突き止める仕事をケイスに依頼する。経費は使い放題。彼女の探索の過程がこの小説の主なプロットになる。どこかパラノイア的で、トマス・ピンチョン風とも読めるけれども、謎が卑俗な地平できちんと解かれてしまっているあたりで、エンターテインメントの約束ごとに負けている。

それよりも、読んでいて惹かれるのはロゴに囲まれた現代の消費生活の質感がしつこく描写されているところだ。ケイスは「旧型カシオGショックの韓国製コピー」を腕につけ、「フルーツ・オブ・ザ・ルームの新品のTシャツと、バズ・リクソンの黒のMA‐1フライトジャケット、タルサのスリフトで買った無印の黒のスカート、ピラティス用の黒のレギンス、原宿《ハラジュク》の女子学生用の黒の靴」を身につけている。

この感じ、何かに似ている。『なんとなく、クリスタル』の上にフィリップ・K・ディックの悪夢が放射性降下物のように降り積もっている。このひりひりした肌ざわりが現代的な都市生活の実感、われわれに提供される初期設定《デフオールト》の舞台であるらしい。

**×月×日**

網野善彦が亡くなってもう数ヵ月になる。ぼくは学校その他で習った日本の歴史を網野史学によって一から習い直したと思っている。この人が提示してくれた日本列島の歴史にはこれまでになかった活気があり、人々のざわめきが聞こえる。

では本当のところ、網野善彦が提示したのはどういう歴史だったのか。要点をすべて押さえた見取り図を描いているのが中沢新一と赤坂憲雄の対談**『網野善彦を継ぐ。』**（講談社）である。

ただし、静的な総括ではない。網野を動かしていた多くの力の波頭を瞬時に捕らえて数え上げてゆく。網野は日本の歴史を動態として描き直したが、この二人は網野を動態で見ようとする。キーワードは「野性や未開」であり「いかんともなしがたい、えたいの知れない力」であり、「定住と漂泊がワンセットで対をなして発生する」であり、「畑作」である。

言ってみれば、次の世代は暴れ回る獣を何頭も押し込めた袋を網野から押しつけられたわけで、これを野に放すか、手元でもっと育てるか、餌もやらずに死なせてしまうか、我々はそれを問われている。

本書は百ページちょっとの薄い本だ。さっさと読んだ上で、もう一度網野の著作をじっくり読もう。

——2004/7/22

009

# 医師と銃、ルポルタージュの水準

## ×月×日

中村哲という医師の名をぼくたちはアフガニスタンの戦争を通じて知った。医療から井戸掘りまでという彼の支援活動は約二十年前に始まっていたのだが、アメリカの見当違いな攻撃でアフガニスタンに注目が集まって初めて、中村氏とペシャワール会のことが広く伝えられた。

中村に似たポール・ファーマーというアメリカの医者がいる。ボストンの立派な総合病院に勤務する一方、極貧のハイチに足繁く通って、診療所を営んでいる。この人物の活動を書いた**『国境を越えた医者』**（トレーシー・キダー　竹迫仁子《たけさこひとこ》訳　小学館プロダクション）がおもしろかった。

彼は一九五九年生まれ。ハーヴァードで医学を学ぶと同時にもっぱら社会正義の思いからハイチに入れ込み、医療人類学でも学位を取って、アメリカではずいぶん型破りな医者になった。いや、どこの国に置いても型破りだろう。

普通の市民が持つ医者のイメージは、白衣を着て、権威があって、高収入というあたりだが、ファーマーは、少なくともハイチにいる時のファーマーはジーンズ姿で、気さくで、暮らしぶりは貧民に近い。

貧困と病気は仲がよい。政治的にも不安定なハイチという国で、人々は先進国ならば何でもないような病気でどんどん死んでゆく。命の値段が安い。見なければ見ないで済むのだろうが、ファーマーは見てしまったし、目を離せなくなった。

「権力と特権の所在を一つ誤っただけで、ほかの場所にいる貧しい人々にどれだけの衝撃を与えることになるかがわかった」と彼は言う。彼は貧者の側に立とうとするカトリック思想「解放の神学」に惹きつけられた。目の前の患者を治すだけでなく、公衆衛生システムと診療所をゼロから構築するためのノウハウを体験的に習得した。医者としての彼は感染症の専門家である。

一九九四年に民主派のアリスティドがハイチの大統領になり、私利私欲ばかりの独裁政治の時代が終わった（彼が選挙に当選したのは一九九〇年だったが、その後またクーデタで倒され、しばらく雌伏していた）。三十五歳のファーマーはカンジュという僻地に病院を建てた。

この本から伝わってくるファーマーの人柄は、まずもって精力的ということである。それも歯を食いしばって頑張るのではなく、さりげなくすたすたと歩くうちにとんでもない量の仕事をこなしている。ここで歩くというのは比喩であって、今の彼はボストンとハイチの間だけでなくペルーへロシアへと世界中を飛び回っている。これほど飛行機に乗る医者も珍しい。

ペルーは結核。先進国ではあまり話題にならないこの病気が貧しい国では今も猛威をふるっている。薬はある。WHOはよく効く薬を配っている。しかし、その薬に対する耐性を身につけた菌が出てくるとWHOのプログラムでは対処できない。その種の菌に効く薬はおそろしく高い。

そこでファーマーはさまざまな奸策を講じて薬を調達し、ペルーのある少年を死から救い出した。一つの事例はその背後にいる多くの患者を示している。MDR（多剤耐性結核）は途上国では脅威であり、その責任の一端は硬直したWHOのプロジェクトにある。

貧国では医療は政治と関わらざるを得ない。国内政治も国際政治も人々の暮らしをダイレクトに左右する。そこで人々に接するには確たる思想がいる。

こういう人物を描くについて、著者トレーシー・キダーの伎倆はすばらしい。この本についてぼくはファーマーという主役よりもむしろ著者の仕事ぶりを強調したい。四百ページの大著全体に魅力のあるエピソードがあふれ、すべては具体的で、ファーマーの活動の記述を通じて今の世界のありかたが伝わる。正義と誠実、欺瞞と錯誤のからみあいがくっきりと見える。

そこで話は中村哲さんに戻る。彼には『医者井戸を掘る』（石風社）という著書がある。これまでの活動を心を込めて語ったよい本だ。だが、『国境を越えた医師』と比べると、何かが足りない。こういう場合、自分で書いたのでは限界があるのだ。あれだけ忙しい身では執筆の時間が惜しいし、それに多角的な視点も得られない。

なぜ、中村哲という、今後の日本の希望でもあるような象徴的な人物について、三年くらいの時間をかけて書くルポルタージュ作家がいないのか（今いるとしたら、取材中だとしたら、ぼくは声援を送りたい）。

今の日本の出版界は新書ばかりになってしまった。世の中には新書ではぜったいに伝えられない大きな重い知識・思想がある。それを盛る器、それを担う書き手が必要なのだ。

**×月×日**

日本のルポルタージュの水準を示す本として『**カラシニコフ**』（松本仁一　朝日新聞社）は高水準にある。

カラシニコフは旧ソ連が第二次大戦後に開発した自動小銃。銃として傑作であり、ベストセラーでもある。

銃は劣悪な環境の中で使われる精密機械だ。泥や埃や水にまみれて、ろくに掃除もされないままでも、いざという時には確実に弾が出なくてはいけない。この点でカラシニコフは他を圧倒している。

去年の三月、イラクに侵攻したアメリカ兵が、持ってきたアメリカ製のM16を捨ててカラシニコフAK47を使っているという報道があった。砂埃ですぐに弾詰まりを起こすM16と比べるとAK47の方がずっと信頼性が高い。

「水びたしにして一晩忘れていても、この銃は翌日すぐ使える」とアメリカ兵が証言する。だからこそこの銃は今も広く普及した。今、世界には約一億丁のカラシニコフがあるという。そして、法的な秩序が確保されていない多くの地域で、この銃は暴力による支配の主役になっている。

本書は銃とその設計者の姿を伝える。だが同時に、それに数倍するページを銃が使われる現場からの報告に当てている。著者はアフリカを担当した特派員だから、訪れた先ももっぱらアフリカである。シエラレオネの内戦では少年少女が兵士に仕立てられ、カラシニコフを持たされた。十五歳の少女ファトマタは上官に強いられて三人の民間人を射殺した。その記憶は平和が回復されても消えない。

アフリカには宗主国にも国連にも国際資本にも見放されたいわゆる失敗国家がいくつもある。そういうところではカラシニコフを持った武装勢力がそのまま権力になる。そのような国の目もくらむ不幸の実態をこの本は雄弁に伝えている。今の日本では貴重な本だ。

しかし不満がないわけではない。新聞のコラムをそのまま本にしたから書物の文体になっていない。これだけ広範囲な取材をした以上、素材はもっともっとあったはずで、それを投入した大著が読みたかったと思う。

著者の責任ではないだろう。もともと日本の読者にはアフリカの失敗国家への関心など薄いのだ。それを反映して本も薄いものになる。それでも、同じように無関心な国民を抱えたアメリカで『国境を越えた医師』が書かれた。期待を今後につなぎたいと思う。

## ×月×日

9・11から後、アメリカ政府がやってきたことはすべて見当はずれで、敵を増やすばかりだった。なぜこんなことになったのか、田中宇《さかい》の『**非米同盟**』(文春新書)は国際政治に関する無数の情報を大胆に読んで、この先を予測しようとしている。

おもしろいのはこの読みと予測の間に広いギャップがあることだ。9・11以降のさまざまな失策には理由があるのか? アメリカの自滅思想はどこまで本物なのか。これが実在するとしたら、主役は誰なのか。新聞の読みかたが変わるような、挑発的なところが本書の値打ち。

——2004/9/9

010
## 科学者の感情、パルテノン、赤いキリスト

**×月×日**

自然科学者はどうも小説の主人公になりにくい。世の人は、自然科学はロマンチックでないと考えているらしい。理屈と計算ばかりの仕事で、感情の参加する余地がないと思っているのか。試験管とかメスとか顕微鏡とか、冷たい感じではないか。

しかし、実際には自然科学の基礎にあるのは自然への熱い好奇心だ。好きだから蝶や鉱物や天体の研究に身が入るのであって、好きというのは言うまでもなく感情である。

『**地図に仕える者たち**』(DHC)というタイトルはちょっと科学啓蒙書を思わせるけれど、これはアメリカの作家アンドレア・バレットによる短篇集である(田中敦子訳)。自然への関心を人生の中心に据える人たちの、実はものすごく人間的な生きかたの話。

タイトル作の「地図に仕える者たち」は、一八六〇年代にヒマラヤの山中に分け入って測量と地図製作に従事した若いイギリス人が主人公で、困難で悲惨な探査行の記述と、それを通じて彼が次第に植物学に惹かれてゆくいきさつが丁寧に語られる。

彼は遠く離れて暮らす妻の身を思って手紙を書く。しかし当時の郵便事情では互いの手紙はなかなか届かない。愛はとても強かったはずなのに、異国の高山での苦難に満ちた歳月は彼を別の方向に導く。野卑で猥雑な同僚たちの中にあって、彼一人は自分なりの生きかたを求め、自分の中の知的好奇心に従う。それは一つの冒険だから、読者は彼に共感しながら、はらはらしながら、その足跡を追う。

細部の描写が緻密かつ豊かで、感情の揺れを書く筆致がデリケートで、妻への手紙を引用しながら彼の行動と心理を伝える展開がとてもうまい。その背景となるヒマラヤの自然や、歴史的事情の記述も行き届いている。

他の五つの作品もそれぞれに見事な出来。ポーランド出身の老いた化学者と若いアメリカ娘の出会い、化石を探しにゆく教育者のロマンス、生化学のとても優秀な女性研究者が幼いころに憧れたずっと年長の昆虫学者に再会した恋の顛末。二十世紀初頭に小さな結核の療養所を経営していた人々、など。

これらの短篇は独立してあるのではなく、登場人物たちの関係によってゆるく結び付けられている。ある話で名前だけが伝えられた子供たちが、別の話では大人になって主人公を演じる。この手法で、百数十年の歳月をまたぐ人々の移動と生活、出会いと自然への思いが立体的に見えてくる。拡散的な短篇群が実はゆるやかな長篇を構成している。

この本の印象はどこかスミソニアン博物館の鉱物標本展示室の静かな雰囲気に似ている。あの厖大なコレクションの背後には多くの研究者の熱意が潜んでいる。それは科学的であると同時にとても人間的で、心の深いところで共感を誘うのだ。

## ×月×日

この夏、オリンピック主催国という大役をギリシャはよく果たした。それに関連して報道されたあの国を巡る話題の中には古典期の文化の話も多かった。

遺跡や文化財は今も生きている。なかでもアテネのパルテノン神殿の彫刻群はここ何十年か白熱した議論の対象となっている。ルーブルにモナリザがあるように、大英博物館にはエルギン・マーブルがある。それほどの人気。今、声高なのは価値ではなく所有権をめぐる議論の方だ。

朽木ゆり子の**『パルテノン・スキャンダル』**（新潮選書）はこのテーマを周到に追って明快にまとめた好著である。

問題の彫刻はもともとパルテノン神殿の建物の上の方に嵌め込まれていた。造られたのは紀元前五世紀。それが十九世紀初頭にイギリスの貴族エルギン伯爵によって建物から外され、イギリスに運ばれ、いろいろ曲折の果てに大英博物館に収まった。

議論は法的ならびに倫理的にこれが正しい行為であったかどうか、また今後これらの彫刻群はどこに置かれるべきかをめぐるものだ。エルギンはイギリスからオスマン・トルコ帝国に派遣された大使であり、当時ギリシャはトルコの領土だった。だからエルギンがトルコ皇帝から彫刻搬出を許可する勅令を得ていたとすればこれは合法的だが、そうでなければ一種の国際的な窃盗ということになりかねない。

エルギンの側には、当時のパルテノンは荒れ放題で、そのまま放置すれば彫刻は重大な損傷を被ったはずと緊急避難を主張する論旨もあった。

この本はその間の推移を、エルギンという特異な人物の伝記や当時の国際情勢を絡めて、解き明かしてゆく。勅令はあったのかなかったのか、あったとしてもその解釈に逸脱はなかったか。トルコとイギリスだけでなくフランスも関わる国際問題で、その経過はとてもスリリングだ。

今、ギリシャ政府は返還を要求している。大英博物館はそれを拒んでいる。一方には文化ナショナリズムがあり、他方には年間四百五十万人の入場者に無料でこれを見せているという実績がある。

先進国にある博物館はどこも世界各地から集めたコレクションで成り立っている。一度返還を認めたら歯止めがなくなり、どこの博物館も空になってしまうという危機感がある。

ぼくは三十年近い昔、アテネに住んでパルテノンでガイドをしていた。その一方、ここ数年は大英博物館に通って、収蔵品とその出身地を主題に本を一冊書いた。ロンドンで大事にされている文化財の仲間が出身地では雨ざらしになっている例も見た。従ってこの問題はまことに身近であり、その意味もあってこの本を面白く読んだ。今、意見を問われれば、パルテノンの場合は返すべきだと言うだろう。ギリシャはたしかに条件を整えた。

それでも、多くの人々が行きやすい国際的な大都会に、世界文化史を一望できる大きな博物館があるのはいいことだとも思う。また、本当に返還されるべきは富裕な個人コレクターに私蔵されている盗品の方だと強く主張したい。去年のバグダッドの国立博物館から大量の文化財が強奪された件など、ただただ腹立たしいかぎりだ。あの背後にアメリカの骨董商の暗躍があったという説をぼくは信じている。

**×月×日**

革命は若い人々にしか担えない思想だろうか。

**『ゲバラ　赤いキリスト伝説』**（アラン・アマー　廣田明子訳　原書房）に収められたたくさんの写真を見ながら、そう考えた。

生前チェという愛称でしられたアルゼンチン出身の革命家エルネスト・ゲバラは、この簡潔な伝記の著者が示唆するとおり、どこかでキリストに似ている。二人とも世界の根本的な変革を主張し、時として荒々しくふるまい（武闘派だったゲバラについては言うまでもない。キリストならば神殿から商人たちを追い出す場面）、三十代で殉教と呼ばれるべき死を遂げた。

キューバでカストロに協力して革命を達成した後のゲバラの本性が明らかになる。カストロに次ぐ地位を保証されたのにそれを捨てて、社会主義の理想を世界に広めるべくコンゴに渡り、ボリビアに行き、結局はそこで殺された。

それから伝説が始まった。カトリック信者の多いラテン・アメリカで彼がキリストになぞらえられるのはある意味で当然のことだった。

社会主義という理想は国家という現実にはなじまない。だからカストロとゲバラは袂を分かった。それでもこの若いゲバラの顔を見ていると、特に死の直後の本当にキリストのような美しい顔を見ていると、人はそれぞれ心の内に理想を掲げて生きるべきだと思う。理想に死ぬのは凡人には無理だとしても。

——2004/10/14

011

## アボリジニの歴史観、野生の旅路、技巧の短歌

**×月×日**

二十世紀後半、欧米を中心にした先進国は見た目には繁栄していたけれども、その思想的な基盤は大きく揺らいでいた。キリスト教や、男性優位、資本の力、科学と技術、すべて真価を問い直され、どれも評価を下げた。現代文明を進歩の成果と誇るような素朴な史観はもう政治家以外の誰も口にしない。

クロード・レヴィ＝ストロースは改めて文明と野生を並べて、野生の側に多くの価値を見出した。われわれの視野は格段に広くなった。

その延長上で、歴史はどう見直されるか？

国などの共同体の過去についての記録と解釈。まずもって文字で記されたもの。狭くは中国に見るような正史。あるいは検定済みの教科書。崩してもせいぜい社史か個人史。読み物。

こういう常識的な歴史像を解体し、いわば素材にまでバラバラに分解して、別のものを組み立てる。保苅実の**『ラディカル・オーラル・ヒストリー』**（御茶の水書房）は若い学者の挑戦的・挑発的な著書である。読みながらこちらも議論に引き込まれ、反論を試みて論破され、やがて納得し、あげくの果てにこれがどれほど新しい思想であるかに気づいて慄然とする。そういう本だ。

副題に「オーストラリア先住民アボリジニの歴史実践」とある。著者はアボリジニのところに住み込んで、長老が「語る歴史」すなわちオーラル・ヒストリーを聞き取る。過去を語るという行為そのものを歴史の実践と見る。これを文明国の浩瀚《こうかん》な書物による歴史と等価と宣言する。

保苅が行ったのはオーストラリアのグリンジ・カントリーというところで、そこに彼は住み着き、人々と親しくなり、話を聞いた。彼らが過去をどう捕らえているかを聞き出した。まるで文化人類学者のフィールドワーク？　しかし彼は、目的が歴史なのだから自分は歴史学者だと言い張る。

歴史の常識は次々に外される。この歴史はまずもって文字で書かれていない。「史」とはふみ、すなわち文字ではないか。かつて川田順造は自著にわざわざ『無文字社会の歴史』というタイトルをつけ、それについて説明の文を添えなければならなかった。しかし、文字は絶対の条件ではない。

次に歴史家の専門性が否定される。歴史を研究するから歴史家なのではない。過去を振り返る時、人に過去を語る時、参照する時、思い出にふける時、人は歴史をしているのだ、と著者は言う。歴史とは人や共同体が過去に向かう行為の全体である。

そして実証主義が（仮に）放棄される。一九六六年、グリンジ・カウンティーのアボリジニは土地所有権をめぐる政府との闘いにおいて大きな一歩を記した。これは誰もが認める事実だ。この時、アメリカのケネディ大統領が自分たちを支援しに来てくれたと彼らは言う。しかし一般の歴史にはこの事実はない。ケネディは来なかった。それでも、彼らもまた正しいと言ってみたらどうか？

「そうすると……学術的歴史学の立場からしてみれば、もう無茶苦茶なことになってしまうんですよ」と著者は言う。それを承知でその道へ敢えて踏み込む。だからこの本のタイトルには「ラディカル」という言葉がついている。「過激」であり「根源的」である。

史実性から解放された歴史学は、「正統」な歴史学とは両立し得ない。その矛盾を回避するために歴史家は、「彼らはケネディが来たと信じている」と話題そのものを枠に入れて外から論じる。あるいはこれは歴史ではなく神話である、と言う。

保苅はそのどちらをも採らず、アボリジニに向かって「あなたの歴史体験と私の歴史理解のあいだの接続可能性や共奏可能性について一緒に考えていきましょう」と言う。

彼はジミーじいさんという話者に出会い、彼らの「歴史」を聞いた。それはもちろん編年的ではなく、乱雑なエピソードの羅列と、彼らの哲学による世界解釈が混ざったものであって、とても魅力がある。

ジミーじいさんが頻繁に用いた五つの用語は——「大地」、「ドリーミング」、「法」、「正しい道」、「歴史」。この五つの用語が相互に交換可能なのが彼らの世界観だ。

ぼくはこれまで何冊もの本を読み、オーストラリアに行ってブッシュを歩いたりアボリジニの人々に会ったが、「ドリーミング」という創造神の概念はなかなか理解できなかった。それをこの本は明快に説明しきっている。砂上に描いた世界図が役に立つ。

若くて元気な文体と、大胆な仮説、体験の一回性をふまえたしなやかな歴史記述、等々、隅から隅までおもしろい本だった。三十代前半にして初めて可能な著作。歴史家としてこれからの仕事が楽しみだと思ったが、278ページまで読んで、この期待は消滅した。

保苅実はもういない。これ一冊を遺して彼は急な病気で逝った。こういうこともあるものかと慨嘆する。

## ×月×日

狩猟採集を業として自然の中で暮らす人々には着実な移動の能力がある。何の目印もないように見える荒野で、彼らは迷わない。

この能力をいたずらに神秘化するのではなく、われわれが都市を歩く時の行動原理にもつながるように合理的に解明できないか。

**『野生のナヴィゲーション』**（野中健一編　古今書院）は文化人類学や認知科学などの研究者七名による移動の原理の共同研究である。

アフリカ南部の砂漠、カナダ北部の氷原、マレーシアの密林、太平洋などで、なぜ彼らは迷わないのか？

どの場合にも言えるのは、人間の観察力だ。人は自然の微細な特徴を読み取り、記憶し、次の旅路で参照する。記憶は一回ごとに更新される。さらに地形に応じて何かが加わる。

ぼくが興味深く読んだのは、カロリン諸島の人々が用いる架空の島による航海術だ（秋道智彌の報告）。エタックと呼ばれるこの技法のことは前から聞いていたが、この本でようやくわかった。

こうして解説してもらっても、それでも彼らはすごいと思う。技術とは別に、迷う危険を承知で果敢に旅に出る姿勢において、持っている勇気の量が違う。

ここ数年、カーナビの普及で観光客の行動パターンが変わった。沖縄でいえば観光タクシーはすたれ、みながレンタカーを使うようになった。もちろん進歩、技術の勝利。だけど、周囲を観察する能力は速やかに失われつつある。今やわれわれは他人の表情さえ正しく読めない。

**×月×日**

石井辰彦の歌集**『全人類が老いた夜』**（書肆山田）がおもしろかった。とても技巧的で、とてもブッキッシュ（これはもちろん賛辞だ）。

たとえば、9・11について――

窓という窓を（急いで）開けよ！　ほら、天翔《あまがけ》る悪意を視るために

これで読者はあの日の朝のニューヨークを思い出す。誰もが空を見ていたあの時を。

全部が時事的なわけではない。品のいい祝婚歌のシリーズがあり、マラルメやパウンド、中上健次などへのオマージュの連作がある。なかでも、李商隠の漢詩「楽遊原」に寄せた十首に惹かれた。

只今只只管《たついまただひたすら》に駆け抜けたのは誰《たれ》？　隣り合ふ人生《ジンセイ》を

にはスピード感とゆっくり感が併置される。

あるいは最も詩興に富んだ一首。

星の降る草原にただひとり酔《ゑ》ふ……　むしろ昏酔《コンスイ》する、といふ、夢

——2004/11/18

# 2005年



## 理科年表、四色問題、コンクリート

**×月×日**

**『理科年表』**という一種の年鑑がある（国立天文台編　丸善）。中はほとんど数字。「暦」、「天文」、「気象」等々、いくつもの部門に分かれていて、統計値や観測値や定数がずらりと並んでいる。うまく使うと日々の役に立つことが少なくない。体系的よりは現場的、が編集の基本方針。

ぼくは二〇〇四年の夏からフランスに住んでいる。前にいたのは沖縄だから、気候などずいぶん違う。朝が寒いなと思って、この地の気温が日本で言えばどこに当たるか知りたいと思う。こういう時が『理科年表』の出番。フランスの気象統計はル・ブールジェという町で代表され、ここの年間平均気温は一〇・九度。これを日本に当てはめると秋田や高山あたりが近いということになる。

あるいは、「地学」の部門で「世界地震分布図」を見れば、いかに日本に地震が多いかが歴然と見てとれる。

毎年買い換えるほどではなし、三年に一回くらい買っていたのだが、今年は編集方針に大きな変化があったので買うことにした。

大きな変化とは「環境」という新しい部門が立ったことだ。本来は理科系の人々（プロもアマチュアもファンも）が身辺に置いて便利というのが編集方針だが、環境への関心は日常においても必須のものとなったのだろう。

温暖化についていろいろなことが言われる。もうこれは現実の課題で、一刻の猶予もならないという科学者の主張に、産業界はなにかと難癖をつけて対策を遅らせる。京都議定書に対するアメリカの態度などその典型。しかし、『理科年表』で「サクラの開花日」と「イチョウの黄葉日」を見れば、温暖化はもう明らかだ。

その他、「日本の夜空の明るさ分布」や、「年次別・地域別」の広葉樹と針葉樹の「樹林面積」など、新しいセクションにはおもしろい図や表が多い。今回の拡張は意義があった。

「暦部」が最も毅然としている（編纂の主役は国立天文台なのだから、これは当然）。「環境部」に次いで歴史の浅い「生物部」など資料の選択と配置にどこか一貫性がない。それがまた日進月歩の成果であるようにも見えるから、雑然とした印象もあながち否定できない。「ヒト遺伝子座表」などというページを見ていると、本当にここまでわかったのだと感動する。

その一方で、『理科年表』は根本的な改革が必要ではないかとも思った。まず、文庫判で千ページを超えると造本に無理が生じる。開けておきたいページが勝手に閉じてしまう。

図表の多くはカラー化すればずっと見やすくなるはずだ。レイアウト全体がデザイナー不在という印象で、せっかくの素材がもったいないと思う。

先に現場的と書いたけれども、『理科年表』は本作りとして素人っぽいのが魅力だった。不器用な学者たちがおずおずと出した資料をざっと束ねたという感じ。しかし今はそれを超える努力があってもよいような気がする。

以上、少し愚痴も混じったけれど、ぼくは『理科年表』という、世界にも珍しい、由緒ある、どこか寺田寅彦的な出版物がとても好きなのだ。

## ×月×日

『理科年表』をカラー化するということは、図の中のいくつもの領域を色分けするということだ。

白地図の色分けという問題がある。いくつもの国からなる白地図に色を塗る。隣り合った国が同じ色にならないようにするには最低何色が必要か？

一見単純そうに思えるこの問題が、実際にはとんでもない代物だった。数学とはエレガントなもので、込み入った図形に補助線を一本引くと難問がはらりと解けるはず。数学者自身を含めて誰もがそれを期待している。

ロビン・ウィルソンの『**四色問題**』（茂木健一郎訳　新潮社）は数学者たちの長い苦闘の歴史である。いろいろな地図を描いて実際に塗ってみれば、どうやら四色あれば充分らしいということはわかる。五色必要な地図は未だ見つかっていない。

しかし経験則では済まないのが数学で、四色で充分ということを証明しなければならない。これをアッペルとハーケンという二人のアメリカの数学者が一九七七年に証明した。問題が提起されてから百二十四年目のことだった。

しかし、この証明は美しくなかった。地図は形によって十万以上のケースに分類され、そのどれもが四色で充分と確認するためにコンピュータが千時間以上駆使された。要するに力でねじ伏せたのだ。これが証明と言えるだろうか?

数学におけるエレガンスとは、最短経路の発見である。だからピタゴラスの幾何学は美しく見える。その意味では、四色問題の場合も、これはこれで最短経路だったのだ。そう納得するためにこの本は他の数学者たちの失敗の数々を詳しく辿っている。場合分けして攻めてゆくしかないとわかり、場合の数がどんどん増えて手に負えなくなり、「可約配置」とか「還元障害」、「五人の王子の問題」、「四本足の国」、「放電法」、「シマモトの馬蹄」などなど奇妙な専門語を生み、最後にコンピュータが登場した。

ぼくはこれを読みながら、「神は捕らえがたいが、悪意があるわけではない」というアインシュタインの言葉を思い出した。彼が言う神は自然の真理である。

四色問題の場合、神はほとんど悪意に近いいたずら心で真理を隠した。それもまた自然の性格の一つとわれわれは受け止めるしかない。ただし、もちろん、この最短経路が、まったく別のアイディアによって、縮まる可能性はまだある。

## ×月×日

東京に一時帰国すると、増殖するビルの数に圧倒される。どれもこれも似たような建物がどんどん増えてゆく。地方に行けば道路は延びるし、堤防とダムは増える。

そういうものはどれも鉄筋コンクリートで造られており、これはとても丈夫な建築素材として信用されている。この常識を崩したのが小林一輔の『コンクリートが危ない』(岩波新書)だった。日本のコンクリートに問題があることは、山陽新幹線のトンネル内壁剥落や阪神淡路大震災で実証された。

優れた知性は各論から総論に移行する。日本のコンクリートを論じた先で小林はこの素材のなりたちを世界史的に広げ、『**コンクリートの文明誌**』（岩波書店）を書いた。

話はローマ帝国に始まり、実に具体的に、コンクリート施工の現場が語られる。技術史は読んで工程を一歩ずつ辿れるほどでないと意味がない。最初期からコンクリートがコールドジョイントと呼ばれる接合不全に悩まされていたことなど、まこと身につまされるようだ。しかし、ローマ人はこれを解決した。

コンクリートはその後、歴史から一度消えて、十八世紀になってイギリスで復活した。それまでの石とモルタルでは自然の力に対抗し得ない灯台建築のために、ローマ以来忘れられていた素材がよみがえった。

以後、コンクリートは現代の建築や土木の主役となった。鉄筋との組合せで強くなったのも理由の一つだろう。フーバーダムや横浜築港、コンクリート船（！）など、興味深い話題が次々に並ぶ。瞠目すべき視野の広さだ。

「文明誌」と距離を置いて客観的に書きながらも、著者は今の日本への危機感を隠せない。ポンプで圧送する今の施工方式では、どうしても水増しのゆるい生コンが用いられる。コンクリートは本来の強度を発揮できない。

ちなみに、ぼくが住むフランスの町では、今も生コンをバケットに入れ、クレーンで運んでいる。先日それを目撃したことを、はからずも本書を読んでいて思い出した。

——2005/1/13

013

# 武装解除の技術と二重国籍

**×月×日**

平和のプロセスは見えにくい。

「平和は賢者の夢、戦争は歴史の現実」と言ったのは誰だったか。平和を祈れば平和が実現するわけではない。自衛隊がサマワに行っても、平和なのは陣地の中だけ。いやそれも怪しい。

武器を持った勢力がにらみ合っている現場で、誰が何をどうすれば仮にも平和が訪れるか。これは理念の問題であると同時に技術と方法の問題である。憲法論議と自衛隊の運用のどちらもが硬直しているから、日本でこの現実的課題の解明に関する本はめったにない。

伊勢崎賢治の**『武装解除――紛争屋が見た世界』**（講談社現代新書）がおもしろかった。

著者は紛争地域に民間人として入っていって、平和を実現することを職務としてやってきた。この分野は「日本人の進出が情けないほど後れている」と言うとおり、こういうポジションがあるということもわれわれは知らなかった。

彼は紛争地域へ、内戦状態は終わったけれど、まだ武装勢力がそのまま残っていて一触即発という時に乗り込む。彼らを説得して武器を供出させ、軍組織を解散させ、兵士を市民に戻す。ＤＤＲと呼ばれるこの過程を、大きな国際ＮＧＯや国連機関や日本政府の名において指揮する。

現地のいろいろな勢力や権力、国連機関や関係国の政府やＰＫＯ部隊の間に入って、というのは具体的にはそれぞれの思惑を調整し、メンツを立て、時には脅し、時にはおだて、平和達成という原則に沿って、その実現を促す。戦いが終焉して、ある程度まで公正と呼べる選挙が行われたところで、任務達成と見なす。

要は力関係を調整するマネジメントであるが、扱う力の規模が大きい。経済人が利益のためにすることを、まったく別の目的のために行う。ボランティアではなく職業。全体にプロフェッショナルとしての気概が満ちている。

伊勢﨑はインドのスラムで住民運動を組織した経験を土台に、紛争解決の専門家になり、以後シエラレオネ、東チモール、再びシエラレオネ、そしてアフガニスタンと、危ない地域を渡り歩いてきた。

話は具体的だ。武装解除について言えば、そう宣言して武器の供出をただ待つのではない。カラシニコフを持って出頭した兵士に、まずその銃の分解・組み立てをさせる。本人が兵士であることと銃が使用可能なものであることを確認するのだ。その上でハンマーをふるって銃身を曲げ、二度と使えないようにする。

そういう細部から、大国の思惑まで、多種多様な場面が交錯する。人間の生活と国際政治の駆け引きが二重写しになる。南の国と北の国の間でどういうことが起こっているか、これでようやく、わかる。

9・11の直後、シエラレオネの一主婦がBBCラジオの公開番組に電話を掛けてきた。「テロ世界戦を終結するために決定的な方法をミスター・ブッシュに提案したい」という。

それは何かというと、「オサマ・ビン・ラディン氏をアメリカ合衆国の副大統領に任命することです」。

一九九九年に、悪逆のかぎりを尽くした反政府組織の首魁フォディ・サンコゥをシエラレオネの副大統領の座に据えたのはアメリカだった。この痛烈な皮肉の声を伊勢﨑はシエラレオネで聴いていた。

アフガニスタンの武装解除に際して、いくつもある勢力を平等に無力化しなければならない。そのためには国際的な軍事監視団が必要となる。日本は非武装の自衛官の派遣を求められたが応じなかった。

「敵対武装勢力間の信頼醸成の要となる国際監視団への派遣は、特にそれが非武装であるということから、平和憲法の精神に正しくフィットしたものなのに。日本の政治家には、自衛隊の最も魅力的な有効利用を現行法の中で解釈し、推し進める粋な連中はいなかった」と伊勢﨑は言う。

世界は紛争に満ちている。国際社会の無力の方を強調すれば、かつてこの欄でぼくが紹介した、リンダ・ポルマンの『だから、国連はなにもできない』（富永和子訳　アーティストハウス）になる。それでも国際社会はこれだけのことをしてきたという報告が本書。現実はこのふたつの間にあるようだ。

## ×月×日

世界は広いから、遠い国のことはなかなか伝わらない。日本から最も遠いのは中南米である。だからブラジルやアルゼンチン、ペルーやメキシコあたりの事情などわれわれが知らなくてあたりまえ。

しかし、グローバリゼーションの時代に世界各地は距離以外の経路でも結ばれている。ある分野、あるテーマについては、ラテン・アメリカ諸国がわれわれの隣人だということもある。それなのにニュースは伝わらない。資本家と外務官僚だけが知っていて、メディアが報じないことがある。

上野清士の**『南のポリティカ——誇りと抵抗』**（ラティーナ）はグアテマラとメキシコで十二年を過ごした著者の現地発コラムである。

「誇りと抵抗」が示すとおり、上野は南の国々の立場から今の世界を見ている。日付のある文章は細部まで具体的で、だから強く訴える。読み進むうちに、これを視野に入れないまま世界を論じるのは欺瞞だという思いが湧いてくる。

イギリスが狂牛病（牛海綿状脳症）騒ぎの最中、彼はベリーズ（念のために記しておくと、これはメキシコとグアテマラに国境を接する小さな国の名である）を旅していて、路上に「もっと牛肉を食べよう」という横断幕がはためくのを見たという。ベリーズはかつてのイギリス領ホンジュラス。宗主国は他に売りようのない危険な牛肉をこの国に押しつけたらしい。

先進国のこの臆面のなさ、あるいは無恥にわれわれは慣れている。なんとも思わない。これが南北問題の基本形である。

日本に関わる話題で言えば、元ペルー大統領フジモリの二重国籍問題。

日本の外国人管理はまことに厳しい（時には、帰還したら迫害が予想される人でも容赦なく追い出される）。日本では二重国籍保有者は基本的に二十二歳でどちらかの籍を選ばなければならない。また日本籍がなければ地方自治体の課長にも就かせないと最高裁が言うくらいだから、外国で公職についた者の日本国籍取得は禁じられているはず。

ではなぜフジモリの日本籍は認められたのか？　ここまでは誰でも疑問に思うが、上野の説はもう一歩先へ踏み込む――「ペルーの日本大使公邸占拠事件の際、日本政府は一貫して『武力解決』を避けるようフジモリ前大統領に懇請していた。前大統領はそれを見事に裏切った。日本政府をいわばコケにしたのである。そんな前大統領を今度は、ペルー国民の声を無視し、『国籍』まで与えて庇《かば》いつづけているのが、また日本政府である」。

今の日本のジャーナリズムには南の視点が不足している。それに気づくためにも、この本は広く読まれるべきだ。

### ×月×日

遺伝は今の科学で最も話題に富む領域の一つである。なんと言ってもスターが多い。『**ドーキンス vs. グールド**』（キム・ステルレルニー　狩野秀之訳　ちくま学芸文庫）は、二百ページほどの小さな本にこの両雄の主張の違いを巧みに要約した、ありがたい本だ。「ドーキンスは、科学こそ啓蒙と理性の唯一無二の旗手だと考えているが、グールドはそうは考えない」。なるほど。論争によって二人の名は広まったが、それもまた彼らの思想的生存戦略だったのかと考えながら読むとおもしろい。「利己的な学説遺伝子」があるのかもしれない。

――2005/2/17

## 014 カナダの作家、イタリアの作家、狂牛病

**×月×日**

今、われわれは自分たちをもっぱら横の関係で捕らえて生きている。つまり、大事なのは友人であり、職場であり、遊びの場だ。親との仲は昔よりずっと希薄だし、子を持たない人も多い。全体として通時的であるよりは共時的な世界観。

自分が今ここにあることを時を遡って規定する契機が少ない。親はもちろん祖父母も知っているとして、その前はどうか。ぼくは三代前の先祖（祖母の父の代）の行状を比較的くわしく知って小説を書いたが、それでも辿れるのはせいぜい江戸末期までだ。現代人はそもそも過去に対する関心が薄い。

カナダの作家アリステア・マクラウドの長篇『**彼方なる歌に耳を澄ませよ**』（中野恵津子訳　新潮社）の主人公は五代前の先祖のことを知っている。大家族からなる彼の一族の人々はみな、自分たちの出自やこの二百年間の事績のことを熟知して、いつも話題にしているのだ。この主人公はたまたまぼくと同じ歳なのだが、六代にまたがる記憶というのはちょっとかなわない。

この一族は一七七九年に一人の男に率いられてスコットランドからカナダに移住した。だから始点がはっきりしている。その後も縁戚関係が密接で、身体の遺伝的特徴も一目でわかるほど明らか。それを意識して、彼らはしばしば「血は水よりも濃い」と言う。

彼らの拠点はカナダの最も東の地域に位置する、つまり最もスコットランドに近い、ケープ・ブレトンという島だった。この話の時代設定は一九七〇年代で、主人公はもうこの島を離れてしまっている。多くの者が島を出たけれど、誰の記憶にも島はくっきりと残っている。彼らは血統と地縁によって自分が誰であるかを定める。そのためか生きかたに揺らぎがない。不幸な事件はいろいろ起こるけれど、それを越えて生きるすべを知っているように見える。

もともとは開拓者だから、山を開き、家畜を飼い、海で漁をしていた。その後で、島を出て鉱山で働く者が多くなった。長兄が弟たちを率いて各地の鉱山を渡り歩く。主人公は今は歯列矯正を専門とする歯科医として暮らしているが、それでも兄たちと一緒に鉱山で働いた経験がある。ドリルで穴を開ける点では同じなどと言って自分で笑ったりして。

出自を知り、故郷を持ち、親との仲を大事にし、兄弟でまとまって働く。都会の孤独なばらばらの群衆とは異なる人々である。

しかし、これは昔の生活を喪失する物語でもある。それを示すのが主人公の職業であり社会的地位だ。もう彼らは父や祖父の世代のようには暮らしていない。

主人公はアレグザンダーという英語の名の他に「ギラ・ベク・ルーア」というゲール語の呼び名も持つけれど、「小さな赤毛の男の子」という意味のこの名で呼ばれることはもうない。彼の妻は東欧の出身である。

それでも彼は自分たちの遠い過去を忘れないのだ。五代前の先祖キャラム・ルーアとその人の話はずっとついて回る。彼の双子の妹は父祖の地であるスコットランドに観光旅行に行き、その顔立ちから村人にすぐに同族と認められて家に招じ入れられる。

この作家の魅力は（前に同じ叢書で出ている二冊の短篇集でも明らかだけれど）エピソードのうまさだ。漁に使った舟を陸に揚げるために馬の力を借りる。その役割の馬がいて、遠くにいても指笛ひとつでやってくる。一働きして褒美に燕麦をもらう。しかしある日、まだ幼かった主人公がその燕麦を忘れて海に出て……という話。こんな話が本当にいい。

ある種の人々のことしか書かないけれど、それについては完璧な手法を持っている。不思議な作家である。

## ×月×日

ヴィットリーニの『**シチリアでの会話**』（鷲平京子訳　岩波文庫）はまったく異なるタイプの小説だ。

一九四一年の刊行だから、イタリアはファシズムの時代。しかも作者は初め思想としてのファシズムを信じ、後に転向した人物であり、訳者によれば「つねに私服の刑事が尾行と監視を続けていた」のだから、この作品は検閲をかわすために比喩に満ちたものになった。訳者による長い「解読」の文章が附されているのはそのためだ。

思弁的な小説だからストーリーは、ちょうど『魔の山』のように、単純である。シチリアの故郷を離れて久しい主人公がふと思い立って帰郷する。旅の途中でも、帰った先でも、いろいろな人に会う。最も大事なのは母との再会だ。彼が帰郷したきっかけは、この母を捨てて別の女と暮らすという父からの手紙だった。

当然ながら母はこの父をなじる。「卑怯なひとだわ！」と言い、女好きだった夫への長年の不満を言い立てる。夫にひきかえ、自分の父は偉大だったと言う。

しかしこの会話は、抽象名詞を使うわけでもないのに、全体がどこか非現実的で、嚙み合わない。そのうちに母は息子の質問に誘導されて自分のかりそめの情事のことを語る。情景としてはネオ・レアリズモの映画を見ているよう。ヴィットリーニは文学におけるネオ・レアリズモの創始者の一人だからこれは当然なのだが。この場合、大事なのは「責務の文学」ということで、いずれにしても社会性は色濃い。

だから次々に違う面を見せる母親は、母であると同時に鉄道員の妻であり、社会主義を信奉する農民の娘であり、官能的な女であり、したたかな生活者であり、時には聖母にも似る。シチリア人であり、イタリア人である。

それに対して、「古くからの夢」を追う芝居がかった父の方はムッソリーニ、その新しい愛人はナチス・ドイツ。しかしこれはずいぶん単純化した要約で、比喩はもっと重層的であるし、速やかに変わってゆく。

すっきりとした姿の中に多様な思想と象徴が押し込められた、一度ではとても読み切れない小説だった。

**×月×日**

最近のように新書の刊行が多いと、石の間に混じった玉を見逃しかねない。去年の末に出た『**もう牛を食べても安全か**』(福岡伸一　文春新書)は、いかにも時事的なタイトルのために手に取らなかったのだが、これが相当に重みのある本だった。

たしかにテーマは狂牛病(ＢＳＥ)である(その後の呼称によれば「牛海綿状脳症」)。アメリカからの輸入再開を政府が画策している時に、これはタイムリーな話題だ。しかし、著者はただ安全の問題を論じているのではない。この問いを手がかりに生命の真の姿を見事に解き明かしている。

なぜ動物はタンパク質を食べなければいけないのか？　食物が単なるエネルギー源だとしたら、炭水化物と脂肪だけで充分ではないか？　食物は身体の構成要素の素材でもある。われわれの身体は恒常的な部品交換によって維持されており、その速度はおそろしく速い。「個体も細胞も、それらを構成する分子自体は流れに流れ、数週間から数ヶ月の間にはそっくり更新されてしまう」という。我は昨日の我ならず。

その素材としてタンパク質は欠かせない。食物は消化管を素通りしてカロリーを与えるだけではない。身体そのものになるのだ。

食物は前の個体の一部だった時の形態を、いわば記憶として持っている。身体の方は消化を通じてそれを消去し、まっさらにして用いる。しかし、狂牛病の病原体プリオンは消化の過程をすりぬける。牛に共食いを強いたことからこの病気は生まれた。牛の身体は仲間の身体を異物と認定できず、前の個体の分子的な記憶が紛れ込む。タンパク質だが毒ではなくて病原体。

この本は病像の解明のスリルや、経済原理と倫理のかけひき、研究者たちの多彩な性格、などを次々に論じながら、生命とは何かという大きな問いにも答えてくれる。優れた科学啓蒙書である。

——2005/3/24

015

# アメリカ先住民、カタコトの響き、知識人

**×月×日**

フランスの作家ル・クレジオはアメリカ大陸の先住民の文化にあこがれている。ぼくはル・クレジオの熱心なファンであって、またアメリカ大陸の先住民の文化に強い関心を持っている。

コロンブスがそれまでヨーロッパ人に知られていなかった大陸を「発見」し、その後にスペイン人が大挙して押し寄せ、そこにあった国々を滅ぼし、財宝を奪い、人々を殺した（「半世紀のあいだに、四千万の死者」！）。世界史でよく知られた事実である。

ル・クレジオは三十歳の時から四年ほどパナマで、先住民エンベラ族とワウナナ族と共に暮らした。「この経験は、ぼくの人生をすっかり変えた。世界および芸術についての考え方、他の人々との付き合い方、歩き方、食べ方、愛し方、眠り方、さらには夢にいたるまで、すべてを変えた」と彼は言う。

彼がアメリカ大陸の歴史を語る時、その言葉には重みがある。以前に彼の『メキシコの夢』の邦訳が刊行された時は夢中になって読んだ。今回、その延長上にあると言える**『歌の祭り』**（管啓次郎訳　岩波書店）が出て、やはり飛びついた。

多様なテーマをさまざまな文体で書いた論集である。一貫しているのはコロンブス以前からこの大陸や群島に住んでいた人々への強い敬愛、むしろ思慕に近い思いだ。

最初は個人的体験。病人のためのベカという「歌の祭り」のこと。文化人類学者でない彼はこのイベントを観察しているのではない。部外者だから消極的に、しかしまちがいなく、参加しているのだ。病気で死にかけている若い女のためにベカが催され、メニオという優れた呪術師が毎晩歌う。病人の「胸

は苦しそうに持ち上げられ、もう手足を動かす力は残っていなかった。それなのに、彼女の顔は輝いているのだ。絶食のせいで大きく見える彼女の両目は、見たこともない光を放っていた」。

現代文明を批判するために辺境文化の塁に拠るのは珍しいことではないが、ル・クレジオの論旨はそれ自体が美しい。現代人はいわば容器の獲得にばかり労力を注いで、結果その中に入れるモノを失った。安楽な暮らしの中で絶望している。ル・クレジオはコロンブスに始まる喪失の歴史をもういちど丁寧にたどることで、「歌の祭り」の回復を試みる。困難を承知の果敢な努力。

コロンブスに続いたスペイン人は先住民の書物を集めて燃やした。それでも重要な書物が何点か後世に残された。それによって「発見」以前の歴史が明らかになる。その中の二点をル・クレジオはフランス語に訳した（邦訳は『マヤ神話――チラム・バラムの予言』と、『チチメカ神話――ミチョアカン報告書』。共に新潮社刊）。美しく、また恐ろしい本である。

今の文明をそのまま受け入れて享受するか、不満を抱いて批判し、別の世界を構想するか、青臭い議論かもしれないけれど、道は二つある。もしも別の世界を考えるのなら、次のような言葉はとても役に立つ――「古代メキシコ人にとって大地とは人が所有しうる財ではなかった。それはただごく短い人生のあいだ、貸し与えられるものなのだ」。

**×月×日**

私事ながら、去年の夏からフランスで暮らして、言葉で苦労している。フランス語というもの、読むのはともかく、話すと聞くは今もってまことに拙い。

その一方で、開き直るようだが、言葉というもの、この程度の抵抗感と共に用いるのもなかなかよいという気もするのだ。滑らかに会話している時には実は言葉は空回りしている。言葉が本当に力を発揮する場面とは、お互いに不自由な言葉をなんとか絞り出し、意思を疎通する時。あるいはそれがうまくいかない時。

管啓次郎の『**オムニフォン**』（岩波書店）はそういう場における言葉の輝きを捕らえた見事なエッセー集である（ここで「エッセー」とは原義に戻って、試みの論ということ）。

世界にはたくさんの言語がある。いくつもの言語を操れる人は尊敬される。しかし、それは特別な例ではないのか。半端に習得された言語もそれなりに機能を発揮する。

移民として、奴隷として、難民として、会社に派遣されて、人は移動する。行った先で聞き慣れない言葉と出会う。そこで、生活がかかっているから必死で耳を澄ましてわからない言葉を聞き取り、なんとかして思いを伝える。思いを慣れない言葉に託して解放し、目の前の相手の判断に身を委ねる。

さまざまな言葉の響きが行き交う場に於いて言語の機能を見直す。この本では著者はもっぱらカリブ海の視点に依っている。このあたりは先住民と到来したヨーロッパ人、それにアフリカから強制的に連れてこられた黒人が、それぞれの言葉を持ったまま入り交じって、混沌の中から文化を形成してきた。ここの文学は「小さな場所で書かれた大きな文化衝突の文学」だと著者は言う。

正統な文学史では作家や作品はそれぞれの箱の中におとなしく収まって陳列されている（今ぼくはハコをハカと誤記しかけた！）。この本ではジャメイカ・キンケイドやエドゥアール・グリッサンやマリーズ・コンデが箱の境を越えて隣に侵入し、多和田葉子やローレン・アイズリーと会話する。そこで使われるのは、伝えようという意思に貫かれたカタコト語、ピジンとかクレオールとか呼ばれる生成的な言語だ。流暢でない分だけ実は伝達力がある。

この本ぜんたいが雑然として、いくつもの話題が沸き立ち、ページの中で異質なものが衝突している。人は言葉を獲得することで語り手になり、文学者になる。ロートレアモンと、ラフォルグ、シュペルヴィエルという、ウルグアイ生まれの三人のフランス語詩人が論じられるのはそのためだ。

著者はいろいろな文体を繰り出して、いわば遊撃的に、熱を込めて、文化史的な旅へ読者を誘《いざな》う。一ページずつが糖度が高く、熱帯の果物のように強い匂いを放っている。ぼくはずいぶん丁寧に読んだが、まだまだ読み落としているものがあるような気がする。カリブ海的な文化の衝突と生成の前では、日本列島は袋小路のいちばん奥のように思われる。

言い忘れたが、この著者は前記『歌の祭り』の訳者でもある。

**×月×日**

中村真一郎という小説家が亡くなってもう七年を越えた。この人のもので最も好きだった『**雲のゆき来**』が文庫になったのを機に再読した(講談社文芸文庫)。

話は文学的なエッセーの体裁で始まる。元政上人《げんせいしょうにん》という江戸初期の詩人を巡る論考が続いて、これは小説ではなかったのかと読者が疑いはじめる頃、「この物語は、十七世紀の坊さんの後を追いかけている途中で、突然に現代の国際的女性にぶつかってしまうという、急旋回をすることになる」。

マドモワゼル・ヤン、すなわち楊嬢はドイツ人と中国人の間に生まれて、今は女優。この話の語り手と彼女の父がかつて知人であったことが明らかになり、二人は過去の探索に乗り出す。目的があるとすれば、楊嬢の父への憎しみを昇華することだろうか。二人の仲はロマンチックな方向には展開せず、雑多な知的話題を巡る過激な議論に終始する。過激なのは若い楊嬢の方だが、彼女の活力がこの話を駆動しているのだ。

語り手は知識人であるから、彼にとっては抽象語がとても具体的で、そのことに対する疑念がまったくない。それがこの小説の不思議なトーンを決定しており、そこに浸って読みふけるのはとても気持ちがいい。とんでもない組合せの素材から美味を引き出す料理のよう。

――2005/4/28

016

## チェーホフの恋、画家たちの恋

**×月×日**

今は恋愛小説が書きにくい時代である。古代のギリシャ語圏で生まれた恋愛小説の基本形は、恋する二人がいて、いろいろ邪魔が入って、最後にはめでたく結ばれるというものだ。

しかし、現代では恋の邪魔をするものはあまりない。家柄や、戦争や、病気は恋を妨げる力を失った。邪魔が入らないと恋は情事に堕する。「もう百年もすると、互いの口に舌を差し入れても何も感じなくなる」とロレンス・ダレルは言った。それから五十年たった。

リジヤ・アヴィーロワの**『私のなかのチェーホフ』**（尾家《おおや》順子訳　群像社）がおもしろかった。彼女は十九世紀後半から二十世紀前半まで生きたロシアの作家で、これはチェーホフとの交情を書いた回想。

文学好きの若い女が結婚して、出産して間もない頃、ずっとあこがれていた独身の人気作家アントン・チェーホフにたまたま出会う。お互い惹かれるものがあるようだけれど、彼女は踏み出せないし、チェーホフの方も踏み出さない。

しばらく会わぬ時期があって再会すると、チェーホフは「三年前に会ったとき、知り合ったのではなくて、長い別れの後で再びめぐり逢ったという感じが、あなたにはしなかったですか」と問う。前世に因縁があったと言いたいのか。

こういうことを言われて喜ばない女はいないだろうが、しかし何も始まらないうちにゴシップが先行する。次に会った時は夫が邪魔する。その後も二人だけで会うことはない。だいぶたってからチェーホフは「恋していました。これほど夢中になれる女性が他にいるとは思えなかった。あなたは美しくて、僕の心をぐっと摑んだ」と告白するけれど、しかしやはり仲は進展しない。湿った薪のようにくすぶるばかり。燃え上がるだけの時間と空間の密度がないのだ。

今、考えてみると、現代の恋が情事になってしまう理由の一つは通信と交通の発達である。会うことがたやすく、相互の意思確認が容易だから、すぐに寝床に入ることになる。手紙ならば、届く間にこちらの気持ちも相手の事情も変わってしまい、だからすれ違いが生じる。

そこで恋愛小説では偶然の出会いが多用された（例えば『アンナ・カレーニナ』）。作者の強権で無理に世間を狭くしなければ話が成り立たない。そして、成り立たなかった現実の例がこのチェーホフとリジヤ・アヴィーロワの場合だ。

やがてチェーホフは「恋について」という作品を雑誌に発表し、それを読めとリジヤに手紙で指示する。それは人妻への恋を、相手が人妻であるが故にあきらめる男の話で、それがチェーホフの真意だと思ってリジヤは泣く。

しかしながら、これは一方の側の証言だから、相手が何を考えていたかはわからない。それにチェーホフは優れた作家であり、彼女も作家だった。お互い嘘を構築するのが仕事だ。チェーホフの「恋について」は小説だし、この回想にも創作が混じっている。

そう留保した上でなお、この慎ましい淡い交情の報告にはどこか真摯なものが認められる。それが共感を誘う。

×月×日

では、創作ならば作家はどんな恋愛を書けるか。人物も、状況も、出会いも、邪魔の設定も思いのまま。

これがなかなかむずかしいのだ。自由というのは寛大すぎる君主のようなもので、臣下はどこまで勝手にふるまっていいいか戸惑う。時にやりすぎて王の恩寵を失う。

ドイツの作家ハンス゠ヨゼフ・オルトハイルの『**干潟の光のなかで**』（鈴木久仁子訳　エディションq）はそれがうまくいった例だ。

時代は十八世紀の末、場所はヴェネツィア。主人公は記憶喪失の青年。名前だけは覚えていてアンドレアと名のるこの青年は、ある伯爵に保護されて、その屋敷で暮らす。

彼は水に対する親和性が高く、魚のことをよく知っており、自分は漁師だったのではないかと考える。しかし、それ以上に、ものの形と色について尋常ならざる識別力を持っている。

彼は絵を描く。まずは魚の絵。それから建物や市街。とても鋭い眼を持っていて巨匠の作品を容赦なく批判する。対象をちゃんと見ないで描くから嘘ばかりの情景になると言う。

さて、彼を保護して、その絵の才能に気づいた伯爵の隣家には未婚の美しい娘がいる。独身の伯爵はカテリーナというこの娘を見初めて恋をするけれども、それを相手に伝える手だてはない。どちらも格式と財産を背負った名家ということが彼を縛る。

カテリーナの老いた父はこの娘を結婚させようと思い立ち、良家の次男か三男をと思って物色しはじめる。伯爵は長男なので除外され、ロンドンで暮らす彼の弟が選ばれる。彼がそんなバカなと思っている間にも話はとんとんと進み、盛大な結婚のパーティーが開かれる。

弟はしかし式が済むと花嫁に手も触れずにロンドンに帰ってしまった。人妻に若い男性の侍者を附けるのが当時の習慣で、この侍者をチチスベオと呼ぶのだが、アンドレアがその役に選ばれる。

こういうメロドラマ風の展開の要所々々に何か異質なものが挟み込まれている。記憶喪失という最初の設定もそうだ。アンドレアの超人的な絵の能力もそう。ちなみに彼の絵を伯爵の弟はロンドンで売りさばいて大きな利を得る。

そして、もちろん、アンドレアとカテリーナの禁断の恋が始まる。若い恋は官能の喜びに直結し、それが絵に転化する。絵を理由に官能の行為が解き放たれる。この場面はまことに美しい。

若い人妻に若い男を配して、手は触れるなという。このチチスベオという矛盾の制度を作者はぞんぶんに活用している。しかし、話が進むにつれて記憶喪失と絵の才能という伏線が動き出して、読者は思わぬ方向へ連れ出される。

そうか、そういうからくりだったのかと最後に読者は膝を打つだろう。この小説の中ではリアリズムに則《のっと》った話の展開と、それと距離を置くもう一つの流れが平行して進み、最後に合流して読む者を驚かす。この趣向が美事だ。

## ×月×日

イギリスの作家サラ・デュナントの『**地上のヴィーナス**』（小西敦子訳　河出書房新社）を見よう。

先の作と同じように場所はイタリア。同じように若い天才的な画家と若い人妻の恋。ただし時代は少し戻って十五世紀の末。ルネッサンスの盛りのフィレンツェが舞台だ。

ヒロインは名家の次女で、画家はその父が北方の修道院から拾ってきた孤児。画家の素性が謎めいているところは共通するが、こちらは歴史小説という性格が濃く、波瀾万丈で細部に凝っているけれども、それ以上の仕掛けはない。メディチ家の支配は揺らぎ、原理主義的なサヴォナローラの説教が人々の不安をかきたてる。フランス軍が侵攻してくる。そういう時代の全体像を描くのが作者の意図であって、この物語を一人称で語るヒロインと画家の仲は、歴史的事実というビーズを連ねた首飾りの糸のようだ。ドイツの作家とイギリスの作家が昔のイタリアを舞台にした画家の恋の話を書いた。前者は芸術家小説であり、後者は歴史絵巻。個々の作家の性格であると同時に、どこか国民性を反映しているようにも思われる。だからセットで読むとおもしろい。

——2005/6/16

017
## 家庭新聞とカレーソーセージ、等質性

**×月×日**

最近、戦争の敷居が少しずつ低くなっているような気がする。もちろん今も充分に高い。一歩でまたげるものではない。しかし、敷居どころか塀だったはずの憲法九条を揺する力は次第に強くなっている。世間の雰囲気が戦前に似てきたという声もある。北朝鮮との仲、韓国との仲、中国との仲、どれも悪化の一途を辿っている。頼るはアメリカばかりだが、計算高いアメリカが永遠の盟友とはとても思えない。

では、本当の話、戦前とはどういう時代だったのか。ここに言う「戦前」は第二次大戦の起こる前、日本で言えば真珠湾以前ということだろう。

しかしそれは本土にいた日本人の感覚であって、たとえば中国大陸にいた日本人にとっては一九三一

年の満州事変以降は戦前ではなく戦中だった。この時期の山東省青島《チンタオ》に日高という姓の日本人の一家があった。

**『戦争のなかで考えたこと——ある家族の物語』**（日高六郎　筑摩書房）は、この時期に少年から青年になった著者の体験的かつ思想的なメモワールである。言うまでもなく日高六郎は戦後日本の市民運動の指導者の一人であり、六〇年安保やべ平連を支えた思想家だが、それは後の話。

弟の八郎が小学五年生の時に始めた『暁』という「家庭新聞」のコピーを一九九六年になって六郎が病床の弟から受け取る。刊行部数一部、手書き、Ａ４判十二ページ。父と兄弟四名が執筆者で、兄弟は青島と東京に別れていたから、一枚の新聞はこの間を往復した。六十五年の後に見れば、この新聞は立派な史料である。今で言えば家族単位のブログという感じだが、「発行のときから、『暁』は家族以外のだれにも見せないという約束が、言わず語らずにあった」。

青島の中国人社会の雰囲気と、その中の孤島である日本人社会の雰囲気、更にその中の孤島である日高家の空気の間にはそれぞれ大きな違いがあり、それは小学五年生の八郎でさえ感じとっていた。だからこれを外に対して閉じたのだ。

『暁』のコピーを手にしたことをきっかけに六郎は往時を振り返り、自分の歩みを辿り直す。思想的な歩みはある意味では予想の範囲内だ。彼の戦後の活動は幼少時にすでに準備されていた、という読みは、彼のファンと彼の論敵が共に抱く感想だろう。

ぼくの興味を引いたのは、著者の思想的な彷徨以上に、同時代の証言の部分である——「中国人が海水浴場に入ることを禁じる、中国人の子どもたちに日本軍勝利を祝う日の丸の旗行列をさせる、中国人生徒に学校の宿題として『教育勅語』を、わざわざ漢文に直して、清書させる——そうしたことがらもまた、いや、そうしたことがらこそ、日中戦争の全体を構成する重要な実態である」。

まだ若かった著者はこういう光景を目撃した。この体験を土台に自分の思想を構築した。それを読者は追体験する。ぼくはほぼ全編を共感を持って読むことができた。はるか昔のことだとも言える。もう忘れた方がいいのかもしれない。しかし、この場合、未来のために過去は忘れよう、と言えるのは中国人の方であって、われわれではない。

## ×月×日

**『カレーソーセージをめぐるレーナの物語』**（ウーヴェ・ティム　浅井晶子訳　河出書房新社）は正に戦争中のドイツの物語、戦争の圧力に抗する愛欲と食欲の物語だ。

舞台はハンブルク、時期は一九四五年四月二十九日。つまりヨーロッパの戦争の末期で、ベルリン陥落の寸前、ヒトラーが自殺する前の日から話は始まる。

主人公のレーナは四十三歳。夫と二人の子があるが、夫は行方不明だし、子供たちも別のところにいて、一人暮らし。彼女は音楽会の切符を買う行列で二十四歳の海軍兵士ヘルマン・ブレーマーと出会う。ちょっと言葉を交わした時に空襲警報が鳴り、二人は一緒に防空室に入る。

そして、なりゆきでレーナのアパートに行き、つつましい食事を共にし、そのまま寝床を共にし、その後で彼女はこう言う――「もしよければだけど、ずっとここにいてもいいのよ」。

こうして移動中の兵士だったブレーマーは脱走兵になって、このアパートにかくまわれる。戦闘の恐怖と女の愛が、軍の規律と銃殺の恐怖を上回る。昼間は食料品庁の食堂で働くレーナは、ブレーマーを残して出勤しなければならない。その間、ブレーマーはじっと息を殺して、アパートで待っている。そして夜になれば、慎ましい食事と豪奢な性交。

五月七日にドイツが連合軍に降伏しても、レーナはブレーマーにそのことを伝えない。策を弄して真実を隠し、彼を引き留める。やがて彼はこの甘い罠に気づく――「彼がここに留まったのは、戦車やイギリス軍への恐怖心のせいばかりではなかった。彼が残ったのは、あの雨の降る寒い朝、レーナの隣に横たわり、彼女の温かく柔らかな乳房に手を置いていると、起き上がることが、地面に掘った湿った冷たい穴に入ることが、そしてそこで撃たれて死ぬことが、なにかまったくまちがったことのように、いや、ほとんど倒錯したことのように思われたからだった」。

彼女は降伏から三週間ちかく、彼をだまし通す。そして、最後には彼を失う。

本来ならば短篇で終わる話だったかもしれない。しかしこれを二百ページを超える中篇に仕立てなおした作者の伎倆を、読む者は充分に楽しむことができる。

だからこれは、カレーソーセージという卑俗な屋台の食べ物の縁起譚になっている。老いて施設に入っているレーナに、かつて近所に住んで彼女の屋台でカレーソーセージを食べた作者が昔話を聞くという凝った体裁になっている。

「ひとりの海軍一等兵曹、銀の優秀乗馬者章、三百四分のキタリスの毛皮、二十四フェストメートルの材木、ウィスキーを飲む女性ソーセージ工場主……」などの盛り沢山な物語なのだ。

ちなみに主題となる食べ物は、ソーセージがカレー風味なのではなく、輪切りにした仔牛のソーセージをケチャップとカレー粉を合わせたソースで和えたものらしい。こんどドイツに行ったら試してみよう。

**×月×日**

丸山眞男に鶴見俊輔たちが質問をぶつけた対話の本が出た。『**自由について――七つの問答**』（質問者は鶴見の他に、北沢恒彦と塩沢由典　SURE刊）は二十年前に行われたこの対話を初めて収めたもので、なかなか濃厚な内容。

思想史と政治学に関する丸山眞男の考えは主著を読めばわかる。それに対して、それらの考えの背後にあった彼の思いを知るには、この本がいい。

ぼくがものごころついて以来ずっと疑問に思っていたことの一つに日本社会の等質性がある。居心地の悪さの理由はこれではないか、と疑いながら、確信がなかった。これについて丸山はこう言う――「朝鮮人差別や部落差別とかを抱えながらも、世界的に比較すれば、これほど等質的な国民っていうのは、ぼくはないと思うんだ。本来的にみんなが一致すべきであるっていう建前のほうが、どうしても先行する」。

フランスで子供を学校にやっている身で振り返ると、日本の学校は今も軍隊をモデルにしているように思われる。だから日の丸が好きなのだろうか。

――2005/7/21

018

## 戦争の伝説化、沖縄戦、渓流の風景

**×月×日**

例年ならば八月十五日が終われば戦争論はあまり聞かれなくなるのだが、今年はどうも様子が違う。その時期だけ論じて後は忘れているのも奇妙だったけれど、こんなに戦争の話ばかりなのも尋常でない。

戦時には戦争は現実である。兵士にとって、戦場の民間人にとって、戦争は日々を構成する要素だ。

しかし、終わってからは戦争は記憶であり、意味づけであり、伝説と化す。

問題はどう意味づけるかということ。なぜならば、最後の戦争の意味づけの中で次の戦争が準備されるから。ヒトラーが政権を得たのは、第一次大戦でドイツが負けたのはユダヤ人が背後から刺したからだ、という彼の巧みなキャンペーンの成果だったという（これもまた伝説かもしれないのだが）。

今、戦争映画はヒットし、来年のファッションはミリタリー調という噂も聞いた。若い人々の間に制服願望があるらしい。どうしていいかわからないから自分の判断を停止して、権威を求める。それを感情論で煽る動きがある。

映画「男たちの大和 YAMATO」の広告に「……愛する人、家族、友、祖国のために決戦の海へと向かった」とある。またいつもの詐術かと嫌になる。あの時は順序が逆、まずは祖国のためだったのだ。それでは今の若い人々にアピールしないからと順番をすり替える。恋人が目の前でアメリカ兵にレイプされているわけではない。決戦の海でもない。決戦はとっくの昔に終わっていた。愚劣な作戦でも人は死ぬ。死んだ者を賛美する前に、愚劣を糾弾すべきではないか。

第二次世界大戦を今どう意味づけるか？　アジア太平洋戦争をどう考えるか？　例えば保阪正康の『**あの戦争は何だったのか**』（新潮新書）は、「日本という国は、あれだけの戦争を体験しながら、戦争を知ることに不勉強で、不熱心」と言う。左も右も決まり文句を繰り返すばかりで戦争の経緯を正確に追おうとしない。それはそうだろうと思う。

まず軍の組織を解説し、歴史を二・二六から始めて、真珠湾を経て敗戦までたどる。エピソードを連ねてよくまとめてあるし、これはすべて知っておくべきことだろう。大和出撃がどれくらい無意味だったかはこれでわかる。

しかし、結局のところ、これは日本史の範囲を一歩も出ない本である。世界史の中の日本という視点がない。だから「何のために三一〇万人もの日本人が死んだのか」と問うて、殺した方を問わないことになる。今、靖国問題は内政と言う姿勢とどこか似ていないか。

**×月×日**

玉木研二著『**ドキュメント沖縄　1945**』（藤原書店）は毎日新聞連載のコラムを集めた本。いわゆる沖縄戦を四月一日の米軍本島上陸から、公式の戦闘が終了した六月二十三日まで一日ずつ追うという体裁で、一回ごとに写真が添えられる。

沖縄戦を扱った本はこれまでもたくさんあるけれど、これは本土側の動きと呼応する形で沖縄の日々を書いたところが新機軸だ。

だから、例えば五月七日の項では、ひめゆり学徒隊の少女たちが傷病兵の世話をしていたという話題の先で、東京では疎開しなかった学童のために私塾が開かれているという話が紹介される。

読者はこの対比の意味に気づくだろうか。「手術では手足をのこぎりで切り落とし、傷口のウジは除去する間もなくわき出、膿《うみ》のにおいが立ちこめた」という記述と、「中野では女教師が、隣組の四人の子に無償で毎夜教えて感謝された」という報告が並ぶことをどう考えればいいのか。

これまで沖縄戦は一つの独立した事象として描かれてきた。この本では戦争末期の日本の、最も苛烈な戦闘地域の記録という印象が強い。だが、それは沖縄にとって何の慰めにもならない。

沖縄人に対して日本への帰属を求め、連帯感を訴え、それゆえに戦えという促しはあったし、沖縄人の側にそれに呼応する心理もないではなかった。また本土から赴任した中には、県知事島田叡《あきら》のような人物もいたかもしれない。

しかし、沖縄人にすれば、本土と一体化した戦火の沖縄という考えは今もって受け入れがたいものだ。

本土の空襲も激しかっただろうけれど、それでも沖縄だけが地上戦で格別ひどい目にあった、本土はそれで時間かせぎをした、という思いはどうしてもぬぐえない。

その一つの理由は日本軍のふるまいである。『疎開』の名の下に軍は住民をスパイ視して追い出し、その家畜を軍の食糧として確保した。波照間《はてるま》では教師を装って潜入していた陸軍中野学校出の『離島残置工作員』が抜刀し、疎開をしぶる島民を脅した」。

それ以来六十年になるけれど、このような日本軍のふるまいについて本土側は忘れたふりをしてきた。沖縄人はなかなか忘れることができない。

それとも、もう沖縄人も忘れたのだろうか。これも戦争の伝説として忘れるべきなのだろうか。沖縄の米軍基地がなくなった時点で改めて考えるとしよう。

## ×月×日

では、伝説の類を交えることなく過去の戦争を論じるのは可能か?

加藤陽子の**『戦争の論理』**(勁草書房)は歴史学者として、ことの起こった時点に立ち返って当事者たちの意図を確認する、という作業を通じて、事象とその解釈・受容を弁別する。

一例を挙げると、近代日本史の伝説の一つとして、軍が統帥権の独立を盾にとって暴走した、というものがある。ある程度までは正しいのだろうが、それだけではない。

本書では明治以来の法制から説き起こして、その時々の軍と政府の関係を明らかにしている。必ずしも軍だけに責を負わせるわけにはいかないようだ。

その他にも「日露戦争開戦と門戸解放論」や「徴兵制と大学」など、十本の論文を重ねて、全体として軍と不即不離の関係にあった日本社会の姿を示す。

伝説に依らない正確な過去の像を土台にして、われわれは未来の像を描かなければならない。

### ×月×日

話題を変えよう。

エッセーというのは常に何かについてのエッセーであるわけだが、その何かのことを詳しく知らなくても楽しめるのがよきエッセーである。

回りくどい言いかたになったけれど、要はここに渓流釣りに関する見事なエッセーがあって、それを釣りをほとんど知らないぼくが満喫したということ。

湯川豊は**『夜明けの森、夕暮れの谷』**（マガジンハウス）で、都会の男がフライ・フィッシングでイワナを釣るために山の中の川に行き、そこで出会った魚や人、クマやスズメバチ、食べ物、また釣り道具の数々を語る。

出会いの一つずつが彼の中にいかなる波紋を起こしたか、その経緯が綴られる。筆致はのびやかで、読んでいて気持ちがいい。人みな山へ入れば俗臭が抜けるわけでもないだろうが、山の中では俗が跳梁する余地がない。

すっかり山に入って暮らしている江沼次助という男の話がいい。もとは金沢に住むデザイナーで、釣りがきっかけで白山麓の川に通うようになり、やがて女房と一緒に山中の出造り小屋に移り住んだ。やがてこの女房を交通事故で失い、一人で暮らす。

少しの野菜を作り、和式の毛鉤《けばり》や投網でイワナを獲って、キノコや山菜と共に料理屋などに売る。イワナを獲る伎倆は正に名人の域に達している。カラス天狗という綽名は容貌ばかりに由来するものではあるまい。

と書きながら著者は、ひょっとしたらこの次助という男と同じ道を辿ったかもしれないもう一人の自分を透かし見ているかのようだ、というあたりがこのエッセーの奥行き。

——2005/9/8

019

## 大西洋、烈女の大活躍、ブレスレット

**×月×日**

今年のパリのブックフェアで、一緒に行った事情通の友人が、「これがおもしろいの。とても評判になっているし」と言った本があった。

その翻訳が出たので、思い出して手に取った。ファトゥ・ディオムの『**大西洋の海草のように**』（飛《たか》幡《はた》祐《ゆう》規《き》訳　河出書房新社）。著者は一九六八年生れで旧フランス領セネガル出身の、フランス語で書く女性の作家。

二十六歳でフランスに渡って苦労しながら小説を書いた。これが長篇としては初めての作だというが、すでに円熟した伎倆で、完璧と言っていい。

基本的には自伝である。しかし、それを小説に仕立てる工夫が上手なので、ただの個人の感懐に終わらず、今の世界の縮図がみごとに描かれることになる。

主人公が住むフランスのストラスブールと、故郷であるセネガルの二つの極を電話が結ぶ。話すのは姉と弟。話題はサッカー。ヨーロッパカップの試合の結果を、弟に電話で報告する。故郷の村ではテレ

ビは一台しかなく、みんなで見るその一台はしばしば故障する。サッカー選手になってヨーロッパで栄光の暮らしを目指す弟にとって、憧れのマルディーニが出る試合の結果は人生の指標のようなものなのだ。

しかし、姉はヨーロッパに行ってサッカーで成功したいという弟の夢に賛成できない。それがいかに徒《あだ》な夢であるかを説くのだけれど、弟は聞き入れない。

この二人の仲を基軸に、因習的な故郷の島の人間模様と、移民に対して冷たいフランス社会の現実が交互に語られる。サッカーの話はその骨組みでしかなく、豊かな肉付けの部分がまことにうまいのだ。

因習的な社会のことをぼくたち日本人はどれくらい覚えているだろう？　昔は封建的と言った。男がいばって女はかしずき、若者は老人の言うことに決して逆らえない。結婚の自由はなく、習慣がすべてを決める。

おまけにここはイスラム圏だから、甲斐性のある男は四人まで妻を持つことができる。みんなが貧しく、若者にとって将来は相当に暗い。

だからサッカーに夢を託す。ヨーロッパを夢見る。一方ではその悲惨な失敗例も語られる。姉は現実を知っているから弟の野心に水を差す。弟は、姉が自分は成功したくせに後に続く者の邪魔をするとすねる。

こういうねじれた仲に貧しい国と豊かな国の関係が投影される。主人公はある時、働いて蓄えた金を持って故郷に里帰りする。みんなが彼女にたかるが、彼女はそれを嫌わない。彼らへの非難の声を先取りしてこう言い返す――

「二十一世紀でもっともみだらなことは、発育不全の第三世界を眺める肥満した西洋だという論拠を持ちだせば、誰も反論できないだろう。わたしの倹約したお金は、キリストのからだなのだ。わたしの苦労は、親類たちのためにケーキに変身したのだ。ほら、みんな、どんどん食べてちょうだい。これがあなたたちのために、ヨーロッパでお金に変えてきたわたしの汗なのよ！」

移民の文学は今や世界の主流だ。生まれた国から他の国へ移動する者、とりわけ旧植民地から宗主国へ、あるいはもっと一般的に途上国から先進国へ移った者たちが書く小説がおもしろい。しかも最近ではその種の作家の多くが若い女性であることが多い。

インド系のジュンパ・ラヒリ（『停電の夜に』）やジャマイカ系のゼイディー・スミス（『ホワイト・ティース』）などがその筆頭。そこにフランス語圏からファトゥ・ディオムが加わった。

彼女らは最初から二つの世界を持っている。女性という点を加えると三つの世界と言ってもいいかもしれない。その点が有利と言ってみても、何を解説したことにもなるまい。ぼくはただ賛嘆の思いと共にこの本を閉じた。

## ×月×日

中国で烈女というと、武田泰淳の『十三妹《シイサンメイ》』を思い出す。とはいうものの、タイトルとぼんやりとした印象ばかりで細部は消えているのだから、思い出したことにもならないか。

森福都の『**漆黒泉**』（文藝春秋）がまた烈女の話だった。直情で篤実、大胆不敵にして純真無垢の晏《あん》芳娥《ほうが》は、読者として察するになかなかの美女らしいのだが、惜しむらくはとんでもない背高のっぽ。「実に雲をつくばかりではないか」と言われる。

十七歳の芳娥はすでに嫁の身であって、しかも夫はすでにこの世にない。八歳の時に将来をちかった相手は王安石の長男の王雱《おうほう》で、彼はその数カ月後に死んでしまった。

すなわち時代は北宋、王安石の新法党と司馬光の旧法党が対立していたあの時代だ。話は彼女が嫁として、むしろ寡婦として認めてもらおうと、舅の王安石のもとを訪れる場面から始まる。そこで彼女は夫の王雱の死が実は病死ではなく暗殺の結果だったと知って、復讐を誓う。政敵司馬光を殺すのだ。現実の歴史の中に架空を盛り込み、実在の人々の間に非在の人物を送り込んで活躍させる。すなわち歴史小説の骨法である。この先、話は生き生きとした怪しい連中が陸続と登場して、まこと賑やかに進行する。

言うまでもなく、王雱を殺したのは誰かというミステリが主軸になるのだが、復讐の意図には原油を武器に利用する新テクノロジーの開発がからむ。登場人物の性格は一人のこらず二重構造になっていて、誘拐と逃避行の間もずっと疑心と陰謀がもつれ合う。

芳娥一人が主人公なのではなく、内部に対立をはらんだ少数精鋭の集団が移動しながら、大きな謎を解こうと知恵と才覚をそれぞれ勝手にしぼる。うまいプロット作りで、北宋という時代の雰囲気もよくわかる。

楽しんで読み終わって、なにげなく巻頭に戻って考えた——「晏芳娥《あんほうが》がかつて開封《かいほう》の都に暮らしていた頃のことである。父の知り合いに奉元《ほうげん》先生と呼ばれる官人がいた」というこの始まりかた、このぶっきらぼうな、いきなりの物語の開始は、これは中島敦だろうか。いや、芥川龍之介か。今は旅の途中、家に帰ったら比べてみよう。

長途の機内で読むのにまことふさわしい好著だが、そういう場合のいちばんの問題点は、読み終わる前に目的地に着いてしまったらどうしようという不安なのだ。

## ×月×日

サンテグジュペリは飛行機の中で本を読んでいて、読み終わるまで地上に降りてこなかった、という逸話がある。操縦しながら本を読むパイロットは珍しい。というより、してはいけないことである。しかも時代は第二次大戦の最中だ。

その彼が偵察任務から帰投しないまま行方不明になった。一九四四年七月三十一日の昼過ぎのことだ。それ以来ずっと、この有名な文学者であるパイロットがどんな最期を迎えたのかが多くの読者の関心を集めてきた。彼一人が乗ったP－38ライトニングがどこに行ってしまったのか、それが問題だ。

結果を言えば、謎は解けた。コルシカからフランス南部に偵察に行った彼は、帰途の途中、マルセイユに近い海に落ちていた。ただし落ちた理由まではわからない。彼の乗機の機体が見つかったということ。

**『星の王子さまの眠る海』**（エルヴェ・ヴォドワ、フィリップ・カステラーノ、アレクシス・ローザンフェルド　香川由利子訳　ソニー・マガジンズ）はこの間の事情を明らかにしたルポルタージュである。

この作家に興味を持つ者ならばおもしろく読める。だが、読み終わっても残る最大の謎は、海中に沈んだ彼のブレスレットがなぜ広大な海の底から漁師の網にかかって出てきたか、という点にある。ブレスレットは正しく扱われ、公開され、サンテグジュペリの最期をある程度まで説明した。それにしても、どうしてこんな奇跡が起こったのだろう？

――2005/10/13

020

# 戦後の雰囲気、戦後の思想、好きな建物

**×月×日**

今の日本は新刊書の洪水で、ちょっと前のものは手に入らない。あっという間に消えてしまう。昔の癖でいつでも買えると思っているのが間違いで、本はその時かぎりの商品というのが現実。だからたまによい本の再刊に出会うと嬉しい。

結城昌治は上等なミステリ作家だった。気が付いてみるともう亡くなって十年近くになる。どこかほの暗い、黄昏の雰囲気のある短篇もみなよかったし、時おりミステリの枠を越えた大きなものを書いた。一九六二年という早い段階でヴェトナム戦争とスパイが主題の『ゴメスの名はゴメス』、直木賞を受けた『軍旗はためく下に』、伝記の傑作『志ん生一代』など、思い出すものは少なくない。でも一作だけ選べと言われたら、それは『**終着駅**』だ。これが講談社文芸文庫から刊行されたので飛びついて再読する。

終戦後と呼ばれる時代があった。ぼくの感覚ではこれと戦後は微妙に違う。戦後の方が長い。ずっと後まで尾を引いていて、だから昭和三十一年の経済白書が「もはや戦後ではない」と言うことになった。終戦後と呼べるのは昭和二十年代の前半、二十五年に朝鮮戦争が始まるまでだ。あれは日本社会がひっくり返って、混乱と困窮、不幸と希望が入り交じるおもしろい時代だったのに、それを書いた文学は意外に少ない。『終着駅』はその少ないうちのひとつ。

登場人物がつぎつぎに変わる。誰もが不安定な暮らし。一応は役者とか、落語家、会社務め、クリーニング屋の手伝いなどだが、それが闇屋になり、ダンスホールのダンサーやぽん引きになり、その他に

勲章屋とか痰屋《たんや》（！）のような奇妙な商売も出てくる。

人から人へ話が移る。短篇の連作の体裁で、章ごとに主人公と文体が変わるが、せわしなさとなげやり、諦めとあがきの空気感は変わらない。つまりこれがあの時代の空気なのだ。

人が死ぬ。話の始まりがウニ三というおかしな名前の男が変死している場面で、その知人たちが次々に登場しては、何かを語って、あっさりと死ぬ。そのたびに位牌が増えて、それをまとめて預かった者がまた死ぬ。メチルの入った酒を飲んだり、刺されたり、結核の手術に失敗したり、海に入って自殺したり。

そういう日々のどこかに、しかし解放感がある。さばさばとしたところがある。ぼんやりと斜めに日が差していて、そこのところが結城昌治なのだ。先に彼の短篇はほの暗くて、黄昏の雰囲気があると書いたが、あれは彼がずっと終戦後を引きずっていたからではないか。

思い出してみれば、松本清張も終戦後をよく書いた。ある人物のその時期のふるまいが高度経済成長期になって当人に返ってくる、というパターンが多かった。因果応報。

結城昌治にそれはない。彼の終戦後はそれ自体で完結している。生き延びた二人が最後の章で過去を振り返るけれど、その時には過去はもう遠い。

文体もまるで違う。松本清張はすべてを記述しようとする。結城昌治は徹底して省略する。そこのところが粋で、だから古今亭志ん生の伝記が書けた。散平、のちに忘草亭という号を持つ俳人だった。結核で肺を半ば以上失い、残った体力をなんとか保つ人生だった。「まだ生きてゐるかと蚊にも刺されけり」という句が彼の終着駅。

**×月×日**

「思想の科学」という雑誌があった。

創刊は一九四六年、つまり終戦後も最も早い段階で、それから戦後をずっと経て（経済白書がどう言おうと戦後は昭和三十一年には終わらなかった）、終刊は一九九六年。つまり珍しく寿命の長い雑誌だった。名前のとおり思想誌であり、ゆるい同人誌である。

この雑誌の歴史ぜんたいを総括する本が出た。**『「思想の科学」五十年　源流から未来へ』**（思想の科学社）はこれを主宰してきた鶴見俊輔を中心に、関係した人々が集《つど》って開いたシンポジウムの記録である。いわば語りによる雑誌の自伝。

これがとんでもなくおもしろい。思想の歴史だから固いかというとそうではない。思想というものを柔軟に運用するのがこの雑誌の方針の一つだったから、話題は豊富で、話はあちらこちらへ飛び、細部にゆかいなエピソードがかぎりなく詰まっている。

自己の歩みを検証するのに、シンポジウムはいくつかの戦術を立てる。その一つは他の雑誌と比較するという方法で、まずは同時期に出発した別のゆるい同人誌である「近代文学」と比較し、次に新時代を開こうと意図した思想誌として「明六雑誌」と比較する。

あるいは、この雑誌にとって一つの大仕事だった転向というテーマの研究について改めて考える。

または、暮らしから思想を考えるという、それこそ思想の柔軟化の実行過程をたどりなおす。大学の研究室でもなく、党の執行委員会でもなく、家庭の中でこそ人はものを考え、それが社会を動かす。この本でぼくが最もおもしろいと思ったのはこの部分だった。

司会者として鶴見が言う――「夫は、妻について、するどい批判を口にすることは少ないです。これは私の経験からですが、八十一年ほとんど聞いたことないですね。言う男は、男の中でばかにされます。これに対して妻は、夫に対して批判的な人間像を口にすることがしばしばです。この不均衡はどこからくるか」

この観察の後に鶴見は、作家中村きい子が「彼女の母親が夫を批判して、一ふりの刀の重さもない男よ」と言ったと書いている実例を出す。

この実例、実証、具体性が思想を生きるということだ。夫が妻を批判しないのは、つまり妻を一個の人間として見ていなかったからだ。それに対して妻たちは夫をじっと見ていた。批判には社会的な軸がいるが、妻はちゃんとそれも備えていた。

鶴見にとって思想は書物ではなく、ましてや綱領ではなく、人である。おそろしく人間くさい。だからこの雑誌に多彩な面々が書いた論を素材として思想史を構築し、その背後に個人たちの表情を求め、人脈をたどり、ゴシップまで話を広げる。

この本に登場する人々の名を読み進めれば、「思想の科学」が戦後という時代区分を超えて二十世紀後半の日本の雰囲気を決めるのにどれほど寄与したかがわかる。今にして思えばぼくは、それと知らずに、この雑誌の影の中で育ち、暮らしてきた。

いい話がある。森崎和江がこの雑誌に書いた炭坑の一情景を天野正子が紹介している――「真夏のうだるような午後のひととき。赤ん坊を負ぶって共同水道で洗濯している母親が、夢中で遊んでいるもう一人の子供を手招きして、いきなりその頭上からしぶきを散らしてバケツの水をかける。突然水をかぶった少年がみせるなんともみちたりた笑顔」。

この情景につながらない思想は実用性を持たない。

## ×月×日

世の中には散策的に読んで気持ちのいい本がある。

中村好文の『**意中の建築**』(上下　新潮社)がその好例。文章がうまくてスケッチもうまい建築家が、好きな建物を求めて世界中を旅し、その建物の中で考えたことを語るエッセーだ。

絵画や彫刻より建築の方が好きだと最近よく思う。実用という枠によって規定されることで生まれる美に関心がある。なぜだろうとずっと考えていたのだが、この本をのんびりと何日もかけて読んで、建築の魅力ということが納得できた。

読めば取り上げられた建物を見たくなる。知っているのは沖縄の中村家ばかり。まずは今の住処から近いフランスのヴァンスの礼拝堂とフィンランドのオタニエミのチャペルに行ってみようか。

——2005/11/17

021

## 常識転覆、ロンドン便り、架空旅行

**×月×日**

世間で広く信じられ、多くの人々の行動の規範になっている説がある。常識と呼んでもいい。それを受け入れることで人は日々安泰に暮らす。

例えば、子供は学校に行かなければならない、というのは常識である。学校の意義、教育の意義を疑うのはむずかしい。

しかし、イバン・イリイチは「人びとを強制的に学校へ通わせることは構造化された不公正である」と言う。これはわれわれの常識に正面から対立する考えかただ。

もう少し聞いてみよう。

大学は知識を断片化し、「自分たちが学ぶことは誰かに教えてもらわねばならないという事実にすっかり慣れきってしまった学生たちを生みだします」と彼は言う。

あるいはまた彼は「医療機関は健康に対する主要な脅威となっている」と言う。医療とは「医師を訪ねてきた具合の悪い人間に、その具合の悪さの原因を病気と認識する方法を教えること」でしかないと言う。

あるいは、「フェミニズム運動は、賃金格差を悪化させた」と主張する。

また、富める国が貧しい国の開発を援助すると「低開発という疚《やま》しさの感覚」を植えつけると言う。その感覚とは「のどの渇きをコーラに対するニーズと言い換える」に他ならない。だから平和部隊など、貧しい国々へのボランティア派遣など止めた方がいい。

ぼくはずいぶん前からイバン・イリイチの名を知っていた。しかし、たまたま機会がなくて本気で彼の著書を読んだことがなかった。

先日刊行された『**生きる意味**』（D・ケイリー編　高島和哉訳　藤原書店）を読んで、足下がぐらぐらと揺れるような感覚を味わった。まっすぐ立つのがおぼつかない、という読後感。自分の常識をどこまで疑えばいいのか。

これはイリイチ自身の著書ではない。カナダ国営放送局でラジオ番組のキャスターを務めるD・ケイリーとイリイチの対話集、ためらう本人を説得して実現したインタビューの記録である。

この中でイリイチは自分の主要な著書を書いたいきさつを一冊ごとに振り返って語り、それを批判する。彼は一つの思想を営々と築くのではなく、次々に自説を乗り越えてゆくような、交響曲ではなく変奏曲の人だったらしい。

かくも強烈な思想はどういう精神から生まれるのだろうか。彼はカトリックの司祭であったが、やがて教会と対立してその資格を放棄した。メキシコで、開発という独善的な援助に反対する「異文化間資料センター」という組織を運営していた時期もある。

彼の思考過程を律していた原理は何か、それを考えてみた。なぜ彼は「明日というものはあるでしょう。しかし、それについてわれわれが何かを言えるような、あるいは、何らかの力を発揮できるような未来というものは存在しないのです」と言うのか。

人間は世界を有限化した。マジェランの航海によって地球のサイズを知り、観察と名付けと分類によって、世界をすっかり認識したと思っている。そして、世界を管理可能な、操作可能な対象と見なすようになった。それを彼は「世界を一個の全体としてとらえる以上、人間の時代は終わった」と受け止める。だからエコロジーのような思想が生まれる。世界とは環境であり資源である。収奪が可能なように操作や管理も可能だとエコロジストは言う。彼はその種の運動を雨乞いのダンスだと批判する。ダンスによって雨を降らせることは実際にはできない。

(最近、地球温暖化と人為的な二酸化炭素放出の因果関係に疑義を挟む意見が注目を集めている。要するに勇み足ではないか、と言うのだ。フロンとオゾン層の場合は因果関係が立証できたが、二酸化炭素の方はまだ不十分。)

世界を客観的に捕らえようとしてはいけない。なぜならわれわれは人間だから。すべての世界認識は自分が立っているそれぞれの場からなされるべきだ。だからイリイチは地球を宇宙から撮った写真に反対する。受精卵の写真に反対する。それは何が起こるかわからない旅の日々を旅程によってあらかじめ凍結してしまうようなことだ(これはぼくの比喩)。

主観的な世界観を保障するものとしてカトリックの神がいるのだろうか。

未読ながら、彼の本の中では『テクストのぶどう畑で』に今いちばん興味がある。中世のある時期に、書かれたテクストは、単語の間にスペースが入り、段落に分けられ、見出しや目次や索引がついた。一つの完結した世界だった書物が細分化され、テクストは読むものではなく利用するものになってしまった。そして音読の代わりに黙読ということが始まった。

同じ現象をぼくは『白鯨』以降の文学に見る。あれ以来、一貫したストーリーは百科事典的な羅列へと解体されはじめ、その最後の結果としてインターネットによる無数の破片としての世界像がある。もとの音読的な世界を回復するにはどうすればいいか。『ユリシーズ』の最後、「ペネロペイア」の章をジョイスは句読点と改行のない文体で書いた。これは声に出して読まないとたどれない道である。

これから長い間、イリイチに憑依されそうな気がする。

**×月×日**

イリイチのように根源に戻って疑わなくとも、日々の世界の動きを正確に認識するのは大事だ。外岡秀俊の**『傍観者からの手紙』**(みすず書房)はロンドンに滞在する新聞記者が知人に宛てて書いた書簡という体裁のエッセー集。

イギリスはじめヨーロッパ各地で起こったことを記者として取材する一方で、その意味するところを報道とは別のおちついた姿勢で考察する。時期はイラク開戦からロンドンのテロの直後まで。

こちらも海外に住んで似たような立場だから、興味をもって読んだということもある。気になるのは、日本で信じられているヨーロッパの像や思想と、こちらへ来て見たものの違い。

共にアングロ・サクソンを主軸とする人口構成でなにかと特別な仲と思われているアメリカとイギリスの違いとずれの話がおもしろかった。フランスに住んでいると、ブレアのイギリスはヨーロッパ大陸よりもアメリカ合衆国の方に近いように見える。しかし、両者の社会の雰囲気はまるで違うのだ。

今年の七月、ロンドンのテロの後でも、あの町では「感情に揺さぶられて激したり、極度の怯えで沈鬱に固まったような表情を見るのは稀でした。人々はいずれも平静な態度を保って取り乱さず、9・11事件の数カ月後に、再訪した米国で感じたような異様な高揚感や愛国心、闘争心といったものが、まるで感じられないのです」。

こういう証言が別の国に住む者の判断の助けになる。

**×月×日**

アーシュラ・K・ル＝グウィンは好きな作家で、新作が出ると飛びつく。今回の**『なつかしく謎めいて』**（谷垣暁実訳　河出書房新社）もおもしろかった。

ちょっと不思議な方法で旅ができるようになって、人々は気軽に別の次元に出かけてゆく。飛行機が普及してぼくたちが海外旅行に行くように別世界にゆく。

遺伝子組み換えを乱用して、種の安定性を壊してしまった世界ではセックスの結果「赤ん坊が生まれるのか、仔馬が生まれるのか、雛鳥が生まれるのか、苗木が生まれるのかわからない」という。

そういう話が十数個入っている。今の例のように諷刺味の強いのもあるし、ずっと叙情的な「渡りをする人々」の話もある。

イタロ・カルヴィーノの『見えない都市』やアンリ・ミショーの架空旅行記を思い出すが、こちらはやはりとてもアメリカ。

――2005/12/22

# 2006年

022

## ロリータ、神話朗読、脱神話の小説

**×月×日**

ずっと噂を聞いて待っていた若島正の新訳『**ロリータ**』（新潮社）が刊行された。

ウラジーミル・ナボコフ原作のこの小説は長く大久保康雄の訳で流布していて、これはいかにもベテランの職人らしい練れた訳だった。新訳は原文の奥深くに分け入った読みを、凝った文体を刈り込まず滑らかすぎない日本語に移す方針で、すぐれて技巧的な小説として読者に手渡してくれる。

この小説はほとんど二十世紀の神話である。すなわち現実を読み解くために用意されたフィクションである（それが証拠に、我が国には「ロリコン」なる言葉があり、それを裏付ける社会現象がある）。しかし、神話である以上、ナチのアーリア民族優秀説や本邦の万世一系と同じように、現実と乖離して害をなす可能性もある。その危さがまた魅力なのだ。

社会現象の方は今は無視して、小説そのものに戻ろう。「九歳から一四歳までの範囲で、その二倍も何倍も年上の魅せられた旅人に対してのみ、人間ではなくニンフの（すなわち悪魔の）本性を現すような乙女が発生する」と主人公ハンバート・ハンバートは言う。

これはロリータという、滑らかで柔らかいLの音が二つも入ったエロティックな名前の少女に対するハンバートの狂おしい恋の物語だ。この恋はほとんど妄想である。なぜなら話はすべてハンバートの側からのみ語られ、ロリータの心は一瞬とも記述されないし、想像もされないのだから。

ハンバートは彼女の気持ちを憶測するけれど、どこまで行っても確証には至らない。だから彼はパラノイアに苛まれ、疑心暗鬼のまま、作為と偶然によって略取したロリータを伴ってアメリカ中を放浪して回る。この旅に目的地がないように、彼の恋にも達成がない。可能なかぎり長くロリータと一緒にいること。寝床を共にすること。それのみ。

普通の恋は心の共鳴を求めるものだが、この恋には官能しかない。心の部分ではハンバートはロリータの父親役を不器用に演じるだけで、それすら官能によって蝕まれる。偽の近親相姦という毒がにじみ出す。

彼女の美しさを讃える表現が文体の核である。彼女がテニスをする場面――「ゆったりした白い少年用ショートパンツをつけ、ほっそりした腰、杏色のみぞおち、それに白い胸当てのリボンが首を巻いてから結んで後ろに垂らされ、そこに剝き出しになった思わず息を呑むほど若くてすばらしい杏色の肩胛骨には生毛がはえ、すてきなやわらかい骨で、そこからなめらかな背中が下へ向かうにしたがって細くなる」と書きながら、ハンバートは陶然となっている。

全部が彼の中で完結しているから妄想なのだ。彼は特別な少女だけがこのような官能の愛の対象となる、と強調する。しかし事態は逆ではないのか。特別な性的傾向の持ち主だけがこのような少女を見分けられる。言い換えれば、少女が選別される前に男の方が選別されている。だから普通の（敢えて正常などとは言わないが）性的資質を持つ読者は彼の物語を、この危険な物狂いを、一歩離れた位置から読むことになる。

事件のどこまでが妄想なのだろう？　大久保訳はこれをリアリズムの普通の小説として読むように訳していた。今回の若島訳は曲芸めいた言葉の扱いをそのまま日本語にして、これが作り物であるという印象を強める。先行する文学作品への言及や引用は多く、すべて二流の詩人の創作でないとは言い切れない（ように書いてある）。

今気づいたのだが、さっき引用したニンフェットの定義の部分に「魅せられた旅人」という言葉があった。この訳に注はついていないし、ぼくの手元には注釈付きの原書もないのだが、ひょっとしてこれはレスコフのあの小説のタイトルを反映するものなのだろうか？　このような小さな疑問が響き合う中で話は進む。

あるいは、これもよく言われることだが、ロリータはヨーロッパ人の目に映ったアメリカの化身なのか。若くて、官能的で、わがままで、奔放で、下品。それを実証するために、ヨーロッパのように老いてもちろん教養のあるヨーロッパ出身の主人公はロリータを連れて旅をするのか。広い国土、点在する通俗的な観光地、ハイウェイとドライブイン。それで全部というのがアメリカ。発見と落胆の道中。

いくつもの仕掛けに富んだおもしろい小説であり、一頁ごとに賞味を誘う文体であり、それを巧みに再現した翻訳である。

**×月×日**

先日、パリの空港でアレッサンドロ・バリッコの『**イリアス**』が平積みになっていた。買おうかと迷って買わないまま日本行きの飛行機に乗ったのだが、着いた先で邦訳に出会った（白水社　草皆《くさかい》伸子訳）。バリッコは『海の上のピアニスト』というおかしな話を書いたイタリアの作家で、これはホメロスの『イリアス』のバリッコによる編集的翻訳。それが評判がよくて各国で訳が出ている。

古典は敬遠される。文字通り敬って遠ざけられる。それを読みやすい形で提供するのが作家の腕で、この場合バリッコはまず大胆な刈り込みをして、三千年近い昔のテクストを今の朗読に耐えるものに仕立てなおす。

方針は明快で、「物語の各場面をほとんど削ることなく、できるかぎり、『イリアス』において多数見られる繰り返し部分を取り除き、文章をもっと簡潔にした。要約は絶対に行なわず、元のテキストを利用し全体の流れがスムーズになるように各パーツを組み換えてみた」と彼は言う。

しかし、大事なのは神々の出てくる場面を全面的に削除したこと。『イリアス』は神々の評定と英雄たちの行動の二つの要素からなる。ことの流れの原動力として気まぐれな神々の意思があるのだが、それを省くと物語の進行はずっと速くなる。

もう一つの工夫は語りを一人称にしたことだ。アガメムノンとの確執の結果、陣屋に籠もってしまったアキレウスの思いをアキレウス自身が語る。同じように九年に亘る戦争のきっかけだった美女ヘレナが語り、トロイア側の老いた王プリアモスが語り、ストーリーのために無名に近い者たちも語る。

スピード感があって、読んでいておもしろい。できれば朗読を聞きたいと思うのだが、そういう催しは成立しないか。欧米の文学ファンは朗読が好きだが日本ではまだまだ。この方面、未開拓だけに可能性がある。

**×月×日**

神話をテーマに世界中の作家が共作するという国際的な企画があって、その第一弾ということでマーガレット・アトウッドの『**ペネロピアド**』の訳が出た（鴻巣友季子訳　角川書店）。

ペネロペイアは『イリアス』と並ぶホメロスの叙事詩『オデュッセイア』の主人公であるオデュッセウスの貞淑な妻。

死んで冥界に下った彼女の回想という形なのだが、これが徹底した脱神話化で、崇高なものは卑俗になり、卑俗なものは下賤になる。二級の美女にして待たされ妻であった女の恨み節。

その背景には今のフェミニズムの思想がある。英雄の闘いや放浪は男性の優位を強調するための装置であり、その意味ではヘレネの美貌もペネロペイアの貞淑も男性中心の価値観の小道具でしかなかった。彼女の愚痴は、長い放浪のあげく帰ってきた夫が、妻への無礼な求婚者たちを殺すのは当然としても、彼女がかわいがっていた十二人の女中たちまでくびり殺したところに集中する。男らしさに必然的に付随する暴力が改めて問われる。

しかし、この偶像破壊はやはりある限界を超えられないのだ。神話というのはある目的のために嘘で固めて捏造するので、この前提を取り崩すと後には何も残らない。才気に満ちたアトウッドは彼女らしい小説を書いたけれど、それ以上ではなかった。

——2006/2/16

023

# 母語と敵語、性の地獄、楽天的

**×月×日**

アゴタ・クリストフ。

一九八〇年代に彗星のように現れた特異なフランス語の作家。代表作は『悪童日記』、『ふたりの証拠』、『第三の嘘』の三部作。

粗く、力強く、民話的で、容赦がない。文体は飾りを排して単刀直入。彼女にとってフランス語は母語ではなく、ハンガリーから難民として移住した先のスイスで身につけたものだという。

そう聞いて世界文学に詳しい読者は、ポーランド生まれで英語で書いたジョゼフ・コンラッドや、ロシア生まれでやはり英語で書いたナボコフなどを想起し、日本からドイツに移って日本語とドイツ語で書いている多和田葉子のことを思い出す。

**『文盲　アゴタ・クリストフ自伝』**（堀秀樹訳　白水社）が出た。自伝というのはその気になって詳細に書けばいくらでも長くなるし、世の中にはそういう伝記が少なくない。しかし、クリストフの場合は本文が大きな活字で組んでも九十ページ。これは本気で書いた自伝としては最も短いものではないだろうか。

幼いころの話は三部作と印象がよく似ている。つまりあの民話的な雰囲気は実際に彼女を囲むものだった。あるいは、彼女はあのような視点から世界を見ていた。幼い弟に向かって、「あんたは捨て子だったのよ」と嘘を言って脅かすあたり、彼女の小説と自伝は同じ素材でできている。

しかし、この本で最もおもしろいのは母語の喪失と敵語の習得の話だ。母語の中で暮らす者は、水の中の魚のように、母語を意識しない。子供の時を振り返って彼女が「当時のわたしは、別の言語が存在し得るとは、ひとりの人間がわたしには意味不明の単語を口にすることがあり得るとは、想像することもできなかった」と言うのはそのためだ。これは誰にでも覚えのあることだと思う。

彼女は二十一歳の時、四カ月の赤ん坊を連れて徒歩でハンガリーからオーストリアへ逃れた。受入を認めてくれたスイスのヌーシャルテに落ち着き、以来ずっとそこで暮らしてきた。そして、そこが四つの公用語を持つこの国の中のフランス語圏だったから、フランス語を身に付けた。

彼女はやがてその言葉で小説を書き、それによって世界的な評価を得たのだが、しかし彼女はフランス語を愛していない。敵語と呼んで突き放す。

「わたしはフランス語を三十年以上前から話している。二十年前から書いている。けれども、未だにこの言語に習熟してはいない」と彼女は言う。そして、「この言語が、わたしのなかの母語をじわじわと殺しつつある」という理由で、敵語と呼ぶのだ。

この母語への執着は何だろう。何もわからないままフランス語にいわば溺れた辛さは想像できる。空気を吸うように使っていた母語を奪われた苦しさはわかる。しかし、結局のところ、彼女はフランス語の海で泳ぐことを覚え、抜き手を切って遠泳しているではないか。「話せば語法を間違えるし、書くためにはどうしても辞書をたびたび参照しなければならない」というけれど、人は母語を話しても間違えるし辞書を必要ともする。

母語から完全に隔離されてしまったために、彼女は失語的状態に陥った。それを自ら「文盲」と呼ぶ。自分の文学はそこからの挑戦だった。その挑戦に彼女は勝った。言語というのは不慣れで不器用な使用法にも耐えて文学を生み出すものであるという点にぼくは心を動かされた。

それ以上に、この自伝の短さに感心した。振り返って要約すれば、彼女ほど波瀾に満ちた人生であっても報告すべきことはこれだけしかない。このそっけなさ、かたくなさが彼女の魅力である。余計なものをさっさと捨ててしまうことで、人生が美しいものに見えることもあるのだ。

## ×月×日

そのフランス語に充分以上に習熟した現代フランスの作家ミシェル・ウエルベックの『素粒子』（野崎歓訳　ちくま文庫）が文庫になった。前から評判は聞いていたので、この機会に読む。

片親違いの二人兄弟それぞれの人生を辿る物語である。一方はとりとめのない文学的野心をなしくずしにして生きる国語教師ブリュノ、もう一方はノーベル賞に手が届こうかという分子生物学者ミシェル。成功という最近の日本人が好きな指標で見れば対照的だが、その日々の暮らしの索漠たる印象は二人とも変わらない。

作者は性的な充足をもって人生の価値を決める。性だけがすべてと信じているわけではなく、仮にこれを尺度にしてみたらという一種恣意的な選択の結果と思える。これはどこか科学の実験のような話で（文学的な意味での実験小説ではない）、それというのも現代科学の知見の上に物語を作るという姿勢に、観察対象を操作する作者の手つきが透けて見えるからだ。

話の舞台は一九七〇年代以降の性のタブーから解放されたフランス社会。その風俗の詳細な記述はこの話を読む楽しみの一つで、国語教師は性の地獄を不器用にさまよう。分子生物学者はそれと無縁なところで異性なき暮らしを送る。そして人生のある時点で、作者は二人によき伴侶を与え、また奪う。あわれ、ミシェルとブリュノ。

この話の最後に、二人の運命を超える大きなテーマが登場する。ミシェルが残した成果とは、遺伝情報の最適設計の原理だった。「あらゆる遺伝子コードは乱調や変異の生じる恐れのない、構造的に安定したスタンダードに沿って書き直し可能となったのである」。そこからクローン操作によって不死なる人間という新しい種が造られる。この結末は現世と現生人類への訣別とも読める。

その一方、読み終わった時には、精神病院で生涯を終えるダメ男ブリュノの人生への共感も強く残るのだ。その短い幸福な日々がいとおしく思えるのだ。

## ×月×日

『素粒子』の結末を読んだ後で、フリーマン・ダイソンの『**科学の未来**』(はやし・はじめ、はやし・まさる共訳　みすず書房)の中に次のような一行を見つけた——

「赤ん坊を設計するためのソフトウェアは、まだ遠い地平線の上に見える小さな雲といったところだ」

ダイソンはペットの設計の延長上でそう言う。「イヌやネコを設計することは、いかがわしい商売である」と言う一方で、いずれ「ピンクと紫のぶちのある、雄鳥のように時をつくるイヌを注文することができる」日のことを話す。

この予想は当たるかもしれない。韓国の黄《ファン》教授の業績のうちヒトに関するものはいんちきでもクローン犬は本物だったという。それ以前に、人間は選択的な交配によってさまざまなイヌを作り出してきた。ヒトの改良ができないのは交配が許されないからだ。遺伝子操作はそれを可能にする。

ダイソンは科学者であるけれど、技術への関心が高い。この二つの領域の境界線上を走ってきた人という印象がある。

そしてどこかとても楽天的。それをアメリカ的と言い換えることはできないか。彼はもともとはイギリス人だった。アメリカに渡った経緯は彼の自伝『**宇宙をかき乱すべきか**』(ちくま学芸文庫)に詳しい。技術は予想が可能だし、楽天的でなければ予想などできない。その点で彼にはアメリカの水が合ったのだろう。彼がいろいろ留保をつけながらも「生命が地球を脱出し宇宙に拡がることに成功すれば、この先一〇〇〇年は科学の黄金時代となるかもしれない」と言うのを聞いて、それはそれとして、核拡散や鳥インフルエンザなど、目前の問題の方はどうするのかと問うぼくが地上的な性格なのだろうか。

――2006/3/23

024

## 地球を測る、父の肖像、スローフード

**×月×日**

一メートルという長さの単位が地球の大きさを基準に作られたことは誰もが知っている。北極から赤道までの距離の一千万分の一が一メートルだ。

この万国共通を目指す単位がフランス革命の前後にフランス人たちによって作られたことも広く知られている。しかし誰がどこでどうやって地球を測ったのか、詳しいことは知らない。

**『万物の尺度を求めて』**（ケン・オールダー　吉田三知世訳　早川書房）は、メートル法の制定を巡る波瀾に満ちた科学史であり、同時に科学者と呼ばれる人々の精神についての深い洞察の書である。大部にして浩瀚《こうかん》ながら、読み始めると止まらないほどおもしろい。

実際には北極から赤道までを測る必要はなかった。そのうちの一定部分を精密に測るだけで充分。そうは言っても緯度にして九〇度あるこの間の距離のうち、せめて一〇度は計測しなければならない。ぜんたいとして平坦で、その両端は海に接して標高がゼロ、文明国で測量事業が容易に実行できる――フ

ランスはたまたまこの条件すべてにかなっていた。

というわけでパリを通る子午線に沿って、北はダンケルクから南は国境を越えてスペインのバルセロナまで、一千キロ以上を（とここに書くのは、まだメートル法ができていなかったのだから、矛盾なのだが）精密に三角測量する。

三角測量は角度の計測である。一ヵ所だけ物差しで長さを測って、それを一辺とする三角形の頂角を測り、あとは次々に三角形を連ねていけばいい。角度は長さよりずっと測りやすいのだ。

これが原理。その先は人間のドラマである。人類普遍の尺度が要るという思想を用意したのは啓蒙主義だろう。いざそれを実行に移そうとした時にフランスは革命に入った。それまで世界になかった国家を作るためのすさまじい混乱の時期が始まった。

それに僅かに先立って、二人の科学者が測量の実施のために北と南に派遣された。北に行ったのがドゥランブル、南に向かったのがメシェン。艱難辛苦の物語が続く。

三角測量では数キロの距離をおいて互いに視認できる目標を設定しなければならない。教会の塔はよい候補だ（フランスの平坦な地を車で走っていると、広大な畑の向こうにまず見えてくるのが隣村の教会の尖塔である）。しかし革命の時に教会はしばしば目の敵にされた。この時期に怪しい道具を持って怪しいことをする集団は王党派のスパイか隣国のスパイと見なされた。身分と任務を証明する書類には権威を失墜した国王の署名があって見せるわけにいかない。

民衆の無知無理解と並んで、自然条件も測量を妨害する。霧や嵐や落雷が行く手を阻む。たまたまの大怪我で長い療養を余儀なくされる。あるいはフランスとスペインが戦争を始めて、測量は命がけになり、なによりも帰国できなくなる。

更に、測量という営為の奥には自然科学の本質にまつわる誤差の魔が潜んでいた。七ヵ月で測量を終えてパリに戻るつもりで南に向かったメシェンが、実際にパリに帰ったのは七年後だった。

メシェンがバルセロナでの天体観測をしていた時、他の数値からかけ離れた結果が一つだけ出た。そして、実際には伎倆はまちがいなく当代一であったにもかかわらず、この一つの数値のために彼は神経衰弱に陥り、極度の鬱の症状を呈し、ようするににっちもさっちも行かなくなってしまったのだ。

測量は結果の数字だけを提出すればいいというものではなかった。観測のすべての記録と計算の過程も出さなければならない。しかしそうすると自分が無能であることが露見する。それでも任務は果たさなければならない。

この時のメシェンの錯乱した行動と、彼を正当に扱いつつ巧妙にかばった同僚ドゥランブルのふるまい、また二百年近く封印されていた文書を初めて読んでことの真相を正確に理解した本書の著者オールダーの推理のあたりが最もおもしろい。メシェンのかけ離れた数値についての説明から、最小二乗法と誤差論の発見に至るところも知的興奮に満ちている。

メートル法への抵抗の話もまた興味深い。考えてみればメートル法は今のグローバリゼーションの第一歩だった。合理の名において人々は長年なじんだローカルな尺度を捨てるよう求められ、抵抗し、やがて受け入れたのだ。

アメリカ合衆国は今も抵抗している。一九九九年、メートル法とヤード・ポンド法の換算の間違いのために彼らは一億二五〇〇万ドルかけて送り出した火星探査機を失った。

オールダーはアメリカの科学史家で、本書の基礎となった史料もアメリカにある。その史料とフランスでの実地調査がこの本の土台となったらしい。

余談ながら、基線長を測るのは一カ所でいいと書いたが、一七九八年に実際に長さの測定が行われたムラン近郊の「王の幹線道路」は実はぼくの家から遠くない。空港に行く時には必ず通るN6という道の一部である。今度ここを走る時は心して走ろう。

**×月×日**

ル・クレジオについて考える時、彼が精神の中に初めから持っている地理的多様性に圧倒される。彼を説明するにはいくつもの地名がいる。

彼はフランス語で書くから間違いなくフランス文学の作家なのだが、しかしその眼は最初から地中海に向けて開けており、メキシコをほとんど第二の故郷のように見なし（最新作『ウラニア』はメキシコが舞台だ）、父方の家系を溯ればケルト系ブルトン人で、それが彼から六代前にインド洋のモーリシャス島に移住、この島がイギリス領になったために祖父の代には英国籍になっていた。母の家系もこの島と縁が深い。

**『アフリカのひと　父の肖像』**（菅野昭正訳　集英社）はその父についてのメモワールである。父ラウルはイギリスへ渡って医療を学び、医師としてアフリカへ赴任した。カメルーンとナイジェリアの人々の健康のために、僻地で引退するまで働いた。息子はその父の人生を、自分の幼い日々やアフリカという強烈な土地の雰囲気を巧みに絡めながら、記述してゆく。

この文章が読む者に強く訴える理由は何だろう。父を書きながらアフリカを伝え、アフリカを描写することで父という人を説明する。そういう方法しかなかったのは、父が「アフリカのひと」だったからだ。

ル・クレジオの文体は決して上滑りしない。靴を脱ぎ捨てた裸足の足が地面を踏んで走る。その快感を語る簡潔な言葉の先に、熱帯アフリカの空気感がざわざわと立ち上る。

ここでは人は間違いなく土地との関係において生きている。彼がこれまで書いてきたことを通じて伝えたかったのは、結局はこの一点ではなかったのか。故郷喪失者に向かって故郷を見よと言いたかったのではないか。

**×月×日**

伝統的な食生活の喪失は世界中どこでも見られる現象だが、日本の場合はそれがとりわけ進んでいるような気がする。**『スローフードな日本！』**（島村菜津　新潮社）はそれを嘆く一方で、本来の食材を作る人々をリポートした好著である。

多くのいい話と多くの恐ろしい話が並んでいる。恐ろしい方は例えば「遺伝子組み換えでない」という表示のこと。混入の許容率が日本では五パーセント以下、ＥＵでは〇・九パーセント以下。「有機大豆百パーセント」と表示してある食品の三割ほどに実は遺伝子組み換え大豆が入っていたという。

日本が喪失において先端を行っているというのはこういうことだ。

――2006/4/27

025

## 映画のサイード、地中海、スナネズミ

**×月×日**

エドワード・サイードが亡くなって三年近くになる。言うまでもなく彼の思想は著書で読むことができる。主要なものはみな邦訳がある。

では、映画で彼を知ることはできるか？　彼を巡るドキュメンタリー映画が作られた。ぼくはそれを

まだ見ていない。しかし制作過程を追って記録し、なおかつシナリオを採録した本が手元にある。ドキュメンタリーの主要部分は関係者へのインタビューであり、本には映画に使われなかったものも多く収められている。制作ノートもある。

『エドワード・サイードOUT OF PLACE』（シグロ編　佐藤真、中野真紀子著　みすず書房）。翻訳ではなく日本の本であり、従って映画も日本人の手になるものだ。

監督である佐藤真が企画を立ててニューヨークに会いに行こうとした刹那、サイードは亡くなった。インタビューといっても本人はもういない。それにサイードは思想家である。言葉に価値のある人である。ゆかりの土地のロケと関わりのあった人々へのインタビューだけで、彼を表現する映画が作れるのか？

佐藤は自分にこの映画を作る資格があるのか否かと疑いながら撮影を始める。しかし、読者であるぼくはサイードに関わる土地の写真を見ているだけで、この人の大事な一面がわかったように思った。『遠い場所の記憶　自伝』という著書があるが、その映像版のように見える。映画を見たいと思った。

そして、インタビューの豊富さ。家族、コロンビア大学の同僚や弟子、思想を共にする各国の友人たち、ＰＬＯの幹部、パレスチナ人、イスラエル人。

彼らの証言を通じてパレスチナ＝イスラエル問題とは何かがよくわかる。もちろん彼自身の著作によってもわかるのだが、この証言集の方が立体的で、全体像をつかみやすい。つまりサイードの思想の優れた入門書になっている。

その背景として例えば難民キャンプで暮らす人々の映像が映画の方にはあるという。あるいはイスラエルが建設した巨大な「分離壁」の前で遊ぶ子供たち。キブツの生活。そういう場面を採録シナリオで読んで想像してみる。

ぼくが特に関心を持ったのは、コロンビア大学で親しかったマイケル・ウッドの言葉だ——「彼がパレスチナ人のために生涯かけて闘ったのは、彼らが祖国として故郷をもつためでした。人にはそれをもつ権利があるのに、パレスチナ人には現在それがないからです。でもそれは、誰しもこの世に安住の地などもたないという考え方と、ある意味で表裏一体になっている。誰にも祖国をもつ権利はあるが、そこに安んじない権利もまたあるのです」

前に『遠い場所の記憶　自伝』の書評をした時、原題のOUT OF PLACEは「場違いな」という意味だとぼくは書いた。サイードはパレスチナ人の夫婦の間にエルサレムで生まれ、カイロで育った。父はアメリカ国籍を持っていたから、この一家は建前の上ではエジプト在住の外国人で、しかも彼らは夏の休暇をレバノンのズールという村で過ごした。

本書によると彼はこのズールの近くに埋めてほしいと言って死んで、だから墓はそこにあるという。なんと多くの地名が関わる人生であることか。どこにいても彼は自分を場違いな存在と感じていたのか。

先日、彼の主著『オリエンタリズム』を再読していて、彼が聖ヴィクトルのフーゴーという中世の思想家の言葉を引いているのに気づいた——「祖国が甘美であると思う人はいまだ繊弱な人にすぎない。けれども、すべての地が祖国であると思う人はすでに力強い人である。がしかし、全世界が流謫の地であると思う人は完全な人である」

今回、マイケル・ウッドの言葉と重ねて、サイードはまさに自分のことを言っていたのだと思った。

**×月×日**

世界史において地中海は特別な海だ。文化史が最も濃厚なところ。樺山紘一の『**地中海——人と町の肖像**』（岩波新書）はその地中海の歴史からいくつものエピソードを自在に引き出して綴る知的快楽に満ちたエッセーである。

歴史（これは歴史記述ということ）、科学、聖者、真理、予言、景観という六つのタイトルのもとに、それぞれに二人の人物を配して共通性と対照性の両方の原理で話題を広げる。二人ずつセットというところがちょっと『プルターク英雄伝』に似ている。

言うまでもなく地中海はキリスト教圏とイスラム教圏の両方にまたがる。ぼくはギリシャ・ローマからルネッサンスについては少しは知っていても、イスラム世界のことに暗い。だから、イブン・ハルドゥーンやイブン・ルシュド、マイモニデスなどの話はとりわけおもしろかった。

二項の対照性が特にうまく働いているのが景観の章だ。ここではまずヴェネツィアとローマが並べられ、それぞれを描いたカナレットとピラネージという画家が並べられ、キャサリン・ヘップバーンとオードリー・ヘップバーンが並ぶ。

イスラム世界と言えば、池内恵《さとし》の『**書物の運命**』（文藝春秋）所載の「アムル将軍と『針の眼』の文献学」という論文はおもしろかった。アレクサンドリアを征服したアムルの有名な一言の淵源を辿るのだが、探索がぐんぐん伸びてゆくところが興奮を誘う。

この中に「駱駝が針の穴を通る」という新約聖書の比喩の話が出てくる。ぼくは昔、エジプトを旅している時に「駱駝が針の穴を通るのを防ぐには？」というなぞなぞ形式の超論理的なジョークを聞いた。答えは「尻尾に結び目を作っておく」というもの。

**×月×日**

『森の隣人――チンパンジーと私』などで有名なジェーン・グドールのサル学があれだけの成果を上げたのはサル一頭ずつの個性を認めたからだという。日本のサル学の成果についてもよくこの点が強調される。

ネズミならばどうか？

大竹昭子の『**きみのいる生活**』（文藝春秋）はスナネズミという小さな哺乳類を飼った記録。これがいわゆるペット本と一線を画するのは、感情移入がきちんと制御されているところだ。情をもって接しながらも観察は冷静。「あらゆる動作が少しずつニンゲンに似ている」のだから擬人化したくなるのは当然だとしても、著者は親バカめいた飼い主バカにはならない。

ネズミと呼ぶと嫌われるかもしれないが、ハツカネズミもキヌゲネズミ（ハムスター）もテンジクネズミ（モルモット）もペットになる。どうも尻尾に毛があるか否かが分かれ目のような気がするのだが。

世代を追って十四以上のネズミが登場する。それぞれの性格のあまりの違いは読んでいてもあきれるほど。トカゲや熱帯魚ではこういうことはないだろう。鳥類ならばあるかもしれないと考えると、違いは体温ということになる。脳の発達と代謝のレベルにはやはり相関があるのか。

ともかくスナネズミは与えられた環境を利用してよく遊ぶ。「この遊びをしている最中は放心状態で、なにをされても気がつかない……生き物として、こんなに無防備でいいのだろうかと心配するくらい、完璧なアホになる」。つまり文化があるということだ。

人間は自力で環境を変えることを覚えて繁栄しているし、そのために却って危機に陥っている。与えられた環境の範囲内で賢く生きることに課題を限定してみれば、そして言語の能力を奪ってみれば、ネズミとヒトの行動にはさほどの差はないかもしれない。

これは天下の暴論ということになるか。

——2006/6/15

026
# バラ再び、こども哲学、小説の文体

**×月×日**

サンテグジュペリがあいかわらず話題になっている。

日本では去年『星の王子さま』の新訳が（ぼくのも含めて）いくつも出たし、『星の王子さまの眠る海』という彼の死の事情を解明する本もこの欄で紹介した。

先日、フランスで彼の画集が出版された。絵といってもスケッチやデッサンの類だが、なかなかうまい。特に人物を速い筆致で描いて性格を表すのが秀逸。『星の王子さま』のあの絵は長い歳月をかけたトレーニングの成果だった。

そして、日本では今回**『サン＝テグジュペリ　伝説の愛』**（アラン・ヴィルコンドレ　鳥取絹子訳　岩波書店）が刊行された。

彼の妻コンスエロ・スンシンはずっと悪妻と言われてきた。奔放な性格で夫を苦しめたし、フランス人ではなく（中米生まれ）、しかも未亡人だった。彼女のまわりに何人もの有名な男の名が噂される。だから彼女は……というフランスの女たちの声が聞こえるよう。

このような評価をひっくり返したのが、ぼくが五年前にこの欄で書いた彼女自身の著書『バラの回想』だった。彼女が書く夫トニオの姿は欠点が多い分だけ魅力がある。ぼくの文を引けば――「それに、トニオ自身がふらついていた。およそ堅実とは言いがたい性格で、金があれば派手に遣い、なければ無理な算段をする。金だけでなく、名声についても、友情や愛情についても同じようなものだ。一軒の家、一人の妻で収まるはずはない」。

今度の本はアラン・ヴィルコンドレがコンスエロの包括受遺者の協力のもとに遺品を充分に活用して書いた夫婦の伝記である。だから話は二人の出会いから始まる。

いわば『バラの回想』の実証版で、図版が多い。コンスエロの言葉を裏付けるたくさんのトニオからの手紙や電報やメモの複製があり、二人仲よく並んだ写真があり、一緒の行動を跡づける切符や招待状の類もある。彼女はものを取っておく人だったのだ。

波瀾はあった。二人とも静かに暮らすことができなかった。金銭面でも異性相手でもふるまいは派手だった。共にチャーミングだったし、周囲が放っておかなかった。つまり典型的なセレブリティーだったのだ。

二人は何度も別れそうになって、別々に暮らした時期も長くて、しかし最後まで別れなかった。いくつもの悪い条件がむしろしっかりと二人を結びつけたかのようだ。この関係は長い試練を経て次第に深化し、純化したらしい。

戦争になってトニオが従軍し、大西洋が二人を隔ててから、大きな変質があったように思われる。死の予感の中で人生をまとめようとするトニオにとって、コンスエロはいよいよ大事なものとなった。「1930年から続く二人の愛の物語は神話的な様相を帯びてくる。家族や文学界が無視し、あるいは軽蔑してきた女性はいまや彼にしっかりと固く結びついていた」とヴィルコンドレは書く。

実際、サンテグジュペリが残した文章の中でも「コンスエロが毎晩唱えなければならない祈り」という私的なメモは最も感動的なものの一つだ。死の数カ月前のトニオからこれを郵便で受け取った時点で、彼女は救われたのだろう。

(この文章の中で、作家の姓の表記に不統一がある。「=」が間に入った「サン=テグジュペリ」とそうでないのがある。本書は「=」ありで書いているので書名などはそれを踏襲したが、この本の中の資料でも「＝」すなわちハイフンがないものが多い。もともとはなかったのだが、アメリカに行ったら「サン」すなわち「聖」がついた姓など知らないアメリカ人が彼のことを「ミスター・エグジュペリー」と呼ぶので、しかたなくハイフネイトしたという噂があって、ぼくはそれに従って本来に戻し、「＝」を付けないことにしている）

## ×月×日

「こども哲学」というシリーズが二冊出た。『**よいこととわるいことって、なに？**』と『**きもちって、なに？**』（共にオスカー・ブルニフィエ　西宮かおり訳　朝日出版社）。

フランスではこの種の叢書がいくつもある。邦訳の試みは前にもあったのだが、その時はあまり評判にならなかった。

対象年齢は十歳以上くらいだろうか。課題が提案され、いろいろな考えが提示される。

「どんなときでもおやのいうことはきかなきゃだめ？」と聞かれて、子供が、

「きく。おとうさんとおかあさんのほうが、いろんなことしってるから」と答えると、

「そうだね、でも……」とつないで、

「きみは知ってるのに、親は知らないことだって、あるでしょ？」とか、

「親だって、まちがえること、あるかもよ？」とか、

「もし、先生が親と反対のこと言ったら、きみはどうする？」とか、

「もの知り博士がいたら、そのひとの言うこと、なんでもきくの？」とか疑問の選択肢が用意されている。

考えるとはどういうことかが徹底して問われる。

つまりそれが哲学ということで、フランスでは高校に哲学という課目があることでもわかるとおり、

この種の知的訓練が重視される。

小学校二年生の「市民教育」という課目（日本だと公民だろうか）でまず最初に「権利」を教えられる国である。その後ですぐ「責任」が来るのだが。

この本は画期的だ。日本ではこういう教育もあるかと話題になるかもしれない。しかしこの本を子供に与えればそれで成果が上がって子供が賢くなるわけではない。自習書ではないのだ。家庭と学校で子供相手に充分な会話がないかぎりこの本の真価は発揮されないだろう。

邦訳に添えられた重松清の掌編はとてもいいけれど、それよりもフランスの教育事情についての解説が欲しいところだ。

二冊の中でぼくは『きもちって、なに？』の中の「恋」の項目がとりわけ好きだ。機知に富んで愉快なイラストはこの種の本には必須。

**×月×日**

佐藤正午の『**小説の読み書き**』（岩波新書）がおもしろかった。実作者による近代日本文学の文体論。若い時に読んだ名作を読み返すという体裁の、とてもいいかげんなエッセー。

ここでいいかげんは賛辞である。著者は川端康成や林芙美子、山本周五郎や横光利一や結城昌治や佐藤正午（自分）に対して正直だ。感覚を開いて、小説を読むという行為が与えてくれるものを受け止めようとしている。だから対象となる作品へのアプローチに一貫したものが何もない。いわばＰＫのようにゴールのコーナーを突く。おとなしいようで実は攻撃的。

『雪国』について、「作家に敬意を表し」つつ、「この小説は難しくて僕にはいまいちよくわからなかった」と書く。そう、あれはよくわからない話なのだ。

全体に読みが自在闊達で、名作の看板を踏み越えるようで愉快。そしてもちろん経験的。「悪達者な小説」と著者が呼ぶ織田作之助の『夫婦善哉』をきっかけに、「小説家としての経験から、書き続ける上でより必要なものはマジシャンの手つきかそれとも我慢かといえば、あとのほうだということがわかる。なぜなら、他人が何を言おうと、自分の書いたものが達者であろうと悪達者であろうと、人は自分に慣れて飽きるからだ」と言う。

作家というもの、飽きることも才能のうちだとぼくは思っている。読者が飽きる前に作家が飽きなければならない。しかし飽きてすぐ放棄するのではなく、とりあえず完成までは引っ張っていかなければならない。だから我慢なのだ。著者が俎上にあげている自作の『取り扱い注意』（角川文庫）を読むとそのあたりがよくわかる。

——2006/7/20

027

## ロシアの森、人体の設計、卓抜な比喩

**×月×日**

今から百年ほど前に、沿海州を探検したアルセーニエフというロシア人がいた。この旅に同行したのがゴリド族の猟師デルス・ウザラーだった。

アルセーニエフはこの先住民の案内人に、動物や植物について、狩猟採集民の生きかたについて、アニミズムの自然観について、多くを教えられた。そしてこの旅の記録のタイトルに彼の名を冠した。

この本はまず長谷川四郎によって『デルスウ・ウザーラ』（平凡社　東洋文庫）として訳出され、更に黒澤明によって映画化された。

ハバロフスクに住む岡田和也の訳で出た今回の**『森の人　デルス・ウザラー』**（群像社）は絵本である。これがすばらしい。

パヴリーシンという現地在住の画家がこの地方の動物や植物、風景などを細密に描いて、それに原テクストから上手に抽出された文章が絡み合うという構成。

絵は博物学的に正確、つまりリアリズムの極致で、生き物の躍動感にあふれ、風景はみずみずしい。一点ずつを丁寧に見ていっていつまでも飽きない。

この人は民俗学のフィールドワークで二万点のスケッチを描いてから画家に転じたという。民俗学はまさに学問の冷徹と人間への温かい関心の双方が必要な分野だ。

去年だったか、神沢《かんざわ》利子著『鹿よ　おれの兄弟よ』（福音館書店）の絵で注目しながらこの画家を紹介しそこなった。今回また機会があってよかった。

この中に、デルスが焚き火にタバコの葉や干した魚や肉、布、マッチなどを投げ入れる場面がある。「ゆうべ、じぶんの妻と子どもたちがおなかをすかせてこごえている夢をみたので、あの世で生きているはずの妻や子に、こうしておくりものをしたのでした」。

今年で亡くなって十年になる写真家星野道夫の追悼の催しを数年前に北海道でした時、アラスカから来た星野の友人ボブ・サムがアイヌの家の囲炉裏に対してまったく同じことをした。

食べ物などを火にくべて、匂いや煙として死者に届ける習慣は北方モンゴロイドに共通するものなのか。ちなみにボブ・サムもアラスカの先住民である。

## ×月×日

自分の身体をどこまで工学的に見られるか、これは人によってずいぶん異なるだろう。ぼくはこれが好きなのだ。工学的というのは、たとえば目の構造を説明するのにカメラと比較するようなやりかた。水晶体がレンズで、絞りが虹彩で……というあの論法である。

生物は皮膚によって包まれた一個の系であって、代謝の他にも、力学的な力や、光や音や化学物質による情報などを外界と交換している。だから一種の機械と見ることもできる。怪我や病気は故障ということになるか。

遠藤秀紀の『**人体　失敗の進化史**』（光文社新書）はこの見かたに沿って我々の身体のからくりを巧みに説明してくれる。われわれがものをつかむことができるのは、親指だけが他の四指と向き合うように作られているからだと聞くと、すぐ自分の指で確かめることができる。

しかも親指は単に関節（つまり蝶番《ちょうつがい》）の向きを変えただけでなく、折り曲げの途中で回転の軸が九〇度回る「鞍関節」というからくりになっているという。これも自分の手で確認できる。

だが、この愉快な本の主題は進化である。生物の身体はゼロからは、白紙からは、設計できない。一世代前の祖先である動物の身体を土台に、細部にいささかの変更を加えて、パーツの用途を変える。その繰り返し。進化というのはそういうイノベーションのことだ。

われわれの口には顎がある。上下に開くようになっており、そのための骨と歯がある。原始的な魚であるヤツメウナギの口はただの丸い穴であって、顎システムはない。顎というものがあると便利だとは思っても、いきなり新規に設計することはできない。鰓《えら》の一部を変形して、少しずつ顎が構成された、というのが進化の事実。

同じ著者による『**解剖男**』（講談社現代新書）もよかったけれど、あちらはもっぱら動物の話に終始していた。動物の遺体を解剖することでどれほどの知見が得られるか、大量の実例を挙げての論は説得力があった。

だが、今度の本の方が数等おもしろい。話は心臓さえないような下等な動物から始まってわれわれヒトに至る。こうなるともう他人事ではない。

問題は進化の頂点に立つなどといい気になっているヒトという種の身体が、とんでもない無理な改造を重ねて作られたということ。なにしろ横のものを縦にしたわけだから。

「ペンギンは二本足で歩くといっても、所詮は膝を大きく曲げながらのヨチヨチ歩きだ。が、何せ、読者のあなた、すなわち、ホモ・サピエンスは、四本足の動物を完全な二足歩行に作り変え、恐ろしく器用な手に、地球史上前代未聞の巨大な脳を載せるという信じがたい改造をやってのけたのである」

ごらんのとおり、この人の文体は相当に派手だ。大事なことを伝えたいという情熱がこの文体となって噴出するという感じ。

さて、そういうわけでわれわれヒトは立った。四足獣の単純な（その方向に進化した）足に比べて、二足で立つわれわれの足は実に巧妙に作られている。それを一語で表すのが「土踏まず」という言葉だという。

あるいは、立ったために咽頭が下に落ちて空洞が生じ、それを利用してわれわれは発声ということができるようになったとか。

水平に連なるはずだった脊椎を縦に積み上げたから椎間板が押し出されてヘルニアになるとか。

脳まで血液を送り込む（むしろ、「垂直に打ち上げる」とこの著者は表現するのだが）ために心臓は強化され、血圧は上がった。しかしそれでも四肢へ送り込んだ血はなかなか胸部まで返ってこない。それが冷え性やむくみの原因とか。

「ホモ・サピエンスの短い歴史に残されたのは、何度も何度も消しゴムと修正液で描き換えられた、ぼろぼろになった設計図の山」であり、無理があっても全面的なモデル・チェンジはできない。

そこに生物学的進化より何桁も速く進む社会的変化がある。この数十年で日本人の体格も食生活も生殖行動も大きく変わった。

「ヒトの未来はどうなるかという問いに対して、遺体解剖で得られた知をもって答えるなら、やはり自分自身を行き詰まった失敗作ととらえなくてはならない」と著者は言う。

やっぱりねえ。

## ×月×日

アーサー・ビナードのエッセーについては三年前に『空からやってきた魚』（草思社）を紹介したけれど、今回『**日々の非常口**』（朝日新聞社）であらためて感心した。短いエッセーを集めたものだが、エッセーは短いほどむずかしい。まず日常の観察力がいり、文章が上手でなくてはならず、しっかりした思想があって、その上に何かがもう一つ必要。

彼の場合は母語がアメリカ英語というところが「もう一つ」の要素として実にうまく機能している。それに詩の才能（「着メロ」から「横着メロ」を作るなんて、まさに詩人）、頻出する英語と地の日本語が帯と浴衣のセンスのいい組合せのように合っている。

思想と言葉の伎倆——遺伝子組み換え作物で荒稼ぎをしようというモンサント社のたくらみを「人間の遺伝子に置き換えるならば、こういう話だ。オレのDNAはオレのものだから特許を取る。それから見知らぬ女性を暴行して妊娠させる。十月十日ほど経《た》って子がオギャーと出てくると、今度はその女性を訴えて特許侵害の賠償請求をする」。

こんな見事な比喩、ふつう考えつくものではない。

——2006/9/7

028

# クマムシ、昆虫の脳、キノコ図鑑

**×月×日**

クマムシを知っている人は少ないかもしれない。

ぼくが最初に図を見て名を覚えたのは、たしか北隆館の小さな黄色い『学生版　日本動物図鑑』だったと思う。四十年の昔。それ以来ずっと気になっていた。

鈴木忠著『**クマムシ?!——小さな怪物——**』(岩波書店)でようやくこの愛すべき、また尊敬すべき動物のことが詳しくわかって嬉しかった。やはりとんでもなくおもしろい動物である。

クマムシは昆虫ではない。昆虫は節足動物門だが、クマムシはそれだけで緩歩動物門を成している。とても小さい。体長が○・一ミリからせいぜい一ミリくらい。だから顕微鏡を使わないと見えないのだが、見たら驚くだろう。もっさりしたところが熊にとてもよく似ているのだ。ただし短い肢《あし》が四対ある。八本足の熊!

専門家の間で不死身と言われる伝説の生き物である。環境が乾燥してくると足を縮めて樽型に変身する。こうなると、温度でいえば絶対零度近くから上は一二〇度まで、圧力ならば六〇〇〇気圧まで、X線はヒトの致死量の一〇〇〇倍まで、という悪条件に耐えて生き延びると言われる。つまり水分の多い環境に戻せば蘇生するのだ。早い話が水をかければ生き返るのだ。

「日本初のクマムシ本」として刊行された本書は、一種類の動物を詳しく扱う、いわゆるモノグラフだが、著者個人の研究史にもなっている。その口調が愉快で、こんな楽しい研究はないと思われるほど。

昆虫の生理学が専門なのに、たまたま干からびたコケを水に浸して顕微鏡で見ているうちにクマムシに出会って、飼いたい！　と思ったという。ペット・ショップでかわいい子犬を見かけたみたい。

問題は餌。肉食性のクマムシの場合、生存環境である水の中にはさまざまな線虫やワムシやゾウリムシなどの原生動物、それにバクテリアなどがいる。どれが餌か？　どうやったら安定供給ができるか？

学生の実験のためのアメーバを培養するシャーレに偶然にワムシが大量発生していた（ワムシは輪形動物門というまた別の分類に属する小さな生き物）。

「さっそくそのワムシを何匹かピペットで吸い取って、オニクマムシが歩いている所へ置いてみた。さて、どうだろうか……。食べるかな？　食べてくれるかな？　食べてくれ！　その結果は……食べた！このときほど、動物が食事をする光景が嬉しく見えたことはない」

著者はこうやってクマムシの飼育環境を整備し、「世話に明け暮れ」て生活史を観察し、さまざまな知見を得る。脱皮も産卵も排泄も胚発生もおもしろい。

科学者が研究対象を愛してもいいのか。情が移ると過酷な実験は避けるようになるのではないか。一匹ずつに名前を付けたりはしないようだが、電子レンジで加熱しても生き延びるかという実験については「むやみに生物をイジメル実験は気が進まないので」やっていないと言うあたりはちょっと怪しい。

この本は若い人を科学の世界に導くとてもよいガイドブックである。先端の研究と文献発掘が両輪になっている――「研究者にとって、おもしろいことがなによりの原動力である。コケのすき間の世界をのぞいてみると、自分にとって新しいことを毎日のように発見できた。そして、文献探しをするうちに、どんどん古い世界にもぐっていく感じがした。つまり新しい文献が乏しく、受け売りでない情報を求めていくと、どんどん昔の文献までたどらなければならなかった」

余計なことかもしれないが、この本はぜったいに表紙にクマムシの絵か写真があるべきなのに、それがない。惜しいことだ。

## ×月×日

**『昆虫――驚異の微小脳』**（水波誠　中公新書）は最近しばしば見かける濃密な新書の典型である。その分野について知るべきことを総合的に教えてくれる。

ミツバチやアリを見ればわかるとおり、昆虫は集団として高度な社会生活を営む。しかし、一匹ずつの行動はパターン化されていて、単純なものだ。

その一匹ずつの行動を司る極く小さな脳の機能についての先端的な啓蒙書。

一読しておもしろかったのは、すべての説明が大変に工学的であること。ある意味ではそれは予想していたことだった。

飛んでいるハエを指でつまむことはできない。人間の手の動きよりハエの動きの方が速い。これは人間の眼から脳までの長さと脳から指先までの長さを、ハエの眼から脳ならびに脳から羽根までの長さと比較すればわかる。信号が神経を伝播する速度がハエと人間で同じならば、情報処理の速度は神経の長さに依るだろう。本書ではそれを、ハエの眼の「時間分解能は数倍も高い」と言う。

昆虫の雄が雌のフェロモンに誘引される過程はサージとジグザグターンとループというたった三つのパターンの繰り返しで構成されているという。

それにしても、視覚や嗅覚、飛行制御、など脳を介する昆虫のふるまいがここまで情報工学の用語や図やフロー・チャートで表現されると、やっぱりそうだったのかと考え込む。

ハチやアリが単純な個体の集合としてあれだけの営みをしているのは、今をときめくグーグルが数十万台の市販のPCを並列にして使っているのと同じ原理なのだ。それに比べるとわれわれ高等動物はそれぞれにスーパーコンピューター一台でやっている。

この話は本書の最後の方になって生態学のr戦略とK戦略で説明されている。本書でいちばん興味深いのは微小脳（r型）と巨大脳（K型）をくらべた第11章の表かもしれない。

参考文献にミツバチの研究に関してフリッシュの本が三点挙げられているのに、坂上昭一がないのが淋しかった。工学であって昆虫社会学ではないということか。

**×月×日**
秋になってキノコが市場に出回ってきた（ぼくはフランスに住んでいるから、これはこの町の朝市の話）。

野生のものは専門の業者が採集しているらしい。安くはないけれど、値段だけのことはある味だ。しかしどれも日本で売っているのは見たことのない種類。

では、これらのキノコは日本にはないのかと疑問に思った。ちょうど『**森のきのこたち—種類と生態—**』（柴田尚　八坂書房）という本が出たので調べてみる。

こういう時、学名というのは便利だ。フランス語のキノコ図鑑でいつも買うのを見つけ、その学名をメモして、『森のきのこたち』の学名索引を辿ると、同じキノコの和名が見つかる。そのページを見れば日本におけるそのキノコの写真と記述がある。

たとえば、ジロールというのは日本ではアンズタケと呼ばれるし、こちらのピエ・ド・ムトン（ヒツジの足）は日本のカノシタに当たる。山にはあるのだ。

しかしモリーユ（アミガサタケ）がないぞ。トロンペット（クロラッパタケ）もない、というところで遅ればせにこの本が「亜高山帯の針葉樹林」のキノコだけを対象としたものであることに気づいた。だから広葉樹のナラやカシに生えるマイタケの記述もない。

この本には食べられるものは「食用」とあるだけだが、フランスの図鑑は「食べられる」、「うまい」、「とてもうまい」の三段階に分けられている。『森のきのこたち』は携えて林間に遊ぶための本であって、食欲先行ではないのだ。

前半が図鑑、後半がキノコを巡るエッセーになっていて、この部分もおもしろい。オオシラビソという木の名がよく出てくる。昔、尾瀬で見て立派な木だと、偉容を思い出したことだった。

――2006/10/12

029

# 爆撃機の幽霊、かわいい猿、情報と調理

**×月×日**

幽霊の話はやはり恨みが濃い方がおもしろい。その恨みが人を死に引きずり込む。

『**ブラッカムの爆撃機**』（ロバート・ウェストール　金原瑞人訳　岩波書店）は、第二次大戦中、イギリスからドイツへ飛ぶ戦略爆撃機の機内に幽霊が出るという凝った設定。

アメリカ軍のB‐29が日本の都市を爆撃したように、イギリス軍は夜ごとドイツの都市に双発のウィ

ンピーことヴィッカース・ウェリントンや四発のアヴロ・ランカスターを飛ばして爆弾の雨を降らせた。

これはその中の一機の乗組員たちの話。日本の場合はあまり効果的な迎撃はできなかったようだが、ドイツは果敢に戦った。だからイギリス側の損失率は高く、隊員たちは死とジョークの隙間で暮らしていた。

一機に乗り込むのは六名。語り手が乗るのはC機と呼ばれている。仲間はみな若くて、全員がとことん信頼する機長がやっと三十代半ば。

イギリスの短篇だから具体的な描写が精密でいい。戦争中の航空隊の日々が、狂気的な面まで含めて、しっかり書き込まれている。話の構成は本当に（イギリス的に）うまい。伏線として、機内ならびに僚機との間でインターコムによる会話がいかに大事かがまず語られる。それがなければみな長距離飛行の孤独に耐えられない。敵にも聞こえるからやばいのだが。

同じ基地のS機がユンカース双発夜間戦闘機を迎え撃ちにする。落ちてゆくその機内の阿鼻叫喚が、すぐ近くを飛ぶC機の語り手たちに筒抜けに聞こえる。乗員四名が無残に死ぬさまが手に取るように伝わる。

その操縦士の断末魔の叫びが声だけの幽霊となって、次回のミッションに飛んだS機の機内に響く。乗組員は狂って異常な行動に出る。

語り手を含むC機のメンバーがS機で飛ばざるを得なくなった時、何が起こったかがようやくわかる。とてもとても恐い。

大戦中の飛行機乗りの話、イギリスならばまずロアルド・ダールだ。「カティナ」という短篇など、もう三十年も前に読んだのに細部をよく覚えている。これがフランスだとサンテグジュペリの『戦う操縦士』になり、アメリカだとジョゼフ・ヘラーの『キャッチ＝22』になる。それぞれ異なる哲学とサタイア。お国柄なのだろう。

このウェストールの話はダールのと同じくらいいい。宮崎駿が惚れ込んで、入手不能だった翻訳の再刊を企画、作者の故郷まで行ったのも無理はない。他の短篇二つを含む今回の本に、彼は漫画による周到な解説を加えている。ウィンピーの内部の図など、飛行機ファンにはとても嬉しい。

**×月×日**

最近、名作の新訳がぞくぞく出ている。

若島正の『ロリータ』や、何種類も出た『星の王子さま』（あるいは『ちいさな王子』）がいい例で、光文社の「古典新訳文庫」などこの先どこまで充実するかわからないと期待させる。

新訳の意義は大きい。時代によって文体は変わるし、何よりも異国の文化についての読者の知識や教養が深まっている。昔なら注が必要だったところがそのまま訳せる。

それに、新訳が出るということは、その作品が改めて訳すに値するすぐれた作品であるという版元の判断の表明であって、これは大事なことだ。

その好例として**『積みすぎた箱舟』**（ジェラルド・ダレル　羽田節子訳　福音館文庫）を読んだ。

昔の版は浦松佐美太郎の訳で暮しの手帖社から出ていた。最初は雑誌連載だったろうか。

イギリスの若い動物学者が二人、アフリカのカメルーンへ野生動物の採集に出かける。標本にするのではなく生きて連れ帰って動物園に納める。

こう書いただけで問題続出。まずイギリス人が植民地であるカメルーンに使命を持って行く。野生動物を捕らえて動物園に渡す。どちらも偏見の入り込みやすい、論争の種になりそうな行動である。原著刊行の一九五三年から今までの間に、この話題を巡ってどれほどの議論があったことか。

だから訳者も新訳を提案された時、「正直、気乗りがしなかった」と言う。「だって、あの、植民地から動物とってきちゃう話でしょ?」

それが編集者に言われて原書をぱらぱら読んでいるうちに止まらなくなる。訳したくなる。ぼくも覚えがあるが、訳者が原書を読む場合、頭の中でついつい訳文を思い浮かべる。その本が自分に合っていれば、訳さずにはいられなくなる。

ともかく魅力に満ちた本なのだ。その理由はいくつもある。ぜんたいとしてはこれだけの動物を捕らえたと成果を誇る本なのに、細部は失敗談ばかり。だから嫌みがない。得られた場合は幸運を喜び、逃げられたらユーモアを込めて不運を嘆く。

だから今から見れば微妙であるはずの現地の黒人たちとの仲の印象も好ましい。旦那づらして威張るわけではなく、無理に卑下するわけでもない。珍しい動物を捕まえるという共通の目標があるから、いい関係になる。

これは著者の性格が幸いしたのだろう。ぼくは彼の子供のころの回想である『虫とけものと家族たち』以下の三部作(集英社文庫)を訳したからよく知っているのだが、彼はいかにもイギリス風に一ひねりした好い奴なのだ。

次に、動物たちがいい。アフリカといってもライオンやキリンや象は出てこない。登場するのはフサオヤマアラシであり、コビトワニであり、ポタモガーレやアンワンティボやドリルであり、サーバルである。もっぱら小型の珍しい哺乳類。どれも無類にかわいい。

自然保護との関係で言えば、ジェラルド・ダレルは先駆者である。研究者が一頭二頭捕らえてもその種は絶滅しない。しかし環境が変われば、何千頭いても絶滅は起こりうる。ある種と環境の関係を知るには生態の研究が必須であり、動物園はその場を提供する。そのためにはまず捕らえなければならない。

あるいは、もっと事態が悲劇的になると、最後に残った数頭をともかく生き延びさせるために人工の施設で飼うしかなくなる。ぼくたちはトキの例でよく知っている。そういう対策を提唱したのがダレルだった。

ぼくはこの本の意義を説きすぎたかもしれない。もっと素直に、ともかく絶対におもしろい本だ！と強調すべきだったかもしれない。密林の中を走りまわって、滑ったり転んだり、噛まれたり引っかかれたり、へとへとになって手に入れた小さな猿のかわいさに天にも昇る心地……というのが基本のトーンなのだ。

文庫とは呼ばれているが立派なサイズの本であり、その割に異常に値段が安いことを付記しておきたい（刊行時、本体価七五〇円）。

**×月×日**

作家だから小説だけ書いていればいいのに、時事的なコラムを書くこともある。今の現実の世界を論じるには、まずファクトが要る。ぼくはそのファクトを新聞やインターネットを通じて、情報という形で入手している。ファクトに嘘が混じっているとコラムの主張は瓦解する。もしもイラクに大量破壊兵器があったら、ぼくは大恥をかいたところだった。なかったからブッシュが大恥をかいた。

**『情報のさばき方』**（外岡秀俊　朝日新書）は情報というモノの扱いについての周到な入門書である。新鮮で嘘が混じらない情報の入手と保存と提供について、基本の技術を過不足なく教えてくれる。

著者が朝日新聞のゼネラル・エディターという自分の職分を料理人になぞらえるのは正しい。素材の質と鮮度と加工が大事という点で両者はよく似ている。だから朝日の本社は築地にあるのか。

――2006/11/16

## 030
# 速い小説、幕末と維新、悪口

**×月×日**

小説の場は現実に近いところからずっと遠いところまで、どこにでも設定できる。現実に近ければべタにリアリティーが感じられ、読者は我がことのように話に入っていける。例として今年評判になった宮部みゆきの『名もなき毒』を考えてみれば、あれは身近だからこそ怖い話だった。

それに対して、遠いところへ連れ出してくれる物語がある。違う法則が支配する別世界。古川日出男の『**僕たちは歩かない**』(角川書店)はその連れ出しかたにおいてユニークで、そこがまずおもしろかった。百ページほどの短い間をストーリーが疾駆している。ともかく速い。読む者に逡巡のいとまを与えないよう次々に場面が繰り出され、気がつくと異界に運ばれている。

登場するのは十名ほどの若い料理人たち。みなフランス料理を得意とするが、まだシェフにはなっていない。片仮名四文字の姓を持つ彼らに個性はない。そんなものを書き分けている暇は作者にはないのだ。鹿の群れのように一体となって物語の中をどかどかと駆け抜ける。

彼らは別の東京を発見する。深夜に二時間だけ彼らを受け入れる別時間の東京。通常のように運転するうちにこっそり余分な時間を生み出す山手線や、色の順序がおかしい信号機などがその空間への入り口で、夜ごと彼らはそちら側に集い、無人のビストロの厨房で腕を磨く。両世界を行き来しているのが自分たちだけではないことを知る。

彼らの一人が欠ける。仲間でたった一人の女の子が事故で死ぬ。救出しようと彼らは冥界に向かう。これは集合的なオルフェたちとたった一人のユリディスの物語だ。だから、神話のとおり、彼女は現世には帰らない。「いちど冥界で厨房に立ったら、あたしは、もう……」と彼女が言うのはイザナミのヨモツヘグイと同じことだ。

喪失と、救済の試みと、その失敗の悲哀、そこからの回復。そういうことが高速で、必要最小限の語数で、語られる。作者が立てたエステティックな原理がうまく機能している。

ポーの代表作とされる「大鴉」という詩を思い出した。詩人自身の説明によれば、彼は一気に読める長さで最も大きな悲哀を読むものに与える詩を設計し、制作した。原理による統御。

こちらは詩ではなくて小説だから、読み終わったあとで、もっとずっと現実的な連想も浮かぶ。青になる前に黄色になるおかしな信号が出てくるけれど、たしかイギリスではその順序なのだ。青になる前に一瞬だけ黄色が出ていわば予告する。だからといってイギリス人は先を争って発進けしないのだけれど。

## ×月×日

自分が日本史を知らないことに呆れることがある。たとえば、幕末という時代がよくわからない。今の日本を作ったのはその時期の歴史であるだろうに、勤王と佐幕、攘夷と開国それぞれの立ち位置と意見の違い、衝突の一つ一つが頭に入っていない。人が右往左往している印象しかない。

岩波新書で「シリーズ日本近現代史」というのが出始めて、その最初が『**幕末・維新**』（井上勝生）だったので勉強することにした。薄い本だから必要なことだけ簡潔に書いてあって、全体がつかみやすい。

それ以上に大事なのは、時代の相貌がくっきりと見えることである。歴史書は年表と哲学の間に位置する。この本の場合、著者の哲学が明晰で、それが年表上の出来事の意味を次々に明らかにしてゆく。あの時期の国家経営に関わった日本人たちそれぞれの姿勢がわかる。

基本は理知主義なのだろう。だから黒船後の幕府の外交を高く評価する。「軟弱卑屈」とか「無為無策」という従来の説を否定し、黒船への対応から日米修好通商条約の草案作りまで、対応は的確であったと言う。彼らは世界の情勢について充分な情報を持っていたし、交渉の各場面でそれを上手に使った。

その延長上に一橋派の開国論がある。国は開かざるを得なかったし、それに耐えるだけの整備された社会と経済力が日本にはあった。開国は現実的な行政者の判断として正しかった。

それに対置して批判されるのが孝明天皇とその朝廷の条約承認拒否である。国際情勢を知った上での、状況分析と判断に基づく拒否ではない。何百年も朝廷という閉鎖社会で世情から隔絶して暮らしてきた人々の感情論。

その感情論を裏打ちするために作られたのが、日本は「万王一系の神国」という思想だった。それまでは天皇と貴族は姻戚関係で密接に結ばれて共同で「雲上」を形成してきたのに、この時から天皇だけが貴種だという考えが生まれ、これが後の明治憲法につながる。あるいは「大東亜戦争」にまで。まことイデオロギーは恐い。

幕末と維新は短い時期に多数の思想が衝突した高密度の時代である。思想の誕生と衝突、融合と離散のさまを本書は明快に語る。その途中で通説を超える新しい過去の姿が提示される。江戸時代はただ圧政に貧民が呻吟する社会ではなかった。百姓一揆に竹槍という図は間違いで、彼らが手にしたのは鎌だったという。鎌は武器ではなく野良仕事の道具、農の象徴である。「江戸時代、三二〇〇件ほどの一揆のなかで、竹槍による殺害の事例は、わずか二例だけだった」と著者は言う。一揆は民意を行政に反映させる回路として役に立っていた。

江戸期に安定した豊かな近代社会がすでに成立していたから、開国はうまく行った。混乱はいくつもあったし、その中から生まれた神国思想はその後に日本を破滅へ導いたけれど、しかし維新の時の日本には独立を守るだけの国力があった。国力とは、整備された安定した社会であり、民間の産業の力と、それを支える有能な官僚機構である。

この本には今の日本を考えるのに役に立つ指針が多く含まれている。それこそが歴史の意義だろう。結局のところ過去はそのまま現在につながっているのだ。

**×月×日**

今年の七月、ワールドカップの決勝戦でマテラッツィの一言がジダンを怒らせた。あの後で悪口とは何かと考えた。

気になるのは今の日本に悪口が少ないことである。これは翻訳をしているとよくわかる。たとえばアメリカの小説を訳す時、会話の部分に出てくる罵詈罵倒がなかなか日本語に移せない。対応する言葉がない。これは日本人が「和を以て貴しとなす」穏和な国民だからだろうか。

しかし実はかつて日本は賑やかな悪口の国だった。その証拠に御成敗式目の第十二条は悪口をわざわざ罪として規定していた。

こういう事情を解き明かしてくれるのが山本幸司の『**〈悪口〉という文化**』(平凡社)である。ともかく事例が豊富。ホメロスから歌舞伎まで、イヌイットから日本各地の「悪口祭」までを網羅し、諸学を縦断するさまは圧巻。

御成敗式目は法律であり、違反すれば裁判になり、従って記録が残る。だから文学作品より具体的かつ現実的。「片山」という言葉を巡る東大寺と醍醐寺の喧嘩など、著者が「論議で鍛えられた僧侶らしく、したたかで相手を馬鹿にしたような理由づけ」と言うとおりおもしろい。

さて、ぼくの疑問である今の日本の悪口の貧しさの問題だが、少なくとも性的な含意を持つ民俗的慣行についてはは「明治の教育体制に廃止の理由が求められる例が多い」という。

悪口は言葉の暴力というだけではない。江戸時代の喧嘩は言葉のやりとりに終始し、言葉につまって手を出したら野暮な奴だと周囲に笑われた。つまり暴力の抑止装置として悪口は機能していた。口下手になった分だけ手が早くなったのが今の日本人ではないのか。

——2006/12/28

# 2007年

031
## 現代建築、漂流、フランス人

**×月×日**

ある分野について、こちらの生半可な知識を整理し、足りない部分を補い、新しい知見を提供し、更に興味をそそってくれる本がある。大著や事典の場合もあるし、ごく小さな本の場合もある。

五十嵐太郎の『**現代建築に関する16章**』（講談社現代新書）は小さな本の典型だった。

建築ということに一通りの興味はあるけれど、特定の建物への好悪を超えて自分の考えをまとめることができない。建築史の上に位置づけることもできないし、設計者の思想を読み取ることもできない。

そういう段階にある者にとって、これはまことにありがたい本だ。潜在的な関心を顕在化してくれる。

具体的に例を挙げよう。

建築とは設計者の意思に沿ってデザインされ、建てられるものである一方で、勝手に生まれ、増殖し、変化し、崩れていくものでもある。一人の建築家の頭脳から生まれる人造物であると同時に、そこに住んだり改造したり壊したりする多数の人間が関わることによって自然物に似た性格を帯びる。

ぼくはそう考えてきた。というか、それ以上に考えが及ばなかった。これについて本書は、レム・コールハースという現代建築の巨人に沿って、ナイジェリアの都市ラゴスをこう語る――「近代の都市計画は機能主義にもとづいて、居住、労働、余暇などの目的ごとに場所を区分けしました。ラゴスにもビルや高速道路が存在し、一見、近代的な都市のように見えます。しかし、彼の紹介によると、渋滞した高速道路を多くの人間が歩いており、風景は完全に混乱しています」。

設計者はそれは間違いだと言うだろう。高速道路を人が歩いてはいけない。だが、コールハースは「ラゴスは……アフリカ的な方法ですでに近代化を遂げている」と言う。「計画概念が無効になった究極の巨大都市」なのだ。

こういう新鮮な教示にこの本を読む喜びがある。

あるいは神殿か獄舎かという二項対立。神殿では外観があくまで重視され、獄舎は内部だけが大事。この二項が丹下健三と村野藤吾という二人の建築家の名に重ねられると、話が具体化してぐっと奥行きが増す。

その前に獄舎の設計原理として知られるパノプティコン（一望監視装置）の話題がある。中央に看守がいてたくさんの囚人を見張る構造。視線は一方的で、自分が見られているか否か囚人にはわからない。最小限の看守で最大限の囚人を見張る。その先で五十嵐は「ただこのシステムのほんとうにすごいところは、じつは看守がいなくても成立するというところなのです」と付け加える。監視カメラがあると思って制限速度を守って運転するぼくは、実はパノプティコン社会に組み込まれているわけだ。

今の社会がここまで建築に関するキーワードによって釈《と》けるというところがおもしろかった。摩天楼、ショッピング・センター、モビルスーツ、縄文、廃墟、スーパーフラット、等々、無数の回路によって建築と社会は結ばれている。

これが手軽な新書であることはありがたい。写真も精一杯入れてある。そう思う一方で、言及されるすべての建物について大きな写真を付した大きな本であってもよかったと思う。そうなったら事典だろうか。著者のいう「シャッフルしたガイドブック」になるのだろうか。

いいや、本当は大きな写真をねだるのではなく、ここに取り上げられた建築の一つ一つに足を運んで自分の目で見るべきなのだろう。

## ×月×日

漂流という究極の体験があり、その記録は少なくない。記録があるということは生きて帰ったということで、戻れなかった例はその何倍もあったのだろう。

戻れたのは幸運と観察力と判断力、なによりも生き延びる意思ないし気力のおかげだ。漂流譚は人間について、また社会について多くを教えてくれる。

岩尾龍太郎の**『江戸時代のロビンソン——七つの漂流譚』**（弦書房）は記録の紹介だけでなく、その分析と意味づけにおいて類書を超える本だ。

江戸時代の日本は世界的にも珍しいほど漂流の多い国だった。幕府が造船技術の発達を抑制する一方で、流通の需要は増し、危険の多い太平洋航路を一本マストで甲板も張らない船が多く行き来した。

沿岸を行くつもりが天気が荒れて沖に運ばれると黒潮に乗ってしまう。どこまでも連れていかれる。彼らが行った先は鳥島にはじまって、ボルネオ、アメリカ、カムチャツカ、等々、太平洋のかぎりに広く散っている。

著者は漂流を大きくロビンソン型とガリバー型に分ける。ロビンソンは鳥島など無人島に漂着して、そこで生き延び、何らかの手段によって帰還する。困難は自然の条件にある。

ガリバー型は異文化の地に行って、そこの見聞を得て戻る。この場合、帰還を阻むのはむしろ社会的な条件で、日本の側の鎖国政策がその一つだった。

前者について、「ロビンソンは無人島サバイバルにおいてあくまで単独主体として振る舞い、現れた他者に対しても徹底して支配的な態度をとり、自己同一性を保持する」と著者は言う。

対するガリバーは「自己の知覚や空間感覚を変容させつつ、既存文化を有する『遠い国々』にいちど没入してしまう。そこからの脱出は自己再変容のエネルギーを要し、帰還後の社会復帰は困難をともなう」のだ。

それにしてもなんと濃厚な記録の集積だろう。

一七一九年に遠州新居の大鹿丸が遭難、乗り組み三人は鳥島で二十年暮らし、別の船が遭難して漂着したのを機に戻った。アホウドリがいる島だったから可能だったのだが、二十年を生き延びた力はすごい。最初の段階で、帰国は二十年後と宣告されたら、生きる気力は残っただろうか?

ガリバー型では唐泊《からどまり》孫太郎の話が秀逸。二十人が漂流して、九年後に一人だけが帰った。彼らはまずフィリピンに漂着、そこの人々に捕まって奴隷に売られる。孫太郎はボルネオに渡り、華僑の家に買われ、そこでかわいがられて六年間を過ごした。ここでの見聞は、鰐《わに》や海賊や祭りや情歌、等々、話題豊富で格別におもしろい。

最後に彼は主人の老母に自分の孝心を訴え、親の顔を見たいと泣きついて解放され、オランダ船に乗る（本当は両親はとうにみまかっていたのだが）。

ここには引かなかったけれど、本書には江戸時代の記録からの引用が多い。古い文体をゆっくり声に出して読むと、込められた思いが伝わる。

**×月×日**

飛幡祐規の『**それでも住みたいフランス**』（新潮社）に対して、ぼくは普通の読者ではない。まだフランス生活二年半のぼくにとって、在仏三十年のこの著者は大先輩だから、この本に教えてもらうことは多々ある。一行ごとに疑問が氷解するという感じ。

では、日本の一般的な読者にとってこの本の意味は何か？　こんな生きかたもあると知ることだ。

フランス人はものを買わない。

フランス人はすぐ異議を唱える。デモとストをする。

フランスにはいい学校がある。

フランス人はアメリカに楯突く。

フランス人は文化的な催しを自分たちでプロデュースする。

こっちがいいと言い切るつもりはぼくにもないし、日本に住んでいるフランス人であるぼくの友人は日本の方が住みやすいと言う。

でも、両方のやりかたを並べてみることには大きな意義があると思う。行き詰まった日本にとって、これは学ぶところの多い本だ。

——2007/2/15

032

# 旅する思想、肩すかし、宇宙論

**×月×日**

この一月、リシャルト・カプシチンスキーが亡くなったと聞いて落胆した。ポーランド人で、ジャーナリストとされるが（『サッカー戦争』や『帝国　ロシア・辺境への旅』などの邦訳がある）、通常の域を遥かに超える偉大な人物だった。ぼくはベルリンで一度だけ会って立ち話をしたことがある。

**『信頼』**（岩本正恵訳　青土社）を書いたアルフォンソ・リンギスはジャーナリストではない。彼は哲学者を名乗る。この場合、哲学者という言葉は思索者というほどの感じ。

ぼくがリンギスを読んでカプシチンスキーを思ったのは、旅した先でのものの見かた、人との接しかた、それをもとにした考えの展開にどこか共通する資質があるからだ。洞察の深さと言ってもいい。

カプシチンスキーはエチオピアやロシアや南米に行った。同じようにリンギスもエチオピアやチベットやマダガスカルに行く。いわゆる途上国であり、辺境ないし僻地である。しかし二人はそこに先進国にはない人間性を発見する……というほどことは簡単ではない。

旅の体験はただ記録されるのではなく、旅した者の中で徹底した検証を受け、他の見聞や知識や思想と突き合わせた上で、文章化されなければならない。結果はやはり文学作品である。そこに読者は先進国にはない人間性を発見するかもしれないけれど、書き手はそれを押し売りはしない。

リンギスのことをぼくは今まで知らなかった。『信頼』は二十本ほどの文章を集めた一冊だが、その一つ一つのうまさにちょっと驚いた。

例えば、「サンパウロ」というわずか三ページほどの話がある。書き手はあの町のダウンタウンのホテルに滞在している。道ばたに三十歳くらいの女がいつも坐っている。ホームレスらしいが、物乞いはしない。傍らに大きな人形を置いている。彼女は「欲しいものはなにもない。ただ、愛するなにかが、愛するだれかが欲しいだけだ。やつれ果て、同情を拒み、与えることを熱望している。

ホテルの隣にカフェテリアがある。そこの若いウェイターが皿に盛った食べものを女に渡す。「彼女に目を向けず、声もかけずに手渡す。彼女のなかにあるのが愛されたいという思いではないことを、彼はわかっている」。

これだけの観察から作者は愛することと愛されること、与えることと受けることについて思索する。このような相手に会った時に先進国の旅行者が自動的に取りがちな与える姿勢についての一瞬の省察。その終わりかたの鮮やかさ。

「男」という十ページほどの文章は男らしさと勇気の関係についての考察から始まる。勇敢である者が周囲に与える影響。

勇気と男らしさはあきらめと譲歩によって失われる。安楽を求めれば勇気は消える。そのためのアリバイは既に用意されている。「いかに多くの男にとって、家庭や職業の責任や、経済上の理由や、長期的な仕事の圧力が、アリバイとして機能していることか！　たまたま遭遇した裸体に燃えあがらないためのアリバイ。好機の空高く舞いあがる、希望と危険という華やかな鳥を恍惚として見つめないためのアリバイ」。

こういう長い導入部を経て、リンギスはチェ・ゲバラを語るのだ。あきらめと譲歩を拒み、安楽に背を向けて最後まで勇気を維持した男を賞賛するのだ。濃厚なのに軽やかな、見事な文章である。

旅をしながら、彼は風景ではなく光景を語る。事件を書く。

風景を挙げるならば岩盤を掘って地面より下に造られたエチオピアの教会。熱帯雨林、ハイチの首都、イスタンブールの大聖堂と、柱頭行者シメオンゆかりのシリアの遺跡。だが、それらと人間の関係が大事なのだ。そこで起こったことと起こりつつあることが大事なのだ。だから光景。だから私的な小さなものであっても事件。

圧巻はペルーの日本大使館占拠事件を、フジモリの圧政に楯突いたトゥパク・アマルの一員ナンシー・ヒルボニオの視点から書いた「無心の歌」。これが読めるだけでもこの本は買うに値する。

## ×月×日

一月に出た児童文学の雑誌「飛ぶ教室」(光村図書)の8号で、バリー・ユアグローの「大洋」という短篇に感心した。彼が四、五ページまでのごく短い話の名人ということは以前から知っていたが、「大洋」は本当にうまい。父親と不仲な弟の旅立ちを見送る兄という視点の設定が実に巧妙なのだ。

その余韻に浸っているところへ同じ作者の『**たちの悪い話**』(柴田元幸訳　新潮社)が刊行された。百五十ページほどの小さな本に四十を超える悪い話が詰まっている。

どこが悪いかというと、主人公たちの運命。十歳以上の子供たちにも読める本という設定で、実際に子供や動物や魔女が登場する。そしてたいていとんでもない目にあう。読者がなんとなく予想している結果には決してならない。肩すかしというか意外性というか、そこの芸が読みどころなのだ。

たくさんあるから一つだけ話の筋を紹介してもいいだろう。善意からあることをしようとしたよい子が魔物に捕まりそうになる。家にいる兄はそれと知らずに弟を救う呪文を口にしかけるが、父がそれを止めてしまう。弟は帰ってこない(「妖精のお守り」)。

前記「飛ぶ教室」にある訳者柴田との対談の中でユアグローは「すべてがひどい結末に至る話を書き

ました」と自分で言っている。そうには違いないが、幸いここにはユーモアがある。「私の作品からユーモアを取ったら、何も残りませんよ」と本人も言っている。

この感じは何かに似ていると思ったら、ゲアリ・ラーソンの漫画だった。日本にはあまり紹介されていないが、インターネットでならGary Larsonで画像検索すればすぐ見つかる。動物がよく登場し、変身譚が多く、常識を一ひねりして、誰かがひどい目にあうなど、共通するものは多い。

今でも覚えている一点では、生きた牛を食肉に変える施設の入り口で、牛が行儀よく列を作っている。一頭が横から割り込もうとすると、列の中の牛が「ちゃんと並べよ」と怒る。この皮肉な感じ。

ユアグローにはしかし時々とても叙情的なのが混じっている。先の「大洋」もそうだし、『たちの悪い話』でいえば「スケボー」という話。深夜、屋根の上でスケボーに熱中する子供たちの姿はまるでレイ・ブラッドベリの短篇のようだ。

実はラーソンにも時に叙情があって、養鶏場で空を飛ぶ夢を見ているニワトリが印象に残っている。

今さら柴田元幸の翻訳を称揚する必要もないけれど、細かい気配りが見事。

**×月×日**

「現代の天文学」というシリーズの刊行が始まった(日本評論社)。一回目の『**人類の住む宇宙**』(岡村定矩《さだのり》、池内了《さとる》、海部宣男、佐藤勝彦、永原裕子編)を読みながら、この楽しさは何だろうと考える。

最新の知見と平易な記述、宇宙の中に、スケールの段階を追って、自分たちの存在を位置づける喜び。書いてあることの何割かは知っていることだけれど、それを確認した上でその上に知らないことを積んでゆく快楽。

特にこの第1巻は総論だから話題に広がりがあって、入りやすい。宇宙の起源から地球温暖化のシミュレーションまで、高遠に見えて身近なのだ。

昔々、学校に通っていたころ、四月に新しい教科書をもらうとまず全部読んだ。あの感じに似ていると思った。『ブラックホールと高エネルギー現象』(第8巻)など、もっと専門的な巻になったらどこまでついていけるかと、それも楽しみ。

——2007/3/22

## 033 老いた作家、南仏、アフリカの神

**×月×日**

先週から南フランスの小さな村に来ている。人口が百三十人ほどで、村に一軒だけの雑貨店は郵便局を兼ねる。この店が開いている時間は一週間に三十一時間半しかない(ちなみに日本のコンビニは週に百六十八時間開いている)。所用でファックスの送信を頼んだら、店番のおじさんはやりかたがわからなくて電話で家から奥さんを呼んだ。奥さんはすぐに駆けつけてきた。一事が万事、そういう具合だ。

ここで読むのは何がいいかと考え、ロジェ・グルニエの『**別離のとき**』(山田稔訳　みすず書房)を持ってきた。これは正解だった。

ロジェ・グルニエは「幻滅の専門家、陽気なペシミスト」だそうだ(帯にそう書いてある)。これは短篇集で、どの話もだいたい落胆で終わる。幻滅と呼んでもいいけれど、バルザックのような社会ぜんぶを巻き込む大きな話ではない。小さくて実に味のある落胆。軽いエピソードに込められた人生の哀感。

例えば、「一時間の縫合」という話。ある男が空港の通路を走って、階段を踏みはずし、コンクリートの柱に顔をぶつける。さほどの傷ではないと思って飛行機（国内線）に乗ったけれど、着いたところでそのまま病院に運ばれる。

救急病棟ですぐに傷を縫合することになるのだが、付いてくれた看護婦が「美しい盛りの大柄な娘。白衣のしたの方のボタンがいくつかとまっておらず、長い脚と、膝と、太ももの付け根がのぞいていた」という具合で、怪我人はすっかり嬉しくなる。「明るい栗色の長い髪はまげに結われている。勤務の後で解きほどけば、さぞ見事だろう」と彼は夢想する。

しかし縫合の間は顔をガーゼで覆われて彼女の顔は見えない。しかも麻酔なしで傷の縫合を進めるインターンは、その最中になんと彼女を口説くのだ。怪我人は悶々としてこの事態に耐える。

そしてその簡単な手術が終わってみると……

最後に置かれた「お年ですから……」という一句が効果的。この一言で彼の妄想にはどんな可能性もなかったことが歴然とするのだ。

お年といえば、今この作家は八十七歳で、ここに収められた十の短篇は一つを除いて八十代になってから書かれたのだそうだ。

もう一つだけ、いかにも古典的に形が整った「あずまや」という話を少し紹介しようか。マウイ島のハレアカラで飛行機事故があって、たくさんの人が死んだ。たまたま近くで調査をしていた研究者が騒ぎが終わってから現場に行ってみて、バイオリンの弓を一本拾う。犠牲者の中には有名な演奏家がいたとラジオが言っていたから、その折れた弓は彼女のものだろう。山を下りる途中で、ある曲の一節が頭の中で鳴りはじめる。気がついてみるとそれはクロイツェル・ソナタだった。

ここから話はこの研究者の回顧に入る。少年の頃、彼はピアノを弾いていた。ベートーベンのソナタと、同名のトルストイの短篇がその回顧の入り口。文豪は、音楽は性欲を昂進させて人を不道徳にするから禁止せよと言いたくてこの短篇を書いた。それを少年は逆にとって、音楽によって思う相手の欲望に火を付けられたらと願う。

思う相手はバイオリンの上手なロシアの美少女で、彼は演奏会で彼女の伴奏役に選ばれ、おおいに奮起するのだが……

その先の展開はトルストイよりもツルゲーネフのあの作品に似ている。またしばしばロジェ・グルニエはチェーホフとの親近性を指摘されるらしい。ここでロシアの作家が三人も出てきてしまったのはなぜだろう。

この短篇は美しい。導入部から回顧への引き継ぎと、その先の具体的かつ主観的な記述の見事さ、ノスタルジーの淡い匂い、そして最後の場面の絵画のような強い効果まで、間然するところがない。

ぼくも二十年後にこのみずみずしさに至ることを目指そう。

**×月×日**

せっかく南仏にいるのだからと笠井潔の『**サマー・アポカリプス**』（創元推理文庫）を持ってきた。新刊ではなく文庫になってからでももう十年たっている名作。

ぼくが今いる村から百数十キロほど西の地を舞台とするミステリだが、血なまぐさいカタリ派弾圧の歴史と、このあたりの土地の風景感、住民の人情などを重ねて、凝ったプロットをずいぶん楽しんで再読できた。「わたしの掌にしまっておけるほどに小さな村と、そこに至る葛折《つづらおり》の坂道」なんてことそっくり。

## ×月×日

ある作家のある作品がとてもおもしろかったからといって、次作も同じようにいいとは限らない。ぼくはニール・ゲイマンの場合のことを考えている。

去年の十二月に刊行された**『アナンシの血脈』**（金原瑞人訳　角川書店　上下）はとてもよかった。現代のアメリカ系エンターテインメントの骨格をそのまま使っているのだが、しかし仕掛けとひねりが効いていて、最後まで楽しめた。

主人公は実に冴えない男。だがその父親はものすごく魅力のある人物だった。なぜなら彼は神だったから。キリスト教の神ではなく、奴隷として新大陸に運ばれたアフリカ人と共に海を越えたアフリカの民話的な神。つまりこれは西インド諸島に伝わるクレオール文化の伝統をエンターテインメントに応用した話なのだ。

父なる神は創造主ではなく、トリックスターだった。いたずらを仕掛けては人間が右往左往するのを楽しみ、それと同時にどたばたを通じて人間に何かを授ける。この神の場合は歌と踊りの喜びと肯定的な人生観であるらしい。

しかし息子は冴えないのだ。父のバカ騒ぎを嫌ってイギリスに住んでいる。父が死んだという報せが来て葬儀に行くあたりから、本当は自分が何者であるかが少しずつわかりはじめる。分身らしき男が登場するが、これがまたやたらに魅力的で、婚約者を取られそうになる。

この先は秘密の探求と、ファンタジー空間での試練、呪いからの解放、ついでに小悪党をやっつけて、壊れかけた世界を正しい軌道に戻し、登場するみんなが幸せになるまでの冒険に継ぐ冒険。

現代のロンドンやフロリダやカリブ海の島と、神話圏との絡みかたもいい。いや、傑作だと思った。

で、先日出た同じ作者による**『グッド・オーメンズ』**（共作テリー・プラチェット　金原瑞人、石田

文子訳　角川書店　上下）もすぐに読んだのだけれど、どうもこちらはいけない。ノリが悪い。一つの理由はギャグがどれも切れ味が悪いこと。全体に陳腐だし、あまりに今のイギリス事情に密着していて訳すとおもしろみがなくなってしまう。今さらガジェットやデバイスが人の名だと言われてもちょっと笑えない。映画的すぎるのも欠点だと思う。

しかし本当の問題は物語の骨格にある。クレオール神話の代わりにこちらはハルマゲドン。天界の勢力と地獄の勢力の正面衝突。それに先だって世に現れる反キリスト。黙示録の四騎士。予言書と魔女狩り。つまりすべて真剣な形でもパロディーとしても使いつくされた主題であって、これで新しいことをするのは相当にむずかしい。聖書はもちろん、ノストラダムスから映画の「オーメン」や「エクソシスト」からスティーヴン・キングまでが入っていて、ぜんぶが味が薄い。細い木に飾りを付けすぎて撓《たわ》んだクリスマス・ツリーのようだ。

作者はどうしてこれでうまくいくと思ったのだろう？　訳者によればやがていちばんの代表作が刊行されるというから、それを待つとしよう。

——2007/4/26

034
# 椅子と椅子、それに民家

**×月×日**

辞書というのは本来ならば引くものである。つまりある言葉を探してその説明だけを読むのだが、時に目が隣の項目に行く。それをきっかけに暇に任せて通読ないし乱読することになる。それが楽しいのは、つまり言葉が好きだからだろう。

デザイナーでも家具屋でもないのに気まぐれで『**イラストレーテッド　名作椅子大全**』(織田憲嗣　新潮社)という本を買った。早い話が椅子の図鑑。

十九世紀から二十世紀にかけての欧米数十名のデザイナーが作った椅子を、その一人ごとの製作の順に、描き下ろしのイラストレーションで再現している。例をチャールズ・イームズに取れば、代表的な八十点あまりが並んで、一つずつにコメントがついている。広く知られる「イームズ・ラウンジチェア」の誕生の事情を紹介した上で、「安楽性の高さは有名で、『この椅子に掛けると眠ってしまう』といったエピソードもあるほど」と簡潔に書いてある。

この大部な本(B5判変型、七三四ページ)を飽きもせずにぱらぱらといつまでも見ている。自分が人並み以上に椅子が好きと思ったことはなかったのだが、どんな椅子についても坐ったとたんに評価というか感想というか、何か思いが湧くのはまちがいない。家の内外に気に入った椅子はあるし、「そういう大事な話はあっちの椅子に坐って聞こう」と人に言ったこともある。

椅子の図を次々に見ながら、そこに腰を下ろした時の体感を想像するのが楽しい。どれもどこかで見た覚えがあるようで、しかしかっちりと記憶にとどめてあるわけではない。自分の生活の中における椅子の位置を改めて考えたりして。

この本が気持ちがいいのは文体が実務的でしかも簡素かつ上品だからだ。ここで文体というのはイラストレーションの質。

資料は写真だが、それをフリーハンドでデッサンするのではなく、「文献からコピーで拡大・縮小して、ある一定の倍率に統一し、コピーカードと呼ばれる、厚手のトレーシングペーパーにロットリングペンで描くという手法」だそうだ。

それで立体的な構造や、素材の質感、坐り心地まで読みとれるのはやはり伎倆というものだろう。

故山本夏彦の名編集で知られた雑誌「室内」に十四年に亘って連載された記事をまとめたのがこの一冊である。椅子コレクターが高じてここに至った著者は、連載中は月の二十五日をこの仕事にあてていたという。その結果が、ここに集められた八千二百三十三点の椅子。これは数による制覇というべき大業であって、その四千二百日分の仕込みの労力に圧倒される。安い本ではないけれど（刊行時、本体価七四〇〇円）、椅子一点あたりと換算すると一円以下、などと計算してまた嬉しくなる。

**×月×日**

堀江敏幸は道具が好きらしい。彼の文章には人と道具の仲を巡る話が多い。ただ使ったり所有したりするのではなく、その道具によって生活のありかたが左右される、その機微を彼は丁寧に書く。だから今ぼくは「仲」と書いたのであって、その意味で彼にとって道具は友人によく似ている。

**『バン・マリーへの手紙』**（岩波書店）はエッセーだが、彼の場合、小説とエッセーの境界線をくっきりと引けないところがおもしろい。エッセーも実はフィクションではないかと疑惑を誘うあたりが魅力。

この本は文学作品の間を逍遙しているように見えながら、そこに湯煎鍋やら、ポプリやら、煉瓦やら、運河やら、飛行機やら、猫などなどが割り込んでくる。猫は道具ではないだろうけれど、湯煎鍋と猫の間に境界線が引けないのが堀江なのだ。

だから椅子が出てくることを警戒すべきだったのに、不意を突かれた。「月が出ていた」という章。

留学生だった彼が、表紙に「プライウッドを用いた、五〇年代の意匠もあらわな脚のほそい椅子がひとつレイアウトされている」さる展覧会のカタログを買ったところから話は始まり、いろいろあったあげくブリュッセルの古本屋経由でその椅子を買って日本に送らせることになる。それがどんなトラブルに彼を巻き込んだかが詳細に語られる。

そして肝心かなめのこの椅子を説明するところに、「ジャン・プルーヴェの影響があきらかな」という一句があった。この時とばかり、先の『名作椅子大全』を開く。ジャン・プルーヴェについては三章が当てられている。一九〇一年に生まれたフランスのデザイナーだ。

堀江は自分が買った椅子を「コンパス状に足をひろげた白鳥のごとき姿かたちの」と形容している。プルーヴェの椅子の図を次々に見ながら、最後の一点、一九五四年の「〈アントニー〉と名付けられた作品。シート部分はプライウッド製」というのに至り、あるいはこれかもしれない、と思う。確証はないけれど、それでも当たり籤《くじ》を引き当てた気分だ。

幸福感は道具を介して生活の細部に染みわたる。

**×月×日**

図が想像させるものという点で**『日本人の住まい――生きる場のかたちとその変遷』**（宮本常一　農文協）はどこか『名作椅子大全』に似ている。

と言ってもこちらに多いのは家の間取り図で、これは日本全国の民家についての実に周到な入門書なのだ。それも建築学よりは社会史に寄った、つまりハードウェアを手がかりにソフトウェアを探る本。人の暮らしは土地ごとに異なる。民家は飾りを多く求めず、近隣で賄える材料と最小限の手間で、その暮らしのためにもっとも合理的な形に作られる。逆に言えば、家を見れば暮らしがわかる。

そして、今更ながらに、宮本常一は暮らしを読むのがうまいと思った。一戸ずつの家の使われかたがよくわかるのだ。彼には日本中を回って人に会ってモノを見て得た厖大な知見があった。それを駆使しながら、その地その地の暮らしかたの基本形をぐいぐいと太い筆致で描いてゆく。

昔、ある科学の専門家に、各論は現場の研究者でも書けるけれど総論は大家にしか書けないと教えられた。その意味で、この人は正に大家だった。浩瀚な著作が既に刊行されているのに、まだこんなすごいものが残っていたのかと驚く。

自分に少しは縁のある土地というので、石川県白峰村（現白山市白峰）の親方の家のところを精読した。ぼくはここ十数年この村に通っているのだが、まこと平地の少ない山村である。水田がなく、かつては炭焼きと焼き畑、養蚕と織物などが生業であった。

「奉公人もたいしておかず、山中のこととて客の来ることもほとんどなく、家での作業もあまりしなくても、五六坪という大きい家を造らねばならなかったということは、この家が部落会所のような役割をしていたからで、何かにつけて人はここに集ったのである」と説明されて納得する。

親方は起業精神を以て、鍬の柄とする棒、和紙を作る時につかうネリカワ、ワサビ栽培、ナメコ栽培と、次々に市場価値ある特産品を見つけて村人の生計の手段とした。地域に根を張った経営者であった。共同体の束ねだったのだ。

その一方で、同じ地域の大きな家でも酒造や質屋をやっている場合は地域との縁が薄い。「こうした旦那の家はどこか孤立した感じがする。婚姻も遠くの同格の家とおこなっている」。

何度となく通った土地についても知らないことがたくさんある。それを今になって宮本常一に教えられた。

——2007/6/14

035

# 作家の自画像、器械、味覚のことば

## ×月×日

最近、作家の伝記を読むことが多い。小谷野敦《こやのあつし》の『谷崎潤一郎伝』はよくできていたし、今はイアン・マクニーヴンが書いた大部なロレンス・ダレルの伝記をゆっくり読んでいる。

伝記、自伝、回想にはおもしろいものが多いけれど、好きな作家の場合には特別な関心が湧く。どうして傑作が書けたのか、その秘密が知りたいと思うのはぼく自身が作家だからだろうか。

**『大江健三郎　作家自身を語る』**（大江健三郎　聞き手・構成／尾崎真理子　新潮社）はインタビューによる自伝。

今の日本の作家たちの中で、大江健三郎の存在は別格に大きい。個人の魂の内奥と社会ぜんたいをあんな風に巧妙に通底できる作家は他にいない。たくらみとからくりと文体と思想、すべてが大柄で緻密。戦後文学から一作だけと言われればぼくは即座に『同時代ゲーム』を選ぶ。

だから今回のこの本が興味を引かないはずがない。実際、これほど高密度のインタビューはめったにあるものではない。何よりも作家自身の声が聞こえる。ちょっとはにかんで自分を笑いながら、他人に対してもユーモラスで、なんといっても誠実。

誠実というのは、自覚的に人生を選んできて、それを忘れないということだ。

「もともと子供の時から、私は自分にその能力があるかどうかわからないのに進路を決めてしまうところがあって、しかもそういうことを積み重ねてきた人間なんです。その上で、自分が別の選択をしなければならなくなったら、それも思い切ってやる。いたし方ない、ということだけれど、勇気リンリンとやる（笑）」というところなどが、誠実の典型である。サルトルの言う投企としての人生。

他人に負っているものに対しても誠実。渡辺一夫、伊丹十三、エドワード・サイード、武満徹……そして家族、とりわけ障害をもって生まれた長男の光。親密になった人々と遠いままの抽象的な社会があって、その中間がないという印象。これは小説的な世界観かもしれない。

あるいは不器用の自覚――「私は早くから小説を書き始めて、若いうちに沢山書きましたが、地方の小さな村で家族に庇護されて育ったオクテの人間ですし。子役上がりの俳優が、早熟のようでいていつまでも成熟しない欠点をいわれることがありますが、私にもそういうところがある。まさにオクテの作家なんですよ。ただ、オクテの作家としては、いつまでも小説技法の完成を目指し続ける生き方になる。その点は、自分でも肯定しています。それがレイト・ワーク、『後期の仕事』にこだわる理由でもあります」。

自信たっぷりに自分を押し出す三島のような作家との違いをこのオクテという言葉はよく説明している。どこかおずおずとした、半歩だけステップが違うようでいて、実際にはいちばん遠くまで行ってしまう歩調。

依って立つイデアの報告もある。「私には以前からずっと破壊者／創造者という一組になった指導者のイメージがありました。そしてその観念を日本という国の、天皇という支配構造の中にあてはめて考え続けてもいた」と言われて、ぼくは文化人類学の思想が現場で汗を流して働く姿を見たように思った。ブレイクの詩やイエーツの詩の取り込みかたも同じ。他人の知の営為がそのまま応用される。そういう世界共和国がある。渡辺一夫から継承したものだろうか。

ではこれで大江健三郎の創作の秘密は明かされただろうか。労役の部分はよくわかる。だが、それは作品を読んだだけでもわかっていたことだ。その背後にあってすべての創作を司っている謎の領域は見えない。真の創造の神はなかなか姿を現さない。

大江健三郎はここで自分を開示している。いわば脱神話化をはかっている。しかし小説を書く時に最後に働くマジック、雑然と散らかった素材を生き生きとした物語に組み立てる創造の神は、結局のところ闇の中でしか働かない。それに、ぼくのところに来てくださる神は彼のとは力量が違うようだ。

そうはいうものの、これはとても勇気づけられる本である。労役の果てに神は現れる。大江よりも更にオクテの作家であるぼくは読み終えてまず労役への促しの声を聞いたし、作家として身を律する規範を得たようにも思った。

## ×月×日

創造の神が明るいところで働くタイプの作家もいる。いわゆるエンターテインメントの小説の場合は、執筆の原理は確立されており、目的地は見えていて、神の指示も明快（なのだろう）。

**『驚異の発明家《エンヂニア》の形見函』**（アレン・カーズワイル　大島豊訳　創元推理文庫　上下）はその意図と労役においてまさに驚異の物語だ。主人公クロードは十八世紀の半ばにジュネーブに近い寒村に生まれた少年で、画才、観察力と推理力、それにモノ作りの才能に恵まれていた。しかしこの時代、才能を育てられる者は多くない。彼は幸運にも村に住む伯爵に引き立てられ、向学心を満たし、伎倆を磨く。

一騒ぎあった後で村からパリに出て、さまざまな苦労を重ねながら器械仕掛けの人形を作る発明家になる。それが世に認められ、名声を博し、それ故に革命に際しては受難を体験する。

要約すればそういう話だが、見るべきは細部に込められた知識、技術についての考証、時代の風俗の描写だ。これが実に楽しい。

この話はモノにあふれている。タイトルにある「形見函」とはある人物の人生を象徴するような小さなモノを収めた、モノによる伝記ないし年表であって、現代まで遺ったとされるクロードの形見函には、広口壜、鸚鵡貝《おうむがい》、編笠茸《あみがさたけ》、木偶《でく》人形、金言、胸赤鶸《むねあかひわ》、時計、鈴、釦《ボタン》、などが入っている。

この物語では女たちはどちらかというと冷淡に扱われ、その分だけ男同士の友情が篤い。そして、話の雰囲気は、戯画化された人物描写など、とてもディケンズ的。世間に揉まれる少年の冒険という点で最も近いのは『デビッド・コッパーフィールド』だろうか。

しかしここにはディケンズにある何かが欠けている。登場人物がどこか物語に奉仕する操り人形という印象。もちろんそれでいいのだし、だからエンターテインメントなのだ。

**×月×日**

おいしいものが食べたい。目の前になければ、おいしいものの本が読みたい。そこで筒井ともみの『**おいしい庭**』（光文社）。

ポルノとグルメは共に五感が受け止めたものを言葉にする点で似ている。官能を言葉にするのはむずかしい。表現のインフレが起こりやすい。空疎で大袈裟になる。その点、筒井ともみはいつも行き過ぎず、正確で、しかもぞくぞくする。

その理由は何だろうとこの本を読みながら考えた。一つのものを食べる現場に、著者の過去がぜんぶ顔をそろえているのだ。厖大な味覚の記憶の上に現在の判断がある。基礎に子供の時に家で食べていた江戸風料理がしっかりあって、そこに今の東京が提供してくれるさまざまなメニューが加わる。それを教養と呼ぶとすれば、それこそ母乳の味からその蓄積は始まっている。

日々のメニューが月ごとに一週間分だけ載っている。ちょっと再現してみたいという誘惑に駆られるけれど、たぶん腕が違う。素材が違う。その前に舌が違うだろう。

——2007/7/19

036

## アメリカ文明史、モスラ、海の中の旅

**×月×日**

二十世紀に科学は大きく派手に変わった。ぼくが子供のときはまだビッグ・バンもプレートテクトニクスもDNAも知られていなかった。

新理論が次々に登場して、論争を経て主流となる。昨日の定説は今日は揺らぎ、明日は葬られているかもしれない。

科学とはちょっと異なる分野だが、チャールズ・C・マンの『1491』(布施由紀子訳 NHK出版)は新説に満ちたおもしろい本だった。「先コロンブス期アメリカ大陸をめぐる新発見」という副題でもわかるとおり、ヨーロッパ人が来る前の南北アメリカ大陸の歴史、正確に言えば文明史。この分野について最新の知見が次から次へと紹介される。六百ページを超える大著だ。

著者自身は学者ではない。素粒子物理やアスピリンについての著書を持つサイエンス・ライターである。文献を読み解くだけでなく、実によく発掘の現場などに足を運ぶ。南北アメリカを広く踏破している。

驚くような新説がたくさん紹介されているが、全体の要旨は、コロンブスが行く前のアメリカ大陸には旧大陸に劣らぬ文明が栄えていた、ということだ。

インディアンが細々と狩猟と採集で暮らしていたのではない。彼らは独自に新石器革命を経て広く農業を営んでいた。彼らの主食であったトウモロコシは高度な交配によって作られた栽培植物だった。農業があれば都市が生まれる（文明とは都市のことだ）。一例として、十世紀から十三世紀にかけてミシシッピ河のほとりに栄えたカホキアという都市は人口一万五千人で、これは当時のロンドンに匹敵した。

マヤ・アステカやインカはヨーロッパ人が接した最後の文明だった。その前にもアメリカ大陸では多くの文明が興っては滅びている。「ペルー海岸地方では紀元前三二〇〇年から紀元前二五〇〇年のあいだに、少なくとも七か所でワリカンガ神殿などの大きな公共建造物がいくつも建てられた」というが、その時期に旧大陸にあった都市はシュメールだけだった。

アメリカ大陸の先住民はシベリアからアラスカを経由して渡ったというのが今の定説だけれど、実は移住は一回だけではなかったらしい。次々に見つかる遺跡や遺物が歴史をどんどん拡大している。「コロンブス到着時の西半球は、すでに人間が手にした絵筆で完全に塗り替えられていた。現在の合衆国本土のおよそ三分の二にあたる地域では農耕がはじまり、南西部の広大な地域には段畑がつくられて灌漑もされていた。中西部と南東部にはトウモロコシ畑が広がり、何千ものマウンド群が点在していたのだそうだ（マウンドは人工の丘）。この時期のアメリカ大陸の人口は「九千万人から一億千二百万人であった」というのだから、ヨーロッパ全土より多かった。

では、なぜ北アメリカには狩猟採集民しかいないような話になったのか？　なぜマヤやアステカの帝国はあれほど簡単に滅ぼされたのか？　この本は最近の説として天然痘の役割を重視する。その影響は従来知られていたよりずっと深刻でしかも急速だったという。

たとえば、ヨーロッパ人が房総半島に上陸して先住民に会ったとする。その翌年、彼らが今度は下北半島に行ってみると、そこは廃村ばかりで人影もない。死亡率九五パーセントという恐ろしい病気が先回りして文明を消してしまったのだ。

著者はこういう説を紹介しながら、それに対する反論も必ず載せる。いくつもの説が競合しながら次第に淘汰されてゆく過程がよくわかる。その先にはまた新説が待っている。学者たちの感情に走ったバトルがあり、若手の台頭とボスの没落など、ドラマチックな要素に事欠かない。そこに現代の先住民たちの思惑や、開発派と環境保護派の論争が複雑に絡み合う。

過去は現在に通じている。環境保護を主張する人々はコロンブス以前の原始林に戻せという。しかしその段階でアメリカの森は実は丁寧に管理された人工林だった。アマゾンの大森林でさえ人為の産物だった。では、人は自然を放置すべきなのか、あるいは管理経営すべきなのか。

読後の印象を要約すれば、現行の世界史は三分の一を欠いているということ。アメリカ大陸の文明はそれほど大きかった。

## ×月×日

**『モスラの精神史』**（小野俊太郎　講談社現代新書）は新書ながら内容の濃い本である。モスラとはもちろん、一九六一年の夏に公開された映画の主役、蛾を基本形にしたあの巨大モンスター。

映画一本を中心に据えて、その制作の過程を辿り、それを通じて露わになった時代相、世界情勢、精神的な背景までを徹底的に解明する。著者は博学多才というか八宗兼学というか、あるいはトリビアル趣味と呼ぶか、なかなかの論客で、牽強附会の一歩手前という深読みが楽しい。

ゴジラに始まった怪獣映画のバリエーションの一つ。しかし原作を委嘱されたのが理屈の多い作家三人組（中村真一郎、福永武彦、堀田善衞）だったために、ラドンやアンギラスとはだいぶ違うものになった。昆虫だから変態する、という設定だけでも話は大きくなる。その先には養蚕からオシラ様、三島由紀夫の『絹と明察』までのカイコ論が控えているはず。深読みとはこういうのを言う。

その一方、映画は大衆の思いを先取りする。戦争の影がまだ消えていない時代の精神史が見え隠れする。だからモスラの故郷である「インファント島」は「日本の委任統治や戦争体験を踏まえた『南洋』と呼ばれる要素を一身に集めている島」だということになる。

かくてこの映画には古代的な神話から安保条約まで、さまざまな日本の像がぎっしり詰め込まれている。普通の観客が意識しなかったそれらすべてを著者は解読しようと努める。なぜモスラの幼虫は小河内ダムに出現し、横田基地や渋谷の市街地を破壊するのか。幼虫が繭を作って閉じこもる場所が原作では国会議事堂だったのに、なぜ映画では東京タワーになったのか。

散開的な知の探索であり、タイトルのとおり精神史である。軽いノスタルジアと共に楽しむにちょうどいいだけの表層性と言っておこうか。

### ×月×日

日々あまりに暑いので、涼しい読み物はないかと本屋を散策している時に、新訳の『**海底二万里　上**』（ジュール・ヴェルヌ作　朝比奈美知子訳　岩波文庫）が目に入った。

なんといっても海の中の旅だし、カバーの銅板画も涼しげだ。前に読んでからずいぶんな歳月が過ぎたと思い、いかにも夏休みの読書にふさわしいとも思って、手に取った。

話は誰もが知っている。巨大な鯨のような怪物が世界の海で暴れ回る。それを退治に行った軍艦から主人公たちは海に落ちて怪物の背に乗る。それが実は先端技術を駆使した潜水艦で、彼らはこの船で世界の海を旅する。

艦長はネモと名乗る謎の人物で、「わたしは、人間社会といっさい縁を切った人間です」と言う。人類全体に対して相当に深い恨みを抱いているらしい。そういう男が巨富と技術力を得て、ノーチラス号という潜水艦を建造し、部下と共に生涯を海中で暮らす途《みち》を選んだ。

しかし、作者の興味はこの設定より、海中の博物学や技術予想にあったらしい。たとえばスキューバと呼ばれる独立式の潜水具が実用化されたのは二十世紀も半ばだったから、ヴェルヌは八十年ほど先んじていたことになる。

新訳は気持ちのいい文体だし、やはりおもしろいと思って読み進んで、はたと気づいた。手元に下巻がない。たまたま店に品切れかと思って上巻のみ買ったのだが、聞いてみると下巻の刊行は一カ月先とのこと。一緒に出してくれればいいのにと、いささかの恨み。

――2007/9/6

037
# イラク、「すばる」、火星を走る

**×月×日**

イラクが今どうなっているか、誰でも知っている。混乱しているのだ。いろいろな勢力が互いに武器を持って争い、日々たくさんの人が殺されている。およそ国の体裁を成していない。

どうしてそうなったかもわかっている。二〇〇三年の三月にアメリカ軍が侵攻し、国家としてのイラクを破壊したからだ。国家の機能の第一は国民の生活を保障することである。それがなくなった。

では、この現状とこの原因の間には何があるか？　多くの演技者が次々に登場したこの舞台で実際にはどういう劇が展開されたのか？　その時々、誰が何をしたのか？　いかなる判断と思惑があったのか？

二〇〇二年の十月、つまり開戦の五カ月ほど前にたまたまイラクに行ったぼくは、その後で起こったことを強い関心をもって見てきた。それでも振り返った印象は雑然としている。それを整理し、辿り直してみたいと思ってきた。

国末憲人の**『イラク戦争の深淵』**（草思社）がこの欲求に答えてくれた。これは見事なドキュメントである。

まずはアメリカとイラク、国連、イギリス、フランスとドイツなどの指導者の動きが、いわばストーリーの軸として辿られる。

それに対してパリ駐在の新聞記者である著者自身の現場での観察が加わる。ぼくがバグダッドを出た直後、彼は二〇〇二年十一月のアンマンから始まって、バグダッド、パリ、バグダッド、パリ、アゾレスと動きながら、査察を巡る駆け引きを探った。

二〇〇三年三月十九日にアメリカ軍の攻撃が始まり、四月五日にはフセイン政権は崩壊した。その八日後、著者はバグダッドに入っている。

世の中には見なければわからないものがある。第三者が戦争を見るのはむずかしいが、それを承知でぎりぎりまで寄って見る。そういう臨場感あふれる報告がこの本の最も主要な素材。

しかし、それならばその時々に彼が書いた記事を読めばいい。実際ぼくはずっとそれらの特派員報告を読んでいたと思う。大事なのはそれらが数年の時間を経て整理され、意味づけられていることだ。そこにはジャーナリズムではなく歴史記述の姿勢がある。

近いものは却《かえ》って見えにくい。列車の窓から通過する駅の名を読み取ることはむずかしい。距離があって初めて意味がわかることがある。この本の真価はそのような今の時点での省察に満ちていることだ。

「イラク攻撃を巡って英国が歩んだ道は、口先の達者なお調子者の末路を思わせる。持ち前の器用さで様々な障害をすり抜け、うまく立ち回って鼻高々になる。しかし、最後に捕まった途端しどろもどろとなり、情けない姿をさらけ出してしまった」というブレア政権の評価は今とならなければ出てこないが、歳月を経れば真実がわかるわけでもない。間近な、いわば伴走者の視点が大事なのだ。

「振り返ると、米国の戦争はいつも、相手との間で余りに力の差がある『非対称』の戦いだった……にもかかわらず、米軍は勝てないのだ。ヴェトナム戦争は結局米国の敗北に終わった。……イラクでも、苦もなくフセイン政権を打倒したのもつかの間、今や武装勢力の攻撃におびえ、無辜《むこ》の市民に向けて銃を乱射している。

理由は明らかだ。非対称なのは武力だけでない。人の命も同様に非対称だからである。弱い側の命は安い。だから、多少の犠牲をいとわない。強い側の命は高い。だから、犠牲者なしに戦争を遂行しようとする……米国はイラクで永遠に勝てないのだ」

後になったら何でも言える、と批判する者は言うだろう。それは違う。その時その場でそう考えたから、それに沿って観察したものの意味づけをしてきたから、この結論に至れるのだ。

二〇〇三年の冬から春にかけて、ぼくはイラク戦争の開戦を阻止しようと走り回っていた。大急ぎでイラク報告の本を出し、日本の各地で講演をし、日頃の方針を枉《ま》げてテレビにも出た。

だから、この本の中であるスペイン人が戦争直前の雰囲気を回想して語る言葉が身にしみる——「あの時、みんな『戦争を止められるんだ』と本気で信じていました。だからあれほど盛り上がったのですが、戦争が始まるとがっかりして火が消えたように引いていくことにもなったのです」

同じ軌道を自分たちも辿ったと思う。辛い記憶である。それに、日本人は先進国の中で最もイラクに無関心だった。デモの人数が他の国より一桁小さかった。

開戦の二カ月前、小泉首相の靖国参拝と直後に予定された訪韓についてパリでコメントを求められた川口外相は「それはそれ、これはこれ」と答えたという。そうではないだろうと思う。すべてはつながっているのだ。イラクと日本でさえ、と敢えて言うが、つながっているのだ。

ブッシュ政権はイラクを攻撃すべきではなかった。それは今は明らかで誰もが認めるけれど、当時の日本のジャーナリズムではブッシュ政権を支持する声の方が高かった（当時の新聞の縮刷版を読めばその証拠は至るところにあるだろう）。

明らかな間違いだった。では、どこで誰がどう間違えたのか、検証が必要ではないのか。そのためにも、この本は価値があると思う。

**×月×日**

失敗の話は苦く、成功の話は心地よい。この数十年の間に日本国が手がけた多くの事業の中で、掛値なしの成功といえるものの一つが、すばる望遠鏡の建設と運用だった。

海部宣男の文章と宮下曉彦の写真、それに「すばる」自身が撮った写真で構成された**『すばる望遠鏡の宇宙——ハワイからの挑戦』**（岩波新書）は読む者の心を気宇壮大な思いで満たす心地よい本だ。

海部による文章の部分はこの望遠鏡が造られる過程の話と、それによって得られた天文学的な成果の説明、いろいろなエピソードなど、気楽でしかも楽しい。

成果については天体の写真が豊富にある。人間の目に見えるのとは違う波長の光で撮ったものだから、そこに見える色を当てはめた擬似色の写真なのだが、それがとても美しい。美は人間の生理を超える原理なのかと不思議に思う。

宮下の写真は地上的で、もっぱらこの天文台の建設から運用の日々の記録。振り返ることで今がわかる、という意味では『イラク戦争の深淵』と同じだろうかと、妙な方へ連想が走った。イラクと同じようにぼくは「すばる」を見学したことがあるので（海部さんに案内していただいた）、そのせいかもしれない。

この小さな本の中で最も惹かれるのはやはり天体の写真だ。大判で見るのなら『宇宙探検すばる望遠鏡』（新日本出版社）というのがあるけれど、もっと大部の大人向けの本が欲しい。人工衛星に乗せたアメリカの「ハッブル望遠鏡」の成果についてはあんなに立派な本がいくつも出ているのに、と比べてしまう。

**×月×日**

そのアメリカの火星探検で活躍したのが「スピリット」と「オポチュニティ」という二台の「車」だ。デルタⅡロケットで火星に運ばれ、大気圏を通過して、パラシュートで減速、最後はエアバッグに包まれて落下、沙漠の風景の中へ走り出して、多くの貴重な写真やデータを送ってきた自走型の観測機。写真がすばらしい。

その開発と運用に携わった技術者による報告が『**ローバー、火星を駆ける**』（スティーヴ・スクワイヤーズ　桃井緑美子《るみこ》訳　早川書房）だ。

イラクや「すばる」と同じようにぼくは火星にも行ったことがあるので興味深く読んだけれども（冗談ですよ）、現場の人だから書ける臨場感の一方で、対象に近すぎるための未整理という印象も受けた。これは優れたサイエンス・ライターがインタビューを重ねて書いた方がよかったのではないだろうか。

——2007/10/11

038

# ナイジェリアとアメリカ、牛を飼う、豆腐

## ×月×日

文学は永遠である。三千年の昔に作られた『イーリアス』と『オデュッセイア』が今も読まれている。その一方で、文学は日々新しく生まれている。人間の魂は今も昔も変わらないとしても、そこに時代はさまざまな影を落とす。

ここ数十年で言えば、世界はぐっと狭くなり、人は移動し、文化は運ばれて違う文化に出会うようになった。文学の新しい前線が形成される。

このところ、いわゆる途上国から先進国へ移った若い人々の中から、文化の差を創造力の源泉として書く作家がぞくぞくと出ている。なぜかその多くが若い女性。

英語圏でいえば、インド系移民の二世で、『停電の夜に』(新潮社)のジュンパ・ラヒリ。あるいは、ジャマイカの血を引く『ホワイト・ティース』(新潮社)のゼイディー・スミス。

フランス語圏でならば、セネガルから移住した『大西洋の海草のように』(河出書房新社)のファトゥ・ディオム。

こんな風に羅列したのは彼女たちが書くものが本当に読むに値する優れた作品だからだ。世界の状況と個人の運命が縦糸と横糸となって、見事な織物が生まれる。

その好例がまた一人登場した。ナイジェリアに生まれて十九歳でアメリカ合衆国に移ったチママンダ・ンゴズィ・アディーチェ。読みにくいし覚えにくい名前だけれど、ゆっくり三回くらい繰り返すと響きの美しさがわかる。

**『アメリカにいる、きみ』**（くぼたのぞみ訳　河出書房新社）は短篇集である。表題作は作者と同じくナイジェリアからアメリカに来た少女の話。メイン州の親戚の家に寄寓したものの、セクハラを受けてその家を出、別の州でウェイトレスになって自活する。

その途中で彼女が出会ったものの中に多くの無知と偏見があった。「きみのことをアフリカ人だと察した人のなかには、ケニヤから来ただれそれやジンバブエから来ただれそれを知っているか、と質問してくる人もいた。アフリカはひとつの国で、住人はみんな知り合いだと思っているのだ」

やがて彼女はそういう無知と偏見を超える相手に出会うのだけれど……

アディーチェは母国との縁を切ることなく、今もアメリカとナイジェリアの間を行き来している。その点で先の三人の中ではファトゥ・ディオムによく似ている。

だからアメリカの話と並んでナイジェリアの話があって、こちらがむしろすごい。これまで書く者がいなかった過酷な状況が書かれる。

反政府的な記事を書いて国外に脱出したジャーナリストの妻を主人公とする「アメリカ大使館」という話。捜索に来た男たちに三歳の子供を殺された何日か後、彼女は夫と再会するためのヴィザを求めてアメリカ大使館の前で行列に並ぶ。

国家的・国際的な状況と悲哀に満ちた個人の運命が右と左から寄り添って、ふっと像を結ぶ。新聞でいえば国際面と社会面が重なり合う。

ビアフラというキーワードを覚えているだろうか？　ナイジェリアの一地域で、地下資源が豊富。それゆえにかつて先進国の思惑に翻弄され、独立を志して内戦を引き起こし、つぶされた。包囲された日々の苦難を描くのが「半分のぼった黄色い太陽」。これは一九六七年から一九七〇年にかけてのことだから、作者が生まれる十年前の話。自分の移民体験だけでなく、世代を超える大きな構想力がこの作家にはある。

すべての作品に共通する主題は誇りだ。どの話でも主人公はとてもむずかしい場に立たされる。そのむずかしい場は、暴力に満ちたナイジェリアの政治状況や、普通のアメリカ人の無知と偏見や、女に対する男の支配欲が生み出すものだ。その種の理不尽な力に追い詰められて、最後のところで、主人公はすっと立ってすべてを捨てて歩み去る。それが誇り。

先にぼくはチママンダ・ンゴズィ・アディーチェというこの作家の名前を三回繰り返して呼ぶようにと書いた。

名前は誇りを支えるものだ。「新しい夫」という話の中で、主人公はアメリカに渡ってオフォディレからデイヴと名を変えた新婚の（ほとんど書面の見合いによる結婚の）夫に、自分もチカからアガサに変えさせられる。その屈辱。創氏改名の屈辱。

ちなみにチママンダという名は「わたしの神は倒れない」という意味であるそうだ。

一般に国とか文化とか、大きな枠から出発する小説は大味になる。しかしアディーチェの短篇は細部までぎっしりと詰まっている。この人の長篇が読みたいと思う。

**×月×日**

唐突ながら、牛の話だ。

休耕田や耕作放棄地で牛を飼う技術が山口県から広まっている。畜舎内で輸入の飼料を与えるのではなく、放牧して野草やシバを食べさせる。

**『放牧維新』**（吉田光宏　家の光協会）という本を読んで感心した。言うまでもなくぼくは牛については百パーセント素人だし、今のところ牛を飼うつもりもないけれど、それでもこの本はイノベーションの実例としておもしろかった。

頑丈な柵で囲った牧場でなく、田んぼや畑に牛を放せるのは、電気牧柵と殺ダニ剤のおかげ。牛が触るとビリッとする柵は設置が簡単だから、休耕地を次々に放牧に利用することができる。牛が雑草を食べるから草刈りの手間が省ける（「舌刈り」と呼ぶのだそうだ）。休耕しても荒れ地にならないから、いつでも元の田や畑に戻せる。殺ダニ剤は散布するのではなく牛の背中に塗ってやる。

コストはどれくらいだろうか？　一ヘクタールの土地に牛二頭を放す場合で、電気牧柵の分が十九万円、給水施設に十万四千円、その他合わせても四十万円にもならない。近くに小川などがあればもっと安い。電気牧柵の電源はソーラーパネル。山口県ではこのセットを無料で貸してくれるのだそうだ。

前にハワイに行った時、買った牛乳に「幸せな雌牛から搾ったおいしい牛乳」と書いてあった。牛もまた幸せであるべきだし、そのためには畜舎に閉じこめて配合飼料を与えるより、野に放って勝手に草を食べさせる方がいいだろう。イノシシなどの被害も減るし、環境保全にも役に立つ。何よりも異常に低いこの国の食料自給率を高められる。

試行錯誤を重ねてこういう技術を確立した人たちこそ尊敬に値する。

## ×月×日

更に唐突ながら、豆腐の話だ。

この十年ほど、沖縄文化に関する本がたくさん出た。ぼくも関わったことがある。

しかし、**『シマ豆腐紀行　遥かなる〈おきなわ豆腐〉ロード』**（宮里千里　ボーダーインク）ほどディープで濃厚な沖縄文化本はめったにない。

沖縄の人は豆腐が好きだ。豆腐は主食であると言い切ってもいいくらい。それが証拠に沖縄の豆腐は大きい。標準が一丁で一キロ。

豆腐をたぐって世界を巡る。南米へ行ってブラジルとアルゼンチンを回るのはここに沖縄人が移民として渡ったから。行く先々に豆腐は伝わる。アジアでは中国各地と韓国とインドネシア。それに沖縄のご近所から離島あちこち（沖縄語でいえば、あまくま）。そして日本本土もあちこち。この遠近のズーム感がいい。世界は地続きということがよくわかる。

食べて、製法を聞いて（探索は大豆やにがりに留まらず、石臼からその素材の安山岩に及ぶ）、論評して、いい加減な雑談に流れ、味覚的体験を語る。文体は沖縄語の混じった沖和混交体（和人のための脚注あり）。

文化とはこういうものだ。

——2007/11/15

039
## ビルマ、シベリアの記憶、声の詩集

**×月×日**

シャルル・ドゴール空港から成田空港まではほぼ十二時間かかる。

この時間をうまく使うのがむずかしいのだが、今回はうまくいった。**『ガラスの宮殿』**（アミタヴ・ゴーシュ　小沢自然、小野正嗣訳　新潮社）を読んでいたのだ。

先を追って読ませる力に満ちた重量のある小説。難解に走らず、通俗に落ちず、主人公たちの波瀾万丈の運命を追いながら、近代アジア史を辿り直す。とてもうまく作られた物語だ。

幕が開くと、舞台はイギリスの植民地になりつつある時期のビルマ。一八八五年にマンダレーの王宮がイギリス軍によって占領されるところから始まり、一九四二年に日本軍がマレー半島に侵攻する時期を経て、ほぼ現代の、アウンサンスーチーの姿がちらりと見えるところで終わる。

三世代に亘る主人公たちはビルマとインドとマレーの間を何度となく行き来する。イギリスの支配のもと、栄える地もあり衰える地もあり、さまざまな政治運動も展開される。

しかし、これは人と人を結んだり引き離したりする運命の物語だ。「ガラスの宮殿」と呼ばれる壮麗なマンダレーの王宮を逃れる貴人たちの中に、王女に仕える幼い女官がいた。ドリーという名のその女官は九歳か十歳。彼女を見初めたインド人の孤児の少年ラージクマールが、ちょっと手助けをして「また会おうね」と言う。

ビルマとインドに別れたこの二人が二十年の後に出会って結婚するのだから、これはまさにメロドラマだ。つまり、ストーリーの都合のために偶然を必然と言いくるめる、派手な展開の物語。

しかしそれがとてもうまくできている。植民地経営と独立運動やら、恋と結婚と出産と育児やら、チーク材のビジネスやゴム園のビジネスによる繁栄と没落やら、等々、盛りだくさんの要素をすべて乗せて大河を行く船である。舵を取っているのがメロドラマの手法だとしても、それは気にならない。というか、読み手は喜んでこの設定を受け入れてしまう。

過去に例を求めるならば『大いなる遺産』(ディケンズ)か『風と共に去りぬ』(ミッチェル)。しかし、ここには異文化の交流と植民地主義という二十世紀的な色合いが濃くて、そこがいちばんおもしろい。

登場人物たちの性格の組み立ても巧み。実業に長けた父ラージクマールから芸術家肌の息子ディヌが生まれる。彼は写真術を身に付けて、その腕によって父の精神的な父ともいうべきサヤー・ジョンの孫であるアリソンと結ばれるあたり、読んでいて嬉しくなった。

最初の世代の心の動きがどこか神話的であるのに対して（先の「また会おうね」という言葉のとおり彼女を探し出すあたり）、今に近い世代の心の行き来はたっぷりと心理描写を含んで現代風なのだ。つまり、小説の技法が扱う時代と共に変わってゆく。

最後の章を読み進めるのと、ぼくの飛行機が成田に向けて降下を始めるのがほぼ同時だった。もしも読み終わらなかったら、このまま機内に居坐って読み続けようかと思ったけれど、滑走路で逆噴射のGを体感するところで最後のページが終わった。

いやー、おもしろかった。

**×月×日**

世の中にはすごい本があるものだ。

山下静夫の『**〈画文集〉シベリア抑留1450日**』（東京堂出版）はタイトルのとおり著者の抑留体験を絵と文章で再現した大著である。

再現というのは、実際にシベリアにいた時の絵日記ではなく、日本に戻ってから、それも帰国後二十五年を経た時期に、思い出しながら書いたということ。

思い立って、四百字の原稿用紙にして八百枚になんなんとする量の文章を十カ月で書き上げ、絵の方は通勤電車の中で一千枚ほど描いたという。その中から三百五十二点が採られている。

その絵がざっとしたスケッチではなく、実に細密な、具体性に富んだ、ボールペンによるペン画なのだ。写真術が普及する前に挿絵として用いられた木口木版のような効果。

文章の方もよくもここまで覚えているものだと感服するほどの量と質。四半世紀前のことを本当に一日単位で書いてゆく。事実だけでなく人間関係の微妙な感情まで、一カ月前のことのように綴られる。

以上はこの本の成り立ちに関する驚きだった。内容はもっと驚くべきものだ。これはただの事実の記載だけではない。与えられた運命だけでなく、それに対する人々の応答が生き生きと書き取られる。

例を挙げよう。戦争末期に満州にいた主計軍曹がソ連軍につかまり、仲間と共に汽車に乗せられる（絵でわかるとおり、客車ではなく貨車である）。満州とソ連の国境にあるニコリスクという町の操車場で汽車が停まる。夜中。抑留か帰国かの分かれ目。

「検車係のロシア人の影が私の隙間を塞ぎ、立話をはじめた。一人は女性で、相棒は老年の男性らしい様子。しばらくして後尾の方へ検車しながら去って行った。

どの貨車も起きているのであろうが、静かだった。暖炉の明りを受けた部分だけが暗闇の中に浮び上がり、誰もが固唾《かたず》をのんでだまっていた。

どの位経ったであろう。機関車の〈ボッボッボッボッボッ〉というあの威勢のよい音が後尾の方にしてきたと思う間もなく、ガチャンガチャンと連結音と震動が列車の後尾から前部へ移動して行った。〈ああ、万事休す〉、これがその瞬間のみんなの気持であっただろう」

いわば数奇な運命に現像されて見えてくる深い人間性に、読みながらしばしば立ち止まる。

ここには社会がある。零下三十五度の極寒の中で強制労働に就く捕虜たちのコミュニティーがいかに稼働していたかがよくわかる。かつての階級制度のままに威張ろうとする旧上官、過酷な条件の中で労働力の最適配分を考える理性的な人々、その判断が分ける生と死。官僚機構の冷たさと生きたロシア人の暖かさ。

これを読みながらぼくはついついこの小社会を今の日本と比べる。シベリアではよくも悪くも人間関係は濃密だった。体感温度は高かった。今は人と人の間は冷え切り、ぼくらはただ消費者でしかない。

これでいいのか？

そういうことまで考えさせる本である。

**×月×日**

この書評の場で詩を論じるのはむずかしい。古賀忠昭の『**血のたらちね**』（書肆山田）の強烈な力をどうやったら伝えられるか。

長詩三篇を収める。最初の「ちのはは」は、罪業を重ねて生きてきた男が地獄に堕ちる時を待ちながら「えんぴつば　なめなめ」「こうこくのうら」に書いたひらかなばかりのコンフェッション。

この詩には音がある。分かち書きにしてはあるが読みにくい福岡方言のひらがなを辿るうちに、自分の体内から声が立ってくる。詩人の腕力に引きこまれ、目で字を追って訥々《とつとつ》と口を動かす自分に気づく。

三つ目の詩「血の遠景」の一節――

「39　母の極楽の話は貧困だった。ただ『ままくうて、ふろはいって、ねる』たった、それだけだった。でも、いまになって思うと、なんとしあわせな、ほほえましい極楽だろうと、涙さえでてくる。極楽は単純なほど、いい」

すごく無理のある比喩だと思うが、梁石日《ヤンソギル》の『血と骨』の物語性を捨てて、精神性を結晶にしたらこの詩集になるか。

――2007/12/27

# 2008年

040

## 樺太の旅、私小説、宗教と科学

**×月×日**

大正十四年の八月、北原白秋は樺太（現ロシア領サハリン）へ二週間の旅をした。鉄道省が催した観光旅行に参加したもので、横浜を船で出て、小樽に寄り、樺太各地を巡ったあげく、最後は稚内で下船する。

**『フレップ・トリップ』**（岩波文庫）はその時の記録である。

時に白秋は四十歳。結婚生活は安定し、大震災の記憶も薄れ、長男の隆太郎は四歳で、長女の篁子《こうこ》が生まれたところ。彼の人生ではよい時期だった。

そのせいかこの旅行記でも彼は最初からはしゃぎまわっている。甥の詩人山本太郎が付した解説の題に「『フレップ・トリップ』の文体――その躍動美について」とあるように、この文章がまことおもしろい。

ともかく饒舌。地の文は言葉があふれ、会話を記したところもまるで速記のように口調まで正確無比に写す。あるいは、写真や映画と張り合うように、風景や光景を綿密に描写する。製紙工場の場面など、写生文とはこういうものかと感心した。

そして時には散文がそのまま歌謡や詩になってしまう。「心は安く、気はかろし、／揺れ揺れ、帆綱よ、空高く……」などというリフレーンが挿入される。旅の最後に海豹島によって群棲する膃肭臍《おっとせい》の交合を見る場面など、そのまま文字の配置を工夫したコンクリート・ポエムになっている。

樺太という舞台が興味をそそる。あの南北に細長い島の南半分が日本人にとってどういう土地だったか、それがよくわかる。

まずは辺境の地の風物への関心があって、それに接した日本の男たちのふるまいが愉快。おそるおそるなのだが、衆を恃《たの》んでいきなり強気になったりして。

荒れる海や、越える途中で六回パンクしたという山道ドライブの冒険の興奮もある。そんなにスペア・タイヤを積んでいるはずもなく、チューブにパッチを当てながらの旅路なのだ。

アイヌや、ギリヤーク、ロシア人など、貧しい異民族に対する（一定量の蔑みを含んだ）好奇心、時に親密な仲になって喜ぶ無邪気な一面……。

樺太は彼らの前に掲げられた鏡だった。だから素顔が写る。彼らが来る直前に摂政宮すなわち後の昭和天皇が行啓したこともあって、国粋主義の演説や、反西欧文化や、神社論が飛び交う。大正十四年の日本の世論というのはこんなものだったかと思う。

いちばん北の安別《あんべつ》に行って、その先はソ連というところで「ワレラコクキヤウニアリ」という電報を「妻子を初め東京の諸友」に送る。今になって読むぼくたちは、白秋たちの旅から十二年ほど後の厳寒期にこの国境を岡田嘉子と杉本良吉が徒歩で越えたことを知っている。

そう、樺太＝サハリン（あるいはサガレン）はさまざまな記憶を呼びさますのだ。山本太郎は白秋の詩のスタイルに宮沢賢治を思わせるものがあると指摘する。賢治がサハリンに行ったのは白秋の二年前のことだった。

いろいろな植物の名が出てくる。虎杖《いたどり》や蕗《ふき》、蝦夷松《えぞまつ》、椴松《とどまつ》、白樺《しらかんば》。タイトルのフレップとトリップも実をつける灌木の名である。

ずっと先の方で柳蘭《やなぎらん》がようやく出てきた。北方の花の中でぼくが最も好きなもの。当然の連想として神沢利子の傑作『流れのほとり』が思い出された。あの少女の一家が樺太で暮らしていたのは一九三五年ころだろうか。

ぼく自身がサハリンに行ったのは一九八九年の六月だった。戦後すぐの北海道と変わらぬ建物が懐かしかった。

## ×月×日

私小説というものを敬遠してきた。小説というのは作るものだと思ってきたし、作為があって荒唐無稽なほどいいとも思ってきた。自分のことや身辺を素材に私小説を書くつもりはない。他人のものにもなかなか手が出ない。

ところが、たまたま読んだ水上勉の『**壺坂幻想**』（講談社文芸文庫）に収められた短篇がいいのだ。感心して読みふけった。

一人称の随筆風の文章がそのまま親の世代の昔話につながる。たとえば、「みかん水と棒剣」という話は叔父のこと。

郷里の福井にいた幼い頃、近くに叔父が住んでいた。村々を回って「みかん水やラムネ」を売っていた。この叔父との行き来が淡々と語られる。作者は十歳で家を出て京都の寺に入ったから、しばらくは会うことが途絶え、十年ほどたって郷里に帰ってみると叔父は前とは違う妻とアイスクリームを売っていた。

「叔父つぁも女運《おなごうん》のわるい人でのう」と母が言う。前の妻が亡くなった後、何度か女たちの出入りがあったらしい。その次に会った時は海軍工廠に勤めて、棒剣を吊った守衛になり、羽振りがよかった。そして、また違う女と暮らしていた。

そんな風にして叔父が亡くなるまでを辿るのだが、最初の方に小さな問いが仕掛けてある。この叔父は「なぜ仲間たちのように大阪や京都へ出て働かなかったか」。なぜずっと郷里に留まって小さな商いや職人仕事に終始したのか。

その問いの答えが最後のところで明かされる。叔父の一見ぱっとしない人生がしみじみとした温かいものに変わる。長い苦労がひっそりと顕彰される。

この展開が実に鮮やかで見事。それは作家の伎倆というものだろうが、それ以前に人間を見る目がなくてはこんな話は書けないと気づいた。叔父との長い行き来があって、その時々の叔父への思いがあって、さまざまな人の生きかたを見てきた作者自身の人生があって、そういうものをすっかり投入して一個の短篇が書かれる。

私小説ではあるけれども自分の話ではなく、主人公との間にちょうどいいだけの距離もある。つまり準備は整っていたのだ。あの叔父の話を書こうと作者が意図した時に、もうこの作品の成功は保証されていたのだろう。

## ×月×日

しばらく前にこの欄で『ドーキンスvs.グールド』という本のことを書いた(キム・ステルレルニーちくま学芸文庫)。現代の進化学の両雄を対比してそれぞれの思想を明らかにする本だった。

最近になってドーキンスの『神は妄想である』(垂水雄二訳　早川書房)が刊行された。彼は神の不在を主張し、宗教の迷妄を攻撃し、科学の優位を宣言する。以前よりも過激で、どこか反宗教十字軍のようなところがある。最近のキリスト教とイスラム教の対立が影響したのか。

その一方で、今は亡きスティーヴン・ジェイ・グールドの遺著『**神と科学は共存できるか?**』も出た(狩野秀之、古谷圭一、新妻昭夫訳　日経BP社)。こちらは科学と宗教のいわば相互不可侵を説く。

ぼくは信仰を持たず科学の思考法を信頼する者であるけれども、ドーキンスほど徹底的な宗教排除には賛成できない。それでは『カラマーゾフの兄弟』が読めなくなってしまう。宗教と科学はヒトの誕生以来ずっと培われてきた根源的な文化だ。その一方を無かったことにしてはいけないだろう。

グールドの今度の本で興味深かったのは今のアメリカにおける反進化論者たちの実態である。科学が明らかにした自然界の姿とキリスト教原理主義を接合しようとして、むちゃくちゃな論法を展開する。しかもそれが必ずしも少数派とは言えないのだ。

アメリカはとても変な国だ、ということをぼくたちは改めて心に刻んだ方がいい。

――2008/2/14

041
# 火星の日没、岩壁を登る、アニ眼

## ×月×日

オリンポス山という山はどこにあるか？

重爆撃時代とはいつのことか？

4日循環の謎とは何か？

窒素氷とメタン氷はどこに存在するか？

オリンポス山はギリシャにある。標高三千メートル弱。神話の中では神々が住むところとされている。しかし、もう一つ、標高二万六千メートル（！）のオリンポス山があるのだ。エベレストのほぼ三倍だから地球上ではありえない。答えは火星。

重爆撃時代も火星で、惑星として形成されたすぐ後の頃、たくさんの隕石が降った時期を指す。

4日循環の謎は金星の話。この星には（地球時間の）4日で赤道を一周するような速い風が吹いている。金星の自転速度の六十倍。このからくりがわからない。

窒素氷とメタン氷は、地球上では気体でしか存在しえない窒素やメタンが固体になってしまうほど寒いところがあるということ。たとえば海王星の衛星トライトンにはこの二つの物質がある。ちなみに窒素の融点は零下209・86度だ。

こういう話がぎっしり詰まっていて、それにたくさんの写真や図があって、一ページずつが宝物の箱のように思える。一度入ってしまうとなかなか出てこられない。

**『惑星地質学』**（宮本英昭、橘省吾、平田成《なる》、杉田精司編　東京大学出版会）はここ数十年の間に得られた太陽系の星々についての知見をまとめた一冊である。

宝物の箱と言ったのはただの比喩ではない。ここにある一枚の写真を撮るために送り出された探査機、その背後に控えた科学技術の総量と予算、などを考えると、これは莫大な価値を持つ小さな物という意味で宝物と呼べるだろう。しかもこの宝物の価値は希少性に依らない。王侯貴族が独占して威張れるものではない。

しばらく前ならば「惑星」と「地質学」の二語を結ぶのは詩人の仕事だった。それが現実になってしまったということが、この本を見ていると実感として迫る。表紙カバーにある火星の日没とクレーター内部の風景の二枚の写真にほれぼれと見とれる。

それにしても、なぜ太陽系はかくも多様な、ダイナミックな、敢えて言えばスペクタキュラーなところだったのだろう。太陽から遠くなればその分だけ輻射熱は減り、寒くなる。だから海王星の衛星には窒素氷がある。その一方で木星の衛星の一つであるイオは猛烈な火山活動で沸き返っている。地球の火山の溶岩よりも八百度も熱い溶岩が噴出している。

アポロ計画はイベントとしては派手だったが、人間という宇宙空間になじまないモノを送り出すためにずいぶん無理をした。形而上学的・神学的な影響もさしたるものではなかった。だからその後の、もっぱら無人探査機によるという戦略は正しかったのだろう。

アメリカが火星に派遣した探査車スピリットとオポチュニティは着陸から四年以上たった今もまだ元気に動き回ってデータを送ってきている。

小惑星イトカワに向けて日本が送り出した探査機「はやぶさ」はクローズアップの写真をたくさん撮ったし、着陸して岩石試料の採集を試みた。その成否はまだ不明らしいが、二〇一〇年六月には帰ってくる予定だ(二〇一〇年六月十三日に帰還)。

この本にかくも夢中になっている自分に気づいて苦笑した。これではまるで「惑星萌え」ではないか。

**×月×日**

山野井泰史と山野井妙子がグリーンランドの切り立った岩壁を登る過程を追った番組を一月に日本で見た。テレビというメディアにできる最上のことだと思った。

**『白夜の大岩壁に挑む――クライマー山野井夫妻』**（NHK取材班　NHK出版）は書物によるその記録である。もっぱら文章と数十点の写真。

山野井夫妻という希有の主人公がいて、高さ一千三百メートルの切り立った崖を登るというプランがあって、それを二人とパートナーの木本哲が着々と実行する。多くの困難が立ちはだかるが、三人はそれを時には回避し時には正面攻撃で突破して、十五日かけて少しずつ高度をかせぎ、最後に頂上に至る。まことにドラマチックな営為だから、それを記述するだけで無類におもしろい本になる。起承転結が最初からできている。

なにしろこの二人が普通でない。夫妻というよりは同志。それぞれに山に憑《つ》かれ、登ることだけを考えて人生を組み立ててきた二人である。だから生活は簡素になり、自給自足に近い暮らしかただけでも話題になりそう。

登ることについて名誉欲がない。あそことあそこに登ったという実績を社会的な物差しに換算しない。他者との比較がない。スポンサーをつけない。

結果は大事だが過程はもっと大事。山野井泰史にとっては「美しいラインを描いて登る★」ことが究極の目的なのだ。だから八千メートルのブロードピークを目指しながらベースキャンプの近くに転がっていた岩に登る方に夢中になる。ブロードピークは「アタックすれば確実に頂上に立てるなと思ったけど、こっちの石ころのほうは頂上に立てないかもしれないと思って」と言う。

ハンディキャップのこともある。三人は共に過去の山行で凍傷を負い、両手両足の指の多くを失っている。手と足で岩をつかんで登るフリー・クライミングの場合、これはとても不利なことだろう。一時は「もうハイキングくらいしかできないだろう」と考えたという。そこからの挑戦だから、今回の一千三百メートルを登ったことはやはり壮挙である。

その挑戦をちくいち報告するということにおいて、この本は責務を果たしている。

その一方で何かが足りないという気がする。一つは登る二人と取材班の関係についての説明がない。ずっと同行してカメラマンは一緒に登頂までしているのだから、二人の邪魔をしない、手を貸さない、どちらについてもルールを決めたはずだと思うのだが、その話がない。

いつも自分たちだけで行っていたのに今回は第三者を容れた。それはどういう事情だったのか。スポンサーをつけるとどうしても成果主義になって山行が歪む。だから自分たちだけで行くというのが方針だったはずだ。二人のためにも、NHKがスポンサーではなかったことの説明が欲しかった。

山野井泰史と妙子については沢木耕太郎に『凍《とう》』という名著がある。二人を理解するためには欠かせない本だとぼくは思う。実をいえば先に★をつけた言葉は沢木からの引用だった。「あとがき」あたりで『凍』について少しでも言及があってよかったのに、と思うのはぼくがテレビではなく書物の徒だからだろうか。

**×月×日**

最初から絶対に価値を疑うことなく開ける本、というものも世の中にはある。例えば『**虫眼とアニ眼**』(養老孟司、宮崎駿《はやお》 新潮文庫)。

この二人の対談だから内容豊富なのは保証済みで、まことに濃厚。論客というものは、いかに奔放にしてなおかつ正鵠《せいこく》を射たことを言えるかが採点基準なのだが、この二人は群を抜いている。定価（刊行時、本体価五五〇〇円）を考えるとものすごくお買い得な、身の詰まった本だ。

とりわけ宮崎駿が言うことがすごい。小川と野原でばしゃばしゃ遊んだ世代のノスタルジーを土台にしているけれども、それでも未来の方に明るい風景が少しだけ開ける。半端にわかった顔で悲観論を振り回すのはずるいという気がしてくる。自戒自戒。

——2008/3/20

042

# 美しい骨格、幼年期、深海生物

**×月×日**

骨は美しいと思う。

工学的な美しさだ。外から掛かる力に耐えられる最小限のサイズと、力の方向も考えた最適のデザイン。一本の骨が美しいだけでなく、それを組み合わせた骨格も美しい。

**『骨から見る生物の進化』**（ジャン゠バティスト・ド・パナフィユー　パトリック・グリ写真　グザヴィエ・バラル編　小畠郁生監訳　吉田春美訳　河出書房新社）は、まず現存の脊椎動物の骨格の写真集である（まず、と言ったのは他の性格をもいくつも具《そな》えた重層的な本だからだが、それは追って説明する）。大きな判の黒地の紙面に白い骨格の写真が、だいたい1ページに一点ずつ収められている。支えなどは見えず、ただ骨だけ。しかしそのポーズは生きていた時の姿のままで、いわば表情がある。両足で立ったオオフラミンゴは、その首のS字型のカーブから一目でフラミンゴとわかる。

翼を広げたシロカツオドリは翼の先端から先端まで1・35メートルある大きな鳥の姿だ。しかも、よく見ると大きな翼を支える骨は胴体の側で一本、翼端に近い側で二本、つまりわれわれヒトの上腕骨と尺骨・橈骨《とうこつ》に対応している。その先の手に当たる部分はずいぶん簡素化されているようだが。

同じようにして、クロテナガザルはいかにもそれらしい姿でぶら下がっていて、眼窩の大きな頭蓋骨はやんちゃに見える。

信じがたいような不思議な動物の話もある。セレベス島に住むバビルーサというイノシシの雄では、上顎の牙が下にではなく皮膚を貫いて上へ向かって生え、しかも一生の間ずっと伸び続ける。どんどん伸びるうちに次第に湾曲し、老いた果てにはその先端が頭蓋骨を貫通して、ために彼は死んでしまう。

立派な牙は競争相手の雄を退けて雌を得るための道具となるし、だから彼は多くの子孫を残すこともできるのだが、それにしてもこれがもしもヒトだったとしたら、つまり自分だったら、そういう運命をどう受け止めればいいのだろう?

この本は鑑賞のための美しい骨格の写真集というだけでなく、現代の進化学についての、簡潔で正確でしかも説得力のあるよくできた啓蒙書である。

進化について大半の人は今もって根本的な点を誤解している。進化は進歩ではない(だから、携帯電話は進化するのではなく改良されるのだ)。進化は合目的的ではない。自然の中には種に固有の価値観はない。ある種が優れているのではなく、ある種はある環境において生存に有利なだけだ。

進化は突然変異による変化でしかない。変化した個体の方がもとのままの個体より生き延びやすければ、そちらが優勢になる。そうでなければ消えてしまう。そのステップが無数に繰り返されるうちに、最初期の単純な脊椎動物はひたすら多様化して、ヒトやヘビやカモメやヒラメなどなど、すべてを包括する動物相ができあがった。

その過程を巧みに配列された骨格の写真によって説明する、その手法が見事。更に、これは分岐群（クレード）という概念の導入によって一新された、最も合理的な最新の分類学を解説する本でもある。

進化の途上で新しい資質が導入されて、もしもそれが役立つものだと、その資質を持った種の数は増える。祖先を共有する生物をまとめるのではなく、「グループに固有の新しい性質をもとにして」分岐群が作られ、それを配置することで系統発生図が描かれる。だから、古生物学の新しい知見を元にして、鳥類は恐竜類の中に含まれる！　ダチョウと始祖鳥とヴェロキラプトル（映画「ジュラシック・パーク」で走り回っていた足の速い小型の恐竜）が並んでいるのだ。骨格の標本はもっぱらフランスの博物館にあるもので、執筆者たちもフランス人。フランス人が作ったからこの本は美しいと言っても、それは進化に名を借りた偏見ではない。なぜなら美の遺伝子というものはないから。美は文化に属するのだ。

**×月×日**

先月の十九日にA・C・クラークが亡くなった。

SFの泰斗であり、子供の頃から知っている名なのでいささかの感慨を覚えた。彼の作品は文学としては奥行きに欠けるが、通信衛星とか軌道エレベーターとか、アイディアがすばらしかった。

たまたま彼の代表作**『幼年期の終わり』**の新訳が刊行された（池田真紀子訳　光文社古典新訳文庫）。懐かしさもあって読み返す。

圧倒的に優れた技術文化を持つ宇宙人が地球に飛来する、といういわゆるファースト・コンタクト物。その嚆矢《こうし》ともいうべき作で（発表は一九五三年）、後になってこれを模する作品がいくつも書かれた。

オーヴァーロードと呼ばれるこの宇宙人は侵略者ではなく善意の、平和の使者だった。彼らに見張られて地球上からは戦争や紛争が消滅する。「発作的な犯罪は、根絶されたとまでは言いがたいが、まれにしか発生しなかった。心理的な問題の大部分が排除されたいま、人類はより良識的に、理性的に変わっていたからだ。前の時代ならば悪徳と呼ばれたような行為をする者はいなくなり、せいぜいが奇癖、悪くても無作法程度しか見られなくなっていた」

しかしそれで話は終わらない。オーヴァーロードの目的はただ平和をもたらすことではなく、地球人がもう一つ上の段階へ無事に進級するのを見守ることだった。以下、この小説の結末に関わることを書くから未読の方は用心していただきたいが、やがてある時から異種の子供が生まれるようになり、生物としてのヒトは一世代にしてその新しい種と入れ替わる。新しい種は宇宙船に乗って旅立ってゆく。やがて残された古い世代は死に絶え、地球上の文明は終焉を迎える。

SFのSはサイエンスであると同時にスペキュレーション（思弁）であると言われる。人類はより優れた存在へと進む過程の一段階に過ぎない、という考えかたは確かにおもしろい。しかし、これは先に書いた理由によって、進化ではない。むしろ昆虫などに見るような変態ではないのか。変わるのは必然であり、それが流産に終わらないようオーヴァーロードが派遣される。

つまり、この変化が良いものであるという判断に疑いを容れる余地はない。その判断をするのはオーヴァーロードを派遣したより上級の知性、オーヴァーマインドであるという。

今回読み返してみて、これは素朴な進歩史観であって、実に非科学的なものだという気がした。進化論によればヒトはより高次の存在になるための道を邁進しているのではなく、ただ環境の変化に応じて生き延びようとしているだけなのだ。そして、環境を文化の力で自分に都合のよいように変えることで短期的な繁栄を手に入れたけれども、代わりに未来を失ってしまった。

**×月×日**

『幼年期の終わり』の中に、ある装置が登場する。「教授は小型の爆弾のようなものを顕微鏡で観察している。あれはきっと、深海の生物の標本が入った圧力カプセルなのだろう。なかの生物は、一平方センチメートル辺《ママ》り何トンもの水圧というふだんどおりの環境で元気に泳ぎ回っているに違いない」

これとまったく同じ耐圧水槽と呼ばれる装置が実在することをぼくは『**潜水調査船が観た深海生物**』（藤倉克則、奥谷喬司、丸山正編著　東海大学出版会）で知った。

深い海には浅いところとは異なる種類の生物がいる。この数十年の間に多くの有人・無人の潜水調査船が行って彼らの写真を撮り、標本を採取してきた。これはその成果を集積した本であり、一千点を超える写真は一枚ずつが興味深い。ちなみにこの分野では日本は最先端を行っているらしい。

――2008/4/24

043

# 詩を読む、弔辞を読む、宇宙エレベーター

**×月×日**

読書は習慣であって、習慣は最初が大事。初期の困難に克って身につけてしまうと習慣になる。

翻訳もののミステリとか、時代小説とか、古代史の新説とか、日本語論とか、好きなジャンルで新しい本が出るとまず買い込む。暇な時間を作って読みふける。

しかし詩についてそういう習慣を持つ人は少ないようだ。根拠はないけれど、他の国ではもう少しみ

んな詩を読んでいるのではないか。日本では学校で詩を暗記させることもしない。余計なおせっかいかもしれないが、なんだかもったいない気がする。

半年前のこの欄に書いた古賀忠昭の『血のたらちね』（書肆山田）ほど強烈でなくてもいい。日常の一角を切り出し、遠方への憧憬を言葉でもやう。詩はなかなかいいものだ。（「もやう」などという言葉を使うとみんな読んでくれないか。）

もう充分にあそんだはずなのに
夕暮れ
雨戸をしめようとする母さんの手に
噛みついて泣いた
世界が真ッ暗になってしまうので
夜が来るので

というのは八木幹夫の『**夜が来るので**』（砂子屋書房）の「序」の詩。これでぜんぶだ。

夜ごとに雨戸を閉める家は今どれくらいあるだろう（雨戸は閉《た》てるともいわなかったか？）。開ける時のあの戸袋への収めかたをもう子供たちは知らない。

誰にでもやんちゃが許される時期があったのだ。ぼくは母親に噛みつくほど元気な子供ではなかったが、夏など、雨戸でたちまち家の中が夜になる感じはよく覚えている。

逆の例。ヨーロッパの高緯度地方の夏は昼がとても長い。子供は明るいうちに寝床に行かなければならなくて、『宝島』を書いたスティーブンスンにそれを歎く詩がある。

すっごく嫌なことなんだ
空は青く澄んでいて
ぼくはまだいっぱい遊びたい
なのに寝床に入るのは

詩は短い。そこにたくさんの意味が詰まっている。だから丁寧に読むことになる。読む速度が散文とは違う、というあたりが慣れるコツだろうか。ヨーロッパは詩になじむ土地である。

石を切り出し
たかく積み上げ
鳥や獣を神々が
匿う山に似せ
砦を築き
見知らぬ者の
暗い視線を拒み
高い塔の小さな窓に
鋭い眼の見張りを立て
霧に広がる彼方を

見まもらせて

と並べた後、一行空けて「何を護ろうとしたのか」という問いが来る。

山崎佳代子の『**アトス、しずかな旅人**』（書肆山田）の中の「冬の薔薇」という作品の最初のところ。この人がセルビアに住んでいることを知ると、この風景の意味が少しわかる。

人は地続きの広大な地の真ん中に城や砦を作って籠もる。攻めるのは「荒ぶる神々を真似た者」で、そのどちらもが歴史の中で朽ちて草むして、そういう場に詩人が立っている。芭蕉の「夏草や兵《つはもの》どもが夢の跡」と重ねてみたりして。

**×月×日**

友人を亡くした時に弔辞を読む。誰にだって辛い義務だ。悲しみを伝え、人柄を偲び、ずっと忘れないと誓う。それしかできないから辛い。

『**友よ　弔辞という詩**』（サイラス・M・コープランド編　井上一馬訳　河出書房新社）は欧米の著名人に捧げられた弔辞を集めた本である。

ジョン・ヒューストンがハンフリー・ボガートを悼み、マドンナがヴェルサーチを偲び、カストロがチェ・ゲバラを顕彰し、リリアン・ヘルマンがダシール・ハメットを送り、そのリリアン・ヘルマンをウィリアム・スタイロンが送る。

いかにも公式の讃辞でも時には感動を誘う。「たしかに我々はもう二度と彼の新しい著作を目にできないであろう。彼の声も二度と聞けないであろう。だが、チェは世界にその遺産を残したのである。我々に彼の革命思想を残したのである」というカストロの言葉は四十年を経た今だから真実として響く。

だが、いいのはやはり人柄を伝える友人ならではのエピソードだ。

振り付け師で演出家のボブ・フォッシーのことを劇作家のニール・サイモンが語る。彼らは家族ぐるみの付き合いだった。みんなでタッチ・フットボールをして、ボブのチームは三十一点負けていた。そこでボールを奪い取ったボブは、「これからはタッチダウンは一回につき三十二点にしよう」と言った。あるいは、十一日だけ年上だったボブがニールにこう言う——「君が生まれるまでの最初の十一日間に、僕は、君が一生かかって手に入れる以上の若い女の子を手に入れたんだ」

スタンリー・キューブリックがとても人嫌いだったことを仕事仲間で義弟のヤン・ハーランが伝える。店などで自分の名を言うのが嫌なスタンリーが何をしたかというと、ヤンの名を騙《かた》ったのだ。眼鏡を作るのに義弟の名前と住所を言うから、しかもヤンの方も同じ時に眼鏡を注文していたから、大混乱が生じる。

いずれにしても人は死ぬのだ。だとすれば、ぼくたちはよい弔辞が書けるように、またよい弔辞を書いてもらえるように、友人たちとつきあうべきなのだろう。業績より友情が大事。

## ×月×日

現代のテクノロジーというのは奇妙なもので、たしかにものすごいことをやってのけるけれども、だから人間たちが幸福になったとは思えない。ローマ時代の奴隷や平安朝の農民より我々は幸福なのだろうか？　その時代の人々も自殺したのだろうか？

インターネットはすばらしいし、グーグルはすばらしい。シェイクスピアが洗礼を受けた日付（一五六四年四月二十六日）でも、「荒野の決闘」の主演女優リンダ・ダーネルの死因（四十三歳で友人宅の火事で焼死）でもたちどころにわかる。

二十年前にそんな仕掛けができると聞いても誰も信用しなかっただろう。だが我々けその種の驚きに慣れてしまった。だから『**宇宙旅行はエレベーターで**』（ブラッドリー・C・エドワーズ、フィリップ・レーガン　関根光宏訳　ランダムハウス講談社）を読んでも、ああそうかとしか思わない。

宇宙に行くのにロケットではなくエレベーターを使う、というアイディアは昔から聞いていた。先日亡くなったA・C・クラークに『楽園の泉』というそのテーマの小説があるし、原理は単純なものだ。

静止軌道の人工衛星から地表までケーブルを垂らす。同様に地球と反対側へもケーブルを伸ばす。すると重力と遠心力が釣り合ってケーブルは安定する。そこを登る自走式のケーブルカーを作れば、今よりもずっと安く安全に宇宙に行ける。

夢物語と思われていたのはそんなケーブルがなかったから。三万五千キロの長さがあって自重に耐えるケーブルは従来の材料工学では作れなかった。それがカーボンナノチューブの出現で可能になった（本書には書いてないが、日本の飯島澄男の発明）。そこで実現性を探りつつ計画をプロモートするというのがこの本の意図である。

実現したらどうなるか。南の大洋に浮島のような基地が作られ、そこから幅九十センチのリボン状のケーブルが空に向かって伸びる。クルーザーと呼ばれる巨大なケージはこのケーブルを空に向かって登る。上に向かって時速二百キロで走ること七日にして静止軌道上の「ジオステーション」に着く。

総工費は十億ドルだそうだが、さてこれは造るに値するだろうか。

――2008/6/12

044

# 地学論争、ホビットはいたか、北の自然

## ×月×日

ぼくが子供の頃、宇宙論のビッグバンは学説として主流でなかった。いちばんの証拠となったマイクロ波の背景放射の発見が一九六五年のことである。今、ビッグバンを否定するのは不可能だろう。

地球科学では、プレートテクトニクスという説はまったくなかった。小学生向けの本の中に、太平洋は月が地球から出ていった跡である、と書いてあるのを読んだ覚えがある。

地球の表面は厚さ百キロほどのプレート十数枚で覆われ、このプレートは湧きだし、移動し、潜り込んでいる。陸地はこのプレートの上に乗っている。

この説は一九六〇年代に登場し、欧米では七〇年代初めには広く受けいれられて主流となった。ところが、日本ではプレートテクトニクスの受容は一九八〇年代も半ばを過ぎてからのことだった。なぜ十数年のギャップができてしまったのか?

**『プレートテクトニクスの拒絶と受容――戦後日本の地球科学史』**(泊次郎　東京大学出版会)はこの疑問を解明して非常におもしろい。

簡単に言うと、日本にはそれまで地向斜造山説という独特の理論があって、地形の成り立ちを説明していた。そこに外来の新説としてプレートテクトニクスが入ってきた。しかし日本の研究者の多くはこれを受けいれず、地向斜造山説に長く執着した、ということだ。

その背景に「地団研」の存在があった。日本の地質学研究の中心に「地学団体研究会」という大きな組織があって、これが地向斜造山説で固まり、まったくプレートテクトニクスを受けいれなかった。

「地学団体」の研究会ではなく、地学の「団体研究」を進める会。数名でグループを組み、研究テーマを絞り、調査・研究の方法も統一しておく。広く浅く調査するにはいいが、天才的なひらめきを学説に育てるには向かない。

このような研究方法は戦後民主主義の雰囲気の中から生まれた。もっとはっきり言えば、ブルジョワ科学かプロレタリア科学かという二分法であり、スターリン主義である。ヘーゲルの歴史理論を引いた「歴史法則主義」に依って、地域科学としての地質学を強調し、物理学・化学の参入を忌避する。

しかもそれがカリスマ的な人物によって組織的に運営され、異論を立てる余地を潰していった。井尻正二という名は地学書の著者としてぼくも見た覚えがあるが、彼を中心に小さなソ連のような機構ができていたとは知らなかった。ソ連の科学の失敗はルイセンコの生物学をはじめ多々あった。

科学は過つ。それぞれの過ちには必ず理由がある。それを明らかにすることによって科学は同じ種類の過ちを警戒するようになり、一つ次の段階へ進むのだろう。自然はあまりに驚異に満ちているから、硬直した思想ではとても対応できない。その実例としてこの冷静な科学史の研究書はおもしろかった。

**×月×日**

プレートテクトニクスは結論が出たが、ホモ・フロレシエンシスを巡る論争は今が真っ最中。これもとんでもない新説。分野はヒトの祖先だ。

**『ホモ・フロレシエンシス』**（マイク・モーウッド、ペニー・ヴァン・オオステルチィ　馬場悠男《ひさお》監訳、仲村明子訳　ＮＨＫブックス　上下）は論争の当事者によるホットな本である。

二〇〇三年にインドネシア東部のフローレス島でヒトのような生物の骨の化石が出た。身長が一メートルほどと小さいが成人の女性。形からいうと間違いなくホモ属、つまりサルではない。だが、脳のサイズは三百八十ccとととても小さい（空っぽの頭蓋骨にカラシナの種を流し込んで計るのだそうだ）。ホモ・サピエンスの三割にも届かない。

ところが、この骨の周囲には石器があり、火を使った跡があり、組織的な狩をしていた様子がうかがえる。しかも、時代はわずか一万八千年前。ヒトの歴史でいえばついこの間であり、彼らはホモ・サピエンスの同時代人だったことになる。ちなみにネアンデルタール人はその頃はもういなかった。

このホモ属はホモ・フロレシエンシスと名付けられ、ホビットという綽名も付いた。『指輪物語』に登場するあのホビットだ。復元図を見れば誰でもちょっと会ってみたいと思うだろう。

名付けたのは発見者のマイク・モーウッドたちだが、反論もある。新種ではなく小頭症などで病変したホモ・サピエンスに過ぎないと言うのだ。

発見の経緯はドラマティックだし、本当ならば人類史を左右する大問題だ。論争には科学とはまた別の事情が絡んできて、これが実に複雑怪奇。

マイク・モーウッドはオーストラリア人で、発見地はインドネシア。先進国と途上国、若い元気な学究と老いた権威者、研究資金や機材の潤沢な側と乏しい研究者、師弟関係や官僚主義。対立の要素は一つや二つではない。時には感情的になり、貴重な標本が損壊されたこともある。

実をいうとこの本、構成がいささか混乱していてあまり読みやすくない。書いたのが当人ということもあって時に力が入りすぎる。だから巻末にある馬場悠男の解説がとても役に立つ。彼は発見の当初から関わりつつも、一歩離れて推移を見てきたから、事態を整理するのには最適の立場だ。何よりも文章がうまくてわかりやすい。自分の失敗を書いて「なんたる大間抜けか」と言ったりして。

## ×月×日

二十年前にサハリンに行った時、風景が六十年前の北海道と変わらないことに感動した。高度経済成長を経なかったということだ。

だから、北方四島の返還はいいとしても、そこがたちまち観光開発されて、「日本最東のゴルフ場」などができることを憂う気持ちがぼくにはあった。

その地域の自然の実態を伝えるのが**『知床・北方四島』**(大泰司《おおたいし》紀之、本間浩昭　岩波新書)。新書ながらページの半分はカラー写真という感じで、視覚情報が多い。

その写真を見ていくかぎり、なるほどこの地域の自然はすばらしいものだと思える。水中も陸上も、それに流氷の上にも、さまざまな生物があふれる。

生態系の話も興味深い。根室半島の沖にあるモユルリ島に流氷に乗ったキタキツネが漂着し、島で営巣するオオセグロカモメを片っ端から食べてしまった。「栄養失調のキツネは、たちまちメタボリックに変身した」けれども、放置はできないから人間が罠で捕らえた。

日本に返ってこない北方四島には昔のままの自然が残っているのだろうか。これが今や危うい、というのが本書後半のテーマ。「ソ連崩壊の混乱に乗じた水産マフィアによる密猟と乱獲が横行し、水産資源の枯渇が著しい」だけでなく、ロシア中央政府による「クリル諸島社会経済発展計画」が生態系を脅かしているという(「クリル諸島」は日本でいう千島列島+北方四島のロシア名)。

ロシアも何もしていないのではない。シマフクロウについていえば、国後島の自然保護区はこの島に対して手厚い。天然記念物に指定はしても生息域を守る仕組みのない北海道より生息密度はずっと高いという。

この地域の自然をこれ以上壊さないために著者たちは、すでに世界自然遺産に登録されている知床に北方四島とその隣りのウルップ島までを組み込むことを提案している。自然に国境も係争地もない以上、これはなかなかの名案だと思う。さて、この先は政治家と官僚の出番。

――2008/7/17

045
# 核の廃墟、Uボート、冒険島

**×月×日**
人が作ったものは、人の手が関わっている間だけ、人造物でいられる。人の手を離れた時から、それは自然に還りはじめる。

では、それらは自然の美しさを帯びるようになるのだろうか？　自然には醜いものはない。人だけが醜いものを作り出せる。人が住まなくなって百年もしたら、たぶんあの東京都庁も美しくなるだろう。

**『廃墟チェルノブイリ』**（中筋純著・写真　二見書房）は人がいなくなってから二十二年を経過した町と発電所の写真集である。

建物の壊れた姿、錆の出てくる具合、褪せたペンキの色、などを通じて自然の無関心が表明される。ここがどうなろうと私は知ったことではないと自然は言っている。その光景はたしかに美しい。

その一方で、見る者の思い入れがこの廃墟を美しく見せるのかとも考える。例えば、観覧車の写真がある。一九八六年のメーデーに開業するはずだったこの観覧車は、その五日前に起こった原子力発電所の事故によって、一度もお客を乗せることなく放置されることになった。

それでもまだほぼ元の姿のままで立っている。近づけば錆と腐食が目立つけれど、遠くから見たシルエットは今にも回りだしそう。

これを見てぼくは自分が二〇〇二年の十一月にバグダッドで見た観覧車を思い出す。それはきゃーきゃーとはしゃぐ子供たちを乗せて動いていた。その四カ月後に戦争が始まった。あの遊園地が今どうなっているのか、ぼくは知らない。

そういうことを思い出しながら、チェルノブイリの観覧車を見る。そこで起こる感情の揺らぎは写真の美しさの理由の一つであるだろうか？

それなしにも座礁してなかば崩れた船が美しいように、2号炉タービン室の俯瞰は美しいのだが。

写真家はガイガーカウンターを手にした通訳と一緒に廃墟の中を歩き回った。広島の四、五百倍の量の放射性物質が放出された場所である。ものに触れてはいけない。そこに落ちている人形を手に取ってはいけない。絶対に入ってはならない場所もある。

一枚だけ、僅かな作為が感じられる写真がある。「幼稚園内の寝室」に枠だけのベッドが並んでいる。その上に人形やその破片が置いてあるのだ。それが人のように見えて、ちょっとぞくっとする。誰が置いたのかはわからないが、いなくなった子供たちの魂につながる依代《よりしろ》のように見える。

**×月×日**

こちらの廃墟は水の中にある。場所はアメリカ、ニュージャージー州の沖合約百キロ、水面下七十メートルのところ。第二次大戦の時に沈んだUボート。

**『シャドウ・ダイバー』**（ロバート・カーソン　上野元美訳　ハヤカワ文庫　上下）はこの潜水艦の発見を巡るノンフィクションである。

沈船はよい魚礁になる。大漁が保証されるから、釣り船の船長は人が知らない魚礁を見つけると大儲けできる。

その船を見つけた船長から、あるダイバーが別の沈船の位置と交換で情報を得た。彼、すなわちビル・ネイグルは深い海に沈む船を専門にするディープレック・ダイビングの達人だった。

彼らはとんでもない危険を冒して潜る。それは金のためではなく、まったくの趣味、あるいは男らしい名誉欲のためだ。だから彼らのトロフィーは船から回収される遺物である。

ネイグルと相棒のジョン・チャタトンは十二名の仲間を募って、謎の船まで行ってみた。まずチャタトンが一人で偵察に行った。沈んでいたのはとんでもない代物、Uボートだった。

彼らが知るかぎり、その海域にUボートが沈んでいるという記録はなかった。ここから数年に亘る冒険と探査行が始まる。

ディープレック・ダイビングがどれほど危険か、作者はくどいほど丁寧に説明する。六十メートルはスキューバで潜れる限界であり、人はそこに二十五分しかいられない。そして、途中で一時間かけて減圧してようやく船に戻れる。

上の母船と沈船の間にはロープを張る。これを伝って上らないと母船に帰れない。広い海に流されたらそれっきり。更に、沈船の中は狭く、複雑で、部分的に壊れていて、入れば出てくるのは容易ではない。堆積物を巻き上げると水が濁って何も見えなくなる。迷ったら時間切れ。

その上、窒素酔いの問題がある。圧縮したタンクの空気を吸っていると酒に酔ったような症状が現れる。判断力が落ち、視野が狭まり、幻覚が見え、感情が混乱する。小さなことをきっかけにあっさりパニックに陥り、自ら死に向かう。

実際このUボートを巡る冒険に参加した二十名ほどの男たちのうちの三人が生命を落としている。恐怖の極限での悲惨な死だ。

そうまでして得られるのは仲間内にしか通用しない栄誉だけ。彼らの間では家庭の崩壊やアル中による死も珍しくない。

このダイビングの話が半分。それだけでも充分におもしろいのに、残る半分の謎解きの部分は更におもしろい。要するにこのUボートの素性がどうしても知れないのだ。ここで沈んだという記録がドイツにもアメリカにもない。

いかに敗色の濃かったドイツといえ、立派な軍艦一隻である。位置を把握していなかったはずはないし、遭難と推定されてもおおよその場所は記録に残るだろう。

かくて彼ら（というのはチャタトンとリッチー・コーラーという男。ネイグルはアル中で脱落する）は一九九一年から一九九七年までかかって、この艦が〈U‐869〉であることを、大西洋の両側にまたがる無数の文献と証人によって論証し、最後には艦の中から揺るがぬ証拠の品を回収して実証した。

その途中、何度となく、危険な領域に敢えて踏み込む。誰から言われたのでもないのに、自分の人生にこういう目標を作って実行する。ヒロイズムの一つの典型として強烈だった。

**×月×日**

海の謎のもう一つの話。**『「十五少年漂流記」への旅』**（椎名誠　新潮選書）はジュール・ヴェルヌのあの名作のモデルとなった（とされる）島へ実際に行ってみるという冒険の記録で、愉快痛快。ものすごく大掛かりな夏休みのさらりとした作文、という感じでぐいぐい読ませる。

椎名文体は誇張と矮小化という二つの原理のセットから成る。とても危ないことをしながらそれをさりげなく書き、どうでもいい些事を大袈裟に書く。そのリズムの外しかたが粋で楽しい。

『十五少年漂流記』の舞台になったのは南米の南端の西側にあるハノーバー島というのが定説であるらしい。ではそこへ行ってみようという発想がシーナ主義だ。で、その地の果てのような島まで行く愉快な苦難の旅が実におもしろい。そう、苦難でありながら愉快なのだ。

そこにこれまでのさまざまな旅の話や冒険小説の話が縦横無尽に割り込む。ちょっとした闇鍋状態で、これがなかなかいい味を出している。

更にここに田辺眞人教授なる学者の新説が登場する。モデルとなった島はまるで違う場所にあるというのだ。そこで彼らはそちらの島も見ようと南米からニュージーランドまで大移動を敢行する。これもまた波瀾に満ちた楽しい旅で、しかも最後に明かされる田辺教授の説はぱちぱちと手を叩きたくなるような明快な推理なのだ。

夏休みは終わったが、この夏が不完全燃焼だった人はこの本一冊で解消できる。

――2008/9/4

046

# 責任の所在、ロンドン、博学の人

**×月×日**

心理学と社会科学が交差する分野といえば、いかにもガチガチの無愛想な本に思えるだろうが、それが一夜眠れないほどの興奮を誘うのだ。

小坂井敏晶の『**責任という虚構**』（東京大学出版会）は今の社会を解明する快刀乱麻の分析の書であって、同時に人間とはいかに危うい虚空の存在かを教える哲理の書でもある。

今、新聞記事の半分は不祥事に関することだ（残りの半分は政治家の無能と恐慌の不安）。食物の偽装などが発覚するとまず会社そのものの責任が問われ、次に監督官庁の責任が論じられる。

個人の犯罪に対しては刑罰が与えられるが、これも一つの責任の問いかた。人が自由意志である行為をして、その結果が他人にとって好ましくなかった場合、行為者には責任が生じる、とわれわれは信じている。

この本は「責任と呼ばれる社会現象は何を意味するのか」を徹底して解析する。出発点にあるのは自由意志への疑問だ。われわれは意志決定の先に行動があると思い込んでいるが、現代の心理学はこれは錯覚であると言う。

「心理学では、意志が行為を導くという自律的人間像を支持する理論はほとんど出されてこなかった」のであって、「意識が行動を決定するのではなく、行動が意識を形作るのだ」。

例えばアウシュビッツで機械的に厖大な数のユダヤ人を「処理」したナチス親衛隊員のふるまいは自由意志では説明できない。彼らの大半は普通の人間であった。服従という現象では意志の前に行動ありという原理がより明確に現れる。意志は後から言い訳をするだけだ。

そうだったのかと驚きつつも、そうではないかと思っていたという気もする。そろそろコーヒーにしようかと思っているうちに、ふと気づくと立っている。よし飲むぞ、と決意した覚えはない。「精神活動はデカルトにとって意識、フロイトにとっては無意識、また認知心理学にとっては脳の機構を意味する。（中略）意志とは、ある身体運動を出来事ではなく行為だとする判断そのものだ」。

逆説的に響くけれども、身体と精神の関係はそうなっている。だから責任という虚構を導入して社会と個人の間の整合性を確保しなければならない。

「結局、自由とは因果律に縛られない状態ではなく、自分の望む通りに行動できるという感覚であり、強制力を感じないという意味に他ならない」というこれも逆説だろうか。

こんな風に引用を重ねているとまるで皮肉屋の箴言集《しんげんしゅう》のように思われるが、実は具体的な実験の紹介や実例が無類におもしろく、同時に恐ろしいのだ。

冤罪はなぜ起こるか？　司法側の「被害者の無念を晴らしたい気持ち、こいつが犯人に違いないという確信、そして自白に至ることが犯人自身にとっても救いにつながるという思いが重なって、拷問まがいの自白強要も取調官の気持ちの上で正当化される」と説明されると納得する。納得していいのかどうか迷いもするのだが。

痴漢の冤罪の場合はどうだろう？　被害者はまず怒っている。怒りの対象を求めている。「満員電車で背後から痴漢に遭う時、被害者は犯人の顔を見ていないことが多い。すると被害者は犯人を風貌から直感で判断しやすい。自分の嫌いなタイプの男性と眼があうと、その男性を犯人だと無意識に思い込む」。これも納得できるし、それ故に恐ろしい。

冤罪の究極は犯人とされた者が死刑になる場合である。冤罪であってもなくても死刑の現場がいかに悲惨であるかを著者は元刑務官の証言を引いて詳細に語る。そうまでして死刑という制度を維持しなければならないのか。

「社会規範からの逸脱が怒りや悲しみの感情的反応を引き起こす、これが犯罪と呼ばれる現象の正体だ」とすれば、刑罰に報復の要素が混じるのは当然だろう。それを正当化するために責任論がある。だから虚構であり、しかし必要な虚構だと著者は言う。それを承知で運用しなければならない。

やはりこれは驚くべき本だ。新聞などに見る社会の表面を覆うパネルを外して中の配線を見せてくれる。なぜ社会には神や国家という〈外部〉が必要かを明らかにする。「責任という虚構。大切なのは根拠の欠如を暴くことではなく、無根拠の世界に意味が出現する不思議を解明することだ」という著者の姿勢に共感する。

## ×月×日

ジャック・ロンドンといえば『荒野の呼び声』と『白い牙』の二作ばかりが有名で、二十本あるという長篇小説も二百本に及ぶ短篇もなかなか紹介されない。

高校生の頃、図書室の裏部屋に積んであった洋書の山の中からジャック・ロンドンの短篇集を見つけて読みふけったことがあった。

柴田元幸が選んで訳した彼の短篇集『**火を熾《おこ》す**』（スイッチ・パブリッシング）の表題作「火を熾す」を読んで、昔の感動を思い出した。厳寒のアラスカの荒野を一人の男が犬一頭と共に旅している。気温は華氏で零下七十五度（摂氏ならば氷点下六十度近い）。

夕方には仲間に合流できるはずだったのだが、小さなミスや不運が重なって、彼は少しずつ死の方へ押しやられていく。それだけの話が実に巧妙な展開で語られる。焚き火を熾せないと死ぬという瀬戸際で、凍傷寸前の指がうまく動かず、持っていたマッチを一気に燃やしてしまう。その絶望感。短篇のお手本としてすべての新人賞応募者に読ませたいような鮮やかさ。

短篇集として幅が広いという印象は柴田の選びかたのおかげもあるが、もともとジャック・ロンドン自身がそれだけバラエティーのある作家だった。メキシコ革命を陰で支えた若い無名のとんでもなくかっこいい英雄を描いた「メキシコ人」はボクシング小説としてすごい傑作だし、トム・キングという老いた貧しいボクサーが主役の「一枚のステーキ」もリングの場面を迫力とリアリズムでがんがん押しまくる。

こういうものを読んだ上で発憤した若きヘミングウェイの心境がよくわかると思った。ジャック・ロンドンとヘミングウェイはちょうど一世代分だけ歳が違う。対決というテーマが好きなのは共通するが、ロンドンにしばしば登場する飢えというテーマはヘミングウェイにはない。育ちかたの差だろうか。

## ×月×日

世の中には博覧強記の人がいて、それはもう呆れるほどものを知っているものだ。『書を読んで羊を失う』なる一書の著者鶴ヶ谷真一が正にその人であるという噂は聞いていたが、手に取る機会がなかった。先日これが『**〔増補〕書を読んで羊を失う**』（平凡社ライブラリー）となって刊行されたのでさっそく読んだ。

噂のとおりおもしろい。話題は洋の東西、時代の古今を縦横に飛び回り、小さなきっかけから思いもかけぬダイナミックな展開をする。しかも文体に気品があって、ひけらかすところがまるでない。

この人、手本は江戸期の文人だろうか。明治から後の文士はがさつでいけないが、江戸の頃はみなアマチュアだから博学でもおっとりしていた。鶴ヶ谷氏《うじ》も木村蒹葭堂《けんかどう》のサロンに出入りしていてもおかしくない御仁と見える。集中もっともおもしろかったのは「貨狄像《かてきぞう》」という話。古雑誌を一束たまたま購ったところから探索が始まる。森銑三の文章に引かれて、栃木県の吾妻村に伝わる木像の由来を求め、これがエラスムスの像であることを知り、最後は三浦按針ことウィリアム・アダムスに至る。すべて書物の上の探査だが、意外な展開がなんとも楽しい。

こういう本の読みかたをしていると、たしかに俗世の羊を飼うことはむずかしいだろう。亡羊に似たのに流麦の故事というのもあったと思い出した。

——2008/10/9

る。

# 047 ヴェトナムのカメラマン、女性軍医の日記

**×月×日**

ヴェトナム戦争の頃の沖縄を舞台にした小説を雑誌連載で書いてきて、最後の推敲の段階に入っていてしまう。それでも戦場への関心はあった。

この話の中でヴェトナムの場面も入れようかとしばらく考えて、やめた。そこまでやると話が拡散し

『**キャパになれなかったカメラマン　ベトナム戦争の語り部たち**』（平敷安常《ひらしきやすつね》　講談社　上下）は戦場を報道したカメラマンの回想録である。上下二巻で千ページ近い量感にまず圧倒される。

ところがこれが軽妙な、親密な打ち明け話の文体で、読み始めると止まらない。先輩の昔の冒険話を、二人ともウィスキーのグラスを片手に、聞いているような気分だ。

カメラマンといってもスチル写真ではなくムービー。テレビ用に十六ミリのフィルムで撮って本社に送る（ビデオはまだなかった）。本社というのはアメリカのABC放送。

スチルならば後に残るし、写真集も出せる。沢田教一も一ノ瀬泰造も立派な写真集がある。文章は岡村昭彦や開高健が書いた。でも、あの時期、戦争の当事者であるアメリカの世論に最も強い影響力を持っていたテレビの映像は、今は見られない。話を聞くしかないのだ。

どの業界でもそうなのだろうが、人柄がことを決める。だから読み進むうちにこの人に惚れ込んでいる自分に気づく。明るくて、楽天的で、人なつこい。勇敢というか貪欲というか、よき報道カメラマンの第一の条件を備えている。運をつかむ力がある。そして出会った人の心の動きを読む鋭敏なセンサー

がある。

生まれは那覇。若い時から大阪毎日放送のカメラマンをやって、一九六六年四月、二十八歳の時にABCを頼ってヴェトナムに行った。そして最初の段階でことが結構うまく運び、いい映像を撮り、本採用になる。運を呼ぶのも才能のうち、というところだ。

取材の話はとても具体的だ。そうでなければ意味がない。戦場に持っていく機材やフィルムや装備のこと。チームを組む記者とサウンドマン（録音技師）のこと。サイゴンの仲間でありライバルである何十人もの個性的なジャーナリストたちのこと。おもしろい話が細部にぎっしりと詰まっている。

本当に優秀だったのだろう。サイゴンに行って三週間目の寺院の話がその証明。彼はダナンへ仏教徒の反乱を取材に行く。南ヴェトナム軍に包囲されたチンホイ寺院に、（まだヴェトナム語もできないのに）近くにいた子供の手引きで入り込む。包囲する側にはたくさんのジャーナリストがいたが、される側には誰もいない。

ここで彼は圧倒的な迫力の画面を撮っただけでなく、仏教徒側の記者会見をセットアップして、同僚たちをそこへ連れてくる。

そんな話が次から次へと繰り出され、そこに自慢の匂いが一かけもない。すべてが人や作戦や行動のクールでホットな記録。記憶は細部まで鮮明で、日記の助けがあるとはいえ、かつて起こったことを再現する文章力はたいしたものだ。

彼は、この本を書くにあたってかつての仲間たちに手紙を書いて、一人一人の記憶をつきあわせている。千ページという分量、生い立ちの類がまったく書いてないこと、細かな事実の揺るぎなさ……この本のどこを取っても普通の日本人が書く自伝や回顧録の範囲を大きく超えている。疾風怒濤・波瀾万丈の十年間だったし、それはそのまま再現された。

彼が生き延びたことが大事だ。そこまでやってはいけない、それでは死んでしまう、と周囲に言われながらも彼は生きて帰り、三十年後にこれを書いた。これもまた（それがかなわなかった人々には気の毒ながら）一種の才能ではないだろうか。

「アーネスト・ヘミングウェイをめざし、アーニー・パイルの足跡をたどり、ロバート・キャパを夢見、エド・マローを凌《しの》ごうと、それぞれが目的を定め、それが実現しそうな可能性が与えられる、それがヴェトナムの戦場だった。ヴェトナムの戦場は最高のジャーナリズム・スクールだった」という言葉のとおりだったのだろう。

ヴェトナム戦争ではアメリカはまだ負けることができた、と思った。イラクではもうそれもかなわない。何かがすっかり変わってしまって、アメリカはただただ壊すしかできない。イラクに行ったカメラマンが何年後にせよこんな本を書くことは決してないような気がする。

**×月×日**

平敷の本の中にこういう一節がある――

「数週間前、クアン・チの最前線を取材していたときに、テリーは北ベトナム軍の戦死した若い兵士の遺品の中に、彼の家族の写真や日記を見つける。その兵士の運命とか短い人生みたいなものを、フォトエッセイ風にまとめてみたいと思ったそうだ」

こういうことはよくあったのだろうか。同じような経緯で、ある戦死した北ヴェトナムの若い女性の軍医の日記がアメリカに渡り、三十五年ぶりにハノイの家族のもとに返された。

『**トゥイーの日記**』（ダン・トゥイー・チャム　高橋和泉訳　経済界）はその翻訳。正確にいえば英訳からの重訳である。

一九四二年にハノイの外科医の家庭に生まれたトゥイーはハノイ医科大学を出て眼科の医者になる。そのままハノイに残ることもできたが志願して軍隊に入り、ずっと南のクアンガイ省に赴任した。困難な道を辿ってそこに着いたのが一九六七年の三月のことで、彼女は二十四歳だった。それから三年と二カ月の間、彼女は敵の目をかすめて森の中の秘密の診療所を転々とし、時には何カ月も延々と移動を強いられながら、傷病兵の治療にあたった。

「診療所はまだ完成していないのに、また移動することになった。私たちの居場所を知っている者が敵側に回ったのだ。またしてもリュックを担ぎ、新たな場所を探しに出発する。私は南方に戻ることになった」というような記述からトゥイーの戦場の日々を想像する。

この日記を読む者はやはり彼女の感情生活に惹かれる。Mと呼ばれる長年の恋人との仲が破綻したあたりから日記は始まっている。あの戦争の中で会うこともかなわない恋は維持しがたい。

そういう日々、患者との間に好感が生まれることもある——「私はこの勇敢な戦士を好きになりはじめている。それは患者に対する医師の愛情、病気の弟（実はサンは三歳年上）を思いやる姉の愛情であり、しかも敬愛の気持ちを込めた特別な感情だ」という表現は奔放と抑制の間で揺れているように読める。

「あなたを気遣う私の視線から、あなたはそれに気づいてくれる？　あなたの傷口に、あなたのやせた腕に、そっと触れている私の手のぬくもりを感じてくれる？」と続くとなるとなおさら。だが、こういう思いを抱いた相手の多くはやがて戦死している。

彼女の写真が何点かあるのだが、日本人であるぼくにはとても親しく見える顔だ。小学校のクラスメイトの優等生のように思える。ぼくより三歳上という親近感もあるし、治療を受ける身だったらやっぱり岡惚れしていただろう。

一九七〇年の六月、彼らの仮設の診療所が爆撃された。とりあえず全員が避難することになったが、トゥイー他二名の女医と重傷の五名の兵士は後に残った。すぐに救援が来るはずだったが、一週間たっても誰も来なかった。彼女は二人の同僚を送り出し、自分は患者たちと残った。その二日後に彼女は戦死した。一説によれば最後は百二十人のアメリカ兵を相手に一人で果敢に戦って死んだという。

まるでバオ・ニンの小説『戦争の悲しみ』そのものではないか。

——2008/11/13

048

## モノの質感、サンパウロ、老作家の怒り

**×月×日**

先日、久しぶりに大工仕事をした。

昔から好きで、若い時は本棚などだいたい自分で作っていた。大量の本を高密度で収めるには市販品ではダメなのだ。経済的理由だけでなく使い勝手から言っても自作の方がいい。

普通に手に入るサイズの木材を使うと縦横一八〇センチが限界。それで奥行きが二〇センチでは自立しない。以前は後ろの壁に固定していたけれども、今回は二つ作ってL字型に組み合わせることにした。筋交いも入れて、まずたいていの地震でも倒れないものになった。

こういうことをしていると、大事なのはモノの質感だとわかる。手で触れ、つかみ、持ち上げて全身の筋感覚で重さを知り、匂いを嗅ぎ、切ったり穿孔したりしながら密度を測る。

こんな当たり前のことを改めて書いたのは、すべてがデジタル化して、生活の中にモノの質感がなくなってしまったからだ。デスクトップに散らかるものは一つ残らず重さがゼロ。写真を添付して送る時など、その重さという言葉さえ比喩として使って、軽いファイルとか言う。

『**自然な建築**』（隈研吾　岩波新書）を一気に読んだのは、これが自分の大工仕事の延長上にあったからだろう。質感なきデジタルの日々に厭《あ》きていたから。

本書は鉄筋コンクリートという万能の（と信じられている）素材を捨てて、別の材料で建物を造る試みの報告である。具体的には水、芦野石、燃えない杉、和紙、竹、日干し煉瓦、などなど。

最初にコンクリートに対する反省がある。「いわば、コンクリートは、表象と存在の分裂を許容するのである。お化粧次第で、その中身とは関係なく、あらゆるものを表象することが可能だからである。石を貼ることで、権力と財力を表象することもできるし、アルミやガラスを貼って、テクノロジーや軽やかな未来を表象することも可能である。木材や珪藻土を貼って『自然』を表象することすら、充分可能である」と言われて納得する。この貼るという感じの嘘っぽさはCGの画像に似ていると思う。

ぼくはもう一つ建築素材を知っている。一九九七年の冬、北海道の然別湖《しかりべつこ》に星野道夫の写真展のために氷ブロックだけで建物を造った。昼間の光の入りかたが絶妙であった。春には融けてなくなってしまった。

**×月×日**

『**サンパウロへのサウダージ**』（クロード・レヴィ＝ストロース、今福龍太　みすず書房）のいちばん深いところにあるのは、世界の質感とも呼ぶべき捕らえにくい資質ではないか。写真とエッセーがそれをそっと掬い上げる。

実に複雑な構成の本だ。第一に、今年で百歳になったことが話題になっている偉大な文化人類学者クロード・レヴィ＝ストロースが、一九三五年から一九三七年まで住んだサンパウロ（ブラジル）の市内で撮った写真のコレクションがあり、体験を語るレヴィ＝ストロースのインタビューがある。

ここまではまあ普通の組み立てだろうが、その後にはレヴィ＝ストロースと同じようにサンパウロに（二〇〇〇年に）住んだ文化人類学者今福龍太が撮った、同じ位置・同じ構図のサンパウロの写真があって、更に今福による長いエッセーがある。

レヴィ＝ストロースは写真という新しい技術・芸術に熱を上げてライカII型で市街を撮った（彼は奥地への調査行にもカメラを持っていったから、主著『悲しき熱帯』にも六十三点の写真が載せられた）。

この本の核としてぼくが読み取ったのは、なぜブラジル以降レヴィ＝ストロースが写真を撮らなくなったかという疑問に対する今福の解釈だ。

「西欧列強による初期の植民地主義が異邦から材木や染料、香辛料などを一方的に搾取しつづけた歴史の延長上に、レヴィ＝ストロースは正しく写真を位置づける」と今福は言う。エクゾティスムの写真は先進国の人々によって香辛料として消費される。そのからくりをレヴィ＝ストロースは見抜いていた。

実を言えば、旅行記もそうなのだ。『悲しき熱帯』は「私は旅や冒険が嫌いだ」という言葉で始まる。昔ぼくはこの有名な書き出しの意味がよくわからなかった。今はわかる。

自分でもよく旅をして、行った先では人並みに写真を撮って、それを元にものを考えてきた。そういう自分の姿勢への反省をまた促された。

## ×月×日

この三十年間、ジョン・ル・カレという作家の書いたものをほぼすべて読んできて、このところの彼の変化のことを考えている。一九三一年生まれだから今年で七十七歳か。変化というのは、怒りが表面に出てきたということだ。

新作は**『サラマンダーは炎のなかに』**（加賀山卓朗訳　光文社文庫　上下）。二人の男の友情の話、というより友情ゆえに一本の紐のように縒られた二つの人生の物語。

それを一方のテッド・マンディという男の側から書く。英国陸軍の下士官の子としてパキスタンで生まれ（というより、彼が生まれた日にパキスタンがインドから独立した）、オクスフォードの学生の時に西ベルリンで急進派の学生運動に参画、サーシャというドイツ人の指導者と知り合う。これが若者の反抗の年、一九六八年のこと。

過激なデモの中で彼はサーシャを救出して自分は警官隊にさんざ痛めつけられる。イギリスに送還され、遍歴の日々を経て、英国文化振興会《ブリティッシュ・カウンシル》の職員になり、人並みに結婚する。そして職務で行った先の東ドイツでサーシャに再会し、スパイとして手を組もうと言われて応じる。それぞれの国の情報組織に属して、情報を交換する。イギリスから持ち出すのはゴミで、東ドイツから運び出されるのは宝石。そういう二重スパイ。もちろんイギリス側が全面的に協力している。

二人の危険な活動は十年間に亘って続くが、やがてベルリンの壁の崩壊で終わる。もう東ドイツという国はない。そこでサーシャとの縁はまたも途切れる。そして十年後、魅力的な提案を持って戦士サーシャが戻ってくる。

こんな風に要約してしまうと凡庸な冒険小説のようだが、ジョン・ル・カレは密度が違う。これはもうイギリスの小説の伝統で、主人公たちの肖像が実に細密に描かれる。大柄で不器用なテッドと、小柄で活動的なサーシャ。絶対に揺るがない二人の仲。まさに刎頸《ふんけい》の友。

彼の最盛期の作品とはずいぶん印象が違う。冷戦の裏の情報戦を書いていた頃の基調トーンは、戦いに勝った果ての無力感、一種の哀切の感情だった。彼の英雄ジョージ・スマイリーの勝利は苦みの混じった曖昧なものだった。

しかし、最近、特に二〇〇一年の『ナイロビの蜂』からか、敵役の像が単純になり、その分だけ怒りの感情が露わになった。国際企業である製薬会社とか、ブッシュ政権下のＣＩＡとか、わかりやすい相手。

これをどう考えるべきだろう。作家が変わったのか、それとも世界の方が単純な白と黒の構図になって、なおかつ悪が増長したのか。ともかく彼は猛烈に怒っている。

（付記　前回、『トゥイーの日記』を英訳からの重訳と書いたが、これはヴェトナム語からの訳であった。訂正してお詫びする。）

——2008/12/25

# 049 金魚、言葉のセンス、変な博物館

**×月×日**

人が作るものの大半と同じように、小説も設計図と素材から成る。どっちも大事なのは言うまでもない。

去年の夏に芥川賞を取った楊逸《ヤンイー》の新作『**金魚生活**』（文藝春秋）を読みながら、この設計図と素材のことを考えた。

ヒロインは玉玲《ユイリン》という中国人女性。もう若くはないのだが、美人であるらしい。未亡人で、夫と親しかった周彬《ジョウビン》という男と同棲し、中国の北東北にある小都市で、発発発餐庁というレストランで働いている。店で飼っている金魚の世話をするのも彼女の仕事で、金魚《ジンユ》は金余《ジンユ》、つまり「金が余る」と発音が同じなので、いわば縁起物として飼われている。

日本に住んでいる娘の珊々《シャンシャン》が出産するというので、玉玲は手伝いに行くことになる。娘は中国人同士で結婚して、夫婦で東京の貿易会社に勤めている。

だからこの小説はまずもって玉玲の異文化体験の話としておもしろい。来日前に彼女が聞いていた噂によれば、「日本人は肉が嫌いらしくて、一日三食毎日生魚と醤湯（味噌汁）でさ、たまらないわよ」ということなのだが、それは本当ではなかった。言葉が不自由なのは困るけれど、蜜柑を介して隣人と行き来が始まったりもする。

中国に残してきた金魚と周彬のことを気にしながらも、遅れている珊々の出産を待つうちに玉玲は少しずつ日本の生活に慣れていく。

すると娘は、このまま日本にいて孫の世話をするために、日本人と再婚してはどうかと提案する。玉玲は周彬と同棲していることを娘に言ってない。さあ、彼女はどうするか……

これがあらすじ、つまりこの小説の設計図だ。では素材は何か？　楊逸の日本語である。一年前に『ワンちゃん』が芥川賞の候補になった時、ぼくは授賞を見送る理由として選評に「この賞を出すにはもう何歩か洗練された日本語の文体が求められる」と書いた。

その半年後に楊逸は『時が滲む朝』で芥川賞を受けた。その選評にぼくは「文章にはまだ生硬なところが残る。／しかし、ここには書きたいという意欲がある」と書いた。

要するに素材には難があるけれど設計図がとてもいいから授賞にあたいすると判断したわけだ。

しかし、その一方、時に生硬とも思われるこの文体は実は彼女が書きたいテーマにぴったり合っているのだ、という気もしていた。長さの限られた選評の中ではそこのところがうまく書けなかった。

議論を具体的にしよう。玉玲は日本人と再婚するのもいいかもしれないと考え、何度かお見合いをする。そして、この人ならばと思う相手と食事をしている場面で、海老の天ぷらを勧められて口に入れる。

「サクサクする衣の中、みずみずしい海老の旨みが瞬く間に口に広がった」というくだりを読んで、自分ならば天ぷらの海老を「みずみずしい」とは形容しないだろうと考える。「みずみずしい」は水分を含んで冷ややかなもので、温かい天ぷらの海老にはそぐわない。

そういう言葉選びの違和感はあちこちにあって、（とても失礼なことながら）もしもぼくが添削することになったら、ずいぶん手が入るだろうと思った。

その一方で、洗練を重ねた美文はその分だけ衰退してゆくということもあるのだ。守りの姿勢でいるだけでは言葉は痩せてゆく。次に海老の天ぷらを食べる時、楊逸の文章に啓発されて、ぼくは海老の歯ごたえと香りを「みずみずしい」と感じるかもしれない。

言葉は守るものであると同時に育てるものであり、乱暴に揺すぶって、敢えて異物を混入して、元気づけるものでもある。いや、今や日本文化の全体がそういう元気づけを必要としているのではないか。

**×月×日**

そういう一方で、信じがたいほど繊細で大胆な言葉のセンスを湛えたエッセーに感動したりもする。長谷川摂子の**『とんぼの目玉』**（未來社）は言葉を巡って無類におもしろい本だった。

著者は出雲で生まれて、そこの言葉を母語として身につけながら、しかし母は関東育ちで出雲の言葉を話さなかったから「母語」というのはちょっと変だと言いつつ、やがて共通語（標準語）も話すようになって、東京近郊で長らく暮らした後も、時に出雲弁があふれるという。

「共通語という皮膚の下、私の体内でかけめぐっている出雲弁という言葉のリンパ液が『芽子《めご》を出す』、つまり、生命力として噴出するのである」という、このダイナミックな躍動感！

「そのときの解放感は、靴を脱いで裸足で草原をかけめぐるような気持ちだ。そう、共通語は私にとってはハイヒールをはいているような緊張感をどこかで強いているのである」。なるほどなるほど。
日頃の暮らしの中で言葉全般に対して耳を澄ませている。だから自分から発するのではなく出会う言葉にも敏感になっている。主婦でありながら仕事もあって忙しい。「あるとき、あまりの時間のなさに、冷凍の餃子を二回、続けて買ってきたことがあった」。
その時に十代になったばかりの長女がこう言った――「おかあさん、さびしくないの？」
これはけっこう泣ける。この見事な、たぶん子供にしかできない、達意の表現をずっと覚えていて書きとめるところが、彼女の「『言葉』を喰って生きる奇獣」という自覚の元なのだろう。
そう、言葉は使いかたが巧妙でも稚拙でも、人の心を揺り動かすことができる。たぶん言葉というのは整備された都市だけでなく、田舎や山や海や砂漠もある地象なのだ。洗練された美文を愛でるのは都会にしか目を向けないことなのだ。
もう一つ、この本の中に、夭折した子供たちの戒名の話がある。成人してからずっと住んできた東京近郊で、古い寺の墓地に並ぶそれらの名に会った――
海眠童子
素秋童子
心苗童女
織月童子
梅霖童子
……
これを読んでいて、ぼくは母方の曾祖父の妹のことを思い出した。彼女は明治二年に生まれすぐに亡くなって、小冬童女という戒名をさずかった。ここに並んだ子供たちの列に彼女が加わった気がして、もう寂しくないという気がして嬉しかった。言葉というのは不思議な働きをする。

**×月×日**

長年の懸案がふっと解決することがある。

いや、大したことではない。一九九五年にライプツィヒの図書展である本を見かけて、買いたいと思いながら時間がなくて買い損なった。それはドイツのどこかにあるアスパラガスの博物館についての写真の多い本だった。

ヨーロッパのあの白い太いアスパラガスは旨い。ぼくは今はフランスに住んでいるから春になればいくらでも食べられて、とても幸福である。実際そう思わせるくらい旨いのだ。だからヨーロッパ人があの食べ物に注ぐ情熱もわかる。博物館くらい作るだろう。

先日、**『世界の奇妙な博物館』**（ミッシェル・ロヴリック　安原和見訳　ちくま学芸文庫）という本を見ていたら、なんとあの幻の博物館についての記載があるではないか。

正式には「ヨーロッパのアスパラガス博物館」といって、場所は南ドイツ、ミュンヘンに近いシュローベンハウゼンという町。

一階は「植物学と歴史とアスパラガス栽培技術のコーナー」で、二階は調理法の説明があって「完成した料理を美しく盛りつけるための小道具が展示されている」のだそうだ。この本にはその他にもきてれつな博物館が八十項目もあって、読み始めると止まらない。日本からは「目黒寄生虫館」と「狐の神社（伏見稲荷大社）」が堂々と参加している。

——2009/2/12

050

# 万民のための南極文学入門

## ×月×日

本来この欄は新刊の本を読んでその感想を綴ることを趣旨とする。

それはわかっているのだが、ぼくは今、日本の新刊書を手に入れられない場所にいる。南極半島の島々を船で巡る旅から戻って、南米の南端のウスアイアという町で冷えた身体を温めているところ。

今回は軽装の旅に携行した文庫本による南極文学全集を紹介して責務を果たすことにする。勝手に編纂したのはぼくだ。

とはいうものの、例えばロシア文学があるように南極文学があるわけではない。理由は明らかで、ロシア人は実在するが（昨日までぼくが乗っていたのはロシア船籍の船で、乗組員はみなロシア人だった）、同じような意味では南極人は存在しない。南極文化というものもない。

だから南極文学は探検記を主流とすることになる。そして探検ということになると、主役はどうしてもイギリス人になりがちなのだ。

実際この数世紀の間、彼らはよく探検をした。あの狭い島国に厭きた人々が世界中に散って秘境の地理を探った。これは本当に尊敬に値することだと思う。

彼らの地理的関心はしばしばある目的地への到達を争う形を取った。一つのピークは十九世紀半ばのナイル川の源流を巡るものだ。バートンとスピークの探検とその後の論争と意外な結末は無類におもしろい。それを知るには、A・ムアヘッドの『白ナイル』（筑摩叢書）を読むのがいちばんいい。

## ×月×日

もう一つのピークが二十世紀初頭の南極点を目指す競争だった。そのクライマックスはイギリスのスコット隊とノルウェーのアムンゼン隊の間で争われ、僅かな差でアムンゼンが勝った（なぜか北極点を目指す競争にはイギリス人はほとんど登場しない）。

この競争の記録がまず南極文学の主峰である。

アムンゼンの**『南極点征服』**（谷口善也訳　中公文庫）は文体がずいぶん明るい。成功裏に終わった旅の報告は、途中でどんな苦労があったにしても、やはり明るくなる。

一九一一年の十二月十四日、「午前十時、南東からの微風がすこし吹きだして、また曇天になったので、正午の高度測定はできなかった。しかし雲は薄く、ときどき太陽の光をかいまみることができた」という具合で、この時、彼らは極点から十三キロのところにいた。そのまま順調に進んで、午後三時に到着。もちろん途中にはいろいろ困難があったけれど、まずは順調な旅だったという印象を与える。

それに比べて、スコット隊の方は惨憺たるものだった。この旅のことを隊員の一人だったA・チェリー＝ガラードが書いた本は**『世界最悪の旅　スコット南極探検隊』**（加納一郎訳　中公文庫）と題されている。

アムンゼン隊と同じくスコット隊も極点に向かったのは五名だった。アムンゼンが犬ぞりとスキーで着々と距離を稼いだのに対して、スコット隊は自分たちでそりを曳いて体力を消耗した。もともと彼らは馬を使うつもりだったのだが、馬は南極の気候に耐えられず、みな死んでしまった。

その他、誤算はいくつもあった。彼らが持ってきた防寒服では充分に体温保持ができなかったということもある。本来四人で行くべく計画された極点攻略を、最後の最後になって私情を容れて五人にしたのもいけなかった。食糧もテントもみな足りない。スキーでさえ四組しかなかったのだ！

それでも彼らは万難を排して氷原を進み、氷河を越え、最後には南極点に到達した。それでもアムンゼン隊に遅れること三十四日という結果に終わった。競争に負けてしまった。たぶん敗北感や落胆は体力と気力を奪うのだろう。声援に送られて出発した祖国にすごすごと帰るのは辛いことだろう。こういう場合は資金援助のためにナショナリズムが活用されるのが常だ。つまり大英帝国の威信がかかかっている。

それがどのくらいの圧力だったかはわからないが、ともかく五名は帰路で遭難し、猛吹雪に閉じ込められ、あらかじめ食糧を備蓄しておいた無人の拠点《デポ》から二十キロのところで全員死亡した。救援隊、というより事実確認のための一行がその場に着いたのは約八か月後のことだった。

著者のチェリー＝ガラードはことが終わった十年後、多くの参加者が回想録を刊行するのを待って、それらすべてを参考にして、この本を書いた。彼自身極点に向かうのとは別の旅で苦労しているし、スコット隊については彼の本がまず基本文献ということになっている。

**×月×日**

スコット隊の敗退の三年後、またイギリスの探検隊が南極を目指した。目標は南極大陸横断。この一行は極点はおろか上陸さえできずに戻ったのだが、彼らをイギリス国民は熱烈に歓迎した。なぜならばあまりにすごい艱難辛苦の旅であり、それにも拘わらず二十八名の隊員が一人残らず生還したからである。

率いたのはアーネスト・シャクルトン。彼はそれまでに二回南極に行っている。一度目は一九〇一年のスコット隊の一員として。二度目は一九〇七年に今度は自分がリーダーとして極点到達に挑戦し、あと百六十キロというところまで行って、食糧不足で引き返した。その後でアムンゼンが極点を征服したから、残る大きな目標は南極大陸の横断しかなかった。

イギリス国民にすればスコット隊の雪辱という気持ちもあっただろう。だから彼は財政支援を得て、エンデュアランス号という船を仕立て、元気旺盛な隊員に恵まれて、第一次世界大戦が勃発した直後、イギリスを出た。

人が住む最後の陸地であるサウスジョージア島から、一九一四年十二月五日に出港、南に向かう。

この旅がとりわけぼくの興味を引くのは、彼らが生死を賭けて自然と闘ったのが、ぼくが今回行っていた南極半島の反対側だったからだ。ぼくは半島の西岸に散る島々の間をうろついたけれど、彼らは東側のウェッデル海をさまよった。

シャクルトンにとって不運だったのは、この年のウェッデル海が格段に天候が悪かったことである。年内には上陸している予定だったのに、クリスマスになっても彼らは南極圏にさえ入っていなかった(ぼくは九十五年後の二月二十二日に南極圏に入った)。海が氷山や海氷に覆われていて前に進めないのだ。

そのまま彼らは氷に捕まってウェッデル海を時計回りに漂流しつづけ、年が明けて、秋から冬になった(南半球では季節は逆)。次の初夏の十一月の二十一日に至ってエンデュアランス号はとうとう左右から氷に押しつぶされて壊れ、沈んでしまった。

乗組員は三隻のボートを引いて氷原を進み、翌年の四月に南極半島の先端から少し北にあるエレファント島に到着。シャクルトンはいちばんしっかりしたボートで五名の船員と共に出発点であるサウスジョージア島に向かうことにした。

結局、とんでもない冒険の後、彼らは全員祖国に帰ることができた。これについてはシャクルトン自身が書いた『**エンデュアランス号漂流記**』(木村義昌、谷口善也訳　中公文庫)とアルフレッド・ランシングの『**エンデュアランス号漂流**』(山本光伸訳　新潮文庫)の二冊の本があるが、絶対に後者がおすすめ。ずっと生き生きとして、現実感がある。南極文学から一冊だけ選ぶとすればこれになるだろう。最後に、南極は大陸ではなく海だったという話を紹介しよう。ジュール・ヴェルヌの『海底二万里』(朝比奈美知子訳　岩波文庫など)の主役である潜水艦ノーチラス号は、潜ったまま南極点に到達する。まだそういうフィクションが書けたのだ。

——2009/3/19

## 051
# アップダイクと自戒、幸福と喪失、ポスト戦後

**×月×日**

「私の読書日記」を書くようになってから、昨年末で十五年が経過した。なんと我が人生のほとんど四分の一ではないか。突然それに気づいて、だから何なんだと言いながら、それでも感慨を覚えたりして。

この一月に亡くなったアメリカの作家ジョン・アップダイクは、いい小説をたくさん書く一方で、書評家としても健筆をふるった。その彼が書評の心得を記しているのを最近たまたま読んで、そうだそうだと共感した(邦訳はたぶんない)。文芸書に限った心得だが、自戒のためにもここに書き付けておこう。

1　作者がやりたいと願ったことを理解せよ。作者がやるつもりがなかったことができていないと非難してはいけない。

2　充分な量(少なくとも長めのパッセージまるまる一つ)を直接引用をすること。書評の読者が自分で印象をつかめるように。

3　本の内容をまとめるに際しては、いい加減な要約をするのではなく、少なくともフレーズ一つでも引用を盛り込んで、まとめを裏付けること。
4　プロットの紹介はあっさりと。結末を明かさないで。
5　よい作品でないと判断した時には、似たような路線の成功例を挙げること。同じ作者のがいいが、他の作者のでもかまわない。失敗を理解しようと努力せよ。書き手が失敗したのか、あなたが読むことに失敗したのか、そこのところを確認すること……

ざっとこんな感じなのだ。日本の雑誌や新聞と違ってあちらでは書評も分量があるから（一冊の本についてこの欄の三倍とか五倍とか）、引用もたっぷりできる。しかし、どんな短いものでも書評の基本はよい本の紹介であるというのは大事。その上で、よいという判断を客観化するためのスキルが要るということだ。

その他にも、最初から好きになれない本のことは書くなとか、友人の本をそれだけを理由に褒めるなとか、党派にからめられたイデオロギー闘争の戦士になるなとか、他の批評家との喧嘩の駒としてその本を使うなとか、なかなかの見識。これからの自戒の銘としてデスクトップに貼っておこうか。

## ×月×日

と書いたところで、**『回想のブライズヘッド』**（イーヴリン・ウォー　小野寺健訳　岩波文庫　上下）を紹介するのは自戒の範囲内にまちがいなく収まることだ。

これはぼくが本当に好きで、入れあげて、何度となく読んだ小説の新しい訳である（前の訳は吉田健一で、『ブライヅヘッドふたたび』というタイトルで、ちくま文庫にあって、今は品切れ）。

よく知っている話の新訳というのは、よく知っている芝居を新しい演出で知らない役者たちが演じるのを見るのに似ている。ストーリーは変わらないけれど、雰囲気ががらりと変わる。そして今回の訳は明快で、速度感があって、なかなかよかった。

自戒どおりあっさりしたプロットの紹介——第一次大戦のすぐ後の時代、チャールズ・ライダーというイギリスの知的な中流階級の若者がオクスフォードに進学して、セバスチアンというとんでもなくチャーミングな親友を得る。セバスチアンはゆっくりと没落してゆく上流階級の次男で、語り手チャールズの人生はカトリックであるセバスチアンの家族の衰退に搦め捕られてゆく。セバスチアンは、「神よ、わたしをいい人間にしてください、しかしまだしないでください」と祈るような信徒である。

話の途中でセバスチアンは退場して、代わりに彼の妹のジューリアが語り手の愛を担うことになる。全体としてこれは若い日の友情と淡い幸福感、もう少し年上になってからの恋情と強い幸福感、そしてそれらが失われる過程についてのまことに切ない物語である。

いい芝居は舞台装置も大事。この場合は、オクスフォードから遠くないところにあるお城のようなブライズヘッド家の邸宅、セバスチアンとジューリアの父が住むヴェネツィアの豪奢な城館、大西洋を渡る大きな客船……。

昔、ぼくは吉田健一の訳で読んで、これはとてもよくできた、ぼくが好きな種類のメロドラマだと思った。ところが原書を手にしてみると、一九四五年版に依った吉田訳にはない一九六〇年版の序文がついていた。そこに（今回の新訳を借りれば）「性格はさまざまでもきわめて親密な一群の人々にたいする神の恩寵の働き」というのが作者が意図した主題であると書いてあって、これはそんなことを考えもしなかったぼくにはショックだった。自分は何を読んでいたのだろうと思った。

今回はこれを意識して読んで、作者の意図がすっきりわかった。最後の、ジューリアの悲しい宣告の意味がよくわかった。作者がやりたいと願ったことを理解した上で、それが十全に達成されていることが納得できた。

**×月×日**

文学ではない本についてはアップダイクの指針は無視してもいいだろう。それでも、先の1から5はないことにしても、「最初から好きになれない本のことは書くな」というのは遵守すべきだ。

岩波新書の「シリーズ日本近現代史」の最新巻**『ポスト戦後社会』**（吉見俊哉）は好きになるとかならないではなく、自分の歴史観の指針としてとても役に立つ本だと思った。

ぼくは戦争が終わる一か月前に生まれた。戦後という時期がまるまる自分の人生に重なる。思春期から後はポスト戦後だ。しかし、それを歴史としてきちんと見てきたとは思えない。ただ雑然とした記憶の束で、何の整理もない。

というより、一個ずつの事象の意味づけができていないのだ。歴史とは過去ではなく、過去の記述である。書かれたものが歴史であり、そのためには一定の視点と思想的指針がいる。

ぼくはこの本の思想的指針をおおよそ自分のものと共通と見なすことができた。現代史には社会学が応用できることがよくわかった。これまでキーワードとしてのみ認識してきた事柄（たとえば流通革命、住民運動、郵政民営化）がセンテンスとして、パラグラフとして、つまり歴史のコンテクストの中に置いた形で、きちんと理解できるようになった。

しかしそこで根源的な疑問が湧く。過去のある時点でのある判断がまちがっていたと指摘することに意味はあるのか？　具体的に言えば、「末期の佐藤栄作政権は、高度経済成長を可能にしてきた条件を維持することに固執し、固定相場制から変動相場制への移行という世界経済の劇的な変化を先取りして日本経済を新たなステージへ導くことに失敗した」という時、失敗でなかった別の道というのは何か？

佐藤に他の選択はあったのか？　国民に他の指導者を選ぶ余地はあったのか？

結局のところ、ぼくは自分も深くコミットしたイラク戦争のことを考えているのだ。あの時の大統領がブッシュでなければという慨嘆から今もって逃れられないのだ。

この本で最も大事なのは、「日本」という概念の崩壊と流動化の指摘である。維新期に構築された国民国家の実体は変容し、解体され、見えない未来へ向かって漂ってゆく。何かにつけて日本の閉鎖性を嘆いてきたぼくは、この不安な未来に少し希望を見た。

——2009/4/30

052
## 戦争とスパイと少年、ジュール・ヴェルヌ、遠い土地

**×月×日**

ごくおおざっぱに言って、児童文学にはファンタジーと生活記の二つの方向がある。舞台が違うのだ。生活記ではふだんの暮らしの場がそのまま使われるが、ファンタジーはどこかへ行って、冒険をして、帰ってくる。下手な作家が書くと生活記はただたいくつなだけで、ファンタジーはひたすら嘘っぽくなる。

生活記のまま冒険はできないのだろうか？　道具立てが制約になって、話が奔放に広がらない？　でも、生活そのものの場所や時期が波瀾に満ちたものだったらどうだろう。

例えば戦争中。子供は戦争に行かないけれど、戦争は町へ来ることがある。

『**水深五尋**《ひろ》』（ロバート・ウェストール　金原瑞人、野沢佳織訳　宮崎駿画　岩波書店）は第二次世界大戦中のイギリス北部北海側の小さな港町を舞台にして、スパイ探しを軸にした冒険小説である。

ドイツ軍が毎晩のように爆撃に来る。東京大空襲のような大規模なのではなく、一機か二機で来てはどこかを壊してゆく。昨夜はあの家、今夜はあの教会。

一方、港には軍事物資を積んだ船が出入りしている。それをねらって敵の潜水艦が出没し、みんなの目の前で沈めたりする。つまり日常の中に戦争という非日常が遠慮なく割り込んでくる。

主人公のチャスは十六歳の少年で、優等生でも模範生でもなく、自分の意思でどんどん行動する奴だ。つまり、親にはよく嘘をつくし、友だちと駆け引きもする。好奇心が強くて、危ないところにもどんどん突っ込んでいく。

彼は偶然、この港町にスパイがいることを知る。入ってくる船の積荷と入港の日時をUボートに伝えている者がいる。防水した段ボール箱に時限式の発信器と情報を書いた紙を入れ、沖に向かって流す。Uボートは発信器の電波を頼りに箱を拾い上げ、情報を読み、その船を沈める。

ストーリーを駆動するのはスパイ探しだ。しかし、その途中でチャスが出会うさまざまなものがこの物語に奥行きを与える。戦時中の一つの町の空気がリアルに再現される。

イギリスは階級社会だ。上流の人々と労働者たちの間に行き来はない。チャスと元市長の娘の恋は無残につぶされる（この最後の汽車の場面はスリリングで、切なくて、泣かせる）。

この話には売春婦の元締めやギャングやアル中の軍人が等身大の姿で登場する。十六歳のチャスは彼らと正面から向き合って立たなければならない。殴られるし、脅されるけれども、好かれて手を貸してもらうこともある。

人は一人一人が小さな物語を隠していて、信頼された者だけがそれを明かされる、と作者は信じているらしい。チャスは少年なりに誠実であるから、出会う人たちの秘密を聞かされ、彼らがどういう風に生きてきたかを知る。読む者はチャスの成長に立ち会うことになる。

これはイギリス式の小説の書きかたのとてもよくできた例である。まず読者の共感を誘う主人公がいて、軸となるストーリーがあり、謎につぐ謎があり、緻密で具体的な生き生きした細部があり、作者の倫理観・人間観という大きな枠がある。

訳はいいし、宮崎駿の絵もいい。それ以上に、一見とっつきにくいタイトルを直訳した訳者たちの判断を高く買いたい。本屋の店頭ではそそらないかもしれないが、読み終わったらぜったいに忘れない。出典がシェイクスピアだけに、短くて印象的。

## ×月×日

ジュール・ヴェルヌは本来は児童文学の作家ではなかった。今は『八十日間世界一周』や『十五少年漂流記』はまず子供のころに読んでおく本になっているが、かつては違った。

**『ジュール・ヴェルヌの世紀――科学・冒険・《驚異の旅》』**（フィリップ・ド・ラ・コタルディエール、ジャン＝ポール・ドキス監修　私市《きさいち》保彦監訳　新島進、石橋正孝訳　東洋書林）はこの作家の生涯をざっとたどり、六十二に及ぶ長篇小説の当時における意味を明らかにする大著である。刊行当時の装丁や挿画がたくさん入っているのも楽しい。

同時代の読者にとって、大人の読者にとって、彼はまずもって啓蒙の人であった。一八二八年に生まれ、一八六三年に最初の小説『気球に乗って五週間』を刊行した作家は、十九世紀後半という科学が大躍進した時代の寵児だった。科学と夢想が手に手を取ってどこまでも行けた幸福な時代と言ってもいい。だから彼は科学・技術を大衆に伝えるメッセンジャーとして成功を収めた。

ぼくは彼の関心領域の広さと、リサーチの能力、それを物語化する文筆の力の三つの統合に感心した。具体例を挙げよう。地理の話。最晩年の彼が書いていて完成することなく終わった『地の果ての燈台』という話がある。死後、息子が少し手を加えて刊行されたのだが、この話の舞台は南米の南端、ティエラ・デル・フエゴの沖にあるエスタードスという島である。ここに建てられた燈台が風雪に耐えられず壊れ、その後始末に送られた囚人が反乱を起こすという事件があった。これが一九〇二年のことだから、ジュール・ヴェルヌはこの話を知ってすぐに小説にしようとしたのだ。

この二月から三月にかけてぼくはたまたまティエラ・デル・フエゴにいて、ウスアイアの博物館でこの燈台の模型かパネルを見た覚えがある。

また同じ地域を舞台にした『マゼラン地方にて』という話には、この近くにアラウカニアという国を勝手に作って王になった男の話があって、これはブルース・チャトウィンの『パタゴニア』にも出てくる。

話を地理に限り、地域を南米の南端に限っても、これぐらいの成果がある。空を飛び、地を走り、地底に潜り、海中を行き、孤島に暮らし……主人公たちは科学の新しい見聞を、あることないこと、わくわくする物語で読者に伝える。

その一方で、彼の中に文明批評の姿勢があったことも確かだ。決して科学万歳ではなかった。それが最もよく現れているのが『海底二万里』のネモ艦長のニヒリズムだろう。

彼の書いた知識の大半は時代遅れになったのに、どうも過去に押し込むことができない不思議な作家だと思う。

**×月×日**

文化人類学の専門書を旅行記のように読むのは間違いだろうか？

しかしある地域に住む人々について、地理や歴史、生業、社会生活、食生活、などを詳細に報告した本は、（関心さえあれば）細密な旅行記としても読めるのだ。

**『ラダック』**（山田孝子　京都大学学術出版会）をぼくはずいぶん楽しく読んだ。つまり関心があったのだ。ラダックはインドの北部、中国と接する地方で、文化的にはチベット圏に属する。行ってみたいと思いながらまだ行ってない。しかし近くまでは行ったのだ。ラダックの中心であるレーの町から二百キロほど南のマナリまでは行っている。

また同じ文化圏に属するネパールのムスタン王国にも行っている。更に、この本の主題であるシャマンの治療場面をネパールのある少数民族の村で間近に見たことがある。

そんなわけでこの本は憧れを煽ると同時に懐かしさを喚起する嬉しい本だった。記載された事実の一つずつ、風景を写した写真の一点ずつが喜ばしい。あの穏やかな人たちの表情が思い出される。

学術書として意義のあるしっかりしたものであることはよくわかる。その上で、机上の旅行のためにこんなに精読を誘う本はめったにない。

――2009/6/18

053

## ブルターニュの死者たち、綱渡り、旅するアフリカ

**×月×日**

今年は二度もブルターニュに行った。

目的は百年以上前にポール・ゴーギャンが滞在したポン・タヴェンの町を見ることだが、行けばさまざまなものが目に入る。

ブルターニュはフランスの西の端にあって、文化的にも特異な場所である。ケルト文化の色が濃く、ブルトン語という独立した言語があって、メンヒルなど巨石建造物も多い。

フランスの一部だけれども、一皮剝くとケルト的なるものが現れる。ゴーギャンが行ったのもこの異文化の雰囲気に引かれてのことだった。日本の本土と沖縄の関係に似ていなくもない。

ゴーギャンの「説教の後の幻影」という絵の特別展があるというので、カンペールの美術館に行った。ゴーギャンはすごかったが、それとは別にここの常設展がおもしろい。

死を主題にした絵がずいぶん多いのだ。葬儀とか、墓所とか、遺族とかが陰気で、暗くて、恐いけれど、それがすごく魅力がある。怪しい力に引き寄せられるような感じ（考えてみれば魅力の「魅」は魔物の意味だ）。

こういう時に**『ブルターニュ　死の伝承』**（アナトール・ル＝ブラース　後平《ごひら》澪子《みおこ》訳　藤原書店）に出会えたのは幸運。

分厚いし、重いし、版元は堅いところだし、いかにも浩瀚な研究書に見えるけれど、いやいや中身は死を巡るゴシップ集だ。とんでもない死者や、それ以上におかしな生きた人々についての話が六百数十ページの間に百二十編以上（！）並んでいる。

日本でいえば小泉八雲の『怪談』をずっと卑俗かつ雄弁にした感じ、といえばおもしろさが伝わるだろうか。あるいは多くの語り手による『遠野物語』。

これはアナトール・ル＝ブラースという、十九世紀の半ばにブルターニュに生まれた文人が、地元の人々の死を巡る話を聞き取って再話したものである。つまりこれだけの話が人々の生活の場を行き来していたわけだ。

例えば、死の前ぶれの話がある。ル・ファウーエトという町に一軒の宿屋があってキャフェにもなっている。すぐ前が墓地。

キャフェに集まる常連の女たちに店の女将《おかみ》が言う――「ねえみなさん、ここにいるあたしたちのうち、近々、一人がいなくなると思うと、本当に悲しいじゃございませんか」。

彼女はその前々日の夕暮れ時、墓地をうろつく女を見た。墓石の間を行ったり来たりして、何かを探しているようす。二つの墓の間にひざまずいて、エプロンで隙間の地面の大きさを測っている。自分の墓の位置を決めていたのだ。

女将はそれが誰だか言わなかった。聞いていた女たちは疑心暗鬼のまま帰った。数日後、女将の話の場にいた女の一人が亡くなった。墓は本人が生前に決めた場所に造られた。

この話の語り手はル・ファウーエトのル＝ブアールという人物であると記されている。その前の話はカンペールのお針子マリー・マンシェック。その後の話はブレア出身の税関吏の妻、ジャンヌ＝マリー・ベナール。語り手の名が記されているところから一種のリアリティーが生じる。

この場合、「昔話」を「昔の話」と思ってはいけない。これらはすべて「今」の話なのだ。ブルターニュでは死者や死の予告や誘惑や死後の世界などに関わる話が現在形で湧き出しつつある。それを過去のこととするところから近代が始まるとすれば、彼らは近代以前の世界に住んでいる。少なくとも一方の足はそちら側を踏んでいる。

ブルターニュからパリに出てきた人々について、「彼らは暇さえあれば、外の空気を吸うという口実で、モンパルナス墓地に散策しに出かける」と本書の著者アナトール・ル＝ブラースは報告している。「こうすると、故郷《くに》にいるような気がするから」というのだ。

「真実の聖イヴ」の話がある。この聖者はずいぶん非キリスト教的で、誰かの死を請け負ってくれる。カウエネックに浪費癖のある妻を持った蹄鉄づくりがいた。ある時、家に置いた三百エキュの金が無くなった。彼は住み込みの弟子を疑い、聖イヴに「俺の三百エキュを盗んだ奴が、一年以内に死にますように」と願を掛けた。その話を聞いた妻は自分が金を取ったことを告白して、願掛けを取り消してもらうよう頼んだ。しかし聖イヴへの願は消せない。妻は「一二ヶ月後に死んだのだった」という。

## ×月×日

死にそうなことをしながら絶対に死なないフランス人もいる。

一九七四年八月七日の早朝、彼はニューヨークの二つの高層ビルの間に張ったケーブルを渡った。それから二十七年後、ワールド・トレード・センター（ＷＴＣ）と呼ばれたその二つのビルは、テロリストに破壊された。地上四百メートルの綱渡りで彼は落ちなかったのに、テロではたくさんの人が高いところから落ちて死んだ。

しかし、とりあえず死のことは忘れよう。**『マン・オン・ワイヤー』**（フィリップ・プティ　畔柳《くろやなぎ》和代訳　白揚社）はまずもって壮挙の話である。

ともかく変な奴なのだ。六歳からの十年間で、奇術と「スケッチ、絵画、彫刻、フェンシング、印刷術、大工仕事、演劇、乗馬」を身につけ、「独学で曲芸師、綱渡り師」になり、「教師相手にスリの研修を行い、机のかげでトランプさばきの技術を磨い」て五つの学校から放逐される。

十八歳の時、歯医者の待合室でエッフェル塔よりも高い双子のビルがニューヨークに建てられるという新聞記事を見た。綱渡り師を目指して修業中だった彼は、二つのビルの完成予想図に、ビルの屋上から屋上へと線を引いた。そこを渡ろうと思った。

そういう意図が生じてしまう性格としか言いようがない。最初の大物はパリのノートルダム寺院の二つの塔だった。一九七一年、二十一歳でここを渡った。その二年後にシドニーのハーバー・ブリッジ。ここまでは前史だ。

その次が、WTC。

実際には実に困難な事業である。許可がおりるはずはないから、すべてを秘密裏に進めなくてはならない。工事中のビルの屋上に偵察に行くだけでいくつもの警備のチェックポイントがある。最終的にはそこまで数百キロの機材を運び込まなければならない。

そもそもケーブルをどうやって張るのか？　細い釣り糸を結んだ矢を弓で射る。その糸で紐を張り、紐でロープを引き、ロープでケーブルを渡す。

準備はフランスから始まる。仲間を集め、同じ長さのケーブルを草地に張って、渡る感覚を予習する。資金を調達する。先輩たちに教えを乞う。

仲間たちとは議論ばかりでなかなか話が進展しない。このあたりがいかにもフランス人だ。会話はすぐに議論になり、議論はみな口論になる。オーストラリア人が加わる。事態はもっと悪くなる。

それでも、半年の試行錯誤の後、最後にはすべてがうまくいって、彼はケーブルを渡り、戻り、何往復もして、小一時間を過ごした。警察とメディアが駆けつけ、彼は逮捕されて人気者になった。世界で最も美しい犯罪、と彼は自分で言う。しかし、よい子のみなさんは真似してはいけません。

**×月×日**

アフリカはあの大陸の中にあるだけではない。人々が奴隷として新大陸へ拉致されたのをきっかけに、アフリカは世界中に浸透した。文化は海を渡る。

『**世界中のアフリカへ行こう〈旅する文化〉のガイドブック**』（中村和恵編　岩波書店）はアフリカの呪術や食物、ダンス、音楽などがいかにして世界に広まったかを、八人の論で伝える好著。読んでいて、こういう視点があったかと感心することしきりであった。

――2009/7/23

054
# 環境世界、トニ・モリスン、明治の函館

**×月×日**

以前この欄の同輩だった故米原万里さんの書評集を文庫で読んでいる。彼女の書評は、まず本を選ぶ範囲が広く、捌く刀が鋭利で、香辛料が利いていて、仕上がりがおいしい。その価値のことは今更ぼくが言う必要もないだろう。

この本のタイトルがよかった。『打ちのめされるようなすごい本』（文春文庫）。直截にして欲張り。改めて考えてみれば、そういう本に出会いたいというのが、ぼくたち書評者の願いだ。

今回見つけた本はちょっとそれに近い。『**環境世界と自己の系譜**』（大井玄　みすず書房）は、打ちのめしはしないまでも読む者をけっこう強く殴ってくれる。まいったな、という感じ。

著者は医者である。終末期医療や認知症が専門らしい。そういう人が、最新の脳科学の知見から出発して（この段階ですでに相当な強打）、日本人やアメリカ人の行動パターンを解析し、それぞれの歴史と社会を読み解く。更にその先に次世代のための倫理を構想する。敢えて要約すればそういうことだ。

「環境世界」という概念が最初に紹介される。生物は（ゾウリムシでもヒトでも）、自分を取り巻く世界を全的に把握しているわけではなく、自分に関わりそうな部分だけを摘んで世界像を作り、この仮構に依って生きている。ゾウリムシにとって世界は食べられるものとそうでないものの一つのアイテムだけから成っている。

また、この世界像のための情報の選別は自分の過去の体験というフィルターによって行われる。生きるというのは、結局のところ自分の過去を未来へ投射することであるらしい。

そういうことが認知症の研究から明らかになった。この部分の展開は具体的でとてもおもしろい。認知症では現在の「外界の情報」は入ってこない。だからもっぱら「脳の来歴」のみを素材として「環境世界」が作られる。

自分は健常者だと思っている大多数の人々にとっても、過去は重要だ。過去は必要に応じて参照するアーカイブではなく、現在を構成する素材そのものである。著者は「脳は、その知覚することを過去の経験に基づいて組み立てている」のだと言う。

つまり、今日という日は厖大な量の昨日の束とほんの少しの今日から成っている。これはなかなかショッキングなことだが、よく自分を振り返った上でぼくは納得した。フロイトによって深層心理が発見されたように、ここでは個体にとっての過去が再発見されている。現在より過去の方が重い。

しかもそれを裏付けるために著者が援用するのはなんと仏教の唯識論だ。アーラヤ識とマナ識のあの理論が最新の脳科学とぴたりと重なる。

その上で、ヒトが「環境世界」を構築する際の原理の第一は、「不安最小化」であると言う。過去を参照して、苦痛の素因を排除しながら（したつもりで）世界像を作る。人間の行動を左右するもっとも大きな要素は、過去に基づく予想であり、その場でいちばん強いのは「不安」つまりネガティブな予想である。そこから発する「自己保存」の衝動がもっぱら人間を動かす。

我々はみなそんなに臆病であったのか！

こういう抽象論がいきなり9・11からイラク戦争のアメリカの動きの話になる（このようなダイナミックな運動感は、用いられる理論や学説の幅の広さと共に、この本の魅力の一つだ）。「情報が溢れていても、人間は自分の欲する情報のみを追い求める。逆に嫌悪や恐怖の対象となる情報は無視し、隠そうとする」から、アメリカ人の「環境世界」はどんどん歪んでいった。

そもそもヒトの対人関係には二つの顕著なパターンないし傾向があると著者は言う。一つは「開放系」の社会における「自我拡張（あるいは自己高揚）的心理」で、もう一つは「閉鎖系」の社会の「自己卑下的」心理である。

「自我拡張的心理」は他から独立・孤立した自己を立てようとする「アトム的自己」に由来し、「自己卑下的」心理は他との協調を大事にする「つながりの自己」に結びつく。

欧米、なかんずくアメリカでは「アトム的自己」が優勢で、アジア、アフリカ、南米などでは「つながりの自己」の方が主役を演じる。たしかに我々日本人は互いに「世間」を共有し、協調や助け合いを重視してきたし、アメリカ人は個人としての成功を人生の目標とすることが多い。

大井は二つの自己を極とする構図で個人の行動から世界史までを解析する。日本でも乱世には自我拡張型のふるまいが顕著だったと言う。また北海道にはこのタイプが多いとか（ぼくもそうか）。

こんな風に書いても、この本の内容の一割を紹介したことにもならないだろう。興味深い事例に満ちた濃厚な一冊である。

ブッシュ・ジュニアの政治手法をはじめ、ぜんたいに「アトム的自己」に従う行動への批判が強いのは著者の思想だろう。社会の活力のためには「アトム的自己」による競争の社会は「つながりの自己」

の社会より有利なのかもしれないが、それと人間の幸福はまた別の問題のはず。ちなみに著者はハーバードの大学院を出ている。

### ×月×日

「アトム的自己」と「つながりの自己」の対比は多くの状況に対して有効だが、トニ・モリスンの**『スーラ』**（ハヤカワepi文庫）の二人の主人公にあてはめるわけにはいかない。大井玄の前掲書を批判するとすれば、あまりに犀利な截断ゆえに人間性の奥行きが見えなくなってしまうことではないか。すべてが明快になるにつれて、そこからこぼれるものが気になってくる。

『スーラ』はスーラとネルという二人の黒人の少女の物語である。場所はオハイオ州の小さな川辺の町の、丘の上にある黒人地区。幼い頃、二人はいつも一緒だった。「二人が出会ったのは幸運だった。成長のかてとしてお互いを利用できたからだ」というような、強い絆。

しかし、ネルが結婚するとスーラは町を出てしまい、十年後に唐突に帰って来て、ネルの夫を奪った上であっさり捨てる。同じような奔放なふるまいで町のすべての黒人を敵に回す。

それ以前に、スーラの家系の女たちはみなわがままで身勝手で自信があり、ネルの方は慎重で家庭的だという際だった違いがあるのだが（大井の二項分類が適用できないかと考えたのはこの対称性の故だが、そういうことはしない方がいい）。

小説としては二人の周囲の人々それぞれに魅力の後光があって、あっと思うような事件がいきなり襲来する手法もすばらしい。文章がうまく、エピソードの一つずつが輝いている。すごい作家だと思う。

**×月×日**

ミステリは細部が大事だ。リアリズムでないミステリはあり得ない。

明治二十四年の函館を舞台にした高城高《こうじょうこう》の『**函館水上警察**』（東京創元社）という短篇連作も、その時代のこの町の地理や制度、風俗や雰囲気を緻密に書き込むことで成り立っている。港だから外国船が往来し、登場させられる人間の種類が多い。ラッコの密猟をしているらしいイギリス船や、同じ英国の東洋艦隊の軍艦五隻、あるいは賭場を隠した弁才船、ロシアの船は……。

主人公は水上警察の五条文也という警部で、この男が快男子。アメリカ帰りで英語が自在、腕っ節が強くて、気っ風がいい。頭が切れて、女に執着しない。

「スクーネル船上の決闘」という話の中の決闘の場面が秀逸。五条の方にいくつものハンディキャップを負わせた上で対決させ、思わぬ方法であっと言う間に勝負を決めさせる。痛快とはこのことだ。

——2009/9/10

055

## 豚を飼う、詩の束、哈爾濱

**×月×日**

五年暮らしたフランスを離れて、日本に戻った。

フランスは愉快な知的冒険の日々だったけれど、この欄の執筆についていえば、海外に住むのはやはりハンディキャップである。本の入手がもどかしいのだ。新聞や雑誌や出版社のPR誌などで新刊書に関する情報を博捜し、おもしろそうなものを選んで一山送ってもらう。その中から本気で読むものを見つける。

おかげでフランスのぼくの家には送られてきたのに取り上げられなかった本が山と残った。帰国に際してこれをどうするかは大きな課題だ。持って帰るのは大変だし、捨てるのは忍びない。本というのはどうしても紙に還元して廃棄できないものだ。

近隣の日本語を読む友人たちに分け、パリの日本文化会館やソルボンヌ大学などに引き取ってもらった。

日本に戻って何が変わったかといえば、本屋をうろうろしながら本を探す、という狩猟的な本選びが可能になったことだ。新刊情報や他の書評も参考にするし、インターネットの通販も使うけれど、なんと言っても本は本屋。

棚の間をさまよううちに、ぼくを読んで！　と叫んでいる本に出会う。

**×月×日**

そうやって見つけた一冊がたとえば**『フォルティシモな豚飼い』**（杉田徹　西田書店）。

敢えて分類すれば自伝的なエッセーということになるが、随所でその枠を大きく逸脱している。この本はただものではない、と思わせる。

複雑怪奇な構成のこの本を年代順に整理してしまうと、ぼくと同じ世代に属する男が一人いて、一九七〇年代にまず「報道写真を学び、社会派の写真家としてフリーになって、東京で世帯を持つ」。

しかし「ハイエナ的稼業にも嫌気がさして」、ふらりと韓国に行き、石仏を撮る。そこで得た二つの疑問、公案のごとき課題――

「私が人間である所以は、何だろう?」

「私を存在せしめる、日本の自然風土は、私にとって、何だろう?」

あまりに大上段な、気恥ずかしいような課題だ。だから著者はさまざまにこれを混ぜっ返し、引っかき回し、事実に即して語る。

つまり、照れている。その一方、生きかたにおいてはこの問いに真剣である。

彼はまず、日本のあちらこちらで漁と農を営む明治生まれの人々をたずねて肖像を撮る。その作品が何点か掲載されているが、これがいいのだ。とりわけ、大分県米水津《よのうづ》村の尾形宇太一の像は迫力がある。

次には一家四人で秋田の田舎に移り住む。ここでは雪との闘いに敗退して、太平洋側へ移り、半農半漁の村で暮らす。海山の恵みが降るごときこの地の写真も空気感がいい。

その次は大きな飛躍。一人の農夫を撮った写真をきっかけにポーランドに行こうと思い立って、しかしいくつもの条件や事情が重なった結果、行く先はスペインになる。当てもないままバルセロナからどんどん汽車で南下して、アンダルシアの小さな町に住みつく。この本の三分の二はこの乾いた土地での暮らしの話。

だけど、順序が逆なのだ。本が始まったところでは既に彼は宮城県で豚を飼っている。今の話だ。これが無類におもしろくて、最初にそれに引き込まれて読み始めると、あとは最後まで読むしかない。

小屋に閉じ込めず、よく茂った草の原を勝手に走り回るに任せて育てる。配合飼料を使わず、食品工場の残滓をもらってきて発酵させたものを食わせる。

ホメロスのどこかに「尊き豚飼い」という言葉があった。羊飼いも豚飼いも高貴な仕事だ。

そして、著者は「私が人間をやるにあたっては、豚にも豚をやっていただく」という原理で豚を飼う。豚の放牧である。「陽を浴び、風に吹かれ、雨の中、雪の中、土の上を豚が一人、あるいは仲間と連れだって歩き、走り、戯れる」

この方法だと豚はゆっくり育って、あまり病気をせず、うまい肉になるという。だから相場に左右されることなく別格の品として売ることができる。それだけの勝算をもって彼はこの方法を選んだ。

「それほどの勝算があるなら、さぞ豚飼いは儲かると思いきや、そこは私の運勢、喰うに困らぬほどのお金しか入らないことになっている」という、この誇りと照れの混じった表現がこの本の基本のトーンであり、著者の生きかたの基本姿勢でもある。

おもしろいのは彼の湿潤論だ。先の二つの課題の第二、「私を存在せしめる、日本の自然風土は、私にとって、何だろう？」という問いへの答えが湿度であり、それ故の草の繁茂と微生物を使う発酵の文化だ。

この結論に至るために、彼にはヨーロッパでも最も乾いたアンダルシアで暮らす過程が必要だった。あちらはほとんど雨というものを知らない土地である。食べ物は腐敗しない。言い換えれば発酵しない。それを体験的に知って日本に回帰した。それならば、日本の風土を利用して生きるとすれば、そこには発酵という現象が組み込まれるべきだ。この原理と豚を組み合わせると「豚に豚をやっていただく」飼いかたになる。

話を自分に戻すと、湿潤論はぼく自身の生きかたにも大きく関わっている。

ぼくは日本でも最も湿潤な沖縄で十年暮らした後にフランスに渡り、そこの乾燥に感心した。空気がぱりっとしている。早い話がタオルや雑巾が臭わない。

ぼくが生まれて育ったのは北海道である。梅雨がないことで知られるとおり、最も乾燥した土地だ。フランスを離れて日本に帰ろうかと思った時、同じ空気の中に住みたいと思って、札幌に決めた。この今日の湿度は六八パーセント。やっぱり乾いている。

哲学的な設問に沿って生きかたを選択し、暮らしを組み立て、わかったことを次の段階に応用する。それを大胆に実行する。後になって、含羞と諧謔の文体で報告する。具体と抽象の間を行き来して味の濃い文章を作る。

こういうしたたかな生活者は若い世代にちゃんと育っているか？

**×月×日**

詩を読むことに対して、日本ではなにか特別のためらいがある。詩を話題にしにくい雰囲気というか。百万部の小説は読んだだけで話題になるのに、ちかごろ何かいい詩を読んだ？　とは聞きにくい。ぼくは、本当は詩の潜在読者はもっといるのではないかと思う。

**『通勤電車でよむ詩集』**（小池昌代編著　ＮＨＫ出版生活人新書）は詩へのよき促しになる本だ。

詩は平明な言葉を使って、深い意味を、さりげなく伝えるのがいい。この本にはそういう詩が並んでいる。威張らない詩、難解きどりでない詩、すっと読めてしばらく心に残る詩。

たくさんの詩を読んでいいものを残す。それをまた読んで更に選別する。そういう過程を経て、編者のセンスをそのまま反映するいいアンソロジーができる。これはその好例で、「通勤電車でよむ」という仕掛けも気が利いている。

まずは立ち読みで四元康祐《よつもとやすひろ》の「言語ジャック　1新幹線・車内案内」という一篇でも読んでみるといい。これはすごいよ。

**×月×日**

室生犀星が珍しく旅に出たことがある。行く先は満洲、目指すは哈爾濱《ハルビン》。その旅の果実を集めたのが

『哈爾濱詩集・大陸の琴』（講談社文芸文庫）。

詩と小説と随筆が入っているが、詩がいちばんいいように思った。「奉天の館」が最高だが、もっと短いので「人を思へど」を引く――

「われは満洲のみやこに／けふも犬のごとく逍《さまよ》へり。／琴を弾かんに琴もなく／絵をものせんに技《わざ》もなし。／人を思へど／人は傍《かたへ》にとどまらず。」

――2009/10/15

056

## 遠距離家族、木の戦略、怪力乱神

**×月×日**

小説に家族はしばしば登場するが、家族を小説の主題にするのはむずかしい。ほのぼのと平和な家族像では起伏に欠けるし、かと言って崩壊してゆく様だけでは痛ましいばかりだ。家族史は（『チボー家の人々』のように）大長篇になってしまう。

家族の仲というのが扱いにくいのだ。結婚や誕生以来の長い過去があって、互いに気心が知れ、問題の大半はもう出そろっている。あるいは風化している。恋愛小説ならば出会いそのものがもうドラマなのに。

では、外因による攪乱はどうだろう？　個々のメンバーに外からのゆさぶりがどう作用するかを書くとして、それをきちんと書けばやはり『細雪』なみの長さが必要になるだろう。

伊藤たかみの『**海峡の南**』(文藝春秋)は巧妙な設定で離散した家族を書いていて、なかなか読ませた。中心に据えてあるのは語り手である洋という息子と父・幸夫の仲だ。

幸夫は北海道の紋別に近い牧場に生まれて、偉大な父(つまり洋の祖父)と対決、怪我をさせてまで逃れて関西へ流れる。

その後は一旗揚げようとしては失敗を繰り返し、結婚して息子の洋を得るが他の女との腐れ縁を絶ち切ることができず、晩年には失踪する。

こういう過去に現在が対比され、話は両方の間を行きつ戻りつ進む。現在の方では洋の祖父が死の床にあって、東京に住む洋ははとこの歩美をわざわざ大阪まで連れに行って、二人で舞鶴からのフェリーで北海道に向かう。このはとこ同士は「互いに恋人がいないときに限りよく一緒に寝」るという仲で、歩美は今は離婚してひとり者だから二人は共寝する。

現在の部分は伯父が経営している牧場、祖父の入っている病院、二人が泊まっているホテルなどを巡りながら、祖父の往生と葬儀を経て洋たちが帰途に着くまでで、多くの人が出入りし、多くの場面と会話があり、それを通じてこの一族の何十年かが語られる。

しかし中心にいるのはこの場に不在の洋の父、祖父にすればかわいがって逃げられた不肖の息子の幸夫である。その生きかたを洋は批判しながらも結局は受け入れ、自分も似たように生きていることを認めるらしい。

小説として構成がうまいと思う。まず、北海道と関西というまったく違う文化圏を並べることで話に奥行きを与え、家長の臨終と葬儀によって一族再会の場を用意し、長い過去を透かし見る視点を得る。

二百ページに満たない作品だが、読むうちに洋という主人公の人生にずっと立ち会ってきたような気がしてくる。北海道人と関西人の性格の書き分けも巧みだし、彼の北海道系関西人二世という自覚は根拠のないものではないだろう。

　結局、最後まで登場しない父の肖像がしっかり描けているからすべてが生きてくるのだ。

「理にかなった話というものには、どこかに嘘がある」と洋は考える。「離婚の理由、別れた理由、不倫をする理由、転職をしない理由、仕事が減っている理由、なんでもいいから誰かの話に耳を傾けてみればわかる。／反面、つじつまの合わないことには必ず真実がある。支離滅裂な話だとしても、それぞれの出来事は真実だ。全体が矛盾していても、ひとつひとつの事柄は心に対して正しい。／そういう意味では父も、支離滅裂でつじつまが合わず、正しい人だったのかもしれない。彼は何かを憎みながら同じものを愛せた。逆もやってのけた」なんて、まこと腑に落ちるではないか。

**×月×日**

　植物という話題についてコンプレックスがある。具体的な知識が足りない。

　さる敬愛する作家と話していて、アイヌがある民具を作るのに使う材を問われ、ぼくが木で覚えたままに「それはハシドイです」と言うと彼女は「ああ、よく知っている木です」と答えた。山歩きで何度となく出会っているらしい。ぼくは山でハシドイを見てもわからない。

**『イタヤカエデはなぜ自ら幹を枯らすのか――樹木の個性と生き残り戦略』**（渡辺一夫　築地書館）にずいぶん興奮した。

　日本列島の主要な木三十六種について、それぞれが生態系の中で生き延びるためにどういう戦略を取っているか詳述する。

　どういう環境に根を下ろすか？　どの高さまで幹を伸ばして、どのような枝葉をどう展開するか？　常緑か落葉か？

受粉はどうするか？　風媒か、虫媒か？

その先の播種はどういう手段を用いるか？　重力と風に任せるか、あるいは鳥やリスなどに依頼するのか？　その場合、報償はどれくらい用意すればいいか？

工学と経済学の原理が生きるということを容赦なく分析し解釈する。

だからコストという言葉がしばしば使われる。たとえばトチノキは受粉のために花に蜜を蓄えてハチを誘う。「蜜は糖分が多く、樹木にとってもコストがかかる。無制限に放出するわけにはいかない。そこで、ある工夫をしている。その工夫は、スーパーの特売と似ている。トチノキは開花後、三日間だけ蜜を出す。四日目以降も、花は落ちずに残っているが、蜜を出さない」なーるほど。

自然界には花粉を運ばないのに蜜だけ持っていく盗蜜者がいる。トチノキは防犯の工夫も怠りないという。

多くの陽光を必要とする木を陽樹といい、その逆を陰樹という。「森の中は暗いため、陽樹より陰樹のほうが競争力が強い。それなのに、陽樹が絶滅せずに生き残っているのは、森に攪乱があるためである。陽樹は攪乱がおきたギャップを渡り歩くことによって、生き延びている」。

攪乱とは、山火事や、台風や、地震や大雨による斜面崩壊だそうだ。さっき、家族を描く小説に関して、思わず「外因による攪乱」という言葉を使ったのは、この本を読んだ後だったからかもしれない。

取り上げられた三十六種のうち、最も懐かしいのはオオシラビソだった。かつて尾瀬でその威容を見て名を覚えた。積もる雪の重みのために、幹の下の方から伸びる大枝が水平より下に向かっている。他の針葉樹より雪圧に対する耐性があると本書にはあった。

がんばれ、オオシラビソ！

## ×月×日

中国の人は昔から怪談が好きだ。孔子がわざわざ「君子は怪力乱神を語らず」と釘を刺したのはそのためだろう。ちなみに「怪力乱神」は「怪力・乱神」ではなく「怪・力・乱・神」の四つであるらしい。

それでも語りたい者は語る。清の文人袁枚《えんばい》は巷間の怪談を集め、「子は語らず」をそのまま表題として『子不語《しふご》』という本を刊行した。その邦訳を手にしてしばらく楽しんだ（『**子不語2**』手代木公助訳　東洋文庫　平凡社）。

全五巻になるものの第二。この巻だけで百三十篇を収め、すべて合わせれば数百になるだろう。類書にはたとえば蒲松齢《ほしょうれい》の『聊斎志異』があるが、袁枚の方が簡潔でその分だけ濃密。

裸女を使って雨を降らせる「孛星《はいせい》女身」という話がある（「孛星」は彗星のことらしい）。干魃の時にさる道士が雨乞いに呼ばれた。道士は一人の童子に三つの「符」を託して、某所の田にいる白衣の女に一つずつ投げながらここへ帰ってこい、と命ずる。童子がそのとおりにすると、女は次々に衣類を脱ぎながら走り来たった。

「雲気」が道士のもとに到着した全裸の女の「陰部から立ちのぼり瀰漫して天を蔽った。雨は五日間止まなかった」。

これは天界のルール違反だったらしく、道士は間もなく死んだという。

こういう話ばかりで、どれも五分で読める。わがケータイ文庫にしよう。

——2009/11/19

# 2010年

057
## 数学の天才、偶然という罠

**×月×日**

数学者は奇矯だ、と言えるだろうか？　他の分野に比べて変わった性格の人が多いだろうか？

こういう問いは失礼かもしれない。大半は温厚な、社会的常識に満ちた方々であるだろう。

しかし、数学で本当に傑出した人はやっぱりどこか違う。ドイツ生まれでフランスに移ったユダヤ系のグロタンディークは十六歳でヘロンの公式をあっさり三次元に拡張したほどの天才である。専門分野は代数幾何学で、その業績はすごい（らしい）。

しかし、大きな賞を断ったことがあるとか、今はピレネーの山中で隠遁生活をしているらしいとか、充分に奇矯っぽい。

インドに生まれて僅か三十二歳で死んだラマヌジャンの有名な逸話。病床にあった彼を見舞った同僚

（凡庸ながら数学者）が乗ってきたタクシーのナンバープレートを話題にした——「1729、意味のある数字ではないね」。

するとラマヌジャンは即座に「いや、それは、三乗の和の形の表現が二通りある最小の数だ」と言った。12の三乗と1の三乗の和、そして9の三乗と10の三乗の和。最小の数ということは瞬時にしてそれより小さい数を精査したのか。

すべての自然数は彼の個人的な友人だったとまで言われる人物である。厳格な菜食主義者で、第一次世界大戦のさなか、イギリスでその条件に適った食材が得られなかったために病を得て若死にした。

数学者の活動の場は自分の脳の中だ。だから素人には結論までの経路が見えない。素人は結果に感心するしかない。数学は抽象性において物理学を超えている（まあ最近はコンピューターを駆使することも多くて、「四色問題」の証明などずいぶん腕力主義的だったけれど）。

グリゴーリー・ペレルマンという数学者がいる。一九六六年に旧ソ連に生まれた。ユダヤ系。位相幾何学の分野で大きな仕事をした。それで、フィールズ賞を授与されることになったのに断ってしまった（ちなみにフィールズ賞とは一般に数学界のノーベル賞と呼ばれるけれど、四年に一度しか出されないし、四十歳以下でないともらえないのだからノーベル賞より狭い門だ）。

**『完全なる証明——100万ドルを拒否した天才数学者』**（マーシャ・ガッセン　青木薫訳　文藝春秋）を読んでゆくと、孤高ということの意味がよくわかる。たぶん孤高狷介《けんかい》でなければ守れない才能というものがあるのだ。

ペレルマンの業績は具体的に言えばポアンカレ予想を証明したことである。これに対して賛辞が殺到し、いくつものアメリカの名門大学からポストが提供され、フィールズ賞とは別の賞金百万ドルの賞の話もあった。

しかし彼は八年がかりで得た自分の達成をそんな卑俗な形で評価されるのは嫌だった。むしろ心外で腹立たしいことだったらしい。そういう理由からどれも断ってしまった。

彼の指導者であり、守護者であり、賛美者であった教師ルクシンという人物が解説する――「八年間というもの、病をもって生まれてきた子どもが助かるかどうかわからなかったとしたら？（略）そして今、子どもは元気に成長した。醜いあひるの子が、美しい白鳥になったのです。すると、誰かがこう言ってきます。〝あなたの子どもを売ってくれませんか（略）〟」

ペレルマンはガチガチの官僚主義が支配する旧ソ連にユダヤ人として生まれ、多くの制約の中で、いくつもの危ない橋を渡りながら天与の才能を自ら開花させた。乱れた強い風の中で一本の蠟燭の火を消さなかったようなものだ。前述のルクシンのように衝立になってくれた人もいた。そしてペレストロイカによって文字通り逆境から救い出された。

彼の業績も素人には理解しがたい。エベレストの初登頂と同じで、凡人は下から見上げて嘆息するしかない。

たった今、彼がどこにいるのか、何をしているのか、わからないという。グロタンディーク同様、数学を離れて隠遁生活に入ってしまったのだろうか。

これだから数学者の伝記はおもしろい。

**×月×日**

昨十月の初めだったか、競馬で大儲けした会社のことが話題になった。百六十億の配当金を得ながら税の申告をしていなかったので国税局の査察が入った。しかし社長のイギリス人は出国してしまった後、金も香港にある親会社に移された後、というまるで小説みたいな話。

しかし、問題は日本の競馬で百六十億も稼げたというところだ。賭博は基本的には儲からないはずのものだ。万一にも当たったらと思うから宝くじを買う。着実に金になるのなら、それは賭博ではなくてビジネスである。

この会社は「3連単」を狙った。一等から三等までの馬を順番通りに当てればとんでもない額が手に入る。そのために三等以内に入りそうにない馬を除外した上で、残る組合せをすべて買ったという。

もちろん相当な資金が要る。一レースに億単位の金をつぎ込まなければならない。だが、最終的に黒字とわかっていれば資金は用意できるのだろう。

確率は生活に密着した数学である。

森羅万象は時と共に変化する。現在という一瞬の前と後でことの様相ががらりと変わる。早い話が明日の新聞が読めるのなら株で儲けるのは何の造作もない。では、この会社は明日の新聞を読んでいたのか？『**たまたま**』（レナード・ムロディナウ　田中三彦訳　ダイヤモンド社）という偶然を論じた本に同じような例があった。

アメリカのヴァージニア州の宝くじに確率論的な穴があった。1から44までの数字六個を当てるという方式だが、総あたりで買ってしまえば賞金が投資額を上回る。この穴に気づいたのはオーストラリアの投資家グループで、各国の投資家二千五百人が三千ドルずつを出資した。うまくいけば二・三一倍になって返ってくるはずだ。

雑貨店などの窓口で売られる宝くじを一枚ずつ買うのが大変な手間。アルバイトを雇って期日までに五百万枚を買ったという。その中から当たりくじを選び出すのもまた大変な手間。事態を知った州の役人は支払いを拒否したが、法廷を経て最後には投資家グループは相当な儲けを得た。

賭博に「システム」があるという話はしばしば聞く。その方式で賭けていけば必ず儲かるという手法のことだ。

競馬の予想屋はいわば自分なりのシステムを売っている。だが絶対確実なシステムはないはずだ。胴元はバカではないから、決して損をしない方式でことを運営しているはず。しかしヴァージニア州の胴元は……。

確率の話がおもしろいのは、生活的な常識と数学的な真実の間に隙間があるからだ。『たまたま』はそのあたりをたくさんの実例で具体的に、また充分に論理的に説明している。その一つ一つがおもしろくて引き込まれる。なにしろ確率と統計だけで無実の人間が監獄から解放されるのだから。

三つのサイコロを振って目の合計が9になる場合と10になる場合。10の方が約八パーセントだけ多い。これは場合分けを辿っていけば理解できる（10が出る組合せは二十七通りあるが、9の方は二十五通りしかない）。

しかし、日常生活において場合分けの基準はそうそう明確ではない。その隙間に足をすくわれる。人は狩猟採集時代から直感で生きてきた。生きる現場においては有用ではあるけれど、しかし直感がいつも数学的に正しいとは限らない。それと厳密な確率論とのずれから問題が生じて、そこで大儲けしたり投獄されたり、いろいろなことが起こるのだ。

——2010/1/14

058
## 正しい医学、怪しい医学、緩やかな時間

**×月×日**

作家という職業に就く自分の生活を改めて振り返ってみると、人に会うことがまこと少ない。通勤はしないし、会議の類はほとんどなく、打合せも大抵はメールか電話で済ませてしまう。パーティーには原則として出ないし、会食も最小限。

つまり、風邪の危険率を低く抑えた暮らしということができる。免疫力がどれくらいあるかわからないが、少なくともこの冬はまだ風邪を引いていない。時にその兆候を感じることがあっても、だいたい数時間で消える。

一般に病気は個人の運命であると同時に社会の難事である。人が病めば社会も病む。その数が多ければ社会はその分だけ停滞する。その極端な例がパンデミックだ。

**『インフルエンザ21世紀』**（瀬名秀明　鈴木康夫監修　文春新書）は流行が恐れられているこの病気についての、たぶん今までで最も包括的な、最新のレポートである。

去年の四月、メキシコから始まったインフルエンザが世界に広がり、日本にも到来した。北米から到着した旅客機に防護服姿の係官が乗り込んでの検疫の場面に始まる一連の騒ぎのことは記憶に新しい。

新書とはいえ五百ページもあるこの本は、最初の章であの時の事態の推移を一段階ずつ分析する。対策の策定に携わった防疫の先端に立つ研究者、行政の担当者、医師などへのインタビューを通じて日本の社会が外来の脅威をどう受け止め、処置したか、何が問題だったかが明らかにされる。

次に、インフルエンザが時期を置いて世界的に流行するメカニズムが、最新のウイルス学の知見を元に解き明かされる。大事なのはインフルエンザのウイルスが変化することだ。ある動物の中に温存されたウイルス株がたまたま他の動物に感染し、そこに別のウイルス株があると、両者は「遺伝子再集合」を起こして新型のウイルスを生む。

「鳥類由来のウイルスとヒト由来のウイルスがブタの気道で遺伝子交雑を起こし、新型インフルエンザがつくられるという シナリオ」が明らかになる過程はスリリングでおもしろい。

つまりインフルエンザの流行はヒトだけの病気ではなく、野鳥や家畜など他の動物にまたがる広範囲な現象なのだ。

ウイルスはシベリアやアラスカの湖沼の水の中にいる。秋になると野生の水鳥がそれを南へ運ぶ。そこで家禽や家畜の体内に入り、新型になって高病原性を獲得する。その過程で、ニワトリにワクチンを投与することは逆にヒトに脅威となるウイルスを増やすことになるらしい。そういう政策をとっている中国、ヴェトナム、インドネシア、エジプトの四ヵ国は方針を変えるべきだ。

あるいは、いつも問題になるワクチンの配分のこと。子供が先か高齢者が先か？ 患者が患者を生む「再生産数」は高齢者の方がずっと低い。だから子供にワクチンを投与すると結果として高齢者の死亡率が下がるという（高齢者で、しかも家内工業に従事するぼくは最後でいいです）。

この本はインフルエンザという一つの病気を通じて人類と病気というものの関係の全体像を描いている。そこには科学があり、医学があり、生物学、社会学、政治学、等々、多くの人間の知的活動が関わってくる。だから、インタビューを重ねて全容に迫るという手法が効果的なのだ。

著者瀬名秀明は博士号を持つ理科系の研究者にして高名な作家である。一級のサイエンス・ライターにはこれくらいの資質が要る。知的遺伝子交雑の成果だろうか。

×月×日

一級のサイエンス・ライターとしてぼくが全面的に信頼するサイモン・シンが医学の分野に進出した。いや、医学の境界領域に、と言うべきか。

**『代替医療のトリック』**（エツァート・エルンストとの共著　青木薫訳　新潮社）は、医学のように見えるけれどそうではないかもしれないもの、に関する報告である。「代替医療」とはそういうことだ（タイトルの訳はちょっとだけ先走りしている。原題の真意を汲めば『代替医療を検証する』だろう）。世の中には近代の西欧が構築した科学に基づく正統な医学の他に、別の出自を持つ「医学」があって、それなりに隆盛を誇っている。それを「代替医療」と呼ぼう。では、それらで人は本当に治癒するのか？

この本で周到に検証されるのは「鍼《はり》」、「ホメオパシー」、「カイロプラクティック」、「ハーブ療法」の四つだ（その他の三十あまりの療法についての簡単な報告が巻尾にある）。

検証には標準となる原器が要る。最初に科学的方法を定義しておかなければフェアでない。その実例がまず挙げられる。

1　十八世紀まで広く用いられた瀉血《しゃけつ》という療法は誤りだった。むしろジョージ・ワシントンはじめ多くの患者を殺していた。

2　ナイチンゲールが発見したように、野戦病院の兵士を殺すのは傷病ではなく衛生状態であった。

3　海戦の何倍もの水兵を殺した壊血病の予防にはレモン果汁が効く。

4　喫煙は肺ガンを引き起こす。

これらの知見は、客観的な観察と統計的処理という方法の成果である。統計的な方法によれば、一個の誤りは看過されても百個の間違いは現れる。

これによって治療行為と効果の因果関係を確定する。現代の医学・薬学はこれを「二重盲検法」という形に集約している。担当者のいかなる偏見も混じらない方法。

ここ何十年かの間に多くの医学者が代替医療について検証を行った。最初から悪意や偏見があったわけではない。役に立つものならば何でも役に立てたいのだ。壊血病とレモン果汁のように最初は一笑に付された療法もあったことだし。

結論――この四つの療法にはほとんど効果はない。場合によっては大きな害がある。これはショッキングなことだ。ぼくはここで、この報告を自分は受け入れるとだけ言っておこう。その先を考えるなら、正統医学は患者をあくまで客観的に見る。彼らは症例の一つでしかないし、そういう冷静な、冷酷な見かたによって治療法を構築してきた。だから人間の寿命はここまで延びた。

しかし患者にとって自分の身体は徹底して主観的なものだ。正統医学の冷たさに耐えられない者が偽の暖かさにすがる。そこに代替医学の立つ余地がある。根底にあるのは個々の人の心の弱さだと思う。だとしたら、それはそれでしかたがないではないか。

**×月×日**

こちたき論議に飽いた時、おっとりした、緩い、端正な、文章が読みたくなる。論争の場から外へ出て深呼吸をするような具合に。

**『鳥を探しに』**（平出隆　双葉社）という不思議な本がある。六百五十ページを超える大著で、装丁など昭和初期の本のよう。

エッセーとか随筆と呼ぶには内容に一貫性がありすぎ、小説とするには事実の近くに位置している。表紙にものすごく小さな字でIch-Romanとあるから、「私小説」なのか（虫眼鏡なしに読めた自分の視力を褒めてやりたい）。

ベルリンに滞在する自分の身辺と、かつて対馬に住んだ祖父の行状が交互に、一ページからせいぜい数ページの短い文章で綴られる。鳥や植物、エスペラント、異文化の人たちとの交流、その日その日のできごとの報告、思い出、祖父の手になる（そうとうにうまい）絵、とんでもないエピソード、左手という（たぶん平出のもじりの）姓と、森市とか林市とか種作とかいう名の人々……。
自分が軽い病気の快復期にあるとしたら、これを読むほど柔らかな療法はないだろうと思った。

――2010/2/18

059

## アフガニスタンという鋳型、祖父母の怪談

**×月×日**

立派な人がいる。

常人にはとてもできないような偉業を成す。

膂力《りょりょく》が人一倍とか、円周率を一万桁覚えているとか、そんな類のことではない。そんなことではたとえ感心はしても尊敬はしない。

倫理的に正しいことを、多くの困難を超えて、長期に亘って実行しつづける。徹底して利他的・愛他的。しかも本人は力んだり歯を食い縛ったりすることなく、どちらかと言うと淡々とやってきた風情だったりして。だがよく見るとそれが実はとんでもない仕事で、着実な成果で、だからこそ常人にはとてもできないことだと納得する。

さて、このような人物を前にした時、いったい常人はどうふるまえばいいのだろう？

『**人は愛するに足り、真心は信ずるに足る　アフガンとの約束**』（岩波書店）という本を読んでぼくはそういうことを考えた。

これはアフガニスタンの田舎でまず医師として働き、やがてその地では病気以前に人々の生活そのものが危ういのだと気づいて、水の確保のために井戸を掘り水路を築いた中村哲という偉大な人物のこれまでの人生について、優れたノンフィクションの作家である澤地久枝が聞き手となってまとめた本である。中村哲の活動は広く知られているし、その拠点であるペシャワール会という組織も知られている。資金集めのために彼は全国で精力的に講演をしているから、それを聞いた人も多いはずだ（ぼくも聴衆の一人だったことがある）。

しかし、アフガニスタンの現状と活動の意義は講演でわかっても、中村哲という一個の希有な人格がいかにして生まれたかはわからない。彼はほとんど自分を語らない。

アフガニスタンの現実、あの国が抱え込んだ課題があまりに大きいので、その前では自分の成り立ちなど語るに値しない、と言うかのごとくだ。

あるいは、アフガニスタンが彼を作った、ということかもしれない。中村哲という人物を理解するにはこの見かたがいちばんいい。目の前の状況がある。それに対して自分はこれだけのことができる。あるいはこれだけしかできない。だからそれを成す。他にどんな選択肢があるというのだ？

いわばアフガニスタンは鋳型であり、中村哲は溶融状態の青銅だった。この組合せで一個の人格が形作られた。

だから出自については祖父母の代から親の代について饒舌に語るし（火野葦平が伯父にあたるとか）、昆虫少年が精神科の医者になった経緯も話すが、その先の主役は結局は彼ではなくてアフガニスタンである。過酷な状況と、その元凶である諸外国の勢力、そこでできること、の話になる。

澤地はしつこく食い下がるけれど、中村の内部には自分を語る言葉はないかのようだ。これまでに達成したことを話せば自慢にもなるだろうが、彼にはこの先しなければならないことしか見えていない。

そこで明らかになるのは、日本の常人たち・凡人たち、もっとはっきり言えば、政治家と官僚とジャーナリストたち、ぼくたちの代表であるこれらの俗物どもと彼の間にある決定的な断絶である。

中村と一緒に働いていた伊藤和也が現地で亡くなった時、日本のジャーナリズムは一斉に「危ないから、皆、引きあげろ」と合唱した。しかし、彼らの活動がその時までに五人の殉職者を出していたことは報道していない。その五人は日本人ではなく、現地の人々だったから。

(二〇〇三年秋にイラクで奥克彦大使と井ノ上正盛一等書記官が殺された時、一緒に犠牲になったイラク人の運転手の名を日本のメディアはほとんど報道しなかった。彼の名はジョルジース・スレイマーン・ズラである。)

中村は「危ないということは、私は、一昨年から言っているのに」と言う。「それでも務まっていたのは、いまは大干ばつの真っ最中で、何十万人かの命を預かっているという、その責任感でおったわけです」

だから、アフガニスタンが彼の鋳型だというのだ。たいていの人はそういう鋳型を持たない。たぶん、その硬度に耐えられなくて事前に逃げてしまうのだろう。中村はアフガニスタンの側から見ている。

圧倒的な軍事力でことが解決できると思っているアメリカの暗愚、対空砲火がない空を何時間でもゆっくりと飛び続けられる無人偵察機と無人爆撃機による結婚式や学校への攻撃。これはテクノロジーの成果ではあっても戦いの倫理としては最低の所業、卑劣千万の行いではないか。なぜ日本はそれに荷担するのか?

そもそも、なぜアメリカがアフガニスタンを攻撃しなければならないのか、その理由がぼくにはまったくわからない。誰かわかりやすく説明してくれないか。

結局のところ、アメリカの属国である日本の我々からアフガニスタンはあまりに遠いのだ。遠いものは無視できる。見えないことにできる。しかし目をこらして見ることもできる。最初の疑問に戻ろう。中村哲のような偉人をどう扱えばいいのか？

彼個人を尊崇することに意味はない。自分には決してできないことをする人物への思いは容易に妬みや悪意に変わり得る。イラク人質事件の際の大衆のグロテスクな反応を思い出せばわかることだ。

彼ではなく、彼が指さす先を見る。アフガニスタンを見る。アメリカのやりかたに徹底的に反抗する。それを是とする議員を次の選挙で落とす。そして、言うまでもなく、中村哲とペシャワール会を支援する。

そういう当然の結論に至るためにこの本はあるのだろう。

**×月×日**

自分は怪談が好きらしいと最近になって気づいた。長篇のホラー小説ではなく、短い、実話という体裁の怖い話。不思議と怪異の話。

『聊斎志異』とか『子不語』とか、手元に置いて仕事の合間に一つ二つ読むのがいい。後架に置くという手もある。

**『杉村顕道怪談全集　彩雨亭鬼談』**（荒蝦夷）も我が意にかなう怪談集だった。

時代は江戸後期から昭和まで。場所はもっぱら庄内と仙台、江戸・東京、それに信州が加わる。

杉村顕道は明治三十七年東京の生まれだが、本来は庄内鶴岡の士族の出である。多才多趣味の人であったらしい。

この怪談がいいのは、時代の雰囲気があるからだ。我らが祖父母、あるいはそのもう一つ前の世代の生活感が香ってくる。

例えば、「黄八丈の寝衣」という庄内鶴岡の話。時代は明治初年。夫は官僚として福島に赴任、留守宅には母と嫁、二人の子が残された。ところが、この嫁が結核に罹った。子供たちにうつると困るというのでしばらく実家に預けることにした。ところが、子供のことが気になるのか、この嫁がしばしば帰ってくる。その姿がお悔という下女一人にしか見えない。「黄八丈の寝衣に緋縮緬のしごきを前結びにして、青蚊帳を前に、行灯の灯に照らされている」という描写だけで怖い。

幽霊ではなく生霊《いきりょう》というところが珍しい。一年後に亡くなったらもう出てこなくなったという。

こんな話がぎっしり詰まっている。本当なら本で読むものではなく、「実はこんなことがありました」と耳で聴くものだっただろう。怪談と猥談は今はもう失われた文化なのか。

——2010/3/25

060

## 大胆な歴史小説、進化と生命、ミクロの世界

**×月×日**

歴史上の有名な人物の事績を追うだけが歴史小説ではない。第一、それでは伝記とさほど違わないだろう。

かと言って、なかったことをあったことにして書くわけにはいかない。それはSFの並行世界ものであって本来の意味の歴史小説ではあるまい。

小さなあったことを核として、そこにあり得たことを加えてゆく。過去の時代相を丁寧に書き込んだ上で、ストーリーを奔放に広げ、波瀾万丈の物語を作る。言うのは簡単だが実行はむずかしい。

**『古書の来歴』**（ジェラルディン・ブルックス　森嶋マリ訳　ランダムハウス講談社）はそれに成功した珍しい例だ。ともかくおもしろい。早く先が知りたいと思う一方で一片の細部もおろそかにできないと焦る。おかげで久しぶりに徹宵の読書になった。

中心にあるのは一冊の本である。グーテンベルク以前の、すべてが手で造られた時代の羊皮紙の本。字を書くのも、華麗なイラストレーションを施すのも、装丁をするのも、それぞれ腕のよい専門の職人。究極の工芸品としての一冊の本が、いくつもの都市を経巡って、手から手へ渡り、何度となく消滅の危機にさらされながら、生き延びて現代に伝わった。

内容はユダヤ教の絵入りの祈禱書。過越《すぎこし》の祭の晩餐の席で、ユダヤ民族がモーゼに率いられてエジプトを脱出したことを祝って読まれる。作られたのは五百年前。一九九六年にサラエボで再発見され、今はそこの国立博物館にある。「サラエボ・ハガダー」と呼ばれるこの本は実在する。

その来歴にはわかっている部分と謎の部分とがあり、ストーリーはその両方を巧妙に利用して構築されている。ファクトを骨格としてフィクションの肉付けをするのが歴史小説だから、これは正攻法だ。

主人公のハンナは古書の専門家である。ただの鑑定家ではなく、修復の技法を学び、科学技術も身につけた一級の研究者で、オーストラリア人で、若い女性。

一九九六年に「サラエボ・ハガダー」が再発見されて、彼女はこの貴重な書に対面する。本自体が情報の塊である一方、そこに後から付け加わったものもいろいろなことを教えてくれる。「茶褐色の染み」、一粒の塩の結晶、「翅脈のある昆虫の羽」、「長さ一センチほどの細く白い毛」、本の最後のページには、この本を焚書の運命から救ったヴェネツィアの異端審問の検閲官の書き込み。

これらが具体的に何であるかをハンナは一つ一つ突き止める。「翅脈のある昆虫の羽」はクロホシウスバシロチョウのものだった。高地にしか棲まないこの蝶の羽がなぜこの本のページに挟まれていたのか？

ハンナには蝶の名までしかわからないが、読者はその由来を詳細に知ることができる。一九四〇年のサラエボで、ローラという貧しいユダヤ人の少女が家族を失ってパルチザンの組織に入り、山中をさまよい、仲間を失い、サラエボに戻ってイスラム教徒の博物館長に救われ、ナチスが奪おうとしているハガダーを高地にある村のモスクの図書室に運ぶのに同行した。

ハンナの探求と、読者が読むエピソードの組合せがこの小説の原理だ。

具体的には、一八九四年のウィーンの梅毒に冒された装丁師の悲惨、一六〇九年のヴェネツィアの検閲官の苦悩、一四九二年のスペインはタラゴナで美麗な細密画を手に入れたユダヤ人の書写職人の受難、一四八〇年にセビリアにいた超一級の画工の数奇な運命……。

つまり、中世から現代に至るヨーロッパの歴史が、西のスペインから東のセルビアまで、一冊の本にまつわる人々の波瀾に満ちた物語の束として提示される。その全部をユダヤ人への迫害という糸が貫いている。

おもしろい。すごくおもしろいが、アメリカの小説らしく話題を盛り込み過ぎという印象も否定できない（作者はオーストラリアで生まれてアメリカに渡ったジャーナリスト）。重すぎる宝石を細い糸でつないだネックレスのようだ。エンターテインメントだからこれでいいのだろうが、しかしもう少しすっきりとエレガントに書けなかったかとも思う。

**×月×日**

あったことの揺るがぬ証拠を核として、空白の部分を推理で補う。その点では地史の研究も歴史小説に似ている。ある化石がある地層から出た。これがファクト。なぜその生物がその時期にそこにいたのかが知りたいこと。

科学者は奔放に話を広げてはいけないはずだが、緻密な推理の成果が実はどんなフィクションよりも奔放だからおもしろい。

渡辺政隆の**『ダーウィンの夢』**（光文社新書）は生物の歴史と、その原理としての進化論をとても上手に、わかりやすく、しかもスリリングに教えてくれる本だ。類書は多いけれど別格の出来。

話の進行に太い線が一本通っていて、そのおかげで全体の構図が見てとりやすい。背後にはもちろん最新の知見がある。

生命が誕生したのは三十数億年前だが、それから五億数千万年前までの長い間、生物の種類はたいして増えなかった。

それがカンブリア紀と呼ばれる時代になっていきなり爆発的に動物の数が増し、「奇妙奇天烈」で「妙ちきりん」なものがぞろぞろ登場した。

しかしその大半は絶滅した。たまたま生き残ったものの子孫が恐竜や哺乳類などを生んで、現在見るような生態系ができあがった。生き残った種は別に強かったわけではなく、ただ運がよかっただけらしい。

進化について世間には多くの誤解がある。その一つが弱肉強食。これが本当ならばアフリカはライオンばかりになってしまう。

もう一つが目的論。高いところの葉を食べるためにキリンの首は伸びた、という類。首が長い方が有利な環境があったから長い種の生存率がわずかに高まり、歳月の果てに今のキリンが生まれたのだ。環境が変わればキリンは消える。

進化というのは生態系を劇場として演じられる劇であると著者は（さる学者の言葉を引いて）言う。劇場がなければ芝居はない。

ケータイ電話の広告で「進化」を謳うのは間違いだ。ケータイ電話は「改良」されるのであって、つまり目的論的に変わるのであって、「進化」するのではない。しかしマーケットという生態系を外の視点から見るならば、あるケータイ電話は繁栄し、あるものは絶滅する。日本のように「ガラパゴス化」する場合もある。単体ではなくマーケットとの関係においてのみ「進化」という言葉が使える（というのは著者ではなくぼくの作った説明。間違っていたらごめんなさい）。

この本のいちばん大事なメッセージは「ダーウィンの進化理論は偶然の役割を重視する。進化の行方はどこに転がるかわからないというのだ。これは、……虚無的で救いのない考え方である。なにしろ、この世は調和に満ちた世界などではなく、一寸先は闇だといっているに等しいのだから」という点だろう。せいぜい心して生きることにしよう。

## ×月×日

目に見えるものはなんでも写真に撮れると人は思う。だからミクロの世界を紹介するには顕微鏡で写真を撮ればいい。

ところがそうは行かないのだ。顕微鏡は焦点深度が浅いから、くっきりと見えるのは一部だけでその手前も先もぼやけている。プランクトン一匹を見るには、少しずつずらしながら手前から奥へと見ていく。それを脳の中で再構成しないと全体像は得られない。カメラでは無理なのだ。

『**水草の森　プランクトンの絵本**』（今森洋輔　岩崎書店）の美しさに感動した。ミジンコがグレープフルーツより大きく描いてある！　水中のミクロの世界にミクロの身となって入り込んだよう。この本を作るのに著者は何十時間顕微鏡を見たのだろう。

——2010／4／29

190

## 砂漠の絵、粘菌の問題解決、再編集された『今昔』

**×月×日**

これまで世界のいろいろなところに行ったし、たくさんの遺跡を見た。それでもまだ、一度は行ってみたい場所が何カ所もある。

その一つがサハラ砂漠、アルジェリアの南、リビアやニジェールの国境に近いタッシリ・ナジェールというところだ。

サハラ砂漠ならばぼくもスーダンで少し知っている。だがずっと西のタッシリ・ナジェールには特別なものがある。岩に描かれた絵だ。

かつて、というのは五千年前くらいまでらしいのだが、サハラは緑の沃野だった。その時期からもっとずっと後の時代まで、ここに住んだ人々が岩の壁に絵を残した。

『**サハラ、砂漠の画廊**』（野町和嘉　新潮社）はこの岩壁画の写真集であり、そのまま画集である。

凹凸の多い岩の上に描かれたものだし、歳月による風化もあるから一目で図柄が見てとれるわけではないのだが、しばらく見ているうちに目が慣れて、混沌の中から人や動物が浮き出してくるようになる。岩の上に赤褐色から黒褐色に至る多様な色調に時に白っぽい顔料を交えて描かれた、ものすごく力のある、見る者を捕らえる絵。人々と彼らが飼う牛がもっぱらで、その他にジラフやカバやゾウやガゼルなどの野生動物がいる。

一人の画家のものではないし、一つの時代でさえないが、どの絵も大変なスケッチ力だ。

文字の文化以前の絵は神話的な様式化の方へ向かうものが多いし、ぼく自身が見た例ではオーストラリアのアボリジニが岩の壁に描いたものがその典型だが、タッシリ・ナジェールでは様式化は最小限で、動きのある対象を瞬間に写し取った絵柄が多い。躍動感がある。

戦いの場面か、弓と矢を持って走る男たちが本当に走っているように見る者の目に迫る。輪郭の内部を塗りつぶした、ほとんどシルエットだけの絵が実に生き生きとしている（トレーシング・ペーパーを重ねて写し取ってみるとよくわかる）。神話化されていないとは逆に言えば生活感があるということだ。

三十頭以上の牛と十数人の人々を描いた大きな絵に付された解説を引用すれば——「牧畜キャンプ。放牧から戻ったおびただしい数の牛たちがロープに繋がれているそばで、人々が立ち話に興じている。多くの牛たちを所有する暮らしの落ち着きが、ほのぼのと感じられる」という具合。

ある夕方のその場の情景が見えるようだ。想像をたくましくすれば、炊事の煙の匂いが鼻をくすぐる。ぼくはこの絵の右下にいる数頭の牛たちに惚れ込んだ。とても速い筆の動きで描かれたに違いない牛はたしかに動いている。足元から立つ砂埃の匂いがするかのようだ。

同じように狩猟や戦闘の場面では矢が飛んでいる。手前から向こうへ対象物のサイズを変えた巧妙な遠近法が用いられ、それが実に効果的なのだ。

これを描いた人が生きたのは狩猟時代から牛の時代にかけてだった。

タッシリ・ナジェールの岩の壁は長い時期に亘って名を残さぬ画家たちによって使われてきたらしく、別の時代の絵もある。描いたのではなく岩に線を刻み込む手法の絵もある。その牛の足元は雨が降ると水がたまる。まるで絵の牛がその水を飲むかのような演出。

解説は周到で、この絵に描かれた人たちが今のアフリカに生きるいくつかの種族と同じ生活思想を持っていることが伝えられる。牛を中心に据えた生きかた、身体を瘢痕で飾る文化、仮面と踊り……サハラ周辺のどこかに今もこの絵の人たちの直系の子孫がいる。

そう考えると、この百年二百年の歴史の細部をぐだぐだ論じることがばかばかしくなってくる。数千年前にこんな絵を描いた人たちがいた。現代の人間たちは明らかに彼らの悠然たる生きかたに負けている。

## ×月×日

科学の最先端の成果は素人にとってはニュースでしかない。巨大な加速器を使った素粒子の実験の報告を、そうなのかと受け止める。ニュートリノに質量があるらしいと聞いても、その本当の意義がわかるのはだいぶ先のことだ。

しかし世の中には最新の成果がそのまま科学の原理の再確認になっているような話がある。素人はこちらの方により深く感心する。

**『粘菌　その驚くべき知性』**(中垣俊之　PHPサイエンス・ワールド新書)はタイトルどおりまずは粘菌の話。

南方熊楠が研究したこの小さな目立たない生物は、変転きわまりないライフサイクルで知られる。胞子から発芽して単細胞のアメーバになり、条件がいいと核分裂をするのだが、しかし細胞自体は分裂しない。一個の細胞の中で核だけが増えてゆく（変形体と呼ばれる）。

この一個は多くの核を含んで数センチまで薄く広いシート状に育つ。このシートの中には管のネットワークがあって、血管と神経の役割を果たすだけでなく、そこを通じて身体ぜんたいが移動する。体表は自在に伸びるゲル状の膜で、その中をゾル状の体液が行き来する。これがヒトだったら、密室に閉じ込めても鍵穴から流れ出して脱獄できるだろう。

生き物だから好き嫌いがある。餌には近づき、光は忌避して逃げる。一片の餌があればそこに寄る。では、離れた場所に二片の餌があったらどうするか？　身体を伸ばして両方を取り込むのだ。

身体はいくらでも伸びるから、両方の餌のまわりを丸く囲んで栄養分を吸収し、その二つの部分が細い管で結ばれる。それでもまだ一つの個体。当然ながら細い管の部分は最短距離にする。遠回りは資材の無駄だから。

では、とこの先がおもしろいのだが、迷路状の容器の中で離れたところに二つの餌を置いて粘菌を入れたら、彼はどうするか？　迷路だからいくつもの経路があるが最短は一つしかない。彼はこの課題をちゃんと解くのだ。パズルそっくりの迷路でちゃんと最短ルートを見つける。

この本は単細胞の粘菌がいかにして問題解決を図っているかをテーマにしている。手短に言えばすべての経路を繋いで体液の流動を試みるうちに、長くて抵抗の大きいものがやがて細って消えてゆく、というからくり。

政府のような中央の司令塔があるのではなく、いわば地方がそれぞれに活動するうちにぜんたいの最大利益が実現する「自律分散方式」。これがカーナビの原理につながる展開に感心した。

話題がおもしろいこともあるが、著者の語り口も巧みで、各論が無理なく総論に通じている。高校生ならばこれで科学の基礎原理が愉快に学べると思う。

**×月×日**

『今昔物語集』は日本の古典の中でもとりわけ好きな本だ。短い話の集積だが、筆致が荒々しく、筆跡が太く、力強い。

**『聖と俗　男と女の物語——今昔物語新修』**（川端善明編訳　集英社）はこの大部な古典から百六十九の話を選んで現代語訳してある。

話の選択と配列に工夫がある。原典の無機的な話の集積に一定の秩序を与え、小さな物語の連なりからなる大きな物語を構成する。その手法において『宇治拾遺物語』をなぞる。

この試みは成功していて、読み始めるとなかなか止まらない。芥川風の再話の誘惑も感じたりして。

——*2010/6/17*

062

# 凍死した兵士たち、野菜また野菜、雲の行き来

**×月×日**

今を生きるとは、この社会の雰囲気に身を浸すことである。だから個人的な体験も時代を共有する人には伝えやすい。いや、敢えて伝える必要もなく共有するのが時代だ。

では、過去はどうなのか？　ぼくは昔のことを若い世代に伝えるのに時々困難を覚える。子供の頃にラジオが担っていた役割をどう説明すればいいか。「笛吹童子」への我が熱狂をどう伝えるか。

歴史を政権交代史だけにしてはいけない。英雄と呼ばれる好戦的な連中の争いの話ではない。それぞ

れの時代に生きた人々の暮らしの実感が知りたい。

かつて普通の日本人は右派の論客が主張するように万邦無比の栄光に生きたわけではないだろうし、左の面々が言うようにひたすら搾取の悲惨の底に沈んでもいなかっただろう。

**『凍える帝国――八甲田山雪中行軍遭難事件の民俗誌』**（丸山泰明　青弓社）は一つの事件を中心に据えて、それに対する日本の社会の反応・応答を手がかりに明治三十年代半ば、すなわち二十世紀初頭の日本の社会を可視化する試みである（とぼくは読んだ）。

事件そのものは新田次郎の小説『八甲田山死の彷徨』やその映画化である森谷《もりたに》司郎監督の『八甲田山』で広く知られている。

一九〇二年一月二十三日、雪中行軍として青森の駐屯地を出発した二百十名の兵士が途中吹雪に見舞われ、その結果、百九十九名が凍死した。

著者はこの衝撃的な事件を基点として当時の日本社会の肖像を描く。歴史はついつい年表を辿って通時的になりがちだが、それを仮にこの日付けに固定してそこから共時的な図柄を手繰り寄せる。一点突破全面展開だ。

まずは背景。危険を伴うこの訓練が実行されたのは、ロシアとの戦争に対する危機感が国内にみなぎっていたことがある。寒冷地で戦う能力が軍に求められていた。青森は仮想の戦場だった。

次に、平時の訓練中に二百名近い将兵が亡くなるという大事件の衝撃を軍や、新聞・雑誌などのマスコミがどう受け止め、どう伝達したかを詳細に追う。当時、電信はあり、鉄道もあったが、全国的な電話網はまだなかった。ラジオもまだなかった。新聞は挿絵は載せても写真は使えなかった。

歴史は無数の細部から成る。「事件後、陸軍当局は遭難報告書を作成し、責任者を処分して、事件に一つの決着をつけた。また、墓地を造成し、モニュメントを建てて死者を顕彰し、出来事を記憶していった。それらを通じて、将兵たちは国家に殉じた勇士として慰霊され、語られていった」と著者は述べる。

それが公《こう》の側の動きである。それに対して、亡くなった将兵の遺族、地元の人々、更にこのニュースに接した日本全国の庶民たちの私《し》の受け止め方と応答がある。そちらも書いているから本書はよく「民俗誌」たり得ている。

報道の主役は新聞。ことの進展を時間を追って知ることに人々は夢中になった。「去《さる》二十三日歩兵第五聯隊《れんたい》第二大隊二百余名一泊の予定にて八甲田山の麓なる田代温泉に行軍せしに大雪のため今に帰営せず」という第一報から、「大雪の為め進むこと能《あた》はず露営せしが軍曹一名の他皆凍死せること昨日に至りて明瞭せり」という絶望の続報を経て、その後の成り行きが次々に伝えられる。近代的なメディアが既に機能している。その他にも即製の芝居や見世物、ジオラマ、幻灯などがこの事件を報じ、「軍事琵琶劇」という不思議なものもあった。無声映画を琵琶奏者が語ったらしい。

陸軍はこの事故の死者を英雄に仕立てようとした。「一、凍死者ハ総《すべ》テ戦死者同様タルヘキ事」に始まる方針がすぐに立てられ、その中には「五、靖国神社へ合祀ノ事」というのもあり、最後に「十一、行軍計画ノ当否ヲ審査シ責任ノ帰スル所ヲ明カニスル事」というのが来る。

陸軍の内外部から批判の声が上がり、この方針はそのまま実現はしなかった。最終的に凍死者は靖国神社に合祀されなかった。それでも基本的に彼らを戦死者として扱うという方針は、明治天皇の権威を利用して貫かれた。

民衆はどう反応したか？　事故直後の青森憲兵分隊長の報告によると「下流社会」と「上流社会」ではっきり異なり「下流社会」は「非常ニ激昂」して「平生軍隊ニ於テ兵卒ヲ虐待スル結果」であると言い、「上流社会」はこれを不可抗力の事故として受け止めようとしたらしい。

その後で不遇の死者を英雄にするための美談の形成という段階が来る。その後何度となく繰り返されたことだが、この種の操作による国民の意識の統合は最終的に日本という国を強くしたのだろうか。二年後の日露戦争は多くの美談と英雄を生んだが、それは日本人の性格について幻想を募らせたのではなかったか。

この本によってぼくは一九〇二年の日本社会の雰囲気を知ることができた。その点がいちばんおもしろかった。

## ×月×日

食べる話が好きだ。

ただしレストラン・ガイドの類はあまり読まない。料理法の本は利用はするがそこまで。好きなのは食材を巡る話で、かつて一冊だけ書いた食べ物の本は沖縄の食材がテーマだった。

そして、野菜が好きだ。フランスに住んでいた頃は朝市の八百屋さんととても仲よくなった。

これだけ条件が整えば、玉村豊男の『**世界の野菜を旅する**』(講談社現代新書)を楽しめないはずがない。

ブッキッシュな知見と著者本人が旅の途中で出会った体験的な食べ物の話が絡み合い、それに自分の畑での栽培記が加わる。更に料理の実践も。

世に肉と魚の論は多いが、野菜についてこんなにおいしい本は珍しい。気づいてみれば、この人は名前からして豊年満作を想起させるめでたさだ。

キャベツについて、ジャガイモについて、またトウガラシとナスについて、サトイモについて、最後はちょっと珍しくテンサイ(甜菜)について、正に博覧強記、何を選んでも話はひたすら増殖して留まるところを知らない。

なにしろこちらの好きな話題だから、この本を読むのはなんとなく会話めいた体験になった。一方的なつぶやきと共に読んでいる。

中近東のナスの話で、前菜のナスのペーストが出ればイラク旅行の口腹の幸福を思い出すし、それ以前、ギリシャでさんざ食べて今でも作るメリツァノサラタを思い出す。沖縄人がコンブをたくさん食べるに至った歴史をぼくは知っている。甜菜糖といえば日本の砂糖生産の七十五パーセントはサトウキビではなく甜菜から作られるのだし、ぼくの郷里の町にはその製糖工場がある。ニンジンの原種といえば沖縄に今もあるチデークニはずいぶんそれに近く思える。タラといえば、マーク・カーランスキーの本は読みました？

こういう一方的な会話が止まらなくなる。しかもこの鉱脈、まだまだ宝が埋まっていそうだ。トマトがない、タマネギがない、豆類がない、なによりも穀物がない。

新書なんて小さな器ではなく、著者の絵で飾った（表紙の絵、すばらしい）豪華な大部な本で読みふけりたい。

——2010/7/22

**×月×日**

雲なんて毎日見ていると思うけれど、世の中にはとんでもない形の雲がある。**『「雲」のコレクターズ・ガイド』**（ギャヴィン・プレイター＝ピニー　桃井緑美子訳　河出書房新社）は気象学的な雲の系統分類を投稿写真で裏付けた本で、まあ本当にこんな雲があるのかと思うような写真が多々ある。人事を忘れて無条件に自然を楽しめる。

063

# 写真を語る、夫婦バトル、子供向けの詩

## ×月×日

自分で写真を撮らないわけではない。

取材となればきっちり撮る。写真と文章で一人で本を作ったことも何度かある。

かつてはボディー二台とレンズ数本、大きなストロボや三脚まで持って、その他に百本ほどのフィルムも持って旅に出ていた。

それがデジタルになって、軽くて、確実で、まことにありがたいと思っている。今も出先ではよく撮るが、よりよい結果を目指して精進や工夫をしたことはない。また写真のための旅もしない。いわば無自覚な写真者だ。

それでも、自分が視覚型の文章家だということはよくわかっている。文章を書く時の入口は人によって違う。日々の小さな体験とか、まったくの抽象思考とか、何か記憶とか、詩的感興とかいろいろあるだろうが、ぼくの場合はまず間違いなく視覚。

見えるのは人間ではなく、風景でもなく、光景だ。風景には時間がないが光景には時間の推移があり、いわば事件性がある。

畠山直哉の写真に前から惹かれていた。企みに満ちているのだが、どこからかレッセ・フェールになる。その呼吸が快感なのだ。

『Blast《ブラスト》』という石灰石を採る鉱山の発破の瞬間のシリーズがある。瞬間が数十枚に裁断され、固定される。一枚を見れば岩と石と砂利と砂と埃があり得ない風に宙に浮いて、画面に張り付いている。

その畠山が自分の写真を語った本が出た。『**話す写真——見えないものに向かって**』（小学館）というトーク集は、彼自身と同時に写真という十九世紀以来の技術を語っておもしろい。

ここで技術というのは、一見よさげな写真を撮る手管のことではなく、光と闇、レンズと感光剤、時間と空間を扱う、ほとんど工学的な手続きのことだ。

彼は写真史を遡行する。

感光剤が生まれる前に用いられたカメラ・オブスクラを実際に使ってみる。鏡と遮光性のテントから成る装置を屋外に持ち出し、闇の中に置いた画用紙に映る外の風景を鉛筆でなぞる。誰でも迫真の風景画が描ける仕掛け。

写真術以前に戻って、そんな手間のかかることを何時間も自嘲気分でやっているうちに、偶然がカモシカという思いもよらぬ被写体（被描体？）をもたらす。

計算はできる。しかし現実はその計算を超えたものに満ちている。だから先の発破の写真が見る者の視線を捕捉してしまうのだ。飛ぶ岩石の軌跡を意識の中で辿るという別の時空に誘い込まれる。

カメラ・オブスクラの愚直な実験の視野に紛れ込んだカモシカについて「人間の手では、どうやってもかなわない」と彼は言う。企みの果てのレッセ・フェールは自然への回路である。

自然と人工は対立しない。人工の中に自然は速やかに侵入する。あるいは両者は補い合い、手に手を取って踊る。それをこそ見る。

先の石灰石の鉱山は実際には大きな穴である。鉱石を運び出された後の穴。その石はどこへ行ったのか？　収奪の最終現場はどこか？

東京を空から見ていて彼は気づく——「ざらざらとして、角があって、白くて目の前いっぱいに広がっているのは、鉱山で見た石灰石ではなく、私の住む街を埋め尽くすビルディングでした。その瞬間、あの巨大な穴にあった鉱物はどこかに消えてしまったのではなく、はるばる運ばれて姿を変え、ここに存在しているのだ、という強い認識がやってきました……そして、この街全体をすりつぶせば、あの巨大な穴を埋め直すことができるかもしれない、といった暴力的な妄想も浮かんできました。都市と鉱山は、まるで一枚の写真のネガとポジのようなものではないのか」

この思考は美しい。こういう思考を媒介する写真は、その役割において既に美しい。

かつて『アンダーグラウンド』という地下水道を撮った彼のシリーズを見た時の魅了感覚を思い出した。彼がこの『話す写真』で言っていることは、光なき世界に光を解き放った結果をある程度まで説明してくれる。だが、どこかから先はレッセ・フェール、相手任せ、人の手の届かない領域なのだ。

作家でいえば日野啓三、と気づいたところで、彼が逝ってそろそろ八年になることに思い至った。

### ×月×日

仲の悪い夫婦がいる。

いい歳をしていがみ合い、ののしり合い、周囲の人々を味方につけようと奸策を弄《ろう》し、その合間には互いに「本当は今だって愛している」と言う。

問題は、外から見ればとても信じられないこの「本当は今だって愛している」を当人たちが信じていることだ。相手のためと言いながら、そう思って、横暴にふるまう。

さっきいい歳と書いた。夫は八十二歳、妻は六十六歳。今からちょうど百年前のロシアのことだ。

ただの夫婦ではない。夫は作家のトルストイである。

**『終着駅――トルストイ最後の旅』**（ジェイ・パリーニ　篠田綾子訳　新潮文庫）はこの実在した有名な作家の最後の日々をトルストイ自身の日記や手紙、妻を含む周囲の人々の日記など、後世に残された文書を援用しながらフィクションとして再構成した「伝記物語」である。

諍いの理由は明白、夫の人類愛と、妻の身内への愛の衝突。

今ぼくたちはトルストイをもっぱら『戦争と平和』や『アンナ・カレーニナ』の作者として知っている。だが、それは彼が五十歳になるまでの仕事で、その後のトルストイは博愛主義的な社会活動の方に力を入れていた（その影響は日本にまで及び、白樺派などの信奉者を生んだ）。

彼は著作権を貧しき人々のために開放しようとしたが、妻は子や孫が優雅に暮らせるよう手元に確保しようとした。

その結果のエゴの激突をこのアメリカ人の作家は詳細に執拗に辿る。周囲を巻き込み、我を張り、自殺を試み、極限まで衰弱した身体で家出を実行する。し、か、し……互いにぜったいに譲らない！　五十年近い夫婦愛だろうと自己愛にかなうはずはないのだ。

ぼくの興味を引いたのは、日記という特異な文芸の価値だ。実際、この小説は数名の人々の日記に基づいているという。

人はなぜ日記をつけるのか？　自分の備忘のためであり、後世への証言であり、そこに一つの生があったことの証なのだろう。

だからこの高齢の男が妻の見張りに耐えかね、「今度ばかりは心の底から嫌悪感と怒りがこみあげてきた。なぜかわからないが、自分を抑えかねた。眠りにつこうとしても眠れない。輾転反側ののち、灯をともし、体を起こした」と書く時、彼は自分の体験が真正であることを疑っていない（この部分はパリーニの創作ではなく引用のはず）。

これから一カ月も経ないうちに彼は亡くなった。

人生はまずもって本人のものだ。一回かぎりの日々のかけがえのなさをトルストイは日記で確認しながら生きた。

彼の人生は後の世の我々にとっても価値があるが、そう認めてこの小説を楽しむことには便乗の後ろめたさが少しつきまとう。それがまた香辛料だったりして。

**×月×日**

**『ガラガラヘビの味』**（アーサー・ビナード、木坂涼編訳　岩波少年文庫）には「アメリカ子ども詩集」という副題がある。子供が書いた詩か子供が読む詩かわからなかったが、後者だった。

訳はかぎりなくいい。「サボテンを　座ぶとんに　するというのなら／鉄のケツが　ひつようです。」なんてうまいものだ。

しかし、こういう単純明快な詩だと翻訳で響きが失われるのは辛いなと思う。英語なら韻とリズムで自動的に覚えられるだろうに。右に引用したジャック・プレラツキーの詩は二つの韻を移し得た幸運な例。

——2010/9/9

064

## クマがたくさん、作家の人望、数字の読みかた

**×月×日**

今年の四月、沖縄で旧友のナチュラリスト久高《くだか》将和《まさかず》に再会した際、なぜ自然保護運動がうまくいかな

いかという話を聞いた。

理由は簡単、行政も、それを支える自称専門家たちも、あまりに現場を見ていない。動物の生態を知らないまま机上でそれらしき案を作る。

長年ヤンバルの森を歩いて見事なネイチャー・フォトや動画を撮ってきた久高だから言えることだ。

同じ姿勢でクマを追いかけてきた宮崎学の『**となりのツキノワグマ**』（新樹社）が同様のことを言っている。
1　ツキノワグマは減少していて絶滅が心配されている。
2　山が荒れているから餌を求めてクマは里に下りてくる。
「こんな言説がもう何年もの間、テレビや新聞でまことしやかに論じられている」と宮崎は言う。「しかし、本当にそうだろうか？」と疑う。「そう言っている人たちは実際にどれだけ山に入り、自分の目で確認をしているのか」

そこで彼は自分のフィールドである伊那谷で精力的に観察を始めた。まずは無人のロボットカメラを森のあちこちに仕掛ける。その結果、通論とはまるで違うクマの姿が見えてきた。

ともかくやたらにクマがいるのだ。自然に親しもうということで作られた遊歩道に夜になるとクマが出没する。一頭や二頭ではない。若いのや老いたの、親子連れなどがぞろぞろ行き来している。朝の九時半に三頭の親子が悠々と歩いている。人間がいてもおかしくない時刻だ。

クマはまたニジマスの養殖場に来て魚を捕る。あるいはミツバチの巣箱から蜜を盗む。規格外で捨てられたリンゴやナシを食べる。高速道路のすぐ横のクリの木に登って実を落として食べる。

クマ百態、次から次へと見ていて飽きない。夢中になって見ていて気づいたのだが、やはりこの動物はかわいいのだ。我々は恐いと思う一方でクマが大好きなのだ。

ロボットカメラにはクマだけでなく、タヌキ、イノシシ、キツネ、コジュケイ、テン、サル、イヌ、ネコ、ヒトなどが写っている。賑やかなことだ。

森の中ではカメラは異物だ。変なものがあるというので、好奇心の強いクマはカメラに寄ってきて手を出す。三脚を倒したり、向きを変えてしまったり。

宮崎は防護策を立てるのではなく、そのクマを撮ろうと考える。二台を並べてセットして、一方のカメラに狼藉を働くクマをもう一方で撮る。クマはカメラをじっと見たり、臭いを嗅いだり、舐めたり、これは何かと考え込んだり……もうそれだけで笑える。

カメラをいたずらされたらその場面を撮る。この発想の柔軟さが大事なのだろう。以下、宮崎がしたことは——

まずクマが減っているという巷説を疑う。

フィールドに合った撮影の技術を確立する。

クマの糞から食料を推理する（糞写真二十四枚）。

木の上で実をあさった痕跡（クマ棚）を見つける。

はてはクマの巣箱を作ってみる（入った！）。

クマを一頭ずつ同定するのに毛が欲しい。そこで巣箱をたくさん仕掛けて鳥に巣作りの材料を集めさせ、その中にクマの毛が混じっているのを採集する。

クマの雌雄が知りたい。高い餌台を用意して、クマを立ち上がらせて性器を撮る。この股間盗撮装置を「マタミール」と名付ける。

クマが子孫のために木に傷をつけて樹洞を作るという話がおもしろい。その傷が深い洞となってクマが冬眠に使えるようになるには百年かかる。それでもクマは「木の皮を一筋はぎ、一カ所だけ、牙で深く傷つける」という。遠い未来への準備だという推理が成り立つ。

ツキノワグマは人が思っているよりいる。ずっとたくさんいる。それを認めなければこの先のクマとヒトとの安定した共存はなりたたない。このメッセージは明快で大事だが、この結論に至るまでに出会うクマたちがなんともチャーミングで……。

**×月×日**

しばらく前まで作家たちはみなもっとわがままだったと思う。

乱暴で、傍若無人で、無頼で、手に負えなかった。たぶんそうでなければ作家という仕事はできなかったのだろう。それが最近では（自分も含めて）おとなしい小市民的な奴ばかりだ。

上野英信、ぼくが尊敬する作家である。筑豊に居を構えて炭坑夫たちの中で暮らし、ルポルタージュの傑作を次々に世に出した。とりわけぼくが好きなのが『眉屋私記』という沖縄の一族の流浪の話。キューバやメキシコまで行った渡洋の出稼ぎたちを丹念に追ってゆく物語。

豪傑であるという噂は聞いていた。息子の上野朱《あかし》が書いた思い出『**父を焼く――上野英信と筑豊**』（岩波書店）を耽読した。こういうのを上等なエッセーと呼ぶ。いい生活や思い出があってこそ書けるものだ。

英信さんは聞きしにまさる豪傑ぶり。ともかく飲む。自分の家を、それも崩壊寸前の炭坑小屋を安く買ってなんとか保全している家を、「筑豊文庫」と名付けて開放している。故にたくさんの人が来て話してゆく。その場にいつも酒がある。

人に好かれるというところが大事で、すなわち英信さんには人望があったということなのだ。

若い記者がインタビューに来る。話が始まる前に「まあそんなむつかしい話はあとにして、まずは一杯いきましょう」と言って飲ませる。相手がなんとか話を聞こうとしても「上野英信ははぐらかし混ぜ返すばかり。ついにはなにをしに来たのか自分でもわからなくなってふらつきながら撤退」ということになる。

それでも、作家以上におもしろいのは筑豊の人々だ。炭坑で命を張って生きてきた人たち。彼らを見ているから英信さんは（奥さんの晴子さんも）誠実に生きざるを得なかった。

ゴットン節という民謡の歌詞を解釈する話がある。「いっちょさせたら小頭《こがしら》めの奴が　特別切羽《きりは》をやると云うた　ゴットン」という文句。

この歌詞を解説する機会を得て朱さんは、小頭に迫られて女坑夫がしかたなく身を任せて、割のいい鉱区を貰ったと解釈した。

しかし後に気づいてみれば、父の英信さんは主役は女坑夫だと読んでいたという。女の方が男を襲ってやらせて、「これくらいの楽しみがのうて、坑内で働かるるね」と言う。「させる」は受け身ではなく使役なのだ。

事後、男はいい切羽を彼女に回して取り繕う。それを承《う》けて女の方が「肝の小さい奴が」と笑う歌だというのだ。この筑豊女の気っ風のよさよ！

作家が無頼を捨てたのではない。日本人がみなそこそこ満足して暮らすようになって、その分だけおとなしくなったのだ。それを我々はこうしてノスタルジーで補おうとしているが、次の世代はそんなこと知りもしないだろう。

**×月×日**

こういう商売をしていると、聞いた風な口をきくことが多い。わかっている顔をして天下国家世界を論じるが、土台にある知識はさほどしっかりしたものではない。

**『世界の国　1位と最下位』**（眞淳平《しんじゅんぺい》　岩波ジュニア新書）を読んで自分の足元の危うさを改めて知った。

「国際情勢の基礎を知ろう」という副題のとおり、統計に基づいて現状を知る本である。

食べるものの中でいちばん大事な穀物の自給率を見ると、百パーセントを超える国は世界百七十五の国のうちの二割、三十三ヵ国しかない。世界の人口の四十七パーセントが農業に従事しているのに、貧しい国の多くは自国の消費をまかなえない。

論客たちを机上の空論から地上に引き戻してくれる本として貴重だ。

――2010/10/14

065

## 我が妬み、アフリカへの旅、空襲とスズメ

**×月×日**

おもしろいと思う前に妬ましいと思う本がある。例えば、**『水辺にて　on the water/ off the water』**（梨木香歩　ちくま文庫）。

水を巡るエッセーの束である。いわゆるネイチャー・ライティングに属する、水辺でのさまざまな遊びないし体験の話。

著者はカヤックに乗る。組立式のファルトボートを車に積んで川や湖に行き、そこで組み立てて舟に仕立て、漕ぎ出す。

パドルの一かきごとにカヤックはすーっと進む。静謐な水面と低い視点、上空を行く雲、はるかに遠い岸辺の森やそのまた先の山の影、近くを飛ぶ鳥たち。

そこまでは、想像できる。ぼくはカヤックを漕いだことがないわけではない。沖縄の海では無人島に渡ってキャンプをしたり、強い向かい風に負けて近くの小さな漁港に逃げ込んだりした。知床では流氷の海に漕ぎ出した。

しかしそこまでだった。のめり込みたいと思いながら、いつも現世に引き戻されてしまった。

その先が本物のネイチャーだったのだ。早春、Sというダム湖に一人でカヤックを出す――

「冬場ほどではないが、水鳥もまだ、だいぶ残っていて、ダイサギやアオサギなど、大きな鳥の優雅な離水や滑空、着水に見とれる。ウグイスが鳴いている。まだへたくそ。ケキョケキョ、と谷渡りのところでつっかえている」などと水面からの観察。

ところがそのすぐ後で風が強くなる。出発点に戻るには橋の下をくぐらなければならないのだが、橋脚と岸辺の間に「斜めに渦が出来ていて流れが速すぎる」のだ。まだなんとか通れそうな橋脚と橋脚の間を「ほとんど息を詰めるようにして渡り終える」けれど、その後もまだまだ大変。強風の中、（主観的には）死にそうな思いをいくつも超えて、あっけなく安全圏に帰る。

いつだってそうなのだ。北海道のO湖の湖畔で、夕方遅く宿に着いて、もうすぐ暗くなるというのに散歩に出て、森の中で道に迷う。暗くて地図も方位計も見えず、同じところを何度も巡り、闇の中でどうにも動けなくなる。

必死になってなんとかホテルに帰り着いて、フロントで「何事もなかったかのように微笑み返してただいまと答え」というところが、アリステア・マクラウドの傑作短篇「冬の犬」のあの少年にそっくり。彼は凍結した海で氷が割れて水に落ち、同行していた犬に助けられてずぶ濡れで家に帰って、素早く着替えて何事もなかったように居間に入る。失敗はみっともないと思う矜持。安い同情を買いたくないという見栄。

梨木香歩に話を戻せば、この道に迷う際の描写だけで緊迫の十ページ、見事な文章だ。最初に暮色と驟雨《しゅうう》を前にして初めて不安を覚えるところの、「冥界の帝王でも出てくる先触れのようだ」という的確な比喩に見るような、外界と心象の巧妙な二重写し。

あるいは、初心者を連れて北海道の川に行った時の話に、イギリスの児童文学の名作『たのしい川べ』を巧妙に重ね合わせる。ネズミに誘われて初めてボートに乗ったモグラの恍惚がカヤックの話の合間に挟まれる。「いいものかって？　君、ボートのほかに、いいものなんて、ありはしないよ」というネズミの言葉に納得。

自然の中を行きながら、他の文学作品が参照される。それが絶妙で、こちらの連想を誘うから、読むことが一種の（一方的な）会話になる。たまたまオオバンを目撃して「その巣を是非見たいというストーカーめいた情熱まではないので」というあたりを読めば嫌でもアーサー・ランサムの『オオバンクラブの無法者』を思い出す。

この本の真価は著者の五感と語感だ。フィールドにある時の視覚・聴覚・嗅覚などの鋭敏さと、そういう身体的な体験を文章にする時の技巧。つまり一級のネイチャー・ライティングの才能。

そうか、自分はこの人の体験だけでなく才能をも妬んでいるのだと気づく。

妬んだところでどうなるものでもない。せいぜい水辺に足を運ぼう。

**×月×日**

小説**『ピスタチオ』**（梨木香歩　筑摩書房）を読む。

主人公は女性のライター。いくつかのきっかけに促されてアフリカに行く。いや、そう先を急いではいけない。ここでも大事なのは主人公の棚（というのは彼女のペンネーム）がまことに鋭敏な五感を持っていることだ。

寒冷前線の通過を「怖いもの見たさと、身構えるような軽い緊張感を持って」待つ。それを映した空の色に「荒々しいといってもいいような悦び」を覚える。つまりライターとして言葉を仕事の道具にしながら、自然界に対して開けた身体的な感覚で生きている。

東京で暮らす棚がウガンダへ行く。東京の暮らしとウガンダの旅の記述はどちらも繊細で大胆ですばらしい。棚は小さなことの背後に大きな意味を見出す能力に長けている。

しかし彼女は常識人でもある。アフリカにいた知人が亡くなり、その近辺にいた別の二人も続いて急死しても、その背後に超常的な因果関係をまずは認めまいとする。「冗談にしてしまった方がよくはありませんか。このコンテクストに呑みこまれるより」と言う。

だが、物語の線路は、幾重にも隠されているが、実は呪医と呪術の方へ伸びており、棚はやがてそれに乗っている自分に気づく。途中で降りることができない。どこまでも運ばれる。

テーマでは中島らもの『ガダラの豚』に似ているが雰囲気はスレイマン・シセの映画『ひかり』の方に近い（この映画の舞台はウガンダではなくマリだが）。

問題は読者として超越的な、霊的な、ジンナジュという存在を認めるかどうかだ。物語は初めからこれを前提としている。お話だから何が起こってもいいのだけれど、ぼくはちょっと戸惑った。

同じ著者の『西の魔女が死んだ』では魔法は最後の場面で一度だけ使われた。だからとても効果的だった。今度はずっと魔術の中。おもしろいんだけど、ずっと線路というのがなあ……というのが読後の印象。

## ×月×日

**『ある小さなスズメの記録――人を慰め、愛し、叱った、誇り高きクラレンスの生涯』**（クレア・キップス　梨木香歩訳　文藝春秋）は、スズメの話である。

第二次大戦の最中、一人暮らしの老婦人が自分の家の玄関前で生まれたてのスズメの子を見つけた。まだ羽毛もない赤裸で瀕死と見えた。

捨ててもおけないと思い、部屋に入れて、数分ごとに暖かいミルクを一滴のどに垂らす。

それでスズメは生き返った。元気になり、やがて成長して、クラレンスと名付けられて一種の伴侶になる。「これは愛玩動物の物語ではなく、何年にもわたり、人間と鳥との間に培われた親密な友情の物語である」と著者が言うのが納得できる。

主題は、スズメというものに我々が予想する以上の知性をクラレンスが示すことだ。それだけならばペットの飼い主からしばしば聞かされることだが、この話の背景には空襲に脅える市民生活があった。

彼は芸を覚えて人々を慰める。例えば、空襲警報ごっこ――丸めた両の手のひらを合わせて「防空壕」を作る。そこで「サイレンだ！」と叫ぶとクラレンスは「すぐさまこのにわかづくりの防空壕へ駆け込んで、数分の間じっとしているが、しばらくすると、警報解除のサイレンはまだ鳴らないの？　と言わんばかりに、頭だけちょんと突き出して辺りを窺うのだ」

日本の空襲についてこういう話がまったくないのはなぜだろう？　『君の名は』だって『哀愁』というきっかけがなければ作られなかったのではないか。

――2010/11/18

# 2011年

## 066 フランスのコミック、山田風太郎、植物図鑑

**×月×日**

マンガ、劇画、コミックは戦後日本が生んで育てた立派な文化である。

ちょうど**『マンガの教養——読んでおきたい常識・必修の名作100』**（中条省平　幻冬舎新書）という優れたガイドブックが出たところだ。ここに挙げられたものを三点でも読めば自ずと価値は知れる。

しかしコミック好きは日本人だけではない。中でもフランス人は熱烈で、ぼくがいた小さな町の本屋でも専用コーナーがあった。

フランス語圏ではコミックはBD（ベーデー）と呼ばれる。日本のより判型が大きく、シリーズ物でもストーリーは一巻完結で、カラーの絵が一齣《ひとこま》ごとに凝っていて、全体として大人向き（例外がエルジュの『タンタン』のシリーズ）。

かつて日本に紹介する試みはあってもなかなか定着しなかった。最近になっていくつかの出版社が再度攻勢を掛けている。

ニコラ・ド・クレシーは『**天空のビバンドム**』（飛鳥新社）と『**氷河期**』（小池寿子監修　大西愛子訳　小学館集英社プロダクション）の二点が出て、パスカル・ラバテの『**イビクス**』（古永真一訳　国書刊行会）も手元に届いた。巨匠メビウスの『**L' INCAL アンカル**』（アレハンドロ・ホドロフスキー　メビウス画　小学館集英社プロダクション）が明日にも来るはず。

日本のコミックとのいちばんの違いは密度だろう。BDは内容が濃厚で、ストーリー展開もずいぶん複雑だから、読む速度に注意しなくてはならない。日本式に速読すると視線が上滑りして話の中に入っていけない。

ここでは『氷河期』を紹介しよう。今から何千年かの後、地球は次の氷河期を迎えていた。人類は過去の文明と断絶している。その世界で考古学者・歴史学者からなる調査隊が北を目指す。

主人公のハルクは見た目は犬である。サングラスを掛けた、肥った犬。しかし彼には知性があり、「歴史学的嗅覚」がある。

彼らは氷に埋もれたルーヴルを発見する。まったく未知の文化との遭遇だ。

人間たちはルネッサンスから十九世紀までのたくさんの絵を見てなんとか理解し解釈しようとする。しかし隔たりはあまりに大きい。

絵ばかりなのでこの文化の担い手は文字を知らなかったと推測し、裸体画が多いので道徳的に退廃していたと思いこむ――「孤立しているがゆえ、つまり誰からも監視されず、外部の規制にも縛られずに、ここの住人は完全な色情狂の集団となった」。果ては、これらは「動物が描いた」、「単なる遊び」とまで言う。

人間たちと別行動を取ったハルクは絵ではなく彫像の一群に出会う。時代で言えば紀元前三千五百年からローマ最盛期までの品々。彼は解釈はしない。共感し、会話するのだ。ミノア文明の牛や、エジプトのミイラ、バビロニアの獅子と話し、彼らの議論に巻き込まれる。そして最後に……

注目すべきはこれがルーヴル博物館という文化施設への手の込んだオマージュになっているところだ。今、ぼくたちは公式に価値を保証されたルーヴルに行って、その価値を確認する。モナリザを見れば観光客は満足する。

では、公式の価値の保証がなければどうか？　まるっきり素の状態で、何も知らずに行って、あの収蔵品のすばらしさは伝わるものか？　世界の美術史を既視感なしに、先入観なしに見て、そこに感動するものがあるか？　ここにあるのはいわば裸のルーヴルだ。

『氷河期』では人間たちは偏見から逃れられない。自分たちの文化の外に出られない。だから作者は人間でない主人公としてハルクを用意したのだろう。

議論を煽る燃料としてこのＢＤには九十一点の名品が「引用」されている。この再現はニコラ・ド・クレシーの絵の伎倆の見せどころ（末尾に周到な「美術作品一覧」がある）。

ＢＤの邦訳ということでは、細かいことながら、フキダシに入れる台詞の扱いも、字体や配置なども丁寧で違和感がない。他の本ではそれが粗雑で興を殺《そ》ぐ例も見られたので特記しておこう。

**×月×日**

『氷河期』を読み終わって、このＢＤは映画になるかと考えた。たぶん可能。すばらしいアニメができるかもしれない。ディズニーや宮崎駿には絶対に手の届かない領域。

コミックはもともと絵と台詞である。齣から齣への運動感が視線を駆動するのだから映画化はむずかしいことではないだろう。

実は文章だけで書く小説もずいぶん映画的になっている。十九世紀と二十世紀の小説のいちばんの違いはそこにある。今では映画の影響なしに小説は書けない。パン、カットバック、ズームイン、フェイドアウト……こういう言葉はそのまま小説の技法として使える。いわば文章術の遺伝子組み換えだ。

岡本喜八が『幻燈辻馬車』の映画化を試みた際のシナリオが**『列外の奇才　山田風太郎』**（角川書店編集部編　角川書店）に載っている。埋没していたのが見つかったらしい。

このシナリオがおもしろかった。あの監督のトーンを念頭に置いて読んでゆくと、各場面がまざまざと見える気がする。

特にメインタイトルの後、「干兵衛と、五歳になった雛が、二頭立て馬車の馭者台に座っている」というところはそのままスクリーンを見るよう。

それで我慢できなくなって、**『幻燈辻馬車』**（角川文庫　上下）を二十年ぶりに読み返した。やはりおもしろい。まだ政治の収まらない明治十年代の波瀾の東京を幻影のような辻馬車がきしみをたてて走り、そこに政府の元勲や、会津の残党や、自由民権派の血の気の多い連中が絡んで、地底には復讐譚が埋めてあって、どこまでも話が広がる。ばらばらに覚えていた歴史上の実在の人物が連携をもって立ち現れる。

この小説は場面の喚起力に優れていて、それが魅力。とりわけ干兵衛と雛が窮地に陥ると忽然と雛の父の幽霊が現れて手を貸す、というところがいかにも映画的だ。言い換えれば、作者は明らかに映画風の展開を頭において書いている。

岡本喜八が亡くなったために映画は作られなかった。惜しいと思う一方、この小説の文体が既に半ばまで映画だとも思う。

## ×月×日

昔から好きな図鑑に『**北海道主要樹木図譜**』（宮部金吾、工藤祐舜《ゆうしゅん》　須崎忠助画　北海道大学出版会）があった。

樹木の図鑑なのだが林学の現場で使えるよう、木の細部の精密な図を組み合わせて一画面としている。例としてミズナラを挙げれば、「1　雄花と雌花のある小枝　2　雄花　3　雄花のがく　4—5、雄花のがく、葯を除去……」という風に二十二点の水彩画によってこの木を記述する。季節を追って部分ごとに写生を重ね、随時刊行しながら全八十六種を網羅するには企画から十九年かかった。

この細部の図を写真でやるという図鑑が出た。『**生命樹**』（奥田實　新樹社）は驚くべき本だ。木の全体像もある。美しい紅葉の林もある。

しかし図鑑としての価値は細部の写真を組合せた画面だ。これもまたミズナラを見るならば、葉や枝や実や花を間近に撮った写真十九点を切り抜いて白地の上に配置し、一枚の絵のように見せる。コラージュの技法である。

フィルムで撮った写真でもコンピューターに取り込めば画像の切り抜きはできる。しかしそうそう簡単なことではないし、例えば著者もタラノキについて「パソコンでの花や果実の切り抜き作業は長時間を要した」と言っている。

それ以前に山に行って撮るのが大変。同じ木に何度も通わないと四季折々の姿は撮れない。もっぱら北海道の山に通って百五十種。

何よりも一ページずつ眺めて楽しい。葉の緑はみずみずしいし、黄葉・紅葉もいかにも鮮やか。座右に置いてしばしば開いて慰められる一巻である。

——2011/1/13

067

# ホッキョクグマ三代記、動物の行動、樹皮

**×月×日**

小説なのだからホッキョクグマに人格があっても変ではない。しかしそれが人間としての人格とシームレスにつながっているとなるとどうだろう。結果はなんともおかしい話になる。

このおかしさはユーモアの範囲を超えて奇妙の領域に及ぶ。「おかしい」という言葉には「笑える」と「変だ」の両義があるのだ。

多和田葉子の**『雪の練習生』**（新潮社）は三つの話からなる連作。最初の「祖母の退化論」の主人公はソ連で生まれた雌のホッキョクグマで、最初はサーカスの花形、それがキューバから来た舞踏団の踊りに惚れ込んで、自分でも踊ろうと猛練習をして膝を痛め、舞台に立てなくなった。「普通なら射殺されるところだったが、幸い管理職に移ることができた」って、おかしくないか？

彼女は超官僚主義のソ連にあって巧みに管理職をこなすが、そのうちふと思い立って自伝を書き始める。幼い時に二本足で立つことを教え込まれたこと、イワンに育ててもらい、芸も教えてもらったこと……

この自伝は雑誌に掲載されて広く読まれ、彼女は作家になる。ドイツ語訳も好評と伝えられる一方、ソ連では当局に目をつけられたのか、怪しげなシベリア旅行を勧奨され、西ドイツに亡命する。

なにしろクマだから、西ベルリンで与えられたアパートの冷蔵庫に入っていた大量のサーモンの燻製を一度にぜんぶ食べてしまうのは当然。「ちょっと煙かった。漁師が煙草を吸いすぎたせいかもしれない」というのは、ソ連には燻製のサーモンはなかったのかな。

肉体においてクマであることはもっぱら感覚と官能の方面で表現される。『寒い』という形容詞は美しい。寒さを得るためなら、どんな犠牲を払ったっていいとさえ思う。凍りつくような美しさ、ぞっとする楽しさ、寒気のする真実、ひやっとさせる危険な芸当、あおざめる才能、冷たく磨かれた理性。寒さは豊かさだ」というのはいかにもホッキョクグマ的な見解だ。

あるいは、「ペンギンの夫婦はどれも似かよっているが、ホッキョクグマの夫婦は多様である」と『アンナ・カレーニナ』の冒頭をひねってみせる。

この種のはずしとずらしの話法が読み手をぐいぐい引っ張って、先へ先へと追い立てる。途中から彼女が読んでいたものが彼女の人生とすり替わって、はずしとずらしにねじれが加わる。いよいよおかしい。

彼女は西ドイツからカナダへ再亡命して、また東ドイツへ移り、トスカという娘を産む。

そのトスカの物語が二番目の「死の接吻」なのだが、それを語るのはウルズラという女性である。彼女はサーカスでトスカと共演するうちに窮極の芸を創出して世界的な人気者になる。

自分は母の伝記の登場人物でしかないと言うトスカを哀れんだウルズラが、「あなただけの物語を書いて、お母様の自伝の外に出してあげる」と言って書いたのがこの話、というからくりは見事だ（最後の方で書き手は交替するのだが）。

第三の「北極を想う日」の主人公はクヌート。トスカの息子で、彼もまたクマの肉体と人間の精神を持っており、一人称で自分のことを語る。彼がサーカスではなく動物園にいて、環境保護のシンボルとして人気を博しているのが現代らしい。

三つの話に通底するのはたぶん愛だ。祖母のクマとイワン、トスカとウルズラ、クヌートとマティアス、それぞれの間には明らかに愛としか呼べない感情の行き来があって、その前では人間どうしの関係はずいぶん色あせて見える。

読んでいる間、ずっとクマに尻の匂いを嗅がれているようなくすぐったさが付きまとった。

**×月×日**

現実の動物の本。

動物行動学者は野生動物のふるまいを観察する。動物は動くから観察はむずかしい。**『巨大翼竜は飛べたのか』**（佐藤克文　平凡社新書）はこの分野の最新の知見を教えてくれる好著だ。

ウミガメはどう泳ぎ、潜り、餌を採るか？　水の中の行動は見えない。

この難問をテクノロジーが解決する。カメの泳ぐ速度、いる位置の水深、ヒレを動かす頻度（周波数）などを計測・記録する装置をカメの背に取り付けて放す。装置は一定時間が経過すると自動的に切り離されて浮き上がり、自ら電波を発して所在を知らせ、回収を待つ。

このデータロガーという装置の開発が、まるで顕微鏡の発明の時のように、新しい知識をもたらす。この分野の第一人者である著者はこれをウミガメに応用し、ペンギンやマンボウやウ（鵜）やオオミズナギドリなどに装着して、人間に見えないところでの彼らの行動を次々に解明してゆく。その快刀乱麻の快感がこの本の第一印象。

動物のふるまいについては謬説もある。オオミズナギドリは斜面から斜めに伸びた木の幹を足で登る。列を作って登って離陸する。その写真の印象が強いので、オオミズナギドリは地面から直接は離陸できないという説が生まれた。著者はそれが間違いであることを目で見て確認した。

その延長上で、ケツァルコアトルスやプテラノドンなどの翼竜は本当に飛べたのか、という疑問が生じる。体の大きさ、翼のサイズ、体重などを代入して、オオミズナギドリなど現在の海鳥の飛翔力を参考にしながら計算すると、彼らは飛べなかったという結論が出る。古生物学者は化石から得られるサイズに比してずっと軽い体重を当て嵌めていたらしい。
知的な冒険の本として愉快に読んだ。

**×月×日**

新しく得られる知見もあれば、失われてゆく技術や知識もある。

今、我々の身辺にある道具の大半はプラスチックで作られている。安くて、成形が容易で、長持ちする。たしかに優れた材料だ。

その一方でプラスチックは素性が知れない。石油を原料にどこかの巨大な化学プラントで作られるらしいとしかわからない。作る者と使う者は隔絶されている。

かつて、日本人の生活に樹皮という素材がどれほど広く深く浸透していたか、もう覚えている者は少ないだろう。**『樹皮の文化史』**（名久井文明　吉川弘文館）はこの分野を網羅した貴重な本である。

具体的に樹皮はどう使われていたのか？　この本の第一編第二章「近現代の樹皮利用」から用途を羅列してみよう（羅列によってしか伝わらないこともある。項目の一つ一つをゆっくりと、自分の生活に即して、読んでいただきたい）——身に着ける、住まいとその周辺で用いる、おもちゃ、迎え火・送り火・照明、運搬、農作業、穀物の収納・貯蔵、はた織り、食品加工・調理、皿形容器、畜産・牛馬、川を渡るため、山仕事、漆採取、漁労、薬、川漁、皮なめし、染料、とりもち、糊料、製紙原料、採油……。

これはこの本の内容の一部でしかない。それぞれの用途にふさわしい木の種類があり、樹皮の採取法と加工の技術がある。この列島に人が住むようになって以来ずっと工夫され蓄積されてきた生活文化の体系。

精確な文章と細密な図で構成された本だが、それがなんとももどかしい。匂いがない。山に入って樹皮を剝ぎ、刃物を手に、先達の手先を横目で見ながら自分で作ってみたいと切実に思わせる。
十二年前に刊行された本の復刊だが、今回、著者は「樹皮を採取してさまざまな生活用具を制作した経験者に出会うことは、今後ますます困難になる一方であろう」と記している。原油を取り尽くしてプラスチックがなくなったら、我々はこの文化に戻らなくてはならないのだ。

――2011/2/17

068

## 牧畜少年小説、箱を作った男

**×月×日**

普段から凝った、ひねくれた小説ばかり読んでいるせいか、たまに素直で姿のいい話に出会うとほろりとしてしまう。

**『羊に名前をつけてしまった少年』**（樋口かおり　ブロンズ新社）の主人公は高校生だが、ここには今っぽい話題は何もない。エイジというこの少年は予備校にもゲーセンにも行かず、デートもしない。

彼は日本でいちばん北にある農業高校の一年生だ。一学年一クラスのこの学校の生徒は畜産班などいくつかのコースに分かれている。座学の時は一緒だが実習では別々。

畜産班に属するエイジは二月のある朝早く、学校に行って羊舎で羊の出産に立ち会う。授業の一部ではなく、そんな時間にわざわざ来たのは彼だけだった。小学生の時に初めて触って以来、彼は羊が好きらしい。それで高校を決めたのだから、出産も見たい。

二月から三月にかけて羊たちは次々に子を産む。担当の先生は泊まり込みでその世話をする。そこへエイジが駆けつける。

彼の目の前で一頭が生まれ（逆子だが無事出産）、もう一頭生まれ、その後で更にもう一頭。羊でも珍しい三つ子だったのだ。

その三つ子のうち、最後に生まれた一頭が育ちが遅い。自力で母乳を飲むことができないので哺乳瓶を使うのだが、その役をエイジは時おり買って出る。この子にはその年、八番目に生まれたから№8という番号が機械的に振られた。

小説は何かドラマティックな要素を必要とする。平凡な人間の単調な一日をだらだら書いてもよい小説にはならない。主人公を特化すること――これが出発点だ。

エイジは幼い時から羊が好きだった。これが特化の第一。

№8は生まれた時から虚弱だった。これが第二。

この二つの前提によって、物語の軸となる一つの関係が生まれる。エイジと№8の間の愛だ。それが祝福されるものならばいいが、そうでないからこそ緊張感がプロットを駆動する。平たく言えば禁断の愛の物語。

指導の先生がエイジに向かって、「家畜は、ペットじゃないからな」と注意するのが禁断の表明である。子羊は食肉のために飼われている。そういう場に感情を持ち込んだら、やがてその感情の始末に困ることになるだろう。

そういう原理に基づくストーリーが今の北海道という具体的な場所で、リアルに展開される。耳刻《じこく》、断尾《だんび》、乾草《かんそう》、除糞、毛刈り、堆肥舎、パドック、などという現場的な用語がリアリティーを保証する。

また、彼らを巡る北海道農業の現実の話もうまく組み込まれている。エイジの級友のミノルは大規模な酪農の家を継ぐつもりでいる。三百頭の乳牛を飼っているが、機械化のために導入した自動搾乳システムが数千万円。七年で元がとれたと言いながら、「正直、少し怖い」とミノルは言う。もういっぱしの経営者の顔だ。

子羊は夏には「出荷」されて食肉になる。その日付けが近づくにつれてエイジの煩悶は高まる。夏休みのキャンプの夕食が話題になり、誰かが「ジンギスカン⁉」と言って（これは北海道ならばごく当然の提案）、「エイジは、自分の顔色が変わるのがわかった」という具合。

日本ではしばらく前から素人の書く文章で、「〜した」でいいところを「〜してしまった」と書くことが流行している。強調のつもりなのだろうが、多用するから何の効果もなくただ目障りなだけだ。

この小説は、タイトルに見るとおり、「〜してしまった」を中心に展開している。エイジは№8に心ひそかに名前を付けて「しまった」。ペットにして「しまった」。するべきでなかったことを敢えてしたということ。このタイトルが正しい用法だ。

読み終わって、ローリングスの『子鹿物語』というジュブナイルの傑作を思い出した。どちらも人間相手ではなく自然ないし（家畜という）半自然を相手の成長小説である。

作者は本作のモデルとなった農業高校の国語の教師で、「148cmと小柄で、自作の踏み台を使って授業を行う」人だそうだ。

**×月×日**
シャドーボックスというものがある。

いちばん似ているのは昆虫の標本箱だ。浅い箱で蓋の部分がガラス。その中に小さな価値あるものを並べて、客間などの装飾品とする。

ぼくが実例として思い浮かべるのは、昔の帆船の索具の結びかたを太めの紐でいくつも再現してあるもの。小さな船舶模型なども配したのを、大きなマリーナのショップなどで売っている。

要はお土産品ないし記念品で、値段にかかわらずいかにもチープでミドル・クラス的な代物。これを最先端の芸術に高めた、と言ってジョゼフ・コーネルの作品を説明できるだろうか。

アーティストには奇矯なふるまいで知られる者が多いけれど、そういう連中の中にあってジョゼフ・コーネルは凡庸のゆえに目立ってしまった。

だから伝記がおもしろい。**『ジョゼフ・コーネル　箱の中のユートピア』**（デボラ・ソロモン　林寿美、太田泰人、近藤学《がく》訳　白水社）はこの人物の生涯の詳細な記録であり、同時に二十世紀アメリカ美術史の興味深い断面である。ニューヨークがいかにしてパリから芸術の都の座を奪ったかを解く実例の一つ。

一九〇三年にニューヨーク州の村に生まれる。父を早くに亡くす。極端な内気で、それには向かないセールスの仕事を地道に続け、妹二人が嫁いだ後は、新興住宅地の建て売り住宅で、母と障碍のある弟との三人暮らし。

この母が強烈な支配慾の持ち主で、ジョゼフは母と弟にひたすら奉仕することに昼間の時間を費やした。初めて女性の肉体に触れたのが六十歳になった時だったと言えば、マザコンの強度がわかるだろう。その相手が日本人のアーティストのあの人（！）というのも我々には楽しいゴシップだ。

この母のせいで女性に対する彼の関心はもっぱら憧れという形を取った。映画女優やバレリーナに憧れ、ブロマイドやパンフレットを集める。それと並行して、古本屋などで自分の趣味に合った絵のある本を集める。

彼がシャドーボックス形式のアートを創造したのは、自分一人の賛美の祭壇を作りたかったからだろう。子供の宝箱の延長で、たまたま手に入った宝物を箱に入れて、時々こっそり見る。

彼が非凡だったのは、箱に入れるオブジェたちの組合せ（現代美術の用語でいえば、アッサンブラージュ）がおそろしく遠くて深い連想に導かれていたことだ。人々はその組合せに驚いた。

現存する彼の最古の作品は二十七歳の時に作ったコラージュで、たった三つの要素から成っている。帆船とバラと蜘蛛の巣。どれも雑誌のイラストの切り抜きだが、帆がバラになり、その中心部に蜘蛛の巣がはめ込まれている絵柄は訴えるものを持つ。この男には何かとんでもない才能がある。

映画のフィルムを二束三文で買ってきて、勝手に切って繋いで自分だけの短い映画を作る、という手法でも彼は評判を取った。映画としてのプロットは消え、好ましいイメージだけが現れる。こちらの方が彼のアートの原理をうまく説明しているかもしれない。

彼の作品は時代の流れに乗った。フランスで始まったシュールレアリスムと、新興アメリカの文化の中心だったニューヨークが彼の作品の真価を人々に伝え、もっと作るよう促した。彼は内気な性格のまま、アメリカ美術の第一人者になる。マルセル・デュシャンからスーザン・ソンタグまで、交友の範囲の広さはこの伝記の魅力の一つだ。

——2011/3/24

069

## チェス、中国系、キューバへ行こう

## ×月×日

日本は大変なことになっている。

それはよくわかっているけれど、ずっとそのことだけ考えていると心が硬直する。時々は逃げ出して別世界に行ってみよう。またすぐ帰ってくればいいのだ。

エーゲ海にナクソスという名の島がある。そこに住むごく普通の主婦がちょっとしたきっかけでチェスに目覚める。

**『チェスをする女』**（ベルティーナ・ヘンリヒス　中井珠子訳　筑摩書房）は昔ながらのギリシャの島の社会を舞台に、おばさんとチェスの出会いというアイディアだけで作られた小さな佳品だ。

ナクソスはエーゲ海の真ん中あたりにある比較的大きな島で、もちろん観光地。夏になるとたくさんの人々がドイツやフランスからバカンスを過ごしにやって来る。

主人公のエレニには十六歳の息子と十二歳の娘がいて、夫は腕のよい自動車修理工。彼女自身は観光客が泊まるホテルで客室の掃除の仕事をしている。平凡な幸福な生活である。

ホテルのある部屋でたまたま彼女はフランス人のカップルが勝負途中のまま置いておいたチェス盤を見る。黒のポーンの駒が床に落ちている。盤の元の位置に戻そうとするが、どこに置けばいいかわからない。

ギリシャではカフェニオンやタベルナにたむろする男どもがよくボードゲームをしている。たいていはタープリ、すなわちこの訳書の中でトリックトラックと呼ばれる一種の双六で（英語ではバックギャモン）、チェスは少数派だが見かけないわけではない。

エレニはたぶん駒ひとつを手に取ったことで何か啓示を受けたのだろう、夫の誕生日にチェスのセットを贈ろうと決める。夫のパニスはチェスなどまったくしないのだが。

因習的なギリシャの田舎社会で一介の主婦がチェスのセットなど買えばすぐ噂になる。プレゼントが事前に夫に知られては興を殺ぐ。彼女はもう引退している小学校時代の恩師に相談することにした。恩師クロス（本当はクーロスと表記してほしかった、というのはギリシャ語を知るぼくの欲張りだが）は知識人で、開けた世界を持っている。普通の勝負だけでなく自分一人で練習試合もできる電子式のチェス盤と駒のセットを買ってエレニに渡した。

夫は喜ぶふりをしたが実は何の関心もない。エレニはこっそり自分で駒を並べてみる。そしてたちまちのめり込む。要するに才能があったのだ。少しはチェスのたしなみがある恩師がうまく彼女を導き、腕はぐんぐん上がる。

これは解放の物語だ。男がいばっているギリシャで、とんでもない才能に目覚めた主婦がいかにそれを開花させるか？　夫はチェスに熱中する妻を、自分のプライドと折り合いをつけて、いかに受け入れるか？

二百ページ足らずの中に清涼感があふれていて、数時間の逃避にちょうどいい。

**×月×日**

もう少し現実に近い、苦みもある小説を読もう。

ハ・ジン（漢字で書けば哈金）は中国系のアメリカの作家で、留学している時に天安門事件が起こって帰国を諦め、英語で小説を書き始めた。

**『すばらしい墜落』**（立石光子訳　白水社）は彼の四冊目の短編集。ニューヨークのフラッシングという中国系の人の多い街区を舞台にした話が十二篇収められている。

移住者というのは二つの世界に属する者だ。近代的で合理的と本人が信じるアメリカに居ながら、背を向けたはずの中国が後ろから追いすがる。それは本人にとっては悲劇だが、一歩離れて見ると喜劇になる。その微妙な間《あわい》を書くのがハ・ジンは実にうまい。

たとえば「板ばさみ」という話。主人公楚田《チューティエン》はアメリカに渡って十二年の中国人で、安定した仕事を持ってそれなりの収入があり、妻のコニーは看護師の資格を取ろうと勉強している。

そこに中国から母親がやってくる。半年のビザで呼び寄せたのだが、この母親と嫁のコニーがことごとくぶつかる。かつては日本でも嫁と姑の仲というのは悲劇＝喜劇のテーマだったが、今はめったとしてももう表には出て来ない。

それは価値観が均一化されたからだろう。アメリカと中国では価値観は今も大きく異なる。まして母親は若い人たちよりずっと古風な世界に属している。

アメリカ式に夫婦で家事を分担し協力して暮らしているのに、母親は「嫁にきたのに子どもは産まない、料理も家事もしない。それでも女房と言えるのかねえ。しかも自分の服までこの子に洗わせて」と言いたい放題で、楚田はまさに板ばさみになる。

感心するのはこの母親がアメリカに来てもまったく臆していないことだ。ここにはここで違うやりかたがあるという説得を受け入れず、ぶれることなく頑迷を貫く。妻の方も姑の押しの強さにいたたまれなくなり、緊張はどんどん高まる。まさに家族の危機。

そこで追い詰められた楚田が取った奇策は？　というのがこの話の鍵である。母の頑固はどうやったら打破できるか？

「子は敵のごとし」の老夫婦の場合は一方的な敗退ということになるのだろうか。孫たちがアメリカ社会に合わせて改名したいというのに反対するうちに三世代の生活基盤が壊れる。

こういう話はリアルな細部が大事で、漢字を知っている我々は英語だけのアメリカの読者より有利だ。

孫の男の子は奇敢《チーガン》という名だからクラスメイトにチキンと呼ばれてからかわれる（英語ではチーガンでしかない名が漢字では奇敢だとわかるのは、著者自身がこの話を中国語に訳しているからだ）。

息子夫婦が姓まで変えようとしているらしいと知って、老いた両親は家を出る。

移住者は立場が弱い。成功して社会的地位を得てもなおどこかでびくびくしている。「英文科教授」の唐陸生はアメリカ文学を専攻して成功し、終身在職権の直前まで行った。その審査のためにレポートを提出した後で、彼はその中に誤字を書いてしまったことに気づく。英文科の教授が誤字！　小心者はあわてふためいて、過剰反応して……という話。

さて、これはすべて遠いところの話だろうか？　日本がこのままガタガタになって、貧しくなって、外へ出た方がまだしもいい暮らしができると決断した者にとっては、これは参考になる本かもしれない。

悪い冗談？

本当にそうか？

**×月×日**

**『キューバへ行きたい』**（板垣真理子　新潮社）はまずは観光の勧めであって移住の勧めではない。

キューバは不思議な国だ。経済封鎖やＣＩＡによる首相暗殺計画など、アメリカにさんざん虐められてもくじけず、カストロ政権は五十二年続いている。国民が独裁政権下に呻吟しているかというと、そうでもないらしい。

この本は写真と文章でこの国の魅力をよく伝えている。青い海や眩しい太陽はもちろん、スペインから遠くイスラム文化まで入った建築群がいいし、人々の表情も見ているだけでこちらの心が緩んでくるよう。

音楽と信仰についての解説が周到で、この部分だけでも読む価値がある。キューバではスペイン人による暴虐で先住民はほとんど残らなかったから、ここの文化を形成したのはスペインと、もう一つ、アフリカだった。信仰と音楽にはこの二つの要素が入っている。その詳細がおもしろい。

更に、この二十年、有機農業という分野でキューバは注目を集めている。ソ連が崩壊して肥料も燃料も入ってこなくなったキューバは必要に迫られて有機農法に頼った。それがずいぶんうまく行ったらしい。となると、この面でキューバは我々の参考になるかもしれない。一度行ってみようか。

——2011/4/28

070

# メキシコの壁、ルーヴルの地下、変人たち

**×月×日**

いろいろな国に旅をするうちに好き嫌いができる。手短に言えば、用があるから行く国と用などなくても行きたい国。

わけもなく行きたい国の筆頭がメキシコだ。寝ても覚めても思うメキシコ。目を閉じるとあの濃厚な空気感が身体ぜんたいに満ちる。

しかし、今、震災の日本に背を向けてメキシコに遊びに行くわけにはいかない。

**『マヌエル・アルバレス・ブラボ写真集——メキシコの幻想と光』**（岩波書店）はあの国への渇仰をと

りあえず充たすために格好の本だった。

アルバレス・ブラボは一九〇二年に生まれたメキシコの写真家である。十三歳で写真を撮りはじめ、食べてゆくために十四歳で財務局に職を得たが、その一方で美術学校の夜学にも通った。写真の腕を上げていろいろな写真展に作品を出し、エドワード・ウェストンに認められた。それで自信を得たのか、二十九歳で財務局の仕事は辞める。

そして彼はなんと百歳まで生きたのだ。だからこの本は写真でメキシコに遊ぶのには最適の入口である。三百点以上の作品を雲の上を歩くような気分でゆっくりと見た。草分けだからか、特定の分野に捕われずさまざまなものを撮っている。町の点景がいちばん多くて、これがぼくのメキシコ憧憬にひたひたと染み込む。こういう町であり、こういう光だったと思い出す。埃と日光と香辛料の匂いがよみがえる。肖像は無名人・有名人・先住民とさまざまで、いちばん目を引くのはやはりフリーダ・カーロ。その横にはディエゴ・リベラやトロツキーやアンドレ・ブルトン、オクタビオ・パスなどがいる。

とりわけヌードに惹かれた。まっすぐな裸体礼賛ではなく、どこかに不安なものが含まれていて深みがある。代表作とされる「眠れる名声」という一枚はモダニズムの極みだ。

幅の広い包帯を腰部に巻いて、しかし陰毛は露出している若い女が地面に敷いた薄い敷物の上に横たわっている。その前に棘のある大きな乾果が四つ。ブルトンが主宰するシュルレアリスムの雑誌「ミノトール」の表紙のために撮影されたのに、裸すぎるという理由で使われなかったとか。シュルレアリスムも意外に臆病だったらしい。

このヌードは背景になっている壁が美しい。そこで気づいたのだが、彼の写真の多くは壁を背景にしている。往来を行き来する人の後ろは大きなお屋敷の高い石塀や路傍の家の壁など。石を積んだ遺跡もあるし、日干し煉瓦の壁もある。歩く人を高いところから俯瞰で撮った作品では舗装された路面が壁のように見える。

そして、その壁面がどれも実に雄弁なのだ。工業製品の滑らかなパネルを張ったものではなく、人の手で石を積んで漆喰を塗って造られた壁。それを歳月がこぼち、ひび割れが生じ、自然の模様ができる。被写体となった人物以上に背景に見入ってしまう。

ぼくの手元に、ほぼ同じ時期のメキシコを撮ったモノクロームの写真集がある。『ペドロ・パラモ』（岩波文庫）などで知られる作家ファン・ルルフォは実は写真家としても有名で、仕事の量から言えば二冊の小説を出しただけの文学よりは写真の方がずっと多い。

彼はアルバレス・ブラボより十五歳ほど年下。作風はもっと華麗で雄弁、構図も大胆でおもしろい。映画のスチールのような仕事もしている。"Juan Rulfo's Mexico" は何度見ても飽きることのない写真集だ。だから、アルバレス・ブラボの本にルルフォの肖像を見つけた時は嬉しかった。二十代の若い顔で、こんな時期に二人はどこで出会ったのだろうと不思議に思った。ルルフォはまだ無名で写真はおろか文学にも手を染めていなかったのだ。

**×月×日**

BD《ベーデー》と呼ばれるフランスのコミックは日本のものとはずいぶん違うと、前にニコラ・ド・クレシーの『氷河期』（小学館集英社プロダクション）を紹介した時に書いた。テーマが大人っぽく、絵が緻密で、ほとんどは一巻読み切り。

『氷河期』は「ルーヴル美術館BDプロジェクト」というシリーズの第一弾だった。あの大きな美術館＝博物館の基本理念をコミックにする。そんなことができるかと思ったが、呆れるような傑作だった。

同じ版元から第二弾としてマルク＝アントワーヌ・マチューの『**レヴォリュ美術館の地下**』（大西愛

子訳　小池寿子監修）が刊行された。目の眩むような視覚効果をたっぷり使って、哲学的な主題を巧妙にBDにしている。鋭い線とグレースケールの面の塗り分けで描かれた硬質の画風である。

監修者が解説で言うとおり、ピラネージとエッシャーの影響は明らか。その他に「メトロポリス」や「カリガリ博士」などドイツ表現主義の映画も入っているかもしれない。

この話はルーヴルの裏側が舞台、と言ってしまっていいかどうか。大きな美術館＝博物館では展示されているのは収蔵品のほんの一部で、大半は倉庫にしまい込まれている。それに、美術館＝博物館には展示とは別に保存や修復や研究、関連資料の収集と整理などのための広い空間があり、たくさんの人が働いている。それぞれの分野に学識と技能の豊かな専門家がいる。

その拡がりは実は無限なのではないか、というファンタスティックな仮定がこの本の出発点だ。「永遠」を相手にしている以上、それと対になる「無限」が登場するのは当然かもしれない。現在のルーヴルの前庭にあるあのガラスのピラミッドは、そしてルーヴル本体も、地下に向かって無限に伸びる見えないピラミッドの頂点にすぎないのではないか。この想像が幻惑の印象を呼び起こす。

## ×月×日

では、本物の美術館＝博物館（先人がミュージアムをこう訳し分けたのでいちいち面倒なことになる）ではどんな人がどんな風に働いているのか？

**『乾燥標本収蔵1号室』**（リチャード・フォーティ　渡辺政隆、野中香方子《きょうこ》訳　NHK出版）で勉強してみよう。

著者は大英自然史博物館に長く籍を置いた研究者で、専門は三葉虫。つまり古生物学者だ。その一方で彼は文才に恵まれて、科学の啓蒙書を書くようになり、『地球46億年全史』（草思社）はずいぶん評判になった。

今回の本には三つくらいの側面がある。第一は、博物館とはどういうところかということ。それを展示室の裏側から解き明かす。大英自然史博物館というのはあの大英博物館の自然科学部門が独立したところだから、ルーヴルとも拮抗する規模の施設である（何度も前を通っているのに、ぼくはまだ中に入ったことがない。今月の下旬に機会があるから行ってみよう）。

第二は、自然史ないし博物学（この二つも元は同じ言葉）とはいかなる学問であるかということのとても上手な説明。

第三は、そこで働く研究者やかつて関わったコレクターにいかに変人・奇人が多いかという純然たるゴシップの束。

この三つの配合とバランスが巧妙だから、読み始めるとやめられない。とりわけゴシップのところはかつての同僚たちについて「よくもそこまで書くよ」と感心するくらい書いている。

一例を挙げれば、植物研究部長の某氏はエレベーターの中で乗り合わせた女性の身体に触ることで知られていた。「蔓植物が周囲のものに巻きつく性質」を応用するらしい。

また別のキュレーターのこと――「しかし、彼にまつわる話でいちばん驚かされたのは、アルファベット順に並べられた一束の検索カードが死後に見つかったことだ。その一枚一枚に、ベッドで征服した相手の名前が記され、恥毛が一本ずつ貼りつけられていたという。その数は膨大で、まるでシダ類か何かのインデックスカードのようだった」って、コレクターの鑑ではないか。

――2011/6/16

071

# 浸水範囲、「降れ降れ」、江戸人の自由

**×月×日**

震災から四か月が過ぎた。

この短い間に、地震と、津波と、原発の崩壊によって、日本の社会は根底から大きく揺すぶられた。ぼくは一度ならず被災地に入っているが、何度行ってもこの災害の全体像がつかめない。大きすぎるのだ。

数カ所をつぶさに見て、それを数百倍に拡大する。とはいうものの、数ヵ所だってつぶさに見るのはむずかしいし、拡大はなかなかできない。今もって七千九十二人の人が行方不明（七月五日現在）と言うけれど、そう受け止めてはいけない。あの日まで普通に暮らしていた一人の生活者が急に姿が見えなくなった。そういう事件が七千九十二件起こった。数ではない。一人一人なのだ。

**『東日本大震災　復興支援地図』**（昭文社）は、震災の規模を知るための一つの手立てとして役に立つ。見開きにして縦三六センチ横五一センチの大きな判で、太平洋に沿って八戸から銚子までの地域が四十一枚の地図で表示されている。縮尺は五万分の一。それとは別に特に被害が大きかった都市部については一万分の一の詳細な図が三十枚以上用意されている。

元になったのは既存の道路地図で、そこに震災関連の要素が加えられている――避難所、津波浸水範囲、災害対策本部、鉄道路線運休区間、道路の通行禁止や通行規制区間など。

たいていの人は東北の太平洋岸のどこかに何かの縁があるのではないだろうか。観光で行ったのでもいいし、前にいた会社の同僚の郷里と聞いただけでもいい。この地図でその場所を開いて、その近隣に

ある避難所の名を一つ一つ読んでみるといい。難読地名に頭をひねるといい。そしてそこで不便をかこって暮らしている人たちの身の上を想像するといい。

更になまなましいのは薄茶色で表示された「津波浸水範囲」だ。津波は広い範囲を破壊した。陸前高田では気仙川に沿って津波は河口から六キロ以上のところに達した。女川《おながわ》では水は急傾斜を標高五十メートル近いところまで駆け上った。それもこの地図から読み取ることができる。

石巻の市街地を描いた図（一万二千五百分の一）など、ほとんど全域が浸水地域になっている。そこに無数の施設名がある。

旧北上川に浮かぶ中瀬という長さ六百メートル幅百メートルの小さな島に、秋葉神社、岡田劇場、石ノ森萬画館、旧石巻ハリストス正教会堂、中瀬公園、清正商店、作田島神社、海洋技研、があった。ごく狭い部分をこうして数え上げ、それを掛け算して全体を推し量る。いや、やはり無理だと諦める。施設でさえそうなのだから、一戸ずつの家については言うまでもない。

版元は震災のすぐ後で企画し、情報を集め、編集したのだろう。情報の多くは四月末のものだから、避難所の中にはもう閉じたところも多いのだが、しかしそこで人々が暮らしたという記録には意義がある。

表紙裏に「一日も早く、被災地域が新しい『地図』を取り戻し、それを手にした旅人が返ることを強く祈念いたします」とあるのは、地図をもっぱらとするこの出版社の心意気。これだけのものを千円で売るのも同じ精神の表れだろう。

## ×月×日

**『文化を翻訳する――知里真志保のアイヌ神謡訳における創造』**（佐藤＝ロスベアグ・ナナ　サッポロ

とてもよい内容なのに、たまたま三月十一日に刊行されたばかりに見落としていた本があった。

堂書店）は、翻訳という知的営為についての考察である。フィールドとしては文学を超えて文化人類学の範囲に及んでいる。

知里真志保《ちりましほ》は岩波文庫の『アイヌ神謡集』で知られた知里幸恵《ゆきえ》の弟。あの翻訳を完成してすぐ十九歳で亡くなった姉とは異なって、アイヌ語を生活語ではなく習得語として身につけて言語学者になった。アイヌという出自と学者としての姿勢の関係が複雑微妙で、それ自体が多文化状況の一つの事例として興味深い。

今日、翻訳を巡る議論は多い。アメリカのミステリならば日本の読者は文化的背景のほとんどを共有している。「ビッグマック」はアメリカ人と我々の双方に同じ味や雰囲気を想起させる。注は必要ない。

しかし、もっと遠く文化と時代を隔てたテクストの場合、翻訳者はその距離を埋めるために多くの工夫を要求される。それは職人的な技術で乗り越えられるものではなく、翻訳者自身の文化理解の深さを示す。

本書に沿って具体的に述べよう。『アイヌ神謡集』で「梟の神の自ら歌った謡」の第一行を幸恵は「銀の滴《しずく》降る降るまわりに……」と訳した。

同じものを真志保は「銀のしずく降れ降れまわりに」と訳す。

なぜ「降る降る」という記述が「降れ降れ」と命令になったのか？ 神謡はただの歌ではない。本来は踊りを伴い、呪術的な効果も期待されるものである。梟の神に扮した者が舞いながら歌う。神は宝物を降らせるべく舞うのだから命令形になる。

真志保は言語学と文化人類学の研究によって、より踏み込んだ解釈を立て、それに従ってここを訳した。「翻訳者は透明な存在ではありえず、翻訳は、たんなる原作の再生にはなりえない」。つまり翻訳者の思想が反映されるのだ。

最近の精緻な翻訳論では原作サイドと翻訳サイドの間の文化的な距離を埋めるために翻訳者が大きく介入するものを「厚い翻訳」と呼ぶ。

特にアイヌ神謡のような口承文芸の場合、翻訳者の役割は大きくなる。この原理が知里真志保という強い個性と出合ったところで、あれだけの訳業が成ったのだと得心した。

## ×月×日

何百年も前の社会の雰囲気をどう捉えるか？　歴史というのは結局はそういう興味に答えることだ。法や制度は史料で確実にわかる。しかしそれがどういう社会を作っていて、人々はどう暮らしていたかはまた別の話である。

**『江戸という幻景』**（渡辺京二　弦書房）がおもしろかった。

江戸人の書いたものだけを頼りに時代相を再現する。遊び文化に偏るポストモダンの江戸論や、エコロジー先取り論を退け、あの平和で安定した時代の空気を再現する。近代につながるものを拾い出して喜ぶのではなく、失われたものの方に目を配る。

もっぱら当時の随筆の抜き書きによって「世間」を再現するのだが、江戸の人々がずいぶん自由闊達でしかも機嫌がよいことに感心した。

「江戸人は男女間の関係を性愛、情愛にもとづく妥協的な結合、あくまで現実的必要に促された一種の協業関係と見る点で、愛の幻想などに煩わされることのない徹底したリアリストだった。だから彼らはこの世にたった一人しかいない恋人など想像したこともなく、事情に従って何度も結婚と離婚を繰り返した。だが、夫婦になっているのはたまたまさとでも言いたげな彼らのたたずまいに、何か吹き抜けてゆく木枯らしのようなわびしさを覚えるのはどうしたことだろうか。それはまさにわれわれが近代を知ったということにほかならない」。

あまりに明晰な指摘に思わず引用が長くなったが、この本の神髄はここに尽きる。紹介された事例の数々、どれもが時代小説に仕立てられそうだが、しかし決して今が透けて見えるような薄っぺらなものにはなるまい。

――2011/7/21

072
## 灯台の少女と動く灯台

**×月×日**

大きな仕事を終えた後で、心身共にゆるめたくなる。小さいけれども本当においしいショコラを一つか二つ、という心境。

ジャネット・ウィンターソンの『**灯台守の話**』（岸本佐知子訳　白水uブックス）を読むのはフレデリック・カッセルのショコラ四個入り一箱くらいの価値があった（値段も同じくらいだし）。

ストーリー以前に文章でいきなり読む者を捕まえる。「わたしに父さんはいない。そうめずらしいことじゃない。父親のいる子だって、自分の父親の姿を見かけてびっくりすることがあるくらいだ」と一人の少女が語り始める。

スコットランドの北西のはずれのソルッという港町で、一人の船乗りが若い女の胎内に子を宿して去る。「幾千万の赤ん坊が、先を争って生命をめざした」と言って、「勝ったのはわたしだった」と受ける。

卵子をめざす精子の競走のこの得意げなイメージ化。歯切れのいい、ファンタスティックな文体。シルバーと名付けられた娘は「崖の上に斜めに突き刺さっ」た家で母に育てられた。床も何もすべて斜めで、気を付けないと滑り落ちる。寝る時はハンモック。実際、母はある日、崖下に滑り落ちて亡くなり、シルバーは孤児になる。

少々の曲折を経て彼女はピューという盲目の灯台守に引き取られる。

情愛に満ちた生活と、ピューが語る不思議な物語。そもそもピュー自身がこの灯台ができて以来ずっと何世代もここを守ってきたらしい。一つながりの同じ人格だったらしい。

彼の物語の主役はバベル・ダークという十九世紀にソルツで牧師として生きた男で、この男の奇妙な二重生活が話の真ん中にどんと据えてある。

彼は一年のうちの十カ月はみなに尊敬される牧師として妻とソルツで暮らすが、四月と十一月だけはずっと南の方でモリーという女と過ごす。「一年のうちのその六十日間だけは、人生があり、愛があった。その六十日間だけ、彼という惑星の軌道は、太陽の暖かな光の中を歩んでいった」とピューは語る。どうしてそんなことになったかはここでは明かさないでおこう。

これはリアリズムからは遠いところでむくむく膨らんだ小説である。そのくせ、ところどころで現実世界に戻る。ソルツという町は架空なのに、灯台はスコットランド北端の怒りの岬《ケープ・ラス》（北緯五十八度三十七・五分、西経五度）に実在する。「カモメと夢だけが、ここをねぐらにする」というその姿はグーグル・アースで見ることができる。

灯台を造ったのはこの時代に各地に堅固な灯台を建設したことで知られるスティーヴンソン一家の技師だが、一家のはみ出し者が作家になって書いたのが『宝島』と『ジキル博士とハイド氏』。

そのつながりを作者は最初からほのめかしている。シルバーもピューも『宝島』の登場人物の名だし、バベル・ダークは年に二カ月だけモリーのもとでジキル博士だったのではないかと思わせる。

そういう作者のいたずらが随所にあって読者を楽しませる。光を管理する灯台守が盲目とか、もう一人の主人公の名がダーク（闇）とか、バベルという名は塔を連想させ、塔は灯台を連想させるとか。

ぼくは話のちょうど半分のところまで、シルバーは男の子でもいいのではないか、と疑いながら読んだ。女の子にしたのは訳者の恣意ではないかと疑ったのだが、そこで女の子と確定する言葉が出てきた。

たぶん作者は結末のことなど考えずに目前の場面だけを織っていったのだろう。縦糸は最初から織機にセットしてあった。それはこの小説を書くという意図だった。しかし模様を作る横糸と織りかたはその場その場で選んだ。先のことなど考えない、海図なき荒海の航海。作家としてこういう勇敢な書きかたができたらいいなと思った。

訳があまりにうまくて、エッセイストとしての岸本佐知子が書くものとあまりに似ていて、原書は実在するのかと疑った。キンドルで探したらちゃんと英語版が買えたからこの疑いは撤回するけれども、「ひどく抜け目のない感じの男で、両の目が互いを見張っているみたいに真ん中に寄っていて……」なんてまったく岸本の『ねにもつタイプ』の口調だ。

灯台を舞台とした話をぼくはもう一つ知っている。こっちはリアリズムのアリステア・マクラウドの「島」という中篇で、生涯を灯台守として過ごした一人の女の話（『冬の犬』所載　新潮社）。無人島からほとんど外へ出ないのに波瀾に満ちて荒々しいストーリーだ。

**×月×日**

科学はまったくファンタジーを混じえず、本当にリアリズムだけでできているか？

マイケル・ウェランドというアメリカのサイエンス・ライターが書いた『**砂——文明と自然**』（林裕美子訳　築地書館）の中に動く灯台の話が出てくる。

一九九九年の六月にアメリカ東海岸のハッテラス岬というところに行けば、灯台が動くところが見られたという。建てられてから百二十九年になるその灯台は足元の岸辺を少しずつ波に削られて、遂に立っているのも危うくなった。砂を入れるなどの「養浜《ようひん》」の試みはすべて失敗し、結局は四千トン近い灯台そのものを九百メートル動かした。時速二メートルで二十三日かかった。

『砂——文明と自然』はおよそ砂に関わる話題をすべて盛り込んだ、いかにもアメリカ的な大部な科学読み物である。砂の生成、素材と大きさによる砂の違い、奇妙きわまる砂のふるまい（砂が固体と液体の両方の性質を持っていることは液状化現象でわかる）。

あるいは大きな数の比喩としての砂の数。アルキメデスはとても大きな数の概念を確定するために「あらゆる場所にある砂」を構想することを思考実験として試みた。不便な古代の表記法を工夫して、宇宙ぜんたいを満たす砂の数として彼が算出したのは（今の表記で書けば）一〇の六三乗という数字だった。

まことに百科全書的な網羅の本である。著者が「過ぎ去った時間は『ガンジス川の河口から流れ出た砂つぶの数より多い』」という釈迦の言葉を引用するのを読んで、よく調べたなと感心する。その一方で、漢字文化圏には「恒河沙《ごうがしゃ》」という数の単位があって、これは一〇の五二乗（一説には五六乗）を表す、ということは書いてない。欧米圏の博覧強記の限界だったのか。言うまでもなく恒河はガンジス川のことで、沙は砂に通じる。

ともかく砂だ。水に運ばれる砂の旅。風で移動する砂漠の砂や砂丘。現代文明における砂の利用。

しかし著者の関心は必ずしも科学の範囲には留まらない。砂で作品を作る彫刻家の話もあるし、安部公房の『砂の女』も勅使河原宏によるその映画化の話もちゃんと書いてある。

いくつもの話題をつなぐ文体は滑らかで、一つ一つが驚異に満ちていて、先へ先へと読むものを誘う。それは本当にうまい（もちろん翻訳もいいのだが）。それに、索引の項目数にしてざっと千四百、「参考書籍・文献・サイト」の表が十七ページという博捜のしかたにも、嘘でも皮肉でもなく、感心する。こういう本はアメリカ人に任せておいた方がいい。

それでも、この本の中でいちばん気に入ったのは動く灯台の話だった。それは事実の報告だが、ファンタジーの種になる事実だ。動く灯台に住む少女がいて、その日その日の気まぐれで灯台はとんでもないところに出現し、そこの人々の運命を変える。ひょっとしたら津波だって撃退するかもしれない。

——2011/9/18

073
# ペンキを塗られた鳥、ヒトから人へ、怪談

**×月×日**

日本の歴史には異民族との交渉が少なくて、その分だけ天災が多かった。たいていの国ではこれが逆なのだが。

天災のことはもうたくさん、ここでは考えないでおこう。

異民族の軍勢が来なかったのは島国だからだ。

では、陸続きの地で、言葉や肌と髪の色、文化が異なる人々に混じって少数者として暮らすとはどういうことか、最も過酷な例を見てみよう。

『ペインティッド・バード』（西成彦訳　松籟社）はポーランド出身の作家イェジー・コシンスキが英語で書いた小説である。

一九三九年の秋、ナチス・ドイツがポーランドに侵攻した。六歳になる男の子が親元を離れ、一人で東へ疎開した。開戦前から反ナチスの運動に関わっていた親たちは、安全のためには子供を手放すのが最適の判断と考えた。

暴力の雰囲気に満ちた話である。暴力の背後にあるのは恐怖と憎悪と性欲。

子供はそれから四年間、孤立無援で知恵をしぼり、しばしば狡猾かつ大胆に立ち振る舞って、村から村へとさまよいながら、なんとか生き延びようと必死の日々を送る。

彼には大きなハンディキャップがある。肌が白くて、髪はブロンド、目は青か灰色という人々が暮らす地方で、彼のオリーブ色の肌と黒い髪や目は目立つ。ジプシーかユダヤ人か、いずれにしても攻め込んだナチスが絶滅の対象とした人種である。

子供は誰かに引き取られて虐待されながら働くか、あるいはあてもなく野山をさまようか、この二つを繰り返して生きる。

マルタという醜怪な老女のもとにいた時、庭に来るリスと仲よくなる。

「リスは毎日のように、ぼくのところにもやってきて、肩に乗って耳や首や頬にキスをし、髪の毛に軽く触れて戯れた」というところまで馴れた。

しかしこのリスは村の子供たちに追い立てられ、つかまって、焼き殺される。主人公は物陰からそれを見ていて、何もできない。

最初の方にあるこの小さなエピソードが全体を要約している。ある意味ではこのリスの受難が際限なく繰り返されると言ってもいい。

マルタが死んだ後、放浪して百姓たちにつかまってさんざ鞭で打たれた主人公を買い取ったのはオルガという老女だった。薬草や呪《まじな》いで病気を治すことができるので人々に尊敬されかつ恐れられていた。そこからも暴力的に追放されて、川を流れて粉屋に拾われ、レッフという男の手に渡り、大工の元に移り、鍛冶屋に渡り、農夫たちの間を転々とする。

この子供が去った後には死体や焼け跡が残る。大半は彼が手を下したものではない。異人種の子供という異物を投入された社会が暴力的に応答するのか、あるいはもともと暴力に満ちた社会なのか。

しかし村から村へとさまよう子供が目撃するのはまだ小さな暴力だ。村を通る鉄道線路を「錠のかかった家畜用の貨車に生きている人間がぎゅうぎゅう詰めになっている」列車が走るようになる。

今、我々はナチス・ドイツがユダヤ人やジプシー、その他多くの人々を絶滅収容所で殺したことを知っている。ポーランド国内にはアウシュヴィッツ、ベウゼツ、ヘウムノ、マイダネク、ソビブル、トレブリンカと六カ所の施設があった。そこへ向かう列車を村の人々は噂でそれと知りながら見送る。

「農民たちは、焼却炉から立ちのぼる煙は天に向かってまっすぐ昇っていき、神の足元に広がる柔らかな絨毯となって、その御足はけっして汚れることがないと言った。ぼくは神の御子を殺したことの償いのためにこんなにたくさんのユダヤ人の命がはたして必要なのだろうかと思った」

タイトルの意味は重い。訳者が英語をカタカナのまま「ペインティッド・バード」としたのは、作者が母語であるポーランド語ではなく英語で書いたという事実を尊重したからだろう。

訳せば「ペンキを塗られた鳥」。飛び回る野の鳥の一羽を捕まえてペンキで色を塗って放す。自分では気づかないまま仲間のもとに戻った鳥は、異物としていじめ殺される。島国育ちの我々にも充分に思い当たるところのある話だ。

小説を論じる時は作品だけを見て作者を見ないほうがいい。文学賞の選考会で作者の人格を云々してはいけない。

しかし、この『ペインティッド・バード』では作品だけでなくコシンスキその人を巡っても大きな論争が巻き起こった。

ともかくゴシップに富んだ人生だった。一九三三年にポーランドでユダヤ人の両親の間に生まれ、二十四歳でアメリカに渡ってアカデミックなキャリアを築く一方、上流階級の女性と結婚、三十二歳の時に英語でこの作品を書いて発表。ベストセラーになると同時にすさまじい批判を浴びた。その多くは文学的というより政治的なものだった。

しかも作者自身はペンクラブの会長を二期までも務めるなど、いわば作家として名声の頂点を極めたあげく、五十八歳で自殺している。

これを読むと日本はのどかな国だと思う。対照すべく読むべきは飢餓の東北を描いた三浦哲郎の『おろおろ草紙』だろうか。

**×月×日**

自分はサルではないだろうと思う。しかし霊長類という言葉を持ち出せば、サルと自分は滑らかに繋がる。生物学では我々は「ヒト」であり、文化的には「人」だ。

**『ヒトは人のはじまり——霊長類学の窓から』**（三谷雅純　毎日新聞社）はこの二つの言葉の間を行き来する知的なエッセー集である。

著者はヒトを始点とする思考によって人という言葉の表す範囲を広めようとしている。

これは『ペインティッド・バード』にあった人種差別の問題と深く関わっている。三谷さんが「もともと差別は、中世の日本列島では普通のことでした。たとえば村の住民でない流れ者は、まず怪しんでみたのです」と言う状況がまさにコシンスキの主人公の身に起こったことだった。

三谷さん自身が障がい者であって、それを前提条件として思索を進める。「脳こうそくによる失語《しつご》症《しょう》」があるからこそ、「障がい者は、健常者と同じことを、同じ早さではできません。そのわけは、世の中のしくみやルールを作っているのが、そもそも健常者だからです」という、言われてみればあまりにも当たり前の指摘になる。

この学者は人間を定義するに当たって足切りをしない。これこれの条件を満たさないものは人間ではないと言わない。

ぼくは自分は飽きっぽいと思っている。とても周期の長いＡＤＨＤ（注意欠陥多動性障がい）かもしれない。作家という仕事にとってこれは有利だと思う。この本によればこの種の性格は狩猟採集が主だった時代には有利な資質だったのだそうだ。いつも周囲に気を配っていて速やかに動くが、持続性に欠ける。畑を持つには向かない。

ちなみに、ＡＤＨＤの人は「ひらめきすぎる」のだそうだ。ああ、ちらかし放題の我が人生。

**×月×日**

世の中には組合せの妙ということがあるが、それでもヤン・シュヴァンクマイエルと小泉八雲ことラフカディオ・ハーンの組合せは意外だった。

シュヴァンクマイエルはチェコの画家で映画作家で、シュルレアリストだ。その彼がハーンの『**怪談**』（平井呈一訳　国書刊行会）に絵を寄せている。

その絵が近代西洋の挿絵っぽいモノクロームの石版画に、化け物を描いた日本の木版画を嵌め込むというコラージュ。一種の引用の芸なのだが、その仕上がりがすばらしい。「耳なし芳一のはなし」なんて絵の方が恐いほど。

――2011/10/13

074
## 原発、普天間、沖縄

**×月×日**

フクシマの原発の事故について、また原子力発電の今後について、自分なりの意見はまとめてある。しかし、もう少し理論的な裏付けがほしい。日本の原子力政策は間違っていた。だがそれだけでは、あの事故が起こったからという結果論でしかない。もっと踏み込んでどこでどう間違ったのかが知りたい。

『**災害論――安全性工学への疑問**』（加藤尚武　世界思想社）がそれに答えてくれた。快刀乱麻、まことに明快。

多くの学問分野を統合した多面的な思索の成果だから要約はむずかしい（個々に発表された論の束というのも要約困難の理由であるが）。むしろ引用を重ねた方が内容を伝えられるかもしれない。

しかし、一本の筋道を読み取ることはできる。

福島の、あるいは日本の原発一般の設計原理の根底には「確率論的安全評価」という思想がある。アメリカのH・W・ルイスを教祖とするこの考えかたは、「期待損失＝損失×損失の発生確率」を基礎とする。ここで期待（expected）というのは「そうなるといい」という意味ではなく、むしろ「想定すべき」という方に近い。

だが、原発のような重大な結果につながる事故についてはこの式は成立しない。いくら大金が貰えると言われても普通の人はロシアン・ルーレットはしないだろう。

『一〇〇年に一回、一〇〇億円の損害』は『一〇年に一回、一〇億円の損害』と等価である」とルイスは主張するけれども、しかし「取り返しのつかない代替不可能な損害」は「許容できないというのが、人間の判断である」という著者の言葉に納得する。

更に、機器Aの故障率が一万分の一であり、機器Bの故障率も一万分の一だとすると、両方が同時に故障する確率は双方の積である一億分の一になる、という原理はAとBが互いに独立している時にのみ有効である。「本来の電源装置と予備の電源装置を巨大な地震と津波が襲ったとき、それぞれが故障を起こすという出来事が独立事象であるはずがない」というのも納得。

原子力工学の当事者たちは「大数《たいすう》の法則」に依存した、せいぜい一九六〇年代までの古い確率論にしがみついたままで、その後に主流となったカオス理論の確率論には背を向けていた。

同じように、地震学はこの二十年の間に著しく進歩したのに、原発の設計基準は「一九七八年につくられ、一九八一年に一部改訂されたまま」だという。

本当の敵は時間なのだ。放射性廃棄物をガラス固化して地下千メートルに埋める。地下にコンクリートで施設を造り、そこに運び込んで封印する。少なくとも千年は安全に保管できるという前提でコスト計算がなされているが、しかし我々が使っているセメントは発明からまだ百五十年しかたっていない。千年の耐用性があるかどうかわからない。それ以前に、研究や観測が進むにつれて「安全性の計算の根拠になっているデータ」がどんどん老化する。だから誰も千年の安全など保証できるはずがない。

哲学的に言えば、原発を巡る問題の根はもっと深い。技術そのものがかつてとは原理的に違うものになってきている。

核エネルギー
遺伝子操作
臓器移植と免疫抑制剤
温暖化
などに共通するのは、自然が持っている「自己同一性を維持する機能」を破ることでなりたつ技術であるというところだ。
原子はずっと原子のまま、遺伝子は世代を超えてその遺伝子のまま、生物の個体は異物の侵入を防いで個体性を維持する、地球生態系はガイア仮説が言うところのホメオスタシスを維持する……こういういわば聖域に技術が侵襲する。神の職務を人間が奪う。その先に立ちこめる不安はどうすればいいのだろう?
ぼく個人のこととして考えてみても、生活者としての経験的な判断と科学・工学などの専門家が言うことの間にずれがある。放射能や遺伝子組み換えを「恐い」と思うことは生理として正しいという気がする。それは本書の著者が言う「テクノ・ポピュリズム」に荷担することになるのかもしれない。しかし、これと対立する位置にあるのが資本と技術者と官僚たちによる「テクノ・ファシズム」だとなると、まだ自分たちの生活者的な判断の方を信じたいと思う。
荒削りで未整理の部分が多い本だが、母岩の中に宝石がいくつも入っているし、早く出たことに価値がある。読む側が研磨作業をしよう。

**×月×日**

『災害論』の著者はエネルギー政策の転換について「合意形成の理性化」の重要性を説く。

原発の問題の一つは立地と受益地の距離だった。まったく同じことが沖縄に集中する米軍基地についても言える。これもまた合意形成すなわちコンセンサスの問題である。

まずは地元の現状。

**『私たちの教室からは米軍基地が見えます――普天間第二小学校文集「そてつ」からのメッセージ』**(渡辺豪　ボーダーインク)は普天間基地に隣接するこの小学校からの報告。一九七三年度からずっと刊行されてきた文集から子供たちの作文を拾い、今は大人になったその書き手を訪ねて話を聞く、という構成である。その間に著者の思いが挟み込まれる。

基地に小学校が隣接するとはどういうことか?

ともかくうるさい。「騒音による昨年度の授業の中断は実に五十時間」という報告がある。日本中の小学校に一日でもいいから巨大スピーカーを持ち込んで爆音による授業中断を体験してみていただきたい。

次に危険。日本中の小学校で避難訓練が行われる。そのほとんどは火事や地震を想定してのものだ(津波もあった)。「が、第二小は航空機の墜落事故を想定した避難訓練だった。子どもも心にも違和感があった」と元生徒は語る。避難訓練は今でもやっている。

大人になった人々の思いはさまざまだ。この学校の創立と共に入学した人はもう四十九歳である。爆音と危険にはそれほどの歳月がある。基地がなくなることを強く願う一方、「本心は出て行ってほしいけど、簡単じゃない」とか「基地が生活と密着しすぎて抜け出せない」とか、現地の思いは複雑。

基地と原発は似ていると著者は言う。一度受け入れれば(基地の場合は押しつけられれば)、住民は交付金、雇用、振興策などでアディクションの状態になる。「地元の同意を得て、原発が同じ地域に二、三、四号機と次々に増設されているのが、そのことを如実に示している」という指摘は鋭い。それは外から見ればわかることだから、他の自治体はいかに貧しくても基地や原発という「究極の迷惑施設」を受け入れない。

**×月×日**

どうして普天間第二小学校は基地に隣接しているのか？

**『基地はなぜ沖縄に集中しているのか』**（NHK取材班　NHK出版）を見てみよう。

これは一九五〇年代から今に至る沖縄とアメリカ軍と日本政府のバトルを、当事者たちの証言をもとに辿ったドキュメンタリーである。なにしろNHKだから取材力がある。

細かな経緯を丁寧に辿って読んだ全体の印象は、アメリカにはその時々確固たる政策があり、沖縄は「基地が生活と密着しすぎて抜け出せない」中でよく戦い、日本政府はアメリカに追従してきただけ、ただおろおろしてきただけ、ということだ。

鳩山首相（当時）の「最低でも県外」という発言をきっかけに沖縄は変わった。日本政府の無定見はまるで変わっていない。この先、どうなるのだろう？

——2011/11/17

---

075

# アラブの春、炭坑、パスタの歴史

**×月×日**

世界はぜんたいとして民主主義に向かっているのだろうか？　そういう流れがあって、いずれ世界中の人が平等な社会で自由に暮らせるようになるのか？

あまりにナイーブな質問？　そうかもしれないが、しかしやはり大事なことだとぼくは思う。明らかに民主主義でない国がまだたくさんある。それでも時には事態は一気に変わるもので、一九八九年のベルリンの壁の崩壊と翌年の東西ドイツの統合、一九九一年のソ連の解体、などは水面下の見えない動きが一気に顕在化したもので、振り返れば目覚ましいことだった（民主化必ずしも欧米化ではないことは覚えておいた方がいいが）。

二〇一〇年の暮れに一人の青年がチュニジアで警察の不当な扱いに絶望して焼身自殺をした。そんな事件は珍しいことではなかったが、この場合も水面下では国民の不満が溜まり、それが一気に臨界点に達していたのだろう、広範囲なデモが起こって政権を揺すぶり、一カ月もたたないうちにベンアリ大統領はサウジアラビアに亡命した。二十三年間続いた独裁政権は倒れた。

それに続いて北アフリカから中東にかけていくつもの国で民衆の力が長期安定独裁政権を倒した。倒さないまでも大幅な譲歩を勝ち取った。

いわゆるアラブの春だ。

これについていわゆるニュースや情報ではなく、もっと思想の裏付けがある知識を得たいと思っていたところへタハール・ベン＝ジェルーンの『**アラブの春は終わらない**』（齋藤可津子訳　河出書房新社）が刊行された。

彼はまず、アラブの知識人が政治を避けてきたという欧米の偏見を突き返す。「アラブの知識人は時勢に反応して行動するだけでなく、そのつど自らを危険にさらしているのだ」と言う。彼自身はモロッコ出身でフランスに住んでフランス語で書く作家である。

彼のレポートがおもしろいのはやはりジャーナリストではなく作家であるからだ。事実の報告からもう一歩踏み込んで、人々の心理を描こうとする。

たとえば、三十年の長きに亘ってエジプトに独裁者として君臨した男の無念の思いを書く「ムバラクの頭のなか」。偉大なる指導者がせいぜいこんなことしか考えていないと知って人は呆れるだろう。作家の手によって王様は裸にされた。

彼の文章が本当に力を発揮するのは虐げられる側を書く時である。

「昔々ひとりの若者がいた」とおとぎ話のような口調で彼はチュニジアの抗議者モハメド・ブアジジの話を始める。

野菜や果物の行商で一家七人を養っていた青年。彼は警察の言いがかりで商売道具の荷車を没収され、侮蔑的な扱いを受ける。町役場も県庁も彼の訴えを聞かない。

「彼は孤独にうち捨てられたと感じる。神に見捨てられた。それだけは確信している。彼は十二月の朝の寒空を見上げる。彼を気にかける者は誰もいない。絶対的な孤独感は、承服し難い不公平を受けたつらさでいやましに深まる。平手打ちに唾。こんな仕打ちは犬だって受けない。ちょうど顔の化粧をふき取るように、彼の人間性は消去された」

こういう思いの果てに彼は県庁の前でガソリンをかぶってマッチを擦った。チュニジアでは、エジプトでは、イェーメンでは、珍しいことではなかったのかもしれない。しかし彼の死の衝撃は北アフリカから中東へと波及し、多くの政権が倒れた。

タハール・ベン＝ジェルーンのこの本で見るべきは刊行までの早さだ。ことがまだ定まらず、帰結が見えない段階で見解を表明する。作家にも急ぐべき時がある。あるいはこういう社会参加の手段もあるということだ。心に刻んで置こう。

## ×月×日

二〇一一年の数少ない快挙の一つに、筑豊炭坑に暮らした人々の生活を描いた山本作兵衛の絵がユネスコの「世界記憶遺産」に指定されたことがある。それも中央官庁を経ず、田川市と福岡県立大学が直接ユネスコに推薦書を送っての指定だという。

この人の絵のことは上野英信の『地の底の笑い話』（岩波新書）で少しは知っていた。しかし新書ではいかんせん絵が小さい。

**『筑豊炭坑絵巻　新装改訂版』**（山本作兵衛　海鳥社）は大判でこの人の絵をたっぷりと見せてくれる。

一見して素朴に見えるが、自分が覚えていることを絵で再現しようという意思に溢れている。その意味では図に近いのだが、そこに人間味が色濃くあって、なんとも懐かしい。

これは何かに似ていると思ったら、博物館のジオラマだった。往時の炭坑の作業現場を作って、道具類も実物をそのまま並べ、更にマネキンを立たせる。そのマネキンが生きていて表情豊かだから強く引き込まれる。つまり山本作兵衛は一人で立派な産業博物館を作ったのだ。

今から見ると恐ろしく危険で過酷な仕事である。地の底に坑道を掘って、石炭を採掘して運び出す。人の筋力に頼るところばかりで、人間はすごいことができるものだと感心する。

坑内に女たちが多い。腰巻きだけで半裸の女たちとふんどし一つで入れ墨を見せる男どもが並んで働いている。なんというか、恐ろしく濃密な世界に連れ込まれたような気持ちで、その空気の濃さに圧倒された。

一枚ごとの絵に添えられた詞書きがまた緻密なのだ。斜面で石炭を積んだ「スラ（橇）」を押し上げる女の図に、「明治中期　バンガヤリ（傾斜）二十度位になると臂力でささえる事は、強力な男でも駄目《デキヌ》／此のスラは女の方が要領がよい頭でうけ手で梶　足はコロを一歩でも踏はずせない……」

この博物館には生活館が附属している。坑外の暮らしのことも詳しいのだ。迷信やら博打やら駆け落ちやら、子供の遊びから物売りまで、大変な記憶力と再現力。九十二歳まで生きたこの画家は、生きている間に見たものをすべて絵に写して去ったように思える。

**×月×日**

専門家はすごい。

**『パスタでたどるイタリア史』**（池上俊一　岩波ジュニア新書）はタイトルを見ての予想をはるかに上回る内容の詰まった本だった。

パスタとイタリアなんて繋がっていて当たり前の二つの言葉だと人は思うだろうが、これが奥が深い。さまざまな話題が縦横無尽につながってくる。

この二つの言葉のうちではパスタの方がずっと古い。パスタという名はなかったが実体は古代のローマ帝国の頃からあった。スパゲッティではなくラザーニャらしいが、それでもパスタだ。

そういう具合にこの食材にまつわる話題が次から次へと繰り出される。まさにパスタとトマトソースのように、歴史と絡み合っている。食物の歴史ではなく、世界史に食物が組み込まれている。

古代がラザーニャなら中世はミネストラ。具の多いスープで、雑穀と豆類と野菜が中心。今のミネストローネにアルファベット型のマカロニが入っているのはその名残か。

もう一つのイタリアという言葉の実現は十九世紀も半ばになってからだ。ここに至ってようやく長靴半島は一つの国になった。その後で地方ごとの民をまとめてイタリア人にするという事業が必要になった。その鍵の一つが食文化で、そこからパスタを含む「イタリア料理」が始まった。

更におもしろいのは、アメリカが移民として渡ったイタリア人が持ち込んだパスタを毛嫌いして、なんとかこれを捨てさせようとしたという話。今のアメリカにあるのはミートボールのスパゲッティという変な料理だ。そう言えば日本にパン食を定着させようと、ぼくたちの世代にまずいパンを給食で食べさせたのもアメリカ人だった。

——2011/12/29

# 2012年

076
## 詩人のダイヤグラム、雪のダイヤグラム、宇宙

**×月×日**

自分が谷川俊太郎のよき読者だったとは思わない。しばしば手に取って、そのたびにすごいなあと思って、しかしそれ以上は奥へ踏み込まないまま脇に置いた。この魅力は危ないと思ったのだ。すごいという感想を持つ理由の第一は常に平明な言葉だけ用いながら、ちょっと待てよと読者をその場に坐り込ませるほどの重さを持った詩行を繰り出すこと、第二はさらりとした心境の詩のように見えて実は企みと謀《はかりごと》に満ちていること。

こんな風に要約してみたとたんにそれはぜんぜん違うという声が自分の中から湧いて出る。

だから四元康祐の**『谷川俊太郎学 言葉vs沈黙』**（思潮社）はおもしろかった。詩人論なのだが、いわゆる評論の頭の高い文体を捨てて、詩的・創造的な手法で谷川俊太郎を捕まえようとさまざまな試み

を重ねる。

そのさまは、仁王立ちになった大仙人の周りをロープの一端を握った小仙人がぐるぐる走り回るという感じだが、しかし大仙人はひょいとその包囲から踏み出すのだ。まったく意識もしないままに。

と書きながらついつい四元的文体に染まってしまった自分に気づく。四次元的文体かもしれない。

それはつまり次のような比喩のことだ――

「谷川俊太郎の著作リストを年代順に眺めていると、どこからともなく虚空に出現した星粒が、みるみる膨れ上がって光を放ち、増殖と分裂を猛スピードで繰り返しながら複雑な構造を獲得してゆくさまを思い浮かべてしまう。まるでビッグバンから多元宇宙へと到る過程を早送りして見ているようだ」。

(この引用部分を書き写していたら、「星粒」が「保湿部」と変換された。何か意味があるように思えるのだが、まさかそんなことはないだろう。)

この宇宙の比喩はまだおとなしい。本書の最初にある「モニュメント『谷川俊太郎』プロローグに代えて」という文章は地理的あるいは建築的な比喩を羅列してこの詩人の肖像のようなものを現出せしめる。視覚アートで言ったら、野又穫《みのる》でもあり加納光於《みつお》でもありヨルク・シュマイサーでもあるような、更にはピラネージやギーガーからゴールズワージーまで入っているような、つまりよくわからないけれどおそろしく魅力的な光景。

それにしても、谷川俊太郎とは何だろう? 半世紀の間ずっと詩人であり続けるなんてことがどうしてできたのだろう?

変わるということが鍵かもしれない。彼を読むことは谷川岳の登攀ではなく谷川山脈の縦走である。『二十億光年の孤独』から『詩の本』までピークは高く裾野は広い。そこを四元は縦横に渉猟跋扈《ばっこ》して、何枚ものダイヤグラムを描く。まるでそれでこの詩人が捕まえられるかのように。

谷川俊太郎はずっと自分を語っているように見える。誠実そうに見える。しかしその内奥にはちょうどミシンの中にあるようなメカニズムが隠されていて、企みと謀を司っている。四元のダイヤグラムはそれを暴こうとする。

谷川の『旅』という詩集にある「鳥羽1」という詩の静かな轟き――

何ひとつ書く事はない
私の肉体は陽にさらされている
私の妻は美しい
私の子供たちは健康だ

本当の事を云おうか
詩人のふりはしているが
私は詩人ではない

この詩は四元の本では『旅』と『世間知ラズ』、ふたつの回帰線」というダイヤグラムの中で「青空」と「呟き／祈り」のポイントに近いところに定位されている。対極にあるのは「メランコリー」と「路地」のポイントである。

これは何を意味するか。四元という谷川山脈を熟知したガイドに沿って尾根道を歩いてゆくと確かにこういう風景が見える。前に自分一人でたどたどしく歩いた時には見えなかったものがたくさん見える。

その一方で、この快楽は谷川俊太郎その人に由来するということも一歩ごとに明らかになる。ぼくは四元の顔を見て、谷川の顔を見て、何度かそれを繰り返して、最後には谷川の顔に視線を固定する。

この本に惜しげもなく引用された大量の谷川の詩行を、ああ、こんなだったと思いながら辿って、それにしてもこれらの言葉たちは心の共鳴を誘うと改めて気づく。

いちばん自分が好きだったのはどの詩集かと考えて、彼の中では最も非私的で、拵え物っぽく、更に文化人類学的な『タラマイカ偽書残闕』だったことに思い至るが、非私的で、拵え物っぽく、更に文化人類学的と表現したあたりで、自分も小さなダイヤグラムを描いていたと気づく。

これを機に自分が谷川の熱心な読者になってしまったらどうしようかと不安になる。

だって、「全然黙っているっていうのも悪くないね／つまり管弦楽のシンバルみたいな人さ」（『夜中に台所でぼくはきみに話しかけたかった』）なんて知っていると人生で役に立つ言葉だし。

そう、谷川のいちばん深いところに埋めてある秘密の言葉はきっと「人生」なのだ。都会的な含羞や無数の韜晦がうまくそれを隠しているけれど。

この本、一つだけ難を言えば、造本が悪い。ノドが硬くて、開いておきたくても勝手に閉じてしまう。まさか容易には読ませまいとする四元の策略ではあるまいが。

**×月×日**

今年の雪はすごい。

札幌でもマンションに住むぼくは呆れるくらいで済んでいるが、場合によっては恐怖を感じるだろう。先日など交差点から一ブロック先の信号がまったく見えないほどの降りだった。

だから**『雪の結晶図鑑』**（菊地勝弘、梶川正広　北海道新聞社）のオビに「雪は天からの贈り物」とあるのを読んで皮肉な感想を持った。

それはそれとして、見事な学術の成果である。もっぱら偏光顕微鏡を用いて撮った雪の結晶の写真が千六百点。きちんと系統化されて分類されている。

この分野の創始者は言うまでもなく中谷《なかや》宇吉郎だ。彼は北海道十勝岳中腹の白銀荘という山小屋にこもって雪の結晶の顕微鏡写真を撮りつづけ、それをもとに分類の基準を作った。

さらに気温と氷に対する過飽和度（つまり湿度）が雪の結晶の形を決めることを発見して「中谷ダイヤグラム」を作った。その研究をより広い範囲で敷衍し強化して世界中の雪を網羅したのがこの図鑑。

中谷の観測地は北海道だったから零下二十五度までが範囲だった。その弟子たちはフィンランドなどの北極域や南極の基地まで行ってより寒い環境のデータを増やし、「グローバル分類」を確立した。

雪の結晶の本としては前に出た『スノーフレーク』（ケネス・リブレクト　パトリシア・ラスムッセン写真　山と渓谷社）の写真は抒情的に美しいが、今回の『雪の結晶図鑑』は研究の集大成としてすごい。

水という物質はどうしてこれほど多様な形の結晶を作れるのだろうか。水がおそろしく特異な物質であることをここでも改めて感じた。

**×月×日**
宇宙の成り立ちや未来に関する本はこれまでにも無数にある。村山斉《ひとし》の『**宇宙はなぜこんなにうまくできているのか**』（集英社インターナショナル）がいいのは、語り口がうまくてわかりやすい上に、驚異の感覚に満ちているからだ。
地動説から人間原理や超ひも理論までを、脱落する読者を出すことがないように丁寧に、エピソードを連ねて辿る。こういう本は第一線の研究者にしか書けない。

――2012/2/16

077

# デザインの思想、地史の証拠、詩と死

**×月×日**

この一年、よくない話題が先行してきたが、社会の要所々々にはしっかりとものを考えて仕事をしている人がいる。それを信じなくて何が信じられるか。

グラフィックデザイナー戸田ツトムの『**陰影論――デザインの背後について**』（青土社）は静かに大事なことを語る本である。

最初に美しい光景が置かれる――たそがれ時、小さな湖のほとりで一人の少女が枯れたオオウバユリの茎を振り回す。半透明の羽を持つ種が空中に舞い、水面に落ちて魚たちを誘う。

この記憶の中の光景をきっかけにデザイナーは植物の生きかたに思いを馳せる――「『オオウバユリ』とは、すでに個体ではなく、後続世代のための〈環境〉として生きます。ここでは、系統、環境、個体そして生、死、と呼び分けることが何の意味ももたない、ただそこにあり続けようとする、死に支えられた生の時間があるだけです」。

哲学や文学と同じように、デザインも自然界から始まる。人間はそこからどうやって離れ、人間らしい逸脱を重ね、それによって身を危うくしてきたか。派手なキャッチフレーズやキーワードに頼らない悠然たる文化論が、デザインの現場をいくつも経由して語られる。

植物の生きかたを参照しようという議論は世にないではないが、それを表面積という視点から捉えるのは明らかにデザイナーのものだ。木は葉を茂らせることによって一定の空間に最大の表面積を実現する。

都市もまた「路地などによる空間の細かく多様な交錯と沿道住宅の鉢植えや住居の表面や継ぎ目、傾斜し張り出す屋根や軒下、空き地に棲まう雑草や瓦礫からわずかに残る土の粒、歩く人にまつわる埃……それらの周辺、さらに植物が周囲に纏う面や、大量の隙間など、あらゆる事物と状況によって」表面積を用意してきた。しかしアスファルトの道路とコンクリートとガラスの建物は最小限の表面積しか提供しない。

ここから始まって戸田はフラ・アンジェリコの絵画へ、白い紙に鉛筆で引かれた線へ、あるいは物体が背後に落とす影へ、青空と飛行機雲へ、つまりは単純な記号への還元を拒んでできるかぎりの曖昧さを包含しようとする「表面」を次々に訪れる。

しかし現代の都市は視覚以外の感覚をみな排除し、すべての情報を目で見る指示にして、風景をまるでコンピュータのディスプレイのように見せる。新幹線のガラス窓の外にはいかなる「場所」もない。

一度過去に戻り、フェルメールや宗達・光琳、ターナーを逍遥して二十世紀に至ったデザイナーは、「ヒトの眼は水平二眼視、その中央に結像を得るシステムは、明確な輪郭を得、そこに精巧な〈価値〉を幻視させることに極めて適している」と言う。そして「我々は、このシステムに依存し過ぎた」とも。

一見いかにも鋭利で硬質で未来的に見える戸田のデザインの背後に自然への回帰の姿勢があることにぼくは一種の感動を覚えた。

×月×日

では自然はいかなる表面から成るか。

『**地球全史——写真が語る46億年の奇跡**』(白尾元理《もとまろ》写真　清川昌一解説　岩波書店)は驚くべき本である。

ここ数十年で地史に関する知見は飛躍的に増えた。最も卑近な例を挙げれば、仮にプレートテクトニクスがなかったら我々はあの地震をどうにも説明できなかった。

地球の歴史を解明する鍵は地球の表面にある。見つけ出して、解析し、他の証拠と付き合わせて、何が起こったかを解明する。あるいは理論からこういう証拠があるはずだと推測してそれを探す。

この本にあるのはそれらの証拠の写真である。地球には隕石が降り注ぐ。その中には非常に大きな、環境に大きな影響を及ぼすものがあったであろうことは月の表面を見ればわかる。大気がある地球では風化や海によって覆われがちだが、それでもアリゾナ州の「メテオール・クレーター」を飛行機から撮った写真を見れば、その衝撃は嫌でもわかる。直径一・二キロの見事な円形の窪み。

あるいは、巨大な隕石の落下によって粉塵が全地球の空を覆い、気温が低下して恐竜など多くの種が絶滅した事件の証拠である「K‐Pg境界」の現物を、デンマークのスティーブンスクリントという場所に見る。厚さ数センチの層にイリジウムの濃縮が見られる。その発見の現場に立つことができる。

化石が地表にそのまま見えている場所というのはどうだ。カンブリア大爆発という進化上の一大イベントに先立つエディアカラ動物群の化石はカナダのニューファンドランド島に行けば岩の表面に見られる。カンブリア大爆発を示すバージェス頁岩《けつがん》もカナダのブリティッシュコロンビア州にごろごろ転がっている。

写真家の白尾元理はこれらの発見の現場を丹念に歩いて撮影を重ねた。そのほとんどは通常の旅行では行けない場所にある。この九十一枚の写真の中でぼくが自分の目で見たのは天の川銀河と、月面と、ハワイの熱い熔岩と、エギュイーユ・デュ・ミディから見たアルプスだけだ（どちらかと言うと、これでもこの種の光景を求めて旅をしてきた方なのだが）。

巻末にある「撮影地情報」がすばらしい。地名と緯度経度、標高、更に探すためのキーワードが羅列してある。その気になれば行けるぞ、気を付けて行け、と促している。

白尾は比較的に行きやすいアメリカとヨーロッパを一通り回った後で、先カンブリア時代の現場を踏破するために「野外地質家」の清川昌一に協力を求めた。そして、オーストラリア、南アフリカ、カナダ、中国、ヨーロッパ、台湾、エジプトに一緒に行った。これ自体がもう一冊分のドラマではないか。

その清川が執筆している「解説」が地球全史を語るテクストとして実によくできている。写真と違って文章はここに引用できるから一つだけ例を挙げる——「干上がって砂漠化した地中海が、ふたたび海に戻る日がやってきた。533万年前、ジブラルタル海峡が開いて、急激に海水が流入した。これは〝ザングレーアン洪水事件〟と呼ばれている……大西洋から流れ込む海水により、ジブラルタル海峡では幅数十km、落差1〜2kmの巨大な滝ができ、地中海を満杯にするのに数〜十数カ月かかったと推定されている」。こんな話がぎっしり詰まっているのだ。これぞ読まざるべけんや。

ここで話を先の戸田ツトムの『陰影論』に戻せば、現代の都市を作っているのはガラスとアスファルトとコンクリートだが、この三つには履歴がない。一度溶融されて、つまり均質化されて固められたものだから、その内部には過去がない。木や石とはそこが決定的に違う。これら新しい素材は周囲からも過去を奪ってしまう。それに対して、石は四十六億年を語れる、ということを『地球全史』は教えてくれる。

**×月×日**

震災の日からこちら、詩を読むことが多くなったような気がする。評論は賢そうに無意味なことを言っているばかりで、小説は間遠い。だからこそ詩であるらしい。

谷川俊太郎が編んだ『**祝魂歌**』が文庫になった（朝日文庫）。

魂を祝う歌三十篇はすべて死をめぐる詩である。このなぐさめ力にしばらく身を委ねることができた。おだやかな引導の渡しかたと言おうか。

また来ん春と人は云ふ
しかし私は辛いのだ
春が来たつて何になろ
あの子が返つて来るぢやない

子を亡くした中原中也の詩である。正に今の我々ではないか。

――2012/3/22

078

## 津波、座談の達人、昔話の達人

**×月×日**

また桜の季節になった。
東京あたりではもう散ったようだがここ札幌ではまだ開花は遠い。
中間の東北ではどうだろうか。調べてみると、例えば遠野の鍋倉公園では四月下旬から五月上旬だというから、今が盛りだ。

つい去年の桜を思い出した。五月の連休に遠野に近い猿ヶ石川で桜を見たのだった。桜の記憶はどうしても震災の記憶と重なっている。ぼく自身は三月十一日には遠くにいたけれど、その後で何度となく被災地に入って惨状を見た。歩いて、見て、考えた。結論を出すためではない。結論など出ない。瓦礫の山をスコップ一本で整理するようなものだが、しかし手にスコップは持っていたいのだ。

そうするうちに震災についての自分の考えがだんだんに抽象化してゆくのがわかった。災害論のようなものが生まれてくる。これも当然のことで、思考というのは具体から抽象に向かうものである。

しかし、それでいいのかという思いもある。もともと自分では体験していない。生き延びた人が亡くなった人に申し訳ないという気持ちを抱くように、非経験者は経験者に対して負い目を感じる。

先日、何回目かに大船渡に行く時に、「東海新報」が写真集を出したらしい、と友人が教えてくれた。東海新報の本社は車で走る道の途中だからちょっと寄って一冊入手した。

**『鎮魂3・11　平成三陸大津波　岩手県気仙地域（大船渡市・陸前高田市・住田町）の被災と復興の記録』**（東海新報社）はA4判で、二分冊を箱に収めた大部な本だった。

こういう写真集は他にもずいぶん見た。優劣をつけるつもりはないがこの本は別格と思えた。二百ページが二冊だから分量が多い。たくさん入った見開き（つまりA3判）の写真が迫力がある。それでいて扱う地域が狭い分だけ臨場感が増す。自分たちの身に起こったことをしっかり覚えておこうという意思が伝わる。

抽象化されることに問題はない。そうしないとその場から遠い人たちと体験を共有できないから。しかし現地と世界の橋渡しを志す者は何度でも具体に立ち返らなければならない。両方の間を行き来しなければならない。

我ながら肩に力の入った無骨な言いかただと思う。だが、そういうことを言わせる力がこの写真にはある。その日を知らないぼくだから見られるのであって、体験者には辛い光景かもしれない。それでも残すべきなのだ。

「津波が押し寄せた縁辺部で、ペットを抱きながら家族の安否を心配する女性」というキャプションのある一枚の、この犬の不安そうなこと。背後はすぐ近くまで来た海と壊れた建物。三月十一日当日の写真である。

この写真集は一年後の三月十一日に刊行された。他に比べれば遅いけれど、一年を経た今だからこそあの日に戻るべきなのだろう。記念日はこれから毎年巡ってくるのだ。

それに、一年分の記録ということで、災害の後の復旧と復興の過程までが盛り込めた。実際、後半には明るい写真が多い。子供たちの顔つきが変わっていくのがわかる。まだ不十分、まだ問題は多い。しかしここまでは来たのだ。先の希望につなぐことができる。

ところどころに挟まれた文章にも心動かされる。消防団員や、別れ別れになってしまってそれぞれに生き延びて再会した夫婦の話など、こういう話をたくさん聞いたと思いながら、それでも個々の体験は厳としてそこにある。フィクションはかなわないなと思う。

「東海新報」は部数一万七千五百部（二〇〇七年の数字）。県紙でさえない小さな地域紙である。だが、総人口七万に満たない地域でこの数字は立派ではないか。しかもこの会社は三陸に津波が多いことを真剣に受け止めてしばらく前に社屋を高台に移し、自家発電装置を準備していた。

だから震災の翌日には号外をカラーコピーで二千部作って避難所に届けることができた。そのまた翌日以降は四ページの新聞を輪転機で作っている。

見習うべきところの多い新聞なのだ。

## ×月×日

何かを成してある歳に達した人には蓄えがある。心の通う人と話す時にはその蓄えが限りなく出てくる。

石牟礼道子と藤原新也の対談『**なみだふるはな**』(河出書房新社)を読んでいると、二人の座談の達人がそこにいて、ものすごくおもしろい、意味の深い話を交わしていて、幸運にも自分はその場に陪席しているという気分になる。

石牟礼が話す昔の水俣のこと——

「山川三太君は隣に住んでいましたけれども、カニ捕りの名人で、石垣の穴にソローッと指を入れて、そうすると、おるかおらんかわかると。はさみに来るから。それでどうやって捕るかというと、自分の指をはさませてソローッと動かして、出てきたところをポイとこっちの手でつかんで、セメント袋に入れて青年クラブに持ってきて、青年たちが集まっているところで大鍋で湯を沸かしてみんな待っているから、三太君が捕ってきたカニをみんなで鍋に入れて、鍋の蓋をする係もいて、大きな鍋の蓋で、そうしないとカニが飛び出してきますから。沸いているわけですから、お湯が」

これに対して藤原は「山口県の裏日本海側の田舎の生まれ」である母親から聞いた狐の提灯行列の話をする。「月夜の晩に遠くの段々畑のほうを見ると、狐が提灯を持ってずらーっと並んでいる」という話。

二人の間には思想の通底がある。日本の近代化が生んだものに対する強い反発。石牟礼は六十年来の水俣病の歴史について、藤原は今現在の福島の原発について、たくさんの証言を持っている。

けれどもこの二人の座談の場では証言は大声では語られない。言うべきことはしっかりとした語調で言うが、その合間合間には近代が捨てたものをそっと掬い上げて語る柔らかい静かな声がある。

広く世界を知る『全東洋街道』の藤原新也と水俣について深く深く知る『苦海浄土』の石牟礼道子。

この二人にして可能な奥行きのある座談だ。

**×月×日**

昔話にも達人がいる。

画家の阿伊染徳美《あいぜんとくみ》の昔語り**『ざしきぼっこと俺《おんず》』**（編集グループSURE）が無類におもしろい。

岩手県の和賀（現北上市）の生まれで、絵がうまくて宮古でたまたま出会った福沢一郎に見出された。職業だけでも岩手で営林署の職員、東京でビルの清掃、その後はナイト・クラブの看板描き、中学校の絵の先生などを経て画家になった。先に渡英していた妻に呼ばれてイギリスで暮らしたこともある。

祖先を辿れば蝦夷であって、安倍宗任《むねとう》の系譜に連なるのだそうだ。しかし女系の一族だからか、次の世代に大事な言葉を残すのは女たちだ。「七度の餓死にあうたて一度の戦にあうな」という、江戸末期を生きた祖母の祖母に当たる人が孫に教えた言葉が家訓だという。

もっと実用的なアドバイスは、「ばあちゃんがね『おなごの身体ってものは、ちょっとちょぉされる（触られる）と、気持ちいくなって、わかんなくなってしまうもんだよ』って、俺に一生懸命教えるわけ。小学校四、五年生の俺に」という方だ。その結果、「いろいろぽこぽこぽこ〜っと」子供があちこちに四人。

真面目な話題では「かくし念仏」や「グリーンマン」のこともまことと興味深い。

とんでもなく濃厚な人生だと読み読み感心した。

——2012/4/26

079

# 今どきの歎異抄、キノコ、密室トリック

**×月×日**

人はどういう時に宗教に近づくか？

生きることの不安、死への恐怖、さまざまな悩み……それらが何かの契機によって強まる時に「救い」という言葉が瞼の裏にちらつく。契機は親しい者の老いや死だったり、我が身の不幸だったり。

詩人の才能は小説家の才能よりずっと身体的である。詩は本来は歌だ。声に出して響きが美しくなければ詩ではない。形にならない思いをひとまず心で受け取って美しい言葉に仕立て直すのが詩人の仕事だ。

まるで脈絡のない二つのことを並べたように見えるかもしれない。この二つをつなげているのは伊藤比呂美による仏典の翻訳。前に『読み解き「般若心経」』があって、今回新しく『**たどたどしく声に出して読む歎異抄**』（ぷねうま舎）が出た。

伊藤比呂美が書くものには客観がない。森羅万象ぜんぶが彼女自身のライフによって裏打ちされている。何事に対しても距離を置かないし、突き放さない。

それは彼女が書いてきたエッセー集のタイトルを見ても明らかだ。『良いおっぱい悪いおっぱい』、『伊藤ふきげん製作所』、『女の絶望』……。

だから「般若心経」を訳すと言ったって、冷ややかな訳文だけがそこにあるのではない。煩悩まみれの日々の生活の懊悩に挟まれて、日本語が不得手な娘カノコと英語を介して一緒に訳した、解釈の会話まで含んだ、しかしやっぱり詩人の手になる見事な日本語訳が現前していた。ぼくはあんなに「般若心

経」がわかったと思ったことはなかった。

それが今度は「歎異抄」だ。詩人の身体感覚が親鸞という男の声を呼び覚ます。実際には「歎異抄」は弟子の唯円が師の言葉をずっと後になって思い出して書き留めたものだから、ところによっては二人の男の声が聞こえてくる。それが美声なのだ。

実例を挙げよう。親鸞が衆生に言う――「親鸞《わたし》なら、念仏のほかにも浄土行きの方法を知ってるだろう、とくべつなお経も知ってるだろうと思っておられるのなら、そりゃ大きなまちがいです。そういうことなら奈良にも比叡山にも物識《ものし》りの僧がいっぱいいますから、そっちに行って聞いてください。／わたしは、ひたすら念仏してアミダ仏に救われようと／法然師のいわれたことをそのまんま信じているだけで／あとはなんにもありません」

愚直なのだ。

それが間違いなく伝わる文体、親鸞の人柄が伝わる文体を伊藤比呂美は持っている。生理のレベルで通底している。

生活の必要から日本とアメリカ西海岸を頻繁に飛行機で行き来する。その面倒くさい、疲れる、無間の旅路の愚痴っぽい思いが翻訳の合間に挟まる。小さな煩悩が親鸞の言葉を活性化する。

他人の心の中はわからないけれど、たぶん伊藤比呂美は仏教のいわゆる信徒ではないのだろう。敢えて言えば教典や周辺文書の熱烈なファン。だからお経だけでなく、「和讃」や親鸞の妻であった恵信尼《けいしんに》の書簡まで巧みに訳す。

他力本願とは「何もかもおまかせする」ということだ。自分の修行で自分を救える人、自分は善人だからきっと救われると思える人はそれでいい。そうでない人たちをアミダ仏が救う。

「だから、アミダにおまかせするしかない悪人は／浄土にいちばんちかいところにいる。／善人だって浄土に生まれかわることができるんだから／ましてや悪人にそれができないわけがないじゃないか」、という言葉は強烈だ。

昔の言葉と今の言葉の間に伊藤比呂美は自分のライフを使って橋を架けている。

**×月×日**

札幌の家の近くにちょっと変わった山菜などを売るおもしろい八百屋があって時々のぞく。先日行ってみたら「カバノアナタケ入荷」と書いてあった。キノコらしいが、黒い大きな塊で、硬そうで、ずいぶん高い。

家に戻って調べてみると食用ではなく薬効で商品として流通、とインターネットが教えてくれた。熱湯で煮出してお茶のようにして飲むと「免疫機能を活性化」するのだそうだ。

名前の由来は河馬ではなく樺で、シラカバやダケカンバなどに寄生するらしい。珍しいものだから値も高くなる。

北海道では秋になるとラクヨウことハナイグチが少し出回る。これは食用で、なかなかうまい。生えているのはカラマツの林とか。

フランスに住んでいた頃は野生のセップやジロール、モリーユなどを朝市で買ってきて食べた。山に行けばいろいろおいしいキノコがあるのはわかっているが、採りにゆくほどの元気はない。その代わりに『**きのこの話**』（新井文彦　ちくまプリマー新書）を丁寧に読んだ。

キノコの好きな著者がもっぱら北海道東部に足繁くキノコ観察に通って、長年に亘るその成果を披露してくれる。優れた科学啓蒙書なのだが、それ以上にキノコ愛がいい。写真がたくさん入っていて、これが並の図鑑写真ではなく背景や雰囲気まで映し込んだ見事なもの。小さなキノコと雄大な山が一つのフレームに巧妙に収められる。

例えば「ドクベニタケ、という名前ですが、毒性はそれほど強くないようです。しかし、その味たるや、苦くて辛くて、とても食べられません」って、つまり味見したの？

キノコとは何かということは前から気になっていた。新井さんの本もなかなか詳しいが、学術的には**『キノコの教え』**（小川眞　岩波新書）で勉強するといい。

キノコの語源は「木の子」だから植物の仲間かと思われがちだが（八百屋で売っているし）、葉緑素を持たず光合成をしないから植物ではない。植物に栄養を頼っているという点では動物に似ている。しかしもちろん動かないから動物でもない。

キノコは菌と呼ばれる。生物ぜんたいを、原核生物、真核生物、菌、動物、植物と五つのカテゴリーに分類した内の一つ。

しかし、ぼくに言わせればこの菌の字がくせものだ。キノコをその生態から分類して腐生菌とか寄生菌とか菌根菌とか呼ぶと、原核生物の赤痢菌やサルモネラ菌などの細菌類と紛らわしい。両者はまったく違う生き物なのに。

一般に学問は具体から抽象へ移る。具体の段階でつけられた名前が研究が進むにつれてそぐわなくなる。これもその一例だから、キノコには茸（音読みはジョウ）を使うとか蕈（音読みはシンないしジン）を使うとか、両者を分けるわけにはいかないだろうか、と素人の怖いもの知らずで言ってみる。

感動的なのは、キノコが樹木の種の世話をして育てるという話。クロマツの種子が発芽すると、その根を菌根菌の菌糸が包み込んで育てる。「菌糸は……根の届かないところから水と一緒にリンやミネラルを吸い上げて植物に送」り、代わりに「糖類のような炭水化物は、植物からもらうことになる」って、いい関係ではないか。ただしカバノアナタケなどは一方的に奪うだけ。

キノコ愛は伝染する。

**×月×日**

忘却がありがたいことがある。例えば昔読んだミステリについて、おもしろかったことは覚えているがトリックの詳細は忘れてしまった時など。

おかげでボワロ&ナルスジャックの『**技師は数字を愛しすぎた**』（大久保和郎訳　創元推理文庫）の新版を新鮮に楽しむことができた。

密室の犯罪が三回起こる。毎回、犯人は消滅する。最後に語られる謎解きは快感だし、タイトルの意味もそこまで行ってようやくわかる。正にフランス人だから書けた愛の話で、冒頭セーヌ河のほとりで「一艘の船のディーゼル・エンジンがゆっくりとしたリズムで鳴り、夏はその音で急に悲哀を帯びてくるように思えた」という文体はその証明。

——2012/6/14

## ○8○ ヤンキー、うまい短篇、気持ちのよい詩

**×月×日**

誰にだってわからないものがある。

ぼくの場合は、たとえば相田みつを。

平易な日本語だから言葉としては理解できる。しかしその先で、人生についてそういう納得でいいのか、と考え込んでしまう。世のたくさんの人があれを壁に貼っているという事実に当惑する。もちろん人は人だからいいのだが。

そういうことが多々あって、それらの背後に何か共通性がありそうだと思うのだが、よくわからない。自分とこの国の相性の悪さの理由もこのあたりにあると思いながら。

**『世界が土曜の夜の夢なら　ヤンキーと精神分析』**（斎藤環　角川書店）はぼくの不明なる部分を解いてくれた。

キーワードはヤンキー。

斎藤はロックとコミックから事例を挙げてヤンキーを定義してゆく。このあたりはこちらに教養がないからスルー。

キムタク語録から相田みつをに繋がるところでおおっと思った——「徹底して現状肯定的であること。彼らは個人が社会を変えられるとは夢想だにしていない。わずかでも変えられるのは自分だけであり、社会が変わりうるとしても、それは結果論でしかない。この発想は謙虚さや柔軟性をもたらし、問いつつ学んでいくという逞しさにもつながるだろう」。

これは芥川賞の選考をしている時にもうすうす気づいていたことだった。若い作家たちがみな現状肯定的、つまりリアリストなのだ。ぼくらの世代が持っていた革命幻想などかけらもない。

ヤンキーはリアリスト。だからいつでもキャラ立ちが大事、結果ではなく姿勢が大事。白洲次郎の人気は「ピッとして、ガチで気合の入った、ハンパなく筋を通す喧嘩上等男」だからだそうだ。

龍馬とか白洲とか、ぼくが乗れなかったブームの理由がなんとなくわかる。

斎藤の解析は目覚ましい。ヤンキーはまずもって「価値＝趣味の共同体」であり「緩やかな美学的連帯」である。最近の子供の名前からデコトラやデコケー、ギャルの「盛り」に至る「バッドテイスト」の表現者である。「夜露死苦」のあの美学だ。

その背景にアメリカの影がある。アメリカは日本を根源から変えるのではなく表層を飾るのみ、という議論の先で丸山眞男が登場する。日本は外来文化を表層で受け止めながらも深層では変わらない、と。

斎藤は更に論を進めて、日本において形態は流動的でも構造は同一だと言う。これも納得できる。

もう一つ、男性の所有原理と女性の関係原理という二項もカギだ。それを踏まえて、ヤンキーは関係性を尊重すると言う。上下だけでなく、友人や仲間、異性、とりわけ家族関係を大事にする。その点で彼らは女性的だ、という赤坂真理の指摘に斎藤は深くうなずく。そして、先のアメリカとヤンキーの関係は母＝娘の仲と近似であると言う。

彼らは思索を嫌い行動を好む。彼らの「リアリズムを構成する要素のうちもっとも重要なものは体当たり的な行動主義だ。それはしばしば、過度に情緒的であるがゆえに反知性主義と結びついて、いっそう無鉄砲な行動に向かわせがちである」。なるほど。

その先の展開。ヤンキーの「気合とアゲアゲのノリさえあれば、まあなんとかなるべ」という姿勢から、再び丸山眞男を経由して『古事記』に行き着き、「なる」という動詞に率いられた日本固有の世界観を発見する。この間の展開は本当におもしろかった。

つまり日本人は主体的に「する」や「作る」よりも自然に「なる」方を信じて、それにノって生きることを好んだ。ここは豊饒の国、草木が繁り、神がぽこぽこ湧いて出る国である。ヤンキー・ファッションが奇抜になるのは「逸脱」と「様式化」を繰り返してどこまでも行ってしまうからで、つまりそうなっちゃう、ということなのだ。

最後に橋下徹論があって、これでようやくぼくはこの若い政治家の人気の理由がわかった。目的地が見えていない行動主義は怖くはないか。いや、麻原彰晃の革命幻想の方がもっと怖いのか。

全体として早口で、素材過剰で、論旨が乱れるところもある。著者は臨床医らしく何度となくヤンキーと自分の距離を確かめている。共感と違和感を正確に記そうとしている。

混乱が却って促しとなり、先を追って読ませる。内容を紹介するこのぼくの文章だって普段よりずっと混乱していると思う。ハイ・テンション。そうでなければ伝えようがないのだ。

たまたまだが昨日、三十五年前に公開された映画「幸福の黄色いハンカチ」を録画で見て、これもアメリカの影の一例かと思った。ロード・ムービーの背景となる風景がアメリカっぽい北海道で、しかも原作はピート・ハミル。派手な武田鉄矢は充分にヤンキー・ファッションしているし。

ヤンキーは根付いている。ヤンキーは日本文化を覆っている。ヤンキーは魅力的だ。故ナンシー関が、日本の総人口の三分の一が「銀蝿的なもの」に惹かれがちと言ったと斎藤は伝える。横浜銀蝿はもちろん元祖ヤンキー。

うーん、多勢に無勢かもしれない。

## ×月×日

では少数者は密やかな楽しみを探そう。例えば小説や詩の快楽。

短篇は技術である。

まずは、うまい！　と思わせる伎倆。

フリオ・コルタサルはアルゼンチン人だがヨーロッパと縁が深い。ベルギーで生まれて四歳で帰国、その後三十七歳でフランスに移り、国籍も取得、七十歳で亡くなるまで暮らした。

しかし彼はスペイン語の作家である。だから傑作とされる短篇「南部高速道路」もフランスの話だ。

短篇集『**遊戯の終わり**』（木村榮一訳　岩波文庫）に収められた作品の舞台は大西洋の両側に散っている。

実にうまい。悔しいが、舌を巻くと言うしかない。

例えば「続いている公園」。一人の男が公園に面した屋敷の書斎で小説を読んでいる。愛する男女が出会い、しばらくの会話の後、別々にその場を去る。男は女の夫を殺そうとある屋敷に忍び込み……

位相幾何学によく知られる「メビウスの帯」の三次元への拡張形として「クラインの壺」というのがあるが、正にあの形。短篇Aの中に短篇Bが登場して、実はその二つは続いている。わずか二ページ半で、完璧な構成。読み終わって後ろを振り向くのが怖い。

異次元に続く、はコルタサルの手法の一つである。「夜、あおむけにされて」ではオートバイで事故を起こして負傷、入院した主人公が夢幻のうちにアステカの生贄《いけにえ》の儀式の場に横たえられている。彼の意識は二つの世界を行き来する。これも怖い。

コルタサルは普通の時間を劇的なものに変えるマジックを持っている。短篇小説の基本原理はこのマジックなのだろう。

**×月×日**

相手が短篇小説ならば技法とストーリーをあるところまで語って魅力を伝えることができる。

詩となるとそれはむずかしい。

『**いつしか　風になる**』（峰岸了子　書肆山田）を読んでいて、この心地よさは何だろうと考えた。

「太陽の兄と　地の妹」という詩がある。昔、空と大地は近くて声が届いた。人間が住むようになると両者の距離は離れたのだろう、地である妹は「太陽の兄を追いかけ／東から西へ歌をうたいながら／歩いた／両の目に空の／青くひかる水晶をやどらせ」。

兄を追う彼女は我々の身辺に現れる。さりげなくすーっと通り過ぎる。このイメージは美しい。

これは短篇にならないか？　いや、やっぱり詩だろう。

――2012/7/19

## 081 死の詩、古典あそび、津波の後

**×月×日**
いずれは真剣に考えるけれど今はまだいい、と思っていることがたくさんある。とりあえず先延ばし。その最たるものが死だ。

いきなり来ることもあるのは知っているが、しかし自分のこととして向き合うのは今ではない。そう思って「未決」のフォルダーに入れておく。

その一方、ずいぶん多くの仲間がもういなくなった。数えてみればぼくはたくさんの鬼籍フレンドに囲まれている。それに気づくと、死は境界線を踏み越えて向こうに行くだけのことかとも思われる。

その境界線の前で静かにものを考えている男がいて、その言葉は必然的に詩になる。それが辻井喬の**『死について』**（思潮社）。

技巧を凝らしたり、意味の圧縮を試みたりしない、散文に近い長詩が八篇。読点の代わりに改行が使われる緩やかな思考の記録。古い友人の低い声の呟きを聞いているようだ。

その声の低さ、考えのおだやかな展開が読んでいて心地よい。内容に納得するのは、今の日本人の常識が死とはこんなものだと教える、その範囲に収まっているからだ。それが淡い慰めになる。別段慰めてもらう必要はないと思ってもいいのだが、ついそういう姿勢で読んでしまう。

「そう遠くないうちに僕も入るその空間には／雲が流れているだろうか／緑が滴って澄んだ水に映っているか／ひとりで去っていくのは別れのひとつの形／それは微風が欅の梢に揺れているようなもの／あるいは遠ざかる鈴の音を追う耳だけの緊張／切ないけれどもそれだけのこと」

怖いイメージもある。

入院中の詩人は同じ病院に入っている友人を見舞うために隣の病棟に行こうと廊下を歩く。

「反対側から来る人が繃帯ばかりで／用あり気に追い越していくのは白衣と洋服姿／いま僕は黄泉の国へ向っているのだろうか」

繃帯で覆われたその中に実体はあるのか。顔を失った人がそのことを隠すために繃帯を巻いているのではないか。リルケの『マルテの手記』の顔を失った女へと連想が飛ぶ。病院の廊下には恐ろしく現実的な面と幻想や妄想に属する面があって、人はその間を歩くのだ。

現実に返れば、社会のことにも考えが及ぶ。死を免れて「執行猶予」の状態で病院を出た詩人は、この国の過去を検証しようと町を歩く。

「なぜ人々は戦争に駆り立てられたのか／その時天皇はどんな役割を果したのかなどを」調べようとしたのに、何の成果も上がらない。収穫と呼べるものは、自分にも青春があったという発見だけ。「憧れの少女には憧れの眼差しと挙手の礼を送るだけ」の楚々たる青春。

そうやって詩人はまた歩き始める。読んでいて、自分もまた同じ荒野を歩いている百万人のうちの一人だと思った。

## ×月×日

『カラマーゾフの妹』（高野史緒　講談社）というタイトルにまず感心した。うまいなあ。換骨奪胎の精神をよく表している。

言うまでもなくこれは『カラマーゾフの兄弟』をもとにした作品で、しかもミステリ。

このアイディアは前にもあった。元の作品は殺人事件だし、犯行現場は錯綜しているし、みんなに動機があって、金も女たちも絡んでいる。最後は法廷劇だ。神学論などの余計なところをすっ飛ばして読めば充分に楽しめる。

それを踏まえて高野は更に高度な仕掛けを試みる。原典はミステリだとして、しかし真相に至っていないと仮定し、その真相に迫る。つまり、有罪とされたミーチャは無実で、スメルジャコフが実行犯、教唆扇動したのがイワン、という一般に認められた結論をひっくり返すわけだ。

原典の作者ドストエフスキーの誠実は認める。彼は嘘は書かなかった。しかしあの時点ではわからなかったことがいろいろあって、だから大作家は真相に至れなかった。

このルールに則って、まずは原典の緻密な読みから、いわば別の説を立て得る隙間を探す。その隙間の形にそってぴったりはまるピースを作って嵌め込む。とても知的な、優雅な遊び。

捜査が再開されるのは事件の十三年後。「内務省モスクワ支局未解決事件課特別捜査官」になったイワンが町に帰ってくる。目的は父が殺された事件をもう一度捜査すること。

しかし彼はもともと事件の当事者だったのだから中立公正な探偵役にはなれない。そこでトロヤノフスキーという青年が登場して、客観的な視点と冷静な推理の役柄を担う。この人物だけが新人で、あとは懐かしい人々ばかり。

そう、懐かしいのだ。原典であんなに親しくつきあった人たちの十三年後の姿が紹介されるのだから、それだけでも読ませる。もうミーチャもスメルジャコフもいないし、他の面々も歳の分だけ疲れてやつれているように見える。そこで気がついてみれば『カラマーゾフの兄弟』は青春小説でもあった。

しかし彼らの怪物性は健在。そうでなくては原典の背後に隠された真相には至れない。あれを事故や偶然の犯罪にするような安易な解決は許されない。

だからこの小説のハイライトは事件当夜の再現になる。関係者と、凶器と、金の数分単位の動き。その結果明らかになる真犯人。そこのところでこれは原典によく肉迫している。真犯人の名はもちろんここに書けないが、ミステリとしてとてもうまくできていると言っていい。

それ以上を望むべきではないだろう。「前任者が偉大すぎた」と作者も言っている。これは古典を踏まえた遊びなのだから、真犯人がわかったところでふふふと笑って本を閉じるのが正しい態度だ。妹？　それも言わない方がいいだろう。

**×月×日**

民俗学は土地とのつながりの深い学問である。自分の郷里を研究のフィールドにするのは当然。

川島秀一は気仙沼に生まれ育ち、今回の津波で被災した。『**津波のまちに生きて**』（冨山房インターナショナル）はまず小学校二年生の時のチリ津波など、自分の幼時体験から始めて、去年三月十一日に母を失ったいきさつを語る。

その先で気仙沼という町のこと、漁師たちの暮らしと文化、津波に対する人々の姿勢、などなど民俗学者としての研究成果を次々に語る。

ぼくはたまたま先月の末に気仙沼を訪れ、建物が失われたままの港からがらんとした商店街のあたりを巡った。それで復興がまだまだ遠いことを実感していたから、格別の興味をもって読んだ。

川島の名は去年復刻された山口弥一郎の名著『津浪と村』（三弥井書店）に解説を寄せている人として記憶していた。川島にとって山口は東北生まれの民俗学者として先輩にあたる。学恩は深い。

川島が紹介する山口の「津波後は旅の者によって満たされる」という言葉のこと。

これはむしろ社会学的な現象だ。津波で多くの人を失った地域に他から人々が流入する。家族全員が亡くなった場合、まったく無縁な男女を合わせて家督を相続させ、家名を維持することもある（同じ例をぼくは天明の浅間大噴火の記録で読んだことがある）。

それやこれやで被災地は流入者で満たされてゆく。

津波の後で高台移転が論じられるのは当然だが、その原則がやがて崩れる理由として、「津波後の移入漁民などが、危険を知らずに浜近く納屋を建てて、豊漁続きで産をなしたりすると、古くからの漁民は堪えられず、現地に戻ってしまう」というのはいかにも納得できる話だ。

漁労の現場から災害を見る。行政とメディアに欠けたものが補われる。

——2012/9/6

082

## 地球と人間の歴史、生物の歴史、東京駅

**×月×日**

世界史の本がよく読まれているらしい。

マクニールの『世界史』が類書の代表として、つまりほとんど古典として人気を博しているし、ゴン

ブリッチの『若い読者のための世界史』（どちらも中公文庫）も評判がいい。だけど、マクニールの本はちょっと古くてお勉強っぽい。ゴンブリッチはどこかもの足りない。

クリストファー・ロイドというイギリスの科学ジャーナリストが書いた『**137億年の物語　宇宙が始まってから今日までの全歴史**』（野中香方子訳　文藝春秋）がおもしろかった。いや、まだ読んでいる途中だからおもしろいと言うべきだ。

大判で、横組み二段、五百ページ近い。どこから読んでもいいからあちらこちらを読み散らかすことになって、いつになっても終わりがない。

宇宙の始まりから、地球の過去を辿って、人間の歴史を現代まで辿る。つまり地史と歴史が一緒になっている。実際には人間が登場するまでで全体の五分の一くらいか。

記述はバランス感覚がよく、西欧中心に陥ることなく世界ぜんたいに目を配っている。地球はこんな風にして生まれ、多くの生物が栄えては消え、人間たちもさまざまな文明を連ねて今に至った。その一つ一つが好奇心をそそるように丁寧に愉快に、生きのいいエピソードを交えて、記述される。

もともと著者が科学分野の人だから、有史以降の話でも一種の客観性が保証されているように思われる。あるいは、科学啓蒙書の文体で書かれた人間の歴史と言おうか。

「文字は高度な文明が築かれていたことを示す最良の証拠のひとつである。文字の存在は、その土地に、畑を耕す必要のない商人や、取引できる品物を作っていた人がいたことを意味する。その社会に、考える時間のある人（神官など）、物を創造する人（職人など）、社会を管理する人（役人など）、そしてもちろん社会を支配する人（王など）がいたことを示しているのだ。さらにはその社会で、十分な食料が生産され、仕事が分担されていたことの証《あかし》でもある。食料を集めることに専念する人もいれば、社会の秩序を保つ人や、手工業の技術を磨く人、通商に励む人もいたのである」というような、ある意味では愚直な文章がぼくは大好きなのだ。

池上彰が各論ばかり相手にしないで総論に挑戦したらこんな文体になるかもしれない。

ぜんたいとして生態学的な記述が多いのは現代思想の状況ないし危機感の表明だろう。目次を見ていけば、「35　新大陸の農作物がヨーロッパを変えた」という章の次に「36　生態系の激変」という章があって、そこには「今や全世界に広がった、ほとんどが文明化された唯一の種『人類』のために、動物や植物は栽培され、飼育され、装具をつけられ、輸送され、酷使された」という内容紹介がある。こういう考えかたをしなければならない時代。もう王朝の交替や偉人の伝記だけでは歴史は書けない。

偏見がないと言ったけれど、それはつまり宗教よりも科学の方に信を置く知識人ならば、世界のどこに住んでいる者でもまず反発を覚えることのない内容ということだ。ぼくはそれを常識と呼んでもいいだろうと思う。

だから著者は福島の原発事故について「このような大惨事に直面して、原子力発電を推進しようとする政党など、日本にあるだろうか。これほど地震が多い国で、原発が安全だと信じる人がまだ残っているだろうか」と、日本語訳の刊行に合わせて付け加えている。これが今の世界のコモンセンスである。

著者がイギリス人であることの痕跡を見つけた。空を飛ぶ爬虫類である翼竜について「およそ11メートルという、生物史上最長の翼幅《ウイングスパン》を誇ったものもいた」と書いた後で彼は「第二次世界大戦時の英国空軍の戦闘機、スピットファイアに匹敵《ひってき》する長さである」と具体的説明を加える。ぼくならば「第二次世界大戦時の日本海軍の艦上戦闘機、ゼロ戦に……」と書くところだ。どちらも翼幅は11メートルだから。

**×月×日**

池田清彦の『**38億年　生物進化の旅**』（新潮文庫）は生物の歴史である。

最新の学説に沿って生物が地球上に生まれてから今に至るまでの歩みを辿るのだが、一般に知られていることを批判しながら筆を進めるところに価値がある。二百ページちょっとの文庫ながらなかなか挑発的で、断言が鮮烈。

ありがたいのは半端に知っていた用語や概念を簡潔かつ正確に定義しなおした上で、全体図の正しい位置にきちんと配置してくれることだ。小さな本だからこそできることで、何度も読み返せるし、今後も座右に置いて参照することができる。一般に総論を書くには広い知識と深い見識が要るものだが、これはその模範例である。見識の土台は構造主義生物学。

そうかと膝を打つような記述がいくつもある。「その環境下では足が生えたほうが便利だから徐々に適応して足が出来ていったというよりも、(中略)むしろ、形が先に変わり、その形に合わせた環境を選ぶというのが、動物の基本的なスタイルなのである。動物は移動ができる。自分の形態や機能に最も適していると思われるところへ移っていってそこで生活するというのは、動物の当然の行動である」というところを読んでなるほどと思った。若い頃からの自分の旅好き・移住好きを説明してもらったような気になったのだ。

ヒトはなぜ体毛を失ったのか？　かつて体毛がない方が有利という状況があったとは思えない。「体毛が無くなったことと、頭が大きくなったことは、トレードオフの関係にあるのかもしれない。脳の巨大化と体毛の減少は、これを発現させる遺伝子の使い方が、多少ともリンクしていると考えればよいのだ。脳も皮膚も共に外胚葉《がいはいよう》から発生するのだ」。進化にはそんな原理もあるのかと感心する。

この何十年かで科学は大きく変わった。我々は自分たちをずいぶん客観的に見られるようになった。言ってみればヒトはようやく鏡を得て自分の顔を見られるようになった。この本はその鏡の一枚である。

×月×日

東京駅丸の内口の駅舎が元の姿に戻った。本来は三階建てだったのが戦災で二階になり、屋根の形も単純化されていたのがようやく復元された。

これを機に**『東京駅誕生　お雇い外国人バルツァーの論文発見』**という本が復刊された（島秀雄編鹿島出版会）。

フランツ・バルツァーはドイツ人の鉄道技師で、一八九八年に日本に来た。東京駅のプランを作ったと言われるが、彼が作ったのはむしろ東京の鉄道システムぜんたいのプランだった。彼が描いた図には環状線ならびに東西の線と南北の線、つまり山手線と総武・中央線、京浜東北線の基本形が既にできている。「彼の提案が今日の東京の都市の骨格を築いたといっても過言ではない」。

鉄道の普及が早かったヨーロッパでは早いが故の失敗もあった。その一つが「頭端型」のターミナル駅を作ること。列車が折り返すしかないこの構造は、日本では上野駅や横須賀駅にその片鱗が残るばかりだが、パリやロンドンはもっぱらこれだ。列車の取り回しがとても不便。東京駅を「頭端型」ではなく「スルー型」と構想したのはバルツァーのお手柄だった。

この本を読みながら、ぼくは自分が書いた東京駅小説、『キップをなくして』（角川文庫）のことを思い出していた。切符をなくした子供たちが駅の中で暮らす話で、ラッチという言葉が鍵。出入りに切符が必要な駅構内のことだが、本書の「新幹線は駅構内に別なラッチを設けたので」というところに特別の感慨を覚えた。

——2012/10/11

083

# デカメロン、きだみのる、陰部《ほと》の紐

**×月×日**

嬉しくてしかたがない。

何がって、ボッカッチョの『**デカメロン**』の新訳が出たのだ（平川祐弘訳　河出書房新社）。この愉快な古典が読みたい放題。

十四世紀のイタリアで疫病が流行する（日本で言えば南北朝のころだ）。難を逃れようと若い男女十名がフィレンツェの町を出て郊外の屋敷に行く。女が七名に男が三名。

彼らが入り乱れて……ではない。彼らは行儀よくお話しかしない。避難生活の無聊を慰めるためにそれぞれが知っているおもしろい話を順番に語る。疫病と避難は多くの短篇を並べるための枠でしかない。お話は一日に十ずつ、十日間で百。整然と並んでいて、『千夜一夜物語』のように話の中に別の話が組み込まれることはない。

彼らが語るお話が一つずつ短篇小説として巧妙に構築されていることに感心する。ゴシップが文学になる過程を目の当たりに見るよう。

具体的に知るには目次を見るといい。タイトルではなく一つずつの話のあらすじが書いてある。例えば第一日第一話は「チェッパレルロ氏は嘘の懺悔をして尊い坊様を騙して、死ぬ。生涯を通じて極悪非道の人間であったにもかかわらず、チェッパレルロ氏は死後にわかに聖人の名が高くなり、聖チャッペルレットと呼ばれるにいたる」という具合。

このあらすじを読まずに本文に入ったぼくは途中で、この話はどう展開してどう決着するのだろうと戸惑った。主人公の性格設定とプロットがどんどんねじれていく。正にそれが語り手のねらいであって、これはもう近代文学の技法そのものだ。

人間とは何か？　貪欲で、好色で、狡猾で、しかしまた愚かでもあって、全体としてはまことに愛すべき存在。聖書にある理想像からではなく、日々の観察と体験から生まれた人間観。ルネッサンスとはこういうことだったのかと世界史の授業に戻って納得する。

作者のボッカッチョはゼロから創作したのではないだろう。人々は実際にこんな風におもしろい逸話を語り合っていて、それを彼は密かに集めて再構成した。当時の知的なサークルにはたぶん物語の、つまりものを語る、達人がいて、みなこぞってその話を聞いた。ボッカッチョもそういう語り手の一人だった。紙の上の文章にする途中でどんどん話が膨らんだかもしれない。

ボッカッチョは編者としても巧妙で、一日ごとに同じ傾向の話を集めている。第二日には「散々な目に遭いながら、予想外な目出度い結末を迎えた人の話が披露され」、第四日には「その恋が不幸な結末を迎えた人の話が披露される」。

読んでいって、これはオペラだとしばしば思った。例えば（と次から次へと紹介したくなるのがこの本の難点だ）第四日第二話――「アルベルト修道士は『天使ガブリエルがあなたに恋している』とリゼッタ夫人に思い込ませる。そして天使ガブリエルになりすまし女と再三同衾する。しかしリゼッタの身内の者に感づかれ恐怖のあまり、リゼッタの家から運河に身を投じて逃げ、とある男の家に隠れる。男は翌日、アルベルトを森から出てきた野蛮人として見世物にするためサン・マルコ広場へ連れて行く。そこで正体が露見し、修道士たちの手で獄に投ぜられる」。

この無茶苦茶な展開、最後の最後で女の愛が男を救えば、ソプラノとテノールの二重唱で幕が下りるだろう。作曲はヴェルディかドニゼッティか。

その一方、第四日第三話のような陰惨な、三姉妹の色恋沙汰の果ての殺人連鎖の話もある。まるでシェイクスピアだと読んでいて思った。

エロティックでかわいいのは第五日第四話。若い娘が恋人と夜を過ごしたくて、小夜鳴き鳥《さよなどり》の声が聞きたいと親に嘘をついてバルコニーで寝る。そこへ恋人が忍んで来て一夜を明かす。「二人は何度も歓喜の鳴く音《ね》をあげた。遠くでは小夜鳴き鳥も繰返し鳴いていた。初夏《しょか》の夜は短かったが初夜《しょや》の喜びは大きかった」という展開になって、翌朝、親に見つかる。野合だから殺されてもしかたないのだが、親は寛大にも二人を結婚させる。同じバルコニーに登るのでも『ロミオとジュリエット』よりずっと幸福なエンディングだ。

泰斗による翻訳は達意で、品があって、いかにもこの古典にふさわしい。周到な注はそれ自体が読んで楽しいし、巻末の解説も勉強になる。とりわけ「ポリティカル・コレクトネスと『デカメロン』」の項はイタリア語から他の言語への訳にまで目を配って受容の歴史を見た上で、おのが姿勢を誠実に述べる。古典の翻訳とはこうあるべきだろう。

**×月×日**

きだみのるの名は知っていたし、彼に『気違い部落周游紀行』というポリティカル・コレクトネスに抵触しまくりのタイトルの著書があることも知っていた。しかし彼について具体的に詳しいことは知らなかった。

彼の生涯と業績を語る **『歓待の航海者　きだみのるの仕事』**（太田越知明《おおたごし》　未知谷）がおもしろかった。終戦直前に東京都下の山村に移り住んで、日々の暮らしの中でリサーチを続け、日本人の社会性の基本は部落《むら》を単位としていることを精緻な観察で書いたのが前記の本。大学に所属せず、論文の形で成果を発表しなかったけれど、実際には彼は文化人類学者ではなかったのか？

実際、彼はパリ大学でマルセル・モースの愛弟子だった。ただ教えを承けただけでなく、アイヌ文化などについて何度も発表をしている。

この時期の学問的なテーマは「歓待」論。アテネ・フランセの創設者だったジョゼフ・コットに直接教えられたギリシャ語でホメロスを読みまくり、ゼウスの性格の中心に「歓待」という概念を見いだした。師モースにおける「贈与」と同じようにこの概念を分析し定義づけてゆく。そこからミカド（彼は天皇という用語を使わない）の聖性にまで論を広げる。戦前の日本ではなかなか発表もむずかしいことを彼は研究しつづけた。天皇への言及があるフレーザーの『金枝篇』の全訳を柳田國男は退けた、そういう時代である。

彼によれば部落とは「『昔の仕来り』と、それを条項化した『部落の四戒』と、違犯者に対する『ムラ八分』の制裁を背景にした、親方のたくみなマネージメントによって維持されている集団ということになる」のだ。

しかし、学者の枠に収まるにはこの人は破天荒が過ぎた。奇人と呼ばれたのは当然だろう。「日本人としては並外れた長身で美男。山高帽にモーニングの正装が銀座の街の評判になるほどよく似合い、教壇では女生徒たちのため息のまとになっていた。だがほとんど同じころの姿を、無為の日々を送り、近隣食品店での借金を重ね、いよいよ払えなくなると夜逃げにおよぶ悪党と記憶している人もいる。どてらを着て一升瓶を下げ、泥酔して街をさ迷うダメ男としても語られている」。開高健はつきあいの途中でしばしば辟易しながら、彼を究極の自由人と言った。改めて詳しく知るに値する人物である。

×月×日

まいったな、と詩集を手に坐り込む。いや、四元康祐の『**日本語の虜囚**』（思潮社）のことだ。テーマは日本語の歴史、主人公は日本語そのもの、比喩はすべて性交がらみ。「やったわな　やったわな／大陸渡来の帰化人と　稲作欲しさにやったわな／仏像抱えた鑑真と　漢字貰ってやったわな」って、この卑俗きわまる七五調が効き過ぎて痛いほど。

「やったわな　やったわな／どんな客とも寝てしまう　軽業なみの膠着語《やなぎごし》／融通無碍のてにをはは　アメノウズメの陰部《ほと》の紐／なでしこジャパンの処女性は／万世一系不滅です」

これだけのところに注を付ければ何十行になるだろう。こういう圧縮的表現の技術を詩というのだ。

――2012/11/15

084

# 震災句、シェイクスピアの秘密、数字の秘密

×月×日

ふだんの読書習慣の中に句集は入っていない。小説読みにとって俳句は隣の町という感じか。一駅は電車に乗る覚悟が要る。

それでも、この何年かで少しわかるようになった。句を読んで共感に似た思いを持つことが多くなった。短歌は人間を捕らえてドラマの中に立たせるが、俳句は感情をさらりとスケッチして、すぐにまた野に放す。瞬間の接触というところ。

こんなことを言うと叱られるかもしれない。なんと言っても自分では詠まない身で、せいぜい友人が苦吟しているのを横目で見て「大変だね」と言っているだけなのだから。

それが、一冊の句集に震撼させられた。心底まいった、という感じ。

句集は『**龍宮**』（照井翠《みどり》 角川書店）。詠み手は釜石で震災・津波を経験している。しかし本を開くまでぼくはそのことを知らなかった。ぱらっと開いたところにあったのがこの一句——

一切を放下の海や桜散る

これは、と思ってページを繰る。一ページに一句。それが雪つぶてのようにがんがんぶつかってくる。正座して読み進めて、しばらく逃れられなかった。引用しだせばきりがないところを抑えて抑えて、それでも——

喪へばうしなふほどに降る雪よ

春の星こんなに人が死んだのか

顔を拭くタオルに雪を集めけり

なぜ生きるこれだけ神に叱られて

毛布被り孤島となりて泣きにけり

津波引き女雛ばかりとなりにけり

冥土にて咲け泥中のしら梅よ

一列に五体投地の土葬かな

花の屑母の指紋を探しをり

卒業す泉下にはいと返事して

感情を揺すぶられてどうしようもなくなった。人はたった十七文字を前にして取り乱すこともあるのだと知った。

これにはぼくと東北・震災・津波の関わりも影響している。直後、身内の身を案じ（無事だったが）、友人の母の死を悼み、たくさんの人が亡くなったことにとまどい、浸水域を墓地に見立てた墓参のように何度となく通った。

原発については理性的に発言できるが死者たちのことはどう考えていいかわからない。波が引いた後の惨憺たる光景は見ても遺体を見はしなかった。自分の体験は四月七日の（三・一一の後ではいちばん大きかった）余震だけなのだ。

文学に携わる者として、あのような出来事を文学はどうやって作品化するのかとずっと考えてきた。自分も含めてたくさんの文学者が三・一一と格闘している。恐怖と戦慄・激情・喪失感、はたまた時を経た後でもまだ残る喪失感と悲哀の思いは文字にできるのか。強調の副詞ばかりをハデに立てても遠くの者には伝わらない。余る思いを容れるにはしかるべき器が要る。

それが、この人の場合は俳句だった。

もともと俳句は激情には向かないはずだ。俳味とは淡いもので、ある程度の諧謔を含んだもので（俳諧の「諧」の字）、お手本は例えば久保田万太郎の「湯豆腐やいのちのはてのうすあかり」なのだ。激情を好まない、という自覚もある。だから短歌の濃厚さに時としてたじろぐ。河野裕子は本当にすごい。けれど、辞世の「手をのべてあなたとあなたに触れたきに息がたりないこの世の息が」を前にすると生々しさに困惑が先に来る。見てはいけないものを見てしまったような。

しかし、この照井翠の、東北受難の句には強く惹かれる。この中のいくつかを多分ぼくは暗記してしまうだろう。憑かれるだろう。それは共有するものがあったからだろうか。

時を経るにつれて悲哀は薄れるか。輪郭はぼやけても重さは変わらないという気がする。彼の地の人たちはその重さを負って生きていくのだ。

寒昴たれも誰かのただひとり

今生のことしのけふのこの芽吹

春の海髪一本も見つからぬ

亡き娘らの真夜来て遊ぶ雛まつり

**×月×日**

話題を変えよう。

半端にしか知らないという点では俳句もシェイクスピアも同じ。先達の言葉に蒙を啓《ひら》かれて感心するところも同じ。

全戯曲を訳しつつある松岡和子の**『「もの」で読む　入門シェイクスピア』**を文庫で手に取った（ちくま文庫）。

松岡の訳はすばらしい。たまたま先ほど蜷川幸雄演出小栗旬主演の『間違いの喜劇』（二〇〇六年、彩の国さいたま芸術劇場）をビデオで見ていて、台詞の威力に改めて感心した。早口で乱射される言葉に仕込まれた地口や密かな含意の共振が着実にこちらの言語野に届く。情緒に流れやすい日本語にロジックを盛り込んで笑いに繋げる。演出の意図した「上品なドタバタ喜劇」の成功の何割かは翻訳の力によるものだ。

松岡の文庫はシェイクスピアの芝居の一つ一つを何か「もの」をきっかけに解き明かそうという試みのエッセーである。『間違いの喜劇』ならば双子の名前、『夏の夜の夢』ならばボトムがかぶるロバの頭。『マクベス』ならば蠟燭の火。

おもしろいのは机上の作業に終わっていないからだ。原典と注釈書と辞書だけでは翻訳は完了しない。芝居の言葉は外の世界に還流している。役者から訳者へのフィードバックがある。

「ガートルードとオフィーリア」の章に感心した。『ハムレット』を訳していてヒロインのオフィーリアの台詞がどこか生硬だと思う。よくわからないまま「品位を尊ぶ者にとってはどんな高価な贈り物も、贈り手の真心がなくなればみすぼらしくなってしまいます」と訳した。すると実際に役を演じた松たか子が「私、それ、親に言わされてると思ってやってます」と言った。これで疑問氷解。父親ポローニアスが殺された後でオフィーリアの口調がまるで違うものになる理由もわかる。

芝居の世界はおもしろい。こんな話がぎっしり詰まっているこの本もおもしろい。

### ×月×日

はるか昔、理系の学部に身を置いていたことがあって、最小限の数学は知っている。おかげで数学に対する興味が持続している。それで以前マーカス・デュ・ソートイの『素数の音楽』という本に熱中した。同じ著者の**『数字の国のミステリー』**（冨永星訳　新潮社）に手を伸ばしたのは当然で、これがまた好著だった。

難解な話はなく、素数とかフラクタルとか暗号とか、日常生活につながる話題ばかり。そして、雑学的な博識に由来するエピソードがぎっしり詰まっていて、そこがおいしい。

ビートルズの「ＨＥＬＰ！」のジャケットは四人が手旗信号を送っているように見えるが、その文字は「ＨＥＬＰ」ではなくて「ＮＵＪＶ」だとか（カメラマンが勝手に変えたらしい）、十六世紀のイタリアでゆで卵に暗号を書く方法が発明されたとか（特殊なインクで殻に書くと白身まで浸透して殻の文字は消える）、自分の電話番号が素数である確率とか（ケータイは頭の0を捨てて十桁とすれば、この桁の数が素数である確率は二十二個に一つ）だとか、そそられる話ばかり。

——2012/12/27

# 2013年

## 085　北方の自伝の傑作、建築の最前線

**×月×日**

自伝がおもしろい条件は何だろうか？

まずはその人生が波瀾に満ちていること。

それを記述する文章力があること。

自慢話に堕しないこと。

『**人間総業記　知床ウトロ絨毯**』（小野寺英一　港の人）はこの三つを満たしてとんでもなくおもしろい。

まるでレスコフの小説のよう。

昭和の初期、北海道の北見で製紙のための森林伐採を請け負う親方の家に男の子が生まれた。三女の後の長男だった（これがこの本の著者）。

この親方はなかなか工夫の人で、伐った丸太を馬橇《ばそり》に乗せる道具を考案してちょっとした財産を成した。それを元手に山を降りて丸瀬布《まるせっぷ》に料亭を開く。

こんな商売替えができたについては親方の伴侶、つまり著者の母の力が大きい。人の心を摑むのがうまく、采配が巧みで、しかも料理の才がある。

それでも少しずつ先細りになったので、四年の後、サロマ湖畔の芭露《ばろう》に移ってやはり料亭を経営する。ちなみにこの一族は明治初期に岩手県の水沢から屯田兵として北海道に入植している（同時期に淡路島から日高に入ったぼくの祖先に似ている）。

著者十歳の時に樺太に移住。東海岸の樫保《かしほ》に住んだ。二十四歳で上京するまでの四ヵ所の住所がすべて「番外地」であったと著者は笑うが、辺境ゆえに生きる力を試され、それに応じたのだ。

樫保でも生業は料亭。支那事変が始まって内地では食糧などの統制が進んでいたが、第一次産業で景気のいい樺太はまだ自由経済で、酒なども容易に入手できた。

父は山の現場に戻り、店の薪ストーブで焚く木を一人で伐採する。その搬出の時に幼い長男を連れて行く。自分で考案した「片手橇」に大量の木材を積み、それを曳いて雪の斜面を駆け下りる。その橇の後ろに乗る息子の興奮。いい場面である。

そして敗戦。

樺太はソ連軍に蹂躙《じゆうりん》され、やがて民政に移っても、小さくなって暮らす日本人に帰国の途はなかなか巡ってこない。少年は一人だけでも早く帰ろうと家族と離れて船を探すが、無理とわかって一ヵ月後にまた家族のもとに戻る。

樫保ではソ連の行政下に安定した生活が戻ってきた。ロシア人との間に人情篤い行き来が生じ、少年は同い年の友だちを得て、仕事で扱うロバとも気心が通じるようになった。

こういうことを書く文章がとてもいい。記憶が鮮明で、場面ごとの描写が細密、読む者の思いを喚起する力に満ちている。

流氷に二つ穴を開けてその間に網を張る漁法で氷下魚《こまい》を捕って、そのまま凍らせて売った。「父は俄か仕込みの漁師だが、何の職業でも簡単に自分のものとしてしまう」という父の能力はこの先々も発揮され、息子にも受け継がれる。

昭和二十二年九月に一家は北海道に帰った。樫保の商売でしばらくは生活に困らないはずの現金を持ち帰ったつもりだったが、戦後のインフレで紙くず同然になっていた。それを著者は抽象的に報告するのではなく、帰国してすぐ買った函館のイカの値段に絡めて伝える。ノンフィクションとしてうまい手法だ。

生きるために一家は開拓民として知床半島の根本にあるウトロに入った。ここでちょっと謎めいたこの本のタイトルの意味が明らかになる——「若かりし頃の九年間、私が毎日拝んだ知床の夕陽であった。オホーツクの海も、知床連山も、ペレケ川の渓流も、そこに生きていた人間や動物も、すべてが織り重なって、私の胸に畳み込まれている。私はこれを一枚の『ウトロ絨毯』と命名した、私の宝ものである」。

この人たちは転地と再出発を何度繰り返したのだろう? 整理不十分で行きつ戻りつの多い、いささか雑然としたこの実録がかくも読む者を魅了する理由はどこにあるのだろう?

父親に似て著者も自然相手の能力を備えている。体力もある。置かれた環境を間違いなく読み取って、そこに生活の資を得ることに長けている。だから厳寒でも交通途絶でも食糧不足でも戦乱や異民族支配でも生きて行ける。

次に、人に好かれる。本人はそう言っていないが、足跡を辿っていけば行く先々で会う人に好かれ愛され、それで窮地を乗り越えたことがわかる。つまりは彼の方も人が好きだったというわけで、親しくなった人たちの名前がかくも多く並ぶことがそれを証している(先日亡くなった大鵬のお兄さんと相撲を取ったけれどやっぱり敵わなかったとか。いい話だ）。

ウトロで彼は郵便局員になった。国家公務員だが、熊ヨケ笛を吹きながら山道を歩いて配達するのだから、自然相手という面はやはり大きい。

先によい自伝の条件として、自慢話に堕しないことと書いた。生き延びて、老いの境地に至って、これを書いたのだから彼は勝者かもしれない。しかし、競争相手は他人ではなかった。だから奮励努力が嫌みにならない。昔風の人生観が素直に受け取れる。

これで生きられた時代はよかったと思う。

**×月×日**

時代は変わる。

「コンクリートから人へ」というのはよいスローガンだったが、現政権はあっさりそれを引っ繰り返した。田老《たろう》の倒壊した高さ十メートルの防潮堤の前に立って見れば、「国土強靭化計画」がいかに空疎かわかるだろうに。

**『小さな建築』**（隈研吾　岩波新書）はコンクリートの否定である。

数年前にこの欄で取り上げた『自然な建築』もそうだったが、隈は素材から考える建築家だ。コンクリートが大きい建物を目指すのに対して、違う材料で小さな建築を提案する。

大きいことを目指してきた文明の針路を変更しようと言うのだ。これはＩＢＭからアップルへの変化に似ている。大きなメインフレームからパソコンへ移行したことでコンピューターはずっと人間的になった。

隈の提案はどれもおもしろい。四角いプラスチックの容器に水を満たす。つまりポリタンクだ。これを煉瓦のように積み上げる。容器には組み合わせて安定するように凹凸がある。これに水を満たして積んで建物を造る。

この方法はもう一歩進んで、形を工夫して（梁を渡さずに）屋根部分も組めるようにし、更に水を入れるバルブを二カ所に作ってブロックからブロックへ水が流れるようにした。

この「ウォーターブランチ」によって細胞と体液の関係が建築に再現された。床暖房どころか全壁面空調が可能になる。そのエネルギー源を太陽光などの自然に求めれば、ウラン鉱山から原発を経て家庭までの巨大システムは不要になる。これはそれほどの大きな針路変更の提案なのだ。

積む原理の次に凭れ掛かることを試みる。差し掛け小屋（lean-to）は大きな建物や自然物に依る建築だが、ここではもっと意味を広げて水平と垂直ではなく三角形をユニットにした工法が試みられる。この方がずっと軽くて強い。

更には、織る。日本建築の基本である木組みの発展系で、細い木材を一点で三軸で組み合わせる。ジョイントを使わないジャングルジムのよう。その先では交差角を直角ではなく斜めにしてみる。太宰府のスターバックスが実例であるそうだ。今度近くに行ったら見てみよう。

ふくらます、もある。二重の膜構造の間に空気を入れて丸っこいテントのような空間を作る。これはフランクフルトで明るい茶室として実現した。

強度と永続性を人は問うだろうが、強度は条件を決めれば計算できる。永続性は組み構造の五重塔が何百年も保っていることで保証される。代謝を重ねて変わっていく建築を考えれば永続性の意味も問い直される。

建築の最前線はおもしろい。

——2013/2/14

# 086 「原発事故報告書」、地震を学ぶ、黒い羊

**×月×日**

あれから二年になる。

津波と原発の被害を負って、我々は何をしたのか、何をしなかったのか?

福島第一原子力発電所の崩壊について、四つの「原発事故報告書」が提出された。「国会」と「政府」と「民間」と「東電」。

これで事故の実態は解明されたかというとそうでもない。

全部を丹念に読んだわけではないが(合わせると二千四百ページ、総重量十キロ近くになる)、四つを前にしてぼくが思ったのは、これから正確な事故の実態を知るのは素人には無理だということだ。

厖大な文章量だが、大事なのは書かれなかったことの方で、それを見抜くのは容易ではない。

世の中には、科学による偽装ということがある。まことしやかに数字を並べ、図表を飾り、いかにも検証された真実であるような報告が実はウソの塊という場合もあるのだ。

ウソを見抜くのに**『「原発事故報告書」の真実とウソ』**(塩谷《しおや》喜雄　文春新書)は役に立つ。

著者の塩谷喜雄の論旨はまこと明晰。それは本書「はじめに」の二ページ目でもう明らかになる――

「本来なら、事故後速やかに、公的な調査・検証組織の手に委ねられるべき事故現場の管理・保存が、今もって当該責任企業の東京電力の手中にある。巨大システムの事故といっても、原発事故の事後検証は、航空機事故や鉄道事故の調査とは全く違う、大きなハンディキャップを最初から背負っていることになる」。

そうなのだ。

墜落した飛行機の残骸は（仮に航空会社の格納庫内に置かれるとしても）、事故調査委員会の管理下に入る。福島第一は、二度と稼働することはないのに、今もって東電の資産であるらしい。

個人の声が聞こえるのがいい。素人代表としての玄人（新聞記者出身の科学ジャーナリストという理想の出自である）が科学の偽装を剝ぐ。

「なんで事故調が4つもあるんだよ」という「素朴な疑問と大きな怒り」から出発できたのはそのためで、ぶつぶつ言いながら全部を精読した結果の格付けはこう――

「国会」は星5つを満点として3・5。人災であると断定しているところは評価できるが「上滑りの、後にその根拠が疑われる、首相と官邸の批判に走り、結果として東電の責任逃れに手を貸した」ので1・5の減点。

「政府」は星3つ。緻密な調査をしたのに「責任の所在に触れないよう、細心の配慮をした結果が、これらのどこか他人事のような一般論、ゆるくて心に響かない格言もどき」になったという。

「民間」も星3つ。福島第一よりも官邸に注目して「アメリカンな人間ドラマ」の解明に走り、見当違いなことになってしまって2点減点。「事故は官邸で誰かがボタンを押し間違えて発生したわけではない」のは明らかなのに。

「東電」は黒星1つ。「読んでいて、これほど胸の悪くなる文書は、そうざらにはない」というほどの破廉恥な責任逃れ。

「東電の言い分を、記述の欠落も含めて、素直に読み解いてゆくと、こうなる。十数万人の住民の故郷と平穏な日常生活を奪い、不安な避難生活を強いている放射性物質の大量放出など、ドル箱、稼ぎ頭である福島第一の老朽原発群が壊れて元に戻らない事に比べれば、取るに足らない、無視しても構わない程度のことだ」

ぼくはずっと、本当に津波だけで炉心溶融にまで至ったのか、知りたいと思っていた。地震で配管破断など設計上あり得ないはずの破壊は起こらなかったのか？

「東電」と「政府」は「徹頭徹尾『津波主因説』」を貫き、「国会」は地震で損傷した可能性を指摘し、「民間」は中立的。

塩谷は四つの報告書を精緻に解析して、福島第一と福島第二の比較においては「政府」が群を抜いていると指摘する。なぜイチエフは崩壊しニエフはしなかったのか。「次の手段の有効性を確認する前には、現在稼働中のシステムを止めない」という常識がニでは生かされ、イチでは無視された。チェルノブイリはおろかその前のスリーマイルの教訓さえ無視された。この東電を筆頭とする電力業界に再稼働を言う資格があるだろうか。

書評のつもりが、抜粋になってしまった。四つの「原発事故報告書」を精錬して核心部分だけを抽出したのが塩谷の本であり、それをまた蒸留して結論だけにする。だから引用が多くなる。

メディアの責任もある。

「事故の核心部分である炉心溶融をめぐって、これだけ怪しい事態が続いているのに、メディアは一体何を報じたのか。ベントや海水注入で、安直な官邸批判を繰り返した新聞が、iPS細胞の心臓移植で、そろって大誤報をしたのは偶然だろうか」という批判に読売と産経はどう答える？

以下はぼくの考え——メディアが官邸の対応ばかり問題にしたのは目くらましだった。そのきっかけは菅直人が政治家には珍しく理系だったからではないか。それが逆に「半素人が口を挟んで」と突っ込む隙を与えてしまった。この間、バカにされ、いいように利用され、貶められたのは科学そのものではなかったか。

**×月×日**

社会の安全保障のために、科学は尊重されるべきだ。

津波で父を失った気仙沼出身の若い女性が、悲しみの中で父の死に向き合おうと思う。この人の場合、それは地震と津波を科学的に知ることだった。

**『地震のはなしを聞きに行く　父はなぜ死んだのか』**（須藤文音文　下河原幸恵絵　偕成社）は著者たちが三人の専門家を訪ねて聞いたレポートから成っている。

彼女たちの問いは「どうして地震がおきるの？」、「地震の歴史を知りたい」、「どうやってそなえる？」という三つ。まるで若者が三人の賢者に会いにゆくという民話のようだ。

子供にもわかるようにわかりやすく書いてあるが、決して読者を子供に限定してはいない。誰が読んでも役に立つ必須の知識の見事なエッセンスになっている。

地震のことを知らない素人が、知っている学者を見つけて、謙虚に質問を重ねる。一歩ずつ進んで正しい理解に至る。その過程がそのまま科学の方法論を体現している。事故調のメンバーたちに読ませたいと思った。

プレートとか、活断層、震度とマグニチュードなど、わかったつもりの用語が改めて明快に説明され、今回の地震のメカニズムもわかる。そういう解説の合間に著者たちの震災体験がマンガやエッセーで挟み込まれる。災害の臨場感と冷静な学問が手を繋いでやってくる。

ぼくは少しは勉強しているつもりだったが、それでも知らないことがいくつもあった。一つはアスペリティという概念。岩盤どうしが固着している部分のことで、ここが壊れると大きな地震になる。

もう一つは、地震の多い時期というのは確かにあって、九世紀と現在（！）がそうだということ。「この地震が多い時代をのりこえたら、いずれまた地震のすくない時代が来るはずです」と三人の専門家の一人寒川《さんがわ》先生は言う。

**×月×日**

科学者を尊敬しなければならない。その一方で科学者を笑うのもいい。

**『サイエンスジョーク　笑えたあなたは理系脳』**（小谷太郎　亜紀書房）でぼくはけっこう笑えた。理系脳だからではなく、ただの知識。科学者が笑うべき人々だと知っているから。

工学者と物理学者と数学者がスコットランドを列車で行く。車窓から黒い羊が一頭見えた。工学者は「スコットランドの羊は黒い！」と言う。物理学者は「スコットランドには黒い羊が少なくとも1匹いる！」と言い、数学者は「スコットランドには少なくとも片面が黒い羊が少なくとも1匹いる！」と言った。

片面が黒い羊って、笑えるでしょ。

——2013/3/21

## 087 現代の人種論、おっさん、おっきらい

**×月×日**

普段の会話の中にDNAという言葉はすっかり定着してしまった。

誰かが何かとんでもないことをすると、それはDNAのせいと言う。遺伝的な決定論。

そういう考えかたは研究者がDNAすなわちデオキシリボ核酸を見つけるずっと前からあった。「氏《うじ》より育ち」という時の「氏」を科学の言葉で言うとDNAになる。そこで「DVのDNA」というような言いかたが日常化した。「育ち」は環境か、文化か。

「氏」の最も大がかりなくくりを「人種」と呼ぶ。

**『人種は存在しない――人種問題と遺伝学』**（ベルトラン・ジョルダン　山本敏充監修　林昌宏訳　中央公論新社）はずっとぼくが知りたいと思っていたことを教えてくれた。

二〇〇三年、ヒトゲノムの解析が完了した。この本はその知見を踏まえて、ヒトを集団としてまとめた時にその間に有意な差異があるかどうかを検証してゆく。

差異があるとしても、それを優劣と読み取っていいだろうか。アフリカ人がスポーツの能力に長けているというのは本当で、それは彼らが知的な面では劣るということなのか（スポーツ云々はそういう論旨に沿って使われることが多い）。

人種という言葉は新しい。十七世紀に奴隷制度の裏付けのために造られたのだ。黒人は白人より劣る。だから奴隷として使うことは神意に叶う。

本当は違う種だと言いたかったのだ。しかし黒人と白人の間にも混血の子は生まれる。種の定義から言って分けることはできない。それに聖書には人間はすべてアダムとイブの子孫と書いてある。

それでも人種という分類は定着した。ダーウィンの進化説が都合よく使われた。植民地支配が正当化され、最悪の応用例としてアウシュヴィッツがあった。

ゲノム分析によればヒトには約三十億対の塩基配列があり、個人ごとに異なるのはその内の〇・一パーセント、たった三百万対に過ぎない。ヒトに近い大型猿類の場合、個体間の遺伝的な差はヒトの四、五倍あるという。我々は均質なのだ。

その理由をジョルダンは「われわれの種が誕生したのが最近であることに加え、数千年以来、地球全体でヒト集団の交わりが、大規模におこなわれたからだ」と説明する。

その一方、遺伝子に由来する疾患があることはわかっているし、遺伝子と体質の間に相関があるのも間違いない。

それはそのまま優劣ではない。ある環境で有利に働く形質が事態が変われば不利に働くことがある。ぼくが知っている例で言えば、ポリネシアの人たちの肥満は小舟で大洋を渡る時に有利だったからだと説明される。熱帯でも渡洋は寒いのだ。しぶきで濡れて風にさらされて体熱が奪われる。だから肥満者だけが環境によって選択されて遠い島に到着できた。しかし肥満は今の時代には不利だ。

（と書きながら、こういうわかりやすい説をそのまま受け入れていいのかという疑いも湧く。）

イヌにはなぜあれほど多くの種類があるのか？　ヒトと違ってイヌは飼い主が交配の相手を選べた。ある形質を強化するようデザインできた。イヌは生殖のサイクルが短い。だからヒトの十万年分の進化を一万年で走り抜けた。

それでもジョルダンは、遺伝によってある種の身体能力が勝るグループがある可能性を否定しない。ケニアのリフトバレー州から長距離走のチャンピオンがたくさん生まれている。みな総人口三百万ほどのカレンジンというグループの出身。「彼らの代謝機能の特徴は、運動中の乳酸の蓄積が著しく遅いことだ。また、筋肉のエネルギー代謝に介入する酵素が通常よりも高いレベルにある」と言う。

しかしながら、「高地にあるリフトバレーで毎日五キロメートルから十キロメートルの距離を走って学校に通うという少年期を過ごした彼らにとって（この地域では、そうした習慣は珍しくない）、それらの特徴が先天的なものなのか、あるいは後天的なものなのかはよくわからない」。

「氏」か「育ち」か、難しい問題だが、これを論じる時にいつも政治的な意図が混じることは覚えておいた方がいい。社会に由来するあるグループが勢力を増すために科学を利用する。「人種」と聞くたびに、かつてこの言葉は奴隷制の補強装置だったことを思い出そう。

**×月×日**

堅い人種論で疲れたから、柔らかい本を探した。犬も歩けば棒に当たる。ラッキーなことに**『私の中のおっさん』**(水野美紀　角川書店)に出会って、脳のすみずみまでほぐされた。

この方、天下に隠れもない大女優であるらしいが、ごめん、そっちの方は何も知らない。しかしながらこのエッセー書きの腕力、ただ者ではないと思った。

話題がおもしろい以上に文体がすごい。なんというか、ぴょんぴょん感、一人で踊って勝手に丁々発止という感じ。こちらは呆れて見ているしかない。

でも文体は引用しなければわからないし、それをやったら全文引用になってしまう。自分と共有できる話題を追うか。

カレーのためのたまねぎあめ色炒め。三十分かかるの、やってます。

極寒の場でのオオカミ待ち。知らない。南極にオオカミはいなかった。

「エジプトのホテルで、シャワールームに入って蛇口を勢いよくひねったら、離れたところにある洗面台の蛇口から勢いよく水が出た」って、のは知ってる。ぼくの場合はインドのホテルで、浴槽の二つの水栓の両方から熱湯が出た。冷めるのに三十分かかった。「いったいどんな配管工事がほどこされたのですか」という感慨は同じ。

占い師さんに「ノイローゼって膝から来る」と言われた話。ぼくはついこの前に刊行した小説の中で、拳銃で悪い奴を撃っていいかという問いに「でも脚しか撃っちゃダメだよ。人に悪いことをさせるのはいつも脚だから」と答えさせた。

話題が当方とかぶってるから面白いのではない。ともかく語り口がむちゃくちゃ愉快。ツノゼミの過剰進化の話なんて、そのまま理科の教科書に載せたいくらいだ。ある種のセミは「限りなく植物っぽくなり、一体化して敵の目を欺く」のだが、それがどこかで行きすぎる。で、その先、行きすぎてしまった奴とまだしも普通の仲間の間の会話が三ページ半続く。これがまあ抱腹絶倒の展開で、この個体のゲノムは他とどう違っているかと考えると壮大な知的混乱に襲われる。

このセンスで震災のことを書くとどうなるか。世間の自粛ムードに対して「主にバカだったり面白さだったりを届けるのをモットーとして」いる演劇ユニットとして、「がんばることに決めました」と宣言する。

そう、災害には笑いが必要。

**×月×日**

震災の時、水野さんは震災の二年前にロケで行って知り合った大船渡の花川さんの身を案じた。追記に花川さんの無事が記してある。よかった。

大船渡に越喜来という集落がある。この二年間、ぼくが頻繁に行っているところだ。「おきらい」あるいは「おっきらい」と読まれるこの地名の語源がずっと気になっていた。

**『災害・崩壊・津波　地名解』**（太宰幸子　彩流社）にその答えがあった。

地名は、たとえ縁起のいい字が使ってあっても、その底層には災害の記憶が秘めてあることがある。例えば「あざぶ・あおそ」は「崖地を意味し、崖崩れの起こりやすい地」であるそうだ。歴史学と民俗学と言語学を踏まえての答え。

で、「越喜来」は、ぼくが予想したとおりアイヌ語起源だった。「オ」は川尻、「キフイ」は淡水魚の中で最も大きくなる魚として知られるイトウだった。昔はあのあたりにもイトウがいたのか。

――2013/4/25

## 088 イラク戦争、ユージン・スミス、ピンチョンの冒険

**×月×日**
私的な事情から始めれば、十年前の二〇〇三年の春、ぼくは一人でイラク開戦反対キャンペーンをやっていた。

その前の年の晩秋にイラクに行って、あの国の人たちがすっかり好きになり、ここに爆弾が落ちるのは嫌だと思ったのだ。当時、各国のメディアはサダム・フセインのことは報じてもイラク国民のことは何も伝えていなかった。

それに憤慨したこともあって、帰国して二カ月で『イラクの小さな橋を渡って』という本を出し、講演やラジオやテレビで開戦に反対しようと訴えた。

しかし三月二十日、ブッシュ・ジュニアは戦争を始め、その日のうちに小泉首相は「アメリカの武力行使を理解し、支持する」と表明した。

人も知るごとくイラク戦争は悲惨な結果に終わった。大量破壊兵器はなかったし、イラクの社会は崩

壊し、十万人が亡くなり、混乱は十年たった今も続いている。

ブッシュ・ジュニアは退任に当たって「大統領の職にあった中で、最大の痛恨事はイラクの情報の誤りだった」と言った（論理のすり替えはあるが一応の反省と聞いておこう）。それに対して小泉元首相は何も言っていない。

これを不満に思っていたところ、**『検証　官邸のイラク戦争――元防衛官僚による批判と自省』**（柳澤協二　岩波書店）という本が出た。著者は当時、防衛庁防衛研究所所長として政策決定の中枢にいた人物である。

これで多くのことがわかった。ある意味ではぼくが予想していたとおりだった。日本はイラク攻撃の大義に共鳴したわけではなく、ここは奉加帳に名を連ねるしかないと判断しただけだったのだ。だから小泉は不運ではあっても判断の誤りとは思っていない。反省の弁が出てくるはずがない。

開戦を前にして日本の外交には日米同盟と国際協調と二つの原理があった。両者が一致していればいいが国連は逸《はや》るアメリカを支持しなかった。日本は国際協調を捨てて日米同盟を選んだ。これは判断停止である。

この点について柳澤の分析は誠実で徹底している。「大量破壊兵器の脅威から世界を救う道筋は戦争だけではないし、まして日米安保条約上の義務にない場所に自衛隊を派遣してアメリカを助けることでもない。その単純な事実が忘れられたとき、安全保障の手段であるべき同盟は、それ自体が目的に転化する」という論は納得のいくものだ。

だから選択肢は日米同盟か国際協調かではなく、「アメリカか日本か」でなければならなかった、と柳澤は言う。ここに言う日本とは「平和を国威よりも優先する価値観とし、戦争を否定することによって『国際社会において名誉ある地位を占め』ようとした日本である」。しかし日本は「戦後の平和国家としての自己認知を否定し、アメリカと軍事リスクを共有することによって国威を高め」ようとした。

この選択の結果として薄氷を踏む思いの自衛隊派遣が実施され、やがてそれに見合う成果がないと明らかになるまでの日々の記録は興味深い。優秀な官僚はこのような思考回路を持っているのかと感心する場面が多い。法や常識と現実がかけ離れている時にその間をどういう論理で繋ぐか。まして外交はさまざまな力が交錯するゲームだ。

だからこそ後になっての検証は必須。どの段階のどのカードが間違いだったのか、それを明らかにしなければならない。

あの戦争はイラクの脅威を取り除くだけでなく「国際社会のルールを無視して核開発を目指すイラク以外の国の思惑を放棄させるための戦争であり、日本が戦争を支持した理由もそこにあった」と柳澤は言う。だが、「イランと北朝鮮は、核開発の野望を捨てないどころか、イラク開戦以後今日に至るまで、その能力を高めている」。どこで間違えたのだろう。

この本が一ページずつ精読に価するのは、現代史を素材に外交と戦争についての精緻な思考が展開されているからだ。外野から見ながら何かおかしいと思っていたことを柳澤は理論的な矛盾としてきっちり指摘する。今からの日本の方針に寄与する材料がここにある。

イラク戦争は失敗に終わり、それは日米同盟にも傷を残した。彼我の関係は変わった。尖閣諸島で日中が衝突してもアメリカは介入しない公算が大きい。我々はアメリカを相対化する視点を持つべき時期に来ている。

## ×月×日

石牟礼道子の『苦海浄土』、土本典昭の映画、そしてユージン・スミスの写真。

水俣病という事件が多くの優れた著作物を生んだのはなぜだろう？　不知火海にあって連合赤軍やオウム真理教になかったのは患者の人間性という共感の源だった。

**『ユージン・スミス——水俣に捧げた写真家の1100日』**（山口由美　小学館）はこのアメリカ出身の写真家が水俣に住んで、病気と戦う（闘病ではなく病気を巡る社会的状況と戦う）人々を撮った日々を辿るルポルタージュである。

山口は対象を描くだけではなく、そこに至る自分の歩みを記述する。メイキング・オブを作品にするという手法を採る。

話の始まりは石川武志という写真家との出会い。彼がかつてユージン・スミスのアシスタントであったと知って昔の話を聞き、そこから探索が始まった。

ユージンと妻のアイリーン、それに石川の三人で水俣に住み、患者たちと行き来して親しくなり、彼らを撮る。ユージンは五十三歳。アイリーンと石川は共に二十一歳。

ぼくが先に挙げた三人に共通するのは、みな患者たちの間に入っていって、そこで信頼を得て作品を生んだということだ。「スミスにとって、自分が仕事をする前に、当の社会的状況へ全面的に没入することが前提になっていた」とガブリエル・ボーレは言う（『ユージン・スミス写真集　1934—1975』）。外国人であったスミスが水俣に入れたのは強引な誠意とも呼ぶべき資質があったからだろう。

この本の中で山口は「入浴する智子と母」という一枚の写真のことを力を込めて論じている。水俣病のイコンとしてあまりに有名になったために封印され、公式には見られなくなった写真。ジョン・レノンの「イマジン」やミケランジェロの「ピエタ」とも並べられる作品である。

メイキング・オブだからか、山口はことの渦中にいて少し焦っているらしい。しかしこういうことは時間が解決するとぼくは思う。あれは百年くらいで価値を失う写真ではないだろう。

山口の本の主役の一人ともいうべき石川武志の『**MINAMATA NOTE 1971～2012　私とユージン・スミスと水俣**』（千倉書房）という写真集が去年の秋に出ていた。これもまた水俣が生んだ魅力あふれる作品である。ユージン・スミスほどアピーリングではないが、その分だけ温かみがある。表紙になった諫山孝子像は本当に美しい。

**×月×日**

あまりにも読者を限定する本だから紹介するのも気が引けるのだが、『**ミラーさんとピンチョンさん**』（レオポルト・マウラー　波戸《はと》岡《おか》景太訳　水声社）が楽しかった。現代アメリカを代表する大作家トマス・ピンチョンの『メイスン&ディクスン』や『V.』を読んでないと楽しめない、しかし知っていると実に愉快なコミックである。

実在した地理学者メイスンとディクスンの代わりにヘンリー・ミラーとピンチョン本人がアメリカ横断測量旅行をする。パロディーの組み立てが粋で、アメリカ的で、笑えて泣ける。しかも作者はオーストリア人で原書はドイツ語だそうだ。

――2013/6/13

## 089 永続敗戦、文士のブログ、担ぐな、ひねるな

### ×月×日

何かおかしい、ということがいくつも重なる。一言で言えば筋の通らないことが多すぎる。なぜ福島県をボロボロにした東電があぁまで居丈高なのか？　なぜオスプレイは勝手放題に飛んでいるのか？　なぜ自民党が選挙で圧勝するのか？

どれにも明快な答えが見つからない。それはたぶん我々が問題から充分に距離を取っていないからだ。ぼくなど「戦後」を六十数年も生きてきたから、すべての問題は間近すぎて客観視できない。紋切り型の対応しかしていないと自分でも焦っているのだが。

もっとカメラを引いて視野を広くし、見逃していたものを取り込まなければならない。例えば白井聡の**『永続敗戦論——戦後日本の核心』**（太田出版）を読むとかして。

戦後という時代の実態が何だったか、これほど明確に解析した本はなかった。読んでいて慄然とするほど。

我々は「敗戦」という事実をスルーしてきた。「終戦」と言い換えて見ないようにしてきた。そこまではぼくも考えていた。しかし、日本が民主主義国でいられたのは朝鮮半島の共産化が三八度線で食い止められたからだとは気づかなかった。

日本は戦後すぐに民主化されて選挙で成立した政権がことを仕切ってきた。しかし韓国と台湾ではずっと軍事独裁政権が続いた。理由は簡単で、ソ連との対決の前線である両国にアメリカは民主主義を許さなかったから。戦争をするには民主主義は邪魔になる。

国家とは巨大な利益追求組織であり、そこに倫理を求めるのは筋違いだ。それなのに日本はこの数十年間、敢えてアメリカは善であるという妄想の上に立って国を運営してきた。

この状態を白井は「永続敗戦」と呼ぶ。

それが今、破綻しかけている。アメリカにはひたすら追従、近隣三国には強硬姿勢という構図が崩れようとしている。頼むアメリカにはもう頼れない。頼んだのが間違いだった。

具体的には、「米国に対しては敗戦によって成立した従属構造を際限なく認めることによりそれを永続化させる一方で、その代償行為として中国をはじめとするアジアに対しては敗北の事実を絶対に認めようとしない。このような『敗北の否認』を持続させるためには、ますます米国に卑従しなければならない。隷従が否認を支え、否認が隷従の代償となる」。

ここまでならば白井が言うのは若い論客の卓見に過ぎないかもしれない。しかし彼はこの「永続敗戦」の仮説を昨今の三つの領土問題に応用してみせる。外交文書を精緻に読んで関係各国の言い分を客観的に精査すれば、日本がそうそう強気なことを言えないのが明らかになる。

うちには強いお兄ちゃんがいるんだぞ、と言って振り向くとそこにお兄ちゃんはいない。アメリカは尖閣諸島に属する久場島と大正島を射爆場として実効支配しているのに、尖閣諸島の帰属問題については「中立の立場」と言っている。

それでは筋が通らないというのはこちらの勝手な思いであって、利を考えればアメリカの選択は当然。些細なきっかけから尖閣で軍事衝突が起きたとしてもアメリカ軍は出動してくれない。オスプレイは来ない。日米安保は基本的に不平等なのであり、それは日本が敗戦国だったから、今もなお敗戦国であるからだ。

多くの謎があきらかになる。日米地位協定の改革一つアメリカに申し出ることもできないのに「主権回復の日」を祝う理由、この国の指導者が誰も失敗の責任を取らない理由、右翼が親米である理由……なぜこの欺瞞の体系がかくも長きに亘って存続してきたか？　経済の繁栄があったからだ。「平和と繁栄」はセットだった。二つはただ並置されているのではなく本質において結びついている。そして今、繁栄が失われようとしている。となると平和も危ない。

白井は現実を見ないままスローガンを繰り返す平和主義者に対しても厳しい。「唯一の被爆国である日本は……」という言葉のあとになぜ自動的に「いかなるかたちでも絶対に核兵器に関わらない」が続くのか。もう一つの選択肢、「二度と再び他国から核攻撃されないよう進んで核武装する」という方を熟考して捨てた上での前者でなければ意味がないのだ。しかし後者はアメリカが許すはずがない……で済ませてしまうのが「永続敗戦」思考なのだろう。

昭和二十年、天皇をはじめとする日本の指導者は革命を嫌って敗戦を選んだ。それが今も続いている。この現実を認めない無責任は国家という概念を軽くする。原発の事故で犠牲を覚悟の措置が必要になった時、国民がテロリストに人質として拘束されて国家が脅迫された時、前線に立つ者の生命に対抗するだけの重さを日本という国家は持っていない。寺山修司が「……身捨つるほどの祖国はありや」と言ったのはこのことだ。

この本を土台にこれから多くの議論が構築されるだろう。

**×月×日**

人はみな自分を演じているが、たいていの人はそれを自覚していない。

ここに一個の作家がいて、きわめて自覚的に役柄を選び取り、日常茶飯においてもそれを演じ続ける。自己顕示欲ではなく、みんなを楽しませようという旺盛なサービス精神。こういう人は理想のブロガーになれる。

だから筒井康隆のブログを本にした『**偽文士日碌**』（角川書店）はおもしろい。ページを繰るうちに頭がほぐれる。微笑と微苦笑と哄笑が交互に襲ってくる。失笑は皆無。

役者でもある筒井が何かを演じるのは当然かもしれないが、役柄の選択が正しい。彼は『文士』になりすますのだ。今の時代、文士はパロディーとしてしか存在し得ないから、それを徹底してやってみようと宣言する。

だから、「鼻下に髭をたくわえ、庄屋造りの家を建て、家にいる時や近所を出歩く時は唐桟《とうざん》の着物の着流しという文士スタイル」で暮らしていらっしゃる。家まで建てるというところがすごいね。

そう言えば、山本周五郎が曲軒であり、石川淳が夷齋であり、内田百閒が百鬼園であるように、この人は笑犬楼を名乗っておられた。ラーフィング・ドッグと英語にするとイギリスのパブのように聞こえる（ちなみに「日録」でないのは「碌でもない」からだそうだ）。

かくして偽文士は東奔西走（もっぱら東京大阪間）、大江健三郎氏や「毒性の笑顔」の山田詠美女史など他の（偽？）文士と清遊し、うまいものをたくさん食べ、うまくないものも少し食べ、レギュラーのテレビ番組を主宰し、もちろん執筆もする。これが読み始めるとなんとも「やめられない、とまらない」なのだ。たぶんこれも（中）毒性があるのだろう。

最も筒井的なくだりを紹介しよう――

「井上ひさしが死んでからしばらくは、茫然として何も手につかなかった。まったく、彼が死んでこんなに寂しいのであれば、自分が死んだらどれだけ寂しいことか。死んで井上ひさしに逢えるのならいいがどうせひとり、暗くて冷たいところへ行くのに決まっている。ああいやだいやだ。自分が死ぬなんて場所には立ち会いたくない」って無理ですよ。主役なんだから。

×月×日

「神経内科医の生物学」という副題の『**鼻の先から尻尾まで**』（岩田誠　中山書店）は身体の構造の問題点を論じて興味津々。神様の設計ミスがあちこちにあることがよくわかる。

頚椎や腰椎を例に取れば、椎間板の耐久力は「たかだか40年」だそうで、だから首を左右にひねったり、上下に曲げたり、振り返ったりしてはいけない。スポーツなどもってのほかで「担ぐな、ひねるな、反るな、屈むな」と言われる。ラジオ体操は不健康の元だ。

——2013/7/18

090

## 長崎の負の遺産、半藤史学と戦争の評価

×月×日

先日、原爆投下の日から十日目に長崎に行った。

この町を訪れるのは初めてだ。昔、五島列島に行った時に空港を通過したばかりで市街を知らない。観光しようと思い、たまたま関心が原爆よりキリシタンの方に向いたので、平和公園や浦上天主堂ではなく、大浦天主堂に行くことにした。

ここは一八六五年に隠れキリシタンがフランス人の神父の前に名乗り出た場所である。二百数十年ぶりの「信徒発見」は大きな驚きだっただろう。羊たちは羊飼いなきまま、自分たちで信仰を保ってきた。

時間がなくてそれだけで帰路についたのだが、後になって原爆のことが気になった。なぜ長崎には被

爆の遺跡がないのか？

『ナガサキ　消えたもう一つの「原爆ドーム」』（高瀬毅　文春文庫）が答えを教えてくれた。著者は原爆の十年後に長崎に生まれた。そして長崎放送のある番組をきっかけにこの問題の調査を始め、その成果を一冊にまとめた。

広島の原爆ドームに相当するものは長崎にもあった。広島は産業奨励館だったが、長崎では浦上天主堂。経済ではなく信仰の建物。

「無残に崩れ落ちた教会と残された一部の壁。顔の半面が黒く焼けたマリア像や、イエス・キリストの使徒たちの像。首が吹き飛んだものもある」という写真が今に伝わっている。

ではなぜ今それは残っていないのか？　正直な話、あの北村西望《せいぼう》の手になる「平和祈念像」は原爆という歴史の重さに対抗し得るものではないとぼくは思う。

当初、市の原爆資料保存委員会は浦上天主堂の廃墟を保存すると決め、時の市長も賛成していた。

一九五五年、つまりこの本の著者が生まれた年に、アメリカ・ミネソタ州のセントポールから長崎に姉妹都市にならないかという提案があった。今でこそ珍しくないが、海外との姉妹都市提携はこれが日本で初めての例だったという。

田川務市長はアメリカに招待され、セントポール市で歓迎され、その後でアメリカ一周の大旅行をしている。外貨事情が厳しく、民間人の渡米などフルブライトなどで向こうから呼ばれないかぎり実現の途がなかった時代の話である。

戻った市長は崩壊した天主堂の保存についてがらりと態度を変えた。残す必要はないと言い始めたのだ。

この時に保存を訴えた岩口夏夫市議会議員は半世紀の後に市長の急変についてこう回顧する——「そ

りゃあもう、まるで小学生みたいな答弁でしたからね。田川市長は、名市長と言われた人ですよ。高潔で、汚職なんかなくて。それに弁護士出身だったでしょう。それが子供みたいなことを言うて抵抗するわけですから。アメリカで何かがあったとしか思えんですよ」。

セントポールはアメリカでもカトリック色の濃いことで知られる町である。同じカトリック仲間だから姉妹になると言えばわかりやすいが、背後では別の計算も働いていた。アメリカがカトリックの町に原爆を落としたというのは、早い話が外聞が悪い。しかもその遺跡が教会というのでは……

町だけに関わる話ではなかった。アメリカ国務省が裏で動いていた形跡がある。新しい天主堂を造る資金を出すという話もついてきた。これならば信仰の支援だから美談になる。ナイーブな日本がしたたかなアメリカにしてやられた。

負の遺産の価値を日本人はなかなか認めない。天災は忘れなければ先へ進めないと思う。しかし、何十年か後になって天災を思い出すには何か手がかりがいる。陸前高田の「雇用促進住宅」は五階建ての建物の四階まで津波が来たことが一目でわかる遺跡である。

まして原爆は人の仕業だ。ベルリンの真ん中に「ヨーロッパの殺害されたユダヤ人のためのメモリアル」がある。四角く切り出して磨いた黒い石が二千七百十一個、広場を埋め尽くしている。言ってみれば、日比谷公園に「従軍慰安婦の碑」を造るようなもの。

やはり長崎の焼けた天主堂の壁は残すべきだった。

**×月×日**

あの戦争をどう考えるべきなのだろう?

八月十五日は過ぎたがこの問題がなかなか頭を離れない。終わってから六十八年たっても(自分の年齢と一緒だからこれはぼくにとってリアルな数字なのだ)、まだ我々は評価を定めることができない。

歴史というのは過去に起こった事実ではなく、過去に起こったことを解釈して未来に役立てるために作られる物語だ。「史」とは文字で書かれたものを言う。

明治維新から敗戦まで、日本という国の歩んだ道をどういう物語にまとめるか。今、世に広く流布しているのは司馬遼太郎の説だろう。「昭和十年以後の統帥機関によって、明治人が苦労してつくった近代国家は扼殺された」という主張。その時期だけが歴史の「鬼胎」だという。統帥権が議会から独立して天皇直結だったために軍の暴走を止められなかった。

ぼくはこれは単純すぎると思っていた。歴史というのはもう少し込み入ったもので、誰が悪い何が悪いで済むようなことではない。

そういうことを考えている時に**『あの戦争と日本人』**(半藤一利　文春文庫)が刊行された。

半藤史学は統帥権の成り立ちを司馬よりも綿密に解析する。明治の元勲たちの仲間意識の内でいい加減に認められた統帥権の独立が後のもっと過酷な状況の中で一人歩きを始めた経緯を明らかにする。この論の展開はいちいち腑に落ちた。

綿密に史実を追う一方で半藤さんは我々の心の機微を突くことをさりげなく言う。例えば、日本人は読みで七文字になる四字熟語が好きだということ。言われてみれば正にそのとおりで、これが来るとなぜか判断停止に陥るのだ——「尊皇攘夷」、「公武合体」から始まって、「文明開化」、「万機公論」、「廃藩置県」を経て、「八紘一宇」、「滅私奉公」、「鬼畜米英」まで。感情が先に立って理性が眠る。

司馬遼太郎もそうだったが半藤一利も語り口がうまい。言ってみれば講談の文体だから、歴史という物語として受け入れやすい。その上で、未来のための物語として半藤さんは司馬さんより信頼性が高い。

分かれ道は日露戦争の後にあった。日本は戦闘で勝って戦争では勝てなかった。かろうじて負けなかったただけ。しかしジャーナリズムも国民もそれを現実として受け入れなかった。大勝利と勘違いし、日本は強大な国だと思い込んだ。絵に描いたような夜郎自大。

「『大日本』主義でいくか、『小日本』主義でいくか、これから日本はどうすればいいかということを、日露戦争に勝ったとき、ほんとは国力そのものをきびしく玩味してもう少し真面目に考えればよかったのですが、そのときに真面目に考えるべき人たちが、みんな戦勝の功労の叙勲で偉くなってしまった。勝てば官軍。華々しく勇ましい話だけをくり返し味わって、あとのことは……」と言われると、なるほどそうかと思う。

歴史には分岐点がある。後になってあの時の判断が、というポイントがある。

要所々々での数字の使いかたが巧妙。（秦郁彦が指摘したことだそうだが）陸軍百六十五万人・海軍四十七万人の戦死者のうち、「広義の飢餓による死者の比率」が七〇％というのは、改めて目の前に突きつけられて驚く数字だ。ロジスティクスなき軍隊とは、財政なき国家と同じではないか。

以下は半藤史学の応用のような我田引水の私見。

今の日本、バブルという偽の戦勝の夢が忘れられず、今もって経済だけで国が繁栄できると考えている功労者とその末裔が多すぎる。放射性廃棄物の処理の手段を欠いた原発運転とは、すなわちロジスティクスなき軍隊のコピーではないか？　今もまた分かれ道なのかもしれない。見果てぬ夢ほど寝覚めが悪いものだ。

――2013/9/5

# 090 アサギマダラ、ベートーヴェン、原発のコスト

**×月×日**

生物の本が好きだ。

一つの種についての本が楽しい。クマムシとかハダカデバネズミとか。

だから**『謎の蝶アサギマダラはなぜ海を渡るのか?』**(栗田昌裕　PHP)も軽い気持ちで手に取った。十年ばかり沖縄に住んでいたからマダラチョウはよく知っている。スジグロカバマダラとオオゴマダラはよく見かけた(後者には「新聞蝶」という異名がある。新聞紙の切れ端が風に舞っているように見えるのだ)。しかしリュウキュウアサギマダラを見た覚えがない。気にしていたのだが出会えなかった。

このチョウは鳥のように渡りをすることで知られている。だから本書はもっぱら渡りの観察の話。捕らえて、場所と名前と日付けなどを翅に書き込み(マーキングという)、放す。

アサギマダラの生態観察はなかなか盛んらしく、マーキングをする人は他にもいるから同じチョウが他の地で捕獲されることもある。互いに情報を交換すればチョウの渡りの実態が明らかになる。再捕獲率が一・四パーセントとかいうのは驚くべき数字だ。中には福島県の「デコ平」という拠点でマークした個体が小笠原諸島や台湾で見つかった例もある。台湾までは二千二百三十一キロ。

それにしても著者が七年間で「11万4446頭」のチョウを捕らえて、書き込んで放したというのは尋常な努力ではない。チョウに会える好条件の日には三百頭以上にマークする。

数をこなすことに力を注ぐのは統計的に有意な結果を得るためだ。同じ場所で何日も作業を続けていると自分で再捕獲も珍しくなくなる。その比率からその地域にいるチョウの総数が推計できる。

渡り以外のアサギマダラの生態についての話もおもしろい。匂いに敏感だからチョウに触れた手に他のチョウが寄ってくる。フェロモンの材料を得るためにある種のアルカロイドを含む草を食べる。このチョウに寄生するハエの体内に寄生するハチがいるという。

著者の観察は細緻で、アサギマダラの飛びかたを二十四に分類するなど、この人はどういう目を持っていてどれだけの時間をフィールドで過ごしたのかと呆れるほどだ。

しかし、こんな話だけならばぼくはこの人を卓越したアマチュアとして尊敬するだけで済んだと思う(本職は内科医である)。ダーウィンだってメンデルだってアマチュアだった。

最後のところで話は不思議な方向に向かう。奄美大島に近い喜界島でマーキングした個体が三日目に八重山諸島の黒島で再捕獲された。実質二日あるかないかの間にどうして七百四十五キロの移動ができたのか? 追い風などの記録はない。

「まるで密室殺人の謎を解くようだ。むしろ、データが間違っていると思った方が気が楽だ」と著者が考えたのは当然だろう。

それまでにもこのチョウに関しては不思議なことがいくつもあった。北の地で放したチョウを南の地で再捕獲できるという予感に導かれて、実際に見つかる。

著者は医学の前に数学を専攻しているから確率にはくわしい。では、自分が福島県で放したチョウに愛知県で再会したその同じ場にもう一頭が到着したことを偶然と言えるだろうか? 他の人が再捕獲したのを持ってきてくれた。それを左手で取ったら、右手に別のチョウが留まった。それも自分がマークした個体だった!

彼が「アサギマダラは確率を超えているのではないか」と考えるのも無理はない。これは神秘主義だ。あるいは現行の科学を超えるもう一つ先の科学か。こういう場合、人の心はどうしても確率を超える何かを想定してしまう。
その先にある著者の仮説はいよいよすごい。
アサギマダラの集団には――
①大域の気象を読む力
②大域の地形を読む力
③集団を保つ力と集団毎に交流する能力
があると言う。集団が個体のようにふるまう。
これはまったく未知の研究領域ではないのか。

**×月×日**

ひがむわけではないが、現代では文学よりは音楽の方がずっと優勢なようだ。例えばモーツァルトやベートーヴェンが聴かれるように読まれている近代ヨーロッパの作家はいない。マンゾーニの『いいなづけ』を知る者は少ないがヴェルディの『リゴレット』は今も頻繁に上演されている(ぼくは二週間前にミラノ・スカラ座を見たばかりだ)。ヴェルディの「レクイエム」はマンゾーニの死に向けて書かれたのに。

聴くだけなら誰にでもできる。ベートーヴェンの「第九」は年末の賑わいになっている。

ではどこがあの大曲の魅力なのか?

**『〈第九〉誕生――1824年のヨーロッパ』**(ハーヴェイ・サックス　後藤菜穂子訳　春秋社)は「第九」を巡るずいぶん大がかりな本でとてもおもしろかった。

著者はアメリカの音楽学者で、指揮者としての経歴も持っている。博識で文章がうまく構成が見事。

ベートーヴェンの人柄、あの曲が成立した事情、時代と思想の背景、各楽章の（五線譜を使わない）細緻な分析……一つ一つが明晰で、暗い部屋に灯が点《とも》ったようによくわかる。ベートーヴェンは我らの同時代人と思いたくなる。

まず時代。フランス革命で大きく左に振れたヨーロッパはナポレオン戦争を経て王政復古に至る。保守と抑圧の時期が到来する。

キーワードは「ロマン主義」だ。スタンダールは「ロマン主義とは、ヨーロッパ中で勃発し、やがて自滅した革命の『解放』の原理を崇高化したもの」と理解した。自由・平等・友愛は一旦は挫折したもののその後の世界の普遍的原理となった。

だが王政復古で自由を求める人々は絶望を味わった。現実の政治はもうどうにも動かない。一九六八年の五月革命以降の我々と同じ。では理念の世界で理想を求めよう。

そのためにこの本の著者はベートーヴェンと並べてバイロンやプーシュキンやハイネを論じる。ベートーヴェンは音楽家として宮廷から独立し、作曲職人ではなく芸術家という新しい社会的ポジションを確立した。人柄は奇矯でも作品はいいという評判を得た。

この重要な点を論証した上で著者は「第九」の解析にかかる。彼は楽音を言語的・視覚的イメージに置き換えない。「曲に対してストーリーを作り上げたり、あるいは逆に、曲があるストーリーをベースにして書かれたものだと解釈したりといったことには抵抗がある」から抽象のままで扱うのだ。で、一楽章ごとの譜面を追った分析に入るのだが、これが曲を聴きながら読むとおもしろい。こういうからくりになっていたのかと感心することしきり。

「（聴く者は）第一楽章の過酷さと絶望を生き抜き、第二楽章の苦闘に参加し、第三楽章の人生をそのまま受け入れるという姿勢によって純化されたのである。ベートーヴェンは、今度は私たちにすべてを包み込む喜びを体験してほしいのだ」という結論をそのまま自分の耳と心が肯定する。

**×月×日**

さて、俗世間に降下しなければならない。

今の日本社会の病理の根源に原発がある。地震と津波はそれを露わにしたが、まだ彼ら（電力会社・自民党・産業界）はさまざまに詭弁を弄して実態を隠している。その最たるものが原発は安いというウソだ。

経済と財政の専門家である金子勝の**『原発は火力より高い』**（岩波ブックレット）は原発のコストを分析して、実際には火力よりずっと高くつくことを論証している。専門家ではないぼくは彼の論に納得した上で彼らの反論を待つ。それが出て来ないのならば勝負は決まりだ。

——2013/10/10

092

# 巧緻の小説、ミツバチの家探し、動く彫刻

**×月×日**

九月にケニアに行く計画があったのに、ナイロビのテロ事件のせいで延期になってしまった。

ナイロビに行ったら「カレン」を再訪したいと思っていた。市の郊外にある小さな観光施設で、もとはカレン・ブリクセンというデンマーク女性がコーヒー農園を経営していたところ。彼女が後に作家と

して有名になったのでその家が博物館になった。ペンネームはイサク・ディネセンという男名前だった。代表作は『アフリカの日々』という回想記だが、農園を手放してデンマークに戻って、作家として最初に発表したのは『七つのゴシック物語』という短篇集だった。その内の四篇を収めたのが**『ピサへの道』**（横山貞子訳　白水uブックス）。

四作ともとても凝った構成の、丁寧に読みほどいてゆく一ページずつが楽しい、読み巧者向けの傑作。自ら「ゴシック物語」と呼んだのは、新しい手法の小説がいろいろ登場するようになった一九三四年に出たにしては少し古風な、波瀾に富んだストーリーと細密な描写を使った話だからだろう。

ある場所にたまたま集まった人々が己の生い立ちや人生を語る、というのは『アラビアン・ナイト』の設定だが、「ノルデルナイの大洪水」はそれを借りている。一面の水に囲まれて孤立した建物に四人の男女が取り残される。名家の最後の生き残りである老婦人、枢機卿、鬱病からの回復を待つ青年、そして十六歳の少女。

互いに話すうちに、四人ともが外から与えられた役割とは違う本当の自分に戻るために苦労を重ねてきたことが明らかになる。

青年はさる有力な男爵に引き立てられて周囲からもちやほやされる。不思議に思っていると、実はきみは男爵の私生児なのだと友人に言われる。少なくとも周囲はそう受け取っている。この宣告から彼は必死になって逃げ出す。

少女は男性の美だけを尊重する伯父のもとで育てられ、女性としての資質を徹底して否定される。彼女もまた逃げ出さなくてはならない。

そして枢機卿は……

運命の転回を語るドラマティックなお話作りがこの作家の真骨頂。

四篇の中でいちばん鮮やかな印象を残すのは「ピサへの道」だ。ロジーナという名の美少女の生い立ちをその祖母が語る。親のいないロジーナの行く末を案じた祖母の不安はさる裕福な、しかし老いた公爵の求婚で解消される。と思ったら、本人は無一物の若いところマリオと愛しあうようになったと言う。

さてロジーナには同じように美しいアニェーゼという親友がいて、彼女の助けでロジーナは……巧みに絡み合わせたプロットを作者は時間シフトの技法をうまく用いて展開する。最後の決闘と秘密の開示の場面まで一分の隙もなく組み立てられた物語。鍵となるのはAであったと思われた人物が実はBであったという驚きなのだ。

しかしぼくには、アフリカの農園主だったカレン・ブリクセンが実はこんな話を書く才能を身の内に宿すイサク・ディネセンだったことの方に大きく驚く。

**×月×日**

昔、ピーター・ブルックが作った『鳥の会議』という芝居があって、たまたまの必要から台本を読み返している時に『**ミツバチの会議**』という本に出会った（トーマス・D・シーリー　片岡夏実訳　築地書館）。

『鳥の会議』のテーマはスーフィズムの神秘主義だが、こちらは本当にミツバチが議論をするという生態学の研究報告。

ミツバチは時々巣を分ける。女王が古い巣を若い女王候補に明け渡し、一万匹ほどのハチを率いて巣を出て新しいところに移り住む。これを分蜂という。

その時、巣を出た群れはしばらく近くの木などに野営して、新規の巣の位置が決まるのを待つ。

巣にふさわしい場所を探すのは数十匹から数百匹の探索バチ。望ましい巣は、充分な容積があり（狭いと蜂蜜の備蓄ができなくて群れは冬を越せない。四十リットルが理想）、外敵が入れないように入り口が狭く（十五平方センチ）、南向き。我々がアパートやマンションを探す時とそっくりの条件ではないか。

探索バチは木のうろや岩穴、人家の煙突などの候補を見つけて、それを群れに報告する。いくつもの候補の中から最適のものが選び出される過程を著者は「ミツバチの民主主義」と名付ける（これが原題）。研究の手法が一段階ずつおもしろい。何十年も野原を走り回って厖大な時間と労力をかけて観察を積み上げる（ぼくはミツバチという種の成立を追った坂上昭一の名著『ミツバチのたどったみち』を思い出した）。

彼らの理想の巣を確定するために条件の異なる巣箱をいくつも用意して、天然の巣の候補がない荒涼たる島に設置、群れを連れていって放つ。

探索バチには一匹ずつ背中に番号札を貼って識別、巣に戻っての報告のダンスをビデオに撮って解析する。

そう、報告はダンスなのだ。ミツバチが蜜源を見つけた時のダンスはよく知られているが、あれと同じ原理の8の字のダンス。踊りの軸の向きで目標の方位を伝え、持続時間と回数で評価を伝える。

候補が三つあるとして、そのAとBとCへの支持が時間と共に消長し、やがて一つに収斂して群れ全体がそこに向けて飛び立つ。新しい巣ができる。その過程をシーリーは一種の比喩として民主主義と呼ぶ。

大事なのは探索バチが自分の発見に固執しないことだ。Aを熱心に「宣伝」していた者もBがいいと納得するとすぐに鞍替えする（ように見える）。コンセンサスが速やかに形成される。そうでないと群れは冬期に絶滅するのだから、この過程はとても大事だ。

ここに紛争好きなヒトという種が学ぶべきことがあるのではないか、とシーリーは言いたいらしい。しかし、ちょっと待ってほしい。どこかで論旨のすり替えがあるような気がする。探索バチは自分の候補を「宣伝」するのではなく、「報告」するだけではないのか？　ハチの個体には自分の発見を誇る気持ちはない。彼らにはエゴはない。

また発見の興奮は時間と共に消滅するような生理的な機構が備わっている。よい候補を見つけて熱心にダンスをして、それが他に波及して、みながその候補の価値を確かめに行って更に報告を重ねないと、やがて最初の発見者の熱も冷め、候補は消える。

ここにあるのは、ネガティブとポジティブ両方のフィードバックの巧妙な仕掛けであって、だからハチの不動産選びはほぼ自動的に進み、自然が与える条件のもとで最適の場所が見つかる。

自由意思がないところに民主主義はない、という当たり前の結論だが、それはそれとしてこの研究は理科系の発想と実践の事例として知的好奇心をそそる。

**×月×日**

日本でいちばん好きなのが関西空港だ。理由は簡単、レンゾ・ピアノのデザインがすばらしいから。あれがデザインというものだとしたら、他の空港にデザインはない。

あのターミナルの天井近くに金属のフレームに布を張った大きなオブジェが吊ってあって、館内を循環する微風にゆっくりと動いている。大きいけれど、ゴム動力の模型飛行機か凧のように素朴で優雅な動き。

あれを作った新宮晋の『**ぼくの頭の中**』という手製の図録のような本が出た（ブレーンセンター）。手書きのスケッチと文字と、それに作品の写真による構成。

彼が作るのは風や水で動く彫刻である。その質感のままにこれも手触りのいい、視覚に訴えて気持ちのいい本になっている。そのまま小さなオブジェのよう。

——2013/11/14

093

## 意地悪な小説、優しい小説、コンピュータ史

**×月×日**

少しばかり本気の小説論から始めたい。

小説における作者と主人公の関係、これがなかなかむずかしい。

両者の重なりが深いと、作物はいわゆる私小説になる。自分の体験をほとんどそのまま書く。

主人公への肩入れの度合いはさまざまだから、突き放して彼らをいじめる作者もいる。それはなぜかイギリスに多い。あの国の気質なのだろう。

ミュリエル・スパークという女性の作家がいて（一九一八年生まれ、ぼくらの父母の世代）、この人が本当に意地が悪い。登場人物をひどい目にあわせる。

それは『**バン、バン！　はい死んだ**』（木村政則訳　河出書房新社）というタイトルを見ただけでわかるだろう。いきなり撃たれて死なされるのだから。

人生にはとんでもないことが起こるものだ、というのがこの作家の基本思想。神は意地が悪い。十五の短篇ぜんぶにその実例が溢れている。

表題作のヒロインはシビル、語りの時期にはもう初老だろうか。

子供の時、シビルはデジレという遊び友だちを得た。一見して二人はよく似ているが、性格はまるで違う。デジレは浅はかで、他の子も入れて遊ぶゲームのルールを理解せず、いきなり相手を撃って死んだと宣言する。いくら説明してもわからない。

二十年後、この二人が偶然アフリカの植民地の小さなコミュニティーで再会する。

そして男たちが絡む複雑な経緯があって、事件が起こる。読者はその場面の直後の「相手を間違えたことに」というたった十文字のセンテンスに戦慄する。伏線は多々あったのに、見事に足をすくわれる。その衝撃はミステリの謎解きなどの比ではない。

この話をスパークは十八年後のシーンを作って提示する。事件の頃のコミュニティーを撮った素人映画があって、ずっとしまわれたままだったのが上映されることになる。友人たちに囲まれてそれを見るシビルの心中の思いとみんなの反応が交錯する。

三つの時期を立体的に配置して実に巧妙に組み立てられた物語。

感傷的な人間観を排除する。ぜったいに人生に甘えない。それを伝達するために主人公たちにとんでもない試練を与える。

そのためには臆面もなく超常現象まで駆使する。「占い師」、女同士の呪力の隠れた闘いとか、「捨ててきた娘」の忘れ物とか。

スパークは読者の反応を冷徹に計算している。驚愕の一瞬に向けて緻密に罠を仕掛け、完璧な技法でそこに誘い込む。

「捨ててきた娘」は六ページに満たない短い話だが、ぎりぎりまで先行きがわからない。最後の三行で二回転横捻り宙返りして、ぴたっと着地。まいった！

イギリスの作家は、と先に書いた。サキ、サマセット・モーム、イーヴリン・ウォー、ジョン・ファウルズ、ロアルド・ダール……登場人物を窮地に追い込む意地悪な作家にはこと欠かない国なのだ。

**×月×日**

それに比べると日本の作家は優しい。

例えば中島京子の『**妻が椎茸だったころ**』（講談社）。

五篇を収めた短篇集で、スパークと似たような展開ながら、つまり人生の途中でとんでもない展開になる話なのだが、左知枝も亜矢も泰平も由香も沙耶も（それぞれ五篇の主人公）そんなにひどい目にはあわない。

いちばんスパークに近いのが「リズ・イェセンスカのゆるされざる新鮮な出会い」だろうか。左知枝はアメリカに留学し、途中でオレゴンの友人のもとを訪れて雪で帰宅の足を奪われる。たまたま出会った老婦人リズ・イェセンスカの家に泊めてもらって昔話を聞くうちに……

最後の二行で急転直下というのはスパーク風だが、アメリカの話という設定が毒を薄める。日本の老女たちはこういうことはしないのだろうか。

表題作「妻が椎茸だったころ」がすばらしい（このタイトル、土屋賢二ならば「妻に虐げられたころ」と誤読するかもしれない）。

いきなりやもめとなった初老の泰平はそこそこ妻に愛されていた。少なくとも愛のある無視に包まれていた。妻が亡くなって台所に立つ羽目になる。

スパークでもそうだが、人生で人は望まぬことを強制されることがある。それを認める点でスパークと中島は人間観を共有していると言えるだろう。

亡妻は高名な料理の先生の個人レッスンに一度だけ出る機会を夫に遺した。娘に促されて、あるいは強要されて、その会場に足を運ぶ。事前に、散らし寿司の素材として煮た椎茸を用意してくるようにと言われて。

干し椎茸をそのまま砂糖と醤油で煮て大失敗。その傍ら、彼は妻の料理ノートを開く。レシピの合間に日記めいた記述が混じっている。「今日も夫が誰かを連れてくる。夫は私の料理が自慢なのだ。私の料理の腕はいい。けれどそんなことを自慢して何になるのか」というような愚痴。夫がまるで気づかなかった夫婦の心の隙間。

しかしこの隙間から泰平は復帰する。指を切ったり火傷を負ったりしながらも干し椎茸はまず水で戻すという原理に行き着き、料理の先生の前で面目を施す。

人生の異変、この妻の場合は「もし、私が過去にタイムスリップして、どこかの時代にいけるなら、私は私が椎茸だったころに戻りたいと思う」とノートに書いたところだ。

そう言う先生は「料理とはそういうものです」とさらりと言う。自分はジュンサイだった時を思い出すと。そのジュンサイ感覚の官能的な甘美さよ。

さてぼくはこの話の種明かしをしすぎただろうか。エンディングの「たがも」と「しいたこ」のことは言わないでおこう。

**×月×日**

言うまでもなくこの数十年におけるテクノロジーの進展は著しい。ぼくの世代にとってそれは身を以て体験することだった。

例えばコンピュータ。

一九六〇年代、理系の学部の学生は実験結果の解析に算盤と計算尺を使っていた。精度を上げる時は機械式の計算機（ブランドでいえば「タイガー」とか）。

本格的な研究には大学の計算センターにある大型機、いわゆるメインフレームが使われた。院生になればそれも使うからと、フォートランやアルゴルなどのプログラミング言語を少しかじった。

『**コンピュータって**』（ポール・E・セルージ　山形浩生訳　東洋経済新報社）は「機械式計算機からスマホまで」の進化史を辿る好著である。

体験的現代史となるところが読みごたえ。例えば素子が真空管からソリッドステートに変わったことをぼくは自作のオーディオ・アンプなどで覚えている。ダイオードとトランジスターまでは扱えたがICになるとアマチュアには手が出なくなった。

理系を離れたぼくが次に出会った時、メインフレームはパーソナル・コンピュータになり、ワードプロセッサーという衣を纏っていた。まだ通信機能はなく出力はフロッピーだった。

そういうことをこの本を読みながら辿りなおした。本から拾うのはもっぱらキーワードばかりだが、その選択と配列のセンスがよくて、記述もウィットに富んでいて楽しい。そうだったと思い出すことしきり。

Eメールのことを具体的に聞いたのは一九九四年に生物学者のリン・マーギュリスからだ。やがてパソコン。モデムを使って電話回線に繋ぐ。グーグルやアマゾンの世界までは一息だ。

進歩は速い。「ゼノンの逆説によれば、私たちは決してコンピュータとコンピューティングを真に理解はできない」と著者は言う。進むのが早過ぎるからだ。読後、なんとも変な時代だと改めて思った。

――2013/12/26

# 2014年

094
## サーフィン、星に住む生き物、オオカミ

**×月×日**

少年二人がサーフィンを覚え、夢中になって波に乗る。彼らには謎めいた指導者がいて、その男には謎めいた妻がいる。場所は西オーストラリア。大きないい波が来る海岸らしい。

サーフィン、青春、成長と挑戦……こう並べるといかにもパターンに嵌ったジュブナイルのように思われるだろうが、**『ブレス』**（ティム・ウィントン　佐和田敬司訳　現代企画室）は違う。

語り手はパイクレット。海に近い町で育ったが、そこの人たちは海には背を向けていて、子供たちはせいぜい川で遊ぶだけ。親の世代はイギリスからの移民。

話の始まりでパイクレットは十一歳で、一つ年上のルーニーという少年と川で親しくなる。川で泳いで潜ってという遊びが二人の間でどんどん過激になり、「頭が星で一杯になるくらい息を長く止めて」

潜る。この本のタイトルの「ブレス」は息ないし呼吸のことで、この言葉がさまざまに変奏されながらぜんたいを貫いている。

二人には似たところもあるが、ルーニーの方がぶっとんでいる。自然児に見えるが実は世知にたけ、川や海で遊びながらもいつも他人の視線を意識している。挑発的な悪ガキ。この少年の造形が実にうまい。

パイクレットは不器用で、話が下手で、集団のスポーツには加わらない。後になって振り返れば、彼はサーフィンの求道性に惹かれたと言えるだろうか。ルーニーは冒険中毒。危ないほど嬉しいというタイプ。

海でサーフィンをしているのはみんなよそ者で、二人はせがんでその中に入れてもらう。少しずつ波に乗ることを覚え、レジェンドに出会う。

サーフィンでは伝説的な名人をレジェンドと呼ぶ（例えば一九七〇年代にハワイで活躍したジェリー・ロペス）。二人の少年の前に現れるのはサンドーという男で、サーフィンの技量が他の連中とは格段に違う。とんでもなく大きな波に平気で乗る。海辺の家に足の悪い若い妻イーヴァと暮らしている。

サンドーは二人を選んでサーフィンを教える。能力の限界を少し超えるくらいの波に向かって押し出す。メンターと弟子という典型的なパターンを予想するが、この小説は予想を一行ごとに裏切る。

「歳を重ねた人間が昔を振り返るとすぐ、若さや健康や安全は、そういうものを毛嫌いする若者によって浪費されてしまうという明白な事実にすぐ行き着き、そして自分がおかしたリスクに愕然とする」と何十年か後にパイクレットは回顧する。

こういう緻密な考察と自省、人間の行動についての観察と批判がずっと通奏低音として鳴っている。ディジェリドゥーというアボリジニのあの不思議な管楽器の音のように。

回想の姿勢がこの小説の骨格を成している。時の遠近法が少年たちの無謀なふるまいの意味を探り、それを煽ったサンドーの意図を解明する。なぜサンドーはルーニーを選んでパイクレットを捨てたのか。サンドーの妻イーヴァはかつてスキーという別のスポーツのレジェンドだったのに、怪我によってその楽園から追放された身。四人の関係は身体と欲望、幼さと成熟と衰微、などいくつもの力の場でダイナミックに変化する。身体には当然ながらセックスという要素が割り込んでくる。

しかし、結局のところ、この小説のいちばんの魅力はやはりサーフィンなのだ。それがあるから四人の心の動きがくっきりと引き立つ。

パイクレットは一人で海に行って大きな波に出会う——「波がその高さいっぱいまで持ち上がり、僕が降りていく百ヤード先で壁を作ったとき、天気がここだけ独立したような気がした。突如風が全くなくなり、僕が下に行くほど、海水は静かになった。うねる水の建造物全体が、煌めいた。一瞬、魔法にかけられたほんの一秒、僕は無重力を感じた。光に乗っている、一匹の蛾だった。それから体をかがめてターンし、加速して、その力が僕の膝、太股、膀胱を殴りつけ、そして僕は波頂《クレスト》へと浮上し始め、顔に陸風を感じ、遠くのぼんやりした崖を視界に捉え、さらにふたたび海の道を下っていった」という見事な記述を、初心者として少しばかり波に乗ったことがあるぼくは体感として楽しむことができた。

**×月×日**

昔、地球の外に生命はあるかという問いはそのまま宇宙人につながっていた。要するに夢想だったのだ。最近では生物についての研究が進み、生命の定義がぐんと広くなった。深海底や地底には太陽光を必要としない微生物がたくさんいる。高温や低温、極端な乾燥、さらには原油の中で生きる生物もいる。

**『地球外生命　われわれは孤独か』**（長沼毅、井田茂　岩波新書）はそういう最新の知見を踏まえて他の天体に生命があるかどうかを探る。

これは、宇宙や科学がどこまで普遍かを探る哲学的な問いでもある。地球に知的生命体がいることは自覚できる。では同じ条件の星があったとして、充分な時間を与えればヒトと同じような生物が生まれるのか？

科学者はそんなに先を急ぎはしないが、しかし関心の根っこにはこの問いがある。その上で観察されているさまざまな天体で、知り得るかぎり多様な生命の可能性が検討される。膨大な研究のエッセンスがずらりと並ぶのだ。

例えば、土星の衛星エンケラドスには「液体の水、有機物、熱源という生命に必要と考えられる条件がそろってい」るという。では、そこに生命はあるのか？ ことはそう単純ではないだろう。はるか遠くの多彩な環境を考えてみよう。海しかない星に生物がいたら光や電波よりも音でのコミュニケーションが有利。大気が濃厚だったら飛ぶという移動がずっとやりやすくなる。観察と研究と夢想が混じり合っているところがおもしろい。大地に根を張った上で天に枝を伸ばす大木のようだ。

それでもぼくたちの興味はやはり知性に向かう。「われわれは孤独か」という問いの真意はそこにある。エンケラドスで微生物が見つかっただけでは話は終わらない。

著者の一人の井田は、どこかの星の知的生命体と連絡が取れたとして、そこで発される「われわれは孤独か」という問いは、「われわれ」が既に二つの実例を含んでいるだけに、知的生命の普遍性を確認する大きな一歩になると言う。

そう考える一方でぼくは、ヒトという種の好戦的な性格を考えると（例えば今の首相）、他の知的生命体に連絡を試みるのは危険であるとも思う。友好よりも侵略が人間の歴史なのだ。

**×月×日**

遠い星に知的生命体がいるかどうかはまだわからないが、この星にはたしかにいる。例えばオオカミ。ファーリー・モウェットの『**狼が語る　ネバー・クライ・ウルフ**』（小林正佳訳　築地書館）がそれを伝える。

かつてオオカミは人間に憎まれていた。しかしその理由の大半は「赤頭巾ちゃん」的な偏見だった。二十世紀になって動物学者がフィールドに入り、自然のままのオオカミ像が見えてきた。

これもその報告の一つで、カナダの北極圏でオオカミの一家を親密に観察した記録で、ユーモアに満ちた文体でまことおもしろい読み物になっている。

ジョージとアンジェリンの夫婦、謎のアルバートおじさん……名付けは擬人化がすぎると非難されかねないが、それを誘うようなオオカミの行動なのだ。

その先には『**オオカミが日本を救う！　生態系での役割と復活の必要性**』（丸山直樹編著　白水社）がある。周到な論議でオオカミ再導入による日本の生態系の回復を主張する。真剣に考えるべきテーマだ。

——2014/2/13

095

# 汚れた写真、空港共和国、歪んだ言葉

**×月×日**

三年前の津波でたくさんの家財が流された。

瓦礫を片付ける途中で発見された写真をきれいに洗って元の持ち主に返すというボランティア活動があったことは以前から聞いていたが、『**津波、写真、それから**』（高橋宗正　赤々舎）で詳細を知ることができた。

著者はカメラマンで、震災の後、なんとなく被災地に行ってなんとなくシャッターを切ったが、どうも手応えがない。そこで「被災地の傷んだ写真と思い出を取り戻す、写真補正ボランティアやります。現地では自衛隊回収の写真を、富士フイルムの指導でボラが洗浄スキャン中。参加希望者はぜひご連絡下さい」というツイートに出会う。

その先の活動の話は具体的でおもしろい。スキャナーを使うのが常道だが、電力事情が悪いので一枚ずつ自然光でカメラで撮ることになった。カメラマンが率先して働ける場だ。

しかし疑問もある。

「なぜ全てが流され生活もままならない状況なのに、写真なんて役に立たないもの」を返すのか？

この企画の提言者である大学の先生は「それは戻るということの象徴なんです」と答える。

カメラと三脚がたくさん要る。伝手《つて》を頼って集める。カメラ会社も協力。働き手のボランティアも週末ごとに二十人から八十人が集まるようになった。

写真は過去の一片、記憶のパッケージだ。一枚の紙だからこそ保存が容易だし、取りだして見るのも簡単。だからあの時に津波がもたらした過去との断絶に橋を架ける役に立ったのだろう。

実際、この本で海水をかぶった写真を見ていると、かつて幸福な時があり、それが失われたことがよくわかる。晴れ着の子供とケーキ。そういう写真を海水が浸食する。一枚の印画紙の受難がわかる。

かくして彼らの「思い出サルベージ」プロジェクトは概算で七十五万枚の写真を洗浄し、データ化し、地域別に分けてパソコンで閲覧できるようにした。三年間で三十万枚が持ち主に返された。

しかし話はそこで終わらない。ダメージがひどくて被写体の顔が識別できない写真がたくさん残った。引き取り手はなさそう。まとめて「もうダメＢＯＸ」を作って収めた。

廃棄するかどうか、悩んだあげく、各地を回って展示するという逆転の発想が生まれた。損傷がひどい写真だからこそ、被害の実態を伝えることができる。会場で寄付金を募ってもいい。

LOST & FOUNDというプロジェクトが始まった（英語で「遺失物」の意だ）。会場の壁一面にまるで染みのような写真が貼ってある。迫力がある。日本だけでなく海外各地でも展示会が開かれた。

不思議なのは、これら損傷の激しい写真が美しいことだ。人の顔などほとんどわからない。色も変わり、絵柄は模様と化している。しかしそれ故に美しい。

芸術は時に自然の介入を許す。焼き物などは半分以上は自然任せと素人には思える。それと同じことが、火ではなく海水とバクテリアの作用で、いわば窯変《ようへん》という現象が起きた。撮影者の意図を自然が受け止めて、次の段階を担う。何か別の価値があるものに変える。人の姿がかろうじて見えるあたりが悩ましい。

半ばまで抽象画のようになった写真をまとめて大量に見ることには人を惑乱に誘う力がある。これもまたぼくたちが津波体験の意味を体感する一つの回路なのだろう。

**×月×日**

小説は何をどう書いてもいい自由度の高いジャンルだ。ノンフィクションでないものはフィクション。

それでも**『逃亡派』**（オルガ・トカルチュク　小椋彩訳　白水社）の技法は目覚ましいと思った。一見したところ相互に何の関係もない百十六の断章を連ねて全体として一つのテーマのもとにまとめる。

そのテーマとは旅と移動。

例えば、現代の空港には何でもあると、一人称の、無名の、あいまいな主人公＝語り手は考える。「もはやこれは空港以上。所在地は変わらなくても、移動する住民をかかえた、街や国家の特別なカテゴリー。空港共和国、世界空港共同体の一員。まだ国連には加盟していないけれど、それも時間の問題だ。そしてこれはきわめてオープンな構造体で、その例として、それぞれのチケットに憲法を印刷し、搭乗券が唯一、ＩＤの証明になる」

この感覚の延長上に、ポーランド語で書く女性作家であるトカルチュクは不可思議な話を次から次へと、カードを開くように並べてゆく。その一枚ずつの絵柄が現代的で、センスがよくて、実にチャーミング。しかも、何十枚か並んだところで一歩退いて見ると全体の構図がまた一枚の絵になっているような……。

タイトルの「逃亡派」とはロシア正教のセクトの一つで、「静止を悪と考え、動きつづけることが神への信仰をあらわす」というのが教義なのだそうだ。移動中毒であるぼくなどは自分のことかと思ってしまう。洗礼を受けようか。

断章の中にも脈絡はある。クニツキという男の体験がその一つ。クロアチアの島のリゾートに行ったのだが、オリーブ林の真ん中で妻と息子がいなくなる。道端に停めた車から降りて、歩いていって、帰ってこない。警察に連絡し、最後はヘリコプターまで使って探すが、誰もが小さな島というのに二人の痕跡もない。

読者はそういう話に出会って、しばらく付き合うがやがて別の話がどんどん割り込んできてクニツキはその中に紛れ込んでしまう。なんとなく気になったまま読み進めると、三百五ページ先で結末が語られる。悲劇ではなかった、たぶん。

いくつもの話題が輻輳《ふくそう》するテクストは入りにくいが入ると出られない。この快感こそが移動中毒の危険なのだ。

**×月×日**

『逃亡派』を読んだ後で**『遁走状態』**（ブライアン・エヴンソン　柴田元幸訳　新潮社）を手に取るのは筋の通ったことだと思うが、それが既にナンセンスの領域に踏み込むことかもしれない。

現代アメリカの作家のこの短篇集の世界は歪んでいる。いや、世界と自分の関係が歪んでいるのか。「マダー・タング」という話の主人公ヘッカーは、何か言おうとする時に思う言葉とは違う言葉が口をついて出る。「単語同士が勝手に入れ替わる」のだ。

「釣り《フィッシング》」と言おうとすると「肉汁《グレイヴィー》」という言葉が出る。その時の会話の相手は娘で、問い直されたヘッカーは「もちろん。シロアリ《ターマイト》だよ」と答える。

こうして彼の生活は崩壊してゆく。大学で教えていたのだがそれはもう不可能になる。病院に行っても問診が成立しない。医師の問いに「魚はギロチン定着的《セデンタリー》でしたか？」と問い直す始末。

しかし、この悪夢のような状態はまるまる全部が想像のことではない。そこが怖ろしいのだ。言葉の障害は珍しいことではないし、認知症というものもある。世界は、自分は、そんなに意味が確定した安定したものではないことをぼくたちは知っている。

「追われて」の場合はどうだろう。三度離婚した男が、元妻2と元妻3に追われていると思い込んで、車を駆って必死で逃げ回る。きっかけは元妻1から来た怪しい手紙（「元妻」ってエクス・ワイフの訳語だが、日本語でもずいぶん使い勝手がよくなった）。

バックミラーに映る車がぜんぶ追跡の車に思えるのだから。それは怖いだろう。場所はどうやらヨーロッパ。

表題作の「遁走状態」は疫病という具体物を出してしまったために少し迫力を欠く気がするのだが、これは誤読だろうか。P・K・ディックにスティーヴン・キングが入っている。

訳者はアイデンティティー喪失をアメリカ文学の伝統と結んでいるけれど、ぼくはカフカという名を想起してしまった。

――2014/3/20

## 096 老いと病と詩、柳田と折口、偽フェルメール

**×月×日**

老いや認知症や病気はみな人間の身に起こることだから、心や魂と切り離しては考えられない。医学の対象であると同時にもっと幅の広い、いわば人間学の対象でもある。

大井玄の『**病から詩がうまれる――看取り医がみた幸せと悲哀**』(朝日選書)は老いから死までを臨床の場から考える本。その思索の深さと広さに心を動かされた。

大井さんは社会医学を志した医師で、最近は老人たちを相手の往診医を務めてこられた。だからこの本はさまざまな患者たちについての実例がたくさんある。これが出発点で、認知症の姿や死の受け入れかた、そこに見られる人間の心の不思議なふるまいを柔軟に考え、解きほぐしてゆく。

数年前、この人の『環境世界と自己の系譜』(みすず書房)という本にほとほと感心した覚えがある。脳は知覚という作業を過去の経験に基づいて営んでいる。人は「不安最小化」の原理によって自分の

世界像を構築する。この論の証明に仏教の唯識論を用いる。まこと目の覚めるように鮮やかな展開だった。

今度の本は一見軽いエッセーで、その分だけ体温がある。行間をたくさんの老人たちが徘徊している。無表情で口も利かない七十代後半の女性。デイルームでも仲間の話に加わらない。声を掛けると顔を覆って小声でしか答えない。

この人の耳元で昔の流行歌「リンゴの唄」を歌ってみる。顔を覆ったままだったが歌詞も間違えず歌うではないか。しばらくの後、この人が秋田民謡のドンパン節を歌いながらほとんど踊る姿を大井さんは見た。

「一般に気づかれていないが、人は誰でもそれぞれ『意味の世界』を紡ぎ、その中に住む。認知症の人の場合、そこに至るパスワードを見つけるのが、いわばプロの医療者の腕の見せ所と言ってよい。それは試行錯誤の後に見つかるもので、その人の趣味や得意な行為、唄、囲碁、生け花などさまざまである」と大井さんは言う。

エッセーのそれぞれに詩や俳句や短歌が配してある。それが和服に帯を合わせるように見事で、話にぐんと奥行きが増す。ノヴァーリス、ウンベルト・サバ、神谷美恵子、小林一茶、江國滋、石牟礼道子、と引用の範囲は広い。時に「玄人」の俳号を持つ大井さんが一句添える。老いが心と魂の問題ならば詩が関わるのは当然である。

「終末期医療の味わいのひとつは、死におもむく人の生きざまに、いわば『惚れる』場合があることだろう」ということでいちばんいい例は小檜山《こひやま》霞さんという女性の俳人。この人は昔は「日本図書新聞」に勤めていた。彼女の部屋は本で一杯なのだが、読書の他に喫煙という悪癖があった。息子が医師で口うるさく言うのだが、減らしはしてもやめない。往診医の大井さんも一本もらったりして。

句がいい――

あをあらし翼の欲しき子を掠ふ
人体のおほかたは水桃すする
鈴蘭は野兎たちの泪壺
銀河系宇宙のすみの蛍狩

やがて亡くなるのだが、その前に煙草は止めたのだろうか。人間を科学で解析しても、しきれないものがたくさん残る。それを包容するのが医師であって、この本にはいわば生きることの滋味が行き渡っている。老いるのもいいと思わせる。

**×月×日**

**『これを語りて日本人を戦慄せしめよ――柳田国男が言いたかったこと』**（山折哲雄　新潮選書）は民俗学の衰退を嘆く言葉から始まっている。柳田国男が作ったこの学問は今や国際的な人類学の理論に素材を提供するだけになってしまった、と。

しかし柳田の仕事の価値はゆらいでいない。継承者たちが非力だとしたら、今すべきは柳田を読み返すことではないか。著者は『遠野物語』から始めてこの偉大な学者の足跡を辿る。

本書の内容は多岐に亘っており、全容をここに要約することはむずかしい。最も興味深いテーマとして柳田と折口信夫の対立を取り上げてみようか。

先の大井さんの『病から詩が生まれる』は老いの問題を扱っていた。折口が考えたことの一つに「翁」

という老人像がある。冬の祭に山からやってきて里人と交流し、死と再生を演じてまた山へ帰ってゆく。来る時は恐ろしいが、帰る時は柔和になっている。衰えた老人ではなく力ある老人の姿だ。「翁」の背後には「山の神」がおり、さらに「まれびと」がいる。

一方、柳田が「民謡雑記」などで書いている老人像はもっぱら老いの嘆きを歌うものだ。

折口の「翁」に対して柳田が求めたのは「童子」だった。桃太郎や瓜子姫の話を生んだのは何か？柳田はその種の「小さ子伝承」の源に山中の水神の姿を見、更にそこに母神を重ねる。

十二歳違いのこの二人は（折口が下）最初に出会って相手の力を認め、一種の師弟関係を結んだが、ある時から後はずっと互いに意識しながら別の道を歩んだ。反発し合っていたと言ってもいい。その根源的な理由として山折さんは柳田の普遍化志向に対して折口は始原化を目指したからだと言う。

折口は「不可思議な現象を、柳田のように合理的に解釈のつく自然的な現象へと還元するのではなくて「合理的な解釈を拒むような、もう一つ奥の不可思議現象へと遡行し、還元してゆく」」。

大変にわかりやすい。だから折口は文学的であり、柳田は合理主義的に見える。しかしぼくが最初に読んだ柳田は『海上の道』で、これは日本人の起源を南島とし、更に宝貝を求めて大陸から渡ってきた人々とする、夢想的な立論だった。最後の著作で彼はロマンティシズムに回帰したのか。

「戦後の柳田国男の姿は、あたかも灰色のリアリズムのなかにいやいや立たされている、気むずかしい救世主のおもむきがないではなかった」と山折さんは言う。「だが、あっというまに世紀の敷居をふみこえた今日、柳田国男はようやくその重苦しい、呪縛されたような『救世主』の仮面を脱ぎ捨てて、ヴィーナスたちや一寸法師たちが遊びたわむれる光まばゆい海辺へと歩みだすときがきているのではないだろうか」。

納得できる主張である。

×月×日

「全聾」の作曲家S氏を巡るスキャンダルについて、我が畏友・池辺晋一郎が、作曲というのは実はずいぶん共同作業が多い創作なのだが、そこに「嘘」が絡めばもう創作とは言えないと書いていた。

S氏は自分の書いた曲をベートーヴェンの新曲発見と売り出したわけではないが（音楽の場合、それではたいして儲かるまい）、『**フェルメールになれなかった男——20世紀最大の贋作事件**』（フランク・ウイン　小林頼子、池田みゆき訳　ちくま文庫）の主人公ハン・ファン・メーヘレンは巨万の富を得た。

ハンは生まれは一八八九年だからピカソの八歳下、デュシャンの二歳下。まずまずの画家に育ったが、趣味が古い。印象派を認めないのだ。絵は売れないしバカにされる。

それで発憤してというのもおかしいが、贋作に走った。フェルメールを選んだのは技法が自分に似ていて、作品数が少なく、空白期があるからだ。もっとあるはずという期待感が世間にあるのにつけ込んだ。科学的な検査に耐えるよういろいろ工夫した。重鎮とされる批評家がころりとだまされて真作と認めたら後は濡れ手で粟。

第二次大戦が終わった時、彼は逮捕された。画商としてゲーリングに「フェルメール」を売ったのが国を裏切ることだと糾弾されたのだ。彼が贋作者であることを告白すると、ナチを騙した英雄ということになってしまった。

欲望が贋作や盗作を誘い、批評家やコレクターやファンがそれを促す。この種の話、下品ではあるが人間くさくておもしろい。

——2014/4/24

097

# 「いか問」、化学遺伝学の発想、新幹線

## ×月×日

先日、とても懐かしい書名に出会った。『いかにして問題を解くか』というタイトルで、著者の名前はすぐに出てこないのに訳者の柿内賢信《よしのぶ》はぱっと浮かんだ。

今見れば著者の名はポリア、版元は丸善だった。

右の本は「いか問」と略して呼ばれた。要約すれば、数学とか物理とかに分かれる以前の理系ぜんたいの思考の基礎を簡潔に教えてくれる本。大発見や偉大な科学者の話ではなく、目の前の現実を数学的にどう扱うかという指南。

ぼくが読んだのは一九六〇年代で、邦訳の初版は一九五四年。六十年たった今も版を重ねている。

この「いか問」を土台にちょっと今風に愉快に書いたのが竹内薫の『**数学×思考=ざっくりと**』（丸善出版）で、「いか問」に再会したのもこの本がきっかけだった。

例えば、ものごとをオーダー（規模）で見る。

世の中の数値には足し算の領域と掛け算の領域、それに指数・対数の領域がある。スーパーの買い物や預金通帳は（消費税と利率を考えなければ）足し算引き算だけでできている。一円でも合わなければ一大事。

しかしたいていの現象は掛け算的なのだ。日本の国道の総延長を「ざっくり」計算しよう。全体で何百本、一本の平均を何キロメートルとして掛け算。ただしこの平均という言葉がくせ者で、単純に全部を足してサンプル数で割るでは済まない。ここで読者は正規分布とロングテール型分布の違いを学ぶ。

ごく少しのリッチ階級と自分たちたくさんのプア階級、という生活感覚に照らし合わせて納得する。あるいはスケール感。人工衛星と一口に言っても、頭上四百キロのところにいる国際宇宙ステーションと三万六千キロの軌道を回る静止衛星（例えば「ひまわり」）では距離は二桁違う。月は更にその一桁先の三十八万キロ。

この間ぼくは、函館市が海を隔てた青森に建設中の大間《おおま》原発の工事差し止めの訴訟を起こした、という話題を某コラムに書いた。

コラムの読み手として想定したのは東電の消費者である首都圏の人々。だから大間を川崎にある東電の火力発電所に重ね、函館市を千葉市に重ねた。海を隔てて距離は同じ。千葉の人はこれを容認するか？

こういう発想をぼくは大学での理系の訓練で身につけた。先端科学の話題ではなく、ごく日常的なツールでありスキルである。

「いか問」を土台にした本書はこの種の考えかたを紹介して知的好奇心をそそってくれる。最小二乗法やモンテカルロ法の原理の説明と応用もおもしろいし（ぼくならば円の面積を実験的に求めるのなら、粘土ではなく紙を丸く切り抜いて精密天秤で量るけれど）、「いか問」にはなかった「ソファ問題」と「モンティ・ホール問題」は興奮を誘う。

二十年近い昔、娘の一人がカナダに留学していた時、高校生の全カナダ科学コンテストの課題に「パスタ・ブリッジ」というのがあった。百グラムのスパゲッティ（もちろん茹でる前）と接着剤でいかに長い橋を造るか？　作品は一定の荷重に耐えなければならない。工学でいうラーメン構造の応用（パスタであってラーメンではないけれど）。

すべての科学的世界観のベースに「いか問」がある。重力加速度の測定など、物理実験の成果を計算尺と手回し計算機（銘柄は「タイガー」）でまとめていた頃を懐かしく思い出した。

**×月×日**

同じくらいおもしろかったのが、**『京都大学人気講義　サイエンスの発想法』**（上杉志成　祥伝社）だ。その名のとおり京都大学理科系一・二回生を相手の講義だが、これがほんとに白熱講義（この大学の理学部は昔ぼくを入試で落としたから恨みがあるのだが、この際それは許そう）。

雑談めいたお喋りの中でアイディアの出しかたを実例を交えて説く。講義には試験はないが、この「講義内容をもとにして研究のアイデアを提案しなさい」という宿題がある。

著者の専門分野は生物学に化学を応用すること。具体的にはケミカルジェネティクスすなわち化学遺伝学、であるそうだ。

実際この講義はいかに化学をわからせるかのアイディアに満ちている。化学結合をＬＩＫＥとＬＯＶＥで説明し、アイディアを出すのにアメリカでよく言われるＳＣＡＭＰＥＲ法を教え（初心者の心得のまとめという点でこれは「いか問」に似ている）、成果の上がった研究とそれを促した発想法の実例を紹介する。

中でもキャリー・マリスが見つけたＰＣＲ（ポリメラーゼ連鎖反応）の話が光っている。例としてＤＮＡ鑑定を考えるといい。通常採取されるＤＮＡはとても少ない。そのままでは分析の対象にならない。そこで同じものを数万倍に増やす。

少量の二本鎖ＤＮＡを入れた溶液に合成一本鎖ＤＮＡを大量に入れ、更にＤＮＡ複製酵素を加える。これを九十五度まで熱して、七十度まで下げる。詳しいメカニズムは本書に譲るが、これだけで目的のＤＮＡは二倍に増える。同じ溶液で同じことを繰り返すたびに倍々に増える。三十回繰り返せば約十億倍に増える。

キャリー・マリスはこれを高速道路を走っている時に思いついたという。結果はノーベル化学賞。

タンパク質の折りたたみの話でライナス・ポーリングの名が出てきた。化学結合論で一九五四年にノーベル化学賞（後に反核活動に対してノーベル平和賞）。彼が書いた『一般化学』はぼくの教科書だった。彼が風邪を引いた時、アミノ酸がいくつも連なったペプチドの図を紙に書いて折って遊んでいるうちに、繋がりやすいところ同士が空間的に近くなるような折りかたを見つけた。こうして平面の構造を立体化してみると、それは螺旋形になっていた。DNAの二重螺旋まではもう一歩。

ポーリングと風邪といえば、彼は晩年、風邪にはビタミンCが効くという説を唱えていた。今はどうも否定説の方が強いようだ。

京大の理科系では、日本で最初に「知的好奇心」という言葉を使ったのは京大の湯川秀樹ではなかったか。若い時に接して感動したのを覚えている。

**×月×日**

**『新幹線50年の技術史』**（曽根悟　講談社ブルーバックス）は鉄道ファン向けの趣味本ではなく、タイトルどおりの技術史である。評価と批判の両方があるところが値打ち。

一九六四年の開業からしばらくはトラブルも多かった。その後、他の国でも似たような高速鉄道が普及する中、新幹線はほぼ順調に成長してきたように思える。国鉄の民営化で生まれたJR各社がそれぞれ違う方針で新車両の開発を進めたのがよかったという話もある。

これまで五十年の歴史で乗客の死傷者がゼロという実績はよく知られている。しかしその一方、深刻な事故がなかったわけではない。絶対安全なのではなく、「ほんの僅かの差で救われた例が国鉄時代に少なくとも3件、JR化後にも4件は発生している」と言う。それでもJR在来線に比べると輸送障害の率は一桁小さい優等生だそうだ。

リニア新幹線については、基本の技術を認めた上で、これまでのような鉄輪式でも時速四百キロが視野に入ってきた以上、差は縮まっていると言う。
また、リニアは駆動系が地上にあるために、編成を増やしたり、途中で列車の分割や併合をしたりというような運転の融通がきかない。輸送力を増強しようと思うと大工事になる。それにエネルギー問題も不安材料だとか。
ついここでぼくは同じ巨大技術として原発と比べたくなる。あちらには絶対安全を謳う神話があった。早い話がこのような批判の視点を持つ客観的な評価の本は原子力村からは出てこなかった。開いていることと安全は密接につながっているのだ。

——2014/6/12

098
## 子供向けの詩の響き、文学賞、ねずみ

**×月×日**
そんなにたくさん詩を暗記しているわけではないが、よく覚えている詩がある。

ゆうべ女房を殺してしもうた
床にごろりとのばしてしもうた
息の根とめるにゃ忍びんかった

いびき止めにゃ眠れんかった

ライト・ヴァース（軽い詩）と呼ばれる種類のユーモラスな詩の一つで、この分野は英語圏では特に盛ん。名人がたくさんいる。

女房を殺した男の詩の作者は忘れたが訳者の名は忘れない、柳瀬尚紀。

ぼくがこの詩を暗唱できるのは愉快で悲しい内容のせいもあるが、ともかく訳のリズムがいいからだ。声に出して読むと韻がわかる。前の二行は「ゆ」で始まり、「しもうた」で終わる。後の二行は「い」で始まり、「んかった」で終わる。それらが呼応して響く。ストーリーの構成はやはり起承転結か。

世間は何か誤解して詩は心だとか思いだとか言うが、それ以前に詩は意味と響きであり、技術である。

柳瀬の新しい訳詩集が出た――**『キャロライン・ケネディが選ぶ「心に咲く名詩115」』**（早川書房）。

このタイトルははっきり言って泥くさい。編者が今の駐日アメリカ大使であることにも深い意味はない。今のアメリカの普遍的な教養人の代表であってそれ以上ではない。

しかし編者と訳者、その他この本を世に送り出そうとした人々の意図はよくわかる。子供によい詩を読ませたい、それに尽きる。そして今の日本ではこんなタイトルしか付けようがなかった理由もわかる。ちなみに原題は「心で覚える詩」……これではね。

詩は教養以前に生理だ。よい作品に多く接すれば身に染み込む。そのためには目で読んでいては駄目で声に出さなければならない。だから響きが大事。原理は百人一首と同じだ。

英語は韻は踏みやすいが、日本語では行の終わりの音を合わせる脚韻の選択肢が少ない。試みた近代の詩人たちはみな苦労した。

百十五篇のセレクションはまあ標準的なものだろう。まず、シルヴァスタインの「病気」やオグデン・

ナッシュの「親」など、いかにも子供向けのライト・ヴァースがある。シルヴァスタインは倉橋由美子の訳もよかったなと思いながら楽しく読む。エドワード・リアとルイス・キャロルのナンセンスな詩も完備。

大家が書いて子供でも読めるもののコレクションも目配りがいい。オーデン、ベケット（!）、エリザベス・ビショップ、エミリ・ディキンソン、イェーツ、どれも名詩だけれどいかにもの名詩でないのは見事。

他に、子供が読みたいという以上に子供に読ませたいという部類もある。聖書の一部とか、リンカーン大統領のあの演説とかも入っている。

柳瀬訳の見本を一つ――

一粒《ひとつぶ》の砂《すな》に世界《せかい》を
一輪《いちりん》の野《の》の花《はな》に天国《てんごく》を見《み》る
きみの両手《りょうて》の 掌《たなごころ》に無限《むげん》を
一刻《いっこく》の中《なか》に永遠《えいえん》をとらえる

ブレイクの「無垢の予兆」の一節だが、子供も大人も覚えておいていい詩だ。

日本の子供向けのアンソロジーとしては『**大人になるまでに読みたい15歳の詩**』（全三巻　ゆまに書房）を挙げておこう。

## ×月×日

トーマス・ベルンハルトというオーストリアの作家はその生涯でたくさんの文学賞を貰った。それで書いたのが**『私のもらった文学賞』**（池田信雄訳　みすず書房）で、この本の目次で数えれば受けた賞の数は九つ。

それぞれの受賞の状況、あるいはまつわる事情を書いたエッセー、というと人は謙遜のふりをした自慢話と思うかもしれない。これがぜんぜん違うのだ。なにしろ世を拗《す》ねた格別に変な男だったから。人呼んで文学界のグレン・グールドだとか。

最初の章が「グリルパルツァー賞」のことなのだが、実はこれは彼が受けた八番目の賞。この本の構成は時を追っていないらしい。

背広を新調して授賞式の式場に行くと、出迎えの者がいない。誰も声を掛けてくれない。なんとかなるだろうと思って中に入って観客席に坐って待つ。

やがて見つかって、賞を主催するアカデミーの会長じきじきに壇上に登るよう要請される。

ウィーンフィルがモーツァルトを演奏し、学術大臣はいびきをかいて眠り、式次第延々さまざま一時間半の後、ようやく賞状が与えられる。「その賞状の悪趣味なことといったら、私がもらった他の賞状に負けず劣らず、まったくひどいものだった」。

終わるとすぐ、彼はそっと会場を抜け出して店に戻り、新調の背広を一サイズ大きいのと交換してもらう。

一事が万事。「グリルパルツァー賞」の一つ前の「フランツ・テオドーア・チョコーア賞」の話。賞の由来の文人はベルンハルトの祖父の友人で、幼い孫はこの老人をよく覚えていた。ここまではいい。

この授賞が決まった時、ベルンハルトは「オーストリア中の新聞からの激しい波状攻撃にさらされていた」。ちょうど上演されていた彼の芝居が世間の反感を買ったらしい。

最初の受賞だけを別にしてその後は、「賞を受けることになったとき、私は胃のあたりにいつも違和感を覚え、頭はつねに受賞することに異を唱えた。しかし賞がまだ私に贈られていた何年もの間、私は否と言うことのできぬ弱虫だった。私の性格にはこの点で大きな水漏れ箇所がある、と私はずっと思いつづけていた。私は、賞を出す人たちを軽蔑していながら、賞を几帳面に突き返しはしなかった」って、告白するだけで偉大な男だと思う。志操堅固なひねくね者。

ぼくもいくつか文学賞を貰って、そのたびに受賞の意思を確認された。最初だけは当惑したが、その後で本当に迷ったのは一度だけだった。しかも「賞を出す人たち」の列にも加わってしまった。日本のこの和気藹々《あいあい》の空気がおかしいのだろうか？

まあ、オーストリアというのがドイツの陰に隠れがちな拗ねやすい国だ。ぼくが行った時、ザルツブルクの空港には「ここはオーストラリアではありません。カンガルーはいません」と大書してあった。

**×月×日**

種の絶滅が世界中で急速に進行している。すべて人間の活動が関わっている。

ウナギの場合のように乱獲によって次第に数が減ってゆくという図が浮かぶが、それだけではないらしい。この数千年、人間の移動そのものが行った先の生態系に災禍をもたらしてきた。

**『ねずみに支配された島』**（ウィリアム・ソウルゼンバーグ　野中香方子訳　文藝春秋）の報告が興味深い。

島は生態学的に特別な環境である。閉じられているからそこの生物は特異な方へ速やかに進化する。天敵がいないので、鳥は飛ぶ必要もないと安心して翼を作るのをやめる。あるいは海鳥が肉食獣のいない安全な繁殖地として島を選ぶ。

そこに人間が船でやってきて、それと気付かぬままに島にネズミを放す。その先で起こることは乱獲などの比ではない。食糧があるかぎりネズミは増え続け、すべての鳥を食い尽くして自分も滅びる。

この本は島の生態系の危機に対していかなる対策が可能か、大規模な作戦の事例をいくつも描く。

その一方、この対決の構図でいいのかという疑問も生じないではない。

——2014/7/17

066

## 話の中の話の中の……、墓を開いて、アンソロジスト

**×月×日**

夏休み。どこかに行きたいがその暇はない。それならば何か長いおもしろい話に読みふけろう。

例えば、『千夜一夜物語』、最もエロティックなバートン版は大場正史の訳で文庫本にして十一冊ある。古沢岩美の挿絵もいい。

しかしせっかくだから新しいものを読もう。『千夜一夜物語』と同じ原理で書かれた現代の小説、星野智幸の**『夜は終わらない』**（講談社）。

同じ原理とは話の中の話の中の話、あるいはおもしろい話をひたすら続けないと殺されるという強制状況での語り。

『千夜一夜物語』ではシャーリヤール王が妻に裏切られたのを怨み、毎晩処女を一人娶っては明け方に殺すことにする。国の中に処女が払底したところで大臣の娘であるシェヘラザードが来て、房事の後でお話を始める。それがあまりおもしろいので王は続きを聞くために彼女を殺すのを一夜また一夜と延ばす。話が途切れれば死ぬという運命。

『夜は終わらない』も同じ趣向だが男女が入れ替わっている。話を強要するのは西来玲緒奈という若い（印象の薄い顔の）女で、彼女は結婚詐欺師である。冴えない小金のある男に近づいてそれを奪い、殺す。その前にお話をせがむ。それがつまらなければ、あるいは途切れれば、殺す。

個人トレーダーである春秋《シュンジュー》の資産のほとんどを手にして、最後にお話の機会を与える。その話で玲緒奈が救われたと思ったら殺さない（作家としてぼくも身を置いてみたい状況だと思う一方、スティーヴン・キングの『ミザリー』を思い出したりして、やはり恐い）。

春秋はカワル子というおそろしくチャーミングな「絶世の美形」の少女の話を始める。その子がやがてカエル子になりカリル子になる不可思議な物語。

春秋のこの命がけの話を玲緒奈は却下し、彼は一酸化炭素中毒で死ぬことになる。奈良井将、望月靖史、香田成夫に続いて四人目。その間に勝手に自殺した古村武寿というのがいたが。

つまり現代の犯罪小説の体裁をとっているのだが、普通のリアリズムの小説ではないことはすぐにわかる。ここまでは序段。

語りと殺しの対決の真の相手は久音《クオン》という男だ。取るべきものを取ったからそろそろ潮時と思って、騙して縛り上げて話をせがむ。

クオンは媚薬の誤飲から始まるカワイルカとの恋の話を始める。媚薬、『アーサー王伝説』のトリスタンとイズーを思い出す。こういう話の中の話の出来がこの小説の価値を決めるし、実際これはよくできている。いや次々に繰り出される話はどれもよくできている。

話の途中で夜が明けるが、先が気になって玲緒奈はクオンを殺せない。カワイルカの後には祈《イノル》を主人公とする「聞いたら二度と戻れない物語」が始まる。不法在住のイラン人ホマユンと三十女のきのえ、あるいは甲《きのえ》、その他に乙《きのと》、丙《ひのえ》、丁《ひのと》が登場して、「日常演劇」が始まり、やがて彼らの役割と性別が入れ替わって、プロットはどんどん錯綜・混乱してゆく。Aに向かってBが話す話の中でCが話す話が始まり、それが終わるとBの語りに戻って最後にAに返る。読み手は自分が今ディレクトリーのどこにいるのかわからなくなる。

話の素材はさまざまで、核融合の施設で働く労働者たちの『いちえふ』(竜田一人)っぽい冒険譚から、ミロンガというエロいタンゴの話、「ゲバラに憧れてボリビアの山奥の村でジャガイモを食ってたんだ。人生で一番美味いジャガイモだったな。で、気がついたら昏倒していて、身ぐるみはがれていて、そこがセルビアとブルガリアの境の道ばただったんだよ」みたいなことになり、この混沌が読んでいて心地よい。悪企みに乗せられている快感がある。

その一方で、どの話にも既視感があるのも否めない。祈の告白で、きのえに恋するホマユンに仲を取り持つことを依頼されたのに、自分がきのえの恋人になってしまう。これはトリスタンとイズーとマルク王の(媚薬を誤服用した結果の)三角関係と同じではないか。あるいは『古事記』のハヤブサワケとメドリならびに仁徳天皇の間に起こった悲劇。恋の使者が恋を横取りするという古くからあるパターン。だから安心して読めるのかもしれない。どんなに破天荒なストーリーを目指しても一定の範囲の外には出られない。釈迦の掌を行く孫悟空。五行山の麓には自分のおしっこの臭いが残る。

この小説の楽しみの一つは料理の蘊蓄だ。読むのにいささか疲れた後で、作中で玲緒奈が作るスペイン料理コシードを試してみた。白インゲンなどの野菜とスペアリブや鶏肉とチョリソーなどを使ったスペイン風の塩味のシチュー。おいしかった。

**×月×日**

アメリカの小説も奇想に富んでいる。

「オズマの母が治安官を殺したあと、二人は急いでアバルを去った。もったいない話である。商売は繁盛していたのだから」って、こんな始まりかたをする話をどう展開すればいいのだ? 続きを書けという課題を作家たちに課してみよう。

**『プリティ・モンスターズ』**(ケリー・リンク 柴田元幸訳 早川書房)の中の「アバルの治安官」という話。

タイトルになっているくらいだからこの治安官は死んだままではない。アバルという町を出た母ジラと娘オズマに幽霊になってついてくる。旅の途中で母は小さな悪魔を捕まえて焼いて食べる。悪魔には「尖った小骨がたくさん」あるそうだ。ジラは魔女で、人の運勢を占って報酬を貰うらしい。なんか変な話で、訳者が「横滑り感」と言うのがよくわかる。短いセンテンスの一つごとに話が急角度で曲がるのだ。

母と娘と治安官の幽霊はジラが故郷だというブリッドの町に着いてここに住みつく。ここも幽霊だらけだ。

それでもここはおもしろい町ではない。「治安官は退屈してきた。死んでこんなふうになるとは思わなかったよと治安官は言った」って、論理の関節が外れているみたいな言いかたではないか。治安官が予想していた死後は「栄光の雲とか、ビロードの胸をした美しい淫らな悪魔とか、僕を裁く神々でいっぱいの法廷とか」だったはずなのに。

この作家の書くものはジューブナイルに属すると言われる。高校生くらいが対象の文学。しかしそんな分類をぶっとばしておもしろい。これも既視感たっぷりなのだが、ほぼアメリカ文学の領域に収まっていると言っていいだろう。いちばんびんびん響くのはスティーヴン・キング。幽霊や、湿った土の臭いや、魔力の籠もったお守りや、夜の墓地。

歴史の短いアメリカが精一杯もったいぶって恐い歴史を捏造しようとしている。だから幽霊話になる。巻頭の「墓違い」という話がいい。深夜、少年が一年足らず前に事故で死んだガールフレンドの墓を掘り返す。埋葬の前に棺に入れた自作の詩の原稿を取り戻したくなったのだ。「コピーも取っておかなかった」のが間違い。

でも棺から出てきたのは別の子の遺骸で、しかも元気に歩いてよく喋る。名前もベサニーだったはずがグローリア。表現の一つ一つがリアリティーを鋤《す》き返す。「安堵の念が体の真ん中を、業務用のディープフライヤーに浮かぶミニドーナツみたいにプカプカ上がってきた」って、まあわかるけど、あまりにアメリカ。

**×月×日**

アンソロジストという仕事がある。たくさんの作家や詩人の作品から一定の基準に沿って佳品を選んで一冊にまとめる。

自分でもやっているから苦労はわかるが、このところ東雅夫という人が目が離せない。内田百閒と泉鏡花の後で宮沢賢治が出た（**『可愛い黒い幽霊』**平凡社ライブラリー）。ぼくは宮沢賢治のものはだいたい読んでいるが、この目次には感服した。詩も含めて全作品への目配りが深い。

――2014/9/4

一〇〇

# 馬の乱入、夢の恋人、内耳のサイズ

**×月×日**

今年は、フリオ・コルタサルの生誕百年である。
アルゼンチン出身の作家で、フランス暮らしが長かったが、言葉は最後までスペイン語。代表作は長篇『石蹴り遊び』とされるが、どうも短篇の方がいいような気がする。正直に言うとぼくはこの代表作をまだ通読できていない。

短篇でよく知られているのは「南部高速道路」という話で、舞台はパリ近郊。バカンスの終わりの悪名高い渋滞のさなか、事態が幻想の方へ少しずつずれてゆく。数時間のはずののろのろの運転が数日になり、数週間になり、季節が巡る。人々は小さなコミュニティーを作って食料を調達し、病人に手を貸し、助け合う。その中から恋も生まれる。

現実から非現実への移り行きを滑らかに書くのがコルタサルは実にうまい。ふと気がつくと読者は異次元に連れ出されているのだ。

新しく訳された短篇集『**八面体**』(寺尾隆吉訳　水声社)でもその点にいちばん感心した。

「夏」という話。休暇を人里離れた田舎の別荘で過ごす夫婦がいる。隣人が来て一晩だけ幼い娘を預かってくれと頼む。「お安い御用」と返事して、隣人は去る。娘はのんびり漫画雑誌を見たりしていたが、夕食の途中で寝てしまう。夫婦にとってごく普通の夜が過ぎてゆく。

ところが、家の外でおかしな物音がした。何かがぶつかる音、いななき、蹄の音、窓からちらりと見える馬の姿。一頭の馬が庭を駆け回り、執拗に家の中に押し入ろうとしている。

夫婦はパニックになる。妻は怯え、夫は自分の無力を噛みしめる。馬の攻撃という事態に翻弄されて守勢に回るばかり。預かった娘は何も知らずに眠っている。

しばらくすると馬はいなくなるが、疑心暗鬼の二人は不安なまま夜を過ごす。馬の襲来と預かった娘の間に何か関係はないのか。

ぼくは要約することでこの見事な短篇を殺してしまったかもしれない。センテンスの一つ一つが巧妙に組み立てられていて、速読を許さない。たった十三ページの短い話に、あらすじに還元できない内容がぎっしり詰まっている。

いろいろな仕掛けがあるように思える。例えば、夫婦はマリアノとスルマ、隣人はフロレンシオと名があるのに、肝心の娘は最後まで娘としか呼ばれない。現実ではなく馬と共に異界に属するかのようだ。

もう一つ見ようか。

「シルビア」も夏の休暇の話。避暑地の一軒の別荘に三組の夫婦とその子供たち、それに語り手である独身者が集う。

大人はバーベキューと酒と議論、四人の子供たちは駆け回って遊ぶ午後、そこに子供たちの世話をするシルビアという若い女の姿がちらつく。

語り手は彼女のエロティックな姿態に惹かれるが、親たちに言わせるとシルビアは子供たちが共同で生み出した幻の子守り役らしい。「ねえ、シルビアって誰だい、グラシエラ?」と問うても「みんなの友達よ」という返事しか戻ってこない。そして、「この子がシルビアについて話し始めるときりがないのよ」と母親は言う。

語り手はシルビアと一度も口を利くこともないまま彼女を失う、永遠に。

巧妙に構築された小説だと読む者は思うだろう。つまり理知的に、細部まで計算尽くで書かれたと。実際、この本の最後に添えられた「短編小説とその周辺」というエッセーでコルタサルは、短篇小説は「最小限の表現手段で必要十分に物語を伝達する精密機械を旨として書かれる文学ジャンルにほかならない」と言っている。

それなのに、「ある種の短編小説は、いわゆる正常の規範から逸脱した異常なトランス状態から生まれる」と宣言するのはどういうことか。短篇のアイディアは「全体性を持つ塊」として作家を襲い、そうなると「すべて無視してとにかく執筆に取りかかる」しかない。日常のすべてを抛《なげう》って完成までひたすら書くしかない。

冷徹な計算と熱情の奔流の間はどう繋がっているのだろう？　執筆は夢に似ているというが、夢は設計できるものではないはずだ。この矛盾がものすごくおもしろい。自分の場合はどうだろうかと考え込む。

コルタサルの最後に近い著作である『宇宙高速道路の自動車航海者』という奇妙な旅行記に深く関わったことがある。映画化の企画に加わって会話のシナリオを書いたのだが、企画は頓挫した。

それを思い出しつつ、フリオさん、あなたの言うことは矛盾だよ、と言いたいのだが彼はもういない。三十年前、彼は今のぼくと同じ歳で世を去った。

## ×月×日

マーク・トウェインはコルタサルの八十年ほど前に生まれた。一作だけ選べば『ハックルベリー・フィンの冒険』だが、彼には才気あふれる軽妙な短篇も多い。作家としてのデビューはそちらの方で、やがて堂々たる文豪になった。

短篇を集めた**『ジム・スマイリーの跳び蛙――マーク・トウェイン傑作選』**（柴田元幸訳　新潮文庫）に収められた軽快な話がどれもおもしろかった。

最後の「夢の恋人」というのは軽快ではない。六十歳を超えてから書いたもので、（時間的な順序は逆だが）コルタサルにそっくりの夢の話。設計された夢というべきだろうか。

夢の中で少女に会う。自分は十七歳で彼女は十五歳。田舎道を歩いていて彼女に追いつき、すぐに、ごく自然に、お互い恋人であることを覚る。「私がキスしようとかがみ込むと、待っていたかのようにそのキスを受けとめた」という具合。しかし彼女は消えてしまう。

次は十年後、やはり夢の中。やはり十七歳と十五歳。その後の出会いの場はハワイのマウイ島、その後はアテネ（たまたまながらどちらもぼくがよく知っているところだ）。

おぼつかなくて切ない夢の描写がコルタサルに実によく似ている。ではコルタサルはこれを読んでいたか？　先の短篇小説論にE・A・ポーの「アモンティリャードの樽」などのことは出てきたがトウェインの名はない。この因果関係はどう解けばいいのだろう？　偶然ということで済ませるのは惜しい、という論法はあまりに文学的だろうか。

**×月×日**

短篇と同じで科学啓蒙書も文体で価値が決まる。科学なのだから伝えるべき真理は一つ。少なくとも今の段階で確定された真理は一つのはずだから、あとは語り口の問題になる。

**『解剖学個人授業』**（養老孟司、南伸坊　河出文庫）は、個人授業というフォーマットでもう成功が約束されている。教師は泰斗だし、生徒は柔軟で旺盛な好奇心の主。よく予習もする。

養老孟司の叡智が世に受け入れられたのは解剖学という学問が今の科学界において学際的かつ縦断的

な性格を持っていたからだろう。先端科学のように過熱せず、科学の基本形を保って人間学につながっている。だからさまざまな問題に対して答えを提供できた。

それがこの本でもうまく機能している。南の問いと養老の答えは時に細部に集中し、時に広大な哲学に手が届く。接写と広角、両用のレンズが用意されている。

細部でおもしろかったのは内耳のサイズのことだ。音を聞くために鼓膜と内耳をつなぐ三つの骨がある(耳小骨)。これがネズミとヒトとゾウで体格ほどは違わない。空気の粘性は同じだから、体格に合わせるとネズミは超高音しか聞こえず、ゾウは超低音しか聞こえないことになる。それは不便だということ。その先の、爬虫類では顎関節が耳小骨の役割を果たしていたという展開もおもしろい。

こういう話を読んだ後だと、「文明が爛熟するっていうのは、自然が現実でなくなって、表現が現実になっていく」ことだという養老先生の持論が理解しやすくなる。

この二人を孔子と子路に見立ててみようか。

——2014/10/9

101

# あり得ない美術館、悲惨な二十世紀史、イグ・ノーベル科学論

**×月×日**

「空想美術館」という言葉を世に広めたのはアンドレ・マルローだが、この概念ははるか昔からあった。充分な資金を持たないコレクターはいつだって頭の中に自分の美術館を造っていた。ポール・ゲッティ

ではあるまいし、誰に「充分な資金」があるか。今風に言えば、すべての美術ファンはリストマニアである。

**『不可能美術館』**（セリーヌ・ドゥラヴォー　ユーキャン）はその先を行く。いくら資金があっても絶対に手に入れようのないもので一冊の本の中に美術館を作ろうというのだ。

姿を消した
形を変えた
破壊された
隠された
盗まれた

などなど、入手不能な傑作を並べた夢想の建物。

選択眼がいい。顧愷之《こがいし》の「女史箴図《じょししんず》」は模写によってのみ今に伝わっている。オリジナルは存在しない。そのことが憧憬を誘う。

フランソワ・ブーシェの「眠れる羊飼い」という絵は現代の狂信的な美術泥棒が盗み出した二百三十九点の一つ。彼は空想美術館を自力で実現しようとしたのだ。ことは発覚し、司直の手は迫る。事態を知った彼の母は盗品を切り刻んでゴミとして出し、あるいは近くの運河に放り込んだ！　証拠隠滅といってもちょっとやりすぎ。失われた中にはクラナッハやブリューゲルの作品もあったという。

政治的な理由からタリバンによって爆破されたバーミヤンの磨崖仏は記憶に新しい。まあ、日本も明治初期の廃仏毀釈ではずいぶんな蛮行をしたけれど。

はじめから消えることを前提に作られるものもある。大きな建物を包んでしまうことで知られるクリストとジャンヌ＝クロードの作品は期日が過ぎれば解体される。この本に紹介された「囲まれた島々」

を見ることができたのは二週間だけだった。

## ×月×日

歴史はまじめなものだ。

例えば、**『二〇世紀の歴史』**（木畑洋一　岩波新書）は原爆の投下についてこう書く――

「ドイツのハンブルクやドレスデン、日本の東京をはじめとする多くの都市への爆撃は、大量の犠牲者を生むことになった。犠牲者数は定かではないが、ハンブルクやドレスデンで約五万人、東京で約一〇万人に達した。アメリカ軍による広島と長崎への原子爆弾投下は、そのような戦略爆撃が行きついたところで実行されたのである」。

それに対して、チェコの作家パトリク・オウジェドニークの**『エウロペアナ』**（阿部賢一、篠原琢訳　白水社）では広島のことを――

「一九四五年、アメリカ人は原子爆弾を発明して、ヒロシマという名前の町に投下した。爆撃機はエノラ・ゲイと名づけられ、のちに飛行士が記者たちに説明したところによると、この名前はアイルランド人の祖母の名をとったもので、陽気な名前だったので爆撃機の通称に選んだのだという……地元の学校には負傷者を介抱する救護所が設置され、生き延びた生徒たちは、負傷者の傷口にわいた蛆を箸で取り除いてやり、負傷者の息が絶えると手押し車で火葬場に運んだ」となる。

この『エウロペアナ』は小説として刊行された。しかし、欧米の言葉で考えるかぎり、歴史＝ヒストリーと物語＝ストーリーは語源が同じ、つまり兄弟だ。漢字文化圏も「史」とは書かれたものということ。『史記』は物語である。

『エウロペアナ』はもっぱら二〇世紀ヨーロッパ史を扱う。そこは『二〇世紀の歴史』が全世界を論じるのと違う。

後者は真面目で、事実をもとにきちんとできるだけ客観的に論証を積み上げようとする。言ってみれば、どんな異論に対しても反論できるための準備がある。

前者は気まぐれに事実を選んで、主観的につなげ、それがずいぶん奔放なので不真面目な印象を与えるかもしれない。シニカルと言う人もいるだろう。なにしろ戦死者の数を伝えるのに、「一九四四年、ノルマンディーで命を落としたアメリカ兵は体格のよい男たちで、平均身長は一七三センチだった。ある者のつま先に別の者の頭を置くといった具合に戦死者を一人ずつ並べていくと、全体で三八キロの長さになるという」と書くのだから。

この本では強制収容所の実態とブラジャーの発明が同列に置かれる。それはシニカルかもしれないが、しかし少なくともぼくの歴史観はこれを読んで納得する。

チェコはヨーロッパの小国で、歴史に翻弄された。それを反映して『エウロペアナ』はナチス・ドイツやソ連などの大国の横暴を告発することにとりわけ力が込められている。殺された者の数が半端でない。

あまりの悲惨はユーモアによってしか受け止め得ないのではないか。発狂防止のために人間の精神に組み込まれた安全装置かもしれない。これを読んでぼくがカート・ヴォネガットを思い出したのはたぶん正しい。

先のヒロシマのところで、「負傷者の傷口にわいた蛆を箸で取り除いてやり」とあるのをぼくたちはなにげなく読み進むけれど、ナイフとフォークで暮らす欧米の読者にとって、中華料理と日本料理の店でのみ出会う「箸」という非日常の言葉と、それをこういう目的に使うという記述は、ずいぶんな衝撃であるだろう。これが「歴史」を超えた「物語」の力だ。

## ×月×日

イグ・ノーベル賞を揶揄で捕らえるのは間違いだ。あれは「変な研究」ではなく、「独創的でわかりやすい研究」に与えられるとぼくは理解している。

今年のノーベル物理学賞は青色発光ダイオードだったから目に見えた。原理はわからなくても納得できた。しかしそういう例は珍しい。二〇〇八年の「小林・益川理論とCP対称性の破れの起源の発見による素粒子物理学への貢献」を理解するのは容易ではない。

これに対して、一九九五年のイグ・ノーベル心理学賞は「ハトを訓練してピカソの絵とモネの絵を区別させることに成功した」日本人科学者三名に与えられた。素人にもわかるし、認知科学の王道を行っている。

イグ・ノーベル賞を二度にわたって受賞した日本人たちがいる。彼らは粘菌の研究者で、この単細胞の生物が、人間が最も効率的な交通網を設計するのと同じことを自分の身体を使ってすることを証明した。二度目は更なる研究への再授賞。

受賞者の一人中垣俊之の『**粘菌　偉大なる単細胞が人類を救う**』（文春新書）は大事なことを平易に書いている。

粘菌は二次元の生物で、平面の上で生きる。栄養があれば一個体がどこまでも大きくなる。そこで、北海道型の培地を作って、山などの地形を粘菌が嫌う物質で再現する。都市にあたるところにエサを置く。

すると粘菌は山を回避してすべての都市を最短のコースで繋ぐように身体の形を変える。大都市の間を結ぶ回路は（交通量に応じて）太くなるし、必要とあらば都市つまり結節点を自ら作ることもある。

結果はＪＲ北海道の鉄道網とほとんど同じ。脳はおろか神経系も持たない粘菌にどうしてこんなことができるのか？

自然現象の基本則はとてもシンプルで普通だと著者は言う。高等動物の身体は脳による集中管理方式で動いている。それを真似て人間は都市を作った。それに対して粘菌は自律分散システムによって生きる。現場がそれぞれによかれとする判断が積み重なって、ぜんたいを最適な方に動かす。このやりかたで粘菌は迷路を「解く」。あるいは多機能ネットワークを作り上げる。これは驚異だ。

この本が優れているのは、粘菌を例にとって科学の最も基本的な原理を説いているからだ。万有引力の法則と同じように単純で、しかしもっと多様で、多くの現象を説明してくれる。見事な啓蒙書である。

――2014/11/13

102

## 進化論の見取り図、亡命ロシア料理

**×月×日**

ここ数年、若くてすごい思想家が次から次へと登場するのに呆れている。最近の例で言えば白井聡の『永続敗戦論』だが、ここにまた一人、進化論という滑走路から離陸して知の全域を自在に遊弋《ゆうよく》する飛行人間が現れた。

『**理不尽な進化　遺伝子と運のあいだ**』（吉川浩満　朝日出版社）がその本。

まずは俗流進化論のことを話そう。世の人の大半は進化論を曲解している。進化を進歩と思って「冷蔵庫はここまで進化した」などと言う。ダーウィンが言ったこととの真逆ではないか。

ぼくはこういう言説に出会うたびに、進化は環境とセットの概念だから衰退や絶滅を含むのだ、と説いてきた。しかし、なぜ人々が進化を進歩に重ねたがるか、その理由にまでは思いが至らなかった。典型的な思考停止だ。

この本はその先へ行く。

なぜ人は進化を進歩と思い込むほど楽観的なのか。

そう問う前に科学的な事実を見よう。現存の種の数は数百万から数千万（昆虫の数えかたで大きく異なる）。これまでに出現した種の数は五十億から五百億。地球の上に現れた生物の九九・九パーセントは絶滅した、と古生物学は教える。

絶滅は個体の死と同じような必然ではない。シーラカンスやカブトガニは何億年も生きてきた。では絶滅の原因は何か？

三つのシナリオがある。

1　まったくの不運。戦場で弾幕に曝されるような乱数的な死滅。巨大隕石が地球に衝突した直後の巨大津波などがこれに当たる。

2　公正なゲーム。その時の環境において競争力が劣るものが消えてゆく。我々の進化論イメージはだいたいこれだ。

3　理不尽な絶滅。実体は1と2の組合せである。巨大隕石の衝突によって環境は激変する。大量の微細な塵によって太陽光が遮られ、植物が死滅する。それを食べていた草食動物がいなくなる。肉食のティラノサウルスも消える。しかしもともとライフ・サイクルの中に休眠という過程を備えていた珪藻類は生き延びた。

吉川はこれをスポーツに喩える。バスケットボールがいきなり小学校の運動会の障害物競走に変わる。大きな図体の選手はハシゴを抜けられない。つまりそれくらい「理不尽な」ルール変更が多くの絶滅の理由だったというのだ。

ロシア革命で多くの貴族が亡命した。王政から社会主義へというルール変更に耐えられなかったからだ。ナチスのもとで数百万のユダヤ人が文字通り絶滅させられた。これもいきなりのルール変更の結果と言える。

人間は滅びた者に対して厳しい。自業自得を言い立てる。そのもとには「世界は公正である」というバイアスがある。「努力した者は報われ努力しない者は報われない」と信じる方が生きやすい。だから我々は敗者を貶める。

しかし現実は努力と運の組合せでできているのだ。運転者の目に入る位置に設置された広告看板の半裸の美女に目を奪われて路肩に乗り上げた。それで済めば笑い話。しかしその路肩に登校中の小学生がいたら結果は惨劇。

2と1の組合せとはこういうことだ。自己責任と運不運。絶滅の大半はこの経過を辿って起こる。地球は、個体や種それぞれの努力を無視してサイコロを振る（ぼくは、自然は人間に対して非情なのではなく無関心なのだ、と言ってきたが）。

過去に少なくとも五回あった大量絶滅はみなこのシナリオに沿っていた。絶滅で空いた舞台に続々と新しい種が登場して、前とはまるで違うドラマを展開する。今はたまたまヒトが主役かもしれないが先はわからない。しかも我々は目先の欲に駆られて環境を自分たちに不利な方に変えつつある。この場合は自業自得は嘘ではない。

と、ここまで要約してもまだ本書の五分の一にもならない。吉川浩満は現場の研究者ではない。進化論をはじめとする現代思想の著作物を大量に網羅的に読破して、それを整理整頓し、素人の読者に供してくれる、いわばファシリテーターであるが、その能力が半端でない。博学多才で、文章は機知に富んでよく笑わせる。肝心なのは彼がことの本質をぐいと摑んで綺麗に並べて見せること。

本書の中心に据えられた主題はダーウィニズムだ。キーワードはもちろん「自然淘汰」と「適者生存」。フェアなゲームであるか否かという問題。

「適者」という言葉に注目しよう。「強者」でも「優者」でもない。隕石カタストロフの後、それまで「強者」だったはずの恐竜は滅び、ひっそりと暮らしていた珪藻類は生き延びた。彼らが「適者」だった。

ここ三十年ほど、進化論を巡ってスティーヴン・ジェイ・グールドとリチャード・ドーキンスの「適応主義」を巡る論争があった。今この地上にある生物は環境に適応しているからこそ存在している。グールドはこれは楽観的すぎると批判し、ドーキンスは擁護した。論争は苛烈で、結局はドーキンス派の勝ちに終わった。その過程で互いに多くを相手から学んだ。

その先で、吉川は敗れたグールドの救済を試みる。なぜ彼はあれほど果敢に抵抗したのか？ 彼が守ろうとしたのは何だったのか？ みんな大事なことを見落としてはいないか？

ぼくなりに大雑把な要約を試みれば、進化は法則であると同時に歴史である。つまり無数の偶然を含む一回性のものである。それが進化が理不尽であるということだ。グールドはこの視点をどうしても無視できなかった。絶滅した九九・九パーセントの種への同情を捨てきれなかったというのはロマンティック過ぎるかもしれないが。

ヒトも一つの種であり、それがために進化論に対して我々は客観的になり切れない。正しいドーキンスをどこか冷たいと感じてしまうのは判官贔屓だろうか。

## ×月×日

ぼくは逆境の料理人をもって自任している。カリブ海の小島で、ケチャップとタバスコとタマネギでロブスターのチリソースを作ったことがある。ネパールの山奥で日本風のカレーということも。普段ならば冷蔵庫一掃の器用仕事《ブリコラージュ》。要はあるものでなんとかするということだ。

だから『**新装版　亡命ロシア料理**』（ピョートル・ワイリ、アレクサンドル・ゲニス　沼野充義、北川和美、守屋愛訳　未知谷）がおもしろかった。

ロシア革命によって、またスターリンの圧政によって、多くのロシア人が亡命した。もう少しゆるやかな理由から移住した者も多かった。

人と郷里を結ぶ強い絆の一つが料理である。だから彼らは行き着いた先でなんとかロシア料理を再現しようとした。

アメリカで暮らすことになった二人の文芸批評家がそれを指南する。タイトルのとおり、これは「亡命＋ロシア＋料理」の本である。しかもこの二人は共にユダヤ系だから、更に料理に風味が加わる。味覚は文化であり、文化は批評を含む。アメリカのひどい食べ物を罵倒しつつ、手に入る素材で懐かしい味を甦らせようと工夫を重ねるレシピ本。

この二人のエッセーは皮肉の利いた文章が辛味の利いた一皿のようにおいしい。「ちゃんと生きるためには、ちゃんと食べなければならない」のだから、「食欲が食事を神聖な儀式に変容させるまで、食卓にはつかない」。

食欲昂進の方法はいくつもあるが、「本当の食欲が生まれるのは、料理に対して作り手として興味を持つことからだ」というのは正しい。

では今夜、ハルチョーというグルジア風のビーフのスープ（むしろシチュー）を作ってみよう。レシピは精密であり、素材の多くは入手可能だ。「トクラピ」という「ミロバランスモモの果実を乾燥させたもの」は手に入らないが、「トマト・ピューレ半カップ」でもいいそうだ。

——2014/12/25

2015年

103

# ヒョウタン、日本列島と料理、古典と奇譚

**×月×日**

人類の文化史には格別に大きな役割を担うモノがときおり登場する。例えば、羊は衣食住すべてに貢献してくれる動物と言われる。羊毛は衣類になり、肉は食べられ、モンゴルではフェルトを天幕の素材にする。羊皮紙を考えれば衣食住の他に文化にも関わる。

それと同じくらい瓢箪が重要であることに気付かなかったのは、たぶん昨今はプラスチックが目の前に立ちはだかっているからだろう。

港千尋の『**ヒョウタン美術館**』（牛若丸）は我々が有史以前からつきあってきたこのありがたい栽培植物について多くを教えてくれる。書名のとおり美術館の体裁を真似て、室ごとに違うテーマで文章と図像の展示が並ぶ。

ヒョウタンは簡単に育てられていくらでも増える。腐らせて中身を排出すると一個の空洞が得られる。まずは軽くて丈夫な容器。フランス語では今も水筒とヒョウタンは「グルド」という同じ言葉である。これのおかげで人は水を持って遠くに行くことができるようになった。何も入れないで栓をすると漁で使う浮きになる。穀物などの保存にも使える。水平に切れば食器。

中が空だからヒョウタンは楽器になる。弦楽器の共鳴器としてならばインドのシタールが知られているし、打楽器はハワイのイプを思い出す。管楽器ではアマゾンに鼻笛があるそうだ。

人間は具体物に神話的な意味を読み取る。中国神話は伏義《ふっき》と女媧《じょか》の兄妹は大洪水が来ることを予想してヒョウタンを育て、それで船を造って生き延びて夫婦になって子孫を残した、と伝える。

注目すべきはヒョウタンのくびれの部分だ。ただの容器ならば寸胴でいいのに、あのくびれが人間にいろいろなことを思わせる。あれのおかげで一目でわかる特異な形になり、紐をからげて腰に下げることもできる。

古人はあのくびれを別天地への通路と考えた。ヒョウタンの中に桃源郷があるとされるのはあの形状のせいに違いない。

『後漢書』の「費長房《ひちょうぼう》」の話では、市場で薬を売る老人が店を閉じてヒョウタンの中に消えるのを見た役人が招かれて中に入り、無限に酒が出てくるヒョウタンの接待を受ける。「壺中天《こちゅうてん》」の「壺」は陶器ではなくヒョウタンだったらしい。

ヒョウタンは陶器と同じように絵付けや浅い彫り込みで表面を飾ることができるし、陶器よりずっと軽く、割れることもない。

更に、「由」という漢字はヒョウタンに由来し（たまたま文字の洒落になってしまったが）、本来は「卣」、中身が腐敗して液化したのが「油」でそれを抜いたのが「由」であるという。形をそのままなぞった象形文字だ。

（私的疑問ながら、マリリン・モンローの体型とヒョウタンの形の間に何か関係はないのか？）

ヒョウタンはまずもって容器として使われたが、テクストならびに画像の容器として、この本の造本はおもしろい。すべてのページの文字部分以外、つまり周囲の余白が半透明なのだ。窓付き封筒などに使われるワックスプラスという方法で加工されていて、もともと本文用紙が腰のある強《こわ》い紙だからページを繰るのが容易でないし、読む間もしっかり押さえていないといけない。

この不便が快感に転じるのはなぜだろうか。小さな本だけにフェティッシュ感が強まる。一ページごとに意味が凝縮しているように感じられる。ワックスの匂いがするのもよくて、読みながらしばしば本を鼻先に寄せる。この感じ、羊皮紙に似ている気もして、まこと企みに満ちた本である。

**×月×日**

日本列島の地質学的構造と日本料理の間にはいかなる関係があるか？

これはずいぶん強引な設問だと思ったが、**『和食はなぜ美味しい――日本列島の贈りもの』**（巽好幸　岩波書店）を読んで納得した。自然地理は文化を左右するということが具体的に証明されている。

例を挙げよう――なぜ日本では明治に至るまで獣肉食が行われなかったのか。仏教の禁忌では説明がつかないと思っていたら、この本には水が軟水だからとある。獣系の素材でダシを取ろうとしても軟水では臭いが残ってしまう。軟水だと臭い成分が灰汁《あく》に移ってくれないのだ。

なぜ日本の水が軟水かと言えば、川が短くてカルシウムイオンなどが充分に溶け込む時間がないからだ（明治時代に招かれたヨーロッパの治水技術者が常願寺川を見て「これは川ではない、滝だ」と言ったというエピソードを思い出そう）。

獣肉食についてこんなにわかりやすい説明に出会ったのは初めてだった。

この論法でうまいものエッセーと地球科学のコラボレーションがおいしく愉快に進む。毎回の会食と会話の相手をするのがずいぶん頭のいい姪っ子で、叔父貴のご高説に容赦なく突っ込みを入れる。食べた者を「脳天杭打ち状態」に突き落とすほどうまい「ほんまもんのボタンエビ」が駿河湾産と聞いて、なぜあそこは湾なのにあんなに深いのかと姪っ子が問う。最深部が二千五百メートルだから、伊豆半島の天城山の頂上との標高差は四千メートルもある。

答えはそう簡単ではない。まず伊豆半島はずっと南にあった陸塊が北上して本州に突き刺さったものだという。丹沢山地はそれで押し上げられてできた。インド亜大陸とヒマラヤの関係と同じだ。その先では大陸地殻が海の底で生まれたという「マグマ学者」巽教授の最新の学説が紹介される。

戻りガツオを食べていて芋焼酎の話になり、芋の採れる鹿児島のシラス台地に飛んで、二万八千年前に姶良《あいら》カルデラを作った大噴火と二兆トンの火砕流が語られる（ここでぼくは近未来の大噴火を描いたパニックSFの傑作、石黒耀の『死都日本』を思い出したものだ）。

話題転々が読んでいて心地よい。ワインの味から、ワイナリーの土質になり、石灰質の土壌から珊瑚礁に移り、ポリネシアの珊瑚礁が日本列島の石灰岩になったという。おいしいワインを作る素地はあるのだ。

**×月×日**

今回はなぜか学者特集になった。愉快な知性主義でもう一冊。

**『極楽のあまり風——ギリシア文学からの眺め』**（中務哲郎　ピナケス出版）を読んでこの古典学者の博識にほとほと感心した。

「西洋に女子の紅潮を歌へる詩ありや否や」という芥川龍之介の問いをきっかけに、『古事記』のヤマトタケルとミヤズヒメの歌の交換を語り（これはぼくでも知っていた）、『創世記』のサラの閉経に飛び、ラバンの計略を紹介し、生理中の女性と交わる男性に危険が及ぶという説の実例を中世ペルシアのロマンス叙事詩に求め、『アラビアン・ナイト』に走り、そこでようやく本来のテリトリーである古代ギリシアに赴いて、まずはヒポクラテス等の医学書とコルメラの農業書を引き合いに出し、プリニウスによれば経血は畑を不作にし、蜜蜂の巣を死滅させ、青銅や鉄を錆びさせ、牝馬を流産に導き、それを舐めた犬を狂わせると伝える。

猥雑を恐れないギリシア喜劇も前四三〇年の疫病と女性の月経は台詞にしなかったという。その猥雑の見本としてアリストパネスの『平和』の一節が掲げてある――「おまけにこの娘《こ》を持ってると、早速明日からでも気持良い運動ができる。草を褥《しとね》のレスリング、四つん這いの手押し車、横倒し、膝をつかせて後ろどり、つやつやと油を塗って格闘技のデスマッチ、猛烈百叩き、穴くじり、拳骨も軟骨も使ってする……」

さらにいくつもの話題を連ねた上で、結論としてニカルコスの短い詩に至って芥川の問いに答える。

夫子は「エッセイにおいても自分の考えを語ることを恥じ、古典の引用と奇譚の紹介」に徹したと言われるが、これはこれでずいぶん見事な成果ではないか。

――2015/2/12

104

# 本当のアイヌ史、原発は「漏れる」

**×月×日**

自分がよく知っていると思っている分野について、それがまるで見当違いだったと思い知らされることがある。衝撃であり、いっそ快感でもある。

瀬川拓郎の**『アイヌ学入門』**（講談社現代新書）がそうだった。

ぼくは和人の中ではアイヌに縁がある方だと思う。北海道生まれだし、曾祖父は明治の初期にアイヌと一緒に日高で牧場をやっていた。ぼくはそれを『静かな大地』という小説に書いた。

アイヌ文化の保存と民族意識の回復に力を尽くしたエカシ（長老）である萱野茂さんに親しく多くを教えてもらった。今の北海道でアイヌの地位向上を微力ながら手伝っているという自覚もある。

しかし、それでもなお、ぼくの中のアイヌ観はおよそ偏ったものだった。歴史を知らなかったから。

アイヌは狩猟採集を生業とする人々で、その傍ら交易も行った、というのが一般の理解。和人との交渉については迫害と搾取の被害者という印象が強い。

その結果、エコロジーとポストコロニアリズムに適ったイメージが構築され流布されてきた。知里幸恵が『アイヌ神謡集』のまえがきに書いた「滅びゆく民族」という言葉がそれを裏付けた。

瀬川のこの本はこの（ぼくも流布に荷担した）通俗のアイヌ像をがらがらと打ち壊してくれる。それはここ数十年の間に多くの考古学者・歴史学者が調べ上げた成果を原資とした見事なまとめで、長い登りを経て尾根に出た時のようにまばゆい光景が眼前に広がる。

瀬川の提出するアイヌの生業では狩猟採集よりも交易の方がずっと比率が高い。交易のための狩猟採集であったと言ってもいい。

江戸末期、上川盆地には三百人ほどのアイヌがいて、毎年、キツネの毛皮八百枚、カワウソ二百枚、イタチ一千枚、クマ百五十枚、それに干鮭九万尾を和人に売っていた。その他に記録はないが大量のシカがある。自給自足のための狩猟ではなかった。

アイヌは弥生人と交雑しなかった縄文人の末裔である。アイヌ語は日本語とまったく系統が異なる。そして彼らの縄文文化の継承に断絶はなかった。

その一方、彼らは和人の文明から大きな影響を受けた（ちなみにアイヌの生活圏は最も広い時で仙台平野と新潟平野を結ぶ線の北だったという）。縄文語を元とするアイヌ語を使いながら、祭儀に関しては古代日本語が借用される。「カムイ（神）・タマ（魂）・ノミ（祈《の》む）・オンカミ（拝み）」などなどを彼らは積極的に受容し、自分たちの信仰生活に活用した。

もっと現実的な例を挙げよう。『萱野茂のアイヌ語辞典』は「サンニヨ」の語義を「精算・会計・勘定」と書く。たぶん「算用」だとぼくは考えた。余談ながらこれはまこと愉快な辞典で、「サマンペ」は魚のカレイだが、隠語として「女性の陰毛の形」とある。西欧語のescutcheonと同じ発想だ。

ぜんたいとして本書に見るアイヌ史は能動的で、周辺との交渉も旺盛で、生気に満ちている。原始的な狩猟採集でほそぼそと生きてきた民ではない。

南の日本との行き来は盛んだし、北の千島や樺太、さらにシベリアに住む人々とも交易して、時には争いになることもあった。瀬川はこれをヴァイキングに喩える。元寇と同じ時期にアイヌは元の軍勢と対等に戦っていた。

沈黙貿易という文化人類学の用語がそのままアイヌ史に適用される。船で行った者が浜辺に交易品を並べて一度は沖に戻る。陸の民が来て欲しいものを取り、代わりのものを置いて引っ込む。お互い顔を見ず言葉を交わさないままに取引が成立する。そこで一方が強欲すぎたら二度目はない。

沈黙貿易が疫病に対する警戒に繋がっているという指摘に納得した。遠方の民がしばしば汚染源であるのは現代でも変わらない。検疫の概念は近代以前からあったわけで、その背景には疫病で人口の多くを失う悲劇があった。

このダイナミックなアイヌ史は日本人に広く共有されるべきだろう。

「交易を通してみえてくる複雑なアイヌの姿は、かれらを歴史をもたない民、閉じた世界に安住する狩猟採集民、政治的統合もない低位レベルの社会などとみなす、あらゆる言説が誤りであることを示しているのです」

歴史は過去ではない。未来の素材なのだ。

**×月×日**

アイヌ史は千年を超える。その間に北日本で起こったことの全容を知るのは容易ではない。同じように、二〇一一年三月十一日から十五日までの四日間に東京電力福島第一原子力発電所で起こったことの全容を知るのはむずかしい。

**『福島第一原発事故　7つの謎』**（NHKスペシャル『メルトダウン』取材班　講談社現代新書）はそれにあるところまで近づいている。

基本は精緻な技術論。

例えば格納容器の内圧を下げるためのベントという手順は1号機で本当に実現していたのか、吉田所長は「わからない」と言って亡くなった。成功したとされてきたが根拠はどれも状況証拠に過ぎない。

確証を得るために取材班はまず原発周辺に配置されたモニタリングポストに残った数値を見る。空気中の放射線量が急上昇したのを確認、更に一時間の平均値ではなく二十秒毎の生の数値を個々の計測器から取り出すプログラムの解析をもとに、1号機でベントが実行されていたことを突き止め、その時刻も割り出した。

しかし、ベントの結果、想定の百倍を超える量の放射性物質が放出されていた。これはどういうことか？

格納容器内の気体はサプレッションチェンバー（サプチャン）内の水を潜って、放射性物質の九九・九パーセントは水に融け込み、残りの微量だけを残して大気中に出たはずだ。この謎を解明するために取材班は（日本国内の研究機関に断られたために）イタリアまで行って事象の再現実験をしてみた。そしてサプチャン内の水が沸騰している場合は気体は気泡となって水を通過、そのまま大気中に出てしまうことがわかった。

この本はこのような事象の解析の愚直な積み重ねである。

爆発しなかった2号機から大量の漏洩が起こったのはなぜか？　2号機はベントができなかった。ここでは「原子炉隔離時冷却系　ＲＣＩＣ」と呼ばれる装置がうまく稼働したのだが、そのタービンの軸受けから容器内の気体が漏れ出した。

さらに、2号機でベントができなかった理由として、津波による全電源喪失ではなく地震そのもので複雑きわまる配管に故障が生じた可能性が否定できない。

要するに今もって、これだけの調査と解析を重ねても、わからないことだらけなのだ。　2号機について吉田所長は「我々のイメージは東日本壊滅ですよ」と言った。「結果的には幸運にも……2号機の格納容器は……決定的に壊れずにすんだ」と本書は言う。しかしそれはまさに幸運でしかない。

原発は複雑きわまる装置である。個々の事象に対処するつもりのパッチワークの寄せ集め。この本を読んでいると、あの時に原発とその周辺で起こった物理現象の大半を人間は予想できていなかったと思わざるを得ない。車を運転して市街地を走っていていきなり目隠しをされたような状況で、福島第一原発から二百五十キロ圏（！）が居住不能になる可能性は決して低くなかった。

だから、これだけの検証作業を積み上げて取材班が、検証は「そこから浮かび上がってくる教訓が必ず未来へとつながると考えているからだ」、というところで読む者は二択を迫られる気になる。解析と改良を重ねれば次世代の原発は本当に絶対安全になるのか？

ぼくは核エネルギーはやはり人間の手には負えないと思った。キーワードは「漏れる」だ。今もフクシマは漏れ続けている。

――2015/3/19

105

## 建築のスペクトル、木造建築、アホウドリ

**×月×日**

建築という概念は幅が広くて奥行きが深い。

絵画ならばその存在意義は見られることだけ。音楽ならば聴かれることだけ。詩や小説だって実用的な機能を求められることはない。だからそれを逆手にとって、ケストナーの『人生処方詩集』とか井伏鱒二の『厄除け詩集』などというタイトルが使われるのだ。

だが、建築には実用性がある。普通はそちらの方が大事にされ、芸術としての側面はお飾りのように

扱われる。それでも建築が都市の相貌を決めているのも確かなことで、そこでは一棟ずつではなく群としての建物が一つの印象をかたちづくる。たくさんの詩がまとまって『万葉集』や『玉台新詠集』を作るように。

原広司《ひろし》は建築家であり、ぼくが親しく知っている作品には京都駅ビルや札幌ドームがある。現代日本の代表的な建築家の一人、と世間は認めている。

その一方で、彼は集落のありようを見るために世界中を巡り、ヒトという種の生きかたの根源を探ることもしてきた。つまり、実用性から哲学的思索まで、建築というもののスペクトルの全域を捕らえようとする姿勢がある。

**『HIROSHI HARA：WALLPAPERS　空間概念と様相をめぐる〈写経〉の壁紙』**（現代企画室）は原広司が市原湖畔美術館で開いた展覧会の書籍版。そこで彼が並べたのは「写経」と称する作品で、要はさまざまな文学のテクストを薄い紙に手書きで筆写したもの。「オデュッセイア」や「ウパニシャッド」、「妙法蓮華経」などから谷川俊太郎や大江健三郎まで三十九点。つまりこれは一種の世界文学全集だ。

選んだテクストを縦一〇九一ミリ、幅一九七ミリの半透明のチープな梱包紙に、これまた七十色で千円以下という安い水性マーカーで横書きに書いてゆく。一枚に百行だから一行の幅は一センチほど。更に、夜明けや夕暮れの空を撮った写真を簡略な色だけのスケッチに還元した下図があって、その色に合わせてマーカーの色を変えてゆく。あるいは地に色を施す。

原によればこれはトレーニングだ。上手に書くことは目的ではなく、テクストに対しては謙虚に向かい、想像力をもって反芻することを旨とする。

ではそれがなぜ建築家の仕事なのか。彼はこれは「仮想の100階建てのオマージュの建築」だと言う。あるいは「高さ500メートルの超高層のファサード」と。

建築と、哲学・思想・文学を深いところで繋げたいのだろうか。

単純な例を挙げれば、「千夜一夜物語」の壺に閉じ込められた魔神と、原がデザインした五メートル立方の宿泊施設は原理が似ていないか。ここで彼は「住居に都市を埋蔵する」と言う。だから魔神の話は今回「写経」されている。空気で浮いて屋外に滑り出す札幌ドームのサッカーコートは空飛ぶ絨毯だそうだ。

最もおもしろいのは仏教に言う「非ず非ず」の思想の話。真理は否定形でしか表明できないということで、その例として藤原定家の「見渡せば花も紅葉もなかりけり　浦の苫屋の秋の夕暮」が引かれる。ないと言いながらも、歌人がその言葉を口にした以上はそれは読む者の脳裏に見えるわけであり、しかしないと言っているのだからない。真理は両義的なのだ。

造本は凝っており、「写経」のページはワックスプラスで半透明にした上で袋綴じになっている（裏は白）。カラーのページの建物は光のうつろいを映してみな美しい。論文は難解だが、これに対しては「謙虚に向か」うことにしよう。

一言で言えば、挑発的。これはなんなんだ？　と引き込まれ、頭の中を引っかき回される感じが心地よい。

**×月×日**

もう少し穏やかで気楽な建築の本を見よう。

**『日本木造遺産——千年の建築を旅する』**（藤森照信、藤塚光政　世界文化社）はともかく楽しい。ここでは工学が美学に奉仕している。

もっぱら撮影を担当した藤塚が、日本人は木造は地震や火事に弱いと言って捨ててしまったが、日本には千年を超える木造建築がいくつもある。翻って明治以降造られた西洋式の建築はせいぜい百三十年しか保たない、という意味のことを書いている。

この本は法隆寺のような超有名なものはちょっと外して、しかし平等院鳳凰堂や厳島神社あたりまでは入れて、ぜんぶで二十三点、おもしろい建物を紹介している。

最初の浄土寺浄土堂がまずショック。円い柱がそのままぐいっと天井まで延びている。普通ならば柱の上に複雑な組物を載せてその上に梁が載るのだが、ここでは梁は直接柱に差し込まれている。それで確保された広い空間にでかい阿弥陀像がぬっと立っている。身長は丈六を超えるではないか。

藤森がエッセー口調で学術的な説明をして、藤塚が「撮影記」を添えるのだが、これが脱力的でよい。「僕は仏像にはまったく興味がない。洋の東西を問わず、ほとんどの像は気持ちが悪い」と放言する。

しかしすぐに「この阿弥陀様はお顔も仏像・横綱の風格があるし、堂の中心におわすため、ドン詰まりの重苦しさがない」と前言を翻す。

なるほどね。

つまり、なんとなく会話をしながら、あるいは突っ込みを入れながらページを繰る軽さがこの本にはある。

松本城のところで、藤塚はまたも「僕は昔から城郭に興味がなかった」と突き放す。これは同感。その後で「だが、日本の城の美しさは認める」と引っ繰り返す。ここで賛成できないのはぼくが武張ったものがすべて嫌いだからだ。

大瀧神社の屋根って、これは異常巻きのアンモナイトのように進化の袋小路に入ってしまったのではないか？

横浜、三渓園の臨春閣は朱塗りの手すりがつくづく美しい。これが十七世紀半ば、つまり三百数十年前の趣味であるか。これについて藤塚は「しかし、あの朱色の手すりは普通じゃない。近代茶室は、妾宅の象徴と見られていたことがあったらしい。狭い親密な空間には秘め事がつきものである」と言う。

うーん、そう読むか。

この本でいちばん愉快なのが、「菅《すげ》の船頭小屋」という建物。多摩川の菅の渡しの舟番屋で、つまり渡し守が舟を漕ぐ合間に雨風を凌ぐための建物。これがきっちり一坪。先の原広司の魔神と壺の思想に通じるサイズなのだ。

畳一畳で寝ることができて、土間の炉で煮炊きができ、障子を開け放てば河原の先に川が見える。対岸から呼ばれればすぐに舟を出せる。庇が長く張り出していて、外界と屋内をゆるやかに繋ぐ。これを「招き屋根」というのだそうだ。招く手の形。

しかもこのミニ建築、礎石の上に置いただけなのだ。四方に円い環がついていて、洪水で河川敷まで水が来そうという場合は、この環に丸太を差し込んで男ども数名でえっさえっさと土手の上まで運び上げる。目方が書いてあればと思ったが、それは記載されていなかった。惜しい。

**×月×日**

**『アホウドリを追った日本人——一攫千金の夢と南洋進出』**(平岡昭利　岩波新書)は明治期に太平洋の島々に出ていった日本人を巡る史書。

いちばんおもしろかったのは「疑存島」のこと。これこれの位置にこういう島があると緯度経度を記し、島の地形図まで添えて政府に報告した者がいた。この「ガンゲス島」は帝国領土に編入され、アホウドリとリン鉱石を求めて船が送られた。だが、行っても行っても島はなかった。妄想の島。

明治人はバカで元気だったのだろう。この勢いがやがて大日本帝国の南進論につながるのだが、今、日本が広大な排他的経済水域を持つのはこれら無謀な冒険者たちのおかげとも言える。

——2015/4/23

106

# 戦艦大和、「ふりだした雪」

**×月×日**

このページの右下にある顔写真を換えることにした。

二十一年前にこの欄を始めた時に供したものを、以来ずっと使ってきた。不精で放置しておいただけだが、いかになんでも実態との差が甚だしい。自分でもこれを見て、鏡を見て、かくも老けたかと慨嘆することしきり。

ではどんな写真と換えるか？

近々のニコニコ顔を撮ったものがないわけではない。普通ならばそれでいいのだが、しかし最近はニコニコ気分でいることが少ない。

心境を忠実に反映している写真として、二〇一一年四月九日に宮城県女川で撮ったものを選んだ（右）。津波からほぼ一カ月、惨憺たる状況を目の前にしたもの。

撮ってくれたのは友人の写真家・鷲尾和彦で、震災に関してはこの後もずっと彼と一緒に仕事をした。

これはリマインダーだ。

離れて暮らす親戚が不運に見舞われた。手を貸すべきなのに背を向けて、五輪祭りの方にばかり金を注ぐ。福島ダダ洩れもあるし、はしゃいでいる場合じゃないだろう、とこの写真の自分が言っている。初心に返るべし。

**×月×日**

中学生の頃、幾何の勉強で補助線という言葉を覚えた。何がなんだかわからない図に一本の線を引くだけで解がわかる。

一ノ瀬俊也の **『戦艦大和講義——私たちにとって太平洋戦争とは何か』**（人文書院）は昏迷する日本近現代史に「戦艦大和」という補助線を引くことで図柄をぐっと明快にする。「講義」はシャレではなく、埼玉大学で本当に行われた「近現代日本の政治と社会」という十五回の講義の記録である。

講義であるから全体を一本の論旨が貫いている。著者はそれを第一講でこう述べている——

「私は、日本人は大和の物語を通じて〝あの戦争〟の記憶を自分の都合に合うように作り直してきたと思っています。例えば『宇宙戦艦ヤマト』は日本人が地球を救う物語です。なぜ一九七〇年代にそのような物語が作られたのでしょうか。それは、高度成長を終えた日本人の優越感と劣等感が背景にあります。完膚なきまでに負けた戦争を空想の世界でやり直すことにより、心傷の回復を試みたのです」

敗戦の年に生まれたぼくにとって、戦艦大和との出会いはまず一九五三年公開の映画だった。母親と一緒に見に行って、やたら興奮して戻ったのを覚えている。それらしい絵を描いて、「せんかん山」とまでタイトルを書いて、「と」はどういう字と聞いて笑われた。

しかし、本当のところ、母は不機嫌だった。威風堂々のスクリーンに反発していたのだろう。再軍備と逆コースがキーワードという時期だった。

しかし幼いぼくは大和のメカにはまった。四十六センチの主砲三連の砲塔が前に二基、後ろに一基。積木を高く積んだような艦橋と、煙突の後ろのK字型のアンテナ、舷側に並んだ無数の対空砲火、艦尾のカタパルトと細いA字型の水上機回収クレーン。何枚も絵を描いて、いくつも模型を作った。この船には何か力が籠もっていると思った。

つまり、「戦艦大和」はぼくにとって物神だったのだ。「ん」が連なって「と」できちっと終わる七音の響きも心地よかった。

戦後を生きた日本人の多くにとって大和が物神であったことをこの本は明確に伝える。それは軍艦マーチを通じてパチンコ屋にまで滲み渡っている。

しかし、そこに後ろめたさがつきまとう。勝利はおろか帰還の見込みさえない出撃の背後には「一億総特攻」という暗黙の前提があったはずだが、大和の後には誰も続かなかった。

吉田満の『戦艦大和ノ最期』に「敗レテ目覚メル、ソレ以外ニドウシテ日本ガ救ハレルカ、今日目覚メズシテイツ救ハレルカ、俺達ハソノ先導ニナルノダ」という言葉がある。

これには戦後の思想による後付け、一種の歴史の改変だという批判がある。あの時にそんな意見が出たはずがない。当時の日本人は戦争の終わらせかたなど知らず、ただしゃにむに戦って果てるしかないと思っていたのだから。

戦いすんで日が暮れ（↑日露戦争の歌「戦友」）た後、日本人は起こったこととの整合化を図る必要に迫られた。そうしないと「戦艦大和」の後には「無駄死に」と「卑怯者」しか残らない。

『宇宙戦艦ヤマト』の後、多くのコミックや仮想戦記が生み出され、軍艦の擬人化は『艦これ』などネットゲームにまでなった。あの大和が戦闘美少女！

歴史とはいつも事実と心理の間にねじれがあるものなのか。九段のあたりを歩いていると、右翼のみなさんの街宣車が「勝ってくるぞと勇ましく……」と鶴田浩二の歌声を響かせて通る。歌は元気でよろしいが、しかし、彼らは勝って帰っては来なかったのだ。征った先々で補給もなく餓えて死んだのだ。

このねじれを我々は七十年たった今も始末しきれずにいる。

**×月×日**

自分とは無縁な時代の話なのになぜか懐かしいと思うことがある。

少し長くなるが、ある実在の女性について――

「あまり口をきかないおとなしやかなほっそりした若夫人だった。目じりのちょいと下がった、柔らかな瞳の色をしたかわいい目つきの、どっちかと言うと弱々しい息遣いの内気そうな人柄が、どこにも前身を暗示する雰囲気を持っていなかった。地味な下町の娘が仲人口でお嫁に来た、という物腰だった」と書いたのは小島政二郎。書かれた相手は久保田万太郎の妻。前身云々は彼女がかつて芸者だったことを指す。

**『久保田万太郎――その戯曲・俳句・小説』**（中村哮夫《たかお》　慶應義塾大学出版会）という本が滋味あふれる名著で、一行ごとに賞味し堪能して読んだ。

もちろん書かれた相手がいいのだ。著者は万太郎の弟子筋にあたる演出家で、「十数回は句席を共にしたことがある」という。

万太郎は江戸っ子。その気風を継いで戯曲と小説の見事な職人だった。実演を見たことがないのが口惜しい。この本で「戯曲十種」という彼の名作の紹介を読んで、こういう舞台に脱力して身を任せたいと思った。

しかしぼくの万太郎はもっぱら俳人なのだ。言うまでもなく代表作は――

湯豆腐やいのちのはてのうすあかり

で、これが晩年の伴侶を亡くした時の句ということは広く知られている。

彼はなにしろ江戸っ子だったから、自分の私生活を作品の素材にするようなみっともない真似はしなかった。が、「花鳥諷詠を旨としない万太郎の作風では、当然、己が人生の断面が俳句となってこぼれ落ちる」とこの本の著者は言う。

芝居でもそうかもしれない。小島が賛嘆した夫人は夫が他に心を移したのを知って自ら死んだ。これは彼の人生の重荷になった。

それを受けてか否か、五カ月の後に「ふりだした雪」という一幕物の芝居が書かれた。

「おすみという幸せうすい女の物語である。初めの亭主には若死にされ、酒と博打に溺れる二度目の亭主とは別れ、今は深川で荒物屋をいとなむ伯父夫婦の所に身を寄せている。伯母は彼女を金回りのよい製本屋の後添えにしようと話を進め、一方元亭主はおすみに未練を抱いて復縁をせまる。板ばさみになったこの可哀そうな女は生きているのが辛く面倒になって行く」

こういう見事な要約の後に万太郎の句が引かれる――

しらぬまにつもりし雪のふかさかな

この本、副題にあるとおり万太郎において戯曲・俳句・小説がいかに深く彼の人格に根を下ろしていたかを書いている。

羨ましいと思う。そういう歳になったのだろう。

——2015/6/11

107

## 日本人の由来、二重螺旋秘話、元気な元素たち

**×月×日**

理科の領域では、ぼくらが中学や高校で教わったことが大きく変わった。五、六十年前にはまだビッグ・バンもプレートテクトニクスもDNAも教科書にはなかった。地殻から月が抜け出した跡が太平洋だと書いてある本があった。

同じことは先史時代についても言える。考古学は科学だから知見が増えれば内容はどんどん変わる。それにしてもこうも変わったかと、片山一道『**骨が語る日本人の歴史**』（ちくま新書）を読んで三嘆した。

片山は古人骨の専門家である。墓や古墳や土中から出た昔の骨を見て、その持ち主の姿を明らかにする。骨という具体物が相手だから科学なのだ。

骨は長く残る。そしてそこから、性別・死亡年齢・顔かたち・身長・体格などはもちろん、日常的生活活動や発育不全・骨受傷歴・食物内容と調理方法・蛋白質の摂取源・個体間の血縁関係・集団間の類似性・平均寿命などまで、わかるという。

日本に原人はいなかった。旧石器時代から人が住んでいたが、しかし彼らについては標本が少なくて

ほんの少ししか知られていない。

そもそも日本人はどこから来たか？　東アジアや北東アジアから陸路で来たというのが今の説。ここがまだ島ではなく陸続きだった時に、彼らはいわば三々五々やってきて住み着いた。数万年の間、小さなグループに分かれて暮らした。遺跡は見つかるが人骨は少なく、確かなことはあまりわからない。

一万年前に我らが大地は島になった。日本海に暖流が入って列島の気候は温暖になり、南北に長いことも手伝って「近隣には類を見ないほど恵まれた植物相や動物相が繁茂するところとなった」と片山は言う。

次に、縄文人すなわちこの列島の新石器時代人はどこから来たか？

骨から見るかぎり、ある時どこからか彼らがどやどやと押し寄せた、ではないらしい。もとからいた旧石器人が気候など自然条件の変化に応じて次第に縄文人の形質を帯びるようになっていったのだ。

ヒトは変わる。日本人の体格や相貌はこの七十年で大きく変わった。どの家でも息子は父を見下ろしている。

縄文人の骨はよく残っている。そこからわかるのは、「鼻筋の通る出鼻大鼻、エラの張る受け口気味の下顎」、「とても寸の詰まった彫りの深い横顔」、「今の中学生ほどの身長」で「胴長短脚」だそうだ。

これらの特徴を作ったのは生活である。気候風土、食べるものとその獲得手段などが体型を変えた。

次は弥生人の時代。しかしここでも、大陸との行き来が始まって、金属器と水田耕作の文化を持つ人たちが何百万人も渡来して、縄文人は引っ込み、弥生人が主役になった……ではないのだ。

縄文人は一万年の間あまり変わらなかった。弥生時代はせいぜい七百年だが、掘り出される骨は多種多様で、地域差と時期差が大きい。「弥生人」という呼称はばらばらなものを束ねる緩いくくりでしかない。弥生人顔と確定されるものがあるわけではない。北九州では渡来系の面長が多いけれど、それがそのまま列島ぜんたいに広まりはしなかった。この時期を著者は「縄文時代の延長」にして「古墳時代の前夜」、「歴史時代に向かう過渡期」ととらえる。

その後、弥生人が倭人になると殺傷痕のある骨が増え、階級によって身長の差が著しくなる。生々しい社会相が骨からわかる。

ちなみに江戸時代には平均身長は低くなり、反っ歯と才槌頭の傾向が強まり、大名や富裕層では貴族や役者のような馬面が増える一方、庶民はいよいよ寸詰まり顔になったという。顔は変わるのだ。このダイナミックで生成的な日本人像がこの本の主題である。

人間が海を渡って来たという説はわかりやすい。しかし実際の話、人間より文化の方がずっと広まる力が強い。ぼくはかつてイギリス諸島にケルト人は来なかったという説を現地の研究者に聞いて納得したことがある。同じことが日本列島についても言えるのかもしれない。歴史はダイノミックであると同時にひそやかでもある。

その先の著者の結論が痛快——「たかだか一五〇〇年くらいの間に本州の一部で起こった、とるにたらないほどに短い歴史が、あたかも日本の全史であるがごとき、そんな錯覚さえ与えかねないのが、実は『日本史』なのである」。

偏見を捨てよう。

## ×月×日

この半世紀で遺伝学も大きく変わった。

遺伝という現象を担うのがＤＮＡの二重螺旋であるとわかったのは一九五三年のこと。発見したのはフランシス・クリックとジェームズ・ワトソンの二人で、彼らはこれでノーベル賞を受けた。

遺伝に際しては身体に関する情報が次の世代に受け渡される。その媒体は何かが謎だった。それがデオキシリボ核酸（ＤＮＡ）の長い鎖であり、その分子は螺旋形をしていて、相補的な螺旋が二本きちんと絡み合っており、分かれて一本になると自分の対を作り出す。こうして情報はコピーされて受け渡される。この実に美しい事実をクリックとワトソンは見つけた。二人とも物理学者だった。

一九六八年になって、ワトソンはこの大発見に到った道筋を『二重螺旋』という本に書き、邦訳も出た。先日刊行されたその新訳が『**二重螺旋　完全版**』（青木薫訳　新潮社）で、何をもって「完全版」と呼ぶかと言えば、大量の注釈と写真や図版が加わったのだ。新訳は達意の名文で、これ改めて読まざるべけんや、だ。

発見という最終ゴールまでは波瀾万丈の知的大冒険である。ほんと、Ｆ１やワールドカップに似ているのだ。結果を知った上で回顧すれば、誰それがあそこでああしなければ、という岐路がいくつもある。

クリックはイギリス人で一応は専門家だったが、ワトソンの方は、若いアメリカ人で野心はあっても実力のほどは知れない。この二人がたまたま一緒になって遺伝のメカニズムについていくつも仮説を出す。実物の分子模型を作って塩基どうしの空間の位置関係を検証したのだが、読んでいてなんと彼らは幸運だったかと感心する。ひらめきと落胆と再度の努力の繰り返し。

事態は煮詰まっており、結果は目前という段階だから競争が激しい。最大の脅威はアメリカの化学者ライナス・ポーリングで、こちらは若造ではなく翌年ノーベル賞を取るほどの権威だったし実績も多い。追う方は彼の論文ごとに一喜一憂した。

たくさんの人が登場し、一段階ごとに事態は違う方へ動く。まるでブラウン運動に見えるものが最終的に正解に収束したのはやはり奇蹟に思える。遺伝の仕組みがあんなに単純で美しいことが奇蹟なのだが。

図版はオリジナルの論文や手紙や写真で、丁寧に見てゆくと臨場感をそそる。たいていのフィクションよりおもしろい。

×月×日

JTのマナー広告で知られた寄藤文平《よりふじぶんぺい》の『**元素生活**』が文庫になった（化学同人）。遅ればせに知ってすぐに入手。元素たちのキャラ化なのだが、一読してうまいなあと感心した。周期表の基本は似た者どうしを束ねることだ。その手がかりとなる性質をヘアースタイルや体型、体重、などで表現する。一人のキャラが立ち上がり、その周囲に補足的な、雑学が絵と文で加わる。絵は引用できないから文の方を引くと、ケイ素のところには、石英など砂に含まれ、「地球上では酸素のつぎに多い元素」、「デジタル社会の重鎮」などの先に、「シリコーンゴムは、ほ乳瓶の乳首や、ニューハーフの人工おっぱいなど、身近なところでも活躍中」とある。人工おっぱい、身近かなあ。

——2015/7/16

108

## 薬害エイズ、電柱のない風景、映画の検閲

×月×日

社会的に影響の大きな事故が起こって多数の被害者が出ると、ジャーナリズムがこれを伝え、救済の動きがあって、時には検証と責任追及のために裁判が始まる。やがてことは鎮静化し、人々の記憶の中

に収まる。歴史になる。

しかし歴史は冷凍保存ではない。再検討を重ねて未来のために修正され続けなければならない。この夏、我々があの戦争について、戦後七十年について行ったのはそういう努力だったはずだ。

**『安全という幻想――エイズ騒動から学ぶ』**（郡司篤晃　聖学院大学出版会）はそのような再検証の試みの一つである。

ことは薬害エイズ事件。著者は帝京大学附属病院の医師安部英《たけし》と並んで非難された当時の厚生省の生物製剤課長。あの時に矢面に立った人物である。

ざっとおさらいをすれば、エイズという病気の存在が知られ始めた一九八〇年代前半に、定期的な血漿製剤を必要としていた血友病の患者たちがエイズに罹り、結果として亡くなる人も多く出た（感染者は千八百名ないし二千名、死亡者は三百十六名）。その原因が非加熱で作られた製剤であるというので、その製造認可を取り消さなかった厚生省の担当者の責任が問われた。ＮＨＫをはじめとするマスコミは熱烈にこの件を報道した。

著者は「非加熱製剤は世界中の国で使われていたのだから、日本だけが間違って非加熱製剤の製造承認をしたわけではない」と言う。「その後になってわかったことだが、エイズが話題になりはじめた一九八三年の時点で血友病のＨＩＶ感染者の半数はすでに感染していたのである」。

言い訳と聞こえるかもしれないが、ぼくには科学というものに対する世間の誤解が根底にあるように思われる。科学的と言えば確実と人は思い込むけれど、科学とは常に疑う姿勢である。

エイズと血友病と血液製剤の関係が明らかになってゆく時期に、先を見越して製造承認を取り消すことはできなかった。危険を予見する論文が出ていたとしてもそれはまだ学説として定着してはいなかった。

問題は世間が「責任者」を求めることだ。大衆は患者さんがかわいそうと思い、そんな危ないものを放置したのは誰だと問い、マスコミがそれに乗じて視聴率を稼ぐ。検察や警察が乗り込んでくる。

これはかつての航空機事故の事後に似ている。大事なのは事故の再発を防止すること、そのために事故を解析することなのに、警察は関係者個人の刑事責任を追及する。証拠として壊れた機体を押収してしまう。

世間は処罰を求め、メディアはその声を代弁する。あるいはしたつもりで煽って人柱を立てようとする。人はミスをするものだから、ミスに耐える安全性を構築しなければならないのだが、そういう発想はない。

大衆が行政に期待することと科学が行政に許すことの間にギャップがある。世の中に絶対の安全はない。いくつもの因子の間でトレードオフの関係にある事象を単純な二択と責任追及で済ませてはいけない。

著者が「行政という組織はいわゆる『背の高い組織』の典型である。このような組織の特徴は、日常業務を行うには、安定していて間違いが少なく、効率的でさえあるが、緊急の意思決定には向いていない、ということである」というところに納得。

## ×月×日

では、「背の高い組織」である行政は社会改革にどこまで関われるか？

日本の都市景観の特徴に電柱と電線がある。

人の視角は見慣れたものを無視する。犬の足は四本だから五本足の犬が来た時だけ驚く。同じ原理でいかに電線が醜く、どれほど電柱が邪魔でも、それがなければとは考えない。そういうものだと思っている。日本には桜の木とほぼ同じ数の三千五百五十二万本の電柱が林立していると『**無電柱革命**』（小池百合子、松原隆一郎　ＰＨＰ新書）は言う。

電線が醜いだけでなく、電柱はそれでなくとも狭い道をいよいよ狭めてベビーカーや車椅子の行き来を困難にし、地震の時には緊急車両の障害になる。

これをなくそうという動きがないではない。最も進んだ東京都二十三区ではこの二十五年の間に七パーセントの電柱が撤去され電線は地下に潜った。

しかし、海外と比べれば、ロンドンとパリには電柱は一本もない。ニューヨークは無電柱化が八三パーセントまで進んだ。アジア諸国でも、ソウルは四六パーセント、マニラやジャカルタや北京やハノイでもまた台北でも無電柱化の進捗率は日本をはるかに超える。

この事態に社会経済学者と保守系の政治家が共闘態勢で取り組んでいる。「阪神・淡路大震災、景観法制定、東日本大震災、二〇二〇年東京オリンピックという時の流れにおいて、無電柱化推進法が制定される現在は、電柱の増加が頭打ちとなり、無電柱化された道路が眼前に広がる未来へのターニングポイントである」と松原は言う。

それを阻むものは何か？

まずはコスト。空に張るものを地中に埋めるのだから費用が掛かる。ガス会社は自力でガス管を地中に設置しているのだから同じことを電力会社に求めればいいのだが、今になってそれを強要すれば彼らは費用をそのまま電力料金に上乗せするだろう。しかし、コストは技術革新によってあるところまで軽減可能だ。

「三位一体方式」という案が出てきた。「地域住民、電線管理者、道路管理者」が協力する。地域住民というのは、既にそこに住んでいる人だけでなく、開発事業者が無電柱をその宅地の魅力としてアピールしたい場合は応分の負担をするということだ。

世界有数の観光地である京都で無電柱化率はわずか二パーセント。高層ビルを禁じるのならばこちらもなんとかならないか。この古都では土地の所有権が輻輳していて住民の合意が得にくいという特殊事情があるらしいが。

実現の手順は、例によって縦割り行政でいくつもの官庁にまたがる状況を調整し、推進のための法律を作り、予算を確保し、あとは現場の努力を積み重ねて一歩ずつ進めるということだろうか。この本はそのためのロードマップとして有効だと思う。

## ×月×日

世の中には行政に任せられないこともある。

例えば創作物に対する検閲。行政は権力であるからその介入に対して民間人である創作者は弱い。裁判に訴えるとしても、司法もまた権力の側にある。

性的描写について言えば、それを見たいと思う者がおり、そういうものを見たくないと思うだけでなく禁止したいという者がいる。他人の見る権利を抑えたい。

園山水郷《みさと》の**『性と検閲——日本とフランスの映画検閲と女性監督の性表現』**(彩流社)はこの問題の歴史を追って辿った上で現状ないし最先端を語ってぐいぐい読ませる。

歴史を追ってというのは、これが時代と共に変わってきたからで、ぼくは体験を通じてその流れを知っている。「一条さゆり　濡れた欲情」も、グアムで見た「愛のコリーダ」も懐かしい。

性的表現の自由度は時代によって、また社会の状況によって変わる。それは政権の姿勢によって変わり得るということだ。その弊害を抑えるために民間の組織として日本では映倫が作られ、今まで機能してきた。

この本は検閲の基準の移り変わりを日本とフランスを比較しながら具体的な作品名を引いて細密に語り、ネット時代の今、ぼくたちが立っている地点を示す。

著者が女性であることをどう評価するか、ぼくはなんとも言えないが、少なくともポルノは男の消費財という偏見から自由であることはわかる。セクシュアリテは性差を問わないのだ。

——2015/9/3

109

## アロハで田植え、我らが祖先、山上憶良の年収

**×月×日**

おもしろい本は世に多いが、読み終わるのが惜しいとまで思わせる本はめったにない。

**『おいしい資本主義』**(近藤康太郎　河出書房新社)がそれだった。

米作りの話である。田植えから始まるのだから、最後は稲刈りで終わるはず。そこまでの歩みを一ページずつ賞味する。大笑いして、しんみりと共感して、しばしば深く納得する。

著者は某全国紙に籍を置く新聞記者である。しかし会社への帰属意識はまことに低く、自分では記者ではなく一介のライターだと思っている。

記者にしてもライターにしても先行きは暗い。紙のメディアは絶滅寸前。きちんとした取材の裏付けのある記事はスルーされ、素人が発信するエセ情報の類が量の威力によって世間を席巻する。

好きな仕事だがいずれ筆では食べていけなくなる。ここで著者は食べるという言葉を文字通りに受け取って考える。自分が食べる分の米さえあれば、あとはなんとかなる。一年分、数十キロの米を自力で作れれば生きていけるはずだ。

それは生きる手段であって目的ではないから、余計な力は注がない。朝のうちに一時間だけ田に出て働き、その後はライターの仕事の方に専念する。これを彼はオルタナティブの農業と称する。ライターという本業に「しがみついてなおかつ飢え死にしないための、最低限の生活の糧、いわば兵糧米を、自分の手で稼ぐ。できれば最小限の時間と労力で」。

無理をしない。ムキにならない。自分のスタイルを保持する。だから田植えも普段のようにアロハでやって何が悪いか？

かくして彼は志願して東京本社から長崎の支局に移り、まずはわがまま勝手な未経験者に米作りを教えてくれる師匠を探す。

で、出会えたのが著者と同じくらい偏屈で皮肉屋で、そのくせ田んぼが好きで教えることも好きな、言わば理想の師匠。

「それで、どんだけ耕すと？」

「男一人一年分ですから、一反ぐらい？」

「いらんいらん。まあ、二畝《ふたせ》もあれば十分たい」

これは二十五メートルプールの四分の三くらいの広さで、それも師匠が見つけてくれる。山あいにある小さな棚田。とても採算のとれる農業はできないが自家用ならばなんとかなる。

ここでアロハで田植えとなったのは、もともと夏はアロハで過ごすと決めていたから、たとえ田んぼでもそのスタイルを変えたくなかったから。

「田舎暮らしを始めようとするやつは、すぐにエコだロハスだスローライフだ、となる。冗談じゃない。人生五十年、こちとら、ライフがスローだった試しはない。田舎暮らしして百姓やるからって、そう簡単に宗旨変えしてたまるものか。スタイルは崩さない」と豪語・放言して恥じない。

この言葉でわかるとおり、この人はしっかりした自分の考えを持っている。農作業の報告の合間にそちらがしばしば語られて、これが先に書いた深く納得の理由。

小規模な米作りは金がかからない。少し余計に作って近所の農家が作る野菜と交換したりすればほとんど金銭の授受のないままに暮らせる。しかし資本主義の原理は「大量生産・大量消費の過程で、資本家・企業に多大な剰余価値をもたらす」ことだから、自家消費分の米を自分で作るような奴は社会の敵ということになる。

資本主義は行き詰まっている。「もっと買え、もっと消費しろ、成長しろと、政府がいくら躍起になって声をかけ、日銀がカネをジャブジャブ市場に垂れ流しても、だれももう、無駄なモノなんか買おうとしていないじゃないか」って、そうだよな。

その先、「そして、最大の恐怖は恐慌よりも、むしろその〝解決策〟だ。もはやこうした世界的な不況を脱するためには、一国の財政出動などでは効き目がない。最大にして最後の〈公共事業〉、つまり戦争が要請されるのではないか、ということなのだ」、というところまで読んで、戦慄する。

農村の人間関係に学ぶところは多い。もともとは協調性のない孤高・身勝手・わがままな性格だが、それでも田んぼで揉まれて育つということはあるものらしい。このあたりは読んでいてほほえましい。

さて米作りは紆余曲折、波瀾万丈、七転八倒の末、とんでもない肉体労働の苦痛と快楽のあげく、稲刈りと乾燥と脱穀という段階に到達した。収量は「八十五キロ！」。

六十キロあれば一年分と思っていたのに大豊作だ。軽トラなどの初期投資を別にすればこの一年分の経費はせいぜい一、二万円。めでたしめでたし……

ではないのだ。この実例に呼応して同じことをする「朝だけ農夫」が数十万人になったら必ずグローバルな大資本がつぶしにくる、と彼は言う。自力で食えるとわかれば誰も労働者にも消費者にもならない。資本主義は崩壊する。そこまで読んでいるところがこの賢い農夫の強みである。

**×月×日**

というわけでこの国の未来は相当に暗いのだが、それでは過去はどうか？

**『日本列島人の歴史』**（斎藤成也　岩波ジュニア新書）は千島列島とサハリンから北海道・本州・四国・九州を経て南西諸島までの島弧に住む人々、つまり我々日本列島人の由来を最新の学説に沿って語る本で、構成にさまざまな工夫があっておもしろい。

工夫の第一は理系の研究の成果と文系の歴史の読みの組合せ。理系の方はゲノム分析技術の進歩のおかげで、人々の系統がずいぶんわかるようになった。大きく分けてアイヌ人とヤマト人とオキナワ人という三種なのだが、それら同士の関係や周辺の他の人々との行き来が明快に図示される。

次にこの本は現代から過去へ遡行する形で話を進める。普通の歴史記述とは逆だが、身近なところから出発して、そうなったのはなぜかという問いを重ねることで遠い昔へ向かうわけで、普段の我々の思考法に合っている。

更に、時代区分にも一工夫ある。政権交替史を離れて、江戸東京時代、平安京時代、ヤマト時代、ハカタ時代、ヤポネシア時代、と大づかみに分ける。既成の枠をとっぱらうことでまるで新しい図柄が見えてくる。その細部にはめこまれた知見が一々まことに興味深い。

淵源まで遡れば、今の日本人の大半を占めるヤマト人は、縄文人と東アジア大陸集団（北方中国人や南方中国人など）の混血で成ったことがわかる。縄文人はアイヌ人と重なる。

この本の内容をすっかり自分の基礎知識とするためにはもう二、三回は読み直さなければならないが、その努力に値する本である。

**×月×日**

日本の古典を読んでいると、昔の人々の性生活に詳しくなれる。なにしろ色好みの民であったから。では経済生活はどうか？　これがなかなか文学には出てこないのだが、**『日本人の給与明細』**（山口博　角川ソフィア文庫）が明快に答えてくれた。

例えば、「貧窮問答歌」を書いた山上憶良は実は貧乏人ではなく、国家官僚として五位という高い位にあった。その収入は千四百万円に相当するという。

収入は個人生活の基礎であり社会の根幹である。結婚に際しては容姿など以上に家柄や資産を重視しなければならない。結婚は投資だから銘柄を賢く選ばなければならない、と本書は言う。「夫の薄情を恨み、情婦を罵る『かげろふ日記』の作者は、へそくりを投資して先行きを楽しみにしていたのに、暴落にあってヒステリックになった主婦か、寡婦というところ」と言われて納得する。

他に室町時代の連歌の宗匠がいかに儲かったかなどなど、興味は尽きない。猿楽の興行で二千四百円の席を買った客が三千六百七十一名いたなんて驚きだ。

——2015/10/8

# スヴェトラーナ・アレクシエーヴィチ、灯台のレンズ

**×月×日**

今年のノーベル文学賞がスヴェトラーナ・アレクシエーヴィチに決まったと聞いて、ぼくは二重に嬉しく思った。

まず彼女は旧知と言える仲であり、次にこの人に授賞というノーベル賞委員会の見識は立派だ。十二年の昔になるが、「ユリシーズ賞」という文学賞の選考を務めたことがあった。主催はベルリンに拠点を置く文芸誌で、対象は「ルポルタージュ文学」。

各国から集まった十一名の選考委員の一人がスヴェトラーナだった。我々はまずベルリンで一次選考を行い、数週間後に今度はパリで二度目の選考をした。

議論の場はもっぱら英語だが、それぞれには使える言葉を総動員して話す。だからぼくは中国人の楊《よう》小濱《しょうひん》とは筆談をして、中国語ができるイザベル・ヒルトンがそれを横から覗いて口を挟み、スタッフの一人とは現代ギリシャ語で喋った。

しっかり者の知的なおばさんという感じのスヴェトラーナは残念ながらロシア語しか話さない。いつもガリーナというほっそりした英語の通訳がそばについていた。

その年の最高賞の受賞者はスヴェトラーナが推薦したロシアの女性ジャーナリストのアンナ・ポリトコフスカヤだった。

ロシア軍がチェチェンで行っている悪逆非道を現地に入って取材し、ロシアに戻って報道する。もちろんすさまじい迫害に耐えてのことで、証言者の身に危害が及ぶとわかっていても話を聞き、相手も覚

悟の上で話す。そんな証言、自分がいかに迫害されようと活字にしないわけにはいかない。

ベルリンでの授賞式に現れたアンナは実に毅然とした人で、愛想笑いのかけらもない。自分にとって賞はどうでもいいが、これでチェチェンの事態にみなの関心が集まるのが嬉しいと挨拶した。

そして、受賞の三年後、おそらくプーチンの手先によって、殺された。

スヴェトラーナがアンナを推した理由はよくわかる。立ち位置が似ているのだ。共に旧ソ連圏の人で、ジャーナリストで、女性。

スヴェトラーナはベラルーシ出身である。今回のノーベル賞受賞の理由は「現代の苦痛と、それを乗り越える勇気の記念碑のような、多様な声を集めた著作」だという。

**『ボタン穴から見た戦争——白ロシアの子供たちの証言』**（三浦みどり訳　群像社）は第二次世界大戦が終わって何十年もたってから、子供として戦争を体験した人々にインタビューをして記憶を語ってもらう。百一人の子供たちの声を集めて一冊にまとめる。

インタビューというのは高度な技術である。マイクを持って人に会えばできるというものではない。まずは信頼を得、時間をかけて相手の記憶を解凍し、誘導しないようにそれを聞き出し、先入観を排してまとめる。原石から宝石を取りだして研磨するような仕事だ。

しかもこの場合は何十年も前の記憶である。この本が出たのが一九八五年だから、終戦からでも四十年を経ている。白ロシア（ベラルーシ）はかつてはソ連邦の一部で、独ソ戦の戦場だった。自分が住んでいる土地が戦場になり、兵士だけでなく一般の住民も地上戦に巻き込まれる。日本でいえば沖縄の人々だけが体験した惨事。

それが歳月の作用を受けてよみがえる。例えば、五歳だった時の記憶が、「家の前を、焼けこげた軍服を着た人が素足で、両手を針金で縛られて連れて行かれた。なぜか、真っ黒だったなという憶えがある。その人だけでなく、その頃のことはみんな黒い色で憶えている。真っ黒な戦車が通って行ったこと。僕はまだ学校に上がっていなかったが、読むことと、数えることができた。戦車を数えると、たくさんあって、雪が黒くなった」という風に。

この黒はシンボリズムかもしれないが、十四歳の少女ヴェーラ・ジュダンの証言はリアリズムだ。彼女は兄が殺されるところを強制されて見る――「兄たちが射殺されるのを母と一緒に見ました。兄は穴に落ちないで、弾丸があたって前かがみになって、脚を踏み出して、穴のそばにすわりこみました。兄は穴の中に蹴落とされました。泥の中に。何よりも恐ろしかったのは兄たちが撃ち殺されたことではなく、グチャグチャのぬかるみの中に倒されたことでした。泣くことは許されず、村に追い戻されました。殺された人々には砂もかけられませんでした」

彼女はこの時に若い男性への恐怖症を植え付けられ、ずっと独身を通したという。

惨事が起こった時、誰かが記録しなければならない。加害者は決して記録しない。そして思い出すのは辛いことだから、被害者も忘れようとするのが普通だ。しかし後世はその記憶を必要とする。誰かが引き出して書かなければならない。

話が前後するが授賞式で基調講演をしたのはポーランド出身のリシャルト・カプシチンスキだった。日本ではあまり知られていないがこの分野では正にカリスマで、当時もしもルポルタージュ作家からノーベル文学賞が出るとしたら彼という評判だった。毎年候補になっていたらしいが、二〇〇七年に亡くなった。彼に出せなかった賞がスヴェトラーナ・アレクシエーヴィチに与えられたのだとすればこれも喜ばしい。

彼女に**『死に魅入られた人びと――ソ連崩壊と自殺者の記録』**(松本妙子訳　群像社)という本がある。崩壊した後のあの国では自殺者が増えた。数年前の統計ではロシア連邦の自殺死亡率は三位になっている（上位には旧ソ連圏が多く、日本は八位）。

この本は十七名の自殺者を扱う。本人は話せないから遺族の話だったり未遂者だったり。『ボタン穴から見た戦争』に比べると一つ一つが長い。

社会相の変化に応じられなかった老人がいる。戦争の栄光は地に墜ち、党員証は軽蔑の対象になった。七十歳のニコライ・セヴァスチヤノヴィチ・クラジェンコは絶望し、ガスを吸って自殺しようとする。生き延びてこう語る——「私は共産主義者として死にたい、ソヴィエト人として死にたい。（泣く）われわれの世代が去るのを待ってください。かつて社会主義のもとで、戦争中に生きていた世代が去るのを……」

この地面には伝えられるべき無名の弱き人々の言葉の種がたくさん眠っている。それを見つけ出して、発芽を促し、そっと育てて世に送り出す。スヴェトラーナ・アレクシエーヴィチはそういう仕事をしている。文学賞はそれを顕彰する。

**×月×日**

透明なプラスチックの下敷きのようなルーペがある。ぺらっとした一枚なのにちゃんと大きく見える。これがフレネル・レンズだ。

**『灯台の光はなぜ遠くまで届くのか』**（テレサ・レヴィット　岡田好恵訳　講談社ブルーバックス）は十九世紀の初めにあれを発明したオーギュスタン・フレネルというフランス人の伝記に始まる技術史だ。

タイトルにあるとおり、彼がこのレンズを発明したのは灯台のためだった。光源から放射される光を平行にすれば遠くまで届く。それにはレンズを使うのがいいが、極度に焦点距離の短い巨大なレンズは製造がむずかしいし、だいいちおそろしく重い。

フレネルという気のいい天才科学者の人生は読んでいても気持ちがいい。彼はまず光の波動説で名を挙げ、やがて灯台の光を劇的に改良するレンズを発明する。彼に手を貸す盟友アラゴは子午線の計測で有名な学者だし、ライバルとなるイギリスのスティーヴンソンは『宝島』の作者の祖父だ。

フレネルは三十九歳で亡くなるが灯台の改良はまだまだ続く。

この本の読後感が爽やかなのは灯台が海を行く者の生命を守る施設であって、決して人を殺さないからだろう。それ故、戦争中、灯台は消灯された。

——2015/11/12

III

## クリスマスだから（変な）短篇を読もう

### ×月×日

欧米の出版界にはクリスマス・ストーリーという慣習がある。この季節になると作家たちはほのぼのと心温まる短篇を書いて雑誌に発表する。

いちばんよく知られているのはディケンズの「クリスマス・キャロル」だが、近年ではウィリアム・バローズの「ジャンキーのクリスマス」というのが出色。

ダニーというヘロイン中毒の男が留置場から出てくる。金がなくてヘロインもないという辛い状況。駐めてあった車から何か盗もうとするが、人に見つかる。

一軒の家の前にスーツケースが置いてある。周囲に誰もいないのを確かめてそれをかっぱらい、金目のものが入っていないかと公園に行って開けてみたところ、出てきたのは切り取られた女の脚が二本。

がっかりしたダニーは脚をその場に捨てて、悪い仲間に空のスーツケースを売って三ドルを得る。しかし仲間は近隣のヘロインの売人は逮捕されたからブツはないと告げる。

彼は医者のところへ行き、顔面神経痛を装ってモルヒネを手に入れる。次に二ドル払って安いホテルに部屋を借り、モルヒネで快楽を得ようとする。

しかし隣の部屋からうめき声が聞こえる。行ってみると若い男が腎臓結石で苦しんでいる。すごく痛そう。

見るに見かねて貴重なモルヒネを若い男に投与する。

すると……！

という、まあ奇蹟の話だ。

こんなにあらすじを話してしまったのは、これが二十分ほどのクレイアニメになっているからだ（The Junky's Christmas）。朗読はバローズ自身、監督はコッポラという豪華版。

ぼくもかつて「贈り物」というクリスマス・ストーリーを書いたことがある。これもほのぼの系。

で、今年もクリスマス・ストーリーの出物があればいいのだがと見渡してみると、フェルディナント・フォン・シーラッハの**『カールの降誕祭《クリスマス》』**（酒寄進一訳　タダジュン絵　東京創元社）があるではないか。

短篇が三つ、そのうち二つの原作の発表の時期はクリスマス直前だからクリスマス・ストーリーを意識しているのは明らか。

しかし、ちょっと待て、様子がおかしい。オビに「ドイツでは、クリスマスに最も殺人が多い」と書いてある。

短篇が三つ入っている。まず読んだのが表題作「カールの降誕祭」。

最初の場面がザルツブルクというのが気に入った。好きな町なのだ。カールの父が「ジークムント＝

ハフナー小路で小さな宝石店を営んでい」るのもいい。この賑やかな細い通りをぼくはよく知っている。一族はおちぶれた名家である。更に、父親がザルツブルク音楽祭の実行委員というところで笑ってしまった。ぼくがあの町に行くのは音楽祭が目当てなのだ。

語り手であるカールの友人は彼に絵の才能があったらしいことを伝える。しかし母親は彼の絵を「所詮はクズなんだから」と一蹴する。彼は絵の道を諦めて数学を専攻し、保険会社に就職して実直に働く。数学と保険は縁が深い。

四十三歳のクリスマスに彼は一族再会のためにザルツブルクに帰る。そしてパーティーの席で……「ドイツでは、クリスマスに最も殺人が多い」のは「会いたくない家族に会うせいだ」と作者は言っている。また、「私たちは生涯、薄氷の上で踊っているのです」とも言っている。そして、この三作の中では小さなことをきっかけに薄氷が割れるのだ。

**×月×日**

心温まらない短篇集がもう一冊。岸本佐知子編訳の**『居心地の悪い部屋』**(河出文庫)。短篇が十二本入っているのだが、この編訳者の名だけでビミョーなずれと歪みを想像して楽しくなる。なんと言っても前の編訳書『変愛小説集』が猛烈だったから。また彼女自身のエッセー『ねにもつタイプ』がすごいから。リアリティーの関節を外す伎倆はただものではない。翻訳で言えば『中二階』も『灯台守の話』も『ヴァギナ・モノローグ』も効いた。なんというか、偏りかたが水際だっている。

で、今回のもやっぱりおもしろい。本人が「昔から、うっすら不安な気持ちになる小説が好きだった」と言っているとおり。

ダニエル・オロズコの「オリエンテーション」は新入社員に上司が社内のルールを教えるだけの話。

それだけでこれがとんでもない会社であることがわかる。

「そしてはい、これが備品キャビネットです。備品が必要なときは、カーティス・ランスに申請してください。彼が『備品使用許可記録』に記入し、『備品使用許可票』を渡してくれます。『備品使用許可票』のピンク色のほうの紙を持ってエリー・タッパーのところに行くと、彼女が『備品キャビネット鍵貸出記録』に記入し、鍵を渡してくれます。備品キャビネットは部長の部屋のすぐ横にありますから、くれぐれも音を立てないように注意してください」という具合で、この先にたくさんの文具の名が羅列されるところはまるで文具を経由して筒井康隆の『虚航船団』にワープしているかのよう。

ここの社員はみんなが片思いの連鎖で繋がっていて、中には殺人鬼もいて、それでも業務は滞りなく行われる。「質問は遠慮なくしなさい」と言ってすぐに「あまり、いろいろ質問しすぎると解雇の対象となるので、そのつもりで」と言われるあたり、ダブル・バインドの不条理でますます筒井康隆だ。七十八ページの「いたるところに偏在」は誤字か意図的か、それを疑わせる本である。

**×月×日**

その岸本佐知子をはじめとする四名が未読の必読書『罪と罰』に挑む『**「罪と罰」を読まない**』（他に三浦しをん、吉田篤弘、吉田浩美　文藝春秋）がおかしい。この場合のおかしいは、笑えると変だの両方の意。

読んで論じるのなら普通だが、読んでないままに揣摩《しま》憶測を重ねるのだから論議は迷走に継ぐ迷走になる。

本当に読まないわけではない。岸本が英訳でところどころを少しずつ和訳して、それを前にああでもないこうでもないと撫でたり突っついたり。

でも、五十七ページ目で三浦が「知識層の若者にありがちな頭でっかちが、まったく性質の違う――もっと感情みたいなものを重視する人間になっていく話なんですかね？　だとすると、その変化はソーニャのおかげっぽい」と言っているのは鋭い。

こういう論議を二百ページほどしたところでいよいよ彼らは本文をぜんぶちゃんと読む。そしてこの小説が世に言う「つっこみどころ満載」であることを相互確認する。

わたくし的な話をすると、三十八年ほど前、エジプトのアレクサンドリアでの一夜、することもないので映画館に入った。エジプトはハリウッドやボリウッドと並ぶ映画産業の地である。

タイトルも読めないまま、字幕のないアラビア語の映画を見る。舞台は現代のカイロで、大学生が主人公。そいつが婆さんを殺す。それからしばらくしてわかった、これは『罪と罰』なのだ。あれと同じことを、江戸育ちゆえに口の悪い（と自称する）この四人が東京で実行している。

しかし、本邦において『罪と罰』に対する最も強烈な批評は土屋賢二の本のタイトルではないのか――『妻と罰』

ほんと、恐い。

**×月×日**

少しはまともなものを読もうとオスカー・ワイルドの『**カンタヴィルの幽霊／スフィンクス**』（南條竹則訳　光文社古典新訳文庫）を開く。「カンタヴィルの幽霊」は幽霊の住み着くイギリス人の大邸宅に合理一辺倒のアメリカ人一家がやって来て、という古典的などたばた。イギリス人とアメリカ人の性格の比較論にもなっていて、この作家の才気を楽しむことができた。

――2015/12/24

# 2016年

112

## 贋作、見事なインタビュー、佐藤春夫

**×月×日**

変な画集にはまってしまった。

ページを繰るごとに展開されるのは誰もが知っている名作ばかり。宗達の「風神・雷神」、フェルメール「真珠の耳飾りの少女」、マネ「笛を吹く少年」、ゴッホ「ひまわり」、……

それがどこかおかしい。

「風神・雷神」で言えば、二神とも元気すぎる。たしかにもともと元気な神たちだが、それがやんちゃで腕白で、わーっという声が聞こえそう。よくみると画面いっぱいに貼られた金箔がちょっとぷよぷよしている。

**『アーブル美術館「大贋作展」』**（ユナイテッドヴァガボンズ）はその名のとおり「贋作」を集めた画集

である。

「アーブル美術館」とは「館長・藤原晶子（1976年生）と彼女のふたりの子ども、天馬（2004年生）と心海（2005年生）からなるアート・ユニット」だそうだ。母が指導して子供たちが描く。

これで「風神・雷神」が元気すぎる理由はわかった。子供の元気が溢れ出しているのだ。「模写」ではなく「贋作」、もとの絵にそっくりを目指すわけではない。ともかく与えられた課題作を前にして何かを描く。子供の奔放を母親は制御しない。キャンバスは段ボールだったりするし、金箔は金色の色紙だ。

贋作の「真珠の耳飾りの少女」を（本当はこういう野暮なことはしたくないと思いつつ）、原作と比べれば、少女はずっと丸顔になっているし、ほほえんでいるように見える。神秘感よりも親近感の方が強い。これが子供の世界観か。

このあたりがこの画集の要点。紋切り型の印象に落ち込まないようにしながら、作品を一点ずつなるべく新鮮な目で見る。

その緊張感がブレーキになって、画廊にいるかのようにそぞろに歩を進める。一つ見てはまた戻る。これがいつになっても終わらない。自分の中の美術史を辿り直しているみたい。

会田誠が文章を寄せている。「2人の描法はかなり早そうです。名作が誕生したドラマを最短距離で再演してみせている感じがします。そうして描き出されるものは、それぞれの絵画が固有に持つ『エッセンス』」という指摘は納得がゆく。

この本の最後の作品はピカソの「ゲルニカ」の贋作。これについて傍らで制作を見ていた母親は「絵の具の配合にこだわりをもつ天馬は、自分の目に見えた通りの色を表現出来ず『苦しい』とこぼしました。配色だけではなく作品に登場する人や物も楽しい雰囲気を持たないため、気分が乗らないようです」

ということでこれは完成までに三週間を要したという。

「ゲルニカ」はフランコ将軍の無差別爆撃への抗議としてピカソが描いた絵だから楽しいはずがない。幼い贋作者はそれを察知したのかもしれない。

同じように幼い画家が、本当に爆撃を受ける町で描いた絵がある。こちらは贋作ではなく創作。

『**戦争と子ども**』（山崎光、山崎佳代子　西田書店）は一九九九年にセルビアがＮＡＴＯの爆撃を受けていた時に十二歳の光が描いた絵と、詩人である母親の佳代子が後に書いた文章からなる本である。爆撃が終わった後で、息子が捨てると言った絵を母親は「二十マルクで買」って保管しておいた。それが去年になって本になった。

この本についてぼくは他で書評を書いたので詳述はしないが、光の絵は「奔放で、奇怪で、不安に満ちていて、それなのに何か温かいものが脈々と流れている。ストーリーがあるように見えながら、見え隠れするそれは決して一つに繋がることはない。書かれなかった物語の挿絵のよう」なのだ。

贋作でも創作でも、子供にはかなわない。

**×月×日**

「パリ・レヴュー」という雑誌がある。スタートがパリだったからこういう名なのだが、純然たるアメリカの文芸雑誌。売り物は作家へのインタビューで、これがまことに質が高い。

六十年に亘る歴史から二十二人のインタビューを集めた邦訳が出た。

『**パリ・レヴュー・インタヴュー**』（青山南編訳　岩波書店）で、ⅠとⅡの二巻。それぞれ「作家はどうやって小説を書くのか、じっくり聞いてみよう！」と「作家はどうやって小説を書くのか、たっぷり聞いてみよう！」という長いタイトル。

インタビューの価値は聞かれる側の大きさと聞く側の伎倆で決まる。この本はどちらも充分で、その結果まことに読みごたえのある本になった。

ヘミングウェイのインタビューはキューバにあった彼の家で行われた。家のたたずまい、仕事部屋の様子などがまず記述される。彼は立って執筆すると聞いたことがあったが、これは本当だった。「踏みつぶしたシマカモシカの毛皮の上に大きめのローファーをはいて立つ——タイプライターと書見台がちょうど胸の高さでかれと相対する」

濃厚な証言が次々に出てくるのは当然だろう。書き直しが多いというのも彼を巡る伝説の一つだった。実際、ここで彼は『武器よ、さらば』の最後のページを「三十九回書き直してやっと満足できた」と言っている。まあ自分で伝説を作っているようなものだが。

「ひとりにしておいてくれるなら、邪魔されないなら、いつだって書ける。あるいは、他人にかまわずにいられるなら、書ける。しかし、出来がいちばんいいのは、もちろん、恋をしているときだ」って、納得しない作家はいないだろう。

ガルシア＝マルケスの場合もメキシコシティーの彼の仕事場で、夕方、三時間のインタビューを三日に亘って続けた。

彼もインタビューが伝説を生んだ。『百年の孤独』の文体について、「もとになったのは、わたしの祖母が話をするときの話し方さ。彼女が話すと、すべてが超自然的になる、ファンタスティックになる、そのくせ、完璧に自然に話してる。つかえるトーンがいよいよ見つかるや、あとは十八ヶ月間、毎日、座りっぱなしで書いた」。なるほど。

実は（本書には収録されていないけれど）この雑誌のインタビューの一つがぼくの人生に大きな影響を与えた。

半世紀ちかい昔、ぼくはロレンス・ダレルという作家に夢中になっていた。左門町にあったブリティッシュ・カウンシル（英国文化振興会）の図書館に通って、彼の『アレクサンドリア四重奏』という四部作を読み、詩集を探し、旅行記を漁った。

その途中でこの雑誌が彼にインタビューしていることを知り、熟読した（今はインターネットで公開されている）。その中で彼が「ギリシャに行って暮らそうとぼくが家族を説得した事情は弟が本に書いているよ」と言っているのに目を留め、ジェラルド・ダレルの『虫とけものと家族たち』を見つけて、訳して、出版した。本が出た一年後、ぼくはギリシャに移住していた。

懐かしい雑誌である。

## ×月×日

作家は死んでも作品は残る。そして評価はまず下がる。これについて、死んだ作家は一度は忘却の煉獄に入るという言いかたがある。復帰する者は少ない。

ぼくは佐藤春夫という人がずいぶん好きなのだが、どうも彼は煉獄から戻って来なかったらしい。

**『佐藤春夫読本』**（勉誠出版）は編著者河野龍也を中心に多くの論を集めた本で、この作家の人生と作品への案内として見事に構成されている。

「女誡扇綺譚」という不思議な小説がある。本書の、彼が台湾に旅行してこの作の構想を得た事情を詳しく記した論がいい。

「傾向詩」を書いていた反抗的な若者が作品ごとに、あるいは恋の一つ一つを足場に、円熟した人格になっていって、最後は文壇の大御所に至る。少しは疎まれたかもしれない。

大事なのは書かれたものであって書いた人ではない。しかし、作家の人生と作品の絡み合いは謎解きを誘うおもしろいミステリなのだ。

——2016/2/11

113

## 日本沈没、死都日本、亡国記

**×月×日**

これで五年になる東日本大震災の記憶をこの先にどう生かすか。さまざまな視点があるが、今回は国土の喪失というところから考えてみよう。

最初、国民の大半は津波に襲われた市街の映像をテレビで見て、あっちの方は大変だと思った。海に近いところの人々は自分の身に重ねてみたかもしれない。

その後で東京電力福島第一原子力発電所の崩壊というニュースが少しずつ伝わってきた。炉心溶融は歴然だったのに東電は自分たちのマニュアルに逆らって隠蔽、実際に認めたのは二カ月後だった。マニュアルの件は先日になって白状した。

今になって思えば、あの日は日本国民にとって運命の分かれ目だった。もしもあそこで風が首都圏に向かっていたら、雨で放射性物質が地面に落ちていたら、被害はあんなものでは済まなかった。いやそれ以前に2号機の使用済み燃料プールの冷却水が失われていたら、東北南部から関東地方までは人が住めない土地になっていた。現場の努力もあったけれど、それ以前に幸運があった。国土は簡単に失われるということを我々は覚えておかなければならない。

他の国ならば国土喪失は他民族による侵略である。日本は大陸から離れた島国だから侵略を知らないで済んできた。災害は多々あったけれど国土を大幅に失うほどではなかった。

**『日本沈没』**（上下　小学館文庫）を再読する。小松左京がSF作家として卓越していたのは、国土喪失というとんでもない事態を正しく妄想したことにある。彼はあの頃ようやく一般にも知られるようになったプレートテクトニクスの理論をせいいっぱい応用して、日本列島ぜんたいが短期間に海の底に消えるというシナリオを描いた。安定社会の顔に氷水を浴びせる快挙だった。

疑似科学としてうまいのは、「気団のふるまいと、マントル対流の相似性《アナロジー》」というところ。「弧状列島は、この流れる岩の前線の境目に湧き上がる積乱雲のようなものであり、われわれはその雲の上に住んでいるのか？」

展開も正統パニック小説の王道を行くものだ。予兆をうまく社会に伝えて警告を発する予言者の田所博士、果敢に行動する研究者の小野寺、事態の全容を知って可能なかぎりの対策を講じる首相、などなど、誠実で有能な男たちが圧倒的な自然の力に抗して戦う。

「台風国であり、地震国であり、大雨も降れば大雪も降るという、この小さな、ごたごたした国では、自然災害との闘いは、伝統的に政治の重要な部分に組みこまれていた」なんて今の我々がいやおうなく納得しながら、しかしその政治がなあ、と嘆くところだ。こんなに冷静で透徹した思想と実行力を持つ人物が首相の座にあるなんて、まさに奇蹟ではないか。

そして、このあたりが万博のプロデューサーを務めた小松左京の限界。支配者の側からの世界観の先に目が届かなかった。

彼は国土を失って世界に散った先の日本人を次作で書くと言いながら、実行できなかった。

若いSF作家たちの力を借りて谷甲州との共作という形で実現した『日本沈没第二部』はやはり迫力

に欠ける。世界の各地でなんとか生存する日本人たちという設定はわかるけれど、ここでも日本政府なるものが厳然と存在して機能しているのはどうだろう。

国土を失ってさまよう民族と言えば当然ユダヤ人が浮かぶ。この本にもユダヤ人への連想はあるが形ばかり。神道と天皇制に依った民族主義の求心力がなければ日本人意識は拡散するだろうが、それへの言及はない。『旧約聖書』の強烈なエホバ（ヤハウェ）信仰を伊勢神宮とアマテラスに求めるのは無理なのだ。

**×月×日**

冷徹に、科学的に、国土崩壊をシミュレーションしてみよう。

ここで読むべきは石黒耀《あきら》の**『死都日本』**（講談社文庫）。

九州南部、霧島火山帯の韓国《からくに》岳を中心とする加久藤《かくとう》カルデラが噴火する。その規模が尋常ではなく、「じょうご型カルデラ火山の破局的噴火」は「有史以来人類が体験した最大の噴火」で、「緊急災害対策本部は、噴火発生から二十四時間で三百五十万人くらいが死亡すると考えております」という事態に至る。『日本沈没』と同じでここでも破局の具体的な展開を客観的かつ冷徹に述べる一方で、それに抗して火砕流から逃れる主人公黒木と岩切という男二人の冒険が軸になる。それに南九州各地の壊滅の各段階、政府などの無力な対応、海からの救援の困難、などがモザイク状に配置されて描かれる。

南九州を失い、多くの国民を失い、広範囲に火山灰が降って農耕を妨げる中で、日本は国家として壊滅するのか。ここに菅原という救世主のような首相が登場して、起死回生の奇手を世界各国に対して打つ。日本はもう終わりという予想を利用して為替相場に積極介入する。「世界が円を切り捨てにかかっているのは、この程度の援助では日本が倒れると思っているからです。援助を劇的に増やして、これで日本が再建できると世界が信じれば落ち着くでしょう」とアメリカの首席補佐官が大統領に言う。

その一方で首相は地学的な状況に合った国土再建を国民に呼びかける。「産みの苦しみは大変なものですが、火山性土壌は必ず豊饒の地へと変化するのです。日本列島の成長の歴史はまさに地震と噴火の繰り返しの歴史でした。その繰り返しにより、この島国は世界でも稀《まれ》な、複雑で美しい国土を形成してきたのです」と言って沖積平野への人口集中を避けた、エコロジーにかなった、新しい国造りを提案する。

## ×月×日

『死都日本』を書いた石黒耀もこの国にまだ知者がいることを前提にした。

**『亡国記』**（現代書館）の著者北野慶がそれを捨てたのは、これがフクシマ以降に書かれたものだからだ。

大きな地震が起きて静岡県の島岡原発（モデルは明らかに浜岡）が壊れる。ネットが「最初の揺れで三号機の地盤が真っ二つに引き裂かれて格納容器を吹き飛ばす核爆発が起きたこと、四号機と五号機も最初の揺れでかなりのダメージを受けたところへ三号機が爆発して連鎖的に格納容器を損傷」と報じる。

時代設定は二〇一七年、自衛隊はすでに国防軍になっている。「政府要人らは地震後二時間以内には国防軍のヘリに分乗し、全員北海道へ逃げたという噂」も伝えられる。

この時点で国家としての日本は崩壊している。知者など一人も登場しない。放射能で広い範囲が居住不能になった本州・四国はアメリカの管理下に入り、九州は中国に占領され、北海道はロシアのものになる。

ストーリーは京都の動物園の飼育係という職にある深田大輝とその七歳の娘の陽向《ひなた》が日本を逃れて韓国に渡り、中国に逃れ、リトアニア、次いでポーランドに行って、カナダ経由で最後はオーストラリアに落ち着き先を見つけるまでの逃避行。大輝の妻・陽向の母の翠は島岡原発の近隣で被災して亡くなっている。この二人、運がよすぎると思うが、そうでなくては話が成立しない。日本という国は完全に消滅する。生き延びた少数の者が世界各地に散る。

小松左京が書けなかった離散の民としての日本人がようやく書かれた。この先はどうなるのか？　陽向とその後の世代で日本人性はどう継承されるのか？

この話に知恵のある為政者が登場しないことを、今の政治状況を見て納得してしまう。天災以前に政治から国は壊れてゆく。

――2016/3/17

114

## 東北の叛乱、変なエッセー、変な小説

**×月×日**

東日本大震災の後、東北地方には支援が集まった。自衛隊が出動し、ボランティアが入り、行政も動き、予算もついた。

東北の人たちは感謝した。災害は人をいやでも弱者にする。そこから立ち直るにけ外からの助けが要る。当然のことだ。

しかし、この構図にどこか違和感が混じる。ありがたいことだと言わなければならない。わかっているが納得できない。「がんばれ」と言われて「はい」と素直に答えられない。

**『イサの氾濫』**（木村友祐　未來社）はそのあたりの東北人の微妙な思いを正確に書いた小説である。

語り手は青森県八戸出身の川村将司。東京に出て出版社などに勤めるが挫けて今は失業の身。ふと思い立って郷里に帰った。打ちひしがれた気分でいる時に、夢にだけ現れるイサこと勇雄という叔父のことが知りたくなった。

将司はイサに会ったことがない。「器物損壊や暴行、また船の上で人を刺したことによる傷害罪などで前科十犯以上を重ねた男だった」と聞いたのみ。

一族の嫌われ者である粗暴で野卑な叔父のふるまいに零落の甥は何かを読み取る。自分の中にある悶々とした感情に叔父の行状を重ねてみたい気持ちになる。

聞いたところでは叔父は「イカ釣り→金融→イカ釣り（二回傷害事件）→精神科の病院に入れられる→海外出稼ぎ→？（たぶんまともな仕事してない）→川崎へ（日雇い労働などしていたと推測）」を経て、今は神奈川の方の施設にいるらしい。

乱暴ぶりはすごい。いつも酔って実家に現れ、大声で叫び、物を壊し、親族たちを殴る蹴る。いつも出刃かマキリ（小刀）を身に付けている。人を刺したこともあるが、死なせたことはない。逆に兄にシャベルで殴られて殺されかけたことがあった。

将司は八戸に帰って、従兄の仁志に会い、父の友人で自分も親しかった角次郎という男に会う。実家に顔を出すのを後回しにするのは確執の仲の父を避けたいからだ。

角次郎はイサについて「なんていうんだべな、天然なのよ。人間が勝手に決めだ規範を飛び越える何ががあんのよ。むぎだしの自然ていうが……、命《いのぢ》そのものの奔放さっていうがな」と言う。それから戦国時代ならばああいう男は一旗揚げたかもと言い、「イサだばむしろ、それ以前の、東北《とうほぐ》に住んでった蝦夷《えみし》のほうが似合うべな」と話す。

こうして各人の証言を通じてイサの肖像が描かれるのだが、そこに蝦夷というまつろわぬ民の姿が見え、荒ぶる神の像が重なる。

　この叔父の生涯を追ううちに将司は夢想の中でイサになり、蝦夷の戦士になり、たくさんの仲間と共に馬を走らせ、東京に乱入して魔力の弓矢で官庁や高層ビルを破壊する。幻想でしかないが、これに納得する心情がある。東北人でないぼくにその資格があるか否かはともかく、方言を駆使したこの会話を声に出して読むくらいはできるし、それはなかなかの快感であるのだ。

　そこで思い当たる、「イサの氾濫」は実は「イサの叛乱」なのだと。

**×月×日**

『イサの氾濫』にはもう一つ「埋み火」という話が入っていて、見方によってはこちらの方がすごい。東北から東京に出てすっかり都会人になった政光という男の所へ、故郷からタキオという男がやってくる。幼なじみだから久しぶりに酒を飲むことになるのだが、タキオの語る昔話がどんどん荒唐無稽になるのにマサミっちゃんこと政光はついていけない。

　話は小学校五年生の時だ。優等生で裕福なマサミっちゃんは女の子の人気の的だったが、そこにトモコという転校生が来て、このワイルドな子にさんざん振り回される。

　そこでタキオの口から語られるトモコの乱暴狼藉がどこまで本当なのか、政光にはわからない。それは歳月が記憶を薄れさせたためなのか、或いは東京人になるために敢えて故郷の記憶を捨てたからなのか。だから「タキオの語りのせいで、ないはずの記憶を見せられているのだと思う」。

　政光の父は廃棄物で郷里を汚し、彼自身はそこから逃れて父の仕事を継いだことで郷里を裏切った。そういう事情をタキオは饒舌なマジック・リアリズムの話術を通じてマサミっちゃんに伝える。

　この話、余韻も悪くない。

**×月×日**

現実から少し離れたところで暮らしている人がいる。彼らの目にはaであるものがAに見え、時にはαに見えるらしい。ÅとかĂもある。ダッシュがいくつもついているとか。

岸本佐知子がおかしい。おかしいというのは笑える（可笑しい）と、変だ、の両方の意味である。本業は翻訳家。ニコルソン・ベイカーとかジャネット・ウィンターソンとか変な作家ばかり選んで訳す。あるいは『変愛小説集』などというアンソロジーを編む。

昨年出したリディア・デイヴィスの『**サミュエル・ジョンソンが怒っている**』（作品社）なんておかしいの極み。

だって、「相棒」という話は「私たちはいっしょに座っている、私と私の消化は。私が本を読むあいだ、向こうは私が少し前に食べた昼をせっせとこなしにかかっている。」って、これでおしまいなのだ。同じく「ヘロドトスを読んで得た知識」という話の本文は、「――以上がナイル川の魚に関する事実である。」、これだけ。

ぼくはハンス・カロッサが『ドナウ川魚族誌』という本を書こうと思い立ったが、三行で知識が尽きたというエピソードを思い出した。

もちろんこの本にはもっと長い話もある。どれもが苦笑でも哄笑でもない微妙な笑いを誘う。笑っていいのかなとためらう。

彼女のエッセー集『**なんらかの事情**』（ちくま文庫）を読んで、この人の翻訳に原作はあるのかという疑念に駆られた。つまりまったく同じくらい変なのだ。いわば生活感の関節外し。

思いついて片足で立ってみる。これが意外によい。「さっきまで胸の中を埋めつくしていたはずの日々の鬱屈やら小さな心配事やら、テレビで誰かが発した嬌声やらがふっとかき消え、しんと澄んだ心にただ左足が重力を受け止める感覚だけを浮かべている」という具合で、やがては鶴のポーズに至り、頭に赤いタオルを載せる。

岸本佐知子の翻訳に原作があるか否かを疑ううちに、ぼくはこの人の実在を疑うようになった。会ったことがないし、こんな人いるわけないと思われてくる。未踏の地であるニューヨークという大都会の存在もぼくは疑っているのだが。

## ×月×日

中島らもが亡くなって十二年近くになる。

**『中島らも短篇小説コレクション——美しい手』**が出た(小堀純編　ちくま文庫)。読んでいって、改めて彼は鬼才だと思ったが、むしろ奇天烈才かもしれない。

「日の出通り商店街　いきいきデー」はその日に限っては町内で誰を殺してもいいという話。ただし商売道具を使うのがルールで、語り手は中華料理「大北京」の主だから武器は中華鍋とあのでかい包丁。外科医はメスと酸の入った注射器。電気屋はバッテリー、坊さんは錫杖……

無茶な設定を強引に書き進む。「クロウリング・キング・スネイク」では姉が大蛇になってヘビメタのバンドを率いる。

しかし、偉大な噺家の往生を語る「寝ずの番」がいちばんおもしろい。笑いのネタ満載で、それもモデルのある話。

噺家と大蛇の関係は彼の長篇の二大傑作『今夜、すべてのバーで』と『ガダラの豚』の関係に似ている。後者もすごいけれど、前者には自分のアル中の体験が投入されている。初めから異界の人だったのか。

——2016/4/21

# 英国の桜、日本語の謎、日本語の遊び

**×月×日**

これから梅雨入りという時期に桜の本を読んだ。

季節はずれもいいところだが、しかし桜は日本のイデオロギーだから一年中ついて回る。**『チェリー・イングラム　日本の桜を救ったイギリス人』**（阿部菜穂子　岩波書店）はおそろしく濃厚な本である。まずリサーチの幅と深さが尋常でない。そこに太い思想の軸が通り、その結果、強烈なメッセージが備わる結果を生んだ。

基本は、桜を愛したコリングウッド・イングラムという英国人の一代記。一八八〇年に富裕な家族に生まれて百歳まで生きたアマチュアのナチュラリスト。大学などに所属しないまま学術的な業績を積むという点ではダーウィンの系譜に連なる。つまり知的ジェントルマンの典型。

初期の関心の的は鳥類だった。この分野での彼の師ジョン・ウィアーはダーウィンと親交があった人である。

鳥の観察などを目的にオーストラリアに旅行し、その帰路、一九〇二年（明治三十五年）日本に寄った。この時は観光旅行だったが、「人間と自然がこれほどにまで芸術的なセンスで調和している国を、私は今まで見たことがない」と言っている。

五年後に新婚旅行で再訪。この時は新妻を放置してひたすら鳥を追いかけたらしい。このわがままな生きかたは生涯続く。

第一次世界大戦の後、彼はケント州の田舎の広大な屋敷に引っ越した。この敷地にたまたま桜の木があったところから桜との長いつきあいが始まる。

ヨーロッパにはもともと花の咲く木が少ない。今見るものの多くは海外からの移入種であるという。その中に桜もあった。

イングラムは自分の庭園にできるだけ多くの種類の桜を植えることを目指した（桜は変種ができやすいし、接木でそれを固定できる）。この方針は彼の運命のみならず世界の桜の運命をも決めた。

収集を始めて六年後、イングラムの庭には七十種の桜があり、やがて百種を超えた。これ以上を求めるなら日本に行くしかない。

一九二六年、彼の船は長崎に着いた。この旅で彼はかつて四百種以上あった日本の桜の栽培品種が激減していることを知って落胆した。商品化は単一化に繋がる。彼は稀少になった品種をイギリスに移して保存する事業に乗り出し、日本の多くの協力者の手を借りて実行に移した。

それだけでなく、自分の庭で「ウミネコ」、「オカメ」、「クルサル」などの新種を作り出した。また欧米に桜を普及させることにも大いに貢献した。その成果を読んでいると、一人の努力で世界の風景はかくも変わるものかと感心する。

太白《タイハク》という種は大正末期には日本で絶滅していたが、それがイングラムの庭にはあった。彼はそれを日本に送り、里帰りが実現した。

かくて彼は「チェリー・イングラム」すなわち「桜のイングラム」と呼ばれるまでになった。

その後で、日本の桜にとってなおも不幸な時代が来る。一つはイングラムが嘆いたように至るところ染井吉野ばかりが植えられて多様性が失われたこと。この種は早く育つし一気に咲いて派手だから珍重されるが、こればかりというのは寂しい。

もう一つは、咲いてすぐ散るところが軍国主義に利用されたこと。軍歌「同期の桜」の歌詞に見るとおり、戦争に際して桜は若者を死に追い立てる宣材となった。

その戦争でイングラムの三男の婚約者のダフニーという女性は看護婦として出征、香港で日本軍の捕虜になり悲惨な三年八カ月を過ごした。

日本軍の捕虜の扱いは酷かった。ドイツの捕虜になったイギリス兵の生還率が九五パーセントだったのに対して日本では七五パーセント。泰緬《たいめん》鉄道の惨状は氷山の一角に過ぎない。

この状況で女性であることは想像を絶して辛かっただろう。戦後になっても彼女は自分の庭に日本の桜の苗を植えなかったという。

戦後、イングラムが懸念したとおり、桜の品種の単一化はいよいよ進んだ。著者との会話の中でさる京都人が言う——「染井吉野は全国一律に、どこでも同じ花を咲かせるから、日本を画一的なつまらん国にしてしもた」。

本書は一人のイギリス人の軌跡を追って、文献を博捜し、家族はじめ英日双方で多くの関係者にインタビューを重ねた労作である。何よりも発見に満ちているし、事実を解釈する座標軸に揺るぎがない。

感心しながら読む途中で膝を打ったことがあった。まったく私的な思い出なのだが、かつて京都郊外の常照皇寺に花見に行って、九重桜《ここのえざくら》と御車返《みくるまがえし》という名木を見た。ぼくはこれはその木の名、いわば固有名詞だと思ったが、この本には二つが桜の品種の名として出てくる。そういうことだったのか。

**×月×日**

人間は言語を日々使っている。使いこなしているのだからわかっているはずだが、改めて考えてみると、言語は体系的ではあるように見えて実は不合理と矛盾に満ちたものだ。規範はあるが例外が多く、法則と逸脱が絡み合っている。

だから言語を論じるには各論から入るのがいい。総論で束ねようとしたのでは、多くがほつれてはみ出す。

**『日本語の謎を解く――最新言語学Q&A』**（橋本陽介　新潮選書）がおもしろかった。

成り立ちがよい。著者は高校教師で、教え子に「現代日本語、古文、漢文、英語、その他の言語について、疑問に思うことをできるだけ多く挙げよ」と問い掛け、それに答える形でこの本を作った。問いの数はぜんぶで七十三。

解答は著者の博識を反映してどれも快刀乱麻の出来だが、その前段階に生徒たちの優れた質問がある。例えば――

＊なぜハ行だけ半濁音があるのか。

＊五・七・五はリズムがいいと誰が決めたのか。

＊「弱肉強食」は四字熟語で、「焼肉定食」は四字熟語でないのはなぜか。

＊なぜ平仮名と片仮名と二種類作る必要があったのか。

＊古文は、古文の文章のまま話せたのか。

＊「私は食べる」と「私が食べる」は何がどう違うのか。

＊なぜ動詞は活用するのか。

ぼくはここ数年、『日本文学全集』なるものの編集に関わっていて、日本語について疑問に思うことが多い。それとこの高校生たちの問いが重なる。

「五・七・五はリズムがいいと誰が決めたのか」という問いの答えは正に知りたいところだった。著者はまず日本語は母音過剰なので頭韻と脚韻が発展せず、文字数をそろえることでリズムを作るようになった、と言う。日本語は基本が四拍子で四音の語が多い。それに助詞を加えると五音。その先の詳細な説明は本書に譲るが、ぼくはこれに納得した。参考文献が挙げてあるのも親切。

　言語は生きている。つまり動的平衡の状態にある。基本法則に向かって現実からさまざまな要因が流れ込む。基本を維持しようとする意志と変化を求める欲望が衝突する場でこそ言語は成り立っている。

　それがよくわかる本だった。

**×月×日**

　言葉は玩具にもなる。

　**『ことばおてだまジャグリング』**（山田航　文藝春秋）がその証拠。回文からアナグラム、パングラム、難易度を高めたしりとり、スプーナリズム、アクロスティック……実例多数だから楽しめる。回文で言えば、「いい骨格かっこいい」とか、「気温は地獄、五時半起き」とか。文字をいじって意味が生じるところがミソなのだろう。

　文字入れ替えのアナグラムで、与謝野晶子の「柔肌の熱き血潮に触れもみで寂しからずや道を説く君」が、「友達はビキニ見られず悔しさの極みで星や血を摑みあふ」と変換されるのを見て、ただ啞然。

――2016/6/9

116

## 軌道上の雲、地図とマップ

×月×日

娘の一人がSF好きで、時に応じて読むべき傑作を指南してくれる。その勧めのままに藤井太洋の『**オービタル・クラウド**』（ハヤカワ文庫　上下）を読んで、完全に嵌った。札幌から東京への日帰り出張で、会議の二時間以外はずっとこれを読んでいた。

基本の構図は近未来（二〇二〇年）の世界を舞台に、超最新のテクノロジーを駆使した、国際的な謀略合戦。

こんな設定は珍しくないとしても、話の中核にあるテザー衛星という技術は目新しい。軌道上の人工衛星の軌道を変えるなどの操作には燃料が要る。二個の物体を導電件のケーブルでつないだテザー衛星だと、地球の磁気と太陽光による微小な電力だけで自在に動かせる。

このアイディア自体はSF界で既に知られていたらしいが、地上からの観測で捕捉できないほど小さなモノを数万の規模で打ち上げて、その動きをコントロールするというのがすごい。軌道上の雲の形をした兵器になる。

その戦略的効果を想像してみよう。通信衛星もGPS衛星もハッブル宇宙望遠鏡も墜とせる！　言ってみれば、現代人の生活を半世紀前に引き戻すことができる。つまりテロリズム。

話の展開はこの種のエンタメとして意表を突くものではない。ある徴候をきっかけに若い日本人男性の主人公が仲間の協力のもと、謎の解明にあたる。

徴候とはかつて使われたロケットの残骸がいきなり加速すること。何かの力が働いたわけだが、その正体がわからない。ここから始まって、話は日本のJAXA（宇宙航空研究開発機構）やアメリカのNORAD（北米航空宇宙防衛司令部）、更にはCIAまでが参入する大がかりなものになる。一段階ずつ緻密な展開だから、最後の段階で主人公がアメリカ大統領に「地球の位置を動か」すことを要請するのも納得できる。

発端から終息までわずか数日のことで、舞台はセーシェル諸島の小さな島から、東京、シアトル、テヘランまで広がる。登場人物は二十名ほど。つまり物語として密度が高い。

エンタメのお約束に身を任せる快感は保証されている。次ページへの駆動力は充分にある。

その上で投入されたテクノロジーの数と密度が半端でなく、ぼくはそちらに夢中になった。二十ページに一個くらいの割で、ものすごいモノないしコトが参入する。

話は宇宙だけではない。WEB広告の画像データにプログラムの断片を組み込む「シャドウウェア」という追跡用の技法、なんてものが続々登場。

そのリアリティーを担保するのは大量の専門語で、例えば「二行軌道要素（TLE）」は、「人工衛星のケプラー軌道要素を表すフォーマットの一つ。八十桁パンチカードで二行になるよう設計されたためこの名を持つ。適切なアルゴリズムを用いてTLEを処理すれば、人工衛星の位置が得られる……」と上巻に付された「用語解説」にある（下巻にこれがないのは寂しいが）。全体がこんな雰囲気なのだ。

鍵は読者の科学リテラシーを前提に、現状のちょっと先を行っていること。

七十年前、アーサー・C・クラークは地球の自転と同じ速度で回る静止衛星を通信用に使うことを提言した。同じく彼は軌道エレベーターというアイディアを具体化して『楽園の泉』を書いた。

ハル・クレメントの『重力の使命』やジェイムズ・ホーガンの『星を継ぐもの』のようなハードSFまでは跳ばず、今現在のリアリティーを保ったままの数年後の展開。

これでW・ギブスンの『ニューロマンサー』の翳りがあったら、というのは望蜀というものだろう。

更にオタク的な二次の楽しみがある。ある場面でF22「ラプター」戦闘機の操縦士について、「あの女、実戦で、この高度で〝コブラ〟をやりやがった」と僚機のパイロットがつぶやく。インメルマン・ターンくらいならばともかく、コブラという飛行姿勢は知らなかった。さっそくこれをYouTubeで見る（後ろ足だけで立った犬のようだ）。

つっこみの余地もオタクの楽園。勝手に文化系の一例を挙げれば、「ホウセンカ」という作戦名はもちろん花の名だが、この名は西欧語では「我に触れるな」というイエス・キリストの言葉に由来する、という説明があってもよかった、とか。

**×月×日**

宇宙も地上も今や万事がインターネットだ。

知らない土地に行けば、まずはスマホのグーグルマップ。紙の地図を使う者はもうほとんどいない。こういう変化を学問的に意味づけた**『グーグルマップの社会学――ググられる地図の正体』**（松岡慧祐　光文社新書）がおもしろかった。

まずは地図の定義――
1　「縮尺」によって距離・方向・面積などがある秩序をもって示される。
2　通常は平面上に描かれる。
3　ある程度一般化された地理的事象から選択したものしか表せない。
なるほど。

その先では地図が社会を作る、ということが説明される。確かに、我々が日本という国をイメージする時、それに先立って与えられているのがこの列島の地図だ。しかしこの地図の機能はグーグルマップによって大きく変わった。

従来の紙の地図では紙に印刷された図の中に自分を位置づける。この場合、自分は地図の前で不特定多数の中の一人である。

しかしある時期から個人の用途に特化した地図が目につくようになった。渋谷に遊びに行く人向けに、お勧めの店などを強調したもので、マップと呼ばれた。タウン情報誌を思い出してみよう。

これがデジタル空間に移って大きく変身する。利用者自身を中心に展開されるようになったのだ。その走りがカーナビ。この本の著者はこれを「ジコチュー的に動く地図」と呼ぶ。確かに自分が真ん中。これがやがて車を出てスマホに入り、いつでもどこでも身にまとえるようになる。「見わたす地図」から「導く地図」への変容、と本書にはある。ここで導かれるべき目的地を設定するのは自分だ。

この転換の意味は大きい、というか実に深刻である。ぼくの印象では世界観の反転に近い。人は未知の場で迷いながら世界の中の自分の位置を見出すのではなく、自分の欲求に合う世界像に沿ってしか行動しなくなる。

すなわち、地理におけるデータベース消費社会の実現。世界にはもう中心はない。フラットに広がるばかりで、依るべき座標軸はない。そこには「社会」も「地域」もなく、あるのは「スポット」や「ルート」ばかり。

ここで自分の体験を思い出した。二〇一一年七月二日の夕方、ぼくは岩手県一関のホテルにいた。震災の現況を示す地図が刊行されたと遠方の友人に教えられ、すぐに書店に走った。閉店間際の店内で見つけたのが『**東日本大震災　復興支援地図**』（昭文社）。

震災の全体像がつかめる。津波の浸水域が一目でわかる。以後数年間、これはぼくの行動の指針になった。大事なのは自分ではなく世界だった。

ネット上で同じような信頼感を与えてくれるのが「地理院地図」という国営のサイト。開いて現れる日本列島全図には富士山のところに＋のマークがある。ここが日本列島の中心。あなたがいるところが中心ではない。

グーグルマップは社会を「まとまり」から「つながり」へと変え、更に「多層化」するとこの本は言う。そうなのだろうが、ぼくには失われるものの方が大きいような気がする。止めようがないとしても。目の前にあるのは我欲の、未知の、荒野だ。

――2016/7/14

117

# 三冊の詩集

**×月×日**

平安時代に比べて、あるいは江戸時代に比べても、今の文芸で詩の位置は低い。小説を読む人は多いが詩を読む人は少ない。

いや、そうではないのかもしれない。俳句と短歌は隆盛を誇っている。新聞には専用ページがあって、選ばれたものが掲載される。「ご趣味は」と問われて「俳句を少々」と答えるのはかっこいいことだ。

しかし、行分けで数十行から数百行に及ぶいわゆる現代詩のページは新聞にはない。文芸誌にもほとんどない。俳句と短歌では言い切れないほどの大きな思いを盛る器は冷遇されている。

もともと日本人は詩の才能に恵まれていると言っても、最近流行の空疎なニッポン賛美にはなるまい。『万葉集』以下の具体的な例が証明している。『国歌大観』などに挙げられた和歌は約四十五万首という。

明治から西欧の詩に倣って始められた長い詩は、一定の成果を得ながら、それ以上にはならなかった。

俵万智の『サラダ記念日』のように大きな話題になる詩集は出なかった。今や才能はみなコピーライターの仕事に流れているのかもしれない。

しかし詩人は自由、主人持ちのコピーライターとは違う。あくまでも自分との対話。イエーツが言うとおり、「われわれは他人と口論してレトリックをつくり、自分と口論して詩をつくる」のだから。詩の基本原理はできるだけ少ない言葉でできるだけ多くの思いを表現することだ。どこまで削れるかの真剣勝負。だから、俳句と短歌は削りすぎ、という思いがないでもない。行を連ねる詩の方が有利なのではないか。主題と形式の関係で、いわば電気工学におけるインピーダンス・マッチングに問題あり(と書いて、こういう違和感のある語の唐突な投入はそのまま現代詩の技法の一つだと思い至る)。

短歌の言い切りでは伝え切れない思いがあるとしよう。では短歌を連ねてはどうか？

石井辰彦の詩集『**逸《に》げて來る羔羊《こひつじ》**』(書肆山田)は短歌の形の詩行を十並べて一つのタイトルで括るという定型詩。例えば、「美神の星に導かれて」という作品は——

ひとり居の寂しさ、などと、嘆くなかれ。今宵《こよひ》(しきりに)雨《ふ》る婚星《よばひぼし》

と始まり、三行目(三首目)四行目(四首目)が

星影に(向かうを向いて)横たはる裸婦——その肌の冷たさを、想《おも》ふ

翫弄《もてあそ》ぶべきものとして(密《ひそ》やかに)息づく乳房《ちぶさ》！ 徒《ただ》、其《そ》を眺む

途中を飛ばして最後二首が

天體の動きに合はせ（ひたぶるに）戀することが今宵《こよひ》の掟

こんなにも星の雨《ふ》る夜《よ》だ！　戀をせぬ男は、罪《つみ》せらる。永遠《とことば》に

で終わる。

挟み込みの「覚書」によれば、二〇一二年六月六日の金星の太陽面通過を機に作られた。西脇順三郎が『Ambarvalia』で書いたローマの古詩の一節、「明日は恋なきものに恋あれ、明日は恋あるものにも恋あれ」が遠くで響いている。

詩なのか短歌なのか、境は微妙で、カバー袖の著者紹介の一文にはまず「歌人」とあるが、しかしこれはやっぱり詩集と断言しよう。

**×月×日**

王道を行く詩。

荒川洋治を読むといつもそう思う。

今の世間の空気を優雅につかんで、卑近なイメジャリー同士を巧みにぶつけて思わぬ効果を現出し、後にしみじみとした印象を残す。この人は公状況と私状況の間の行き来がつくづくうまい。

夜、一日の仕事が終わる刻限に開いて二篇か三篇だけ読んで穏やかな気分で寝る。日常に役に立つ詩なのだ。

最新の『北山十八間戸』（気争社）を楽しく読み進む。一篇ぜんぶをここに引用するわけにはいかないから、詩人に申し訳ないと思いながら、どうしても断片になる。
「友垣」という詩は――

大きな東のできごとのあと人のことばは各所で
増長し水になり　並みのものになり
汚れきった　衰滅した
ことばも詩も被災したのだ

と言う。その数行後で――

なんでもいい、
少しだけ無理をする人になりたいね
ほら、このように少しだけ先へ
無理をする人　そういう人がいまは
いなくなった……

地名と名所はそのまま詩の素材である。歌枕の時代から変わらない。だから例えば「安芸」というタイトルの詩にそれだけで惹かれる。「芝居のそでに／のまない水も／置かれていた」という最初の聯から引き込まれ、「高宮郡」という古代の地名に出会って遠い昔を見る思いに駆られる。

（そう言えばぼくは小説の中に登場する幼い姉弟に「安芸」と「備後」という名を付けたのが得意だった。）

詩集ぜんたいのタイトルになった「北山十八間戸」は鎌倉期に忍性《にんしょう》という僧が奈良に造った病者の収容施設のことで、十八の小部屋が一列に並ぶさまが詩の中ではシリンダーを直列に並べたエンジンになぞらえられる。

八月十五日に終わった戦争の頃には戦闘機用に星形二重十八気筒はあったけれど（「紫雷改」に搭載された「誉」とか）、まさか直列十八気筒は無理だよな、とか考えるうちに世のすべてが直列しはじめる。

また連想が走って、地名と名所に表題を仰いだ小説を羅列してみる。川上弘美の『真鶴』とか、車谷長吉《ちょうきつ》の『赤目《あかめ》四十八瀧《しじゅうはちたき》心中未遂』とか、ああ、ぼく自身にも『カデナ』というのがあった。

詩集の読後感はまとまらず散漫なのがいい。

**×月×日**

野村喜和夫がこれまでの詩の中から「エロい」のだけを選んで一冊に編んだ。**『閏秒のなかで、ふたりで』**（ふらんす堂）。

たしかに一所懸命エロしながら、でもどうしても下品になりきれない。ちょうどアラーヤーの写真のように。例えば、「エクササイズ」という詩の一部——

ぼくが上になり　きみを組み敷いて
みみと川　なのりそ川　うしろで鳴く蚊の暗さとともに
きみが上になり　ぼくに騎乗して

あさむつの橋　あまひこの橋　水の母のまぼろしの傷もあらたに
ぼくが胡座をかき　きみを抱つこして
ほこ星　ふさう雲　こぼれてくる光の蝶をかぞへながら

きみを四つん這ひにして　ぼくがうしろから
うきたの森　かそたての森　鏡は深度においていつも春だらうから

ぼくがうしろから　きみを横抱きにして
いなび野　つぼすみれ　惑星の裏手で待つ波濤のやうに

天にまします炎よ
われら軟弱な瓦礫を許したまへ

この「あさむつの橋」や「ほこ星」や「いなび野」など架空の地名たちがなんと豪奢に息づいていることか。

——2016/9/1

118

# 田中小実昌、ナダール、巨大数

**×月×日**

井上ひさしによれば、エッセーとはつまるところ自慢話である。自分のことを語るのだからどうしても自慢になるが、そこに失敗談などを入れて露骨な自慢に見えないように少し細工をする。

しかしここに自慢でもなく卑下でもなく、己がふるまいを淡々とぼそぼそと書いて無上におもしろいエッセーがある。常人とは生きかたが違う。

その人は田中小実昌。本は『**題名はいらない**』（幻戯書房）。一九九〇年以降の、単行本未収録のものを集めたという。コミさんこと田中小実昌が六十五歳の時から二〇〇〇年の二月に書いた「関係ということは言うまい」まで。

これがL・Aにしばらくいて帰る際に地元の友人たちが送別会を開いてくれたという話で、しかし彼は帰国の便に乗ることなくそのまま肺炎で亡くなっている。享年七十六。

送別会が効きすぎたのだろうか。

こういう不謹慎なジョークが似合う人だった。戦争に駆り出され、戻って東大の哲学に入ったが通学せずに除籍、進駐軍のバイトやストリップ小屋の手伝い、縁日の易者、さらにはコメディアンもやった。

ぼくがこの人の名を知ったのはアメリカのミステリの翻訳者としてだった。チャンドラーもあるけれど、カーター・ブラウンやA・A・フェア（E・S・ガードナーの別名）などの軽いものがよかった。ある種の日本語の文体は彼が作ったと思う。

それから作家になった。記憶にあるのは『ポロポロ』と『アメン父』。共に牧師だった父の話だ。

コミさんは若い時に髪を失った。大柄な父と小柄な彼が並んで歩く姿を近所の人が親子電球と呼んだという話がある（と書いたところで、百ワットの球の横に小さな常夜灯の球がついた、紐スイッチの電灯を今の人は知らないと気づいた）。

ともかくそういう人だから淡々たるエッセーなのに味が濃い。

一家全員がおもしろかったのだ。上の娘は自分の結婚を親に告げる時、相手のことを「掘りだしものだよ、トウちゃん」と言ったという。外ではゴールデン街をふらつき、家でもだいたい酔っぱらいという父からこんな賢い娘が育つとは！

ちなみに彼女の結婚披露パーティーは友人たちの会費制で、父親が行こうとしたら「とんでもない」と断られたそうだ。

下の娘はドイツ人と結婚してブレーメンに住んだ。その名言が、「ヨーロッパにあってニホンにないものは、たいてい北海道にあるよ」。北海道に生まれて、ヨーロッパでも暮らしたことがあって、今も北海道に住むぼくとしては、これはうなずかざるを得ない。たぶん基本は空気感、実際の大気の匂いだろう。

この娘はなかなか厳しい。夏の間はブレーメンにいるのだが、「娘のところが居心地がいいわけではない。娘は小うるさい。たえず、ぼくを叱《しか》りつけている。娘が子供のころ、ぼくは叱ったりしなかった。それなのに、いま、ぼくは娘に叱られてばかりいる。まったく間尺にあわない」。

つまり「老いては子にしかられ」ということか。

この人の放浪癖は相当なものだ。海外のどこかに出かけ、長期の宿を決め、近くの飲み屋を決める。昼間は行く先のわからないバスに乗って、行けるところまで行ってなんとか帰ってくる。途中でずっと人を見ている。人が好きなのだろう。

ぼくがコミさんに現代ギリシャ語を教えたことがある。ギリシャは彼が好きな国だったし、また行った時に人々の言うことを少しはわかりたいと思ったのだろう。東玉川のお宅で三、四回までは続いたのだが、そのあたりで途切れてしまった。教えかたが下手だったのか。

地中海のマルタ島という島に行った人は珍しい。ぼくは数日滞在しただけだったが、コミさんは一冬すごしている。だからあの島の紅茶は少し塩の味がすることをぼくも知っている。真水が足りないから海水を脱塩して使うのだが、それが不充分。

**×月×日**

**『写真家ナダール　空から地下まで十九世紀パリを活写した鬼才』**（小倉孝誠　中央公論社）を丁寧に見た。

彼は一八二〇年生まれ。王政復古から二月革命に至る波瀾と繁栄の時期に、まずは作家を目指した。それが無理とわかってジャーナリストになり、やがて風刺画家になった。これがうまいのだ。対象の特徴を捉え、皮肉を効かせ、誇張法を巧みに使う。一齣漫画もあれば連載物もある。「椿姫」公演中の劇場ではバルコニー席の客が大泣きするので、一階の客は傘をさして涙の雨を防がなければならない、とか。あるいはレアック氏という架空の俗物の日和見的立身出世を描いたシリーズ。レアックは「反動」の意である（本書三十八ページの④は当時フランスで使われていた腕木信号機のもじりだろう）。

それから写真の世界で名を挙げる。漫画でも有名人の肖像を描くのがうまかったし、培った人脈もあった。

この肖像写真が本当に名画レベル。この時点で完成の域に達していた。

写真術はもう秘儀ではなくなっていた。誰でも撮れる。しかし学べないのは「光の感覚、組み合わせられた多様な光が生み出す効果を芸術的に応用すること」であり、対象たる人物に「対する精神的な理解であ」ると言う。

大言壮語に聞こえるけれども、実際に撮ったものを見てみると、この言葉のとおりであることを認めざるを得ない。

はじめは中庭からの自然光だけだったが、後にアーク灯も使ったという。「顔と身体の全体に光が当たっていることは稀で、顔の一方に光が当たり、他方は淡い影に包まれている。その際立った明暗効果は、当時からしばしばレンブラント絵画のそれに喩《たと》えられた」。

だからぼくらが知っているバルザックはこの姿であり、ボードレールもこれであり、デュマもジョルジュ・サンドもこの顔なのだ。文豪や女優たちの実在感に圧倒される。二十歳の時のサラ・ベルナールなんて、すぐにもファンになりそう。ぼくの百年前に生まれた人なのに。

写真は嘘をつくと言う。それは間違いない。しかし、ナダールの肖像写真を見ていると、本当に「真を写した」と思えるのだ。

肖像の系譜は今の日本で言えば浅草で濃い顔の人たちを撮った鬼海《きかい》弘雄の『世間のひと』につながる。

その一方で、パリの地下の世界を人工光だけで撮ったシリーズは畠山直哉の『Underground』の直系の祖先であり（特に本書百二十二ページのなど）、気球からのショットは今や無数にあるドローン写真の先駆と言える。

ナダールはたしかに前人未踏の境地を開いた男だったが、それを可能にした時代でもあったのだ。

**×月×日**

まるで別の話題。

頭がくらくらするほど難しい本にぶつかった。『**巨大数**』（鈴木真治　岩波書店）ははじめの方こそ少しは分かったのだが、途中から五里霧中。

数詞が億や兆や京の先まであることは知っていた。ずっと先の方には那由多《なゆた》や不可思議、無量大数などなど。

10のx乗という表記も日々使っている。アルキメデスが提案した全宇宙を埋め尽くす砂粒の数の問題も聞いている。化学ではアボガドロ数が大きい。

しかし現代数学にはそんなものを超えてとんでもない巨大数があることがおぼろげにわかった。

身近なものとして、インターネットの通信を暗号化するのに六百十七桁の数が使われる。鍵を持たない者はこれを素因数分解しなければならないが、スーパーコンピューターを使っても無理であるという。

数学は魔界だ。

――2016/10/6

## 119 キノコ、物理と計算、昭和なことば

**×月×日**

この時期、キノコに心が向かう。食べる方に話を進めたいところだが、日本では自分で山に行かないかぎり天然物が手に入らない。フランスでは森で採ったモリーユ（アミガサタケ）、ジロール（アンズタケ）、セップ（日本ではポルチーニとして知られている）などが朝市で買えたのだが。

かつて食べた最もおいしいキノコは天然の舞茸だった。山中で見つけた人が舞い踊るほど嬉しがるというくらいで、七輪で焼いて塩を振るだけで美味の極みだった。栽培のモノとは月とスッポン（しかし、月は食えないがスッポンはうまい。ここで使うべき比喩ではないかもしれない）。

食べる方は諦めて、目で楽しもう。新井文彦の『**森のきのこ、きのこの森**』（玄光社）は写真がすばらしい。森の中を歩いていって、生い茂る木々の隙間から射す一条の光の先に小さなキノコがいる。ある、ではなくて、いる、だ。

それがベニカノアシタケだったり、ヒメカバイロタケだったり、タヌキノチャブクロだったり。

これらの写真に添えて、たっぷりのキノコ学がある。タヌキノチャブクロの記述を読むと、似たものにキツネノチャブクロもあって、これはホコリタケとも呼ばれるという。胞子を飛ばすさまが埃が散るように見えるゆえの命名らしい。学術的な説明の中に「両種ともに、ぷりぷりと弾力があって中が真っ白な幼菌に限り可食。汁物などによく合う（噛むとぷりぷりした食感がやがてシャキシャキに変化するのが特徴的）」なんて、もう食べているような気分になれる。

野外を歩いてキノコを見つける能力のことをマニアたちは「きのこ目」と言うのだそうだ。訓練を重ねるうちにこれが育って、やがて達人の域に至る。

例えばこんな人——

「関西空港から北海道行きの飛行機に乗ったとき、離陸体制になって加速し始めたその瞬間に、滑走路周りの草地に白くて大きなきのこを見つけ、それが、雨で弱ったオオシロカラカサタケである」と見抜いた、と言うのだ。

この著者にあってはキノコへの情熱と、山川跋渉の能力、写真の伎倆と蘊蓄、加えてユーモラスな文体などが渾然一体となっている。昔の中国で言う文人の資格がすべて備わっている。

**×月×日**

ユーモラスな文体は**『キノコと人間　医薬・幻覚・毒キノコ』**（ニコラス・マネー　小川眞訳　築地書館）にもある。

しかしこれがなんとも翻訳しにくい文章で、訳者は同じ著者の本を過去に三冊も訳してきたにもかかわらず、しばしば困惑し、「訳のわからないジョークや皮肉、比喩などが出てきてかなり手こずった」と告白している。

幻覚作用を持つマジックマッシュルームの話がおもしろい。どうもシロシビンという成分が多幸感を導くらしい。ジョンズ・ホプキンズ大学で行われた実験では被験者は「『個人的にいいことをしたとか、人生に対する満足感』といった感覚が増幅された」と語り、「実験から一年以上たっても、幸福感が続いている」と言ったという。

これを含むヒカゲタケ属のキノコが「草食動物の糞から子実体を出」すというのは前から聞いていた。バリ島の刑務所で、所内で飼われている牛の糞に生えるマジックマッシュルームを収容者たちが活用していた、という話を自分の小説（『花を運ぶ妹』）の中で書いたことがある。

思えば、数年前、新井文彦の『きのこの話』（ちくまプリマー新書）をこの欄で取り上げていた（三七六頁）。要するにキノコが好きなのだ。

**×月×日**

横書きで、話題が物理で、しかも数式まで入っている。こういう本は一般には敬遠されるだろうが、でも**『難問・奇問で語る　世界の物理——オックスフォード大学教授による最高水準の大学入試面接問題傑作選』**（物理オリンピック日本委員会訳　丸善出版）はおもしろいのだ。

面接問題、つまり口頭試問。その場で提示された問題の答えを先生の前で出さなければならない。たぶん紙と鉛筆はあるが関数電卓などはない。最終的な数値ではなく解に至る過程を問われるのだろう。実際、数式の大半は普通の代数や三角関数の範囲に収まるもので、微分積分などはほとんどない。例を挙げる――「完全に密閉された部屋に大人が3人いるとしよう。彼らはどのくらいの間、生き続けることができるか?」

ここで何を考えればいいか、ざっと数え上げてみよう――部屋の容積、人間が生きるのに必要な酸素、空気中の酸素の比率……

そういうことを受験生は教授たちを前にして必死でしどろもどろで口にする。

部屋の容積は任意に決めてよい。部屋を5メートル×4メートル×3メートルとして3人には60立方メートルの空気が与えられている。呼吸に関する生理学の知見によれば、彼らは八日近くは生きられることになる。しかし呼吸で生じる二酸化炭素の影響を考えに入れると、生存の限界は二日に満たない。

あるいは同じサイズの完全断熱の部屋に冷蔵庫を置いた時の部屋の温度の変化。冷蔵庫の扉が開いていたら結果はどう変わるか? 思考実験としておもしろい。物理学者とはこういうことを考えている連中なのだ。

**×月×日**

鴨下信一さんはテレビ・ドラマの演出家である。仕事柄か言葉のセンスがとても鋭敏で、それに釣られて**『昭和のことば』**(文春新書)を一ページごとにうなずきながら読んだ。ぼくより十歳上でいらっしゃるから、生きてきた時期はほとんど重なる。この本の例で言えば、「鐘の鳴る丘」の主題歌も「戦友」もぼくは歌うことができる。

これも口頭試問のつもりで、キーワードを前にして、どこまで連想が広がるか試してみるといい。「肉体」、「背・背中」、「念のため」、「お先に」あたりはともかく、「嫌や～ン、馬っ鹿」なんて怪しいのもある。「銀河・星座」、「青」、「抒情」……どの言葉の背後にも大量の日常の使用例に裏付けられた意味がひしめいている。それが昭和ということだ。

納得しながらもどこか落ち着かない。なんと言うか、脱いだ自分の下着の臭いのような感じ。生々しい分だけ恥ずかしいのだ。

きつい指摘もある。「落」の字の凋落について、「ことばへの尊敬心がなくなって、日本人はあたかも召使いのごとく日本語を扱うようになった。厄病神の面《ツラ》をした召使いはクビというわけだ」と言われる。

今回の表題に敢えて「昭和なことば」と書いたが、これが平成の言いかた。

――2016/11/10

120

# 贋作者の告白、読書の歴史

**×月×日**

さて、年末である。

友人と話していて、今年読んだ中でいちばんおもしろかった本はと聞いたら、『**ピカソになりきった男**』と答えた。

さっそく手に入れて読んで一読三嘆、なるほどおもしろい。著者はギィ・リブ（鳥取絹子訳　キノブックス）という男で、絵画の贋作者。

まずはとんでもない異能の持ち主というところに惹かれる。彼がシャガールを描けばシャガールの絵が生まれる。ピカソを描けばピカソになる。

彼のシャガールに鑑定家が疑問を持った。その男は彼を連れ、絵を持って、画家の娘のイダ・シャガールのところへ行った。彼女は「これは本物に間違いありません。私は父がこのグワッシュを描いているのを見たのを覚えています」と言った。実はギィ・リブが三日前に描いたものなのに！

なぜそれほどのものが描けるのか？　実在する絵のコピーではない。それならば同じものがこの世に二点あることになり、並べられたら勝ち目はない。大事なのはシャガールが描かなかったシャガールというところだ。

画家その人になりきらなければならない。周到にリサーチして、技法だけでなく、その時期の画家の心のありようまで伝記から知ろうとする。絵筆を取った時にはその画家になっている。「シャガールは妻が毎朝持ってくる花束の色から着想を得ていた。だから俺はまったく同じことをして、サン＝マンデの花屋と契約し、毎朝、その日の花を届けてもらっていた」という。憑依の状態に自分を誘い込むかのようだ。

「ピカソの簡単な三角形一つが、難しすぎて手に負えないこともあった。ピカソ自身は二十秒で描いたものだが、その二十秒には実際、彼の才能に加えて、何年もの仕事と体験が含まれていた」と言われると納得する。

同時代の画材を入手する方法とか、経年変化をなぞる秘術とか、鑑定書を巡る業界ぐるみの詐術とか、テクニカルな細部はそれはそれで興味深い。

しかし、見るべきは人が絵に惹かれるという心理的な現象の方だ。虜になって、どうしても所有したくなる富裕層のコレクターがいなければこのビジネスは成り立たない。

しかしその所有欲の何割が純粋の審美眼で、何割が画家の名に由来する虚栄だろう？　ピカソはある時期、サインをキャンバスの裏にした。しかしその絵を買った者は友人に自慢するために表側にサインを求めた。画商はピカソに頼んで表にもサインを貰った。

ギィ・リブの弁明には説得力がある。だってあなたの眼にとって、これはシャガールと見えるではないですか！

そこまでならば彼は正しい。一点のシャガールを所有して、壁に掛けて、毎朝それを見る喜びは充分に想像できる。しかしこれはビジネスなのだ。

ピカソが生涯に描いた二万点の作品のうちの四万点がアメリカにある、というジョークがある。ピカソの画風は市場を経てどこかでアイコンになった。そして、アイコンとは本来は複製可能なものだ。オリジナルという希少性が金銭に換算される。名作は投機の対象と化す。もう本来の美とは遠い話。

だからギィ・リブが描いた絵はやはり彼のアートへの意欲よりは市場に属する。そうでなくてなぜ贋作をするか。

生い立ちがおもしろい。貧しく育って、絵が好きで、才能に目覚め、初めは絹織物の図案師になって職人たちの現場で鍛えられた。その後、水彩の風景画を大量に描いた。一点三十ユーロほどのものを何百枚も量産する。画商はそれを二十倍の値で売ったとか。

やがて名のある画家の絵を「創作」するようになる。フラゴナール、ルーベンス、フジタ、デュフィ、ピカソ……。

才能はあったのだ。だから「俺の量産能力より、才能に投資してくれる画商がひとりでもいたら、俺は間違いなく、本当のアーティストとしてのキャリアを踏み出」していたと彼は言う。幼い時から貧しかったから、まずはお金と思ってしまったと。

だが彼は贋作という経済システムの一員になった。超リッチな日々の果てに逮捕され、長い裁判を経て禁固四年、執行猶予三年、保護観察一年という刑を受けた。

この本がおもしろい理由の一つは、ピカレスク・ロマン（悪漢小説）としてうまくできているからだ。路上生活から高級ホテルへという波瀾の人生、莫大な稼ぎ、登場する有名人たち、そして最後に処罰と悔悟。

贋作者だから、話には嘘や誇張がたくさん混じっているだろうが、読者はそれを承知で楽しめばいい。

### ×月×日

**『読書と日本人』**（津野海太郎　岩波新書）は本を読むという我々になじみの日常的な行為から見た日本人の歴史である。

それはそのまま書物の歴史であり出版史でもあるのだが、読者の側からというところが新しい。

本は読まれるものだとしても、どこで、どういう姿勢で、誰と読むかは時代と共に変わってきた。半端に知っていたことを整理してくれる好著である。

このところ、ぼくがずっと気にしてきたのは音読か黙読かという問題。『古事記』の現代語訳をしてみて、文章には声がつきまとうことを改めて知った。文字は声の記号化であり、すべての文の背後には書いた人の声がある。それを再現しながら読むには音読がふさわしい。

その一方、書いた者の声は読む者の心の中でだけ響けばいいという考えもある。そこでの対話が読書ということ。

音読ならば周囲の人々とテクストの内容を共有できる。平安時代、誰か高貴な女性のまわりに侍女たちが集まり、読むのが上手な一人が『源氏物語』の一帖を朗読してみんなが聞き入るという光景が想像される。

しかし、この本で津野が書いているように、『更級日記』を書いた菅原孝標の女《むすめ》は念願の末に手に入れた『源氏物語』を一人で夢中になって読みふけった。

今は国語の授業でもなければ音読はしない。しかし江戸時代の漢文の素読《そどく》は声に出していたし、明治時代になってからも「新聞縦覧所」とか「新聞会話会」という施設が各地にあって、そこでは一人が読み上げる記事をみんなで聞いたという。ラジオのニュースを先取りしていたのだ。

『経国美談』など政治性の強い小説を人々の前で朗読することは「自由民権のムードを昂揚させる触媒としての役割」を果たした、という前田愛の説を津野は引いている。声高な音読には講談と同じ効果があったのだ。

（ここでまた歴史を遡行してみれば、説話文学や『平家物語』などは朗読を前提に書かれたものだった。パフォーマンス・アートの台本という側面があった。）

それが明治二十年代から三十年代にかけて、黙読に変わった。「蒲原有明以下の少年たちは（二葉亭四迷が訳したツルゲーネフの）『あひびき』によって、新しい文章でなければ表現できない感情、美しさ、微妙さ、精緻な思考の動きなどがあることに気づき、そのことに鋭敏に反応した」というのはよくわかる。

文章から声がなくなったわけではない。作者は大声で語るのではなく、読む者の頭の中でそっと囁きはじめ、その結果、両者の仲はずっと親密なものになった。

しかし、二十世紀に完成した本と読者の親密な関係は壊れつつある。視覚と聴覚による新しいメディアが本を駆逐する。電車の中はスマホいじりばかりで、本を読む人はほとんどいない。

されど、「紙の本にさわったり、めくったりするときのいい感じを捨ててしまうのはもったいない」と言う学生もいるらしい。具体物としての本の身体性はしぶとく残るだろうし、その身体性の中には活字の奥から聞こえる作者の声もあるのではないか。

――2016/12/22

# 2017年

121

## 難民の現実、このモノはなに？

**×月×日**

去年の五月、ベルリンとギリシャの離島でシリアなどからの難民たちについて取材した。ぼくはジャーナリストではないからさほど深追いはせず、会えた人から聞けるかぎりのことを聞いたのみ。それでも、レスボス島の山中の道路脇に救命胴衣が捨ててあるのを見るのはなかなかの感慨だった。ここまでくればもう大丈夫、という気持ちが伝わる。

これを捨てた人は対岸のトルコから渡ってきた。最短で八キロあまりの狭い海峡だが、ゴムボートでの非合法の渡海には危険が伴う。彼らを支援した島の人たちはノーベル平和賞の候補になった（受賞には至らなかったが）。

中近東やアフリカからヨーロッパを目指す難民は多い。新聞などでその時々のニュースは伝わるけれど、断片ばかりでこの事象の全体像がなかなか摑めない。

**『シリア難民』**（パトリック・キングズレー　藤原朝子《ともこ》訳　ダイヤモンド社）はこの不満を解決する好著である。

著者は若いジャーナリスト。イギリスの「ガーディアン紙」に所属し、移民担当に任命され、アジア、アフリカ、ヨーロッパ三大陸の十七カ国を回ったという。

この現場第一主義の取材は瞠目に価する。難民たちがいかなる困難を負わされているか、それによって誰がどのような利を得ているか、政治家たちがいかに見当違いなことを言っているか、そういうことがよくわかる。

取材で得た情報で大きな絵図を描く一方で、彼は一人の難民の旅路に付き添った。二〇一四年九月にエジプトで出会ったハーシム・スーキというシリアからの難民に添えるだけ添い、彼がスウェーデンに着くまでをレポートする。

キングズレーはエジプトでたまたまハーシムと親しくなった。家族と住むアパートにも通った。ハーシムは地中海を渡るつもりだったが、予定の船に乗れなかった。船は転覆して乗っていた者は死んだ。彼が危険を承知でもう一度海を渡ると決意したのを聞いて、キングズレーは一冊のノートとカメラを托した。

そしてイタリア側で彼が来るのを待った。業者の手で何隻もの船を乗り継いでクロトーネ港に至る苦難の旅路のことはこのノートとカメラから再現されている。

そこからヨーロッパを北上する旅にキングズレーは同行する。ここで大事なのはハーシムのそばにひっそりといるだけで決して手を貸さないというところだ。自分がいることの影響を極力避ける。ヨーロッパ人が一緒だから官憲のチェックが緩くなったりしないよう、というところまで気を配る。

当時、難民に永住権を与えるのはスウェーデンだけだったから、ここが最終目的地になる。途中のイタリア、オーストリア、ドイツなどで足止めされれば送還という最悪の結果もあり得る。シェンゲン協定によってEU各国内は相互に通行自由のはずだが、外部から来た者に対してこれが適用されるとは限らない。

キングズレーがこの密度の高い本によって告げたかったのは難民の側の現実である。流入を食い止めたいヨーロッパの政治家は、彼らが経済難民だと言う。郷里でも暮らしていけるのに、いわばヨーロッパ社会に寄生して豊かに暮らすためにやってくる。

まるでUSAのトランプーチン大統領（いずれ誰かが言うに決まっているダジャレだから先鞭をつけておく）が言いそうなことだけれど、彼らが受けている迫害は生命への現実の脅威である。

地中海を渡る段階では毎週のように何百人もの溺死者が出ていた。それを承知で、それでも少しでも生き延びる可能性の方に賭ける。そこまで彼らは追い詰められていた。

この状況がビジネスを生み出す。その実態について、キングズレーは精緻に数字を挙げて報告している。本来ならばごく安く渡れる航路にとんでもない値段がつく。すべては需要と供給の関係で決まる。金がある者からは多く取り、船にはできるかぎり多くの人を詰め込む。

リビアやエジプトからイタリアへでも、またトルコからギリシャの島へでも、言うまでもなく陸路にも、業者がいる。難民は携帯で連絡を取り合いながら業者から業者へと手渡される。しばしば官憲の手によって長く留め置かれる。

古い船にぎっしり、本当に人の上に人を重ねるように積み込まれた彼らはリビアやエジプトの港を出て外洋を目指す（本書の口絵にある写真5はショッキングだ）。イタリアに行きつく必要はない。国際水域にある船が救援を要請したら、近くにいる船は救助に向かわなければならない、と国際海洋法は定めている。これを業者たちは利用する。

船の上から難民代表が携帯電話で助けてくれと電話する。受けるのはイタリアのボランティア。携帯の画面から位置情報を読み取って伝えるところがむずかしい。船がどこにいるかわからなければ救いに行けない。

もうすぐ公開の「海は燃えている」というドキュメンタリー映画の中にこの連絡の場面がある。携帯の電波は不安定で通話は途切れがちだが、ここに数百人の生命が懸かっている。うまくいけば大きな船が救助に向かうが、海上で船から船へ乗り移るのだって容易ではない。衝突してしまってたくさんの人が死んだこともあった。

二〇一四年一年間でイタリア沿岸警備隊は八百二十七回、救援船を手配したという。その結果、数十万人が救われた。

二〇一五年九月、トルコの海岸に漂着した三歳の男の子の写真が世界を震撼させた。彼の名はアイラン・クルディ。クルド系シリア人の難民でギリシャのコス島を目指した船が難破したのだった。

キングズレーは言う——「85万人の難民と聞くと大変な数に思えるかもしれない。たしかに歴史的に見ればそうだろう。だがそれは、約5億人のEU人口の0・2%程度にすぎない。もし（この「もし」が問題なのだが）適切に対処すれば、世界一豊かな大陸が現実に吸収できる数だ」と。

難民に対して極端に冷酷な日本という国の一国民として、ここはため息をつくしかない。それでも彼らの運命について知っておこうとは思う。

ハーシム・スーキは最後にはスウェーデンに着いたし、その場にキングズレーは居合わせることができた。

**×月×日**

しばらく前に『**ホワット・イフ？**』と言うおもしろい本が出た（ランドール・マンロー　吉田三知世訳　早川書房）。サブタイトルの「野球のボールを光速で投げたらどうなるか」が示すとおり、あり得ないことを想定してそれを物理的にきまじめに解析する愉快な本で、著者によるマンガも楽しかった。右の問いの答えは、ボールと空気の間で核融合反応が起こって一マイクロ秒のうちに球場と近隣を呑み込むというもの。大きなクレーターが残るが、野球規則によってバッターは死球を受けたとされ一塁に進める。でもそこに一塁はない。

同じ著者が『**ホワット・イズ・ディス？**』を出した（吉田三知世訳　早川書房）。

モノの中身と仕組みを教える一種の図鑑である。モノとは国際宇宙ステーションや動物の細胞、原子力発電所、火星探査機ローバー、などなどなのだが、サブタイトルに「むずかしいことをシンプルに言ってみた」とあるとおり、原文は基礎英語の一千の単語だけで書かれている。だからヘリコプターは「羽が回る空《そら》ボート」だし、病室は「人を助けるための部屋」となる。

絵と図の間くらいのイラストがいいのだが、ここに引用できないのは残念。

ちょっと変わっているのは「アメリカの国の法律」として憲法があり（さすがにこれは文字だけ）、その次に船の図があること。「コンスティテューション」という建国以来の歴史的に有名な船なのだ。艦内の説明で、例えば「血の出ている人たちの部屋」というのが医務室。

――2017/2/9

122

# ウニとバッタ、飛ぶ小鳥、一遍さん

**×月×日**

かつて中公新書に『ゾウの時間　ネズミの時間』という名著があった。大きな動物でも小さな動物でも「一生の間に心臓が打つ総数や体重あたりの総エネルギー使用量は」同じ、という原理になるほどと思った。

同じ著者が『**ウニはすごい　バッタもすごい**』という本を出した（本川達雄　中公新書）。これが読み出したら止まらない。

一言で言えば工学に添った動物学である。ある動物がその形をしているのはなぜか。全体と細部はどのように動き、それはいかなる機構から生み出されるか。それはいかなる素材によって可能か。環境との整合性はどう保たれているか。

そういう問いに次々に答えて先へ進む。正に快刀乱麻の痛快な本だ。

動物の身体を材料工学で解く。素材として用いられるのは例えば炭酸カルシウム。海水中にたくさんあるからサンゴや貝類はこれを利用する。安上がりだが重いし、一度作ったら改築はむずかしい（貝は対数螺旋でこの問題を解決した）。

脊椎動物ではそれがリン酸カルシウムになる。利点は一度作ったものを少しずつ溶かして形を変えられること。力がかかる部分はそれなりに補強される。

昆虫はクチクラを使う。「多糖類やタンパク質という複雑な分子でできており、そんなものを合成してつくるのだから制作費は当然高くつく。ただし高いだけのことはあり、軽量かつ丈夫できわめて高機能なものに仕上がっている」という時のこのコスト感覚が工学なのだ。

クチクラも基本は繊維である。これを並べた薄膜を繊維の角度を少しずつ変えて多層化する。一段と強度が増す。更にキノン硬化を調節することで硬軟を自在に調節できる。だからクチクラだけで関節が作れる。我々の故障の多い複合的な関節とは大違い。

この素材によって昆虫は陸地を制覇し、空中を制覇した。しかしそこにはもっと他の理由もある。

昆虫は小さい。その利点は——
①世代交代が早いから変異の出現も多い。
②小さいと環境の変化に弱いから速やかに変異が淘汰されて環境に合ったタイプが選別される。
③小さい分だけ行動範囲が狭く、他の集団と隔離されて優れた変異が種として定着しやすい。
④食べるものも少なくて済むのでまばらな餌でも生きられる。
こういう知見が刺胞動物、節足動物、軟体動物、棘皮動物、脊索動物、脊椎動物と動物界の全域に渡って繰り広げられる。とんでもない量の知識が巧みに整理され展開される。

クチクラは優れた素材だが、これによる外骨格は手直しが利かない。成長につれて手狭になる。だから昆虫はこれを脱いで脱皮によって新しい衣装を纏う。しかしクチクラは体表だけでなく体内深くまで届く気管をも覆っている。そういう細部も含めてこの硬い衣装を脱ぐのは難しいことで、「細い管の一ヵ所でもひっかかってクチクラが脱げなければ万事休す。昆虫は脱皮の過程で死亡することが多い」という。

気管にまでクチクラを張るのは水分保全のためである。生物は水という特異な物質によって生命という現象を実現した。水中にいるかぎり水のことなど考えないで済んでいたが、陸上に進出した時から水の補給と保全という難問を抱えた。酸素呼吸のためには外気とのやりとりが必要になるが、そこで水分を失うわけにはいかない。

昆虫のような小さな生物ではこれは深刻な問題になる。クチクラの利点の一つは水分を透さないことだ。だから気管や腸の一部にまでクチクラを配する。

水の中で生まれて、よくもまあ陸上に進出したものだ。水の中にいれば――
①水の入手は容易、
②姿勢維持も容易、
③食物は手に入りやすく、
④排泄も楽で、
⑤子孫は水流に乗って分散し、
⑥環境の温度も安定していた。
陸に出た利点は、
⑦酸素の入手が楽になる、ということだけ。
よくもまあこれだけのハンディキャップを克服してここまで栄えるようになったものだ。今や地上に生物の姿を見ないところはほとんどない。

学問の世界では、各論は若い者に書かせてよいが、総論は碩学に任せよという言葉がある（ぼくは遠い昔、理系の研究者だった伯母にこれを聞いた）。この本などはその典型である。

**×月×日**

更に工学に寄った動物の本があった。**『小鳥　飛翔の科学』**（野上宏　築地書館）の主軸は飛行中の小鳥の写真である。それも、飛び立ち、巡行飛翔、下降と着地、急制動、停空飛翔（ホバリング）、などなど、さまざまなモードの飛びかたが次々に披露される。

高速で動く鳥を見事にフレームの中央に捕らえて、しかも多くはバックが空で抜けている。それぞれの瞬間に翼の各部がどういう形になっているか、それが詳細にわかる。

一例を挙げれば、巡航飛翔の途中のヒバリを撮った四枚の組写真。翼を広げ、それを下に向かって強く打ち下ろし、また上げる。その上げる時には風切羽はブラインドのように開いて空気抵抗を減らしている。それがくっきりと見える。

表紙に使われているのは急制動するヒヨドリで、翼と尾羽を精一杯に開いていることがよくわかる。

文体に注目しよう。

「代表的な高速飛翔鳥であるツバメの飛翔パターンは単純ではない。採餌《さいじ》の場が主として空中であることとも関係すると考えられるが、飛翔中、翼の形を絶えず変化させアクロバティックな飛翔を展開する。長い初列風切羽を畳んで薄い翼厚の高速ジェット機のような後退翼とし、羽ばたきを減らし、滑翔主体で超低空を矢のように飛び過ぎる姿はまさにツバメならではある」。

要するに航空工学の用語満載なのだ。

争い飛翔について、「飛翔中の争いでは先に高度をとったほうが優位になることが多い」なんて、戦闘機同士のいわゆる巴戦とまるで同じではないか。しかしこの場合はゼロ戦とグラマンの戦いではなく、ゼロ戦対ゼロ戦と言うべきか。性能の差はほとんどなく、徹底して伎倆と運。そしてどちらも墜落はしない。

この本について驚くべきことはまだあって、著者は一九三二年生まれで、本業は医師、つまりアマチュアなのだ。模型飛行機の制作に勤しみ、グライダーや小型飛行機の操縦体験もあるというが、これだけの写真を撮るのにいかほどの時間と労力を費やされたか。敬服するしかない。

**×月×日**

まるで違う分野の本。

**『死してなお踊れ　一遍上人伝』**（栗原康　河出書房新社）に惹かれたのはまずその文体だった。

「一遍は、念仏とは捨ててこそだといっていた。武家社会や寺社会でしかれている人生のレールを、一、二、三、四と数をかぞえるようにしてのぼっていくんじゃなくて、そこからピョンととびだして、まっさらなところから、ゼロから生きなおしてしまう」というこの文体。

念仏の回数を数えたら、それは努力の反映だから自力になってしまう。本当の他力本願ならば念仏は一回で充分なはず。これが一遍が開いた時宗の原理だ。

この文体はぼくが編集している『日本文学全集』に収められた町田康訳の「宇治拾遺物語」や、伊藤比呂美訳の「発心集」によく似ている。影響ではなく、こういう文体の時代が来ているのではないか。権威から自由な、人の心の奥まで入ってゆく文体に。

ちなみにこの本の最後、一遍の往生は、「いくぜ、極楽。虫けら上等。泣いて、泣いて、泣いて、虫けらになりてえ。チクショウ!!」、いいじゃないか。

——2017/3/16

## 123 文学のトリエステ、震災の短歌と俳句、地球の中

×月×日

文学を土地から見るということがある。風土や歴史がその地の文学を生む。古代ローマ人がゲニウス・ロキ（土地の霊）と呼んだものが詩や小説に現れる。

都市の場合はいよいよ濃厚になる。たとえば戦前の上海ならば魯迅、芥川龍之介、横光利一、金子光晴はたしかにある雰囲気を共有している。

あるいは二十世紀前半のアレクサンドリア。まず詩人のカヴァフィスがおり、第一次大戦中にイギリスからE・M・フォースターが行って彼と交遊を深め、第二次大戦が始まるとロレンス・ダレルが行って二人を偲んだ。

同じような関心から書かれたのがジョーゼフ・ケアリーの**『トリエステの亡霊　サーバ、ジョイス、ズヴェーヴォ』**（鈴木昭裕訳　みすず書房）。

まずは著者がこのイタリアの都市に行く旅行記の形で始まる。憬れの地として向かったのだが、しかし最初の印象はあまり好ましくない。どうも欣喜雀躍というわけにはいかない。

しかし、市街をうろつき、ここの歴史に思いを馳せ、敬愛する三人の文学者とその周辺の人々の足跡を辿るうちに、地理の旅は歴史の旅に変わる。この感覚には覚えがある。ぼくはまったく同じ思いをアレクサンドリアでしている（もう何十年も前のことだが）。

かつてトリエステに住んだのは『ゼーノの苦悶』を書いた作家のイタロ・ズヴェーヴォ、ここで『ダブリンの人々』と『若い日の芸術家の肖像』を書き、やがて『ユリシーズ』を書く作家ジェイムズ・ジョイス、そして詩人のウンベルト・サーバ。

トリエステという交差点か広場のような都市の性格が大事。アドリア海を挟んでヴェネツィアの対岸にあるが、ずっとオーストリアの領土で、しかも海とユーゴスラヴィアに挟まれた細長い地形。「トリエステにあっては、植物相に始まり、民族の構成にいたるまで、すべてが二重、三重になっている」と言った男がいた。この混淆は魅力だ。

十九世紀後半から二十世紀にかけてはオーストリアからの独立運動が盛んだった。そもそもイタリアの統一が十九世紀半ば、ヨーロッパではずいぶん遅かった。

トリエステは取り残されて植民地のよう。そこでズヴェーヴォはユダヤ人だったし、ジョイスはアイルランド人、サーバは母がユダヤ人だった。そしてこの三人は一九〇五年から一九一五年までの間、互いに近くに暮らした。

トリエステは一八七〇年には世界で第七位の港湾都市だったが、その栄光は長くは続かなかった。寂れたこの町の名には「悲しみ《トリステ》」を連想させるものがある。

文学で言えば、不思議なつながりの中にトリエステはある。スタンダールはある時期この町に領事として赴任して、ここを嫌った。

エロティシズムを強調した『千夜一夜物語』の訳者リチャード・バートンもこの町の領事だったし、実際ここで彼は退屈の中で訳業を進めている。

また、直接の縁ではないけれども、フランツ・カフカが勤めていた保険会社の本社はトリエステにあった。

須賀敦子はイタリアの詩人たちの中でサーバがいちばん好きだったらしい（彼女はサーバとサバと両様に表記している）。だから、ちょうどこの本の著者が行ったようにこの町を訪れ、「トリエステの坂道」というとてもよいエッセーを書いている。そこで彼女は自分がここに惹かれる理由をこう述べる――「サバのなかにも綿々と流れている異国性、あるいは異文化の重層性。ユダヤ人を母として生まれただけでなくて、サバはこのトリエステという、ウィーンとフィレンツェの文化が合流し、せめぎあう街に生きたのだった」と。

三人の文学者への敬愛と親密の情に満ちた、脱線ばかりしている歴史書＝旅行記を読みながら、ぼくはこの著者と共に、またぼくにとって親しい友人であった須賀敦子と共に、この坂の多い静かすぎる港町をうろついているような気分を味わった。未だ知らない都市であるし、これから行くことがあるかどうかも不明だが、しかしこれを読んでいる間はたしかにぼくはここにいた。

サーバは自分の郷里を詩の中でこういう人格として表現している。須賀敦子の訳で見てみよう――「トリエステには、棘のある／美しさがある。たとえば、／酸っぱい、がつがつした少年みたいな、／碧い目の、花束を贈るには／大きすぎる手の少年、／嫉妬のある／愛みたいな。」

## ×月×日

これを書いている今、ぼくが住んでいる札幌ではまだ先だが、内地ではどんどん桜が咲いているらしい。

この季節はしかし恐ろしい記憶を内に秘めている――

人々の嘆きみちみつるみちのくを心してゆけ桜前線

長谷川櫂の『**震災歌集　震災句集**』（青磁社）にある一首だ。

この本に、二〇一一年三月二十七日という日付けの「歌の力」という文が添えられてある。あの日から二週間ほどの間に詠まれた歌がぎっしりと居並んでいる。この桜の歌であの年の春を思い出さずにはいられない。

ぼくは自分では歌を詠まないから、古歌の「深草の野辺の桜し心あらば今年ばかりは墨染めに咲け」を思い出していた。華やかな満開の桜が、大いなる喪失を抱えたこの年の自分の心の目には淡い灰色に見える。

それでも春は来るし、桜は咲く。上野岑雄《かみつけのみねお》の和歌と並べて連想したのはポーランドの詩人シンボルスカの「春を恨んだりはしない」という詩だった。何があっても春は来るし花は咲く。そんな気分ではないと言うけれど、それがまた救いであることにやがて思い至る。

あの春、ぼくは長谷川櫂のこの歌を知らなかった。六年後の今になって出会って、また別の思いを抱く。「心してゆけ」という自然現象への命令が（「墨染めに咲け」もそうだが）、後鳥羽院の「我こそは新島守《にひじまもり》よ隠岐《おき》の海の荒き波風心して吹け」を引き出す。自然に命令してそれが叶えばどんなにいいことだろう。

福島について言うならば――

　青く澄む水をたたへて大いなる瞳のごとく原子炉ありき

が「かつて」であり、「されど」として――

　見しことはゆめなけれどもあかあかと核燃料棒の爛《ただ》れをるみゆ

が隣に並ぶ。前の歌は河野裕子の「たつぷりと真水を抱きてしづもれる昏き器を近江と言へり」を連想させるけれども、後の歌に続く歌はない。

句集の方では——

千万の子の供養とや鯉幟《こいのぼり》

にぼくはあの年の五月五日、花巻から遠野に向かう途中で、猿ヶ石川の水面の風に泳いでいた無数の鯉幟を思い出す。正にこの句のとおりの思いで見たのだった。

詩歌の喚起力である。

**×月×日**

理系の絵本についつい手が伸びる。**『アンダーアース・アンダーウォーター　地中・水中図絵』**（アレクサンドラ・ミジェリンスカ&ダニエル・ミジェリンスキ　徳間書店）は見事な構成の本だ。地面の下には何があるか、水の中には何があるか、それを追って下へ下へとどんどん進む。裏表がなくどちら側も表紙で、それぞれが地中と水中。真ん中で出会って地球の中心に着く！

生物学と工学、それに地学が参集している。

絵が本当にうまくて、そこにたとえば、「プレーリードッグの最大のコロニーは、アメリカ合衆国テキサス州で100年以上前に見つかったもの。広さは6万5000㎢もあり、これはリトアニア共和国の面積とほぼ同じ大きさ。そこには、4億匹ものプレーリードッグがすんでいたと考えられる」などと書いてある。愉快ではないか。

——2017/4/20

124

# 移住先の料理、地名の来歴、ネズミの月旅行

**×月×日**

エッセーには作者の資質や来歴が出る。

書かれたことに興味を持てるか、共感できるか、読者は問われる。作られた世界に豪腕で読者を引き込むフィクションとはその点が違う。

ぼくは『**旅に出たナツメヤシ**』（長坂道子　角川書店）の選ばれた読者だったらしい。

世界の各地に住んだ女性が行く先々で出会った食材や料理にまつわるエピソードを語る。

「私は暮らした土地の食べ物にいつも貪欲《どんよく》な好奇心を向けてきた。見知らぬ素材や調理法を試し続けることが義務や務めではなくて、ごくシンプルな喜びであり、またそれは接した異文化への私なりの敬意の払い方である。そういう人間なのだと思う」と彼女は言う。

まいったな。まったくぼくと同じなのだ。この人がロンドンやチューリッヒやパリやプロヴァンスでしてきたことを、ぼくはギリシャや沖縄やネパールの山の中やフォンテーヌブローでやってきた。読んでいて既視感に圧倒される。

こうなると読書は書き手と読み手の間の架空の会話になる。ペンシルヴァニアでヨモギの蒸しパンを作ったと著者は言う。ぼくはヴェトナムからサハリンまでの各地でヨモギを見つけてむしって匂いを嗅いだ。摘んでお餅にして食べたのは故郷の帯広にいた時。

パリで大西洋マグロを買って食べる話。ぼくはアテネの魚市場で、目の下二尺ほどの地中海産の小ぶりのマグロをまるまる一尾買って、バルコニーで解体し、冊《さく》にして日本人仲間に配って歩いた。もちろ

ん自分でもたっぷり食べた。

料理の腕を身につけると生きることがずいぶん楽になる。市場で素材を見て、これはどう料理すればおいしいかと考える。見知らぬものならば売っている人に聞く。

アテネで初めて出会ったズッキーニをぼくは胡瓜の一種と思って生で食べようとした。四十年前の話だ。ギリシャ語ではコロキダキアと呼ぶ。アラビア語ではクーサ、フランス語ではクルジェットと言うと知ったのは後のこと。

食べることは人との繋がりを作る。だからこれは料理の話であると同時にたくさんの知人・友人との行き来の話でもある。

例えば、ミハルというイスラエル在住の豪快な女が作るのはタビット。イラクのユダヤ人たちに旧約聖書の時代から伝わってきたという鶏とお米の料理で、彼女は大きな鍋の中の完成品をえいやっと引っ繰り返して大皿に盛る。

夫はイラク系のユダヤ人で、彼女自身はヨーロッパ系のユダヤ人。文化がまるで違う。彼女の父は「子供専用の集団列車」でナチスから逃れてイギリスに渡って彫刻家になった。母親はニューヨークのインテリユダヤ人で、「身勝手を絵に描いたような人間」だそうだ。こういう話題がいくらでも広がる。

タビットは素材は鶏と米、それにトマトくらいだが、主役はアラブ圏でバハラットと呼ばれるスパイス・ミックスだ。弱火でゆっくり調理するのはユダヤ人が安息日の前の日に仕込んでおいて、働くことなく食べるためだそうだ。

たしかに彼らの安息日ルールは厳しい。ぼくが留学歴のある従兄から聞いたところでは、マッチを擦るのも労働だから、煙草を吸う時は前夜から火を点けたままの蠟燭を使う。エレベーターの階ボタンも押してはいけない。すべての階に停まるように前日にセットしておく。

書評家の責務として、タビットを作ってみた。本にあるとおりお焦げがおいしかった。

料理しながら、この人の名言を思い出した——「『作る』とは、すでに半分『食べる』なのである。素材を切り、煮たり焼いたり揚げたり蒸したりしながら、素材と素材を組み合わせ、味つけをしながら、人はすでに食べている」。

たしかに、それができないと優れた料理人にはなれない。料理も他のすべての創作と同じくイメージ先行なのだ。

## ×月×日

柳田國男が偉大なのは今さら言うまでもないことだけれど、それでも具体的な話題について感心することは少なくない。

**『地名の研究』**（中公クラシックス）はその名のとおり地名に関する彼の論を集めた一冊で、読んでいて興味が尽きない。そうだったのかと膝を打つことしきり。改めて思うが、この人、底知れぬ博学なのだ。

地名は語源がおもしろい——

「同じ一つの谷川の落合でも、猟のためにその付近に出かけるくらいの者であれば、これに川合《かわい》とか川《かわ》俣《また》という簡単な名をつけておけばよろしい。数の観念がこれに加わっても一ノ沢・二ノ俣《また》というような名ですましておくのである。またもう少し観察力が細かくなったところで、その辺の草木に注意して三本松とかウルイ沢くらいの名をつけておけば十分である。それがいま一段進んでその辺で炭を焼く、石灰を焼くとかいう段になるとそれではすまぬので、あるいは炭焼沢であるとか、灰谷であるとか、七之助竈《がま》であるとかいう名をつける。ついで権兵衛なるものが来て切替畑《きりかえばた》を作るようになると、権兵衛切・

権爺作り・権ヶ藪などの名が起ろう」。

なるほど、地名はそのまま歴史なのだ。

人が地名というものに対して持っている漠然たる考えをこの本は見事に整理してくれる。なにしろすべて実名を挙げての話だから腑に落ちる。出羽庄内藩のあの町はもともとは鶴《つるが》ヶ岡《おか》だった。それを「諸方から入りこむ人がツルオカと呼ぶために、今では土地の人までもおのずからツルオカというようになってしまった」という。同じような例はぼくが住む札幌にもあって、本来はツキサップであった月寒はツキサムになってしまった。「丘の外れの下り坂」というアイヌ語の語源から更に遠くなった。

地名には一々意味がある。「しかるにこの類の地名の中にも、今日となっては意味のわからぬものがたくさんになってきた。その原因は一言もってこれをおおえば単語の忘却である。老人の物忘れである」と柳田は言う。

その一方で今は意図的に地名を捨てる蛮行が世の潮流になっている。市町村合併でどれだけの地名が消えたか。いくつの無意味な合成地名（立川と国分寺の間だから「国立」の類）が作られたか。更には不動産業者が勝手な地名を作り行政がそれを追認する。希望はなくて丘でさえないところが「希望ヶ丘」になる。

これについては本書に前書きとして添えられた今尾恵介の「『過去への道標』を毀損してはならない」という一文が明快かつ痛烈に論じている。

**×月×日**

劇画・マンガはあまり読まないが大判の絵本にはついついつい手が出る。

**『アームストロング』**（トーベン・クールマン　金原瑞人訳　ブロンズ新社）は精緻な絵を一ページご

とに丹念に見て、話の展開にわくわくし、時々ちょっと笑う好著だ。

一匹のネズミが人間に先んじて月旅行をする。アポロ11号と同じ方法で、でも先に行ってしまう。前に出て評判になった『**リンドバーグ**』（同じ作者と訳者と版元）は飛行機での大西洋横断の話だった。それが今度は月。

向学心にあふれる主人公は月を観察し研究するのだが、仲間のネズミたちはチーズに夢中。月はチーズでできている、という欧米に流布する伝説がうまく使われている。

彼はロケットを自作して月に行き、無事に帰還する。彼が月面に残した××を後に行ったアメリカの宇宙飛行士アームストロングが見つけて……このエンディングには抱腹絶倒。機知の冴えが見事。

この本の真価はやはり絵だ。ネズミの髭の一本から金属部品の錆びや汚れまで、質感の描写力はただものではない。

——2017/6/8

125

# 和邇一族、イスラムの文化遺産、数学ゲーム

**×月×日**

三年ほど前、『古事記』を現代語に訳した。

この日本最古の文学作品には太安万侶《おおのやすまろ》による「序」が付され、そこには稗田阿礼《ひえだのあれ》という記憶力に優れた舎人《とねり》の読誦するところを文字に記したと書いてある。

しかし、訳していて太安万侶はその存在感がひしひしと迫るのに、稗田阿礼の方は姿が見えてこない。一個の人格として結像しない。

そもそもこれだけの大業が一人の記憶に頼って成るはずがない。一群の編集者がいて、天皇家や豪族の家に伝わる物語を集めて取捨し、一定の原理のもとに系統づけて編んだのではないか。稗田阿礼とはこの専門家たちの総称ではないのか。

角川源義の**『悲劇文学の発生・まぼろしの豪族和邇《わに》氏』**（角川ソフィア文庫）にある「まぼろしの豪族和邇氏」という論が稗田阿礼の実体を明らかにしてくれた。

著者は角川書店（現ＫＡＤＯＫＡＷＡ）の創設者として知られているが、その一方で俳人であり、折口信夫門下の優れた国文学者だった。

『古事記』の編集に採用された多くの氏族伝承のうちで、和邇氏の伝承は特に大きな座を占めている。もともと各氏族から語部《かたりべ》が出ていて、大和朝廷に帰属した物語や、地方へ派遣された征討の物語や、さらには天皇家との婚姻などの物語を語っていただろうが、和邇氏の伝承はことに宮廷における閨房《けいぼう》の物語や芸能にも及び、『古事記』の成立にも深く結ばれていた」と彼は言う。

確かに和邇（表記は丸、和爾、和珥など多々）氏に関わる記載は『古事記』に多い。大国主に始まって、崇神、応神、雄略の項にその名がある。

もともと和邇は鰐であり、水との縁が深い。一族は木津川、琵琶湖、大阪湾の難波、更には敦賀や若狭など日本海の港を拠点として栄えた。一族のトーテムが鰐だったのか。

そして、『日本書紀』と比べると『古事記』では和邇氏が優遇されることが多い。よいことが列記され、都合の悪いことは隠される。

柳田國男や西郷信綱は、稗田阿礼は女性であり、アメノウズメから猿女《さるめ》に繫がる一族に属したと推理している。

これについては本書にある「悲劇文学の発生」という論がおもしろい。古代には悲哀の文学とも称すべきジャンルがある。それがどこから生まれたか、またその管理者は誰であったか、そこを論じる。悲哀の文学は例えば、ホノニニギが地上に降りるのを導いたサルタビコは任務を終えて伊勢に戻ったが、漁をしていてヒラブ貝に手を挟まれて溺れて死ぬ。底に沈んだ時の名を「ソコドク」と呼び、泡が立った時を「ツブタツ」と言い、泡がはじけた時を「アワサク」と唱える。

この悲劇ないし失敗談を伝えたのはサルタビコとその伴侶であるサルメに繋がる一族であった。サルメは元の名はアメノウズメである。悲劇的な事件は当事者の口から語られることで喜劇になる。悲哀と嘲笑は一体となって伝えられる。この話はサルメの家から稗田家に伝わって『古事記』に収まったと角川源義は言う。「説話を管理していた一群の人たちはおおよそ語部なる名称によって表わされるだろう」という言葉の背後にぼくは稗田阿礼を透かし見る。

アメノウズメはセクシーな舞いでアマテラスを岩戸から誘い出した女である。だから天の八衢《やちまた》で出会った異形のサルタビコを恐れることなく声を掛けられた。

鶴見俊輔の言葉を思い出そう――

「彼女は自分のくにと他人のくにとを問わず、権威をおそれない。外人に対してもはじめから敵ときめつけてのぞまない。笑いを自分の内部に持ち、相手からも笑いをさそいだす。彼女にはいつも、いきいきとした気分がある。おもくるしい不安が一座にたれこめる時にも、一瞬の風をまきおこし、一座をもりあげてゆく力をもっている。その力ゆえに、仲間から信頼されている」。(『アメノウズメ伝』)

こういうことの総体から古代は成っている。あっちこっちを少しばかり齧ったくらいではなかなか全容は見えない。

日暮れて道遠し。

**×月×日**

文化財の価値はまずたいていの人が認めるところだ。法隆寺を焼こうとは誰も言わない。ここにこう書いただけでぼくは指先に痛みを覚える。

しかし、だからこそ、既成の体制に反対する者は象徴的な行為として文化財を破壊する。タリバンがバーミヤンの石仏を爆破したのはそういうことだった。

イスラムについて誤解が二つある。まず、十六億のムスリムのほとんどはテロリストではない。また、イスラムの文化はこの世界を築く上で大きな役割を果たした。彼らなくして今の文明はない。

北アフリカについても、砂漠ばかりで文化などない、という誤解がある。

一人の男の献身的な働きを通じてこれらの誤解を解く本に出会った。『**アルカイダから古文書を守った図書館員**』（ジョシュア・ハマー　梶山あゆみ訳　紀伊國屋書店）は、タイトルのとおり、アブデル・カデル・ハイダラという男が三十七万点の古文書を破壊から守り通した記録である。

場所はトンブクトゥ。隊商の拠点となった交易の地であり、砂漠の果てにある都市としてロマンティックな空想をかき立ててきたところだ。サハラ砂漠と熱帯アフリカの境界に位置し、国ではマリに属する。

「ヨーロッパの大半が中世のぬかるみを抜けられずにいる時代に、洗練された自由な思想の社会がサハラの南に花開いていた」のだ。その名残の文書が多く市内と周辺の名家の奥に保存されていた。これらの文書を集めて保管する作業がユネスコの主導で始められた。協力したのがアブデル・カデルの父だった。そして父は一九八一年、遺言で十七歳の彼を後継者に任命する。

十六世紀の文筆家レオ・アフリカヌスによれば、当時のトンブクトゥの人口十万の四分の一が学者と学生であったという。まるでオックスフォードだ。写本の取引も盛んだった。地域の各地に今も保存されている。アブデル・カデルは走りまわってそれを集めた。

その後に国の混乱が来る。もともと北部に住むトゥアレグ族は反抗的だったし、それとは別にイスラム原理主義の勢力も武力による地域制圧を仕掛けてきた。

彼らが古い文化の価値を尊重するはずはない。アブデル・カデルは知謀を駆使してトンブクトゥにあった古文書を首都バマコに運んだ。危険な旅程だったが、最終的には三十七万七千冊が無事に運ばれた。背景には彼が得た欧米の潤沢な資金があった。

アメリカ式のノンフィクションとしてよくできている。状況の説明は周到で、波瀾万丈。悪党たちの肖像もよく描けている。しかしぜんたいが欧米の価値観に染まっていることに少し違和感を覚えた。

**×月×日**

アメリカに「サイエンティフィック・アメリカン」という科学啓蒙誌がある（日本語版が現「日経サイエンス」）。ここにかつてマーティン・ガードナーが執筆する「数学ゲーム」という名エッセーがあった。話題が豊富で、機知に富み、とてもおもしろかった。

**『ビジュアル　数学全史』**（クリフォード・ピックオーバー　根上生也《せいや》、水原文《ぶん》訳　岩波書店）は明らかに彼の思想を引いている。有史以前から二〇〇七年まで、年号をインデックスに数学がらみの話題を図版と共におもしろおかしく語る。

例えば、一九九九年の項の「四次元完全魔方陣」で複雑な図を読み取るのに苦労する自分に気づいて笑いが込み上げる。四次元はこういう風に視覚化され得るのか。

ただの翻訳ではなく日本語版として再構成されているのも好ましい。

――2017/7/13

126

# 今様、日本人奴隷、十六世紀のイギリス

**×月×日**

日本の古典について無知のままに『日本文学全集』など作ったものだから、ほとんどできあがった今ごろになってあちこちに遺漏があったと気づいて悔しい思いをする。

その一つが今様《いまよう》を入れられなかったこと。知らなかったわけではないのだが、正面から向き合って丁寧に読む機会を得なかった。

西郷信綱の『**梁塵秘抄**』（講談社学術文庫）を読みながら、しみじみおもしろいと思う。現存の五百首あまりから選んだものを丁寧に鑑賞する、その一つ一つに膝を打つ。

今様は思いも言葉遣いも乱暴で、まっすぐで、そこが愉快だ。それに原文のままでも結構わかる。この本の最初にある例――

我を頼めて来ぬ男／角三つ生ひたる鬼になれ　さて人に疎《うと》まれよ／霜雪霰《あられ》降る水田の鳥となれ　さて足冷たかれ／池の浮草となりねかし　と揺りかう揺り揺られ歩《あり》け

ぼくなりにざっと訳してみれば――

来ると言って来ない男。あんたなんか角三本の鬼になってみんなに嫌われろ。霜と雪と霰の降る水田の鳥になれ。さぞかし足が冷たかろ。池の浮草になってあっちへこっちへふらつくがいい。

一人寝を強いられた女の恨みはおそろしい。鬼でも角が二本は普通だから一本増やす。霜だけでは足りないから雪も霰も降らせる。欲求不満の怒りをぶつける強調の話法が小気味よい。

碩学西郷信綱のいちばん大きな仕事は『古事記注釈』で、ぼくは全面的にこれに頼って『古事記』の現代語訳をした。だからこの人の語調は慣れ親しんだものであって懐かしい。

「秘抄歌の調子には、たとえばほぼ同時代の千載集や新古今集の和歌とはひどく違うものがある。後者のしらべが優に柔らかで流動的だとすれば、前者は弾んだような速度を持っており、会話的だといえる」というあたりに深く納得。

これは『今昔物語』と『源氏物語』の関係に似ている。一方は庶民のもので猥雑で元気、もう一方は最高位の貴族たちのもので洗練と艶冶と退廃の極み。

今様には和歌のような煩瑣な規則がないから、日常の言葉をいかようにも盛り込める。その一つが漢語だと西郷先生は言われる。

「美女《びんでう》打ち見れば　一本葛《ひともとかづら》にもなりなばやとぞ思ふ／本《もと》より末まで縒《よ》られればや／切るとも刻むとも　離れ難きはわが宿世」というのは男の願望そのまま。美女の身体に葛となって絡みついてぜったいに離れない、という誇張の表現がいいのだが、鍵は「美女」という漢語だ。

これを「おそらく当時使われ出した漢語だろうが、『女』の上に何か形容詞をくっつけねばいい表わせなかったものを、ずばり『びちよ』といえるようになった時の驚きが分かるような気がする。そしてそれを『びんでう』と撥ねたので、いっそう強く俗語臭が出ているわけだ」と説明されるとなるほどと思うし、いかにも美女感が強まった気がする。和歌では漢語は使わない。

**×月×日**

さて、西郷の『梁塵秘抄』の中に「中世には人買がさかんに行われた」という記述がある。「山椒大夫」などを思い出せばすぐに納得がゆくことだ。人権思想がない社会では雇用と隷属は紙一重だったのだろう。

これは中世に限ったことではなく、また日本国内に限ったことでもなかった。**『大航海時代の日本人奴隷――アジア・新大陸・ヨーロッパ』**（ルシオ・デ・ソウザ、岡美穂子　中公叢書）が蒙を啓いてくれる。

鎖国という言葉に縛られているせいか、日本人はずっと列島の中に籠もって暮らしてきたと思われがちだ。実際には日本人は世界中に散っていったのであって、ただその記録が手元に残っていないだけ。この本はマカオ、フィリピン、ゴア、メキシコ、ペルーなどに残された公式の書類の中に日本人の消息を辿るもので、裁判所の証言記録などは本人が一人称で語っているだけに信憑性が高い。

とりわけおもしろいのはガスパール・フェルナンデス・ハポンと呼ばれた人物の場合（ハポンは日本ということ）。彼は一五七七年に豊後で生まれ、十歳くらいで誘拐され、長崎でポルトガルの商人ルイ・ペレスに売られた。奴隷というよりは養子のような身分であったらしい。

この日本人少年を巡る裁判の記録はメキシコ国家文書館やイエズス会に残されていた。それは彼を買った男の曖昧な身分の故だった。

ルイ・ペレスはポルトガル人とはいいながら、実はユダヤ教からキリスト教に改宗した「コンベルソ」であった。本当に改宗したのかと疑われ、ゴアの異端審問所の追及を逃れて、ゴアからコチン、マラッカ、マカオと動いて、一五八八年八月十六日に長崎に着いた。ここで日本人の少年が買われたのは彼らが裕福であったことを示すものだ。

しかし長崎でも彼らは安全ではなく、一家は更にマニラに移った。一五九六年、そこでルイ・ペレスは公式に告発され、日本人ガスパール・フェルナンデスは証人として法廷に立った。この時には彼は十九歳になっていたはずだ。

ルイ・ペレスは全財産を没収され、彼と日本人奴隷三名その他はガレオン船で太平洋を渡ってメキシコのアカプルコに送られた。到着の二日前にルイ・ペレスは病没した。ガスパール・フェルナンデス・ハポンは契約に反して終身奴隷とされたが、最終的にはルイ・ペレスの息子たちの証言もあって、一六〇四年に自由民になった。「故郷から遠く離れたメキシコあるいは他の土地で、自由民として生涯を終えたことであろう」というところで彼の話は終わっている。

なんという波瀾の人生だろう。徳川幕府の鎖国政策によって海外に出た者は帰れなくなったけれど、その先にも海外の日本人の物語があったはずだ。

この本はポルトガル語の大著の抄訳らしく、史料の扱いはいささか不器用だが、とても大きな歴史を含んでいることはわかる。次の展開を待ちたい。

**×月×日**

未知の要素が多い謎めいた歴史もいいけれど、隅から隅まですっかりわかっている歴史も悪くない。ガスパール・フェルナンデス・ハポンとシェイクスピアは同時代人だった。そういう興味から『**シェイクスピアの時代のイギリス生活百科**』（イアン・モーティマー　市川恵理、樋口幸子訳　河出書房新社）を読んだ。ざっと五百ページ近い大著で、網羅という欲張りな感じが素晴らしい。

衣食住と社会相のすべてに亘っての詳細な記述で、驚きと納得に満ちている。基本としては各論に徹するのだが、時には次のような総論もあって、これが時代の雰囲気を教えてくれる——

「エリザベス朝の社会の傲慢さと決意の大半は、若者の自信から来るものだ。二〇代の若者に一艘の船と金持ちになるチャンスを与えたら、困難に満ちた航海や、陸地から一〇〇〇マイルも離れた場所で彼を待つ途方もない危険を顧みず、世界の海を駆けめぐるだろう」

これはイギリスに限ったことではない。新大陸の発見以来、ヨーロッパ全体がやたらに元気になっていた。日本にキリスト教の憐れみの精神を伝えたルイス・デ・アルメイダも若い時にポルトガルを出てインドで商売に成功、巨万の富を得た後にいきなりイエズス会士になって清貧の布教生活に入った。

話をイギリスに戻せば、要するにこの本には映画「恋におちたシェイクスピア」の画面から始まる風俗の詳細がすべて詰まっているのだ。

ある時代の日本についてこういう本は作れないのだろうか。新書には収まらないサイズの総合的な時代相が知りたい。

——2017/8/31

127

## 全歌集と索引、泰斗の随筆、祝詞と神道

**×月×日**

詩は教養ではなく実用である。谷川俊太郎の詩は日々の心の糧秣になる。

では古典でもそう言えるか？　最近になって案外そうなのではないかと思うようになった。そのためには熱中が大事で、勝手に好きな詩人を決めて耽読するのがいい。ぼくの場合、唐詩ならば李賀だけ、和歌だとやはり藤原定家になる。手元に置いて一首また一首とゆっくり読みたい。

と思っていたところへ**『藤原定家全歌集』**（ちくま学芸文庫　上下）が出た。この歌人の作のすべて四千二百六十首を網羅して、それに久保田淳による校訂と訳が加わる。身辺に置いて折々紐解くのに最適。

すべての歌を平等に扱っているのが却っていい。「春の夜の夢のうきはしとだえして峯にわかるゝよこぐものそら」のような広く世に知られる歌でも、簡単な訳に添えて『文選《もんぜん》』の「高唐賦」（例の巫山《ふざん》の夢のこと）と『古今集』の躬恒《みつね》と『源氏物語』の巻名の先例を引くのみ。

これだけでも素人にはありがたいのだ。若い時に定家の私家集である『拾遺愚草』を有朋堂文庫版で持っていた。奥付は大正十五年。文庫とはいいながら今の新書サイズ、本格的なハードカバーでしかも天金、立派な本だったけれども（他に『山家集』と『金槐和歌集』と合わせて一冊）、訳や註は一切ない。初学の者にはあまりにそっけない。

だから安東次男の手になる『藤原定家』（「日本詩人選」シリーズの内）が出た時は嬉しかった。先に引いた一首を三ページを費やして鑑賞しているが、取り上げられたのは八十首ほど。

今回の全歌集がいいのは歌に通し番号を付した上で、初句索引を完備したことだ。ちなみに前に引いた歌は定家の歌の1638番に当たる。うろ覚えの歌の正テクストが簡単に見つかる。

が、索引でこの四桁の数字が読めないのだ。紙面を節約するために索引は四段組で、そこに収めるために数字は1638（↑実際のサイズ）となっている。我が老いた目のせいもあって、これにはルーペが要る。机上に置いて正座して読むのならその用意もあるが、そもそも文庫本は携帯を前提としているのではないか。欧陽脩は、文案を練るのには馬上・枕上・厠上がよいと言ったけれど、読書もまた同じ。では、移動中と寝る前と雪隠、常にルーペを携行しなければならないのか。儂《わし》はそういう歳なのか。

憮然として類書を見た。

**『西行全歌集』**（久保田淳、吉野朋美校注　岩波文庫）が同じ方式だった。この歌人のすべての歌に通し番号を付して、それが二千三百首あって（西行は定家より短命だった）、四段組の索引。例えば「いとほしやさらに心の幼《をさな》びて魂切《たまぎ》れらるゝ恋もする哉《かな》」は１３２０番という具合でこれが索引では1320となる。**『芭蕉全発句』**（山本健吉　講談社学術文庫）は通し番号はなくて、索引は句を載せたページを示す。「から鮭《さけ》も空也《くうや》の痩《やせ》も寒《かん》の内」は索引では五一二と表記される。

しかしこれは少数派らしく、**『釈迢空全歌集』**（岡野弘彦編　角川ソフィア文庫）でも「をとめらもをとめの姉も。／この日頃／鄙《ひな》ぶる汝に　おどろかずあらむ」は索引からは122と導かれる。ページ表記だから三桁に収まるのだが。

こういう些事にかまけながら、その一方でそれぞれの本でよい作に出会うのだ。歌人釈迢空《しやくちようくう》は言うまでもなく国文学者・民俗学者の折口信夫である。この本の中で「人も　馬も　道ゆきつかれ死にゝけり。旅寝かさなるほどのかそけさ」という初期の佳品を見つけた。この作風だからか、最後には「いまははた　老いかゞまりて、誰よりもかれよりも　低き　しはぶきをする」という、まるで種田山頭火のような境地に至る。この二首の間の長い人生であったのだろう。

この人の名、「信夫」を「しのぶ」と読むことについて、新刊の**『死者の書』**（角川ソフィア文庫）の解説で持田叙子《のぶこ》が卓見を述べている。本来ならば「のぶを」と呼ばれるはずだし周囲もそう呼んでいただろうに、本人は自分は「しのぶ」だと思い定めていた。なぜならば信夫山《しのぶやま》は歌枕であり（百人一首に「みちのくのしのぶもぢずり誰ゆゑに乱れそめにしわれならなくに」がある）、忍ぶことはこの国の恋の基本姿勢だったから。彼は生まれついての歌人を自覚していた。

更に、ぼくが思うに、「しのぶ」は男女どちらにも通用する名であり、両性具有的なこの詩人にふさわしいものだった。

索引の文字の大きさなどで愚痴を述べたけど、『藤原定家全歌集』の刊行はありがたいことである。文庫上下二冊で計三千五百円は高価に思えるだろうが、俗な話を許してもらえば、元の本は古書市場で五万円の値がついている。

**×月×日**

「泰斗《たいと》」というのは「泰山北斗」の略で、山ならば泰山、星ならば北斗と言うように、その道の学識・見識の極みたる人物を謂う。また、随筆とは「筆に随う」の意である。

日本古典文学の泰斗が筆に随って思うままに書いたのが中西進の**『「旅ことば」の旅』**（ウェッジ）。雑誌連載の短い文を集めたものだが、さすが泰斗にして碩学、しかも推察するにずいぶんと旅がお好きらしく、話題の領域がすこぶる広い。

少し引けば、中西先生は旅についてこう言われる――「もし毎日同じ所にいたら、旅が日々見せてくれるような、まわりの風景の展開はない。舞台背景が動かないなら、それこそ愚痴の連続だったり（たとえば後の藤原定家の日記がそうである）、無味乾燥な仕事の業務日誌になる（ふつうの公卿《くげ》の日記はこれだ）」というあたり、定家の日記『明月記』を少しでも覗いた者ならば深くうなずくだろう。

この本で興味を引かれたのが順礼というテーマ。

「霊場めぐりの困難な修行によって、人間が仏の悟りに近づけることはよくわかる。しかしさらに、順礼も完結されることに意義があるとなると、修行もやはり、困難の有無を超えて、円運動の完成という美しさを目指すものなのだろう」というところで、積年の疑問を思い出した。

四国八十八箇所はなぜ円運動なのか？　お伊勢参りや富士講は到着したところで終わって、帰路は精進落としの無礼講。キリスト教でも、エルサレムへの道も、サンチャゴ・デ・コンポステラへの道も、いつも行き着くまでだけが語られる。一直線であって円環ではない。

泰斗の筆はかくも遠くへ読む者を誘う。

**×月×日**

普通の人にとって祝詞《のりと》はまずは聞くものだろう。甥の結婚式とか、縁のある神社の新嘗祭《にいなめさい》とかで、「掛《か》けまくも畏《かしこ》き○○神社《のかみのやしろ》の大前《おほまへ》に恐《かしこ》み恐《かしこ》みも白《まを》さく……」と神主が唱えるあれだ。

ぼくの場合はもう少し祝詞に近づいたことがあった。文学の古典として定着している「六月晦《みなづきつごもり》大《おほ》祓《はらへ》」を現代語に訳したのだ。その興味から**『よくわかる祝詞《のりと》読本』**（瓜生中《なか》　角川ソフィア文庫）に手を伸ばした。

『聖書』や『コーラン』の祈りと違って、祝詞はそのたびごとに作られる。定型があってそこに固有名詞を嵌め込むだけなのだが、この定型に人の願いが込められるところが心地よい。福岡の水天宮の初宮詣の祝詞——

「これより後《のち》、此《こ》の真名子《まなご》の上《うへ》に禍《まが》つ神《かみ》の戯《たはむれ》あらしめ給《たま》はず、夜《よ》の守《まも》り日《ひ》の守《まも》りに守《まも》り幸《さきは》へ給《たま》ひて……」と声に出して読んで、身辺に新生児などいないのに、なんとなく厳かな気分になる。

更にこの本の値打ちは第一章「神道の基礎知識」にある。素人の雑然とした知識を大所高所から整理してくれる。我々は信仰を固定されたものと考えがちだが、これもまた時代と共に変わってきたもの、その道筋がよくわかる。

——2017/10/12

# 恩寵の物語、犬の物語、愉快な病理学

**×月×日**

二十世紀イギリスのあるカトリックの作家が自分の小説のまえがきにこう記している――（これは）「性格はさまざまでもきわめて親密な一群の人々にたいする神の恩寵の働き」を書いた小説である。

松家仁之《まついえまさし》の**『光の犬』**（新潮社）を読んでいてふとこれを思い出した。宗教が正面から扱われているわけではないが、何人かの登場人物は明らかに作者によって祝福されている。その生きかたが肯定されている。

北海道の東部、オホーツク海に近い枝留《えだる》という架空の町が舞台。ここで暮らした三代の家族とその周辺の人々、並びに四代に亘る北海道犬の物語である。

いちばん若い世代の添島歩《そえじまあゆみ》と始という姉弟を基点にすれば、祖母のよね、父の眞二郎が直系の尊属になる。よねは信州の追分で生まれて、東京に出て、助産婦になった。夫の眞蔵に付いて枝留に来て、たくさんの赤ん坊を取り上げた。

長男の眞二郎は父が重役を務める薄荷《はっか》精製工場の電気技師。この一帯は長く薄荷の生産で栄えた地域だ。妻の登代子との間に二人の子がいて、それが歩と始。

眞二郎には三人の姉妹がいて、みな独身のまま同じ敷地内で暮らしている。

そして犬たち。家族も同様だったイヨとエスとジロとハル。それぞれの性格の違いが細やかに描かれる。

多くの登場人物について多くのエピソードが連なるのだが、とりわけ丁寧に足取りを辿られるのは歩と始である。だから二人とそれぞれに親しくなる工藤一惟《いちい》の存在は大事だ。

　群像を扱う小説であるから、色の違う何本もの糸が縒《よ》られるようにして話が進む。その中から歩と一惟という糸を辿ってみようか。二人は小学生の時に出会う。父子家庭の一惟が転校生としてやってくる。彼の父が牧師を務める教会の日曜学校に歩は通う。高校になると絵を描くという絆ができる。やがて一惟のバイクの後ろに歩は乗るようになる。「歩はまだ自分が一惟の恋人だとはおもっていなかったが、そうとられてもべつにかまわないと、なかばひらきなおっていた」。

　その後、彼女は札幌の大学の理学部に進み、一惟は京都の大学の神学部に行く。それぞれに恋人を得て、それも何人かを経るけれど、歩は最後まで結婚しない。一惟の方は沙良という妻を得て、二人の子供も生まれる。歩とは手紙のやりとりはあるものの疎遠になって十数年後、一惟は牧師として彼女の終油礼を執り行う。本来ならばプロテスタントにこの秘蹟はないのだが、臨終を前に彼女が懇請するのだ。

　歩は大学では天文学を専攻し、三鷹の国立天文台に勤め、野辺山の電波天文台に移り、また東京に戻った。弟の始に言わせればこの姉は「意志のつよさ。ひとりでなにかを大胆に決めると、そこへ向かって計画を立て、実行する。笑顔がいつも晴れ晴れしていて機嫌がいいこと」などの長所を持っている。だいたい理性的で何かに狂うということがない。

　子供の頃ならば、「飼われてきた北海道犬はみな、ほかの誰より歩に懐いた」ということもある。

「エスにとって歩は姉のような存在だった。いっしょに散歩にでれば、眞二郎とのお決まりのコースを外れて、もっとずっと先まで歩いてくれる。気が向けば湧別川沿いの道を小走りでゆくこともある。人影がなければ、川沿いの広場で引き綱を外してしばらく好きに遊ばせてくれもする。首のまわりや喉もとをたっぷり撫でてくれる。爪や目や耳をチェックして、具合の悪いところはないか調べるのも得意だった」。

このようなアフェクションをもって語られるから、彼女は作者に祝福されていると思えるのだ。同じことが祖母のよね、始や一惟、その友人で名前のごとく毅然と生きながら不慮の死を遂げる石川毅などについても言える。それを神の恩寵に帰することができるか否かはともかく、彼らは生きるに価する人生を生きたという気がする。

しかし、添島の一族は途絶える。眞二郎の三人の姉妹はみな独身で終わるし、歩も独身、始と妻の間にも子供はいない。振り返ってみればそうなのだ。

彼らとつかず離れずで長く付き合って、やがて別れの時が来て去ってゆく彼らの背中を見送る。この本を読むのはそういう体験である。

タイトルがとりわけいいと思ったのは、光と犬という字の相似形のせいかもしれない。

（先に挙げたイギリスの作家はイーヴリン・ウォー。作品は『ブライヅヘッドふたたび』。）

**×月×日**

ジャック・ロンドンは犬を主人公にした長篇『白い牙』と『野生の呼び声』で知られるが、他にも犬が登場する短篇を書いている。それら四つに「野生の呼び声」の新訳を加えたのが**『犬物語』**（柴田元幸編訳　スイッチ・パブリッシング）。

ジャック・ロンドンは雑誌ジャーナリズムの波に乗った優れた大衆作家だったからどれもうまい。

「ブラウン・ウルフ」では、カリフォルニア州に住む夫婦のもとにやせこけた大きな犬が迷い込む。ウルフと名付けて飼ってやるが、この犬には家出の癖があって、しばしば姿を消す。そしていつも北の方で見つかって返されてくる（首輪に住所が書いてあるのだ）。

その癖も収まったある日、たまたま隣人の弟という人物がやってくる。カナダのユーコン準州クロンダイクで郵便配達をしているという。広大な未開の地域だからそれだけで大変な仕事。ところがこの男がウルフを見てびっくり仰天、これは自分の犬で名前はブラウンだと言う。実際、普段はおよそ愛想のないウルフがこの男にはすり寄って行く。

この犬の帰属先を巡っての議論がおもしろい。このまま暖かいカリフォルニアでぬくぬくと暮らすのと、寒い厳しいカナダに戻って働くのと、どちらが犬にとって幸せか。

人間たちは本人に、つまりウルフ／ブラウンに選ばせる。その先の四ページは本当に秀逸。犬の戸惑い、逡巡、困惑を描いて、読者の心を思うままに操る。柴田の訳がいいことも与《あずか》って、読む者は至福の数分間が得られる。

「あのスポット」という疫病神のような犬の話も笑わせる。適度の誇張はマーク・トウェインを思わせる。

それになんと言っても「野生の呼び声」。何度読んだかわからないが、隅々まで完璧にできた傑作であると改めて思った。

**×月×日**

医者になるつもりがない以上、病理学を勉強する必要はない。しかし人間そのつもりがなくても患者にはなる。あらかじめ病気というもの一般について知っておけば役に立つこともあるだろう。

**『こわいもの知らずの病理学講義』**（仲野徹　晶文社）、お勉強は面倒だとためらいながら読み始めたらとてもおもしろかった。

まず文体が軽い。話題が豊富で、雑談が多く、話があちこちへ飛んでまた戻る。しばしば広辞苑を引用して、その項目の出来映えを検証する。科学啓蒙書を読み慣れている人ならばすいすい読めるはず。

それで最新の知識が身につく。

専門用語についてなんだかんだ言いつのる姿勢がよい。突然変異という訳語の「突然」は無意味だからただの変異にするか、あるいは英語のままミューテーションにしてしまうか、という提案などに納得。科学だから原理はシンプル「なので、基本的な考え方をおさえておくと、お医者さんに病気の説明を聞いた時、ものすごく理解しやすくなると思います」。なるほど。

医学が病気のすべてを相手にするのに対して、病理学は病気の成り立ちを探る。はじめの方は総論で、細胞・組織・臓器の話。それから血液の話になり、分子生物学をおさらいして、あとはずっとガンのこと。

いい本なのだが、一つ難を言えば、索引がない。無数の専門語が乱れ飛ぶのだから、たった今知りたい話題への案内が欲しかった。

——2017/11/23

# 2018年

## 129
## ミステリと建築、自転車二人乗り、スパイたちの老後

**×月×日**

年末年始はミステリ耽読と決めて、以下はその報告。

古典として名高いのに未読だったのがA・E・W・メースンの『**矢の家**』（福永武彦訳　創元推理文庫）。これから行こう。

一九二四年刊行だから百年近い昔の作品で、古風なところがなかなか好ましかった。いろいろとお約束があって、犯人はもちろん数名の主要登場人物の中におり、それでいて意外性もたっぷり。社会性は皆無。

舞台はフランスの中都市ディジョン。富裕な老婦人が亡くなり、その義理の姪に殺人の嫌疑が掛かる。彼女を救うためにロンドンからジム・フロビッシャーという若い弁護士が駆けつけ、それと同時にパリ

警視庁のアノーという探偵も現地に向かう。彼はこの作家におけるホームズでありポワロである。つまり読者の絶対の信頼を保証された人物だ。他の作品にも多く登場する。

だがアノーの視点から書いたのでは推理の過程に謎が入る余地がなくなる。彼とほぼ行動を共にするジムが読者代表、つまりホームズにおけるワトソン役で、時にはアノーに不信感を抱くこともある。

しかしジムが素人だからこそ犯人の意外性がアンフェアでなくなる。目くらましはいくつも用意されるが、探偵はゆっくりとでも本筋を辿らなくてはならない。ロス・マクドナルドの『ウィチャリー家の女』で、探偵リュウ・アーチャーが前に会っている人物を二度目に同定できないのはフェアでない、と我が敬愛するミステリ作家・結城昌治さんはかつてぼくに言った。

『矢の家』を読んでいて思ったのだが、この作品では建築が担う役割がとても大きい。「矢」は凶器だからタイトルになったが、「家」もまた主役である。

石造りの大きなお屋敷だからこそこの話は成り立つ。ある部屋のある位置から戸口越しに次の部屋がどこまで見えるかが事件の鍵なのだ。更に、表玄関からみると遠く離れた家が実は裏では境界を接しているというのもある。敷地が広大でなくてはあり得ないことだ。

古典的なミステリでは建築は重要な要素だ。ポーの「モルグ街の殺人」、ガストン・ルルーの『黄色の部屋』やコナン・ドイルの「まだらの紐」から笠井潔の『サマー・アポカリプス』まで、いわゆる密室ものには壁の厚い西洋式の建物は欠かせない。だから日本を舞台として書くのに作家たちは苦労して奇天烈な建物をひねり出した。長屋や文化住宅やマンションで密室を作るのは容易ではない。

ミステリにおける建築重視の前にはゴシック・ロマンスがあったかもしれない。『オトラント城奇譚』など廃墟ないし古城がなければ成り立たないのだから。

**×月×日**

『矢の家』の訳者は純文学の作家・福永武彦だが、彼には加田伶太郎というペンネームで書いた短篇ミステリが何本かある。同じく純文学の作家と見なすべき坂口安吾には『不連続殺人事件』という長篇がある。

押しも押されもせぬ純文学の作家である大岡昇平は実は安吾と加田に「嫉妬の炎をもやしていた」。その妬みの思いから書いたのが**『事件』**（創元推理文庫）で、これで彼は日本推理作家協会賞を受けて「天にも昇る心地」と言った。

『矢の家』と対照的に『事件』には過剰なほどの社会性がある。つまり松本清張以降の作であることが歴然としている。

時期は一九六一年（昭和三十六年）、つまり新聞連載と同時期。場所は神奈川県高座郡で、金田町という地名は架空だが、厚木へ五キロ、長後《ちょうご》へも五キロというから今の綾瀬市か寒川町のあたりと知れる（大岡昇平にあっては建築ではなく地理が話の骨格になる）。

話はいきなり若い女が死ぬ場面から始まる。

金田町から遠くないサラシ沢という山林の路上で二十二歳の坂井ハツ子は十九歳の上田宏と向き合って口論している時に、宏の手に握られたナイフが胸に刺さった結果、即死した。

二人は旧知の仲、宏はハツ子の妹であるヨシ子の恋人で、妊娠三カ月の彼女と駆け落ちする直前だった。横浜市磯子に行って二人で静かに暮らし、生まれてくる子を育てるつもりが、数日後にハツ子の死体が発見され、宏は逮捕される。

事件から始まっている以上、これは裁判小説にならざるを得ない。三人の周囲の人々、検事、弁護士、三名の判事……彼らの行動と言葉によって話は組み立てられる。

時期と場所は大事だ。当時、都会の近郊は農業から工業へ転換する途中で、そのざわついた雰囲気の中で若い者はなんとなく落ち着かない。親と同じ生きかたはもうできないと知って進路を模索している。登場する面々の生態がなによりもおもしろい。世間からは少し離れたところにいる裁判官という人種がどのように話し、考え、暮らしているか。一例を挙げれば、現場検証の後で一行は証人の尋問のために近くの公民館に行く——「職員達は十人以上のお偉方に茶菓を出すのに緊張していた。もっとも裁判官は『茶』は飲むが、『菓』には手を付けないのが原則で、予め事務官からその旨申入れがあったのだが、折角用意したものだから、一応テーブルの上に並べられる」なんて、臨場感の極みではないか。

読んでいて気がついたことがある。ハツ子は宏の自転車の後ろに乗って長後からサラシ沢まで行く。坂になったので自転車を降りて二人とも徒歩になる。その先で事件は起こるのだが、ここは宏に対するハツ子の心情が鍵なのだ。

自転車の二人乗りでは、後ろに乗った方は前の漕ぎ手との距離を自分で決められる。肩から上腕のあたりを軽く摑むこともできれば、上半身ぜんぶを密着させてしがみつくこともできる。そういう感情表現が可能な状況。相手の方には拒否を示す手段がない。

ぼくはここでハツ子はしがみついたと思う。そうするとサラシ沢でのふるまいがうまく説明できる。そして宏の方はそれを厭わしく思った。だから口論の際にナイフまで出したのではないか。好まない異性からの一方的な身体接触は嫌なものだ。

機会があれば作者に直にこの点を聞いてみたかった。大岡さんって自転車に乗れたかな?

## ×月×日

八十六歳のジョン・ル・カレが新作を出した。

**『スパイたちの遺産』**（加賀山卓朗訳　早川書房）は帰り新参のようなちょっと変わった新作である。

夢中になって読んだのだが、しかしこれは読者を限定する作かもしれない。エスピオナージュの神様のようなこの作家の初期の作品に通暁していないと楽しめない。「小太りで眼鏡《めがね》をかけた心配性の」ジョージ・スマイリーとその部下たちと親しみ、『寒い国から帰ってきたスパイ』から『スマイリーと仲間たち』までの経緯を知っていることが必須。

本書の主人公はなんとピーター・ギラムだ。スマイリーの右腕として活躍したあの若い女好きが老いた姿で再登場する。彼ははるか昔の公務について訴追されかけている。相手は『寒い国から帰ってきたスパイ』の終わりで死んだリーマスとリズそれぞれの子供たちだという。

以下、話は回想と現実を交互に語りながら、失敗に終わったウィンドフォールという作戦の詳細を伝える。暗号名〈チューリップ〉という女が死ぬに到る哀切きわまる話で、語り口は昔ながらのジョン・ル・カレ。駆動力のある緻密な文体である。

しかし、リーマスたちがベルリンの壁を越えようとして撃たれて死んだのは一九六四年頃の話だ。スマホという言葉が出てくる以上、これは今現在の話。ピーター・ギラムが当時三十歳だったとしても今は八十三歳。最後にちらりと姿を見せるスマイリーは九十歳か。生き延びたスパイたちは元気だなあ。

――2018/1/25

## 130 バテレンと変形菌

**×月×日**

バテレンはパードレの訛り、パードレはカトリックの神父。十六世紀半ば、一五四九年にキリスト教というものに初めて接した日本人は、この信仰をバテレンとかキリシタンと呼んだ。

それから一六三九年の鎖国令までのほぼ百年を渡辺京二は『**バテレンの世紀**』（新潮社）として、精査と解釈を試みる。キリスト教だけでなく西欧文明とのファースト・コンタクトであったが、鎖国の後は十九世紀のセカンド・コンタクトまでの間、日本人は西欧のことをほぼ忘れていた。

出会いは西欧の側がやってくることで実現した。まずはポルトガル人。

和辻哲郎の『鎖国』はこのテーマを扱った名著とされてきたが、今その価値はいかがか。和辻は、日本に欠けていたのはヘンリー航海王の精神と書いたが、ポルトガルの王子エンリケにあったのは進取の気性や冒険心ではなかった。彼はイスラムを敵視し、キリスト教圏の拡大を図る騎士だった。

渡辺京二は前提を立てず、その史観は先入観に曇らない。「後世の目には必然と映るような歴史過程は、そのときどきに生じた偶然の連鎖の結果であることが多い」と言って、その連鎖の環を一つずつ辿る。鎖そのものが何本も絡み合っているから、ほどくのも大変。それが読む者の知的好奇心の発動を誘う。ポルトガル人は「いわば次々と仕掛けられた餌に喰いついて、いわゆる大航海時代なるものを現出せしめたのだった」。なるほど。

そのうちに黄金と奴隷と香料が彼らの視野に入ってくる。布教と貿易の利が重なる。軍人＝海賊と貿易商と宣教師が手を結ぶ。日本の門戸を叩いたのはそういう面々だった。

宣教師はもっぱらイエズス会に属した。一五四〇年に設立された「戦闘的布教組織」である。従来の祈り中心の修道会とはまるで異なり、「諸民族をすべてキリスト教化すること」を目的とする。「のちのマルクス主義前衛政党を彷彿とさせる戦闘部隊」と渡辺は言う。

宣教師の来日と彼らの活動が一つまた一つと紹介される。彼らが日本に期待したのは、文字が普及し、国家として安定していて、住民は知的レベルが高く好奇心も旺盛だからだった。

ルネサンスを経た近代ヨーロッパ的理性が、同じように理知的な国民である日本人と出会ったのだ。ザビエル、トルレス、ヴィレラ、フロイス、ヴァリニャーノ、昔の勉強で覚えた名が次々に登場する。少しずつ信徒が増え、大名たちの中からも世界を包含するこの新しい信仰に帰依する者が出てきた。その一方、あちらこちらで軋轢もあった。仏教の僧との嚙み合わないディベート、お互いの施設の焼き討ち。その抗争の行方を時の権力者が左右する。

なんと言っても織田信長がかっこいい。彼はフロイスを引見するに際して、自重を求める側近に「たかが一人の異国人がこの日本で何をなしうるというのか。予は反対に、かくも遠いところから教えを説くために異国人がやって来たことを、この都の名誉と思うのだ」と言い放った。彼の頭で日本は世界地図の中に位置を得ていたのだろう。

その結果、極東の国の首都に三階建てのカトリックの神学校《セミナリヨ》が建てられた。

信長は本能寺の変で急死した。その後を襲った秀吉も宣教師たちに好意的だった。彼の麾下《きか》の武将たちが次々に入信した。しかし晩年の秀吉はまことに情緒不安定で、激怒と融和を繰り返す（朝鮮出兵の愚は言うまでもないだろう）。

それでもこの時期、日本には多くのキリシタン大名がいた。そこにフランシスコ会やドミニコ会という、イエズス会とは別の宣教組織が割り込む。その背後にはスペインがいた。ヨーロッパの覇権争いがそのまま持ち込まれた。

そして秀吉も死んだ。次の覇者である家康は……と歴史を追って要約するのは控えよう。四百数十ページにエピソードがぎっしり詰まっている。派手な例を挙げれば、一六一三年の五月、家康の禁教令ならびに宣教師追放令が出ているにも拘わらず、長崎で信徒たちの聖行列が行われ、三千人が参加した。苦行をしながら歩む中に長崎代官村山等安《とうあん》の姿があった。

この男、受洗していたのにたくさんの妾を囲い、その一人の浮気相手である若者とその親族十数名を殺し、召使いの女に手を出そうとして妻と対立、息子たちまで武器を取って彼に刃向かったというとんでもない男だった。

それが追放令が出たとたんに改心して、妾たちに手切れ金を渡して去らせ、妻子と和解、家産を整理して、重い十字架を負って聖行列に参加した。

信仰は人にこういうことをさせる。島原の乱は「天草四郎という、日本史上最大の謎の人物のひとり」を中心とする戦闘であり、日本史に珍しい敗者皆殺しの実例である。

これが農民の蜂起か宗教戦争かという議論が以前からあった。地力をはるかに超える年貢など、苛斂《かれん》誅求《ちゅうきゅう》があったのは間違いない。しかしこれが「江戸期の百姓一揆とはまったく性格の異なる出来事」になったのは明らかに信仰の熱気の故だった。天草四郎はキリストの再臨と見なされた。農民蜂起はそのまま宗教戦争だった。

本書に盛られた多くの知見の中で最も重要なのは、ファースト・コンタクトと二百年後のセカンド・コンタクトの違いである。前者にあっては、出会ったヨーロッパと日本は「文明的に対等であった。対等だと、ポルトガル人もスペイン人も、オランダ人も英人も認めた」が、後者の場合、「ヨーロッパは文明的優越者として、わが国の前に出現した」のだ。その間にアジアは力を失い、ヨーロッパは力を増していた。

## ×月×日

まったく別の分野のおもしろい本。

変形菌と呼ばれる種類の生物がいる。動物でも植物でもなく、菌の字がついているが大腸菌などとは無関係。キノコ類とも違う（このまぎらわしい文字遣いについての苦情は本書の三七六頁に書いた）。昔は粘菌と呼ばれ、南方熊楠はそのコレクターとして知られていた。

**『世界は変形菌でいっぱいだ』**（増井真那　朝日出版社）はこの奇々怪々な、しかしとてもかわいい生物についてとてもよくできた入門書である。自然界での発見、その飼育と生態の観察、さらに踏み込んで本格的な研究への手引き。

普段は薄暗い湿ったところに葉脈標本のような形で広がっている。手のひらくらいのものがそのまま一つの細胞だというのが不思議だ。このモードを変形体と呼ぶ。

ずっとこの姿でいるのに、ある時いきなり変身する。葉脈は消え、そこから微細な柄が立ってその上に胞子を包んだ子嚢《しのう》が現れる。これは子実体《しじったい》と呼ばれる。胞子は風で飛んで別のところで変形体を作る。

本書の著者は五歳の時にこれに取り憑かれ、以来ずっと集めて飼育して観察を続けてきた。今は十六歳。若いというだけで評価するつもりはないが、この本の魅力の多くは若い好奇心と変形菌の出会い、それを表現する文体と構成にある。いや、よくできた本なのだ。

細部がおもしろい。飼育のための餌はオートミール。同じブランドでもロットが違うと嫌われたりする。

文体の例を挙げれば――「集中できなくなる。無口になる。動きがなくなる。大丈夫？と聞くと『平気、大丈夫』としか言わなくなる。無表情になる。これらは全部、ぼくの『ガス欠』の兆候だそうです。人間も変形菌も、状態が悪くなる兆候がわかると、付き合っていくうえで安心です！」という調子。

目前の研究テーマの「自他」の問題は生物学だけでなく哲学の根幹でもある。十九世紀イギリスの科学の主役はダーウィンをはじめみなアマチュアだった。その好例がここにもある。

——2018/3/8

131

# 民族、伝統、久保田万太郎

**×月×日**

半年前に出ていた大事な本を見逃していた。佐藤優の『**民族問題**』（文春新書）。いやしくも新聞を読んでいる者ならば、国際面に目を留める者ならば、必読の一冊。

どうも日本人は民族という概念が分かっていないとぼくは思ってきた。鎖国が可能な島国で、一九四五年まで異民族支配を知らずに済んだからだと考えてきた。外交音痴もその故か。

佐藤優はもっとはっきり「日本人」が大民族だからだと言う。一億人以上が列島に集中して住み、圧倒的な多数を占める。だから民族を意識しないで済むし、他の民族への共感の姿勢に欠ける。

しかしこの国にはアイヌや沖縄人や近代になって朝鮮半島から来た人々のように、少数ゆえに民族を意識しなければならない者もいる。その一方でヘイト本の盛況など、別の形での民族問題が生じている。

更に世界に目を転ずるならば、グローバル化の結果、至るところで、移民・難民、国境の流動化、内戦の長期化やテロの多発、などの背後に民族問題がある。

これらの動きを解析し、今後の動きを予想して対策を立てる方途はあるか？　まずはこの分野の古典的名著とされる三冊を読んで、解析の土台を構築する。目前の問題に対する知的制覇の王道である。

日本民族は太古以来……などと言う言説はちゃんちゃらおかしい。建国記念の日にはまったく何の歴史的根拠もない。誰かの意図によって作られるのが民族意識だ。しかし、この意識には自律的に育つという面もある。とりわけ多勢に無勢で追い詰められた時、その勢いが増す。ちょっと宗教に似ている。『想像の共同体』を書いたベネディクト・アンダーソンは国民や民族という概念はフィクションだと言った。近代の発明なのだ。

アーネスト・ゲルナーは『民族とナショナリズム』で、産業社会の成立がナショナリズムと深く関わっていることを証した。建前の上だけの平等が均一なはずの社会の中に小集団を発生させる。

更にアントニー・スミスは近代以前にもあった「エトニー」（エスニックと同じ語源）というゆるい文化的な共同体が、国民国家の主体となるネイションという意識を生んだと指摘する。

何が民族を作るか、まとめるか、議論はスリリングである。たとえばゲルナーをもとにした一節――「前近代社会であれば、もともと平等は期待されていない。産業社会では平等の期待がある分、不平等が強く意識される。そして、勝ち組と負け組を分ける『適当な象徴や識別マーク』が実体化されやすくなってしまうのです。／その『識別マーク』となるものが、言語や遺伝的な特徴、文化である。ここにおいて、民族やナショナリズムが形成されていく」。

応用として沖縄の場合が取り上げられる。スコットランドの独立運動について日本の新聞のほとんどは経済格差を理由に挙げた。しかし独り琉球新報だけはこれが自己決定権に関わる問題だと見抜いた。琉球新報の格差ならば是正策もあるが、自治権問題ではロンドンが妥協するほど独立運動は加速する。

予想は当たった。なぜそれが可能だったかと言えば、この両者の置かれた立場がよく似ているから。アントニー・スミスはエトニーを「共通の祖先・歴史・文化をもち、ある特定の領域との結びつきをもち、内部での連帯感をもつ、名前をもった人間集団」と定義する。

この条件はすべて揃わなければならない。だから「京都人」は多くを満たしながら「連帯感」を欠くが故にエトニーではない。彼らが他の日本人と対決することにはならない。

しかし沖縄はすべての条件を満たしている。エトニーというのはいわば合成化学で言うところの前駆体であり、容易に「民族」に変わり得るものである。

民族にとって言語は大事だ。だからイスラエルは古代のヘブライ語をもとに新しい言語を構築した。沖縄にしても「うちなーぐち」を日本語の方言とするか琉球語と認知するかでその先の思考は大きくこととなる。

沖縄県の翁《お》長《なが》知事は二〇一五年五月十七日の県民大会での挨拶を「ウチナーンチュ、ウシェーテェーナイビランドー」と締めくくった。端的に言えば「沖縄をなめるなよ」だが、琉球語の精密な敬語表現のままに訳せば、「沖縄人をないがしろにされてしまうのは、あまりよろしくないのではないでしょうか」となる。ここまで整備された言語はもう方言の範囲には収まらないだろう。

今の日本には「沖縄が外部だという認識がない。他者だという認識がなくて、自分たちと同じだと勝手に思い込んでいて、自分たちの町にゴミ処理場をつくる延長線上で基地問題も考えているわけです。だから、うまくいくはずがない」と著者は言う。

たった今のこの世界で起こっていることを信頼できる理論に沿って分析し、今後の展開を予想し、それぞれの立場によって策を講じる。なりゆきに任せるのではなく積極的に関わる。政治というのはそういうものではないか、と問う一冊。

## ×月×日

「民族」をはじめとして、人間の集団はなにかと「伝統」を持ち出して自分たちの権威を裏付けようとする。しかし、たいていの場合、伝統は言われるほど古いものではない。

それを小気味よく明らかにするのが藤井青銅の**『「日本の伝統」の正体』**(柏書房)。そも「昔から」という時の「昔」はいつなのか?

例えば正月。「正月のおせちを重箱に詰めるようになったのは、幕末から明治。完全に定着したのは、戦後、デパートの販売戦略による」のだそうだ。

そう言えば、『民族問題』で佐藤優はエトニーの再生産の装置として紅白歌合戦を挙げていた。視聴率が五%以下になった時が日本民族が崩壊する時と彼は言う。崩壊は大袈裟かもしれないが、多民族国家アメリカではあんな番組は成立しない。

先にぼくは建国記念の日のことを書いた。本書によれば、「紀元節」を作って、日本は二千五百三十三年前に建国されたと言い始めたのが約百四十五年前、それが敗戦で一旦は廃止され、「建国記念の日」として復活してから約五十年である。

たしかに日本は国の体裁を成してからの歴史が長い。文学史を見ればよくわかる。そこに何の根拠もない数字を嵌め込むから滑稽なことになる。まして一度は捨てたものを復活するとは笑止千万。「民族」はこんな仕掛けによって束ねられるものなのか。

軽い筆致の裏に充分な博識と周到な調査がある。博識について言えば、「東洋一」を論じるところでは梅棹忠夫、佐久間象山、那珂《なか》通世《みちよ》、津田左右吉などの名がぞろぞろ出てくる。

「一般に、人は自分の頭で考えることをやめると、世間とかかわる時、まるで素《す》っ裸《ぱだか》で往来に出るようで心細い。そんな時、『権威』『ブランド』『伝統』に頼ります」という結論もまこと的を射ている。

**×月×日**

周到な調査といえば、**『久保田万太郎の履歴書』**(大高郁子絵・編　河出書房新社)の絵のリサーチがすごい。

この本、文章の部分は久保田自身が書いた「私の履歴書」とその続編ともいうべきもの、それに編者の追加が少々。いわば圧縮された自伝である。これを短く切って一ページごとに配し、そこに絵をつける。絵だからここには引用できないのだが、これが見事。味と風情があって、この劇作家・作家・俳人の立派とダメがよく伝わる(ぼくはこの人がずいぶん好きなのだ)。

そして調査ないし考証。これがないと当時の風景や人々の顔は描けない。写真もずいぶん参考にしただろうが、明治四十年の『東京市十五区番地界入地図』なども使っている。これをしみじみ見てまた句集に戻ろうか。今時ならば「花冷えのうどとくわゐの煮ものかな」とか。

——2018/4/19

## 132　猫の野性、声のすべて、動物たちの応用物理

**×月×日**

とりわけ猫が好きな方ではない。飼ったことはないし飼うつもりもない。関心があるとしたらペットではなく動物としてのネコだ。

**『猫にGPSをつけてみた——夜の森　半径二キロの大冒険』**(高橋のら　雷鳥社)がそういう意味で

面白かった。

一組の夫婦が東京から大分県の国東《くにさき》半島に移り住んだ。妻の実家の近くというが、小さな山の上で、三百メートル先に隣家が一軒、人里まで二キロ。市の中心部まで車で十分というところだ。

この家の庭先に野良猫の家族四匹がやってきた。餌をやると食べるが、人の近くには来ない。この夫婦はもともと猫好きで、東京の家にいた二匹とは死別している。この四匹を飼おうと決めてキャットフードを買ってくる。「エリカ」、「しましま」、「くつした」、「クロ」と名を付ける。

日々の観察が文章と写真で綴られる。そんな本は世に五万とあるが、この本がおもしろいのは環境がまるで違うからだ。人がいないから外で放し飼いにしても迷惑にならない。

涼しくなったので使っていないビニールハウスの中に段ボールの寝床を用意した。「もはや野良でなく外飼いの家族」である。

そんな時に捨て猫を四匹まとめて拾う。この子たちは飼われていたらしく、さっさと家に入ってきた。この猫たちぜんぶに避妊手術を施す。餌は貰えるのだから、猫たちは食料獲得と繁殖という責務に煩わされることなく生きることになる。

外の二匹が家に入って都合六匹になった。その先が愉快。猫たちが飼い主と一緒に散歩に出るのだ。山道を歩く前後を三々五々先導したりついてきたり。食事は時間が決まっているがその他は出入り自由。それでも散歩にはみな参加する。食事と散歩の際は音楽で呼び寄せる。校内放送みたいだ。

飼い猫だから記述にどうしても擬人化が入る。名前を付けたのがその証拠で、ともかくかわいい。

その思いの延長上で、迷子になるのが心配で（実際、二、三日帰ってこないことがあった）、行動範囲を知りたくて猫にデータロガー（記録式のＧＰＳ）を取り付けた。単三電池ほどの軽いもの。回収すれば移動の経路がパソコンで見られる。

これがとんでもない事実を明らかにした。夜の間、家の中でぐっすり眠っていると思っていた猫たちが抜け出して野外を徘徊していたのだ。

昼間の行動は予想のとおり家から三百メートルの範囲内に収まっている。しかし夜は深夜に家を出て一キロも先まで冒険に出ている。行く先はさまざまで、帰路は別の道を辿る。暗闇の中でも迷うことはなく、しかも午前五時の朝食の前には必ず家に帰り着いている。体内時計と体内コンパスがあるかのよう。

つまり猫はそこまで野性を残していて、言い換えればこれは動物学の対象としてのネコなのだ。都会を離れればちゃんと元に戻れる。

これを書いていて、昔、猫を飼うに極めて近いことをしたのを思い出した。沖縄の村の家で、庭にサバ猫が迷い込んだ。家には上げず、庭で餌と水をやるだけの外子《そとこ》だったが、「みーまる」と名前も付けた。虫や鳥をいろいろ捕ってきてぼくの自然観察に寄与してくれた。いちばん驚いたのはジャコウネズミを捕まえてきたことだ。この動物が沖縄にいることもぼくは知らなかった。

みーまるはある日、ふっと姿を消した。それっきり。

**×月×日**

前から気になっていたことだが、人は自分の容貌には多大な関心を示すのに、自分の声のことはあまり気にしない。

顔は鏡に映るが自分の声は聞こえない。鏡でわかるのはおすまし顔だけで表情は見えないけれど。

**『声のサイエンス――あの人の声は、なぜ心を揺さぶるのか』**（山﨑広子　ＮＨＫ出版新書）は声というもの一般について広い知見を与えてくれる好著である。

声はまず声帯で作られ、声道や口腔や舌や歯や唇で加工されて発せられる。この複雑な過程を管理・運営しているのは脳だ。

その際に脳は周囲の状況を参照する。これは表情の場合と同じかもしれない。見られている、聞かれている、という意識がフィードバックされる。

声は、体格など先天的な要因で決まるのが二割、「残りの八割は生育環境や性格と、そのときの心身の状態です」と著者は言う。だから声は「体調や心情を実況放送しているようなもの」だと。

話題の範囲が広い。ヨーロッパでは家は石で造られる。声がよく響き、自分の耳にも返ってくる。よく響いていることがわかり、無理のない低めの発声になる。アジアでは家は藁や木だから残響はない。喉に力が入った声になる。ヨーロッパでは美声は「低く深く響く」こと、中東では「甲高く情熱的」、そして日本では雑音が加わること。その典型が田中角栄のあの声だと。

このあたりから話が今の日本に集中する。例えば、若い女性の声が他の国に比較してとんでもなく高い。「女性の声の高さは『未成熟・身体が小さい・弱い』ことを表します。女性がそのような声を出すのは、男性や社会がそういう女性像を求めていて、女性が無意識にそれに過剰な適合をしようとしている」という説明に納得して憂鬱になる。そういう声は聞きたくない。

聴覚環境について言うならば、まずこの国はうるさい。とりわけ公共の場での注意喚起が異常に多い。それがどれも実に嫌な声のしつこい連呼。

ぼくにとって好ましいのは放送界では小宮悦子だった。今なら羽田空港の英語のアナウンスメント。特定の個人なのか合成なのかわからないが、低めで安定感がある。

多くの人は録音を聞いて自分の声が嫌だと言う。相関を調べるとそういう人は「自己肯定感が低い」。自己嫌悪から声が小さくなり発声が歪む。社会圧が個人を押さえ込んでいる。

そこからの巻き返しの指針の部分がこの本のいちばん大事なところかもしれない。抑制を逃れて自分本来の声を取り戻すこと。

**×月×日**

声というのはつまり音だ。会話はしなくても音を使う動物は多い。コウモリが闇の中を飛びながら障害物を避けたり餌を捕ったりするのに超音波を使う、というのはぼくも知っていた。

しかしこれがいかに巧妙で精緻であるかは『**動物たちのすごいワザを物理で解く**』（マティン・ドラーニ、リズ・カロージャー　吉田三知世訳　インターシフト）を読むまで知らなかった。

コウモリは超音波を出して返ってくるエコーで周囲を「見る」。ガがいれば捕まえる。しかしガの方も超音波を聞いて敵の接近を知り回避することができる。ヨーロッパチチブコウモリの場合、ごく弱い音を出してガを探す。ガとコウモリの間には聴力の差がある。ガは気づかないが自分にはエコーが聞こえるような微妙な音量を用いるのだ。

この本は動物たちの行動を物理学で説明するもので、「熱」、「力」、「流体」、「音」、「電気・磁気」、「光」と広範囲からたくさんの例が引かれる。英語圏の科学啓蒙書の常でともかく盛り沢山。四百ページ近くに最新の研究成果を踏まえた話題満載。文体は適度のユーモアを交えて楽しく読ませる。忙しい時は読み始めない方がいい。

話を猫に戻そう。流体の話でもある。

ネコは「舌を水面に触れさせ、その舌を持ち上げ、できた水の柱の一部を捕らえるために顎をパチンと閉じる」ということを毎秒三・五回の頻度で繰り返す。しばらく繰り返して口の中にたまった水を飲み込む。

それに対して「イヌは舌を水のなかに直接入れて、水をすくって飲む」のであり、「イヌの飲み方は雑で、ネコの飲み方のような美しさと気品はない」って、そうかなあ。

——2018/6/14

133

## 展覧会二つ、書評家の偉業、市場の古書店

### ×月×日

最近の展覧会はなぜああも込むのか。意中の一点を人の背中越しにちらりと見て、押されるように次に進む。その繰り返し。それ以前に入館前に一時間待ちとか。

こつはあるのだ。まず入口からすぐのあたりは一般情報のパネルなどなのに人は停滞する。ここはさっさと通り過ぎよう。

次に、壁面に沿って横動きはせず、ホールの中央に立って人の少ないところを探し、そこに行ってしみじみ見たらまた中央に戻る。これを繰り返して全品を制覇する。説明プレートはその品の名前だけを読む。

印象は断片的だが、しかしそれでも名品は強烈に記憶に残る。その先は図録の出番。必ず買って、雑踏の会場を離れたところで、静かに丁寧に見る。要は実物との対決と付帯情報の取得を二段階に分けること。

上野の東京国立博物館平成館の「縄文展」をこの方法で見た。国宝六点をはじめ逸品が勢揃いしてい

るのは間違いない。文化史よりは美学に寄った展示の方針もうなずける。縄文文化が世界史の中で特異なものであることもわかった。図録も満足のゆくものだった。

数日後にたまたま書店で**『縄文土器・土偶』**（井口直司　角川ソフィア文庫）を見つけた。これが文庫ながら周到で、「縄文展」の知見を整理するのに役に立った。遺物という具体的なものを通じて、それを作った精神という抽象的なものを明らかにしようとする。縄文の土器と土偶の多種多様はあきれるほどだ。図版を見てゆくと、一つ一つの際立った姿の背後にぜんたいを統括する原理が見えるようで、しかし素人には今一つわからない。

技術的な卓越は明らか。窯も釉薬も使わない野焼きで、これだけの表現を実現する。前代を継承し、他の地域と相互に影響しあいながら、形を変えて連綿と続く。

「縄文土器は、単なる容器ではない」と著者は言う。「縄文の人々は、日本列島の風土に適応して暮らすなかで、自分たちと共にあるすべての存在とその絆を、人知を超えた神秘性を重ねた精霊体として土器の文様に組み込」んだと説明する。

器ではなく人の形をした土偶となると精神性はいよいよ際立つ。一般に偶像は顔と手足の表現に力が注がれるものだが、土偶ではそのあたりは抽象化され、乳房やヘソや女性器が強調される。顔は時には仮面で隠される。見た目ではなく機能が強調されているのだ。これらを作る動機として、呪術を通じた自然認識ないし自然への働きかけがあったのだろう。

こういう論と図版の間を往復しながら読んでいって、少し賢くなったような気がした。

**×月×日**

「縄文展」のしばらく前に、神奈川県立近代美術館の葉山館で開かれていたブルーノ・ムナーリの展覧会を見た。この人は一九〇七年にイタリアに生まれたデザイナー／絵本作家／アーティスト。デザイナーとしては亀倉雄策や剣持勇とほぼ同じ時代の人だが、仕事の多様性はむしろ十九世紀イギリスのウィリアム・モリスなどに似ている。

この人の『**ムナーリの機械**』（中山エツコ訳　河出書房新社）をミュージアム・ショップで手に入れた。初版はずいぶん前だが、この巡回展を機に再版が出たらしい。

あり得ない連鎖反応を描いた絵本である。例えば、「留守中でも笛を吹くための機械」。黒猫がいて、その身体に棒が結びつけてある。猫の前に鏡を出すと、猫の身体と棒で繋がった檻に入ったネズミが見える。猫は怯えて後じさりし、ネズミはチーズの匂いのする紐に近づく。ネズミが紐を齧るとその先に結ばれたアイロンの重さが圧縮空気のボンベの栓を開き、チューブで繋がった笛に空気が送り込まれて音が出る。いやはや、絵がないと説明がむずかしい。

これを見て、今の日本人はピタゴラ装置を思い出すだろう。NHKの子供番組の冒頭、ビー玉が転がって、バネやテコその他の仕掛けで連鎖反応が進む、凝ったドミノ倒しのような動画。電気などの動力は使わないのがお約束だし、動物が登場することもない。

ムナーリはもちろんこれを知らなかったが、知ったら喜んだことだろう。

では、ムナーリはレーモン・ルーセルの『アフリカの印象』を読んでいたか？　このフランスの小説は奇妙な式典で奇妙な連鎖反応の見世物が次々に展開されるだけの話である。

例えば、ある種のネズミを殺すことで猛禽を呼び寄せ、ネズミの粘着性の唾液を鳥もちとして鳥に自分を吊らせて、高い空を飛翔する黒人少年、とか。

シュルレアリスムのスキャンダルとなった作品だからムナーリが知らなかったはずはないと思うのだが。

## ×月×日

これを書きながら言うのもおかしいが、書評というのは大事な仕事だ。多くの本が出る中で迷う読書人のために先行して選択をする。

『**本を読む。 松山巖書評集**』（西田書店）はこの書評家が三十三年間に書いた書評五百四十一本を集めた大著で、九百ページ近い。

目次を見ているだけで吸い込まれる。知っている本が多い。懐かしいと思って目次から当該ページに行って読み耽る。時代相が思い出される。それ以上に、またその本を読みたくなる。

松山巖は知っている仲だ。正確に言えば知人以上友人未満くらい。二、三年に一度はどこかで会うが、酒を飲むことはない（ぼくは誰とも飲まないのだが）。

生きてきた時代が重なるのは誕生日がたった四日違いなのだから当然。そのためか、バブルが自分の横を通り過ぎたという感覚などを共有している。

ぼくも彼と同じ時期に書評という仕事を始めた。専門領域を持たず、ただただおもしろい本という個人的な基準だけで本を選んで書いてきた姿勢も似ている。だからこの一冊に収められた書評のジャンルもおそろしく広い。

それにしても『**イラストレーテッド 名作椅子大全**』（織田憲嗣 新潮社）のような特別な本を彼とぼくがそれぞれに取り上げていたのには驚いた（彼は二〇〇七年四月のAERA、ぼくは同年六月の週刊文春、正にこの欄だ。本書の一六〇ページ）。

八千を超える椅子の名品を線描のイラストで紹介して説明を加える名著だ。

松山は、「いい椅子は一生もの、使うほど愛着が生まれる。本書もまた、ちょっと高価だが、椅子に関心のある人には一生ものの分厚い本だ」と書く。

同じようにこの『本を読む。』も分厚い一生ものの本。ページを繰っていると読みたい本、読み返したい本が次々に現れ、これに従えば我が晩年は安泰と思われる。大半は絶版だろうがネットの古書店ならばたいていの本は手に入る。つまり、新刊は短命でも書評を通じて書物は永遠なのだ。

**×月×日**

古書と言えば、**『市場のことば、本の声』**（宇田智子　晶文社）というエッセーが逸品。

那覇の牧志公設市場の向かいで「日本一狭い古本屋」をやっている。そう証言したのは同じ那覇の栄町市場でたぶん日本で二番目に狭い古本屋をやっている宮里千里という男で、これまたエッセーの達人。エッセーの素材は生活感である。内地から沖縄に渡って、それも沖縄色が最も濃厚な市場あたりで店を開いたのだから宇田智子の語りが濃くなるのは当然だろう。

驚いたことにここでまた椅子に出会った。沖縄の詩人の某さんが詩の賞を貰って旭川まで行き、そこで受け取った正賞が椅子。旭川は家具の産地なのだ。これを巡る話の先に、「ここで店番をするようになって驚いたのは、まわりの店の人がなにもせずに座っていることだった」という発見が来る。自分を振り返って、坐ったまま、なにもしない状態というのは実は大事だということに思い至った。

――2018/7/26

134

# 核との共生、数学と宇宙

**×月×日**

人間が核エネルギーと付き合いはじめて七十六年になる（シカゴ大学の最初の原子炉から数えて）。我々日本人の場合は広島と長崎の被災が起点。ビキニ環礁の水爆実験による被曝があり、原子力発電が始まり、東海村の臨界事故が起こり、福島第一原子力発電所の崩壊に至った。

その一方で日本はアメリカの核の傘で守られてきたとされている。しかし、この傘の実態について我々はほとんど何も知らない。

**『核は暴走する――アメリカ核開発と安全性をめぐる闘い』**（エリック・シュローサー　布施由紀子訳　河出書房新社　上下）はこれについての詳細なドキュメントである。

この本には二つの軸がある。

一つはマンハッタン計画から一九九一年にブッシュ大統領（父）が「アメリカは一方的に核配備の規模を大幅に縮小する」と発表するまでの歴史。とりわけ冷戦のさなか、ソ連に対抗すると称して行われた核兵器の開発と大量生産と配備、勢力拡大を図る空軍の横暴と政治家を含む民間側の無力が、無数のエピソードを連ねて詳細かつ具体的に語られる。

もう一つの軸は、一九八〇年九月十八日、アーカンソー州のダマスカスという小さな町の近くにある長距離弾道弾タイタンⅡの基地で起こった事故の顚末。

タイタンⅡは二段式液体燃料のロケットである。地下に造られた円筒形のサイロの中に鉛直に収められ、開口部は七百四十トンの蓋で閉じられている。

最上段には核爆弾が装備されている。ロケットの内部はほとんど燃料と酸化剤のタンクで占められ、この二つが下端にあるエンジンの中で燃焼して推力を得る仕掛け。

この日、あるタンクの圧力が下がった。窒素ガスを注入すべく作業員がロケットのところに行って圧力キャップを開けようとしたところ、手が滑って工具を落とした。これが発射台に当たって跳ね返り、タイタン本体にぶつかった。すると、いとも簡単にロケットの外壁に穴が開いて、燃料が噴出した。

対応策はどれも後手に回り、サイロ内には気化した燃料が充満する。安全のためとして組み込まれた装置がむしろ早期解決の邪魔になる。夕方から始まった事故の連鎖は翌日の午前三時頃、ロケットの爆発という最悪の事態に達した。

いや、最悪ではなかった、と言うべきだろう。爆発したのはロケット本体であって、最上段に装備されていた核弾頭は遠くへはじき飛ばされたが、核爆発は起こさなかった。

そして、この核兵器の安全性の問題が本書の第一の軸、冷戦期のアメリカの歴史をずっと貫いている。爆弾は使用される時に確実に爆発し、平時には絶対に爆発しないことが要求される。そのためにいくつもの安全装置が組み込まれる。理論的には絶対安全だが、現実は違う。

一九六一年から九一年まで、アメリカ空軍は核兵器を搭載したB52爆撃機を何機か常に空中待機させていた。ソ連が全面的な先制攻撃を仕掛けてきた場合、陸上の基地は全滅するかもしれない。その時のための報復手段が空中のB52なのだ。

ところがこれがよく事故を起こす。墜落して炎上した場合、核爆弾は高温に曝される。起爆装置とは基本的に電子回路であり、熱せられるとハンダが溶けたり絶縁被覆が燃えたりして、ショートが起こり、点火装置を起動させる。そういう危険は無数にあって、すべてに対処するのは難しい。

更に、空軍はいざという時に爆発しない爆弾を嫌う。つまり安全装置の故障を避けるため、そういうものは少ないがいいと言い張る。

核爆発寸前という事例をこの本は何十となく挙げている。一九五〇年から一九六八年までの間に、少なくとも千二百発の核兵器が重大な出来事や事故に巻き込まれていたと著者は言う。

一九六八年と言えば、この年の十一月十九日、沖縄の嘉手納基地からヴェトナムに向かうB52が離陸に失敗、炎上した。核爆弾は搭載していなかったが、滑走路の先には核兵器を収めた知花《ちばな》弾薬庫があった（ぼくはこの事故のことを長篇『カデナ』で詳しく書いた）。

軍というものの本質を暴いている点でもこの本は精読に価する。ソ連による全面的先制核攻撃という考えは今から思えばパラノイアの産物だが、同じ病理はソ連の側にもあった。だから空軍の首脳はこちらから先制攻撃をしてしまおうと本気で主張する。

この本、主な登場人物だけで四十人あまり。インタビューを重ね、大量の記録を読み、起こったことを正確に再現する。

読み終わって、著者の史実への熱意に敬意を覚えたし、情報公開の進むアメリカが羨ましいとも思った。その一方で、なんとも馬鹿げた危険な時代を我々は生き延びたものだという思いも湧いた。

**×月×日**

ぼくは大学で物理学科に籍を置いたが、学んだのはごく初歩的なことに留まった。だからニュートン力学はわかる。整然として美しいし、天体に応用すれば星の位置は過去から未来まで確定できるはず。

彼はケプラーが示した宇宙図を万有引力という概念を導入して見事に説明した。

しかし、実際にニュートン力学の計算で確定できるのは星が二個の場合だけで、三個になるともう手に負えないのだ。現実には星たちは相互に力を及ぼしながらそれぞれの軌道を辿っているのに、それを記述する数学がない。

その先を知るのに、**『予測不可能性、あるいは計算の魔――あるいは、時の形象をめぐる瞑想』**（イーヴァル・エクランド　南條郁子訳　みすず書房）はとても役に立った。

キーワードは「時」である。ニュートン力学では時は可逆的だった。しかし現実の世界では可逆的なものは何もない。事象はもっとずっと複雑である。微分方程式を立てて解くという古典的な方法では歯が立たない。

アンリ・ポアンカレが、三体問題に原理的に解がないことを証した。ではどうするか？　定量を諦めて定性でものを考える。彼が提示したモデルは「未来に起こりうることを大まかには示すが、どれが実現するかはたぶん予告しない」もの。なぜならば、「ケプラー近似の巨視的で規則的な見かけの下に、微視的な不規則性がわんさか隠れている」から。

星は迷わない。その動きは何かによって決定されている。だが、「一見規則的な軌道も拡大すれば激しい乱れが明らかになり、しかしその無秩序も、そのなかに秩序の小島を含んでいる」。秩序と無秩序は（この本ではそう言っていないが）フラクタル図形のようにいくら拡大しても細部まで絡み合っている。

この話の先に「パンこね変換」とか、「蝶の効果」とか、「ストレンジ・アトラクター」とか、魅力的な話題が次々に登場する。

しかし決定的なのは「カタストロフ理論」だ。ぼくはこれでようやく、この世間に喧伝されすぎた理論の本当の姿を知った。

カタストロフ理論は世界の終わりとは何の関係もない。「関数の特異点の分類という高度に数学的なモデル」の話だ。それも散逸系、つまり放っておけば平衡に至って静止する振り子のような系だけを対象にする。

尾根に降った雨は着地点によって東か西か、行く先が決まる。太平洋か日本海か、行く先が分かれる。散逸系の運動は水の流れによく似ている。状態は時間とともに変わり、最終的な平衡状態に至る。

ここでも鍵は「時」だ。数学が与える時の概念は二種類あって、一方は過去と現在と未来が互いに呼応するもの、もう一方は現れては消える事象の連鎖。

エクランドはこの二つを『オデュッセイア』と『イーリアス』で説明する。これがまた本当に見事で、数学者がこんなに文学に詳しくていいのかと妬ましくなるほど。

——2018/9/20

135

# 日本語を学ぶ、旧字体・正字体、アラブ音楽

**×月×日**

言語は肉体に似ている。固い骨格と軟らかい大量の肉、それに派手な表皮から成る。固いのは文法、軟らかいのは語彙、派手なのは日々の用法。

我々は日本語を使いこなしていると思っている。理に適った言語だと信じている。

これが違うのだ。言語は論理的に設計されたものではない。日々の使用の場から生成し、用例の積み重ねで成長し、たった今も現場でこづきまわされて変容を重ねている。当然ながら矛盾に満ちているが、魚が水を意識しないように我々は普段それを忘れている。

気付くには外の視点が要る。そのために『**日本語びいき**』（清水由美　ヨシタケシンスケ絵　中公文庫）が役に立つ。いや、実際、薄い文庫ながら実例に富んで無類におもしろい。文担当の清水さんは外国人（むしろ外語人）のための日本語教師である。絵担当のヨシタケさんは週刊文春の名コラム「土屋の口車」の名イラストレーター。

語学の習得には誰もが苦労する。王道はないとしても、なるべく少ない手間で話せるようになりたい。まずは原則を知って、あとはひたすら応用の場数を積むか。

日本語は音素の数が少ないから初心者には楽だという。英語の母音十六個なんて多すぎる（それでいて、エイはあってもエーがない）。ぼくが知るかぎり日本語より音素が少ないのはハワイイ語くらいだ（母音が五つ、子音が七つ）。

ひらがなが読めれば、そしてルビがあれば発音は簡単。しかし五十音図の先に隠れたルールがある。空港は「くうこう」だが、発音は「クーコー」。同じ「う」の字がポジションによって音価が変わる。五段活用する動詞を学ぶのに五十音図はそのまま使える。そう説明する教師が「な行」で五段活用する動詞は一つしかない、と言えば生徒は興味津々で覚えるだろう（答えは文末に）。

日本語の文法をぎりぎりまで圧縮してしかも神髄を残す。動詞は五段動詞と一段動詞、それに不規則の「来る」と「する」。なるほど。

形容詞と形容動詞は「イ形容詞」と「ナ形容詞」と呼び替える。「安い」や「おいしい」は「イ」。「無駄な」や「愚かな」は「ナ」。そして、使用頻度はともかく、数から言えば「ナ」の方が圧倒的に多い。なぜならば「親切」とか「誘惑的」とか、名詞をそのまま形容詞にできるから。

そう言われて膝を打つ。いや、この本にあること全部に膝たたきまくり。ともかく見晴らしがいい。「三大メジャー品詞は名詞、動詞、形容詞ですが、私の勝手な脳内イメージでは、この二品詞は三つの広闊な台地を形成しています。それぞれの間には谷があって、ところどころに獣道が通っていたり細い吊り橋がかかっていたりする」って、この視覚イメージ化に感心した。作家であるぼくが文章を書いている時の文法感覚そのままなのだ。

「だいたいが日本語は述語中心の言語です」も、用例を読んで深く納得した。英語では主語が立たなければ話が始まらないから、お天気でも it を立てる。日本語ならば「晴れましたねえ」で済む。

あるいは母音の無声化のこと。ぼくの名を例にとれば、ナツキのツの母音は標準的な発音ではほとんど消えている。同じように菊池さんは「きっちさん」とか、場合によっては「っっつぁん」になってしまう。これも日常ぼくたちは意識していない。更には「ティッシュ持ってってってってったでしょ」で略された音を補えという課題が作れる。

これは日本語という大きな鉱脈の露頭を辿る本で、そこがおもしろい。

**×月×日**

その日本語、書くのにはひらがな、カタカナ、漢字が用いられる。漢字には新字体と旧字体、あるいは正字体がある。

旧字体は画数が多くて書くのが面倒だというので戦後の国語改革で作られたのが新字体。

しかし漢字はそのまま単語であり、成り立ちに添った意味がある。新字体で失われた部分を旧字体に戻って確認しようというのが『**[旧字源]** ——**旧漢字でわかる漢字のなりたち**』（青木逸平　瀬谷出版）。

「学」と「栄」、上の部分は同じに見えるが、本来は「學」と「榮」、まるで違うのだ。前者は「両手でささえられ交わる場所、つまり学校」であり、後者は「たいまつを組みあわせた篝火」である。

漢字には部首がある。上に来るパーツは冠と呼ばれる。うかんむり（宇とか）、わかんむり（冠とか）、はちがしら（公など）など数々あるが、学と栄のその部分には名がない。そもそもなかった部首だから。ここでもまた自分の名を例に挙げよう。「澤」は新字体では「沢」である。画数は十六画から七画とずいぶん減ったけれど、尺の足がおっぴろがったところがだらしなくて好きでなかった。

今、この本で「澤」の旁《つくり》の部分の本義を改めて知った。「睪」は「獣の死体のさまといいます」。上の「よんがしら」の部分が獣の目で、下の「幸」は獣の手足、だから「釋」の場合、「釆」は「獣の爪のかたちで、獣の死体を獣が爪でさらにばらばらにすることから『解きほぐす』意味になりました」という。ぼくは「睪丸」に似ているのでちょっと恥ずかしかったのだが、これで元気になった。さんずいを無視すれば我は野獣である。

「戻る」が以前から気になっていた。かつては中が「犬」だからいかにも戻った感じがあったのに、「大」では何の印象もない。そもそも一画だけ減らすことにどんな利点があったのか？

新字体は手書きの手間を省くために作られた。しかし人は公式文書とメモや草稿を使い分けていた。そこから崩し字が生まれた。活字、植字工《ちょくじこう》にとっては「澤」でも「沢」でも、活字一本を拾う手間は変わらなかった。コンピューターになっても入力の手間は同じ。

それで中国のことを思う。文字をいじることは伝統を断ち切ることである。簡体字の制定は正しかったのか。コンピューターの出現は予想できなかったとしても、失われたものは大きい気がする。台湾は今でも繁体字すなわち正字体を使っている。

### ×月×日

イスラム文化圏に行くと、町にアザーンが流れる。モスクから流れる男性のソロの朗唱で、信徒たちに礼拝を促す。昔は尖塔《ミナレット》の上から肉声で呼びかけたが、今はスピーカー。

あるいは、ハムザ・エル・ディンという伝説的な名人の弾くウードの調べ。「水車」という曲が有名で、ぼくはアザーンと共にスマホに入れている。

だから『**アラブ音楽入門——アザーンから即興演奏まで**』（飯野りさ　スタイルノート）は待っていた本だった。

まず、アラブ音楽は西欧の音楽と違って旋法音楽である、とある。

和声を伴わない、コード進行がない音楽。その代わりに旋法という概念がある。これだけではよくわからないが、本書は説明に対応する音源をウェブ上に用意してくれている。それを一つずつ聞きながら読むと、だんだんにわかった気になる。

三年ほど前に日本で公開された「それでも僕は帰る」という、シリアを舞台とするドキュメンタリー映画があった。主人公のバセットは抵抗運動の指導者で、サッカーの名選手、そしてアラブ音楽のシンガー・ソングライターだった。

彼が歌ったのは内容から言えば革命歌。自作の歌詞で政権打倒を歌い、団結を歌い、不屈を誓い、アッラーを讃える。それを運ぶのがアラブのメロディーで、この本を読んだ後だとあれも旋法に乗ったものだったとわかる。

（五段活用の動詞の問題の答え——「死ぬ」）

——2018/11/1

# 宇宙に行くべきか、独楽とモノレール

## ×月×日

前の東京オリンピックとか前の大阪万博とか、回顧が話題になっているのは次があるからだ。前者は五十四年前、後者は四十八年前だった。

では四十九年前のアポロ11号は？　これも二〇二〇年代に月に人を送る計画があって、ＪＡＸＡも着陸船を造って参加しようとしている。

**『もしも宇宙に行くのなら　人間の未来のための思考実験』**（橳島《ぬでしま》次郎　岩波書店）は人間が月ばかりかもっと遠くまで進出することを前提にした考察である。そしてこれがほとんど倫理の話。

ヒト、つまりホモ・サピエンスは数万年前にアフリカを出て拡散し、南極を除くすべての大陸に住むようになった。ではその先は？

ロシア人ツィオルコフスキーは多段式のロケットの発案者だが、彼の「地球は理性のゆりかごだ」という言葉からこの本は始まる。人間に宿る理性はやがて宇宙に出てゆく。何かの利を求めてのことではなく、そこまで知的に成長すること自体が目的という思想。

二〇一一年に開始された「マーズ・ワン」という民間の計画は二十四名を火星に送って定住させることを目指す。世界中から二十万人が応募したという。

すぐに現実的な問題が生じる。例えば、男女比をどうするか？　数名のグループ行動の場合、異性が入ると効率は増す。しかし性的緊張からいざこざになることもある。閉所生活の実験として行われた「バイオスフィア２」や「マーズ５００」も順調ではなかった。男女別々に暮らして月に数日だけ一緒とか、みな同性と異性のパートナーを持つとか、案はいろいろあるが、それで済むか？　宇宙船には逃げ場がないのだ。

あるいは人体改造のこと。地表と違う環境に行くのならそれに合った身体を作ればいいとして、それはどこまで許されるか。今、遺伝子操作は治療のために体細胞に手を加えるのは認められ（これは一代かぎり）、生殖細胞はダメ（こちらは子孫まで）。また体機能の強化・向上には体細胞も生殖細胞もいじれない。宇宙は別枠？

次はロボットの支援の問題。便利だから連れていけばいいと日本人は思うが、キリスト教国では人間もどきには抵抗があるらしい。更にはロボットの反抗を恐れるフランケンシュタイン・コンプレックスという心理もある。

世のＡＩ脅威論がどうもぼくにはわからない。その能力のゆえに人間が職を奪われるというのはわかる。ラッダイトは切実な抵抗だった。しかし、ＡＩに自意識はないのだ。死を厭《いと》うも子孫を残すも社会で成功するも、個体の欲望がない。つまり魂がない。誤作動はあっても反抗はあり得ないと思うのだが。

その先で、宇宙に出て人間は人間以上／人間以外のものに変わるかという壮大にして空疎な設問が登場する。正にＳＦの課題だけど、と考えるうちにこれはぼくも『やがてヒトに与えられた時が満ちて……』や短篇「帰ってきた男」などで書いてきたことだと気付いた。なじみの話題であった。

**×月×日**

宇宙に行くと決めたとして、その手段は？

これは『**宇宙はどこまで行けるか　ロケットエンジンの実力と未来**』（小泉宏之　中公新書）が詳しい。

宇宙工学の最前線の話である。ロケットについて、多段式の原理から固体燃料と液体燃料の基本を教える先で、固体の場合は燃料体に垂直方向に星型の空隙を作って出力の安定を図るとか、液体ではターボポンプシステムと再生冷却が性能の鍵などなど、メカとしての話がおもしろい。

火星に人を送ってまた連れ戻す「R計画」のこと。要する時間を大雑把に積み上げてみると「地球から火星の約260日、火星で待つこと約450日、火星から地球の約260日、合計で約970日」という結果が出る。これを知った上でマット・デイモン主演の映画「オデッセイ」を見ると興味倍増。

このように数字が頻出するのもこの本の特徴、むしろ文体と言っていい。これが説得力がある——「1台300万円の車を年間1万台売って年間3000億円を売り上げるのが自動車業界であるのに対し、1台3000億円の衛星を年間1台売って同額を得るのが宇宙業界だ」と知って、R計画は年間一・五兆円で二十年、総額ではアポロ計画の倍と少しという数字がリアルに見えてくる。

この著者、夢想と現実の間に梯子を掛けるような仕事ぶりで、少し羨ましい。

## ×月×日

すっかり工学づいてしまった。大きなものから小さなものに目を移そう。直径二センチのコマについて『**独楽《コマ》の科学　回転する物体はなぜ倒れないのか？**』（山崎詩郎　講談社ブルーバックス）で学ぶ。

「全日本製造業コマ大戦」という催しがある。金属加工などを得意とする企業がコマを作って参加する。ルールは昔なじみのベーゴマと同じで、中がくぼんだ丸い盤の上で一対一で戦う。盤の外へ出るか倒れるかしたら負け。スタートは投げ手が軸を指で摘んで回すだけ。

コマについては直径二センチ、高さ六センチ以内というほかに規制はない。重い方が慣性モーメントの点で有利だから比重だけ考えれば素材はイリジウム、金、プラチナなどが候補になるが、価格を考えてもっぱらタングステンやその合金が使われる。

さまざまな条件を勘案して標準的な「王道コマ」が作られる。図で見るといかにも安定して強そうに見える。しかし回を重ねるごとに奇策が出てくる。軽いコマは不利なはずだが、相手と逆方向に回すと、接触のたびに相手から角運動量を貰って寿命が延びる。重いコマの投げ手はどちらの向きに回すか、ぎりぎりまで手の内を見せない。物理ではなくじゃんけんのような心理の駆け引き。

中に精密なからくりを仕込んで、回された後で腕を伸ばして変身するコマもある。伸びた腕で相手の軸を叩いて倒す（あだ名が「ねこパンチ」）。更にはベアリングを組み込んで中と外を分けるとか、超軽量退避戦術の一点静止型とか、まあよく工夫するものだ。

**×月×日**

ジャイロとコマは同じ原理だ。どちらも倒れない。これをモノレールに応用する。懸垂型でないモノレールは主輪で車体の重量を支え、コンクリート製のレールの下部を左右から副輪で挟んで安定を保つ。しかし**『ジャイロモノレール』**（森博嗣　幻冬舎新書）によればジャイロを組み込むことで普通の鉄道のレール一本で安定走行ができるという。

この著者は著名な作家である一方で工学博士にして、「自宅の庭園内に、ミニチュアの鉄道を敷」いていて、それが全長五百二十メートルの環状線、という恵まれた環境を持つ人である。

ジャイロモノレールは二十世紀初頭に開発が試みられたがやがて消滅。これの再興を企図するアマチュアたちがいて、地道に愉快に試作と実験が進んでいるらしい。いかにも楽しげな理由は今どき電子部品に頼らないことだ。「スイッチ、モータ、歯車というメカニカルなカラクリだけで、自動的に左右のバランスを取って、1本のレールの上を走ることができる」というレトロなところに感心する。

**×月×日**

ジャイロは船にも使えないかと考えた人がいる。『**客船の世界史　世界をつないだ外航客船クロニクル**』（野間恒　潮書房光人新社）という浩瀚な本に、一九三三年に就航した「コンテ・ディ・サヴォイア」というイタリアの船がジャイロ式動揺防止装置を備えていたという記述があった。実際にはあまりうまく機能しなかったらしい。その後、同じような機能はフィン・スタビライザーで実用化されている。

——2018/12/20

2019年

137
# おばあと化学、深い穴、2001年

**×月×日**

去年、いちばんおもしろかった小説は円城塔の短篇集『**文字渦**』（新潮社）だった。

SFである。むしろSFすぎる。Sはサイエンスだが、ほとんどのSFのSはファンタジーで水割りされている。円城のこの作品では中国文化圏における漢字の機能が主役で、これを科学の方法論が縦横無尽に走らせる。込められたアイディアの密度が半端でなく、よくもここまでと読んでいて嘆息するほど。要するにとても高級な冗談なのだが、高級すぎてついていけない読者もいるだろう。

例えば「緑字」という話で、太陽系ぜんたいに散る文字テクストの中に、時によって緑の光を放つ偏があるという観測結果が報告される。字ではなく偏のみ。厖大な対象資料からこれを抽出し、解析して発光の原理を明かす。

理系の知識のある者ならばまずマリー・キュリーの偉業を思い出すだろう。彼女は夫ピエールと共同で十一トンのピッチブレンドを家内工業的な手法で処理し（一回に二十キロとして五百五十回！）、一グラムのラジウムを得た。

科学は知識ではない。まずもって方法である。

**×月×日**

それをしみじみ感得したのが『**めんそーれ！　化学――おばあと学んだ理科授業**』（盛口満　岩波ジュニア新書）。

著者は那覇の珊瑚舎スコーレ夜間中学というところで、もっぱら年配の女性たちからなるクラスに理科、なかんずく化学を教えた。

生徒は戦争と戦後の混乱で初等教育を受けられなかった人たちだから、教科書の知識はなくとも世間知がたっぷりある。だからこのクラスの賑やかなこと。

ぼくは大学の理系中退の身だから、中学で教える化学はまあ知っている。しかし、知っていることと教えられることはまた別だ。普段から日本語で暮らしていても外国人に日本語を教えるスキルはないのと同じ。

盛口先生は授業の組み立てがうまい。化学とは物質の科学である。知識を暗記することに意味はない。まずは実験。だから最初の授業は肉じゃが作り。可逆の変化と不可逆の変化。できた肉じゃがは肉とジャガイモには戻せない。

燃えるものと燃えないものというテーマの授業で、鉄は燃えるかと聞けば「燃えませんせん」という答えが返ってくる。実際、針金をコンロの火に入れても燃えない。しかしスチールウールは燃える。酸素濃度を高めた雰囲気（これが科学的な本来の意味）の中だといよいよ激しく燃える。それを目の前で見せる。燃えた結果はもとより重くなる。しかし紙を燃やした灰はもとより軽い。

ともかく生徒の反応がいい。砂の話をして、沖縄の白い砂と対照するために千葉県の砂を見せる。もとは白かった砂が汚れて黒くなったのかという声が上がる。「こんな黒い砂の上で海水浴をするんですか？」とか、千葉の砂は評判が悪い。

沖縄の砂は珊瑚礁が砕けたものだから白いけれども、千葉の砂は山の岩石が砕けたものだから黒っぽい。更には砂鉄も混じっている。すると、「本土には、鉄くずが多いんですか？」という問いが飛来して、砂鉄が天然自然のものであることを説明する。

生徒の言うことの背景には人生がある。ほとほと感心したのは、コンビーフの缶をくるくる開けるために付いている小さな金具、あれを叩いて延ばして縫い針にするという話。捕虜収容所で毛布が足りないのでカマス袋やセメント袋を縫って毛布代わりにする。そこで縦に穴の開いたあの金具が針になったのだと。

これが授業というものの本来の姿だ。普通の中学校で子供たちは受験のために知識を詰め込む。先生には権威があり、余計な発言は許されない。知的好奇心の伸びる余地がない。その中で工夫を重ねているよき教師もいるのだろうが。

同じ著者による**『琉球列島の里山誌——おじいとおばあの昔語り』**（東京大学出版会）も聞き取りを主にした優れた本であった。この人には身辺を見る目と聞く耳があるということだ。

**×月×日**

小説の中のサイエンスをとやかく言うのは野暮かもしれない。フィクションなのだから何があってもいいが、**『いつか深い穴に落ちるまで』**（山野辺太郎　河出書房新社）の結末を受け容れるべきか否か、考え込んだ。

　鉛直にトンネルを掘って日本とブラジルをまっすぐに結ぶという事業の広報担当職に就いたサラリーマン、という設定はいい。秘密プロジェクトの広報という矛盾もいい。地殻の先はマグマがあって、やがて高温高圧の核があって、そこを貫くトンネルはあり得ない、などと言えばそれは野暮になるだろう。文藝賞を受けたこの作品の選者である斎藤美奈子が言うとおり、これは「文科系の土木小説」としてよくできている。

　しかし、最後に貫通したトンネルに身を投じた主人公が対蹠地《たいせきち》であるブラジルに着いた時にそのまま勢いあまって宇宙へ飛び去るという結末は納得できない（ネタバレごめん）。これは地球を貫くトンネルなど掘れないというのとは違う次元の非科学なのだ。運動量の保存則違反。

　あり得べきは、主人公の鈴木一夫君がブラジルの地表にわずかに届かず、また日本に向かって落下して、しかしここも届かず、ブラジルに向けて落下し、と永遠に往復を続ける縦方向の振り子運動ではないのか。

　そもそもこの小説には対蹠地ないし対蹠点というキーワードが出て来ない。日本本土の対蹠地は南大西洋の海の中だが、沖縄ならばブラジルのサンタカタリーナ州あたりになる。

**×月×日**
　またキューブリック、またあの映画、と思いながら**『2001：キューブリック、クラーク』**（マイケル・ベンソン　中村融、内田昌之、小野田和子訳　添野知生監修　早川書房）に読み耽った。おそろしく綿密なメイキング・オブで、まず物量的にすごい。本文だけで五百七十五ページ。索引の項目数がざっと六百。

あの映画がアーサー・C・クラークの「前哨」という短篇から出発して、四年を掛けて主要なスタッフだけで数十名が関わり、厖大な予算超過と撮影現場の危険と人間関係のトラブル、創意工夫、新技術の開発の果てに完成するまで、それがいわば一つの歴史として語られる。

ものごとが結果としてうまくいった事例の一つかもしれない。アイディアが生まれ、才能ある人から人へ伝播しながらふくらみ、更に多くの人を引き寄せ、勢いに乗って進み続ける。

勢いの源はキューブリックだ。関係者の一人が言う――「ベーシックなアイディアはあった――もちろん、アーサー・クラークの小説だ――しかし、完成した脚本は最後までなかった。われわれは場当たり的に働き、明日なにをするかは、毎日考えが変わった」と。

新しいものは新しすぎると受け入れられない。しかし新しすぎるか否かは公開してみないとわからない。「2001年宇宙の旅」の試写会の結果は最悪だった。批評家たちはこれを酷評した。この本で最も心動かされるのはこの部分だ。

謎がらみのストーリーで釣らず、主演俳優の美貌や裸体で釣らず、会話の妙で釣らず、映像という最も映画的な手法によって映画を作る。この本の主体を成すのは撮影の技術の細部だ。直径十二メートル、重さ三十トンのドーナツ形のセットを回転させる。ここにいかにカメラと照明を配置するかという難問など。

中年以上の批評家は映像がわからなかった。若い映画ファンが殺到するのを見て反省する――「プロの評論家は、ときとして自身にとって馴染み深いカテゴリー、都合のいい規範や慣例に拘泥して足を取られることがある」。

――2019/2/14

138

# 丁々発止の対談、体熱の収支、御嶽《うたき》とグスク

**×月×日**

雑誌に「座談会」という形式を作ったのは「文藝春秋」の創刊者・菊池寛だった。最も有名な座談会は昭和二十四年に池島信平が企画した「天皇陛下大いに笑う」で、出席は徳川夢声、辰野隆、サトウハチロー。

では「対談」を紙面に載せるのも菊池寛の発明かと思ったが、今一つ調べきれない（「鼎談」という半端なのもあるし）。座談会も対談も成果はメンバー次第である。

さて、原武史と三浦しをんの五回に亘る対談をまとめたのが**『皇室、小説、ふらふら鉄道のこと。』**（KADOKAWA）で、やはりこの二人の組合せが秀逸。異種格闘技のようだが格闘にしては和気藹々。見立てれば、賢い馬とやんちゃな山猫が広い野原でじゃれあっているという図か。原はまずは近代史が専門。皇室と鉄道という二つの分野についてとんでもない量の知識と見識を持ち、これを土台にどこまでも論を広げる。細密な各論がそのまま正しく総論につながるという恐るべき知の巨人。

三浦は作家であって、ものの考え方が柔軟で大胆、原に向かって外角ぎりぎりの直球を投げる。それをまた原が見事に打つ。

最もスリリングなのは二〇一六年八月二日の回。その直前に今上の「生前退位」の意向が伝えられ、実際の「おことば」が発表されるのが八月八日。それを受けての次の対談が九月九日。二人の口から次々に鋭利な言葉が出る。

三浦は「おことば」発表以前に、なぜ「譲位」ではなく「生前退位」なのかを問い、「定年退職」み

たいと言う。この語感のひらめきが見事だ。

で、「おことば」の発表の後、原は言う――「今回の『おことば』に至った理由の一つは、大正天皇にあると思います。大正時代の最後の五年間は皇太子が摂政を務め、天皇は引退させられたものの五年にわたって天皇であり続けた。天皇は忘却され、引退でさらに病状が悪化し、皇后が力を持った。このことが、摂政となった皇太子裕仁《ひろひと》と貞明皇后の間に確執を生み出す要因にもなりました」。

貞明皇后は裕仁を疎んで弟の雍仁《やすひと》（秩父宮）を溺愛した。終戦の時、裕仁は雍仁や宣仁《のぶひと》（高松宮）による皇位簒奪を警戒したという説もある。

これについて三浦は「昭和天皇が現天皇に、『母ちゃん、まじ怖かった』的なことを話してる可能性はありますよね」と切り返す。こういう丁々発止が本書の醍醐味だろう。

貞明皇后が雍仁を偏愛したことについて二・二六事件の後の記録に「秩父宮ガ正嫡」とあると原は言う。とんでもないスキャンダルではないか。

これに対して三浦は過激に反応し、万世一系は本当のことかとずけずけと問う――「どうして男系で正統性を担保しようとしたんでしょう。もし、『天皇家の血筋は連綿と続いているのだ』としたいなら、天皇自身の性別はどちらでもいいですけれど、跡継ぎは常に、『天皇の娘が産んだ子』の中から選んだほうが、明確ですよね」。

天皇談義と平行して鉄道の話も賑やかだ。そしてこの二つの路線は行幸・行啓で繋がっている。古代の天皇が国見をしたように近代の天皇は地方を巡って国民に顔を見せる。災害などで辛い目に遭っている人たちを慰める。

「昭和天皇のときは主に鉄道を利用していました」という原の発言で、山手線の原宿駅から三百メートルほど北にある、「皇室専用ホーム」と呼ばれる駅舎のことを思い出した。あの白っぽい、広々とした、神聖めいた空間について原武史の蘊蓄がぜひ聞きたい。
どうやらこの二人に憑依されたらしい。熱が出てきた。

**×月×日**

熱を冷ますのに体温の本。人間だけでなく動物全般の話に行こう。
生物は特殊な存在だが、その原理はすべて物理の中にある。質量やエネルギーの保存則は守られている。

恒温動物には体温がある。個体は食料を得てそれを体内で燃焼して熱を得る。食料などで得られた熱と外界に失われる熱の量は一致するはずだ。

**『進化の法則は北極のサメが知っていた』**（渡辺佑基　河出新書）はこのテーマを巡るフィールドワークの記録であり、それで得られた成果の報告であり、波瀾万丈の冒険譚であり、柔らかすぎる文体に載せた愉快なエッセーである。

まずはタイトルにある北極のサメのこと。水温○度の北氷洋にニシオンデンザメというサメがいる。変温動物だから体温も○度。それがどうして生きていられるのかが謎だった。

渡辺はカナダの北端まで行って、船で海に出てこのサメを延縄《はえなわ》で釣り上げ、その身体に記録計を取り付けて放す。二、三日の後に記録計はタイマーで切り離されて浮上するから、電波を頼りに回収する。

このバイオロギングという手法を渡辺は北氷洋だけでなく、南極（対象はアデリー・ペンギン）、オーストラリア（ホオジロザメ！）、シベリア（バイカルアザラシ）などで繰り返し、そのたびに記録計を取り付けるのにさんざ苦労し、データを蓄積して解析した。

ニシオンデンザメはごくゆっくりしか活動しない。だから彼らの寿命は四百年にも及ぶ。同じように寒い海で餌を捕るアデリーペンギンは逆に猛烈な勢いで海中を泳いで大量の餌を獲得、それで高い体温を維持する。不思議なのはホオジロザメで、水温より十度ほど高い体温でそれなりの活動をする。恒温と変温の間に位置するから中温動物。

熱の放散の原理についてはラクダの話がおもしろい。灼熱の砂漠でなぜオーバーヒートしないのか？これについては先人の研究が引用され、今の知見に至った道筋が紹介される。

「体の大きさと体温さえ決まれば、生物が生物として生きるペース（pace of life）が決まり、それによって生物の運動能力や生活スタイルや成長速度が決まる。進化のスピードや生態系の多様性さえ決まる」ということが代謝量の理論から導かれる。これは大変な発見だ。

一般の科学ファンのための啓蒙書としてほぼ完璧な本だと思った。

**×月×日**

沖縄の御嶽《うたき》は内地の神社に似た信仰の拠点だが、両者の間には大きな違いがある。御嶽にはほとんどの場合、建物がないのだ。聖地であってただそれだけ。

**『沖縄の聖地　御嶽《うたき》――神社の起源を問う』**（岡谷公二　平凡社新書）はまず御嶽についての簡潔な説明であり、半世紀以上に亘る御嶽巡りの記録であり、神社と御嶽の起源についての考察であって、これには柳田國男と折口信夫の説への批判が含まれる。

御嶽巡りのところは斎場御嶽《せーふぁーうたき》の近く、久高島が見えるところに住んだぼくには懐かしい。その他の島の御嶽も知っているところがある。御嶽ほど整備されていない小さな拝所《うがんじょ》での御願《うがん》は日常の習慣だった。

なぜ御嶽には社殿がないのかではなく、なぜ神社には社殿があるのかと考えて、「仏教寺院の影響も大きかった」という説に納得した。本来ならば人と神が出会う場で充分なのに、そこに国が割り込んで権威を立てようとした。それと平行して女性が排除され巫女は神官に取って代わられた。沖縄で琉球王朝は社殿を造らず、女性も残った。今でも民間の巫者であるユタの大半は女性だ。

**×月×日**

たまたま時を同じくして『**沖縄の名城を歩く**』（上里隆史、山本正昭編　吉川弘文館）が出た。「名城を歩く」というシリーズの一冊だからこの名になったが、沖縄のグスクは城ではない。琉球石灰岩で築かれた城壁はあるが「軍事城塞とはいえない側面を持つ」ものであり、多くは御嶽を伴う。先の岡谷の本にはグスクはかつては風葬地だったという説が紹介されている。

本書は本島と離島の数十のグスクの調査であり、図面と写真がそれを補う。

——2019/4/4

## 139 かがく、縞模様、日本語、季語

**×月×日**

戦後の子供文化にとって「こどものとも」という雑誌形式の絵本が果たした役割は大きい。一九五六年創刊で、ちょうど妹が絵本適齢期だったのでぼくもよく見ていた。

同じ福音館書店が一九六九年に刊行を始めたのが「かがくのとも」。もっぱら理科系のテーマを扱って、子供にわかりやすいよう、それ以上に子供の興味をそそるよう、よく考えられたテクストと楽しいイラ

ストで構成されている。
この雑誌が五十年続いたというので**『月刊科学絵本「かがくのとも」の50年　かがくのとものもと』**（福音館書店）が出た。これが科学というものの捉え方の好例としておもしろい。初期のタイトルを並べれば――

しっぽのはたらき
たべられるしょくぶつ
あなたのいえ　わたしのいえ
て　と　ゆび
あげは
かずくらべ
いとでんわ
……

この段階でもう加古里子《さとし》、堀内誠一、安野光雅などが絵を描いており、やがて五味太郎、長新太、片山健、などが加わる。テクストの執筆者も多様。

子供にとって最も身近な自然は自分の身体だ。だから「みんな　うんち」とか「おなら」とか「おへそのひみつ」とかがテーマになる。その一方で動植物、ずっと大きな宇宙や極微の世界への案内もある。見た目は雑誌だが実質は単行本だから一冊ごとに何カ月も、時には観察から始めて何年も、時間が掛かっている。

ぼくは「かがくのとも」を書いたことはないが、少し上の年代を対象にした姉妹誌「たくさんのふしぎ」では「宇宙のつくりかた」というのを佐々木マキさんと作った。途中いったい何度編集者とやりとりをしたかわからない。

『かがくのとものもと』のオビに真鍋真さんが「子どものときに熱中したことは、過去の思い出になるだけじゃない。大人になった未来の自分を助けてくれます！」と書いているが、最近『科学する心』なんて本を出したぼくはしみじみそう思っている。

**×月×日**

科学的発見の感動は広範囲の現象を単純な原理で説明できるところから来る。ニュートンはリンゴが落ちることから惑星の運行までを万有引力という原理で説明した。

では動物の身体の模様を説明する原理はあるか？　ＤＮＡとかゲノムとか、いかにも先端科学めいた話ではなく、サバの縞やキリンの斑紋、あるいは我々の指紋など、こういう図柄を一括して説明する原理はあるか？

**『波紋と螺旋《らせん》とフィボナッチ』**（近藤滋　角川ソフィア文庫）はこの問いに明快に答える好著だ。いくつもの謎がはらりはらりと解けてゆくのが快感。

まずは、なぜ貝は脱皮しないのに成長できるかという謎。円錐は下部により大きな輪を加えるだけで元の形に相似なまま大きくなれる。パラメータは頭頂角だけ。これにひねりを与えるとサザエにもアンモナイトにもなる。これでゾウガメの甲羅もわかる。あれは六角錐の集合なのだ。

ここまではざっと小手調べ。サバやキリンや指紋など、表面の模様は何が決めるのか。縞と水玉はまったく違うものなのか？　ひょっとして干上がった泥にできる模様は関係ないか？　トンボの羽のあの図柄は如何？　体表のことは最深部から生体を見る発生学では解けない。

模様を統御する原理があるのであり、これはその発見までの物語である。そこに至る過程がおもしろいのだが、ここで詳説するのは無理。縞と水玉について言えば二色の色素が互いを排除し、相互の距離によってその働きを変える。その結果はまるで波紋と同じ効果を生む。これは反応拡散波と呼ばれる。これを発見したのがあのアラン・チューリングだというのが驚き。コンピューター科学の基礎を作り、ドイツの暗号を解読した天才は生物学の分野でも大発見をしていた。複雑に見える自然現象にずっと補助線を引く。彼はニュートン並みの天才だった。

この本の著者もおもしろい。師から与えられた免疫の研究に励むふりをしながら、一方で自分勝手な思いつきを具体化すべくタテジマキンチャクダイという縞々の魚を飼育して、その縞が動く（図柄として変化する）ところを観察し、反応拡散波によることを実証した。

ここまでが波紋、残る螺旋とフィボナッチについても一読三嘆と言っておこう。

**×月×日**

その『波紋と螺旋とフィボナッチ』の脱線の一つに、こけおどしの語彙についての考察がある（この著者の話は脱線が多いのだ）。

一九九〇年代まで花王のシャンプー・メリットには「ジンクピリチオン配合」と書いてあった。消費者はそれが何を意味するかわからないままに「それはすごい」とか思って買った。これを清水義範が「ジンクピリチオン効果」と呼んだという話から、科学界においても実態不明のままに使われる言葉があると近藤は言う。研究費の申請書類などで「トランスクリプトーム解析」とか「ゲノムワイドなスクリーニング」とか、査定者を煙に巻く類の言葉。

さて、言葉の応用問題も含めて、古典から現代までの日本語の語彙の使い勝手を縦横に論じたエッセーの集積が『**日日是日本語——日本語学者の日本語日記**』（今野真二　岩波書店）。副題のとおり、二〇一八年の一月から十二月までの日記の体裁になっている。

新聞の見出しに「AIとの未来を考える」とあるのに対して、AIが「擬人化されている」と読み、「擬人化することによって、『AI』の語義が曖昧になり肥大化するのではないだろうか」と言う。この危惧は当たっていると思う。

しかし、ただの日本語のご意見番ではない。恐ろしく広範囲な読書と、古書博捜、それに今の言語生活に対して張られたアンテナの大きさ、更にはちょいとした料理の話題など、まずは文人の随筆として一級であり、楽しく読める。

中には天皇の御璽《ぎょじ》のデザインなどという世間ばなれした話題もある。明治四年に長崎出身の豪商で篆《てん》刻《こく》家としても知られていた小曽根乾堂《こそねけんどう》という人物の御璽の素案を巡る話。実際には彼の案は採用されず、明治七年に京都の篆刻家・安部井櫟堂《あべいれきどう》と鋳造師・秦蔵六《はたぞうろく》が作製したものが現在も使われているという。では今回の改元でもそれが受け継がれたのか。こういうことは些事ゆえに楽しい。

本書のタイトル、『日日是日本語』は「にちにちこれにほんご」とふりがながあって、十月二十二日の項に『日本国語大辞典』に依って「にちにち」が標準形という判断が示される。

なるほど。しかし一方、「大阪日日新聞」は「にちにち」だが、3・11の時にいち早く避難所に壁新聞を貼り出して感謝された「石巻日日新聞」は「いしのまきひびしんぶん」なのだ。

言葉はビミョーである。

## ×月×日

ビミョーではなく厳密な揺るがぬ言葉として、例えば季語がある。

**『季語練習帖』**（高橋睦郎　書肆山田）は表題に季語を立てて、その意味を解くと同時にその季語を用いた自身の作を十一句並べる、という試みを百一回に亘って行った成果である。掛け算をすればわかるとおり、ここには一千百十一の句が居並ぶ。

今ならば、「早乙女の乳含ますや昼餉前」などを作例とする回が読み頃か。関連の季語は、早乙女、皐月田、さつき川、杜鵑花《さつき》、早乙女髪、早乙女返る、早乙女宿、皐月男、など。

「さつき、さみだれ、さなえ、さおとめ、さなぶりに共通する語頭のさは神稲《しんとう》の意という」に始まる論が広く展開される。おもしろくて学が身につく本だ。

――2019/6/6

## 140。中国のSF、南極紀行、南洋の科学者

**×月×日**

現代史というもの、まったく先が見えない。今の事態、つまりトランプ大統領や長期安倍政権など民主主義の劣化は十年前には予想できなかった。となると十年後のことがわからないのは当然だろう。

**『セレモニー』**（王力雄　金谷譲訳　藤原書店）は中国を舞台にした近未来SFである。監視カメラとインターネットによる国民管理とか、主席と呼ばれる独裁者とか、近未来はそのまま現代だ。この現実感にゆさぶりを掛けて社会の劇的な変化を導くのがいかにもSFめいたガジェットの類。話の始まりにいきなり出てくるのがSIDという靴に組み込まれたナノレベルの仕掛けで、これによって政府当局はすべての国民の移動を追跡することが可能になる。

携帯電話を持っていない者はいても靴を履いていない者はいない。男女がベッドのある部屋にいて靴に動きがなければ、その間は靴は脱がれていたのであり、性行為があったと考えられる。履いたまま行えば机を使った背位か。

あるいは数メートルの距離から作用して人の性欲を異常に昂進させる「ドリーム・ジェネレーター」や、標的とされた人物の首筋に接近して麻痺剤を注入する電子蜂。

「セレモニー」というタイトルは「式典」を意味する。国を挙げての大きな式典が目前という時期、絶対安定と見えた主席の座が揺らぎ始める。パンデミックの可能性を利用する権力内部の暗闘が始まる。

登場する面々の大半は悪党だが、電子機器の開発に携わる李博《リーボー》と、彼の妻で防疫の専門家である伊好《イーハオ》の二人だけは誠実な人物として描かれる。いわば倫理の軸。

暗殺と抗争の果て、最終的に体制は崩壊するのだが、これが荒唐無稽であると同時にいやにリアルであるところがこの小説の眼目なのだろう。官僚組織を動かす政治力学の描写に説得力がある。今の中南海と地方はこういう原理で動いているかと思わせる。

国民監視のガジェットにしても、あり得ないと言い切れない。二十年前のSFにスマホは出てこなかった。作家たちが予言したのはせいぜい腕時計電話だった。

場面ごとに主役が交代する。次々に新しい人物が登場し、舞台も変わる。李博と伊好は背景に紛れ込む。

この手法、何かに似ていると思って浮かんだのが武侠小説という言葉だ。英傑と悪漢が入り乱れて武術を駆使して闘う大衆文学。淵源は『三国志』や『水滸伝』で、現代の例を挙げれば中国語圏のメガセラー作家・金庸の『書剣恩仇録』あたり。日本でならば山田風太郎の忍法ものとか、コミック／アニメの「ドラゴンボール」とか。

ソ連の崩壊と冷戦の終了はその五年前にはＳＦでしか書けなかった。世界がＳＦ化しているのだ。

**×月×日**

息苦しいので南極へ逃げよう。

十三年前に鈴木忠著『クマムシ?! 小さな怪物』という本が出た。クマムシは一ミリにも満たない小さな動物で、ムシとはいうが昆虫ではなく節足動物でさえない。足が四対あって熊に似ていてとてもかわいい。しかも極低温や超高圧のもとでも生き延びる。

こんなおもしろい本はないと思ってこの欄で紹介した。その著者鈴木忠の新著が**『クマムシ調査隊、南極を行く!』**(岩波ジュニア新書)。

南極大陸は氷雪ばかりではない。周辺部では夏には地面が見えるし真水の池もある。そこに苔があればその中にクマムシがいるかもしれない。というわけで鈴木さんは第五六次南極地域観測隊の一員として昭和基地に行き、更にその先の前進基地に行って標本採集をした。これはその愉快な報告である。

砕氷艦「しらせ」の航海からヘリコプターでの昭和基地入りと、そこでの生活。ラングホブデの小さな小屋への移動とその周囲を歩き廻っての採集。夏とはいえ荒れる日もある天候との駆け引き。行動を共にしたクマムシ三人組(実は一人はバクテリア専攻)とのずっこけ日録。とりわけ大事な食事の記録。

自然科学者であるから地象や生物相への目が鋭い。苔だけを集めればいいわけではなく、湖の中に定置されている観測装置のデータ回収と電池交換など、さまざまな責務がある。

何よりも三人で生活をしなければならない。昭和基地には専門の料理人がいるがフィールドに出れば三人だけ。ツジモト隊員(女性)は二度目の南極で経験の分だけ頼りになる。もう一人がナカイ君。小屋には三台の顕微鏡が並ぶ。採取したカワノリの中に「クマムシがウジャウジャ」いるのが見えたりして。

実はぼくはこの本については特権的な読者である。夏の南極を知っているのだ。ぼくが行ったのは昭和基地とは反対側の南極半島の方で、目的も研究ではなく観光だった。旅仲間はみなオーストラリア人で、出会ったのはアデリーペンギンではなくジェントゥーペンギン。それでもこの本にあるような荒涼たる風景と冷たい風は懐かしかった。

**×月×日**

まだ南に目が向いている。大日本帝国の支配下にあった南洋諸島。当時は内南洋と呼ばれ、今はミクロネシアと呼ばれている。

一九一四年、第一次世界大戦の勃発と同時に日本は海軍を派遣してドイツ領だった島々を占領した。その後でこの地域は国際連盟委任統治領として日本に預けられ、現実には植民地となってやがて軍事基地も作られた。広く知られているようにトラック環礁は連合艦隊の泊地であり、戦艦武蔵などが出入りした。そして内南洋は終戦と共に日本の手を離れた。

この島々で日本の科学者たちがどういう研究をしたかを明らかにするのが、『**〈島〉の科学者——パラオ熱帯生物研究所と帝国日本の南洋研究**』（坂野徹　勁草書房）である。

碩学の手になる浩瀚《こうかん》にして精緻な本を速読してはいけない。それはわかっているのだが、これはぼくがよく知っている地域の歴史であり、懐かしい地名や人名が次々に出てくる。精読は後日のこととして、つい先を急いでしまう。若い時にひたすら通った島々なのだ。

初期の総括的な研究、松岡静雄（柳田國男の弟）の『ミクロネシア民族誌』や矢内原忠雄の『南洋群島の研究』には目を通していたし、ずっと後の今西錦司の指揮による共同研究『ポナペ島』も知っている。画家・彫刻家で民俗学者だった土方久功《ひじかたひさかつ》の仕事も見ているし、彼と中島敦が親しかったことも承知している。

しかしパラオのこの研究所のことは知らなかった。通称「パラオ研」は共同利用研究所のはしりであると言われる。つまり後の昭和基地のようなものだ。ここに日本各地から若い研究者が派遣されて長期滞在し、それぞれのテーマで分類学や生態学のリサーチを行う。

パラオ研の人たちの日々の記録がおもしろい。若い男ばかりの共同生活だから受け止めかたによって楽園ともなれば牢獄ともなる。

研究で成果をあげる一方、毎日の暮らしの不満もあり、人によっては島民との交流も盛ん。中には本気の恋愛になった例もあって、この人は内地に帰されてしまった。

本書は、研究者はミクロネシアで何を調べようとしたか、それは政治的にどんな意味を持ったか、また研究者の目に現地の島民社会はどう映ったか、という三点を主題としている。この目的は充分に果たされ、再読三読を誘う一冊となっている。

少し欲を言えば、一九三四年二月にトラック諸島のロソップ島に行った皆既日食観測隊に触れてもよかったかと思う。海軍水路部と国立天文台の共同企画で、巡洋艦「春日」が使われた。新聞記者が何人も同行し、全国的な話題になった。一回だけのことで持続的研究ではなかったが、日本国民と南洋を科学が結んだ事例の一つである。

――2019/7/25

渡辺一夫……174, 269
渡辺京二……339, 614, 615
渡辺豪……352
渡辺政隆……288, 334
渡辺佑基……653
綿矢りさ……034
和辻哲郎……614
ワトソン，ジェームズ……507, 508

吉田光宏……188
吉田満……502
ヨシタケシンスケ……637
吉野朋美……601
吉見俊哉……248
四元康祐……266, 359-362, 395
寄藤文平……509

## ラ 行

ラスムッセン，パトリシア……363
ラーソン，ゲアリ……163
ラバテ，パスカル……314
ラヒリ，ジュンパ……034, 102, 186
ラフォルグ，ジュール……085
ラマヌジャン，シュリニヴァーサ……032, 272, 273
ラヒーミー，アティーク……035
ランサム，アーサー……310
ランシング，アルフレッド……244
李賀……600
李商隠……067
リア，エドワード……463
リブ，ギィ……565-568
リブレクト，ケネス……363
リベラ，ディエゴ……332
リルケ，ライナー・マリア……383
リンカーン，アブラハム……463
リンギス，アルフォンソ……160, 161
リンク，ケリー……469
リンチ，ジェシカ……041
ルイス，H・W……349, 350
ルイセンコ，トロフィム……215
ル・カレ，ジョン……233, 234, 612, 613
ル＝グウィン，アーシュラ・K……113
ル・クレジオ，ジャン＝マリ・ギュスターヴ……083, 084, 126
ル・クレジオ，ラウル……126
ルシュド，イブン……130
ルーセル，レーモン……629
ル＝ブラース，アナトール……254, 255
ルーベンス，ピーテル・パウル……567
ルルー，ガストン……610
ルルフォ，フアン……333
レヴィ＝ストロース，クロード……064, 232, 233
レヴィット，テレサ……522
レオ・アフリカヌス……594
レーガン，フィリップ……213
レスコフ，ニコライ……116, 401
レペシンスカヤ，オリガ……022
レンブラント・ファン・レイン……560
ロイド，クリストファー……387
ロヴリック，ミッシェル……240
ローザンフェルド，アレクシス……104
魯迅……581
ロートレアモン……085
ロペス，ジェリー……444
ローリングス，マージョリー……324
ロンドン，ジャック……222, 225, 226, 606

## ワ 行

ワイリ，ピョートル……484
ワイルド，オスカー……527
若島正……114, 116, 147
鷲尾和彦……500
鷲平京子……080
ワシントン，ジョージ……279

モーティマー，イアン……598
本川達雄……576
モーム，サマセット……440
桃井緑美子……185, 298
森博嗣……644
盛口満……647
森崎和江……108
森嶋マリ……286
モリス，ウィリアム……629
モリスン，トニ……261
森谷司郎……295
森福都……102
守屋愛……484


## ヤ 行

八木幹夫……209
安原和見……240
矢内原忠雄……663
柳澤協二……416, 417
柳田國男……394, 454, 455, 588, 589, 591, 654, 663
柳瀬尚紀……462, 463
山折哲雄……454, 455
山形浩生……442
山口博……518
山口弥一郎……386
山口由美……418, 419
山崎佳代子……211, 530
山崎詩郎……643
山崎光……530
山﨑広子……624
山下静夫……192
山下純一……032
山田詠美……423
山田航……546
山田孝子……253
山田風太郎……316, 661
山田稔……164
山野井妙子……202, 203
山野井泰史……202, 203
山上憶良……518
山野辺太郎……649
山本健吉……601
山本幸司……153
山本作兵衛……356
山本周五郎……135, 423
山本太郎……195, 197
山本敏充……411
山本夏彦……170
山本正昭……655
山本光伸……244
楊逸……236-238
梁石日……194
ユアグロー，バリー……162, 163
唯円……374
結城昌治……105, 106, 135, 610
湯川秀樹……460
湯川豊……099
楊小濱……519
養老孟司……203, 474, 475
横光利一……135, 581
吉川浩満……480-483
吉田篤弘……526
吉田健一……246, 247
吉田春美……204
吉田浩美……526
吉田昌郎……493, 494
吉田三知世……123, 575, 626

マラルメ，ステファヌ……067
マリス，キャリー……459
マルクス，カール……615
丸谷才一……049, 050
丸山正……208
丸山直樹……447
丸山眞男……094, 095, 379
丸山泰明……295
マルロー，アンドレ……475
マロー，エド……229
マン，ジョン……043
マン，チャールズ・C……177
マンシェック，マリー……255
マンゾーニ，アレッサンドロ……431
マントル，ウェルスバッハ……022
マンロー，ランドール……575
三浦しをん……526, 527, 651, 652
三浦哲郎……347
三浦みどり……520
ミジェリンスカ，アレクサンドラ……585
ミジェリンスキ，ダニエル……585
三島由紀夫……174, 180
ミショー，アンリ……113
水上勉……197
水波誠……143
水野美紀……413, 414
水原文……594
三谷雅純……347, 348
ミッチェル，マーガレット……191
南方熊楠……292, 617
港千尋……486
南伸坊……474, 475
峰岸了子……381
宮崎駿……147, 203, 204, 250, 251, 315
宮崎学……304, 305
宮沢賢治……018, 048, 197, 470
宮下曉彦……184, 185
宮部金吾……317
宮部みゆき……150
宮里千里……189, 631
宮本常一……171, 172
宮本英昭……200
ミラー，ヘンリー……419
ムアヘッド，アラン……241
ムッソリーニ，ベニート……081
ムナーリ，ブルーノ……628, 629
ムバラク，ホスニー……355
村山籌安……616
村山斉……363
室生犀星……266
ムロディナウ，レナード……275
明治天皇……296
メイスン，チャールズ……419
メシェン，ピエール……124, 125
メースン，A・E・W……609
メビウス，アウグスト・フェルディナント……314
メーヘレン，ハン・ファン……456
メンデル，グレゴール・ヨハン……430
モウェット，ファーリー……447
モーウッド，マイク……215, 216
茂木健一郎……071
モース，マルセル……394
モーゼ……286
持田叙子……601
モーツァルト，ヴォルフガング・アマデウス……431, 464

ベルンハルト，トーマス……464
ペレス，ルイ……597, 598
ペレルマン，グリゴーリー……273, 274
ヘロドトス……540
ベン＝ジェルーン，タハール……354, 355
ベンソン，マイケル……649
ヘンリー航海王……614
ヘンリヒス，ベルティーナ……327
蒲松齢……271
ポー，E・A……151, 474, 610
ポアンカレ，アンリ……273, 635
ボガート，ハンフリー……211
保苅実……064-066
ホーガン，ジェイムズ……548
ホグベン，ランスロット……022
保阪正康……096
星野智幸……466
星野道夫……020, 137, 232
ボッカッチョ，ジョバンニ……391, 392
ホドロフスキー，アレハンドロ……314
堀田善衞……179
ボードレール，シャルル……560
ホメロス……117, 118, 153, 264, 394
堀秀樹……119
堀内誠一……656
堀江敏幸……170, 171
ポリトコフスカヤ，アンナ……519, 520
ポーリング，ライナス……460, 508
ポルマン，リンダ……076
ボーレ，ガブリエル……418
ボワロ，ピエール……377
本間浩昭……217

## マ 行

マイモニデス……130
マウラー，レオポルト……419
前田愛……569
マーギュリス，リン……442
マーク・トウェイン→トゥエイン
マクドナルド，ロス……038, 610
マクニーヴン，イアン……173
マクニール，ウィリアム・H……386, 387
マクラウド，アリステア……078, 309, 342
マジェラン，フェルディナンド……111
増井真那……617
町田康……580
マチュー，マルク＝アントワーヌ……333
松たか子……400
松家仁之……604
松尾芭蕉……211, 601
松岡和子……399
松岡慧祐……549
松岡静雄……663
松原隆一郎……512
松本仁一……057
松本清張……106, 611
松本妙子……521
松山巖……630
マテラッツィ，マルコ……153
マドンナ……211
真鍋真……657
マネ，エドゥアール……528
マネー，ニコラス……563

福沢一郎……372
福永武彦……179, 609, 611
藤井青銅……621
藤井太洋……547
ブーシェ，フランソワ……476
藤倉克則……208
藤田嗣治……567
藤塚光政……497-499
フジモリ，アルベルト……077, 162
藤森照信……497, 498
プーシュキン，アレクサンドル……432
藤原晶子……529
藤原心海……529
藤原新也……371
藤原天馬……529
藤原朝子……572
藤原定家……497, 600, 602
布施由紀子……177, 632
フセイン，サダム……027, 182, 183, 415
二葉亭四迷……569
プーチン，ウラジーミル……520, 573
ブッシュ，ジョージ……632
ブッシュ，ジョージ・W……027, 075, 149, 184, 235, 249, 260, 415, 416
プティ，フィリップ……256
フラ・アンジェリコ……365
ブラウン，カーター……557
フラゴナール，ジャン・オノレ……567
プラチェット，テリー……167
ブラッドベリ，レイ……163
ブラボ，アルバレス……332, 333
フランケチエンヌ……035
フランコ，フランシス……530
ブリクセン，カレン（イサク・ディネセン）……433, 435
プリニウス……490
ブリューゲル，ピーテル……476
プルーヴェ，ジャン……171
古川日出男……150
古沢岩美……466
ブルック，ピーター……435
ブルックス，ジェラルディン……286
ブルトン，アンドレ……332
古永真一……314
ブルニフィエ，オスカー……134
古谷圭一……199
ブレア，トニー……112, 183
ブレイク，ウィリアム……051, 174, 463
ブレイター＝ピニー，ギャヴィン……298
フレネル，オーギュスタン……522, 523
フロイス，ルイス……615
フロイト，ジクムント……223, 259
ベイカー，ニコルソン……540
ベケット，サミュエル……463
ヘーゲル，ゲオルク・ヴィルヘルム・フリードリヒ……215
ヘップバーン，オードリー……130
ヘップバーン，キャサリン……130
ベートーヴェン，ルートヴィヒ・ファン……165, 431, 432, 456
ベナール，ジャン＝マリー……255
ヘミングウェイ，アーネスト……226, 229, 531
ヘモン，アレクサンダル……046
ヘラー，ジョゼフ……146
ベルナール，サラ……560
ヘルマン，リリアン……211

林寿美……325
はやし・はじめ……122
林芙美子……135
林昌宏……411
はやし・まさる……122
林裕美子……343
原武史……651-653
原広司……496, 499
バラル，グザヴィエ……204
ハーラン，ヤン……212
バリッコ，アレッサンドロ……116, 117
パリーニ，ジェイ……301, 302
バルザック，オノレ・ド……164, 560
バルツァー，フランツ……390
ハルドゥーン，イブン……130
バレット，アンドレア……059
バローズ，ウィリアム……523, 524
ハーン，ラフカディオ（小泉八雲）……254, 348
半藤一利……427, 428
稗田阿礼……590, 591
東雅夫……470
ピカソ，パブロ……456, 479, 529, 530, 566, 567
樋口かおり……322
樋口幸子……598
土方久功……664
ビショップ，エリザベス……463
日高八郎……092
日高六郎……092
ピタゴラス……072
ピックオーバー，クリフォード……594
ヒトラー，アドルフ……093, 096
日夏耿之介……08
ビナード，アーサー……027, 140, 303
火野葦平……282
日野啓三……301
ヒポクラテス……490
ヒューズ，リチャード……023
ヒューストン，ジョン……211
平井呈一……348
平出隆……016, 018, 051, 052, 280, 281
平岡昭利……499
平川祐弘……391
平敷安常……227, 229
平田成……200
ピラネージ，ジョヴァンニ・バッティスタ……130, 334, 360
ヒルトン，イザベル……519
ヒルボニオ，ナンシー……162
広瀬武夫……041
廣田明子……062
ピンチョン，トマス……053, 419
ビン・ラディン，オサマ……075
ファウルズ，ジョン……440
ブアジジ，モハメド……355
ファーマー，ポール……055, 056
黄禹錫（ファンウソク）……122
フェア，A・A（E・S・ガードナー）……557
フェルナンデス，ガスパール（ハポン）……597, 598
フェルメール，ヨハネス……365, 456, 528
フォースター，E・M……581
フォッシー，ボブ……212
フォーティ，リチャード……334
福岡伸一……081

ナッシュ，オグデン……462
ナボコフ，ウラジーミル……114, 119
成田龍一……040
ナルスジャック，トマ……377
ナンシー関……380
南條郁子……635
南條竹則……527
新島進……251
新妻昭夫……199
ニカルコス……490
西成彦……048, 345
西宮かおり……134
西脇順三郎……553
新田次郎……295
蜷川幸雄……399
ニュートン，アイザック……634, 635, 657, 658
仁徳天皇……468
勝島次郎……641
沼野充義……484
ネイグル，ビル……220, 221
根上生也……594
ノヴァーリス……453
野上宏……578
野口恵子……036
野崎歓……121
野沢佳織……250
野中香力子……334, 387, 465
野中健一……066
野又穫……360
野町和嘉……290
野間恒……645
野村喜和夫……555

## ハ 行

ハ・ジン（哈金）……328, 329
ハイダラ，アブデル・カデル……593
ハイネ，ハインリヒ……432
パイル，アーニー……229
バイロン，ジョージ・ゴードン……432
パウンド，エズラ……067
バオ・ニン……231
ハーケン，ヴォルフガング……071
橋下徹……379
橋本陽介……545
パス，オクタビオ……332
長谷川櫂……583, 584
長谷川四郎……137
長谷川摂子……238
バセット（アブドゥル・バセット・アルサート）……640
秦郁彦……428
秦蔵六……659
畠山直哉……299, 300, 560
波戸岡景太……419
鳩山由紀夫……353
バートン，リチャード……466, 582
バートン，リチャード・フランシス……241
パナフィユー，ジャン＝バティスト・ド・……204
羽田節子……147
馬場悠男……215
ハマー，ジョシュア……593
ハミル，ピート……380
ハムザ・エル・ディン……640
ハメット，ダシール……211

手代木公助……271
デュシャン，マルセル……326, 456
デュナント，サラ……090
デュフィ，ラウル……567
デュマ，アレクサンドル……560
寺尾隆吉……471
寺田寅彦……071
照井翠……396, 398
ドイル，コナン……610
トウェイン，マーク……473, 474, 607
ドゥラヴォー，セリーヌ……476
ドゥランブル，ジャン＝バティスト・ジョゼフ……124, 125
トカルチュク，オルガ……449, 450
ドキス，ジャン＝ポール……251
ドーキンス，リチャード……077, 199, 483
徳川家康……616
徳川夢声……651
ドゴール，シャルル……190
ドストエフスキー，フョードル……384
戸田ツトム……364, 365, 367
鳥取絹子……132, 565
ドニゼッティ，ガエターノ……392
泊次郎……214
富永和子……076
冨永星……400
豊臣秀吉……615, 616
ドラーニ，マティン……626
トランプ，ドナルド……573, 660
トルストイ，レフ……166, 301, 302
トルレス，コスメ・デ……615
トロツキー，レフ……332
トロワイヤ，アンリ……038

## ナ 行

ナイチンゲール，フローレンス……279
那珂通世……621
中井珠子……327
中垣俊之……292, 479
中上健次……067
長坂道子……586
中沢新一……054
中島敦……103, 664
中島京子……440
中島らも……311, 541
中筋純……218
中務哲郎……489
中西進……602
長沼毅……445
中野恵津子……078
仲野徹……607
中野真紀子……128
中原中也……368
永原裕子……163
仲村明子……215
中村和恵……258
中村きい子……108
中村真一郎……086, 179
中村哮夫……503
中村哲……055, 057, 282-284
中村融……649
中村好文……108
中谷宇吉郎……363
中山エツコ……629
名久井文明……321
梨木香歩……308, 310, 312
ナダール……559, 560

タダジュン……524
橘省吾……200
立花英裕……034
竜田一人……468
辰野隆……651
巽好幸……488, 489
立石光子……328
ターナー，ジョゼフ・マロード・ウィリアム……365
田中敦子……059
田中角栄……625
田中小実昌……557-559
田中宇……059
田中三彦……275
田辺眞人……222
谷甲州……534
谷垣暁実……113
谷川俊太郎……359-362, 367, 496, 599
谷口善也……242, 244
谷崎潤一郎……173
種田山頭火……601
ダーネル，リンダ……212
玉木研二……097
玉村豊男……297
ダール，ロアルド……146, 147, 440
垂水雄二……199
ダレル，ジェラルド……147-149, 532
ダレル，ロレンス……087, 173, 532, 581
多和田葉子……025-027, 085, 119, 318
俵万智……552
俵屋宗達……365, 528
ダン・トゥイー・チャム……229, 230, 235
ダンティカ，エドウィージ……034, 035
チェーホフ，アントン……087, 088, 166
チェリー＝ガラード，A……242, 243
秩父宮雍仁……652
チャタトン，ジョン……220, 221
チャトウィン，ブルース……252
チャンドラー，レイモンド……557
中条省平……313
チューリング，アラン……658
長新太……656
知里真志保……338, 339
知里幸恵……338, 491
ツィオルコフスキー，コンスタンチン……641
辻井喬……382
辻原登……039
津田左右吉……621
土本典昭……417
土屋賢二……440, 527, 637
筒井ともみ……176
筒井康隆……423, 526
津野海太郎……568, 569
鶴ヶ谷真一……226
ツルゲーネフ，イワン……166, 569
鶴見俊輔……094, 107, 108, 592
デイヴィス，リディア……540
ディオム，ファトゥ……100, 102, 186, 187
ディキンソン，エミリ……463
ディクスン，ジェレマイア……419
ディケンズ，チャールズ……176, 191, 523
ディック，フィリップ・K……054, 157
ディネセン・イサク→ブリクセン
貞明皇后……652
ティム，ウーヴェ……093
デカルト，ルネ……223

杉田徹……263
杉田七重……043
杉村顕道……284
杉本良吉……197
スクワイヤーズ，スティーヴ……185
スコット，ロバート……242-244
須崎忠助……317
鈴木昭裕……581
鈴木久仁子……089
鈴木真治……561
鈴木忠……141, 662
鈴木康夫……277
スタイロン，ウィリアム……211
スターリン，ヨシフ……215, 484
スタンダール……432, 582
スティーヴンソン，ロバート・ルイス……209, 341, 523
ステルレルニー，キム……077, 199
須藤文音……409
スパーク，ミュリエル……438-440
スピーク，ジョン・ハニング……241
スミス、アイリーン・美緒子……418
スミス，アントニー……619, 620
スミス，ゼイディー……034, 102, 186
スミス，ユージン……417-419
ズラ，ジョルジース・スレイマーン……283
スンシン，コンスエロ……132
聖ヴィクトルのフーゴー……129
瀬川拓郎……491, 492
関口涼子……035
関根光宏……213
世宗……044
瀬名秀明……277, 278
ゼノン……442
セルージ，ポール・E……442
ソウザ，ルシオ・デ・……597
ソウルゼンバーグ，ウィリアム……465
添野知生……649
ソートイ，マーカス・デュ……400
外岡秀俊……112, 149
曽根悟……460
園山水郷……513
ソロモン，デボラ……325
ソンタグ，スーザン……326

## タ 行

大正天皇……652
ダイソン，フリーマン……122
大鵬……403
ダーウィン，チャールズ……288, 289, 411, 430, 481, 542, 618
高島和哉……110
高瀬毅……425
高野史緒……384
高橋和泉……229
高橋のら……622
高橋睦郎……659
高橋宗正……448
飛幡祐規……100, 159
高松宮宣仁……652
田川務……425, 426
竹内薫……457
竹迫仁子……055
武田泰淳……102
武田鉄矢……380
武満徹……174
太宰幸子……414

沢木耕太郎……203
沢田教一……227
佐和田敬司……443
澤地久枝……282
寒川旭……410
サンコゥ，フォディ……075
サンテグジュペリ，アントワーヌ・ド……104, 132, 133, 146
サンド，ジョルジュ……560
椎名誠……221, 222
シェイクスピア，ウィリアム……212, 251, 393, 399, 598
塩沢由典……094
塩谷喜雄……406, 408
重松清……135
シセ，スレイマン……311
ジダン，ジネディーヌ……153
篠田綾子……301
篠原琢……477
司馬光……102, 103
司馬遼太郎……427
柴田尚……144
柴田元幸……033, 162, 163, 225, 451, 469, 474, 606
島泰三……029
島秀雄……390
島田叡……097
島村菜津……127
清水由美……637
清水義範……658
シミック，チャールズ……033
下河原幸恵……409
シャガール，イダ……566
シャガール、マルク……566, 567
シャクルトン，アーネスト……243, 244
ジャンヌ＝クロード……476
シュヴァンクマイエル，ヤン……348
シュタインヘーフェル，アンドレアス……021
ジュダン，ヴェーラ……521
シュペルヴィエル，ジュール……085, 086
シュマイサー，ヨルク……360
シュールマイヤー，ヘリベルト……021
シュローサー，エリック……632
ジョイス，ジェイムズ……112, 581, 582
昭和天皇……050, 196, 652
ジョルダン，ベルトラン……411, 412
白井聡……420-422, 480
白尾元理……365-367
白洲次郎……378
シーラッハ，フェルディナント・フォン……524
シーリー，トーマス・D……435, 436, 437
シルヴァスタイン，シェル……462, 463
子路……475
シン，サイモン……278
眞淳平……308
新宮晋……437
シンボルスカ，ヴィスワヴァ……584
親鸞……374
ズヴェーヴォ，イタロ……581, 582
須賀敦子……582, 583
管啓次郎……083, 085
菅原孝標の女……569
スーキ，ハーシム……572, 574
杉田精司……200

コッポラ，フランシス・フォード
……524
後藤菜穂子……431
小西敦子……090
コーネル，ジョゼフ……033, 325
小林一茶……453
小林一輔……072
小林正佳……447
小林頼子……456
小檜山霞……453
後平澪子……254
コープランド，サイラス・M……211
小堀純……541
小松左京……534, 537
五味太郎……656
小宮悦子……625
小森陽一……040, 041
小谷野敦……173
コーラー，リッチー……221
ゴールズワージー、アンディ……360
コルタサル，フリオ……380, 381, 471, 473, 474
コールハース，レム……156
コルメラ……490
コロンブス，クリストファー……083, 084, 177-179
コンデ，マリーズ……085
近藤学……325
近藤康太郎……514
近藤滋……657, 658
今野真二……658
ゴンブリッチ，エルンスト……386, 387
コンラッド，ジョゼフ……119

## サ　行

西行……601
西郷信綱……591, 595, 596
サイード，エドワード……127-129, 174
齋藤可津子……354
斎藤成也……517
斉藤隆央……021
斎藤環……378-380
斎藤美奈子……649
サイモン，ニール……212
坂上昭一……144, 436
坂口安吾……611
坂野徹……663
坂本龍馬……378
酒寄進一……524
サキ……440
佐久間象山……621
サックス，オリヴァー……021, 022
サックス，ハーヴェイ……431
佐藤栄作……248, 249
佐藤勝彦……163
佐藤克文……320
佐藤正午……135
サトウハチロー……651
佐藤春夫……532
佐藤真……128
佐藤優……618, 621
佐藤＝ロスベアグ・ナナ……337
サバ（サーバ），ウンベルト……453, 581-583
ザビエル，フランシスコ……615
サム，ボブ……137
サルトル，ジャン＝ポール……174

隈研吾……232, 404, 405
クライン, フェリックス……381
クラーク, アーサー・C……206, 213, 548, 649, 650
クラジェンコ, ニコライ・セヴァスチヤノヴィチ……522
クラナッハ, ルーカス……476
倉橋由美子……463
グリ, パトリック……204
クリスト……476
クリストフ, アゴタ……119
栗田昌裕……429
クリック, フランシス……507, 508
グリッサン, エドゥアール……085
栗原康……580
グリーン, グレアム……035
クルディ, アイラン……574
グールド, グレン……464
グールド, スティーヴン・ジェイ……077, 078, 199, 483
グルニエ, ロジェ……164, 166
車谷長吉……555
クールマン, トーベン……589
クレシー, ニコラ・ド・……314, 315, 333
クレメント, ハル……548
グロタンディーク, アレクサンドル……032, 272, 274
畔柳和代……256
郡司篤晃……510
ケアリー, ジョーゼフ……581
ゲイマン, ニール……167
ケイリー, デイヴィッド……110
ケストナー, エーリヒ……495
ゲッティ, ポール……475
ゲニス, アレクサンドル……484
ケネディ, キャロライン……462
ケネディ, ジョン・F……065
ゲバラ, エルネスト（チェ・ゲバラ）……062, 063, 161, 211, 468
ケプラー, ヨハネス……548, 634, 635
ゲーリング, ヘルマン……456
ゲルナー, アーネスト……619
元政上人……086
剣持勇……629
顧愷之……476
小池寿子……314, 334
小池昌代……266
小池百合子……512
小泉純一郎……184, 415, 416
小泉宏之……642
小泉八雲→ハーン
孔子……271, 475
高城高……262
河野龍也……532
鴻巣友季子……118
古賀忠昭……194, 209
ゴーギャン, ポール……254
古今亭志ん生……105, 106
小坂井敏晶……222
小島政二郎……503, 504
ゴーシュ, アミタヴ……190
コシンスキ, イェジー……545, 547, 548
小曽根乾堂……659
小谷太郎……410
コタルディエール, フィリップ・ド・ラ……251
コット, ジョゼフ……394
ゴッホ, フィンセント・ファン……528

鴨下信一……564
萱野茂……491, 492
唐泊孫太郎……158
カーランスキー，マーク……298
カルヴィーノ，イタロ……113
ガルシア＝マルケス，ガブリエル……531
カーロ，フリーダ……332
ガロア，エヴァリスト……032
カローガー，リズ……626
カロッサ，ハンス……540
川上弘美……555
川島秀一……385, 386
川田順造……064
河野裕子……398, 585
川端康成……135
川端善明……294
菅直人……408
神沢利子……137, 197
菅野昭正……126
蒲原有明……569
ギーガー，H. R.……360
鬼海弘雄……560
菊地勝弘……362
菊池寛……651
私市保彦……251
木坂涼……303
岸本佐知子……340, 342, 525, 526, 541, 542
きだみのる……393
キダー，トレーシー……055, 056
北川和美……484
北沢恒彦……094
北野慶……536
北原（岩崎）篁子……195
北原白秋……195-197
北原隆太郎……195
北村西望……425
北村初雄……016
木畑洋一……477
ギブスン，ウィリアム……053, 548
木村榮一……381
木村蒹葭堂……226
キムタク（木村拓哉）……378
木村政則……438
木村友祐……538
木村義昌……244
キャパ，ロバート……227, 229
キャロル，ルイス……463
キューブリック，スタンリー……212, 649, 650
キュリー，ピエール……647
キュリー，マリー……647
清川昌一……365, 367
金庸……661
キング，スティーヴン……168, 452, 467, 470
キングズレー，パトリック……572-574
キンケイド，ジャメイカ……085
草皆伸子……117
久高将和……303, 304
朽木ゆり子……061
グーテンベルク，ヨハネス……286
工藤祐舜……317
グドール，ジェーン……130
国末憲人……182
久保田淳……600, 601
くぼたのぞみ……034, 187
久保田万太郎……398, 503, 504, 622

岡本喜八……316
岡谷公二……654, 655
小川眞……376, 563
奥克彦……283
奥田實……317
奥谷喬司……208
小椋彩……449
小倉孝誠……559
小栗旬……399
尾崎真理子……173
小沢自然……190
織田作之助……136
織田信長……615
織田憲嗣……169, 630
オーデン，W. H.……463
翁長雄志……620
小野俊太郎……179
小野正嗣……190
小野田和子……649
小野寺英一……401
小野寺健……023, 246
小畠郁生……204
折口信夫……454, 455, 591, 601, 654
オールダー，ケン……123, 125
オルトハイル，ハンス－ヨゼフ……089
オロズコ，ダニエル……525

## カ 行

開高健……227, 394
海部宣男……163, 184, 185
カヴァフィス，コンスタンディノス……581
加賀山卓朗……234, 631
香川由利子……104
柿内賢信……457
加古里子……656
笠井潔……166, 610
梶川正広……362
梶山あゆみ……593
カステラーノ，フィリップ……104
カストロ，フィデル……063, 211, 330
カーズワイル，アレン……175
カーソン，ロバート……219
加田伶太郎（福永武彦）……609, 611
片岡夏実……435
片山一道……505, 506
片山健……656
ガッセン，マーシャ……273
加藤尚武……349
加藤陽子……098
角川源義……591, 592
ガードナー，マーティン……594
金谷譲……660
金子勝……433
金子光晴……581
金原ひとみ……034
金原瑞人……043, 145, 167, 250, 589
加納一郎……242
加納光於……360
狩野秀之……077, 199
樺山紘一……128
カフカ，フランツ……452, 582
カプシチンスキ，リシャルト……160, 521
上野岑雄……584
神谷美恵子……453
亀倉雄策……629

上野英信……306, 307, 356
上野清士……076, 077
上野晴子……307
上野元美……219
ウェランド，マイケル……343
ヴェルサーチ，ジャンニ……211
ヴェルディ，ジュゼッペ……392, 431
ヴェルヌ，ジュール……180, 181, 221, 245, 251, 252
ウエルベック，ミシェル……121
ウォー，イーヴリン……246, 440, 606
ヴォドワ，エルヴェ……104
ヴォネガット，カート……478
ウザラー，デルス……136, 137
宇田智子……631
内田百閒……423, 470
内田昌之……649
ウッド，マイケル……128, 129
梅棹忠夫……621
浦松佐美太郎……147
瓜生中……603
エヴァンズ，ドナルド……051, 052
エヴンソン，ブライアン……451
江國滋……453
エクランド，イーヴァル……635, 636
恵信尼……374
エドワーズ，ブラッドリー・C……213
江沼次助……099, 100
エルギン伯爵……061
エルジェ……313
エルンスト，エツァート……279
袁枚……271
円城塔……646
遠藤秀紀……138
エンリケ（航海王子）……614
王安石……102, 103
王雱……102, 103
王力雄……660
オウジェドニーク，パトリク……477
大井玄……258, 260, 261, 452-454
大江健三郎……173-175, 423, 496
大江志乃夫……040
大江光……174
大岡昇平……611, 612
大川温子……021
大久保和郎……377
大久保康雄……114, 116
大島豊……175
オオステルチィ，ペニー・ヴァン……215
太田泰人……325
大泰司紀之……217
大高郁子……622
大竹昭子……131
太田越知明……393
大西愛子……313, 334
太安万侶……591
大場正史……466
尾家順子……087
岡美穂子……597
小笠原豊樹……038
岡田和也……137
岡田好恵……522
岡田嘉子……097
尾形宇太一……264
尾形光琳……365
岡村昭彦……227
岡村定矩……163

井口直司……628
池内恵……130
池内了……163
池上彰……388
池上俊一……357
池田清彦……388
池田信雄……464
池田真紀子……206
池田みゆき……456
池辺晋一郎……456
諫山孝子……419
石井辰彦……067, 552
石川淳……423
石川武志……418, 419
石黒耀……489, 535, 536
石田文子……167
石橋正孝……251
石牟礼道子……371, 417, 453
井尻正二……215
泉鏡花……470
伊勢﨑賢治……074-076
板垣真理子……330
井田茂……445, 446
伊丹十三……174
市川恵理……598
一条さゆり……513
一ノ瀬泰造……227
一ノ瀬俊也……501
一遍……580
伊藤和也……283
伊藤たかみ……268
伊藤比呂美……373-375, 580
井上一馬……211
井上勝生……151
井上ひさし……423, 557
井ノ上正盛……283
井伏鱒二……495
今尾恵介……044, 589
今西錦司……663
今福龍太……232, 233
今森洋輔……290
イームズ，チャールズ……169
伊良子清白……016-019
イリイチ，イバン……109-112
イリン，ミハイル……022
岩尾龍太郎……157
岩口夏夫……425
岩田誠……424
岩本順子……042
岩本正恵……046, 160
イングラム，コリングウッド
……542-544
ヴァリニャーノ，アレッサンドロ
……615
ウィアー，ジョン……542
ヴィットリーニ，エリオ……080, 081
ヴィルコンドレ，アラン……132, 133
ウィルソン，ロビン……071
ヴィレラ，ガスパル……615
ウイン，フランク……456
ウィンターソン，ジャネット……340,
540
ウィントン，ティム……443
上里隆史……655
上杉志成……459
ウェストール，ロバート……145, 147, 250
ウェストン，エドワード……332
上野朱……306, 307

# 人名索引

## ア 行


アイズリー，ローレン……085
阿伊染徳美……372
会田誠……529
相田みつを……377, 378
アインシュタイン，アルベルト……072
アヴィーロワ，リジヤ……087, 088
アウンサンスーチー……191
青木逸平……638
青木薫……273, 279, 508
青山南……530
赤坂憲雄……054
赤坂真理……379
秋道智彌……066
芥川龍之介……033, 037, 103, 236, 237, 294, 378, 490, 581
浅井晶子……093
浅倉久志……053
麻原彰晃……380
朝比奈美知子……180, 245
アダムス，ウィリアム（三浦按針）……226
アップダイク，ジョン……245, 248
アッペル，ケネス……071
アディーチェ，チママンダ・ンゴズィ……186-188
アトウッド，マーガレット……118
阿部賢一……477
安部公房……343
安倍晋三……660
安部英……510
阿部菜穂子……542
安部井櫟堂……659
安倍宗任……372
アマー，アラン……062
天草四郎……616
天野正子……108
網野善彦……054
アームストロング，ニール……590
アムンゼン，ロアール……242, 243
新井文彦……375, 376, 562, 563
荒川洋治……553
アラーキー（荒木経惟）……555
アリスティド，ジャン＝ベルトラン……056
アリストパネス……490
アルセーニエフ，ウラジーミル……136
アルメイダ，ルイス・デ・……599
アレクシエーヴィチ，スヴェトラーナ……519-522
アンダーソン，ベネディクト……619
安東次男……600
安野光雅……656
飯野りさ……640
イエーツ，ウィリアム・バトラー……463, 552
イエス・キリスト……062, 063, 102, 168, 425, 549, 616
五十嵐太郎……155, 156

良いおっぱい悪いおっぱい……373
**よいこととわるいことって、なに？**……134
**幼年期の終わり**……206, 208
**よくわかる祝詞読本**……603
**予測不可能性、あるいは計算の魔——あるいは、時の形象をめぐる瞑想**……635
夜中に台所でぼくはきみに話しかけたかった……362
読み解き「般若心経」……373
**夜が来るので**……209
**夜は終わらない**……466, 467
**四色問題**……069, 071

## ラ　行

楽園の泉……213, 548
**ラダック**……253
**ラディカル・オーラル・ヒストリー**……064
**理科年表**……069-071
**理不尽な進化　遺伝子と運のあいだ**……480
**琉球列島の里山誌——おじいとおばあの昔語り**……648
**龍宮**……396
聊齋志異……271, 284
**梁塵秘抄**……595, 597
**リンドバーグ**……590
**レヴォリュ美術館の地下**……333
**列外の奇才　山田風太郎**……316
**ローバー、火星を駆ける**……185
ロミオとジュリエット……393
**ロリータ**……114, 147

## ワ　行

若い読者のための世界史……387
若い日の芸術家の肖像……581
**惑星地質学**……200
**和食はなぜ美味しい——日本列島の贈りもの**……488
**私たちの教室からは米軍基地が見えます——普天間第二小学校文集「そてつ」からのメッセージ**……352
**私の中のおっさん**……413
**私のなかのチェーホフ**……087
**私のもらった文学賞**……464
**〈悪口〉という文化**……153
ワンちゃん……237

Ambarvalia……553
Blast……299
Underground……560
V.……419

1491……177

**マンガの教養——読んでおきたい常識・必修の名作100**……313
万葉集……496, 551
見えない都市……113
ミクロネシア民族誌……663
ミザリー……467
**水草の森　プランクトンの絵本**……290
**水辺にて　on the water/off the water**……308
**ミツバチの会議**……435
ミツバチのたどったみち……436
**MINAMATA NOTE 1971〜2012　私とユージン・スミスと水俣**……419
**南のポリティカ——誇りと抵抗**……076
**ミラーさんとピンチョンさん**……419
民族とナショナリズム……619
**民族問題**……618, 621
虫とけものと家族たち……148, 532
**虫眼とアニ眼**……203
**無電柱革命**……512
**ムナーリの機械**……629
無文字社会の歴史……064
明月記……602
明治大正詩史……018
メイスン＆ディクスン……419
夫婦善哉……136
メキシコの夢……083
**めんそーれ！　化学——おばあと学んだ理科授業**……647
**もう牛を食べても安全か**……081
**文字渦**……646
**もしも宇宙に行くのなら　人間の未来のための思考実験**……641
**モスラの精神史**……179
**「もの」で読む　入門シェイクスピア**……399
**森のきのこ、きのこの森**……562
**森のきのこたち—種類と生態—**……144, 145
**森の人　デルス・ウザラー**……137
森の隣人——チンパンジーと私……130
文選……600
**文盲　アゴタ・クリストフ自伝**……119

## ヤ　行

やがてヒトに与えられた時が満ちて……　……642
厄除け詩集……495
**野生のナヴィゲーション**……066
野生の呼び声……606, 607
**矢の家**……609-611
**病から詩がうまれる——看取り医がみた幸せと悲哀**……452, 454
**遊戯の終わり**……381
雪国……135
**雪の結晶図鑑**……362, 363
**雪の練習生**……318
ユージン・スミス写真集　1934−1975……418
**ユージン・スミス——水俣に捧げた写真家の1100日**……418
指輪物語……216
ユリシーズ……112, 581
**夜明けの森、夕暮れの谷**……099

福島第一原発事故　7つの謎……493
藤原定家……600
藤原定家全歌集……600, 602
武装解除——紛争屋が見た世界……074
ふたりの証拠……119
冬の犬……342
ブライヅヘッドふたたび……246, 606
ブラッカムの爆撃機……145
ブラックホールと高エネルギー現象……164
プリティ・モンスターズ……469
プルターク英雄伝……130
ブルターニュ　死の伝承……254
ブレス……443
フレップ・トリップ……195
プレートテクトニクスの拒絶と受容——戦後日本の地球科学史……214
不連続殺人事件……611
文化を翻訳する——知里真志保のアイヌ神謡訳における創造……337
平家物語……569
平和……490
ペインティッド・バード……345-347
別離のとき……164
ペドロ・パラモ……333
ペネロピアド……118
蛇にピアス……037
変愛小説集……525, 540
傍観者からの手紙……112
亡国記……533, 536
放牧維新……188
亡命ロシア料理（新装版）……484
僕たちは歩かない……150
ぼくの頭の中……437
ぼくは兵役に行かない！……042
星の王子さま……132, 147
星の王子さまの眠る海……104, 132
星野道夫著作集……020
星を継ぐもの……548
ポスト戦後社会……248
ボタン穴から見た戦争——白ロシアの子供たちの証言……520, 522
北海道主要樹木図譜……317
発心集……580
骨が語る日本人の歴史……505
骨から見る生物の進化……204
ポナペ島……663
ホモ・フロレシエンシス……215
ポロポロ……557
ホワイト・ティース……034, 102, 186
ホワット・イズ・ディス？……575
ホワット・イフ？……575
本を読む。　松山巖書評集……630, 631

## マ　行

マクベス……399
マゼラン地方にて……252
間違いの喜劇……399
真鶴……555
マヌエル・アルバレス・ブラボ写真集——メキシコの幻想と光……331
魔の山……080
マヤ神話　チラム・バラムの予言……084
眉屋私記……306
マルテの手記……383
マン・オン・ワイヤー……256

ハ　行

廃墟チェルノブイリ……218
灰と土……035
白鯨……112
幕末・維新……151
函館水上警察……262
芭蕉全発句……601
パスタでたどるイタリア史……357
パタゴニア……252
パターン・レコグニション……053
八十日間世界一周……251
八面体……471
ハックルベリー・フィンの冒険……473
八甲田山死の彷徨……295
バテレンの世紀……614
話す写真——見えないものに向かって……300, 301
鼻の先から尻尾まで……424
花を運ぶ妹……563
パプアニューギニア・ニューアイルランド島から……045
ハムレット……399
波紋と螺旋とフィボナッチ……658
バラの回想……132, 133
パリ・レヴュー・インタヴュー……530
パルテノン・スキャンダル……061
春と修羅……018
哈爾濱詩集・大陸の琴……267
バン、バン！　はい死んだ……438
万物の尺度を求めて……123
バン・マリーへの手紙……170
東日本大震災　復興支援地図……336, 550
ピカソになりきった男……565
干潟の光のなかで……089
光の犬……604
悲劇文学の発生・まぼろしの豪族和邇氏……591
ピサへの道……444
ビジュアル　数学全史……594
ピスタチオ……310
羊に名前をつけてしまった少年……322
人は愛するに足り、真心は信ずるに足る　アフガンとの約束……281
ヒトは人のはじまり——霊長類学の窓から……347
日々の非常口……140
非米同盟……059
137億年の物語　宇宙が始まってから今日までの全歴史……387
百年の孤独……531
百万人の数学……022
白夜の大岩壁に挑む——クライマー山野井夫妻……202
氷河期……314, 315, 333, 334
ヒョウタン美術館……486
HIROSHI HARA : WALLPAPERS　空間概念と様相をめぐる〈写経〉の壁紙……496
火を熾す……225
フェルメールになれなかった男——20世紀最大の贋作事件……456
フォルティシモな豚飼い……263
不可能美術館……476
武器よ、さらば……531

ドラゴンボール……662
取り扱い注意……136
トリエステの亡霊　サーバ、ジョイス、ズヴェーヴォ……581
鳥を探しに……280
遁走状態……451
とんぼの目玉……238

ナ　行

ナイロビの蜂……235
ナガサキ　消えたもう一つの「原爆ドーム」……425
中島らも短篇小説コレクション――美しい手……541
中二階……525
流れのほとりに……197
梨のつぶて……049
謎の蝶アサギマダラはなぜ海を渡るのか?……429
なつかしく謎めいて……113
夏の夜の夢……399
七つのゴシック物語……434
なみだふるはな……371
名もなき毒……150
南極点征服……242
なんとなく、クリスタル……054
難問・奇問で語る　世界の物理――オックスフォード大学教授による最高水準の大学入試面接問題傑作選……563
南洋群島の研究……663, 664
なんらかの事情……540
逃げて來る羔羊……552
西の魔女が死んだ……311
二十億光年の孤独……360
二重螺旋……508
二重螺旋　完全版……508
二〇世紀の歴史……477
偽文士日碌……423
2001：キューブリック、クラーク……649
日日是日本語――日本語学者の日本語日記……658
日露戦争スタディーズ……040
日本語の謎を解く――最新言語学Q&A……545
日本語の虜囚……395
日本語びいき……637
日本書紀……591
日本人の給与明細……518
日本人の住まい――生きる場のかたちとその変遷……171
日本沈没……533-535
日本沈没第二部……534
「日本の伝統」の正体……621
日本木造遺産――千年の建築を旅する……497
日本列島人の歴史……517
ニューロマンサー……053, 548
人間総業記　知床ウトロ絨毯……401
猫にGPSをつけてみた――夜の森半径二キロの大冒険……622
ねずみに支配された島……465
ねにもつタイプ……342, 525
粘菌　偉大なる単細胞が人類を救う……479
粘菌　その驚くべき知性……292
ノーホエア・マン……046, 049

タンタン……313
ちいさな王子……147
**小さな建築**……404
**チェスをする女**……327
**チェリー・イングラム　日本の桜を救ったイギリス人**……542
**地球外生命　われわれは孤独か**……445
**地球全史――写真が語る46億年の奇跡**……365, 367
地球46億年全史……334
**筑豊炭坑絵巻　新装改訂版**……336
**地上のヴィーナス**……090
**地図に仕える者たち**……059
チチメカ神話――ミチョアカン報告書……084
**地中海――人と町の肖像**……129
**父を焼く―上野英信と筑豊**……306
血と骨……194
地の底の笑い話……356
**血のたらちね**……194, 209
地の果ての燈台……252
チボー家の人々……267
**地名の研究**……588
忠臣蔵……049
**鎮魂3・11　平成三陸大津波　岩手県気仙地域（大船渡市・陸前高田市・住田町）の被災と復興の記録**……369
**通勤電車でよむ詩集**……266
**津波、写真、それから**……448
津浪と村……386
**津波のまちに生きて**……385
**壺坂幻想**……197
**妻が椎茸だったころ**……440
妻と罰……527
**積みすぎた箱舟**……147
罪と罰……526, 527
**「罪と罰」を読まない**……526
帝国　ロシア・辺境への旅……160
停電の夜に……034, 102, 186
**デカメロン**……391, 393
テクストのぶどう畑で……112
デビッド・コッパーフィールド……176
デルスウ・ウザーラ……137
**天空のビバンドム**……314
凍……203
**トゥイーの日記**……229, 235
灯火の歴史……022
**東京駅誕生　お雇い外国人バルツァーの論文発見**……390
東京市十五区番地界入地図……622
同時代ゲーム……173
**灯台の光はなぜ遠くまで届くのか**……522
**灯台守の話**……340, 525
**動物たちのすごいワザを物理で解く**……626
**逃亡派**……449, 451
遠い場所の記憶　自伝……128, 129
遠野物語……254, 454
時が滲む朝……237
**ドキュメント沖縄　1945**……097
**ドーキンスvs.グールド**……077, 199
**読書と日本人**……568
**どこ行っちゃったの?**……021
**となりのツキノワグマ**……304
**友よ　弔辞という詩**……211

と女性監督の性表現……513
聖と俗　男と女の物語——今昔物語新修……294
生命樹……317
世界が土曜の夜の夢なら　ヤンキーと精神分析……378
世界最悪の旅　スコット南極探検隊……242
世界史……386
世界中のアフリカへ行こう〈旅する文化〉のガイドブック……258
世界の奇妙な博物館……240
世界の国　1位と最下位……308
世界の野菜を旅する……297
世界は変形菌でいっぱいだ……617
責任という虚構……223
世間知ラズ……361
世間のひと……560
ゼーノの苦悶……581
セレモニー……660, 661
戦艦大和講義——私たちにとって太平洋戦争とは何か……501
戦艦大和ノ最期……502
全人類が老いた夜……067
潜水調査船が観た深海生物……208
戦争と子ども……530
戦争と平和……302
戦争の悲しみ……231
戦争のなかで考えたこと——ある家族の物語……092
戦争の論理……098
全東洋街道……371
千夜一夜物語……391, 466, 467, 497, 582
想像の共同体……619
ゾウの時間　ネズミの時間……576
素数の音楽……400
空からやってきた魚……027, 140
素粒子……121, 122
それでも住みたいフランス……159

タ　行

〈第九〉誕生——1824年のヨーロッパ……431
大航海時代の日本人奴隷——アジア・新大陸・ヨーロッパ……597
第三の嘘……119
大西洋の海草のように……100, 186
代替医療のトリック……279
題名はいらない……557
ダーウィンの夢……288
だから、国連はなにもできない……076
宝島……024, 209, 341, 523
戦う操縦士……146
たちの悪い話……162, 163
たどたどしく声に出して読む歎異抄……373
谷川俊太郎学　言葉vs沈黙……359
谷崎潤一郎伝……173
たのしい川べ……310
旅……361
「旅ことば」の旅……602
旅に出たナツメヤシ……586
ダブリンの人々……581
たまたま……275, 276
タラマイカ偽書残闕……362
歎異抄……374
タングステンおじさん……021, 022

……663
ジム・スマイリーの跳び蛙——マーク・トウェイン傑作選……474
ジャイロモノレール……644
釈迢空全歌集……601
写真家ナダール　空から地下まで十九世紀パリを活写した鬼才……559
ジャスミン……039
シャドウ・ダイバー……219
ジャマイカの烈風……023
十五少年漂流記……222, 251
「十五少年漂流記」への旅……221
住所と地名の大研究……044
終着駅……105
終着駅——トルストイ最後の旅……301
自由について——七つの問答……094
重力の使命……548
祝魂歌……367
樹皮の文化史……321
ジュール・ヴェルヌの世紀——科学・冒険・《驚異の旅》……251
正午の果実……016
小説の読み書き……135
情報のさばき方……149
縄文土器・土偶……628
昭和のことば……564
書剣恩仇録……661
ジョゼフ・コーネル　箱の中のユートピア……325
書物の運命……130
書を読んで羊を失う……226
書を読んで羊を失う〔増補〕……226
シリア難民……572
知床・北方四島……217
白い牙……225, 606
白ナイル……241
進化の法則は北極のサメが知っていた……653
新幹線50年の技術史……460
震災歌集　震災句集……583
人種は存在しない——人種問題と遺伝学……411
志ん生一代……105
人生処方詩集……495
人体　失敗の進化史……138
新編森のゲリラ　宮澤賢治……048
信頼……160
人類最高の発明アルファベット……043
人類の住む宇宙……163
水滸伝……661
水深五尋……250
数学×思考=ざっくりと……457
数字の国のミステリー……400
杉村顕道怪談全集　彩雨亭鬼談……284
砂——文明と自然……343
砂の女……343
スノーフレーク……363
スパイたちの遺産……613
すばらしい墜落……328
すばる望遠鏡の宇宙——ハワイからの挑戦……184
スマイリーと仲間たち……613
スーラ……261
スローフードな日本！……127
聖書……130, 168, 392, 411, 463, 587, 603
性と検閲——日本とフランスの映画検閲

**ないのか?**……643
ゴメスの名はゴメス……105
コーラン……603
**これを語りて日本人を戦慄せしめよ——柳田国男が言いたかったこと**……454
**こわいもの知らずの病理学講義**……607
コンクリートが危ない……072
**コンクリートの文明誌**……073
今昔物語（集）……294, 596
**昆虫——驚異の微小脳**……143
**コンピュータって**……442
今夜、すべてのバーで……541

**サ　行**

**サイエンスジョーク……笑えたあなたは理系脳**……410
**災害・崩壊・津波　地名解**……414
**災害論——安全性工学への疑問**……349, 351
**西行全歌集**……601
鎖国……614
細雪……267
**ざしきぼっこと俺**……372
サッカー戦争……160
**佐藤春夫読本**……532
サトラップの息子……039
**サハラ、砂漠の画廊**……290
**サマー・アポカリプス**……166, 610
**サミュエル・ジョンソンが怒っている**……540
寒い国から帰ってきたスパイ……613
更級日記……569
サラダ記念日……552
**サラマンダーは炎のなかに**……234
山家集……600
三国志……661
**38億年　生物進化の旅**……388
**サン=テグジュペリ　伝説の愛**……132
**サンパウロへのサウダージ**……232
十三妹……102
**シェイクスピアの時代のイギリス生活百科**……598
鹿よ　おれの兄弟よ……137
ジキル博士とハイド氏……341
**事件**……611
**死してなお踊れ　一遍上人伝**……580
**死者の書**……601
**地震のはなしを聞きに行く　父はなぜ死んだのか**……409
静かな大地……491
**自然な建築**……232, 404
**「思想の科学」五十年　源流から未来へ**……107
**シチリアでの会話**……080
**漆黒泉**……102
室内旅行……002
**死都日本**……489, 533, 535, 536
**死について**……382
**死に魅入られた人びと——ソ連崩壊と自殺者の記録**……521
詩の本……360
子不語……284
**子不語2**……271
**シマ豆腐紀行　遥かなる〈おきなわ豆腐〉ロード**……189
**〈島〉の科学者——パラオ熱帯生物研究所と帝国日本の南洋研究**

旧約聖書……535, 587
キューバへ行きたい……330
驚異の発明家の形見函……175
京都大学人気講義　サイエンスの発想法
……459
玉台新詠集……496
虚航船団……526
巨大数……561
巨大翼竜は飛べたのか……320
金槐和歌集……600
金魚生活……236
金枝篇……394
苦海浄土……371, 417
グーグルマップの社会学――ググられる地図の正体……549
孔雀船……016, 018
グッド・オーメンズ……167
久保田万太郎――その戯曲・俳句・小説……503
久保田万太郎の履歴書……622,
クマムシ?!―小さな怪物―……141, 662
クマムシ調査隊、南極を行く!
……662
「雲」のコレクターズ・ガイド
……298
雲のゆき来……086
クリック?　クラック!……034
クレモニエール事件……039
グロタンディーク――数学を超えて
……032
軍旗はためく下に……105
経国美談……569
月刊科学絵本「かがくのとも」の50年　かがくのとものもと
……656, 657
月光浴……034
ゲバラ　赤いキリスト伝説……062
蹴りたい背中……037
源氏物語……049, 569, 596, 600
検証　官邸のイラク戦争――元防衛官僚による批判と自省……416
元素生活……509
現代建築に関する16章……155
幻燈辻馬車……316
「原発事故報告書」の真実とウソ
……406
原発は火力より高い……433
皇室、小説、ふらふら鉄道のこと。
……651
荒野の呼び声……225
声のサイエンス――あの人の声は、なぜ心を揺さぶるのか……624
後漢書……487
極楽のあまり風――ギリシア文学からの眺め……489
凍える帝国――八甲田山雪中行軍遭難事件の民俗誌……295
子鹿物語……324
古事記……379, 468, 490, 569, 591, 592, 596
古事記注釈……596
ゴシップ的日本語論……050
古書の来歴……286
国歌大観……551
国境を越えた医者……055, 057, 058
ことばおてだまジャグリング……546
小鳥　飛翔の科学……578
コーネルの箱……033
独楽の科学　回転する物体はなぜ倒れ

## カ 行

海峡の南……268
海上の道……455
回想のブライズヘッド……246
怪談……254, 348
海底二万里……180, 245, 252
解剖男……138
解剖学個人授業……474
科学する心……657
科学の未来……122
学生版 日本動物図鑑……141
核は暴走する――アメリカ核開発と安全性をめぐる闘い……632
風がページを…… ……002
風と共に去りぬ……191
ガダラの豚……311, 541
カデナ……555, 634
悲しき熱帯……233
彼方なる歌に耳を澄ませよ……078
かなり気がかりな日本語……036
〔画文集〕シベリア抑留1450日……192
神と科学は共存できるか?……199
神は妄想である……199
萱野茂のアイヌ語辞典……492
ガラガラヘビの味……303
カラシニコフ……057
ガラスの宮殿……190
カラマーゾフの妹……384
カラマーゾフの兄弟……99, 384, 385
カールの降誕祭……524
カレーソーセージをめぐるレーナの物語……093
可愛い黒い幽霊……470
環境世界と自己の系譜……258, 452
完全なる証明――100万ドルを拒否した天才数学者……273
乾燥標本収蔵1号室……334
歓待の航海者 きだみのるの仕事……393
カンタヴィルの幽霊／スフィンクス……527
黄色の部屋……610
気球に乗って五週間……251
喜劇役者たち……035
季語練習帖……659
技師は数字を愛しすぎた……377
北山十八間戸……554
気違い部落周游紀行……393
基地はなぜ沖縄に集中しているのか……353
キップをなくして……390
絹と明察……180
キノコの教え……376
キノコと人間 医薬・幻覚・毒キノコ……563
きのこの話……375, 563
きみのいる生活……131
きもちって、なに?……134, 135
客船の世界史 世界をつないだ外航客船クロニクル……645
キャッチ=22……146
キャパになれなかったカメラマン ベトナム戦争の語り部たち……227
キャロライン・ケネディが選ぶ「心に咲く名詩115」……462
［旧字源］――旧漢字でわかる漢字のなりたち……638

イビクス……314
イラク戦争の深淵……182, 185
イラクの小さな橋を渡って……415
伊良子清白全集……016
イラストレーテッド　名作椅子大全……169, 171,630
イリアス……116-118
イーリアス……186, 636
陰影論——デザインの背後について……364, 367
インフルエンザ21世紀……277
ヴァギナ・モノローグ……525
ウィチャリー家の女……610
ウィリアム・ブレイクのバット……051
宇治拾遺物語……294, 580
歌の祭り……083, 086
打ちのめされるようなすごい本……258
宇宙高速道路の自動車航海者……473
宇宙探検すばる望遠鏡……185
宇宙はどこまで行けるか　ロケットエンジンの実力と未来……642
宇宙はなぜこんなにうまくできているのか……363
宇宙旅行はエレベーターで……213
宇宙をかき乱すべきか……122
宇宙戦艦ヤマト……501, 502
ウニはすごい　バッタもすごい……576
海の上のピアニスト……117
オムニフォン……085
ウラニア……126
閨秒のなかで、ふたりで……555
永続敗戦論——戦後日本の核心……420, 480
エウロペアナ……477, 478
エクソフォニー——母語の外へ出る旅……025
江戸時代のロビンソン——七つの漂流譚……157
江戸という幻景……339
エドワード・サイード OUT OF PLACE……128
エンデュアランス号漂流……244
エンデュアランス号漂流記……244
おいしい資本主義……514
おいしい庭……176
大いなる遺産……191
大江健三郎　作家自身を語る……173
狼が語る　ネバー・クライ・ウルフ……447
オオカミが日本を救う！生態系での役割と復活の必要性……447
オオバンクラブの無法者……310
沖縄の聖地　御嶽——神社の起源を問う……654
沖縄の名城を歩く……655
オデュッセイア……118, 186, 496, 636
大人になるまでに読みたい15歳の詩……463
オトラント城奇譚……610
おはなし電気学……022
オービタル・クラウド……547
親指はなぜ太いのか……029
オリエンタリズム……129
おろおろ草紙……347
女の絶望……373

# 書名索引

ア　行

アイヌ学入門……491
アイヌ神謡集……338, 491
赤目四十八瀧心中未遂……555
悪童日記……119
アーサー王伝説……467
アトス、しずかな旅人……211
アナンシの血脈……167
あの戦争と日本人……427
あの戦争は何だったのか……096
あひびき……569
アフター・ザ・ダンス……034
アフリカの印象……629
アフリカのひと……父の肖像……126
アフリカの日々……433
アーブル美術館「大贋作展」……528
アホウドリを追った日本人——一攫千金の夢と南洋進出……499
網野善彦を継ぐ。……054
アームストロング……589
アメノウズメ伝……592
アメリカにいる、きみ……187
アメン父……557
アラビアン・ナイト……434, 490
アラブ音楽入門——アザーンから即興演奏まで……640
アラブの春は終わらない……354
アルカイダから古文書を守った図書館員……593
ある小さなスズメの記録——人を慰め、愛し、叱った、誇り高きクラレンスの生涯……312
アレクサンドリア四重奏……532
アンカル（L' INCAL）……314
安全という幻想——エイズ騒動から学ぶ……510
アンダーアース・アンダーウォーター　地中・水中図絵……585
アンダーグラウンド……301
アンナ・カレーニナ……088, 302, 319
いいなづけ……431
いかにして問題を解くか……457
生きる意味……110
居心地の悪い部屋……525
イサの氾濫……537, 539
石、紙、鋏……038
石蹴り遊び……471
医者井戸を掘る……057
イタヤカエデはなぜ自ら幹を枯らすのか——樹木の個性と生き残り戦略……269
いちえふ……468
市場のことば、本の声……631
意中の建築……108
いつか深い穴に落ちるまで……649
いつしか　風になる……381
一般化学……460
伊藤ふきげん製作所……373
犬物語……606

初出　「週刊文春」二〇〇三年十月十六日号～二〇一九年七月二十五日号

池澤夏樹（いけざわ・なつき）

作家。一九四五年、北海道帯広市に生まれる。小学校から後は東京育ち。三十代の三年をギリシャで、四十―五十代の十年を沖縄で、六十代の五年をフランスで過ごして、今は札幌在住。ギリシャ時代より、詩と翻訳を起点に執筆活動に入る。

一九八四年、『夏の朝の成層圏』で長篇小説デビュー。一九八七年発表の『スティル・ライフ』で第九十八回芥川賞を受賞。その後の作品に『母なる自然のおっぱい』（読売文学賞）、『マシアス・ギリの失脚』（谷崎潤一郎賞）、『楽しい終末』（伊藤整文学賞）、『静かな大地』（親鸞賞）、『花を運ぶ妹』（毎日出版文化賞）など。その他、編著に『池澤夏樹＝個人編集　世界文学全集』（全三十巻）、『池澤夏樹＝個人編集　日本文学全集』（全三十巻、刊行中）、書評集に、『読書癖』（全四巻）、『室内旅行　池澤夏樹の読書日記』、『風がページを……池澤夏樹の読書日記』などがある。

# いつだって読むのは目の前の一冊なのだ

二〇一九年一二月二〇日　初版第一刷印刷
二〇一九年一二月二五日　初版第一刷発行

著者　池澤夏樹
発行者　和田肇
発行所　株式会社作品社
〒一〇二-〇〇七二　東京都千代田区飯田橋二-七-四
TEL＝〇三-三二六二-九七五三
FAX＝〇三-三二六二-九七五七
http://www.sakuhinsha.com
振替口座00160-3-27183

印刷・製本　中央精版印刷株式会社
組版　有限会社一企画

ISBN978-4-86182-787-7　C0095